BEST 嚴選

奇幻基地出版

刺客系列

弄臣與蜚滋2

The Fitz and The Fool Trilogy

弄臣遠征・上冊

Fool's Quest

羅蘋・荷布 著

李鐳 譯

Robin Hobb

瞻遠家族家系表

THE FARSEER

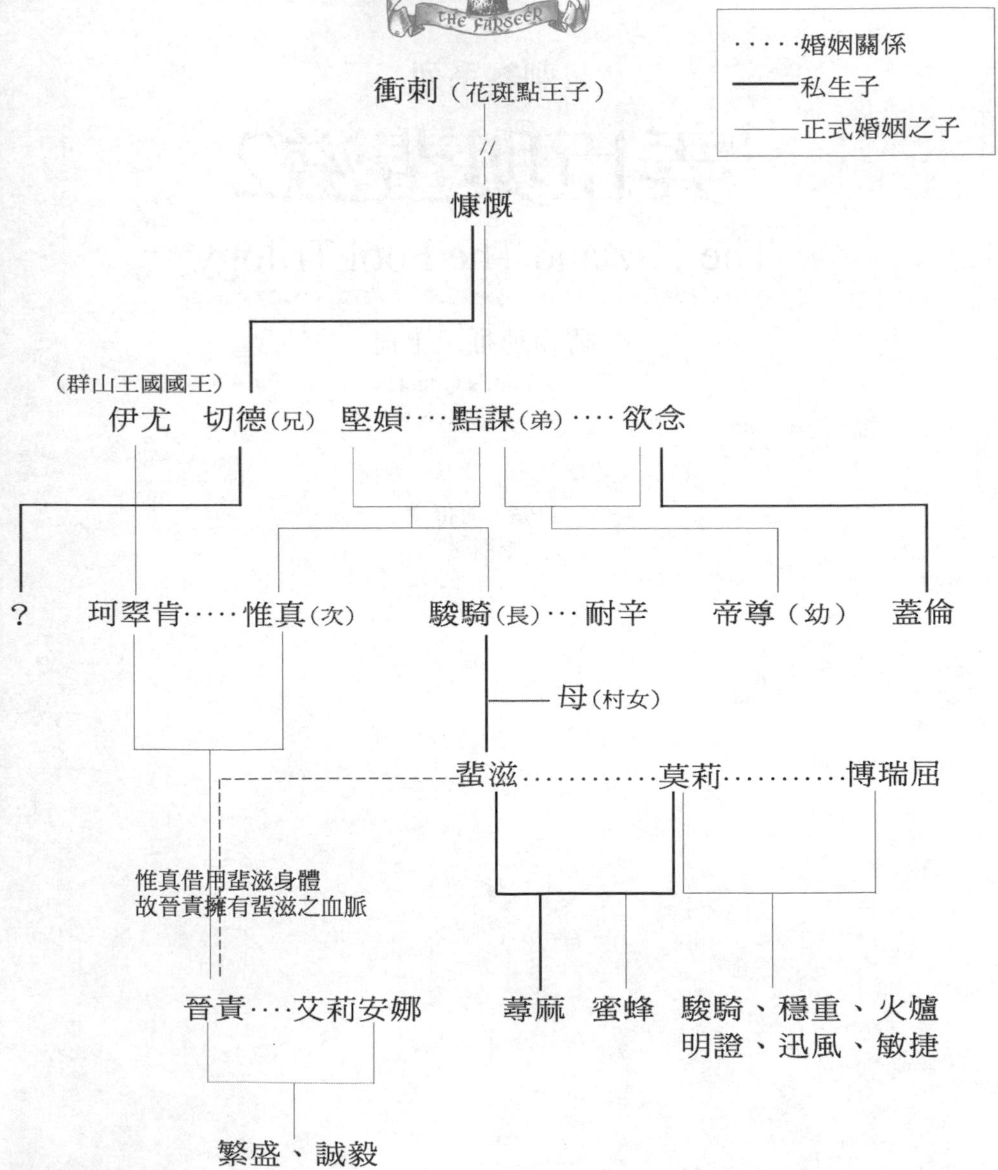

致 Rudyard，這麼多年之後，你仍然是我的至愛。

弄臣遠征

目錄

上冊

下冊

六大公國
冰礁淺灘
國界
烽火臺
白島
近鄰群島
群鷗島
鉤島
海豹灣
貝歇島
高陵地
公鹿
鹿角島
冶煉鎮
帘布島
爪島
淺灘小島
潔宜灣
瑞本
小雨灣
守望島
蛋島
N
W
E
S

冰河平原
白海
鴉島
冰凍海岸
小魚灣
冰城
冷灣
渡輪鎮
畢恩斯
熊河
提爾斯
涂湖
酒河
公鹿河
公鹿堡
群山王國
冷河
法洛
藍湖
寶石河
沙緣
雨野原
恰斯國
雨河
修克斯
繽城
商人灣
偽灣

1

公鹿堡之冬季慶前夜

我在巢穴中，和我的哥哥姐姐在一起，感到溫暖和安全。他們全都比我更強壯，更充滿熱情。我是最後一個出生的，是所有人中最小的。我的眼睛睜開得很慢，也是所有小狼中最沒有冒險精神的。我的哥哥和姐姐膽子都很大，不止一次跟隨母親跑到巢穴口，到低矮的河岸邊去刨土。每一次，母親都會大聲喝斥他們，把他們趕回來。當母親出去狩獵的時候，就會把我們單獨留在巢穴裡。本應該有一頭成年狼留下來照看我們——也許是族群中的年輕成員，但母親是最後一頭成年狼了。她必須單獨外出打獵，而我們只能被留下來。

有一天，還沒等我們吃飽，母親就離開我們前去狩獵，卻直到從大地遠方升起的星光已經照亮了巢穴還沒有回來。我們聽到她發出一聲叫喊，隨之便是一片沉寂。

我的哥哥是我們之中最大的一隻。他的心裡充滿了恐懼和好奇。他發出響亮的嗚嗚聲，想要將母親召喚回來。但她沒有回應。他向巢穴的入口走去，我的姐姐跟在他身後。沒過多久，他們卻都驚慌地跑了回來，畏懼地蜷縮在我身旁。巢穴外有一股奇怪的氣味，非常糟糕的氣味，是血和我們不知道的生物。當我們躲藏在巢穴中，輕聲嗚咽的時候，那股鮮血的氣味變得更強烈了。我們做了唯一知道要做的事——在巢穴的最深處緊緊縮成一團。

我們聽到一些聲音。那聲音不像是爪子在挖掘巢穴口，更像是某種很大的牙齒在啃咬泥土，插入土中，撕開；再插入，再撕開。我們將身子縮得更緊，我的哥哥頸後的長毛都豎了起來。我們聽到嘈雜的聲音，知道巢穴外有不止一個怪物。血腥味變得更濃重了，其中還摻雜著我們媽媽的氣味。挖掘的聲音一直持續不斷。

然後，出現了另外一股氣味。數年之後，我將會知道那是什麼，但在夢裡，我並不知道那是煙，我們都不知道那是什麼氣味。它一股股衝進了巢穴，刺痛了我們的眼睛，讓我們無法呼吸。巢穴變得愈來愈熱，又讓我們喘不過氣來。最終，我的哥哥向巢穴口爬去。我們聽到他狂野的叫聲。我嗅到了尿騷味，那是因為恐懼而排出的尿。我的姐姐躲在我後面，身子越縮越小。很快，她不再呼吸，也不再躲藏。她死了。

我趴伏在地上，用爪子捂住鼻子，兩隻眼睛在濃煙中不停地眨動。挖掘的聲音持續不斷。突然間，有什麼東西抓住了我。我叫了一聲，拚命掙扎。但那東西緊緊抓住我的前腿，把我從巢中拉了出去。

我的母親變成了一張皮和一具血紅的屍體，被扔在一旁。我的哥哥恐懼地蜷縮在一輛雙輪車後面的籠子底部。他們將我扔到哥哥旁邊，又拉出了姐姐的屍體。他們都因為她的死而感到憤怒，抬腳用力踢她，就好像怒火現在還能讓她感到痛苦。然後，他們一邊抱怨著寒冷和即將到來的黑夜，一邊剝掉了她的皮，將皮扔到我母親的皮旁邊。這兩個人爬上雙輪車，向拉車的騾子抽了一鞭。這時他們已經在開始談論兩隻小狼在鬥狗市場上能賣多少錢了。母親和姐姐血淋淋的皮，讓我的鼻腔裡充滿了死亡的臭味。

這只是折磨的開始，而這場折磨將貫穿我的一生。有些日子裡，我們能夠得到食物，有些時候則不能。我們沒有能夠躲避雨水的地方。唯一的溫暖只有我們相互擁抱時的體溫。我的哥哥因為長了蟲子而瘦弱不堪，死在一個深坑裡。他被扔進那個坑裡只是為了刺激那些鬥狗的凶性。於是只剩下了我一個。他們餵我吃內臟和碎肉，或者什麼食物都沒有。我的腳因為抓刨籠子而疼痛難忍。我的爪子裂開，肌肉因為長時間受到限制而痠楚僵硬。他們打我、戳我、激怒我，誘使我用身體去撞擊無法撞斷的柵欄。他們在我的籠子外面談論他們的打算——把我賣給鬥狗坑。我聽到了他們的話，卻不明白他們的意思。

我不明白那些辭句。我在痙攣中醒來。片刻之間，一切都是這樣不正常、這樣陌生。我的身子縮成一團，劇烈地顫抖著。我全身的長毛都被剝去，露出赤裸的皮膚，兩條後腿以錯誤的角度彎曲著，還受到了某種東西的限制。我的感覺遲鈍麻木，就好像被塞進了一只口袋裡。在我的周圍全是那種讓我感到痛恨的怪物的氣味。我露出牙齒，面部扭曲，掙扎著衝出束縛。

掉落到地板上之後，毯子也隨之落在我身上。這時我才知道，我實際上正是那些可憎的人類之一。我困惑地端詳自己所在的這個黑暗房間。感覺時間應該是早晨了。但身下的地板並不是我臥室的橡木地板，房間裡的氣味也不屬於我。我慢慢站起身，努力讓雙眼適應所處的環境。我緊張的眼神捕捉到了一些紅色眼睛的眨動，然後那些紅色的眼睛變成了一堆即將熄滅的餘燼。那是一座壁爐。

當我摸索著走過房間時，整個世界逐漸在我的身邊穩定下來。我撥開壁爐中的餘燼，在上面又加了幾根木柴。切德在公鹿堡的舊寓所隨之從黑暗中漸漸浮現。我移動依舊有些麻木的肢體，找到新蠟燭，將它們點燃，喚醒了這個房間，讓它重新被綿延不滅的微光所充滿。然後我又向周圍掃視了一圈，等待自己的生命追上我。大致可以判斷出，黑夜已經過去，在這堵沒有窗戶的厚重石牆外面，白天正顯露姿容。昨天那些可怕的事情——我差一點殺死了弄臣、將我的孩子丟給我無法信任的人，還有為了帶弄臣來到公鹿堡而過度汲取謎語的精技力量，差一點對他造成危險——它們如同奔湧的海潮，在我心中逐一閃現，又被吞沒在這個密閉房間所度過的每個日夜的記憶裡。在那些屬於遙遠過去的記憶中，我一直在學習成為皇家刺客的各種技藝和祕辛。終於，壁爐中的柴枝跳動起明亮的火焰，在暗淡的燭火之外為房間中又增添了一個光源。我就像是走了很長的路，又重新成為自己。那個關於被捕獲的狼的恐怖夢境慢慢消散了。片刻之間，我有些好奇為什麼這個夢會如此強烈地回到我的意識裡，不過一轉眼，這個念頭已經溜走了。夜眼，我的狼，我的兄弟，早已離開了這個世界。只有牠的回音還棲息在我的意識、我的心和我的記憶中。但無論我現在要面對什麼，牠都已經不再保護我的背後。現在我只有一個人了。

但弄臣回來了。我的朋友回到了我的身邊。現在他殘破不堪，甚至意識都可能並不清明，但他就在這裡。我高舉起一根蠟燭，走回到他和我共用的床邊。

弄臣還在熟睡。他的樣子非常糟糕。酷刑折磨的痕跡依然清晰地印在他滿是傷痕的臉上。嚴苛的生活環境和長期的饑餓讓他的皮膚變得乾薄皸裂，到處都是擦傷。他的頭髮也稀疏了許多，彷彿破敗的乾草。即使是這樣，他看上去已經比我們剛剛重逢的時候好多了。現在他清潔了身體，吃飽了肚子，睡在溫暖的房間裡。他的呼吸很平穩，正如同一個剛剛恢復力量的人。我只希望自己能坦然承認，現在他的這份體力是我灌注給他的。但這也是愚蠢的我從謎語身上偷來的力量。當我們利用精技穿過高聳的門石時，就這樣將謎語的體力傳給了弄臣。我很後悔因為自己的無知而濫用了謎語的力量，但我不能否認自己在聽到弄臣穩定的呼吸時寬慰的心情。昨天晚上，弄臣還有力氣和我說話，甚至還走了一點路，為自己洗淨了身體，並吃了食物。我這次最初見到他的時候，他只是一名身體殘破到不成形的乞丐，我根本沒想到他還能做這些事。

但借來的力量並非是真正的力量。我對他進行了倉卒的精技治療，這剝奪了他最後一點體力。而我從謎語那裡偷來的精力也不可能繼續支撐他了。我希望他昨天得到的食物和休息能夠開始重建他的身體。看著他沉沉睡去，我終於重獲勇氣，敢於期盼他會活下來。我輕輕挪動腳步，撿起因為自己的跌落而被拖下床的被子，重新為他蓋好。

他改變了這麼多。他曾經是一個在各個方面都非常愛美的人。他的服裝都是精心剪裁，房間裡有各種裝飾，床帳和窗簾也都華美無比，被梳理得完美無瑕的頭髮，由仔細挑選能夠配合衣飾髮色、款式也必須讓他滿意的彩帶紮起來。但那個精緻秀美的人已經不復存在了。回到我身邊的弄臣就像是一個用破布袋填出來的稻草人。他的臉只剩下皮包骨，在一堆刑餘的傷痕中有兩隻看不見的眼睛。那些殘忍的人徹底改變了弄臣的樣子，讓我一開始甚至沒能認出他。那個輕盈敏捷、臉上永遠帶著嘲諷微笑的小丑不見了；優雅高貴的黃金大人和他的華麗衣著、翩翩風度也蕩然無蹤。我的面前只剩下了這個如同死屍的可憐人。

他的一雙盲眼緊閉著，雙唇張開了一根手指那麼寬的縫隙，穿過口腔的呼吸引起一陣陣微弱的嘶嘶聲。「弄臣？」我一邊問，一邊小心地輕搖他的肩膀。他唯一的反應只有呼吸中輕微的抽搐。又過了一會兒，他微微歎了口氣，彷彿是放棄了痛苦與抗拒，又進入到呼吸平穩的熟睡中。

他從敵人手中逃出來，歷經困苦，走過漫長而艱辛的旅程來與我相會。他的身體已經徹底殘破，心中充滿了對於追蹤之敵的畏懼。但他終於實現了目標。昨天晚上，在他失去知覺以前，他曾經求我為他殺人。他希望我們返回克拉利斯，前去他的舊日學院，找那些曾經殘酷折磨他的人，並且極力懇求我使用舊日的刺客技巧把那些人全部殺死。

他知道我已經將自己的那一段人生徹底拋到了身後，變成了一個與過去完全不同的人，一個有體面身分的人物；是我的女兒的家宅管理人，一個小女孩的父親。我已不再是刺客了，我已經遠離了殺戮，不再是那個細瘦精悍、手臂上的肌肉就像心一樣硬的殺手了。我現在是一名鄉間士紳。我們都已經改變了許多。

我還能回憶起弄臣那嘲諷的微笑和閃閃發亮的眼睛，在魅力四射的同時又會讓人怒不可遏。他已經改變了，但我相信，我依然認得他所有最重要的特質，那些特質不會因為他出生在哪裡、父母是什麼人，或者其他任何瑣碎的現實而改變。我們在很年輕的時候就已經相識。一個瘦楚的微笑扭曲了我的嘴唇。不，我們的共同經歷並不是從童年開始的。從某種角度看，我懷疑我們兩個都不曾有過真正的童年。但堅持了那麼多年的深摯友誼，是我對他無法產生猶疑的基礎。我知道他的本性。我知道他忠誠於什麼，願意為什麼而獻身。我比任何人都更瞭解他的祕密。我一直小心翼翼地守衛著這些，就如同它們也是我自己的祕密。我見到過他絕望、在恐懼中無能為力。我見過他被痛苦壓垮，見過他酗酒到痛哭流淚。我甚至見到過他死去，又在死去之後讓自己的身體活轉回來，並召喚他的靈魂返回軀體。

所以，我認識他，認識他的每一寸一分，直到骨髓。

或者我是這樣以為的。

我深吸一口氣，又緩緩地呼出來，但這絲毫無助於鬆弛我緊繃的神經。我就像是一個孩子，害怕看到黑暗，因為不知道黑暗中會潛藏著什麼。我一直在否認自己所知道的事實。我並不認識弄臣，並非瞭解他直到骨髓。我知道，為了讓這個世界走上最好的軌道，他會去做他認為必須做到的一切事情。他曾經讓我踏上介於死亡和生命之間的剃刀鋒刃，曾經讓我承受痛苦、艱難和失落。他曾經讓自己承受殘酷的折磨和死亡，因為他相信這樣做在所難免。這一切全都只是為了他所見到的關於未來的幻象。

所以，如果他相信一定有人要死，但他卻無法親自殺死那個人，他就會要我幫忙，還會在這種要求中加上那一句可怕的「為了我」。

我從他身邊轉過身。是的，他會這樣要求我，我最不想再次染指的事情，而我會答應他。當我看著他這副被徹底摧殘的身軀，心中便無法不湧起海一般的怒與恨。沒有人，沒有人能在如此傷害他之後仍然活下去。任何心腸如此冷酷的人，都會繼續去折磨和摧毀其他本不應該承受苦難的人。這樣對他的一定是怪物。無論他們的外表多麼像人，其所作所為已經說明了一切。他們需要被殺死。而這正是我應該做的。

我想要做這件事。看著弄臣的時間愈久，我就愈想要去殺人，不是用那種迅速而安靜的方式，而是要血肉狼藉，要喧囂狂亂。我要讓曾經對弄臣做過那種事的人知道他們必死無疑，並且知道他們為什麼會死。我要讓他們為所做的事感到後悔。

但我不能。這種矛盾的心情正在將我撕裂。

我只能拒絕弄臣。因為儘管我很愛他，對他的愛就像我們的友誼一樣深，像我燃燒的怒火一樣熾烈，但蜜蜂才是我首先應該保護，應該為之奉獻一切的。為了援救我的朋友，我將蜜蜂丟給其他人照管，這已經違背了我的心意和原則。我的小女兒是妻子莫莉留給我的一切。蜜蜂是我最後成為一位好父親的機會，而最近我一直沒有能好好承擔責任。多年以前，我辜負了長女蕁麻。我丟下她，讓她以為另一個男人是她的父親，讓另一個人撫養她長大。蕁麻已經開始懷疑我是否有能力照看好蜜蜂。她已經提到要帶走蜜蜂，把她帶來這裡，來到公鹿堡，由她來將蜜蜂撫養長大。

我不能允許這樣的事情發生。蜜蜂太小，太與眾不同。她不可能在宮廷政治的漩渦中存活下來。我必須保障她的安全。讓她和我一起待在細柳林，在那座寧靜安全的田園宅邸中生活。她在那裡可以依照自己的意願慢慢長大，與眾不同，神奇而精采。所以，儘管我為了救弄臣而離開她，但也只有這一次，而且我離開她的時間一定不會很長。我很快就會回到她身邊。也許，我安慰自己，如果弄臣恢復得足夠好，我會帶弄臣跟我一起回去，帶他去安靜而舒適的細柳林，讓他在那裡得到治療和休養。以他現在的身體狀況，要返回克拉利斯是絕對不可能的，更不要說幫助我殺死那些曾經折磨他的人了。我知道，復仇可以等待，但陪伴一個孩子的成長是不能等待的。我有一個機會成為蜜蜂的父親，那就是現在。無論何時，我都能成為弄臣的刺客。所以現在，我能給弄臣的最好的東西是平靜和治療。是的，這些才是首要的。

在不長的一段時間裡，我悄無聲息地在這個刺客的巢穴中遊蕩。在這裡，我有著許多快樂的幼時記憶。那個雜亂無章的老人居所現在變得整潔有序，因為它的主人換成了迷迭香女士。現在她負責打理這些房間。整潔的環境讓人感到愉悅，但我還是有些想念切德那些隨意放置的物品和胡亂堆積的卷軸與藥材。這裡的書架上曾經堆放著各種奇奇怪怪的東西，比如蛇的骨架，或者是一塊變成石頭的骨骼。現在，我只看到被塞好的瓶子和罐子井井有條地排列在那裡。

這些瓶瓶罐罐上都整齊地貼著標籤，上面是迷迭香女士精緻的字體。這些藥料中有帶我走、精靈樹皮、纈草、驅狼草、薄荷、熊油、漆樹、狐狸手套、辛丁和提爾司煙。一只罐子的標籤上寫著外島精靈樹皮，這應該是為了和性質要柔和得多的六大公國精靈樹皮作區分。一只玻璃瓶中裝著一種深紅色的混合物，只要輕輕碰一下就會令人不安地旋轉。在這種混合物中能看到許多銀色的絲線，並不與紅色相融，卻又不像油漂浮在水上。我從沒有見到過這樣的混合物。這只瓶子沒有標籤。我一直讓它保持豎直狀態，小心地將它放回到木架子上。有一些東西最好不要去碰。我也不知道什麼是咖蘆葛根和血馳。但這兩只瓶子的標籤上都畫著紅色的小骷髏。

下面的架子上放著研磨用的杵臼、切割用的小刀、過濾用的篩子和用於加熱融化藥料的厚重罐子。這裡還整齊地排列著各種染色的金屬勺子。它們下方是一排小陶土罐。一開始我並沒有想到這些罐子可以用來做些什麼。它們並不比我的拳頭更大，罐身和緊緊封住的蓋子上都有光亮的褐色釉彩。它們都被用柏油封住，只有每只蓋子的中央有一個孔，每個孔中都伸出了一根被蠟裹住的纏結細麻繩。我小心地將一只這樣的罐子拿起來，然後明白了。切德和我說過他用爆炸粉末進行的試驗。這些正是他進行殺人研究的最新進展。我又小心地把罐子放回去。這些殺戮工具嚴整地排列在架子上，就像是一支忠心耿耿的部隊，而我早已放棄了使用它們的生涯。我歎了口氣，不過並沒有半點後悔。然後我轉過身不再看它們。這時弄臣還在熟睡。

我將昨晚進食用的碗碟放到一只大托盤裡，又把房間大致打掃了一下。現在浴盆中的水已經變得冰冷，呈現出骯髒的灰色。弄臣曾經穿著的內衣被扔在浴盆旁，骯髒得令人望而生畏。我甚至不敢將它們扔進壁爐中燒掉，唯恐它們的臭氣會隨之噴發出來。我並不厭惡它們，只是感到可憐。我在昨天穿的衣服上還留著血漬，那是一條狗和弄臣的血。我告訴自己，血跡在深色的布料上並不顯眼。但又想了想，我還是走到那個一直都立在床邊的雕花舊衣櫃前。以前這個衣櫃裡只有切德的工作服，全都是一些耐穿的灰色羊毛衣，大多在切德無窮無盡的試驗中被染了色，或者有了燒焦的痕跡。現在這個衣櫃裡只掛著兩件工作長袍，全都被染成了藍色，而且對我來說都太小了。讓我驚訝的是，這裡還有一條女人的睡袍和兩件簡單的內衫，一條對我而言顯然短得可笑的黑色緊身褲。沒錯，這些都是迷迭香女士的物品。這裡沒有可以讓我穿的衣服了。

就這樣靜悄悄地離開，只留下正在睡覺的弄臣一個人讓我心感不安，但我還有事情要做。我相信會有人被派來這裡進行打掃和整飭。我不喜歡將昏睡不醒、無力自衛的弄臣留給別人。但我也知道，在這一點上我應該信任切德。這裡的一切都是他在昨晚為我們準備好的。儘管那時他還有緊急事務亟待處理。

六大公國和群山王國正在與他國進行盟約談判。為此，許多位高權重的代表都被邀請至公鹿堡，歡慶冬季慶並在此度過一個星期。但即使是在這樣盛大的晚宴當中，正當人們在曼妙的樂聲中盡情舞蹈的時候，不僅是切德，晉責國王和他的母親珂翠肯王后都託故離開會場，來探視我和弄臣。切德還想辦法為我們布置好了這個房間，提供我們一應所需。他不會怠慢我的朋友。無論他派誰來到這個房間，那個人應該都不會有疏失之處。

切德。我吸了一口氣，用精技魔法向他伸展過去。我們的意識衝撞在一起。切德？弄臣睡著了，我還有事情要做，我想……

是的，是的，好。現在不行，蜚滋。我們正在討論克爾辛拉的局勢。如果他們不願意管好他們的龍，我們也許就不得不組建一個聯盟去對付那些生物。我已經為你和你的客人做好了安排。

如果你需要，在藍色書架的一只袋子裡有錢。但現在我必須將全部精力放在眼前的事務上。繽城宣稱克爾辛拉有可能正在尋求和恰斯國結盟！

哦。我撤回了自己的思維。突然間，我覺得自己就像是一個打擾了大人們討論重要事宜的孩子。龍。一個對抗龍的聯盟。和誰結盟？繽城？除了用足夠的肉塞滿那些巨大生物的肚子，讓牠們心滿意足，昏昏欲睡，人類還有什麼辦法對抗牠們？難道和這些傲慢的食肉巨獸交朋友不比挑戰牠們更好嗎？他們完全沒有徵詢我的觀點，這讓我感覺自己受到了不合情理的冷落。

但下一刻，我就開始責備自己。就讓切德、晉責、艾莉安娜和珂翠肯去對付那些龍好了。你還是走開吧，蜚滋。

我掀起一片織錦掛毯，悄然走進公鹿堡牆後錯綜複雜的密道中。我曾經像熟悉馬廄一樣熟悉這些密道。儘管歲月荏苒，這些在城牆內或沿著外牆逶迤蛇行的狹窄走廊並沒有改變。

只有我變了。我已經不再是一個清瘦的男孩，甚至已經不再年輕。我是一個六十歲的男人，儘管我還可以自誇，說自己仍然足以整日進行高強度的工作，但我已經不再輕盈柔韌。在這些小走廊裡，我曾經像鼬鼠一樣不假思索地縱躍奔竄，現在卻需要一些觀察和摸索了。我來到那個老食品室的入口，在封閉的祕門旁俯下身，將耳朵貼到牆上，靜靜地等待了一段時間，才走到一個掛滿香腸的肉架後面。

我被冬季慶剛剛開始的混亂拯救了。當我離開食品室，進入走廊的時候，一個圍裙上滿是麵粉的高大女人立刻要求知道是什麼耽誤了我這麼長時間。「你有沒有替我找到鵝油？」

「我，我沒有在這裡看到鵝油。」我回答道。她立刻用嚴厲的語氣斥責我：「那是因為你走錯了食品室！再向前過兩道門，沿一段樓梯下去，進第二道門。那是一個很冷的房間，在那裡找，就在架子上的一只褐色大瓦罐裡。快點！」

然後她就轉過身，把我丟在原地。她一邊走開，還在一邊大聲嘟囔著應該在節日之前多僱一些人手。我緊張地呼出一口氣，轉身看見一個和我身高差不多的人正抱著一只沉重的褐色瓦罐，吃力地從走廊另一端走過來。我跟著他走進廚房，經過芳香四溢的新鮮麵包、冒著熱氣的湯和大塊的烤肉，快步走了出去。

儘管天氣寒冷，公鹿堡的場院中卻是熱鬧非凡。而我完全像是一個受到差遣、行色匆匆的普通人。我驚訝地看了一眼天空。時間已經過了正午。我完全沒有打算睡這麼久。暴風雪的短暫停歇讓正午的太陽在天頂閃耀。但雪肯定還會繼續下。現在我有些後悔昨天衝動地丟掉了我的斗篷。如果運氣好，我應該能在大雪重新落下之前重新找到一件。

我首先去了醫療室，希望私下向謎語道歉。但這裡比平時更忙碌。看樣子是我們的一些衛兵在昨晚被捲入了一場鬥毆。他們都沒有受重傷，只是有一個人臉上被咬了一口。那個醜陋的傷口讓任何人看了都會打個冷戰。不過這裡的喧鬧和混亂再一次幫助了我。我很快就發現謎語已經不在這裡了。我離開醫務室，心中希望謎語的身體已經復元。不過我推測他應該是去了另一個更有助於休養的地方。我站在醫務室門外，心中盤算下一步該做什麼。

我掂了掂切德留給我的錢袋。原本我打算用來讓我的小女兒高興的錢幣，還重重地掛在我的身上，現在又加上了切德留給我的錢。離開細柳林的時候，我特意多帶了許多錢，因為我打算在水邊橡林的集市上用各種可能的方式滿足她的興致。那還只是昨天的事？一股寒意湧遍我的全身。我本打算和她度過快樂愜意的一天，卻又為何會變得如此血腥暴力？為了救弄臣的命，我無法陪伴她回家。現在守衛她的只有無法讓我信任的書記員蜚滋機敏和深隱女士。我的小蜜蜂還只有九歲，看上去更像是剛剛六歲大的孩子。我現在只想知道她今天過得怎樣。蕁麻答應我會派一隻鳥去通知她我已經平安到達公鹿堡，我知道我的長女在這樣的事情上絕不會讓我失望。那麼，等今天晚些時候，我會寫信給蜚滋機敏和樂惟，當然，我特別要寫信給蜜蜂。一位最好的騎馬信使能夠在三天後將信送到細柳林。如果雪下得太大，就要四天……一隻鳥送的信暫時應該是夠了。既然有時間，我就應該去公鹿堡城，不只是用切德的錢替自己買些新衣服，還要給蜜蜂買禮物。冬季慶禮物。我決定了，要讓她知道，即使我不能陪伴她，我的心裡也在一直想著她。我已經帶了切德的錢袋。我要盡情地縱容她，那麼我就應該先縱容一下我自己！哪怕我的禮物要在數天之後才能送給她。

我決定徒步前往公鹿堡城，而不是用精技向晉責或者蕁麻要一匹馬。馬匹不適應這裡陡峭的石子路街道。而且毫無疑問，晉責還在忙著招待他的貿易代表團。蕁麻也許還在生我的氣。這是我應得的。現在讓時間稍稍平息一下她的怒火並沒有什麼壞處。

我發現這條路比我記憶中更寬，原先路兩旁的樹木被砍去，讓路面得以拓寬，路面上的坑洞和泥窪也少了很多。城鎮的邊緣距離城堡更近了，櫛比鱗次的房屋和店鋪正沿著大道向城堡逐漸靠近。各種商販充斥在城鎮之中，我看到一家招牌是「公鹿衛士」的廉價客棧，它的後方是一家名為「下流鮭魚」的店面──我懷疑它是家妓院──大門鉸鏈鬆脫了。面色陰沉的店老闆正在修理它。走過下流鮭魚，舊日的公鹿堡城出現在我的眼前。因為節日即將到來，這座城鎮被花環、常綠樹枝和色彩鮮豔的小旗子妝點起來。街道上熙熙攘攘，不只是前往酒館消費的鎮民，還有各種旅人和趁著節日來做生意的商人。

我用了一些時間才找到我所需要的東西。在一家顯然是以水手和士兵為主要客戶的店鋪裡，我找到了兩件差不多合身的便宜襯衫、一件褐色的羊毛長馬甲、一條厚斗篷和幾條長褲。這些應該能支應一段時間了。這時，我才意識到自己已經習慣於質料比這些更好得多的衣服，這讓我不由得露出一絲苦笑。想到此，我又走進一家裁縫店。裁縫迅速為我量好尺寸，並答應衣服能在兩天內做好。我估計自己在公鹿堡至少要逗留這麼長的時間。不過我也告訴裁縫，如果衣服能更快做好，我會額外付給賞錢。我又根據自己對弄臣的觀察向裁縫報出弄臣的身體尺寸，當然，現在弄臣的身量肯定又要瘦削多了。裁縫說如果我下午晚一些回來，他們就能先做好一些適合弄臣穿的小號衣服和居家長袍。我又叮囑他們，這位小身量的客戶是一位病人，需要用柔軟的布料為他做衣服。最後，我留給這些裁縫足夠的錢幣，以保證他們會用最快的速度完成我的工作。

在進行過這些必要的採買之後，我開始緩步向音樂和娛興節目聚集的街道走去。我年輕記憶中的冬季慶就是這樣的：木偶戲和雜耍、歌曲和舞蹈、商販兜售著各種甜食和美味的小吃、鄉村巫女販賣藥劑和護身符、頭戴冬青花環的女孩們發出由衷的喜悅歡笑。我很想念莫莉，更深切地希望蜜蜂能在我身邊，和我一同感受這四處洋溢的歡樂。

我開始為蜜蜂購買禮物。掛著鈴鐺的緞帶、小棒棒糖、綴著三隻琥珀小鳥的銀項鍊、一包香料堅果、一條繡著黃色星星的綠手帕、一把配有精美角質握柄的腰帶小刀，還有能裝下所有這些禮物的一只帆布口袋。我忽然想到，信使能夠輕鬆地將這只袋子連同我的一封簡單書信送到蜜蜂的手中。於是，我繼續將這只袋子裝滿。一條用斑點海貝串成的項鍊，這種貝殼來自於非常遙遠的海灘；還有一只香盒，可以放在她的冬季羊毛衣箱裡。我向裡面裝了一樣又一樣東西，直到袋口幾乎都要合不攏了。這時天空湛藍如洗，清新的風帶來了海洋的味道。這是如同寶石的一天，我想像著蜜蜂在這只袋子裡發現各種新奇禮物時高興的模樣，自己的心也快樂起來。我一邊帶著這種愉悅的心情四處閒逛，一邊構思著要寫在信中的話語。我的信應該寫得直白清晰，讓她能清楚地讀到我的想法，知道我是多麼不願和她分開。但風很快就推來了一片新的深灰色雲團。該是返回城堡的時候了。

在回城堡的路上，我又去了那家裁縫舖，拿到了弄臣的衣服。當我走出來的時候，陰沉的烏雲已經從地平線上蔓延過來。雪花開始落下，寒風露出了牙齒。我快步走上通向城堡的陡峭大路，隨後又輕鬆地進入了城堡——就像我出來時一樣，完全沒有人阻攔。貿易代表團的到來和冬季慶的歡慶活動使得城堡衛兵都得到命令，要善待每一個進出城堡的人。

但這還是提醒了我一個必須儘快解決的問題。我需要一個身分。為了取悅女兒，我刮掉了鬍子，當時不僅是細柳林的僕人們，就連謎語都因為我的年輕外表而吃了一驚。在離開公鹿堡這麼多年以後，我不敢再自稱是湯姆．獾毛。不僅僅是因為我用來表明這一身分的花白頭髮早已消失不見，而且那些還記得湯姆．獾毛的人應該都會認為湯姆已經是一個六十歲的老人，絕不可能只是一個看上去剛剛三十幾歲的中年人。

我沒有再使用廚房入口，而是走進一條側廊，穿過一道供信使和高階僕人使用的門。我攜帶的鼓脹口袋讓我得以順利通行。一名低階僕人詢問我有什麼差事，我回答說有一只要送給蕁麻女士的包裹，於是他便為我開了門。

牆上的壁掛和城堡中的家具在這些年裡都被更換了。不過基本的房間布局依然和我小時候沒什麼差別。我走上一道僕人樓梯，來到供低階貴族居住的樓層，用一點時間等待有人讓我進去。我走進那裡的一個房間，等待走廊中空無一人的時候，成功地來到了更上一層百里香女士的舊寓所門前。鑰匙在鎖眼中順暢地轉動，我走進房間。通向切德舊房間的祕門就在那位老婦人充滿霉味的衣櫃裡面。

我就像昨晚那樣笨拙地爬過衣櫃，同時心中暗自思忖切德的這種保密行為是否真的有需要。我知道弄臣要求住在這裡，是因為他仍然害怕會有人追殺他。但我相信，經過門石的旅程已經讓我們擺脫了所有可能的追蹤者。然後我又回想起那個死去的蒼白女孩。在臨死的時候，她體內的寄生蟲還在啃食她的眼睛。於是我決定還是小心為上，將弄臣妥善地藏起來肯定不會有害處。

在我離開的時候，切德的一名祕密僕從已經來過這裡。我需要和那個人見一面。弄臣的髒衣服已經被拿走，浴盆被推到牆角，裡面沒有了水。昨天晚上的杯盤食碟都被清理走了。一只沉重的粗瓷罐蓋住罐口，掛在壁爐深處，但燉牛肉的香氣依然飄散在房間中。桌上鋪著一塊布，一大塊麵包被包裹在潔淨的黃色餐巾紙中。麵包旁邊是一小碟淺色冬季牛油。另外還有一瓶落滿灰塵的紅酒和兩只酒杯，再加上食碟和餐具。

有兩件輕軟的亞麻睡袍和同樣質料的兩條寬鬆長褲搭在椅子上，旁邊擺放著整齊地疊成卷的小羊羔毛長襪。這些也許是珂翠肯準備的。我微笑著想著，這位王后有可能為此搜遍了她自己的衣櫃，才找出這些柔軟的衣服。一邊這樣想著，我把這些衣物收拾起來，放到弄臣的床腳。

第二把椅子上的衣服就更令人感到困惑了。椅背上搭著一件天藍色的長裙，袖子上裝飾著扇形褶皺花邊，長裙上的釦子要比普通長裙多了幾十顆。椅子上放著同樣很輕軟的黑色羊毛長褲，褲腳點綴著藍色和白色的條紋。椅子邊上的軟鞋就像是兩隻小船，鞋尖上翹，鞋跟很粗。首先，弄臣現在的身體狀況肯定不適於在公鹿堡內走動。而且就算是他恢復了健康，這身衣服對他而言也過於寬大了。

自從我走進房間以來，我就一直能聽到他深沉穩定的呼吸。他能繼續安睡是一件好事。我壓抑住自己孩子氣的衝動，沒有把他叫醒，問他感覺如何，而是找到紙張，坐到切德的舊書桌後面，開始構思給蜜蜂的信。我的心中充滿話語。但在寫好問候詞之後，我就只是盯著面前的信紙。我要說的話有很多。我要讓她安心，告訴她我很快就會回去；還要給予她對待蜚滋機敏和深隱的建議。但我是否能確定只有她的眼睛會看到我寫的內容？我希望如此，不過舊日的訓練還是讓我決定，不要在信中寫下任何可能會讓別人對她產生惡感的字句。所以我只寫了希望她會喜歡隨信帶去的小東西。就像我早就答應過她的，口袋裡有一把小刀可以讓她佩在腰帶上。我相信她能夠明智地使用它。我還告訴她，我會儘快趕回家，我希望當我不在的時候，她能夠合理地使用她的時間。我並沒有要求她跟隨新教師努力學習。實際上，我更希望在我離開的這段時間，一直到冬季假期，蜚滋機敏能夠暫停授課。但我也不會將這個想法寫在紙上。我只是在信中告訴蜜蜂，我希望她在冬季慶能過得快樂，我非常非常想念她，就此結束了這封信。然後，我又靜靜地坐了一段時間，向自己保證，至少樂惟會在家中營造出歡慶的節日氛圍。在水邊橡林那個決定命運的一天，我本打算在市集上找一些吟遊歌者。廚娘肉豆蔻還給了我一張購物清單，樂惟也在上面增添了不少東西。現在那張清單應該還擺在家中的書桌上。

我必須更妥善地照顧我的女兒。我必須這樣，我一定會這樣。但在我回到家以前，我做不了什麼事情。在我能回到蜜蜂身邊以前，我只能用這些禮物補償她了。

我捲起信紙，用切德的絲帶把它紮緊，又找到他的火漆，熔化了一點滴在絲帶結上，用我的璽戒將火漆壓實。蜚滋駿騎．瞻遠的璽戒上沒有衝鋒的公鹿，只有屬於管理人湯姆．獾毛的獾爪印。我站起身，伸了個懶腰。我需要去找一名信使。

我的原智被觸動了。我歙動鼻翼，想要找到一點氣味，同時停止了一切動作，只是讓視線掃過房間。就是那裡，一幅描繪了獵犬群追逐一頭鹿的厚重織錦後面。那裡有一道祕門，有人正在那裡呼吸。我以自己的身體為中心，不讓呼吸發出任何聲音。我沒有伸手去拿武器，只是將體重壓在雙腳上，這樣我就能在任何時刻選擇疾速移動、跳躍、蹲伏，或者繼續站立原地不動。我就這樣等待著。

「不要攻擊我，先生，求你。」是一個男孩的聲音。從拖長的母音判斷，應該是個鄉下小子。

「進來。」我沒有承諾不會攻擊他。

他猶豫了一下，然後非常緩慢地將掛毯推到一旁，走進房間昏暗的燭光中。他向我伸出雙手。右手是空的，左手中握著一束卷軸。「我是為您送信的信使，先生。僅此而已。」

我仔細地審視他。他很年輕，差不多只有十二歲，身體上還沒有出現成年男性的稜角。他很瘦，肩膀也很窄，就算長大也不會成為一個身材魁梧的人。他穿著公鹿堡的藍色侍者制服，褐色的頭髮就像水犬一樣鬈曲，一雙眼睛也是褐色的。他行事很謹慎，剛一進入房間就停下了腳步，沒有再向裡面走。他能夠感覺到危險，並且沒有試圖藏匿自己，這些都提高了我對他的評價。

「誰的信？」我問他。

他用舌尖潤濕了一下嘴唇，「一個知道您在這裡的人。他向我指明了來到這裡的路徑。」

「你怎麼知道我是收信人？」

「他說您就在這裡。」

「但任何人都有可能在這裡。」

他搖搖頭，不過並沒有和我爭論。「鼻子在很早以前斷過，您的襯衫上還有陳舊的血跡。」

「好吧，把信給我。」

他像想要從陷阱中偷走一隻死兔子的狐狸一樣走過來，腳步輕盈，目光始終沒有離開我。走到桌子邊緣，他放下卷軸，便向後退去。

「就是這樣？」我問他。

他向整個房間瞥了一眼，注意到爐火和食物。「如果您還想讓我為您取些什麼東西過來，敬請吩咐，先生。」

「你的名字是……？」

他又猶豫了一下。「灰燼，先生。」他等待著，看著我。

「我不需要什麼了，灰燼。你可以走了。」

「是，先生。」他回答道。然後又向後退去。但他沒有轉過身，也沒有讓視線離開我，只是一步步緩慢後退，直到他的雙手碰到掛毯。然後，他迅速閃到了掛毯後面。我等待著，但沒有聽到他在樓梯上的腳步聲。

又過了一段時間。我如同幽靈一般向掛毯走去。但是當我將掛毯掀起，眼前已然空無一物。他消失了，彷彿從未在此出現過。我點了一下頭。經過兩次失敗以後，切德似乎終於為自己找到了一名合格的學徒。我有些好奇他得到了多少訓練？教導這個男孩的是不是迷迭香女士？他們又是在哪裡找到他的……不過我很快就將這些好奇趕出了腦海。這些都不關我的事。如果我夠聰明，就應該盡量少問問題，盡可能不要被捲進公鹿堡目前的政治和暗殺漩渦中去。我的生活已經夠複雜了。

我很餓，但我還想再等一會兒，看看弄臣是否會醒過來和我一同進餐。我回到書桌後面，打開切德的卷軸。剛看過兩行文字，我就感覺到公鹿堡的陰謀羅網又在我的身上纏緊了。「既然你在這裡，除了等待他的健康恢復之餘別無他事，也許你會想要讓自己有用一些？你的衣服已經準備好了。王室將會接受塔峰的長石領主覲見，那是公鹿公國遙遠的西北角落一片規模不大，但相當繁榮的領地。長石領主就像他的名字一樣剛硬，嗜好飲酒。有傳聞說，他的領地中的一座銅礦最近開始出產等級非常高的礦石。所以他也為了參與這次貿易談判而來到公鹿堡。」

下面還有更多內容。信中沒有一次提及我的名字。筆跡也不是切德的。不過，當然，這顯然是他的遊戲。我讀完卷軸的內容，又開始端詳留在這個房間裡那身好像長裙一樣的古怪衣服，然後歎了口氣。現在我還有一些時間，但用不了多久，我就要和他們一起在大廳中共進晚餐，參與他們的談話了。我知道我的角色，少說多聽，向切德報告我聽到的所有細節，還有誰會私下裡向我提出條件，所提的條件又有多麼豐厚。我將無從得知這場遊戲的規模有多大，只有切德能決定要讓我知道多少，並將相關的資訊不多不少地給予我。一直以來，他都在這樣編織他的羅網。

儘管為此感到煩惱，我的心中卻還是生出一點舊日的興奮。這是冬季慶的前夜。城堡廚房會竭盡所能製作珍饈美味，大廳中會有音樂和舞蹈，還有來自於六大公國各處的人們。我的新身分和這身禮服會為我吸引來眾人的目光。作為他們眼中的一個陌生人，我將像年輕時一樣，再一次成為切德的間諜。

我提起禮服，在身上比了比。當然，這不是一件長裙，而是一件過於累贅和浮誇的長外衣，還有非常不實用的袖子。它的釦子都是被染色的骨頭，雕刻成藍色小花束的樣子。外衣前襟和長袖口上都綴滿了這種釦子，實在是太多了。它們沒有固定衣服的功能，只不過是一些裝飾。這件衣服的質料很柔軟，我以前從沒有見過。當我將它披在肩膀上的時候，它比我想像的要沉重得多。我皺了皺眉，隨後很快就意識到，這是因為衣服的暗兜裡已經為我裝好了東西。

我找到了一套做工非常精良的盜竊工具和一支細齒小鋸條。在另一只衣袋裡有一把刃口格外鋒利，最受扒手喜愛的小刀。我很懷疑自己現在是否還有足夠敏捷的身手能幹這種活了。以前我曾經為切德做過幾次這種事，不是為了錢幣，而是要看看帝尊的口袋裡裝著怎樣的情書，或者確定哪一個僕人私藏著遠超過一名誠實侍者應有的金錢。那已經是多年前的事情，很多很多年以前了。

我聽到弄臣的床上傳來一陣低微的呻吟聲，便將禮服搭在手臂上，迅速來到他的身邊。「弄臣，你醒了？」

弄臣蹙起雙眉，眼睛緊閉著。但一聽到我的聲音，某種幾乎像是微笑的表情浮現在他的嘴角上。「蜚滋，這只是一個夢，對不對？」

「不，我的朋友。你就在公鹿堡，非常安全。」

「哦，蜚滋，我從沒有安全過。」他咳嗽了一下，「我本以為我死了。我有了知覺，卻沒有感覺到任何痛苦，也不覺寒冷。我以為我終於死了。然後，我挪動了一下，所有痛苦又都甦醒過來。」

「我很難過，弄臣。」最後一次傷害他的人正是我。當我看到他抱緊蜜蜂的時候，並沒有認出是他。於是我衝過去，要從一個罹患疾疫，甚至有可能已經發瘋的乞丐手中救下我的女兒，卻發現那個被我刺了數刀的人竟然是我在這個世界上最好的朋友。我立刻對他進行了精技治療，封閉刀口，讓他不致流血而亡。但這也嚴重削弱了他，在治療的過程中，我還在他的身上察覺到很多舊傷和一直在破壞他肉體的感染。如果我不能幫助他獲得足夠的力量，接受更加精準的治療，這些傷害就會緩慢地殺死他。「你餓嗎？壁爐裡有燉好的牛肉，還有紅酒和麵包、牛油。」

他沉默了一段時間，失明的雙眼在昏暗的燭光中變成兩團模糊的灰色，在他的臉上轉動著，彷彿依然在努力想要看清周圍。「真的？」他用孱弱的聲音問，「真的有這些食物？哦，蜚滋。我幾乎不敢有任何動作，唯恐我會醒來，發現這些溫暖和被褥都是一場夢。」

「我要把食物端過來嗎？」

「不，不，不要這樣。我會把湯水灑得到處都是。不僅僅是因為我無法看到，還有我的手。它們一直在發抖、抽搐。」

看到他移動自己的手指，我的心中一陣難過。在他的一隻手上，指尖上所有的軟肉都被剝去，只剩下累累的傷痕。兩隻手上，手指乾細得可怕，指節卻格外龐大。他曾經擁有那樣精緻靈巧的雙手，能輕鬆地表演各種戲法、木偶戲，雕刻精緻的木藝。我將視線從他的雙手上移開。「那麼，來吧，我帶你到火爐邊的椅子去。」

「讓我來帶路吧，你只需要在有危險的時候警告我就好了。我想要瞭解一下這個房間。自從他們弄瞎我之後，我就變得很善於瞭解房間的狀況了。」

我不知道該說些什麼。他沉重地靠在我的手臂上，但我還是讓他自己摸索著前進。「再向左一些，」我提醒了他一次。他步履蹣跚，似乎用腫脹的腳每邁出一步都會給他帶來痛苦。我很想知道他是如何走了這麼遠的路，孤身一人，雙目失明，就連腳下的道路都無法看見。等到以後吧，我對自己說。以後我再問他這些事。

他探出的手碰到了椅背，然後摸到扶手。又用了一些時間，他才挪進椅子裡，坐穩身子，歎了口氣——那並不是一聲滿足的歎息，而更像是表明他剛剛完成了一個艱難的任務。他的手指在桌面上輕輕跳動了幾下，然後就安靜地落在他的膝頭。「這種疼痛很可怕，但儘管如此，我相信自己還是能完成這段回歸的旅程。我會在這裡休息一段時間，接受一些治療。然後，我們將一同回去，燒掉那些害蟲的窩巢。蜚滋，我需要恢復視力。我必須能夠成為你的助力，而不是一個累贅。只有這樣，我們才能返回克拉利斯，一同將他們應得的正義懲罰帶給他們。」

正義。這個詞沉入我的心底。切德總是稱我們的刺客任務是「無聲的工作」或者「國王的正義」。如果我接受他的任務，這又會是什麼？弄臣的正義？「食物馬上就來。」我說道。至於他所憂心的事情，我暫時沒有給他回答。

我覺得他現在可能還沒辦法控制自己的食欲，所以只是在他的碟子裡放了一小塊被切碎的牛肉，還有塗好牛油、切成條的麵包，又為他倒了紅酒。我拿起他的手，想要引領他摸到食碟。但我沒有告訴他我要做什麼。他立刻將手抽了回來，差一點打翻了食碟，彷彿我用火鉗燙了他。「抱歉！」他幾乎在這樣做的同時發出喊聲。我笑了笑，但他沒有。

「我只是想讓你知道食物在哪裡。」我溫柔地向他解釋。

他彷彿感到羞愧一般低垂下頭，悄聲說道：「我知道。」然後，他殘破的手就像是一隻膽怯的小老鼠蹭到桌子邊緣，又小心地向前伸出，直到他碰到食碟。他的雙手在食碟上輕輕拂過，碰到裡面的食物，拿起一塊肉放進嘴裡。我想要告訴他碟子旁邊有叉子，但張了張口，卻沒有發出聲音。他知道。我不能如此糾正一個飽受折磨的人，就好像他是一個忘記禮儀的孩子。此時他的雙手又摸索著找到了餐巾。

一段時間裡，我們只是一起安靜地進餐。他吃光碟子裡的食物，又輕聲問我是否能再給他切一些肉和麵包。我這樣做的時候，他忽然問道：「那麼，我離開之後，你過得如何？」

我愣了一下，然後將切好的肉放進他的碟子裡。「算是安穩吧。」這樣回答的時候，我很驚訝自己的聲音竟然如此穩定。我尋找著合適的詞彙。一段二十四年的生活又該如何用三言兩語來表述？一段重來的愛情，一段婚姻，一個孩子和一段鰥夫的日子，這些都該怎樣述說？我開始了：「嗯，還記得我最後離開你的時候嗎？我迷失在回家的精技石柱中。曾經須臾便至的一段旅程在那一次讓我遊蕩了數個月之久。當石柱終於將我吐出來的時候，我已經接近於失去知覺。我在幾天之後才恢復神智，發現你已經走了。切德將你的禮物給了我，就是那尊雕像。我終於見到了蕁麻。一開始，我們之間的狀況還不算很好。唔，我向莫莉求了婚。我們在一起了。」我的話語猛然停住。就算是用如此平淡的話語講述這段生活，我曾經擁有又曾經失去的一切依然讓我感到心碎。我想要說，我們曾經很快樂。但我不能就這樣承認，那樣的幸福快樂已經只存在於過去了。

「我能感受到你失去親人的痛苦。」弄臣鄭重地說道。這是他真心的表達。但這也讓我遲疑良久，無法說出話來。

「你是怎麼……？」

「我是怎麼知道的？」他用微弱卻又驚奇的聲音說道，「哦，蜚滋，你覺得我為什麼會離開？讓你找到這樣一段人生？在我一直以來的預見中，緊隨在你這種選擇之後的很可能就是我的死亡。在那麼多未來中，在我死之後，我看到你堅持不懈地追求莫莉，將她贏回來，終於為你自己贏得了一些快樂和平靜——當我靠近你的時候，它們對你而言總是那樣可望而不可及。在那麼多未來中，我看到她會死去，只留下你一個人。但這並不會抹煞你曾經歷過的一切。這是我能期望你得到的最好生活。和莫莉共度許多歲月。她是那樣愛你。」

弄臣又開始吃東西。我一動不動地坐著，感覺到喉頭彷彿被緊緊攥住，巨大的痛苦如同實物塞住我的喉嚨，幾乎要讓我感到窒息。儘管雙眼不能視物，我還是認為弄臣知道我的哀傷。很長一段時間裡，他吃得很慢，彷彿是在故意拖延，讓我能繼續沉浸在所需要的靜默之中。終於，他慢慢地用最後一塊麵包揩淨了碟子裡的肉汁。吃下麵包之後，他用餐巾擦過手，又伸手去摸酒杯，將酒杯舉起，抿了一口。在他的臉上洋溢起幾近幸福的光彩。然後他將酒杯放下，低聲說：

「昨天的回憶在我的腦子裡就如同一團亂麻。」

我保持著沉默。

「我想，昨天我大部分時間都在不停地走路。我還記得那場雪，知道在我找到庇護所之前，絕不能停下。我有一根很好的手杖。當一個人失去了眼睛，手杖對他的說明簡直無法用語言來表達。但我的腳很糟糕。現在沒有了拐杖，我幾乎無法走動。無論如何，我一直在走。我知道我正在前往水邊橡林的大路上。現在我回憶起來了。一輛大車從我身邊經過，車夫向我咒罵，叫嚷著讓我躲開。但我找到了他在雪中留下的車轍，知道如果我跟著這道車轍，它就一定能引領我到達可以躲避風雪的地方。於是我繼續向前走。我的腳麻木了。這意味著我感到的疼痛會減輕。但我也因此而愈來愈頻繁地摔倒在地上。當我到達水邊橡林的時候，我覺得時間應該已經非常晚了。一條狗在向我吠叫。有人在叱罵我。大車的車轍來到一座馬廄前。我無法走進去，但馬廄外面有一堆稻草和馬糞。」他抿起嘴唇，片刻之後才帶著一點自嘲的語氣說道：「這是我學到的一件事：骯髒的稻草和馬糞經常會是溫暖的。」

我點點頭，又意識到他看不見我的動作。「是的。」我應聲道。

「我睡了一會兒。當我醒過來的時候，整座城鎮都在騷動。我聽見一個女孩在唱歌，認出那是我住在公鹿堡的時候就已熟悉的一首老冬季慶歌曲。於是我知道，今天也許是一個乞討的好日子。節日裡總是會有一些好心人。我想，我可以討要一些食物，如果能遇到好心人，我也許能求他們指給我去細柳林的路。」

「那樣你就能來找我了。」

他緩慢地點點頭，摸索著找到酒杯，喝了一小口，將酒杯放下。「我當然是來找你的。於是我開始乞討。但那個店主總是痛罵我，喝斥我離開。我知道我不應該擋在她的門口。但我很累了，而且正好坐在一個背風的地方。蜚滋，風真的很殘忍。如果空氣是靜止的，那麼寒冷也還可以忍受，但只要風一起來，空氣就變成了沒有止歇的折磨。」他的聲音低了下去，肩膀也縮起來，彷彿就連關於風的回憶也會讓他感到寒冷。

「那時，嗯，一個男孩走過來。他給了我一粒蘋果。然後那個店主人又罵了我，並喊她的丈夫來要將我趕走。那個男孩幫助我從店門口走開。然後……」弄臣的聲音消失了。他開始向左右轉頭。我覺得他並沒有意識到自己在這樣做。這讓我想起了正在尋找某種消失氣味的獵犬。然後，哀傷的話語從他的口中爆發出來，「那是如此生動鮮明，蜚滋！他正是我尋找的那個兒子。那個男孩碰觸我，我就能透過他的眼睛看見。我感覺到他可能擁有的力量——終有一日，只要他能接受訓練，只要他沒有被『僕人』腐蝕。我找到了他，這讓我喜不自勝。」黃色的淚水從他的眼睛裡緩緩流出，沿著他滿是傷痕的臉滾落。這一切都太好了。我回憶起他派遣信使給我送來的訊息：我在尋找「意外之子」。他的兒子？他真的在我不知情的時候有了一個兒子？自從他的信使找到我，並死在我家中之後，我已經對於這個孩子和他的母親是誰做了超過十幾種假設。

「我找到了他，」弄臣繼續說道，「我又失去了他。當你用刀刺我的時候。」

羞愧和自責湧過我的內心。「弄臣，我非常抱歉。如果我那時能認出你就好了。我絕對不會傷害你。」

他搖搖頭，用一隻爪子一樣的手找到餐巾，用它擦了擦臉。他的聲音就像烏鴉一樣沙啞。

「出了什麼事，蜚滋？是什麼……刺激了你，讓你想要殺我？」

「我將你錯當成有危險的人，一個可能傷害孩子的人。那時我正走出酒館，尋找我的小女兒。」

「你的小女兒？」他的喊聲打斷了我的解釋，彷彿他完全無法相信我所說的話。

「是的，我的蜜蜂。」儘管知道自己犯了大錯，提起女兒，我還是不由得露出微笑，「莫莉和我有了一個孩子，弄臣，一個小女孩。」

「不，」弄臣斷然否認了我，「不，在我看見的任何未來中，你們都不會再有孩子。」他的眉毛緊皺在一起。遍布他面孔的傷痕讓他的臉很難做出什麼表情，但現在，他幾乎顯示出怒不可遏，「我知道我會看見的。我是真正的白色先知。我應該會看見。」他用力一拍桌子，又因為疼痛抽搐了一下，將手縮回到胸前，「我應該會看見的。」他用更小的聲音堅持道。

「但我們的確有了孩子。」我輕聲說，「我知道這很難相信。我們也都認為我們不會再有孩子了。莫莉早已告訴我，她能夠懷孕的時間過去了。但她的確懷了蜜蜂。我們的小女兒。」

「不。」弄臣繼續頑固地說著。他緊緊抿起嘴唇。突然間，他的下巴就像小孩子一樣顫抖起來，「這不可能，蜚滋，這不可能。這怎麼會是真的？如果我沒有在你的生命中看到如此重大的事件，我還會錯失掉什麼？在其他許多事情上，我會犯下多麼嚴重的錯誤？我對我自己的判斷也是錯誤的嗎？」他沉默了一段時間，一雙盲眼來回轉動，想要找到我，「蜚滋，不要因為我這樣問而生氣，因為我必須這樣問。」他猶豫了一下才悄聲問道：「你確定？你能完全肯定？你知道這個孩子是你的？而並非僅僅是莫莉的？」

「她是我的。」我直白地回答。我驚訝地發現自己對於他的問題竟然感到如此憤怒，「確定無疑是我的，」我又如同挑釁一般說道：「她有著群山人的外貌，就像我的母親一樣。」

「那位你幾乎不記得的母親。」

「我記得她的樣子，所以我知道我的孩子就像她一樣。我也清楚地記得莫莉的樣子，所以知道蜜蜂是我的女兒。這一點毫無疑問。弄臣，你不應該這樣問。」

弄臣低垂下雙眼，俯下頭。「現在的線索太少了，」他似乎做出了某個決定。然後他站起來，身子一晃，撞了桌子一下，「我要回到床上去了。我的感覺不太好。」他慢吞吞地向遠處走去，一隻滿是節瘤的手向前摸索著，另一隻蜷縮在下巴附近，彷彿是在保護自己。

「我知道你狀況不好，」我說道。突然間，我對於自己斥責他的話感到非常後悔，「你現在和原來的你不一樣了，弄臣。但你會恢復的。你會的。」

「你是這樣想的？」他問道。他沒有轉向我，只是朝面前的空氣說：「我自己對此並不確定。我和一些人一同度過了十年。他們堅持我絕不是我所想像的那個人。我不是白色先知，只是一個有著鮮活夢境的男孩。你剛剛告訴我的事情讓我開始思考，他們的看法到底是不是錯的。」

我不願意看到他如此頹喪。「弄臣，想想你很久以前告訴過我的話。我們現在的光景是你從未預見到的。我們兩個都還活著。」

他沒有回答我，只是走到床邊，摸索到床沿，轉身坐到上面。然後，他躺了上去，或者不如說是癱倒在床上，抓起床單，蓋住頭，就此再不動一下。

「我告訴你的是實話，老朋友。我有一個女兒，一個依靠我的小女孩。我不能離開她。我必須撫養她長大，教導她、保護她。這是我不能丟下的責任，也是我絕不想放棄的。」我一邊說話，一邊收拾碗碟，將他撒落的食物擦抹乾淨，塞好紅酒的瓶塞。我等待著，看到他一直沒有反應，我的心也一直往下沉。最後我說道：「昨晚你要我做的事情。我會為你做好。這你也清楚。如果我可以，我會做的。但現在，我請求你，就像你昨晚請求我一樣，為了我，請理解我現在必須拒絕你。至少是現在。」

寂靜如同一顆滾落的紗線球，一直延展開來。我已經說了必須要說的話，他會明白的。他不是一個自私的人，更不是一個殘忍的人。他明白我告訴他的事實。我不能跟著他去任何地方，無論有誰需要立刻被殺死。我還有一個孩子需要撫養和保護。蜜蜂一定是第一位的。我走到床邊，撫平我這一側的床褥。也許他已經睡著了。我低聲說道：

「今晚我不能留在這裡了。切德給了我任務。我也許要很晚才能回來。你一個人在這裡可以嗎？」

還是沒有回答。我想知道他是不是真的這麼快就睡著了，還是在生悶氣。先離開一下吧，蜚滋，我勸告自己。他是一個生病的人。對他來說，休息比其他任何事都更重要。

2

長石領主

什麼是祕密？那遠遠超過只能告訴極少數幾個人，甚至只能告訴另外一個人的資訊。那是力量，是一種牽繫。它可能代表著深深的信任，或者是最黑暗的威脅。

保守一個祕密具備某種力量；透露一個祕密也具備某種力量。有時候，只有非常睿智的人才能辨別出哪一條道路通向更強大的力量。

所有渴望力量的人都應該成為收集祕密的人。無論多麼小的祕密都不會沒有價值。所有人都珍視自己的勝過其他人的。一個洗碗女僕為了確保她的祕密情人不會暴露，甚至可能願意出賣一位王子。

洩露你所囤積的祕密要非常謹慎。許多人在洩密之後會失去全部力量。而分享你自己的祕密時更要格外小心，否則你可能會發現你成為了另一個人所操控的木偶。

——辛祕．梅亨，《刺客的另一件工具》

我吃得不多，因為我已經全無胃口。我收拾好桌子。弄臣或者是睡著了，或者是在完美地裝睡。我沒有再去打擾他，只是懷著滿心的憂懼穿上切德替長石領主準備的禮服。這件衣服很合身，只不過在胸口和肚子的位置比我預料的更寬鬆。而它的舒適也讓我感到驚訝。我將幾件物品從一只暗兜挪到了另外一只。然後坐下去，將鞋穿好。

這雙鞋的鞋跟很高，讓我有些不適應。而且鞋尖超出我的腳尖很遠才向上捲起，並裝飾了一點流蘇。我試著走了幾步，又在整個房間中來回走了五趟，才確認能夠穿著它們自如走動，而不至於將自己絆倒。

切德有一副做工極為精良的大穿衣鏡——為了滿足他的虛榮，也為了訓練他的學徒。我記得在一個漫長的夜晚，他讓我站在這面鏡子前訓練我的表情，先是真誠的微笑，然後是能夠消除對方敵意的微笑，然後是諷刺的、謙恭的……他讓我做出一個又一個表情，直到我的臉都痠痛了。現在，我拿起一個燭臺，看著這面穿衣鏡裡的塔峰的長石領主。這位領主還有一頂帽子，它更像是一只柔軟的袋子。邊緣裝飾著金絲刺繡和一排裝飾性的鈕釦，以及帶有褐色髮卷的一頂優質假髮。我把它戴在頭上，不知道它是不是應該像現在這樣朝一邊側倒。

切德在櫥櫃中保留著一托盤樣式古怪的珠寶。我選擇了兩枚光彩奪目的戒指，希望它們不會將我的手指變成綠色。然後我燒了熱水，刮淨鬍鬚，又將自己檢查了一番。我剛剛離開密室，從帶著霉味的衣服下面爬進百里香女士的舊房間，就感覺到一陣氣流。我一動不動地站在原地，仔細傾聽，並抓住正確的時機問道：「難道你不認為，現在應該教教我如何使用這道門嗎？」

「或許我的確應該這麼做。現在你是長石領主，居住在下面的房間裡。」切德繞過屋角，停住腳步，贊許地向我點點頭。「那道門的機關並不在你以為的地方，甚至不在這面牆上。看這裡。」他走到壁爐旁，將一塊磚和連在它上面的灰泥挪開，讓我看到了一根黑鐵操縱桿。「這有一點澀了。隨後我會讓那個男孩給它塗一點油。」他一邊說著，一邊拉動操縱桿，那股氣流突然就中斷了。

「你是怎麼從我的舊房間裡打開這道門的？」我已經不知道自己在小時候曾經用過多少個小時來尋找那個機關了。

他歎了口氣，又露出微笑，「一個接一個，我的祕密終究都會讓你知道。我承認，看著你徒勞無功地尋找那個機關，我覺得很有趣。我本以為就算沒有別的事情發生，你終究也會在無意中發現它。它就在幔帳拉繩裡。將那道簾子完全拉上，然後再拉一下。你不會看到或聽到什麼，但那時你就能將那道門推開。現在你知道了。」

「現在我知道了。」我應聲道，「在捉摸了半個世紀之後。」

「肯定沒有半個世紀。」

「我六十歲了，」我提醒他，「你在我不到十歲的時候就領我進了這一行。是的，已經不止半個世紀了。」

「不要提醒我有多老了。」他對我說，接著坐下來，歎了口氣，「現在和你閒扯這些過去的事情，對你來說似乎不公平，畢竟你對這些已經不關心了。把你的帽子向後拉一些。就是這樣。在你上場之前，我們要讓你的鼻頭紅一點，面頰更亮一些，讓你看上去彷彿早就已經在喝酒了。我們還會將你的眉毛畫濃一些。」他側過頭，帶著批評的眼光審視我，「這樣應該就不會有人能認出你了。這是什麼？」他一邊問，一邊將蜜蜂的包裹拿了過去。

「我想要立刻送到細柳林的一些東西。是給蜜蜂的。因為要穿過見證石，我不得不突然離開她。這是她的母親死後，細柳林的第一個冬季慶。我非常希望能在那裡陪她。」

「這些東西會在今天之內就被送走。」切德鄭重地向我承諾，「今天早晨，我剛剛派出一小隊衛兵。如果我知道你有信要寄回去，就會讓他們把信帶著。他們的速度非常快。」

「這些是從市場上為她買的小禮物。一個遲到的冬季慶驚喜。等等，你派出了一小隊衛兵？為什麼？」

「蜚滋，你的腦子到哪裡去了？你將深隱和蜚滋機敏留在那裡，無人保護。你甚至連門衛都沒有。幸好我在那裡還有一、兩個知道該如何做事的人。他們沒有多少肌肉，不過眼睛很利。無論發現什麼樣的威脅，都會警告機敏。如果天氣允許，我的部隊會在三天後趕到那裡。那些士兵都是粗人，但我已經做好了安排。他們的指揮官能夠做好管理。悍勇隊長統率部下的手腕一直都很強硬，而當他率領他們向敵人衝殺的時候，也沒有任何人能擋住他們。」聽起來，切德似乎對自己的選擇非常滿意。他用指尖在桌子邊緣敲了敲，「但今天的日常信鴿一直都沒有出現。當然，在天氣惡劣的時候，這樣的事情也曾經發生過。」

「日常信鴿？」

「蜚滋，我是一個精細的人。我會照看自己。我要照看的也包括你。你在細柳林的這許多年中一直都是如此。現在，只要一隻鳥飛回來，即使沒有帶任何信，我也會知道機敏和深隱一切平安。這只是以防萬一。」

我就知道，他在細柳林至少安排了一名眼線。不過我沒想到那名眼線每天都會向他報告。也許並不詳細，但就算是沒有帶信的鳥也是一樣。「切德，當我帶弄臣來這裡的時候的確沒有想到深隱和蜚滋機敏，我為此感到慚愧。是你信任我，安排我照顧他們。但當時的情況非常緊急，恐怕我的腦子裡已經沒有其他任何想法了。」

我說話的時候，切德不斷地點著頭。他面容嚴肅，口中沒有一句話。我讓他失望了。聽我說完之後，他清了清嗓子，非常刻意地轉移了話題：「那麼，你認為你能夠在一個或者三個晚上扮演好長石領主嗎？如果我能夠有一個助手混跡於人群之中，知道該聽些什麼、該如何引導對話，我做起事來會方便得多。」

「我認為這件事我還可以做。」切德的失望讓我感到慚愧。至少這件事我能夠勝任，「你想要發現什麼？」

「哦，就是一些平常的事。或者說是一切有趣的事情。誰正在王權的視野之外圖謀交易？誰在企圖用賄賂來收買更好的交易條款？又有誰接受了賄賂？對於安撫巨龍的事情，人們普遍的看法是怎樣的？當然，你能發現的最有價值的訊息一定是所有我們預料之外的狀況，無論那是多麼微小。」

「我有什麼特別需要注意的目標嗎？」

「五個。不，也許是六個。」切德撓了撓耳朵，「我相信你能發現其中關竅。我會給你一些建議，而你要張開自己的耳朵，不放過任何有趣的話題。」

在隨後的幾個小時裡，切德向我講解了當前六大公國的各種權力平衡。他希望我格外著力刺探的一共是四男兩女，對這六個人，他更是詳細為我進行了講述，包括他們都喜愛什麼酒，其中哪些人吸菸，還有傳聞說，他們之中的兩個人正背著各自的配偶幽會。隨後切德又簡要地教導了我關於銅礦的各方面知識，讓我至少不會在這方面露出破綻。他還建議我，如果有人詳細向我詢問運作銅礦，或者是我們宣稱的那條新礦脈的事情，我最好聰明地閉緊嘴巴。

在這段時間裡，我將我的生命和時間重新放回到這位老人的手中。如果說這時我忘記了失去莫莉的悲痛，或者不再為蜜蜂和身體每況愈下的弄臣感到擔憂，那肯定是不公平的。但我的確是走出了真實生活，回到了只需要服從切德的吩咐，並將自己獲知的一切情報報告給他的簡單軌道上。這給我帶來了深深的安慰。正因為如此，我發現儘管我經歷了這麼多，失去了這麼多，每日都有這麼多的恐懼和憂慮，但我依舊是蜚滋，依舊有一些事情是我非常擅長的——這對我的心靈幾乎發揮了治癒的功效。

當切德終於向我交代完任務以後，他朝弄臣臥床的方向擺了一下頭：「他的情況如何？」

「他已經不是他了。現在他正深陷在痛苦和情緒衰落之中。我讓他感到煩惱，於是他回到床上，立刻就睡著了。」

「這不奇怪。你讓他繼續睡下去是很明智的選擇。」切德拿起蜜蜂的包裹，用一隻手掂了掂，露出寵溺的微笑。「我懷疑，公鹿堡的任何孩子都不可能得到如此充實的一只節日禮包。我有一名優秀的信使。他今晚就會帶著這個出發。」

「謝謝，」我恭敬地說。

切德不以為然地向我擺了擺一根手指，然後就離開了，同時也帶走了那只包裹。我走下隱祕樓梯，前往在我小時候曾經屬於我的房間，並把祕門在身後關閉。在樓梯末端，我停下腳步，環顧整個房間。這裡有一只旅行箱，品質很好，只是上面落滿了灰塵，還有磨損的痕跡，彷彿它經過了很遠的旅程才來到這裡。它被打開了，其中一些東西被拿出來。諸如衣物之類的東西被隨意掛在椅子上。這些看上去還很新的衣服上都裝飾著不少鈕釦。我大致查看了一下箱子裡的物品。除了一些對我來說很合身、看上去又不算太新的衣服之外，還有一個男人在外面長住的時候會攜帶的一切東西。任何打開門鎖溜進我房間的人都很有可能相信，我的確就是長石領主，正如同手帕上繡的名字。我將手帕收進衣袋裡，下樓走進了公鹿堡冬季慶前夜的慶祝人群之中。

哦，我真的很愛這樣的情景。這裡有音樂和絕佳的美食，各種美酒如同水一般流淌。一些人正在用他們桌上的小火盆享受熏煙。年輕的女士們穿上了她們最美麗的長裙，公然和那些衣著鮮豔華麗的年輕男人們調笑嬉鬧。那些人身上的鈕釦更多。而且我不是唯一穿高跟捲尖軟鞋的人。實際上，我的鞋和這些人的相比只能算是最樸素的。這種鞋讓冬季慶活潑的舞蹈真正變成了一場敏捷身手的競爭，不止一個年輕人因為滑倒失誤而敗下陣來。

我只踉蹌了一步。那時我瞥到羅網正走過大廳。我以一種無法描述的方式察覺到了公鹿堡的原智師傅。我覺得可能是他正在用原智探詢我，奇怪為什麼我會讓他感到熟悉。於是我察覺到了他的魔法碰觸。我轉過身，藉故離開了大廳裡的那片區域。那天晚上，我沒有再見到他。

我找到了切德叮囑我要注意的那些人，巧妙地讓自己加入到他們的交談之中，同時裝出一副早已飲酒過量的樣子，面帶微醺，放肆地吹噓自己領地中新發現的財富——扮演這種貴族老爺讓我很是樂在其中。我在商人和貿易商之間走動，和大廳中的高臺保持著距離。在那裡，貴族和王室成員正與繽城、遮瑪里亞和克爾辛拉的代表團進行著應酬。我只是偶爾會瞥到一眼珂翠肯王后。她穿著簡單的淺黃色長裙，略帶一點公鹿堡藍色作為裝飾。

晉責國王和艾莉安娜王后邁著安穩的步履走過大廳，接受低階貴族和大商人的敬拜，並向他們致以問候。晉責國王表現出適當的嚴肅和王者風度。他最近剛剛開始蓄留精心修剪的鬍鬚，這更增添了他的莊重氣勢。王后面帶微笑，一隻手搭在晉責的前臂上。她後冠下面鬈曲的黑色短髮比我的長不了太多。我聽說在她失去了一個女嬰以後，就再沒有留長過自己的頭髮。儘管我理解她的心情，但這種哀悼的標誌還是讓我感到困擾。無論如何，能看到她出現在人群面前還是讓我感到很高興。

曾經在我面前駕馭小馬跳過障礙的那個野女孩已經不再是孩子了。她身材嬌小，膚色黝黑，不瞭解內情的人也許會以為金髮碧眼、身材高䠷的珂翠肯王后會是這場宴會的主宰者。但實情並非如此。她們兩個在多年以前就已經達成一致，恰當地把握著她們之間的平衡。珂翠肯一心鞭策王國走上新的道路，結交新的交易伙伴，學習新的生產方法；艾莉安娜則是一名傳統主義者。她在外島接受的母系氏族教養讓她擁有了身為統治者的強大信心。她的兩個兒子走在她身後，身上穿著完美無瑕的公鹿堡藍色禮服。但他們衣服上的每一枚白銀鈕釦的圖案，都是代表其母親的跳躍獨角鯨徽章。他們還是嬰兒和小男孩的時候我就認識他們。那些日子都早已一去不返了。現在他們成為了青年，繁盛王子已經戴上樣式樸素的王儲冠冕。誠毅王子的模樣更像是他的外島母親，只是有一雙瞻遠的眼眉。看到王室家族走過，我露出微笑，自豪的淚水刺痛了我的眼睛。這些都是因為我們的努力，弄臣和我。六大公國和外島終於實現了和平。我假裝咳嗽，輕輕抹了抹濕潤的眼睛，然後匆匆轉向一旁，鑽進人群深處。但這種行為並不適合長石領主。*控制好你自己，蜚滋。*

切德和我已經確定，長石領主在其貴族名號下隱藏著一副貪婪的商人心腸。他不會對他的君主有任何好意，只是會心如鐵石地為自己保留盡可能多的稅金。我將這個角色扮演得很好。對於每一個願意屈尊向我做自我介紹的低階貴族，我都會悶悶不樂地嘟囔說，為了這些饗宴，我付出了多少稅金；甚至於氣惱地叫嚷說我的錢都被用去購買牲畜餵那些巨龍了。龍！只有那些運氣不好，住在巨龍狩獵區附近的傢伙才應該去餵牠們。否則那些人大可以搬走。我不應該為他們選了那些糟糕的地方作為家園而付帳！我一直在我的目標附近進行這種談話，確保抱怨能夠被他們聽到。

我本以為會有我們的一位貴族客人首先向我提出該如何躲避六大公國的稅務官，但最後這樣的話卻是出自於一個法洛公國的年輕人之口。他不是貴族領主或商人，而是一個河道貨運駁船運營者的兒子。這個面帶微笑的年輕人一直說著我愛聽的話，不斷用烈酒灌我。他不是切德的目標之一，但他狡猾地提出，只要知道該如何繞過河道和海港的徵稅人，就能掙大錢。這讓我覺得他是一條可以追尋的線索。我使用精技接觸切德，發現我的老導師正在利用阿憨的力量完全感知晉責國王和另外幾名精技小組成員的狀況。我不停地向他發出微弱的私密訊號，將他的注意力拉到正和我飲酒聊天的這個年輕人身上。

啊，幹得好。這是他的精技給我的全部回饋。但我感覺到了他滿意的心情，知道我給他的訊息能夠說明他摸清他正在努力解決的一些難題。

我從這名年輕男子面前走開，又混跡於人群之中，遊逛了幾個小時。冬季慶是一個盛大的節日。所有六大公國的男女公爵們都會前來公鹿堡。我看到許多舊日的老友和熟人，不過他們應該都沒有認出我。畢恩斯的婕敏女大公已經上了年紀，卻依然優雅如昔。她曾經對蜚滋駿騎心懷情愫，那彷彿已經是幾個世代以前的事情了。現在我只希望她度過了美好的一生。跑在她身邊的小傢伙也許是她的孫子，甚至有可能是曾孫了。我的熟人不只是貴族，還有僕人和貿易商，但已經不像二十年前那樣多。時間的網帶走了當中許多人的生命。

夜色漸深，大廳中因為擁擠的人群和揮汗如雨的舞者們而顯得格外溫暖。當那名年輕的內河貿易商找到我，向我介紹一位非常友善的繽城遠洋船長時，我絲毫不感到驚訝。他自我介紹是一名新貿易商，並立刻向我抱怨，他非常痛恨繽城的什一稅和外國貨物稅收制度。「那些舊貿易商全都是些因循守舊的傢伙。如果他們不能擺脫過去，認識到必須敞開大門，減輕對貿易的限制，那麼自然會有人找到窗口進去。」我向他點點頭，詢問是否能在冬季慶以後拜訪他。他給了我一塊小木片，木片光滑的表面上雕刻著他和他的船的名字——血腥獵犬。船會停靠在倉庫碼頭附近，他將在船上等待我的來訪。我又為切德的網中增加了一條魚。

一段時間裡，我只是如此縱容著自己，坐在一座小壁爐旁的椅子中，傾聽吟遊歌者誦唱一個古老的冬季慶傳說。當我起身去尋找一些清涼的蘋果酒時，一名喝了太多酒的年輕女子挽住我的手臂，要求我和她共舞。她應該還不過二十歲。在我的眼裡，她突然變成了一個讓自己身處險境的愚蠢孩子。我很想知道她的父母在哪裡，怎麼會讓她喝成這副樣子，還一個人待在節日的人群中間。

但我還是和她跳了一曲。這是一段舊式的舞蹈。儘管我的捲曲鞋尖和高鞋跟都很不合腳，但仍完美地按照節奏踏準了每一步。我們的共舞很歡快，她是一個漂亮的女孩，有著深褐色鬈髮和褐色的眼睛，身上的長裙裙襬重重疊疊，全部都是藍色。但到了舞蹈最後，我的心中充滿了孤獨感和漫長歲月留給我的哀傷。我向她表示感謝，護送她回到壁爐旁的座位裡，然後就溜走了。在我心裡，我的冬季慶夜晚已經結束，我突然間非常想念那隻能夠被我握在手中的小手，還有那雙仰視我的藍色大眼睛。在我的人生中，第一次希望我的小女兒能夠擁有精技，這樣我就能越過茫茫雪原向她伸展過去，告訴她我愛她，非常非常想念她。

當我返回房間時，我知道切德一定會履行承諾。毫無疑問，現在應該已經有一名信使策馬飛馳在前往細柳林的路上。我的包裹和信件都會在他的行囊中。但蜜蜂要在數日之後才會收到它們，知道我正在節日中想她。為什麼我一直沒有接受切德的建議，在細柳林安排一名精技學徒？當我不在的時候，他就能報告那裡的訊息，轉達我的問候。當然，這和將我的孩子抱在臂彎裡，在夜幕下與她一同旋轉舞蹈完全無法相比，但這至少能讓我做些事情。

蜜蜂，我愛妳。我用精技將自己的思緒傳出去。就好像這個縹緲的意念能夠被她收到一樣。我感覺到正在交換思想的蕁麻和切德輕柔的觸碰。我可能喝多了。或許我真的喝多了。我用精技告訴他們，我實在太想念她了。

他們都沒有回答。於是我向他們道了晚安。

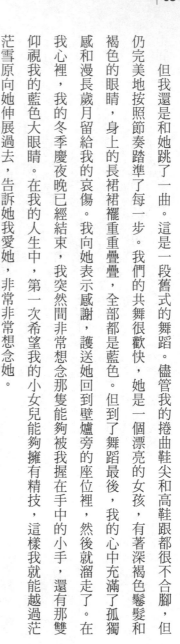

3

蜜蜂遇劫

有時候，事實的確如此，一位偉大的領袖因為自身的超凡魅力而崛起，使得其他人會追隨他走上一條通向美好未來的道路。很多事情會讓你相信，如果要創造出巨大、強而有力的變革，就必須有這樣的領袖出現。

但更深層次的事實是，要在這樣的時刻產生出這樣的領袖，往往是數十人、數百人，甚至成千上萬人共同努力的結果。對偉大的變革而言，幫助這位領袖的祖母誕生的助產士，和為他的坐騎釘好蹄鐵、讓他能縱橫馳騁引領追隨者的馬夫，都同樣不可或缺。他們之中任何一個的缺失，都會讓領袖從權力的巔峰傾倒下來，正如同一枝羽箭射穿他的胸口。

正因為如此，變革並不取決於軍事力量或者是冷酷的謀殺，更不是一定能被預見到。如果擁有了成百上千名有預見能力的白者所留下的紀錄，任何人都能成為催化劑。任何人都可以逐漸累積細小的改變，將權勢熏天的強者除去，讓另一個人取而代之。在你之前，已經有成千上百的僕人讓這一改變成為可能。我們不再依賴於某一個白色先知來為世界找到更好的道路。現在僕人已有能力鋪設我們全都在努力尋求的道路。

——僕人伊梅基亞漢，《明示》

雪正在下，白色的星星從黑色天空中紛紛揚揚地灑落下來。我躺在地上，凝望著夜空。冰冷的白色雪花在我的臉上融化，將我喚醒。我知道，我沒有睡著，也不是在休息，只是陷入了一種特別的靜止狀態。我緩緩坐起身，感覺到暈眩和噁心。

儘管處在暈眩的狀態裡，我還是能聽到聲音，嗅到氣味。冬季慶烤肉的香味很是誘人；嗶嗶剝剝的爆裂聲應該源自原木在大廳裡的大壁爐中燃燒。一名吟遊歌者正在調試海笛——一種聲音最深沉的傳統吹奏樂器。

但現在，我甦醒過來，只能滿心恐懼地注視著眼前的事實。這不是冬季慶前夜的慶典。正相反，這是一個徹底照亮了我的家園的噩夢，是一場毀滅的風暴。馬廄正在燃燒，烤肉的氣味來自於馬和人的屍體。那一段段悠長低沉的曲調並非是樂器的慢板奏鳴，而是細柳林人混亂的呻吟。

我的人們。

我揉了揉眼睛，想知道到底發生了什麼。我的雙手很重，軟綿綿地沒有一點力氣，它們被塞進了厚厚的裘皮連指手套裡。或者這是一雙毛茸茸的白色大爪子？根本就不是我的手？

我猛地一愣。我是我嗎？還是另外某個人，只是擁有我的思維？一陣戰慄湧遍全身。「我是蜜蜂。」我悄聲對自己說，「我是蜜蜂・瞻遠。是誰攻擊了我的家？我怎麼會在這裡？」

在寒冷的天氣中，我被厚實地包裹起來，像女王一樣安臥在一架我完全不認識的雪橇後部。這真是一架不可思議的雪橇。兩匹拉雪橇的白馬佩著紅色和銀色籠頭，靜靜地站立著在我面前。馭手座位的兩旁有著精巧的鍛鐵掛架，上面掛著裝飾有卷紋雕鐵框架的玻璃吊燈。在燈光下，我能看到馭手和另一個人坐在軟墊座位上，還有我躺臥的這張雪橇床優雅柔曲的邊緣。我伸出手，想要摸一摸這張經過拋光的木床，卻發現自己無法做到。厚重的毯子和裘皮包裹著我困乏的身體，就像繫上死扣的繩索一樣無法撼動。雪橇正停在莊園大道邊緣。不遠處就是細柳林的莊園大門。但現在那兩扇大門已經破碎不堪，毫無用處了。

我晃了晃頭，想要清理纏裹住意識的蜘蛛網。我應該做些什麼！我必須有所行動，但我的身子又重又軟，就像是一袋濕衣服。我已經記不起自己是如何回到細柳林的，更不要說怎麼會穿上如此厚重的裘皮長袍，還被包裹在一架雪橇上。我將自己能記住的事情一一排列，就像是為了尋找一隻丟失的手套而追溯自己在這一天中的每一段經歷。我和其他孩子一起在教室裡。樂惟管家在死前警告我們逃走。我將其他孩子藏在細柳林的牆中密道裡，但他們在我進去之前鎖了門。我和堅韌不屈一同逃走。他被箭射穿身體。我被捉住了。我是那樣高興自己被捉住。回憶到此為止。但我的確是被帶回了細柳林，被束縛在沉重的裘皮和十幾條毯子中，在一架雪橇上，看著我的馬廄熊熊燃燒。

我從吞噬馬廄的橙紅色火光中轉開視線，向莊園望過去。許多人，我出生以來認識的所有人都聚集在細柳林高大的正門前。他們的身上沒有可以抵禦風雪的衣服，只有室內工作所需的穿著。他們擁擠在一起，縮起身子，或者相互依偎以尋求溫暖。我看到幾個身材更加矮小的人。直到模糊的視野清晰起來，我才發現他們是我藏在牆裡的孩子們。他們沒有服從我嚴格的命令，跑出來，暴露了自己。我緩慢的思維將燃燒的馬廄和這些逃出房子的孩子們放在一起。也許他們出來是聰明的，也許那些匪徒隨後就會燒毀房屋。

那些匪徒。我用力閉起眼睛，又睜大，努力讓自己的視野和思維都變得清晰起來。

我完全不理解這場攻擊有何意義。就我所知，我們沒有敵人。我們處在公鹿公國的內陸僻壤，而現在六大公國已經沒有任何戰爭了。但這些外國人突然出現，襲擊了我們，悍然闖進我們的廳堂。

為什麼？

因為他們想要我。

這個想法不合理，但它似乎是真的。這些匪徒來到此地就是要偷走我。他們手持武器，騎快馬追上了我——追上了我們兩個。哦，堅韌不屈。他的血從指縫間流出。他躲起來了嗎？還是死了？我是如何被帶回細柳林的？有一個男人抓住我，將我拖回來。那個女人似乎是這場襲擊的主使者。她一看到我就欣喜若狂，對我說她會帶我回家，回到屬於我的地方去。我皺起眉頭。那些話讓我那樣高興，讓我感覺自己被視為珍寶。我出了什麼問題？那個被霧氣圍繞的男人向我走來，迎接我，說我是他的弟弟。

但我其實是一個女孩。這一點我還沒有告訴他們。看到他們的時候，我的心中充滿了喜悅，甚至無法言語。我向那個迷霧中的男人張開雙臂，向那個身材豐滿的、如同母親一般溫柔的女人張開雙臂，正是她將我從幾乎要掐死我的匪徒手中拯救出來。但在那以後……我只記得一團溫暖的白色，僅此而已。我的記憶一片空白，但這仍然讓我感到無比羞愧。我竟然擁抱了那個把這些殺人兇手帶來我家的女人。

我慢慢轉過頭——現在我無論做什麼事情彷彿都快不起來，無法快速移動，也無法快速思考。我慢慢憶起自己重重地跌落在地上，是從一匹奔跑的馬背上。我有沒有撞到頭？這才是我出問題的原因？

我模糊的雙眼又聚焦在燃燒的馬廄上。現在有兩個人正向馬廄走去，還抬著一樣東西。他們是細柳林人，身上穿著他們最好的黃綠色衣服。冬季慶前夜變成了寒冬中的屠場。我認出其中一個是林恩，我們的牧羊人。被那兩個人抬在中間的那樣東西很沉，向下墜著，是一具屍體。在燃燒的馬廄周圍，積雪都融化成一片爛泥。他們在泥水中踉蹌前行，靠馬廄愈來愈近。他們會一直走進大火中嗎？不過他們終於停住了腳步。「一，二，三！」隨著林恩沙啞的聲音，他們甩動起那具屍體。喊到三的時候，屍體被拋了出去，掉入燃燒建築紅色的大口中。然後那兩個人轉回身，就像木偶一樣拖曳著腳步走過泥潭，離開火焰。

這才是馬廄被點燃的原因？要處理掉那些屍體？一個熾熱的大火堆是處理屍體非常有效的手段。這一點我是從父親那裡學到的。「爸爸？」我悄聲說道。他在哪裡？他會來救我嗎？他能拯救我們所有人嗎？不。他已經去了公鹿堡。他撇下我去了公鹿堡，為的是搶救那名盲眼老乞丐。他不會來救我，不會來救我們的人。沒有人會來救我們。

「我可沒有這麼蠢。」我的聲音很小，但這句話我說得很清楚。我沒想到自己會這樣說。似乎心中的一部分正努力要喚醒這個遲鈍呆滯的我。我心懷恐懼地向周圍掃視了一眼，看看是否有人聽到我說話。他們肯定沒有聽到。因為……如果聽到了……如果他們聽到了，他們就會知道，知道什麼？

「知道我已經脫離了他們的控制。」

我的聲音這一次更小了。我散碎的神智也在這時逐漸拼合起來。我一動不動地坐在溫暖的雪橇床上，凝聚自己的思維和體力。在能夠有所行動之前，絕不能暴露自己已經醒過來了。雪橇上堆積著從莊園中擄掠來的裘皮和羊毛毯子。我被包裹在沉重的白色裘皮長袍中。這件長袍又厚又軟，對我來說太大了。它不屬於細柳林。我從未見到這樣的袍服，它的氣味也是來自於異域的。

一頂同樣款式的裘皮軟帽蓋住了我的頭頂。我移動戴著連指手套的雙手，將手臂從沉重的毯子下面抽出來。我被綁在這裡，就像是一件被偷竊的珍寶。他們要的就是我。我和一點別的東西。我推測，如果他們是來搶劫的，那麼細柳林的馬車隊早已應該載滿我家的財富物資，停在大道上了。現在我連它們的影子都沒看到，甚至沒有一匹莊園中的騎乘用馬——那是最值得劫掠的物資。我是他們的唯一擄獲物。為了偷走我，他們殺死了樂惟。

那麼，其他人又會怎樣？

我抬起雙眼。那些聚集在一起的細柳林人周圍有幾個小一些的火堆。他們如同被看管的牲畜一樣站在積雪中。一些人只是因為同伴的攙扶才能站穩。他們的面孔因為痛苦和恐懼而變形，讓我幾乎不敢去細看。那些火堆的燃料是細柳林中精美的家具。燒掉它們不是為了給人們取暖，而是要在黑夜中提供光亮，以免這些被俘的人逃走。大多數匪徒都騎在馬上。不是我們的馬，鞍韉和我們的完全不同。我從未見過這樣的馬鞍——鞍背是那麼高。我調動麻木的大腦，開始點數他們。人數並不多，也許只有十個左右。但他們都是揮舞鋼鐵的嗜血之人。他們大多膚色白皙，頭髮是黃色，或者留著灰白的鬍鬚，個子很高，面色凶戾。有些人手中還握著刀劍。他們是殺人犯，是接受命令的士兵。在這些有著和我同樣淺色頭髮的人中，我看到了那個追上我的人，是他拖著我返回莊園，根本不在意我是不是會被勒死。他正和那個曾經向他叫喊的女人面對面地站立著，那個讓他放下我的女人。在他們身旁——我的視線一下子被吸引了過去，是的，就在那裡，就是他，那個迷霧中的男人。

我在今天之前就見過他。

他曾經出現在水邊橡林，在那裡的市集中，讓整座市鎮都被籠罩在迷霧裡面。所有看到他的人都會自動把眼睛轉向一旁。他就在那條巷子裡。那條沒有人走進去的巷子。當時他的身後藏著什麼？那些匪徒？那個溫柔慈祥，我一聽到她說話就立刻愛上了她的女人？我不能確定。我未能看穿他的迷霧，只是勉強看到了他。現在我用模糊的眼睛也是只能勉強看到他。他就站在那個女人身邊。

他正在做什麼事。某種很困難的事。他為之耗費了很大力氣，甚至無法再用迷霧遮住我的眼睛。看清這一點更有助於讓我清晰地思考這個人。每一分一秒，我的意識都更頻繁地回到我的掌握之中，身體也更加屬於我。現在我能感覺到自己的身體在這一天中出現的瘀傷，還有頭痛。我讓舌頭在口腔裡轉動了一下，找到我將腮部咬爛的地方，然後用舌頭頂住那裡，嚐到血的味道，讓疼痛喚醒我。突然間，我的意識再一次完全屬於我，而且只屬於我。

做些什麼。不要一動不動地在這裡坐著，任由他們燒掉妳朋友的屍體，任由細柳林的人們站在雪中瑟縮。我知道，他們很無助，他們的頭腦幾乎就像我剛才那樣一片模糊。也許我能夠找回自己只是因為在那些年中，我一直承受著父親的思維給我帶來的壓力。而他們只能悲苦地站在原地，就像陷入暴風雪中的羊群一樣困頓無依。他們知道狀況不對，但也只能這樣站著。他們還在發出呻吟，但那低沉的聲音就像是畜欄後面待宰牛羊的哀鳴。還在走動的細柳林人只有林恩和他的同伴了。他們又走了回來，出現在火光中，抬起一具屍體，蹣跚前行，面容僵硬。他們只是被安排做工的人，而且指使他們的人肯定也命令他們不許思考自己正在做什麼。

我看著那個迷霧中的男人。現在我能確定，應該說他是一個迷霧中的男孩。他的圓臉還像孩子那樣缺乏陽剛的稜線，下巴也不夠方硬。他的身體很柔軟，顯得缺乏鍛鍊。不過我相信他的心智應該和身體完全不同。現在他正緊皺著雙眉，顯然是集中了精神。突然之間，我注意到那些士兵。現在他完全沒有理會細柳林人，他相信施加給他們的迷障不會很快消散。他在全力控制那些士兵，讓他們服從那個女人的吩咐。他的迷霧包裹住了一名騎在馬背上的老者。

那名老者手中持劍，劍鋒上正有黑色的液體向地面滴落。那團迷霧幾乎完全遮擋了我的視線。然後我意識到，我實際上並不能真正看穿它。它在反光，所以那名老者的身周出現了一圈紅色的火焰光暈。他的面孔非常可怕，那上面的骨骼堅硬，一雙眼睛色澤很淺，而皮肉顯得蒼老而頹敗，就好像正在慢慢融化。對於所有不像他那樣狠惡怨忿的人，他都充滿了敵意和憎恨。我在自己的思緒中探索，在我的牆壁上打出一個小孔，讓我能夠感覺到那個迷霧之人向那名老軍人灌輸了一些什麼。迷霧之人用勝利的喜悅將他包裹，用滿意與飽足填充他的內心。這樣做很成功。他將得到獎勵，超出他預料的獎勵。人們會知道他的功業，到處傳誦他的偉大，將他深深銘記，還會後悔以前對待他的方式。世間之人將匍匐在他面前，乞求他的仁慈。

但現在他要怎樣做？他應該放棄搶掠和強姦的念頭。他們已經找到了此行的目標，現在該是他和他的手下帶著這份收穫，踏上回家旅程的時候了。如果他們在這裡耽擱，將只會讓狀況變得複雜。會發生更多的戰鬥，更多死傷……不應如此。迷霧突然發生轉變。不要再向他灌輸這樣的前景了。迷霧開始充滿了寒冷和黑暗，讓他感到疲憊。他手中的劍變得沉重，護甲壓彎了他的肩頭。他們已經得到了想要的。愈早返回恰斯國，就能愈早一步享受那片土地的溫暖和豐厚的獎賞；愈早在馬鞍上俯視那些曾經鄙夷過他，現在正為此而深感後悔的人們。

「我們應該把這裡全部燒掉，把他們全殺死、全燒光。」他的一名部下說道。那名部下正騎在一匹褐色的馬上，面帶微笑，露出了一口好牙，淺色的頭髮在他的腦後被繫成了兩根長辮子。他策馬衝進簇擁在一起的人群。人群立刻在他的面前分開，就像是被燒燙的勺子切開的牛油。在人群中，他調轉坐騎，看著自己的指揮官。「指揮官埃里克！為什麼我們還要讓這裡有一根站立的木樁？」

那名身材豐滿的女人在夜色中用清晰的話語說道：「不，不，豪根。這樣做是愚蠢的。不要急於行動。聽從你的指揮官的命令。埃里克知道怎麼做才是明智的。燒掉馬廄和屍體，就讓文德里亞去對付剩下的人好了。我們可以放心回家，不會有人記得或者追趕我們。我們已經得到了想要的。走吧。不必擔心會有追兵，我們能迅速返回溫暖之地。」

我努力掙脫出纏捲住我的毯子和衣服。我的靴子，他們脫掉了我的靴子，只留下了長襪。我應該找到靴子，還是失去逃跑的機會？沉重的白色長袍一直垂過我的膝蓋。我將它提起來，爬到雪橇的背面，從雪橇床邊翻了下去。我的兩條腿在身子下面一彎，臉一下子撞進了積雪裡。我掙扎著抓住雪橇邊緣站起來。現在我的全身都痛得要命，但最糟糕的還不是這個。我覺得自己的肌肉彷彿完全無法控制。我不得不浪費掉寶貴的時間，讓自己的兩條腿恢復能力，直到我可以邁步行走，不再摔跌。

然後，我站起身。我可以走路。但這又有什麼用？此時此刻，我比一生中的任何時刻都更加痛恨自己的瘦小。但即使我是一個高大威猛的戰士，騎在雄健的戰馬上，我又怎麼可能與這麼多武裝士兵作戰？

當我意識到另一個更加可怕的事實時，我更感到一陣無助和惡寒——即使是一支軍隊也無法挽回已經發生的災難，沒有人能夠帶回樂惟管家，收回蜚滋機敏流淌在雪地裡的熱血，或者讓化為灰燼的馬廄恢復如初了。一切都被粉碎了。我也許還能活下去，但將只是一段破碎生活的殘片。我們之中再不會有人是完整的。一切都無可挽回，對我們任何人都是如此。

我不知道該做什麼。我已經感到寒冷。我能夠回到雪橇上，將自己埋進毯子裡，就讓發生在我身上的事情繼續下去。我可以逃進黑暗中，找到被埋進雪裡的堅韌不屈和那件斗篷。我能夠跑向那些被俘虜的細柳林人，再一次被拖上雪橇。我想知道自己是否會把心一橫，衝進那幢燃燒的馬廄，死在那裡。那又會有多疼？

被逼進角落的狼不會放棄戰鬥。即使是小狼也不會。

這個想法滲進我的腦海，隨後又被一聲長而淒厲的尖叫聲凍結、打碎。奇怪的是，我竟然能聽出那是誰在尖叫。是深隱。我從馬車後面探出頭。那名曾經公然向胖女人挑釁的士兵一把抓住深隱的頭髮，興致勃勃地表示同意：「我們會走的。但首先，我要享受一下我的戰利品。」他將深隱拉起來，讓她只能腳尖著地。深隱不停地發出尖叫，就像是一隻小豬。如果換做別的時候，我聽到她這樣叫一定會覺得很有趣。她將兩隻手都伸到頭頂，攥住自己的頭髮，想要緩解頭皮受到的揪扯。她的上衣被撕裂，露出大片皮膚。今天她穿著一件像血一樣紅的長裙，上面裝飾著繁複的雪花紋樣白色蕾絲。那名士兵粗魯地晃了晃深隱，「就是這一個。這隻小貓想要用匕首扎我。她倒是還真有些戰鬥的火氣。我把她留到了現在。說真的，我可不是一個急性子的人。」

他一隻手抓著深隱的頭髮跳下馬，深隱拚命想要從他的手中掙脫出來，但他只是將抓住深隱的手從深隱的頭頂轉到了腦後。他的個子比深隱高，當他伸直手臂的時候，深隱揮舞的拳頭根本碰不到他。細柳林人只是站在旁邊，愣愣地看著。他們全都張著嘴，目光呆滯。沒有人走過去援助深隱。蜚滋機敏本來會保護深隱，但我之前就見到他倒臥在雪地的血泊中。深隱在士兵的握持下掙扎著。如果換做我，也只能像她那樣無助。士兵大笑著，在深隱的尖叫聲中高喊道：「我會特別照顧這一個，然後我會在明天上午之前追上你們。」

其他騎在馬背上的士兵也紛紛發生騷動。他們突然對眼前的一切產生了興趣，都開始反抗迷霧之人的安撫。他們的眼睛盯住了那個正在掙扎的女人，就像是家犬看到一個人正在將骨頭上最後一塊肉撕掉。

那名肥胖的女人看了迷霧之人，也就是文德里亞一眼，眼神顯得異常焦急。文德里亞用力噘起嘴唇，直到他的兩片嘴唇幾乎變成了鴨子嘴。儘管他完全沒有注意到我，但站在雪橇後面的我還是感覺他那令人窒息的壓制。我的思維變得模糊而搖曳不定，就像是一點燭火過於靠近一堆篝火。我必須有所行動，但也許還不必著急。這一切都太令人困擾，太耗費力氣。這個白天太漫長，我太累了。現在這裡又黑又冷，應該找一個寧靜又安全的地方好好休息。休息一下。

我轉向雪橇，向它的邊緣伸出手，想要爬上去。戴著連指厚手套的兩隻手一滑，我的前額重重地撞在了木頭上。

醒過來！戰鬥，或者逃跑，但不要睡著。狼父親搖晃著我的知覺，就像是用力甩動叼在嘴裡的兔子。我打了個哆嗦，恢復清醒。把它趕回去。把它趕走。但要輕輕地，輕輕地。不要讓他察覺到妳在與他戰鬥。

說得容易，但做起來很難。迷霧就像是蜘蛛網，纏繞、遮蔽、壓抑住我的視線。我抬起頭，越過雪橇向對面望去。文德里亞已經控制住了其他人。他並沒有強迫他們做任何事，只是引誘他們的思想，讓他們覺得休息和睡眠要比其他任何事情都更有吸引力。就連那些俘虜都受到了影響。有些人坐倒下去，甚至側身倒在雪地裡。

深隱停止了掙扎，但迷霧似乎沒有觸及到她。她抬起頭看著抓住自己的人，露出牙齒。豪根瞪著她，搖晃她，打她巴掌。她滿臉恨意地看著這名暴徒，但拒絕再抗爭。她已經明白，這只會讓抓住她的惡人感到有趣。豪根笑了，那笑聲殘忍又令人氣惱。然後他捏住深隱的喉嚨，狠狠將她向後摔去。深隱躺在地上，裙襬如同玫瑰花瓣一樣在雪中綻放開來。迷霧之人的力量從那名暴徒身邊退開。英俊的暴徒一腳踏在深隱的裙襬上，將她固定住，雙手伸向了自己的腰帶。

騎在馬背上的指揮官看著這名部下，顯得興致缺缺。他提高聲音，向手下們說了幾句。他的聲音已經有些蒼老無力，但這沒有關係，他知道這些人會服從他。「趕快結束這裡的事情，把屍體扔進火裡之後再追上來。我們現在要走了。」他又瞥了一眼那個英俊的手下，「不要耽擱太久，豪根。」然後，他就調轉馬頭，舉起一隻手。他的手下都跟在他身後，沒有人再回頭瞥上一眼。這時另一些人從陰影中走出來，有的騎馬，有的徒步，遠比我剛才數過的更多。那名身材豐滿的女人和文德里亞環顧周圍。我這才知道，他們兩個還有別的同伴。我一直沒有注意到這些人，這全都是因為那個迷霧之人。

這些人身穿白衣。但是當他們經過篝火，聚集到胖女人和文德里亞周圍的時候，我才發現我錯了。他們的衣著是黃色和象牙色，而且款式一樣，上身都是剪裁貼身的外衣，下身是用碎布拼綴的長褲，看上去就像某種怪異的制服。他們還戴著編織帽子，從頸後垂下的帽簷向前覆蓋住他們的耳朵，裹住他們的喉嚨。我從沒有見到過這樣的帽子。他們的面容也都很相似，就好像他們都是兄弟姐妹——髮色和膚色都很淺，下巴渾圓，有著玫瑰色的嘴唇。我看不出他們是男性還是女性。他們靜靜地移動著，嘴角下垂，顯出一副筋疲力竭的樣子。那名英俊的暴徒此時腳踩著深隱，還在和他冰冷的硬皮腰帶戰鬥。他們從他身邊走過，看看深隱，目光中有可憐，卻沒有仁慈。

等到他們在周圍站定，胖女人說道：「我很抱歉，蟄伏者們。我就像你們一樣希望這樣的事情能夠避免。但我們都知道，這一旦開始就無法再回頭了。我們已經預見到這樣的狀況有可能發生，而且在這條道路上，沒有任何清晰的預兆能夠在避免它發生的同時，又讓我們可以找到那個男孩。所以，今天我們選擇了一條定然會沾染鮮血的道路。這我們都清楚，我們同樣明白，只有這條路能夠引領我們找到必須找到的目標。我們找到了他。現在，我們必須帶他回家。」

那些人年輕的面孔因為恐懼而變得僵硬。其中一個人說話了：「這些人呢？這些沒有死的人呢？」

「不必為他們擔心。」胖女人安慰她的隨從們，「他們最壞的時候已經過去了。文德里亞會撫慰他們的心智。對於今晚的事情，他們幾乎都不會記得。他們會為自己身上出現的傷痕構想出各種理由，卻忘記實際上遭遇了什麼。在文德里亞這樣做的時候，你們要做好出發的準備。金德瑞，帶蘇拉和睿頻去收拾馬匹。奧拉利婭，妳來架雪橇。我已經疲憊得快說不出話了。但在這裡的一切結束之前，我還必須照顧好文德里亞。」

我看到牧羊人林恩和他的同伴離開了簇擁在一起的俘虜。他們抬著另外一具屍體。看他們漠不關心的表情，會以為他們只是抬著一袋穀物。我又看到那個英俊的暴徒跪倒在雪地裡。他已經扯開了自己的褲子。現在他正在將深隱美麗的紅裙子掀起來，露出她的雙腿。

深隱是不是一直在等待這一刻？她狠狠向暴徒打出一拳，目標是豪根的臉，卻只打在他的胸膛上。深隱從喉頭深處發出一聲充滿抗拒的無言號泣，竭力想要翻身逃走。但豪根抓住了她的一條腿，把她拉了回來，同時發出歡快的大笑。深隱的反抗讓他感到愉悅，因為他知道她一定會失敗。深隱抓住他的一根辮子，用力揪扯。他打了深隱一巴掌。她一下子就不動了。這一擊打暈了她。

我不喜歡深隱，但她是我的人。就像欒惟曾經也是我的，只是他不會再回來了。還有蜚滋機敏。他們都為我而死，他們都曾經努力想要阻止這些陌生人搶走我——即使他們自己也許並不知道這些暴徒的目的。而我非常清楚地知道，這個英俊的男人在傷害和羞辱了深隱之後會做什麼。他會殺死深隱。牧羊人林恩和他的助手會將深隱的屍體丟進燃燒的馬廄。

就像我的父親和我燒掉那位信使的屍體。

我行動了。我開始奔跑，儘管我的個子很小，穿著濕透並開始結冰的襪子，還有沉重的裘皮長袍。我跌跌撞撞地不斷邁過厚重潮濕的積雪。這就像是被裹在麻袋裡奔跑。「住手！」我喊道，「住手！」火焰的咆哮，細柳林人的嘟囔與呻吟，還有深隱絕望的哭號將我的聲音吞沒了。

但她聽見了——那個胖女人。她向我轉過身，只剩下迷霧之人還在盯著擁擠在一起的人群，向他們施展魔法。現在我和那個英俊男人的距離要比和胖女人的更近。我向他跑過去，發出了一種和深隱的哭號很相似的無言尖叫。豪根正在撕碎深隱的衣服。他已經扯去了深隱的冬季慶繡花胸衣，讓深隱的胸部裸露在冰冷的落雪中。現在他的目標是深隱的紅裙子，但他只能用一隻手幹這件事，他的另一隻手還在抵擋深隱絕望的搥打和抓撓。我的速度不夠快，但我還是及時趕到，用盡全力伸雙臂向他推去。

他輕輕哼了一聲，滿懷怒氣地向我轉過臉，揮臂打了我一下。我覺得他甚至沒有用全力。他的大部分力氣還被用在壓制深隱上。他根本不需要用全力。我向後飛去，落在深深的積雪中。他將我肺裡的空氣全都打了出去，但比疼痛更讓我難過的是恥辱感。我在窒息中翻滾著，終於從積雪中爬起來，用手和膝蓋撐住身子。隨著一陣痛苦的吸氣，我喊出了在我聽來幾乎沒有什麼意義的話，但這也是我能想到的最能夠阻嚇這些人的話了：「如果你傷害她，我就弄死我自己！」

那名強姦犯根本沒有注意我，但我聽到了胖女人的隨從們發出憤怒的喊聲。胖女人也在用我不知道的一種語言叫喊著。那些膚色白皙的人們突然彷彿發狂一般衝過來。三個人抓住我，把我扶起來，焦急地撣掃掉我身上的雪，讓我覺得自己就像是一塊被拍打的地毯。我把他們推開，向深隱跑去。我看不到她現在的狀況，只知道那裡發生了戰鬥。我從救援我的人手中掙脫出來，高喊道：「深隱！救救深隱，不是我！是深隱！」

爭鬥的人群似乎把深隱踩在了腳下，不過他們很快就移開了。這些白皮膚的人並不善於戰鬥，只是他們的數量實在很多，而強姦犯只有一個。一次又一次，我聽到拳頭結結實實地打在皮肉上的聲音，每當有人發出痛苦的哀號，一名胖女人的僕從便會隨之倒在地上，捂著流血的鼻子，或者抱著肚子彎起腰。但憑藉人數上的絕對優勢，他們終於壓倒了他，用許多人的體重把他死死按在雪地裡。一個人突然喊道：「他咬人！小心！」這讓壓在他身上的人們又是一陣躁動。

發生這些事的時候，我還在努力向前攀爬，倒下，又站起來，直到衝出積雪，跑進被踏平的空地上。我跪倒在深隱的身邊，抽噎著說：「醒過來！求妳，醒過來！」

她沒有動。我沒有從她身上感覺到半點活力。然後，當我撫摸她的面頰時，她圓睜的雙眼眨了眨，抬起頭看著我，卻彷彿沒有認出我，只是在不停地發出短促尖利的叫聲，就好像一隻窩巢受到威脅的母雞。「深隱！堅強起來！妳現在安全了！我會保護妳。」做出這樣的承諾時，我就發現它是多麼荒謬。我用被扯破的衣服和蕾絲為她包裹身子，卻使得連指手套上的雪撒在了她裸露的胸口上。她喘息一聲，突然抓住了破碎的衣服邊緣，坐起身，把衣服拉起來。她低頭看著手中的碎布片，用沙啞的聲音說：「這曾經是最好的，但現在不是了。」她低下頭，發出哭泣的聲音，那哭聲在恐懼中顫抖，她的眼睛裡卻沒有流出一滴淚水。

「它還是最好的。」我向她保證，「妳還是最好的。」我想要拍拍她，安慰她，卻意識到這副連指手套上還都是雪。我想要把手從手套裡抽出來，但手套是固定在我的裘皮長袍的袖子上的。

在我們身後，那個胖女人正在對倒在地上的強姦犯說話：「你不能得到她。你聽到廈思姆的話了。他認為這個女人比他的生命更重要。為了避免廈思姆傷害自己，這個女人絕不能受到傷害。」

我轉過頭去看他們。那個胖女人正將壓倒強姦犯的人逐一推開，他們都慢慢離開了那名強姦犯。強姦犯依然趴在地上，只是不停地咒罵。我不需要聽懂他的語言，就知道他的怒火有多麼旺盛。白皮膚的人們跌跌撞撞地站起來，有的向後栽倒，有的踉蹌著走開。有兩個白皮膚的人鼻子還在流血。最後他也站起身，向雪中啐了一口，繼續咒罵著，大步走進了黑暗中。我聽到他憤怒地說了些什麼，然後是一匹受驚的馬沉重的踏蹄聲。沒過多久，那匹馬就奔跑了起來。

我終於脫下了連指手套。蹲在深隱的身邊。我很想對她說些什麼，卻不知道該如何開口。我不會再說謊，對她說什麼她已經安全了。我們都不安全。她將身子緊緊縮成一團，把膝蓋抵在胸前，將臉埋在膝蓋之間。

「廈思姆。」胖女人向我俯下身。我沒有看她。「廈思姆，」她再一次說道，並碰了碰我，「這個人，她對你很重要？你在讓她做重要的事情？她是必不可少的？」她將手放在深隱彎曲的脖子上，彷彿深隱是一條狗。深隱躲開了她的碰觸，「你必須把她留在身邊？」

這些言辭沉進我的心裡，就像蜚滋機敏的血滲進了那些被踏髒的雪中。它們在我的心裡融出一個一個的窟窿。這個問題非常重要，我必須回答，而且必須正確地回答。她想讓我說什麼？我要怎樣說才能讓她保證深隱會活下來？

我依然沒有去看胖女人。「深隱是必不可少的，」我說道，「她在做很重要的事情。」我揮動手臂向遠處一指，憤怒地喊道：「他們都是必不可少的。他們全都在做著重要的事情！」

「確實如此。」胖女人溫和地對我說，彷彿我是一個小孩子。這時我想到，也許她以為我比實際年齡要小得多。我能利用這一點嗎？當她繼續說話的時候，我開始瘋狂地在腦海中翻找各種可行的策略，「每一個人都是重要的。每一個人都在做重要的事。但總有些人會比另一些人更重要。有的人所做的事情會造成變化。巨大的變化。或者他們會製造出一個又一個的小改變，最終導致巨大的改變——只要有人懂得該如何利用這些小改變。」她蹲下身子，讓自己比我更矮，抬起頭看著我，「你知道我在說什麼，對不對，虔思姆？你已經看見過那些道路，還有站在十字路口的那些人，對不對？」

我將臉轉開。她伸出手，捧住我的下巴，讓我轉回臉看著她。但我只是盯著她的嘴。她無法強迫我去看她的眼睛。「虔思姆，」她說出這個名字的時候，語音中帶著溫和的責備。「現在，看著我。這個女人重要嗎？她是不是必不可少？」

我知道她的意思。我瞥到過這樣的幻象。當那名乞丐在市集上碰觸到我的時候，我看到了許多會造成劇烈變革的人。所有人都會引發變化，但有一些是激流中的巉岩，將時間的洪流導向另外一條管道。

當我說話的時候，我不知道自己說的是謊話還是實話，「她是必不可少的。她對我而言是至關重要的。」或者只是因為一時興起，或者想要讓自己的謊言更詳細一些，我又說道：「如果沒有她，我會在十歲之前死去。」

胖女人驚訝而又沮喪地輕呼了一聲。「帶著她！」她向隨從們喊道，「好好待她。她身上的傷口都要得到治療，今天她遭受的每一點委屈都要得到安慰。小心一些，蟄伏者們。無論用什麼樣的代價，都要讓這個人活下來。我們必須保護她免受豪根的傷害。現在他也許逃走了，但這只會讓他更想要這個女人。他絕不會輕易放棄，所以我們要比他更有決心。我們必須在卷軸中尋找答案，好知道我們要怎樣做才能擋住他。卡戴夫和睿頻，你們今晚的任務就是搜索回憶，看看有沒有能供我們使用的智慧。儘管我擔心這樣做也許不會有什麼收穫。」

「是否能聽我一言，德瓦利婭？」一名穿灰色衣服的年輕人深深鞠躬，並一直保持著鞠躬的姿勢。

「說吧，卡戴夫。」

卡戴夫直起身。「廈思姆稱這個女人為『深隱』。在他的語言中，這個詞的意思是注意躲避或警覺危險。有許多夢境卷軸一次又一次地提醒我們，要避免將重要的物品投入火中。如果用他的語言來描述，那些夢是不是在告訴我們，不是要避開火焰，而是要『深隱』進入火焰？」

「卡戴夫，你在做無謂的聯想。這可能造成對預言的腐蝕。一定要小心又小心，不要扭曲古老的文字，而你竟又是如此公然地讓自己看起來比你的同伴睿頻更加博學。」

「靈思拓．德瓦利婭，我……」

「難道我看上去有很多時間站在雪中和你爭辯嗎？我們在日落之前就應該離開這裡。我們在這裡耽擱的每時每刻，都可能會有人從遠處看到火焰，來查看這裡發生了什麼。那時文德里亞就必須將他的能力範圍拓展得更寬，而每一點時間的流逝都會讓他的控制變得更加薄弱。現在，服從我的命令。將廈思姆和這個女人送到雪橇上去。備好你們的馬匹。你們兩個也要幫助文德里亞上雪橇。他的體力幾乎已經耗盡了。我們必須立即離開。」

發布完命令之後，胖女人轉過身，低頭看著縮在深隱身邊的我。「那麼，小廈思姆，相信你現在已經得到想要的了。讓我們帶你上雪橇吧。該啟程了。」

「我不想走。」

「但你是要走的，我們全都知道你要走，這一點你也很清楚。從此刻開始，卷軸上只寫明了兩種可能。你和我們一起走，或者你死在這裡。」她的聲音平靜而篤定，彷彿是在說明晴朗的天空中不可能落下雨滴。我能聽出，她對自己的話堅信不疑。

曾經，我父親的養子，我的哥哥幸運為了哄我開心，會連續一個小時向我展示在他撥動一根琴弦之後，木質豎琴依然會不斷振動，唱出自己的歌聲。這時我感覺到了，這個女人的話語喚醒了我心中的共鳴。她是對的。我知道這正是事實，也正因為如此，我才會用我的死亡來威脅他們。今晚，我或許會跟隨他們離開我的家，或者會死在這裡。所有可能導致其他結果的環境已過於遙遠，或過於荒謬，無法期待。這我很清楚。也許我在今天早晨醒來的時候就已經知道了。我眨眨眼，一陣戰慄從脊背湧過。這是正在我眼前發生的事情嗎？或者這只是關於一個夢的回憶？

強壯的手臂將我從雪中拔出。難過的驚呼聲隨之響起，人們在哀歎我已經開始凍冰的濕襪子。抱起我的人用我聽不懂的語言安慰我。我抬起頭，看見另外四個人抬著深隱。深隱的身子並不重，只是她一直在以一種很不協調的方式掙扎著，彷彿她的手腳分別是四隻不同的生物。

被他們稱為德瓦利婭的那個胖女人已經回到雪橇旁，在雪橇床上重新鋪好裘皮和毯子。我被交給她。她將我放在她的雙腿中間，讓我的後背靠在她溫暖的肚子上，她則用雙臂將我環抱。我不喜歡這樣貼近她，但我還是被固定在了雪橇床上。他們又像裝載貨物一樣將深隱放到雪橇上，把毯子堆在她的身上。深隱一被放開就停止了掙扎，彷彿變成了一塊被層層疊疊蓋住的死肉。她的一側裙襬還掛在雪橇的邊緣。那片紅色就像是一條充滿嘲諷意味的舌頭。

有人在向已經上了馬的人們說話。他們開始移動了。我面向後方，聽到馬蹄踏在積雪上的沉悶聲音，木製滑軌輾壓積雪的尖細聲音，還有漸漸遠去的吞噬馬廄的火焰爆裂聲。細柳林人，我的人們正在緩緩走回到屋中。他們沒有看我們一眼。我們將馬廄燃燒的火光甩在後面，沿著漫長的大路遠離了細柳林。油燈在搖晃，灑下的光圈在周圍舞蹈。堆滿白雪的樺樹枝變成了大道上的拱門，我們就從這樣的一道道拱門下經過，如同一條寧靜的河流。

我甚至沒有察覺到迷霧之人也在雪橇上，直到他對德瓦利婭說：「完成了。」他重重地歎了口氣，顯得心滿意足。我聽出來了，他肯定是個男孩。他又用男孩的聲音說：「現在我們可以回家了，遠離這裡的寒冷，還有殺戮。靈思拓．德瓦利婭，我完全沒想到會死這麼多人。」

我感覺到胖女人轉過頭看著坐在前方馭手身旁的迷霧之人。她的話音很輕，彷彿我已經睡著了。實際上我很清醒，也不敢裝睡。「我們來到這裡本來不打算造成任何傷亡。但我們早已知道，完全避免殺戮幾乎是不可能的。我們必須使用擁有的工具。埃里克是一個心中充滿怨恨的人。他在早些年中所期冀的財富和舒適生活都化成了泡影。他失去了自己的地位、財產和安逸人生。為此他譴責整個世界。他想要用幾年時間重建起用一生所獲得的一切。所以他變得更加暴力，更加貪婪，更加殘忍，儘管這些都不是必需的。他非常危險，文德里亞，千萬不要忘記這一點。對你來說，他尤其危險。」

「我不害怕他，靈思拓．德瓦利婭。」

「你應該害怕他。」胖女人的言辭像是警告，也像是責備。她的雙手不停地動著，將更多毯子蓋在我們身上。我痛恨碰觸她的身體，卻又找不到足夠的意志移動自己。雪橇在顛簸起伏中向前滑行。我注視道路兩側細柳林的叢林。我甚至沒有心情給它們一個充滿淚水的道別。我失去了希望。我的父親不會知道我去了哪裡。我自己的人們放棄了我，自顧自地返回了細柳林莊園。沒有人叫喊一聲不要讓我走，沒有人試圖從俘獲我的人手中將我奪回；我的怪異造成了現在的處境，而這只能由我自己來面對：我從沒有真正屬於過他們。讓入侵者離開，不再會有人流血，與之相比，失去我只是一個很小的代價。他們這樣做是對的。我很高興他們沒有為了留下我而進行戰鬥。我希望能有辦法拯救深隱，而不必讓她和我一同被擄走。

我從眼角處察覺到一點動靜。油燈微微晃動，讓馭手位旁邊的鑄鐵欄杆在雪地上留下黑色的陰影，也照亮了旁邊的樹林。但林中的那一點異動並非來自於燈影的搖曳，而是一個站立的雪堆，從中露出一隻因為血跡而色澤深暗的手，一張蒼白的面孔和一雙眨也不眨的眼睛。我沒有轉過頭，沒有呼救，甚至沒有屏住呼吸。絕不能流露出任何異常的痕跡，讓別人注意到堅韌不屈正穿著我的古靈斗篷，看著我們從他面前經過。

4

弄臣的故事

冬天的利爪寒冷陰森，
獵物稀少，森林蕭條。
歌者坐在壁爐前，
溫暖他的面頰和僵硬的雙腳。
但在山峰上，在幽谷中，
巡行著比人類更堅韌的獵手。
獠牙外垂掛赤紅的舌頭，雙眼中寒光遊走。
牠們在雪中馳騁，噴出白熱的氣流。
狩獵中沒有對死亡的哀悼，
時不我待，無暇悲哀。
號吼聲中，鮮血潑灑。

生命變成美餐，死亡換取生命。

——為夜眼和牠的朋友譜寫的歌曲，幸運・悦心

這段樓梯比我記憶中更加陡峭。我來到舊臥室門前，走進去，就像以前那名刺客一樣謹慎。我關閉了臥室門，將它鎖好，把木柴放進爐火中，稍稍考慮了一下是否應該直接上床入睡。然後我拉上簾子，檢查了固定它們的橫杆。是的，我看到了。那麼多年裡，我一直都沒有看到。幔帳上連接著另一根曳索。它應該能觸發祕門，但這個機關不會發出任何聲音暴露自己。此時我推動祕門，祕門同樣悄然開啟，一道狹窄陰暗的樓梯出現在我面前。

我登上樓梯，向上捲起的鞋尖掛在階梯上，讓我踉蹌了一下。走進切德的舊工作室，我發現灰燼已經來過並離開了。我們的髒盤子已被清理，壁爐上掛著另一只冒出些微蒸氣的罐子。弄臣在我離開之後動也沒有動過一下。我心懷焦慮地走過房間，向他俯下身。「弄臣？」我輕聲說道。他哭喊一聲，揮舞起雙臂，坐起身將雙手遮在身前。他的一隻手擦過我的面頰，我從他的床邊退開。他喊道：「抱歉！不要傷害我！」

「是我，蜚滋。」我平靜地說著，竭力不讓自己的聲音中流露出痛苦。艾達和埃爾啊，弄臣，你會不會永遠都無法從過去的劫難中解脫出來了？

「抱歉，」他在喘息中重複道，「抱歉，蜚滋。」他的呼吸很吃力，「當他們讓我……他們從

不會輕輕叫我起床，或者是允許我睡到自然醒來。我變得那樣害怕睡覺，甚至會用疼痛來讓自己保持清醒。但或早或遲，任何人總是會睡著。然後他們就會弄醒我。有時候只是在我剛剛入睡後不久。用一把帶倒刺的小刀，或者是燒紅的鐵棍。」他苦澀的表情幾乎很難被稱作是微笑，「我現在痛恨火焰的氣味。」他將頭落回到枕頭上。憎恨湧過我的心，只留空虛。我永遠也無法消弭他們對他犯下的罪惡了。又過了一段時間，他向我轉過頭問道：「現在是白天了嗎？」

我感到口乾舌燥，發不出聲音。我清了清喉嚨：「現在可能是深夜或者凌晨，看你怎麼想。我們上一次說話的時候是在正午剛過。這段時間裡你一直都在睡覺嗎？」

「我並不是很清楚。有時候這件事對我來說很難確定。請給我一點時間。」

「好的。」

我退到房間另一端，盡量忽略他。弄臣蹣跚著下了床，摸索著向衣櫃走去。一段時間之後，他開口問我這裡是否有洗漱用水。

「在你床邊的架子上有一只大碗和一只水罐。如果你想要，我可以為你把水燒熱。」

「哦，熱水。」他說道，彷彿我給他的是黃金和珠玉。

「很快，」我回答道。我開始工作。他又摸索著找到爐火旁的椅子，坐下來。我驚歎於他竟然這麼快就掌握了這個房間的方位。當我為他拿來熱水和擦洗用的毛巾時，他立刻伸出了手。我意識到他一直保持著絕對的安靜，這樣就能追蹤我的聲音。我覺得自己就像是在窺探他。這時他洗淨了自己滿是傷疤的臉，然後開始一遍遍擦抹眼睛，清理掉睫毛上的黏液。洗好之後，他的眼睛變得乾淨了，但也在邊緣處顯露出血紅色。

我沒有找任何託辭，直接問道：「他們對你的眼睛做了什麼？」

弄臣把毛巾放回到碗中，將殘損的雙手握在一起，輕輕摩挲著上面腫大的關節。當我清理桌面的時候，他一直保持著沉默。現在還是不是問這種事的時候。「你餓嗎？」我問他。

「是吃飯的時候了？」

「如果你餓了，現在就是你的進餐時間。我已經吃了太多食物，有可能也喝得太多了。」

弄臣的回答讓我吃了一驚：「除了蕁麻之外，你真的有了另一個女兒？」

「是的，」我坐在椅子裡，將一隻捲尖鞋脫掉，「她的名字是蜜蜂。今年九歲了。」

「真的？」

「弄臣，我對你說謊又有什麼意義？」他沒有回答我的話。我伸手脫下另一隻鞋子，把腳放到地板上，左側小腿突然開始抽筋，我痛呼一聲，俯身去揉搓那裡的肌肉。

「出了什麼事？」弄臣有些警惕地問。

「可怕的鞋子，都是切德的恩惠。跟很高，鞋尖又向上翻。如果你能看到它們一定會笑出聲。哦，我現在穿的外衣還有幾乎垂到膝蓋的裙襬呢，還有像藍色小花一樣的鈕釦，我的帽子就像一隻鬆軟的口袋，更不要說這副鬈毛假髮了。」

一點微笑讓弄臣的嘴唇彎起。然後他又面容嚴肅地說：「你肯定想不到我是多麼希望能看看它們。」

「弄臣，我問你的眼睛並非只是出於無聊的好奇心。如果我知道你遭受了什麼，也許能幫助我修復你的創傷。」

又是一陣靜默。我摘下帽子放到桌面上，站起身開始解開外衣的釦子。這件衣服在肩膀處有一點緊。突然間，我感覺自己再無法忍受它的束縛。脫下衣服，我鬆弛地歎了口氣，把它掛在椅背上，又坐下來。弄臣拿起那頂帽子，用雙手摸索，然後將帽子連同假髮一起戴在自己的頭頂，從容自若地把假髮固定在正確的位置上，又毫不費力地將帽子擺成充滿藝術感的鬆垂模樣。

「你戴著它要比我好看多了。」

「流行風尚總是互通的。我也有一頂很相似的帽子，在多年以前。」

我等待著。

他重重歎了口氣。「什麼事我已經告訴了你？什麼事還沒有？蜚滋，在我的黑暗中，我的意識一直都在不受控地遊走，讓我幾乎無法再信任自己。」

「你告訴我的很少。」

「是嗎？也許你是知道得很少。但我向你保證，一個又一個晚上，在我的牢房中，我和你徹夜長談，鉅細靡遺。」他的嘴唇微微扭曲。他摘下帽子，放到桌面上，帽子匍匐在假髮上，像是一隻小動物。「每一次你問我一個問題，都會讓我感到驚訝。我是那樣強烈地感覺到你就在我的身邊。」他搖搖頭，然後驀然靠進椅子裡，仰頭盯著天花板，向黑暗中說道：「你知道，普立卡和我離開艾斯雷弗嘉，我們啟程前往公鹿堡。也許你絕對無法猜到，我們為此而使用了精技石柱。對於此事，普立卡說他是從他的催化劑那裡得知的，而我呢，我有碰觸惟真得到的銀指尖。所以我們來了公鹿堡。我無法抵抗最後看你一眼的誘惑，也許我們能真正做一次最後的道別。」他因為自己愚蠢而哼了一聲，「命運欺騙了我們兩個。我們打算逗留一段時間，但普立卡急於啟程，他允許我在公鹿堡停留十天。因為你肯定記得，我那時還非常虛弱，他認為過於頻繁地使用精技石柱也會有危險。十天一過，他就又開始急於上路了。一天夜晚，他催促我離開，並向我指出那個我早已明確的事實：你和我曾一起改變世界，我已經完成了任務。我們在一起的時間結束了，早已結束了。留在你身邊只會誘使世界發生其他改變，那也許是人們最不願意見到的。他說服了我。但不完全說服。我知道這是危險的，我知道這樣做很任性，但我的心中充滿了渴望。我們三個在一起，就像過去那樣。你、夜眼和我。我用精技石柱雕刻了它，並在它上面印下我的告別之吻。然後我把這份禮物留給了你。我知道，當你碰觸它的時候，我就會感覺到你。」

我驚訝地問：「你能感覺到我？」

「我告訴過你，我從來都不明智。」

「但我完全沒有感覺到你。嗯，當然，我收到了你傳來的訊息。」我覺得被弄臣騙了。他一直都知道我活著，過得很好，卻一直向我隱瞞了他的情況。

「我很抱歉。」弄臣的聲音很真誠。又過了片刻，他才繼續說道：「我們在離開公鹿堡的時候再一次使用精技石柱。這就像是一個孩子的遊戲。我們從一塊立石跳到另一塊。在我們的旅程中，普立卡不斷讓我們停下來。那時的感覺……很讓人混淆。現在想到那個時候，我還是會有一種暈眩想吐的感覺。他知道我們所面對的危險。在我們的一次跳躍中……我們到達了一座廢棄城市。」弄臣停頓一下，輕聲說：「我以前從沒有去過那個地方。在那座城市的正中有一座高塔。當我登上高塔的臺階時，我發現了那張地圖，還有破碎的窗戶和灰燼中的指引。」他又停頓了一下，「我相信那正是你曾經去過的地圖高塔。」

「克爾辛拉。現在巨龍商人們這樣稱呼它。」我告訴他——我不想讓他敘述的思路受到干擾。

「在普立卡的堅持下，我們在那裡停留了五天。我記得那裡……很怪異。即使知道那裡的石頭能做什麼，不斷聽它說話也是一件令人疲憊的事。我覺得無論我去哪裡，都無法避開那些悄聲囈語。普立卡說這是因為我指尖上的白銀精技。這座城市在吸引我，當我睡覺的時候，它就在我的耳邊低聲向我講說各種故事；我醒來時，它便試圖把我吸引進去。蜚滋，那時我終於放棄抵抗，接受了它的誘惑。我摘下手套，撫摸了一面牆壁。我相信那面牆壁是位於一座市場中。當我後來恢復神智的時候，我已經躺倒在一堆篝火旁。普立卡收拾好了我們的一切行裝。他穿著古靈衣物，也為我找到了一些同樣的衣服，其中就包括那種能夠隱身的斗篷。我們各取了一件。他說我們應該立刻離開，還說對我而言，在精技石柱中旅行，也要比在這座城市中多停留一日更加安全。根據他的說法，他用了一天半的時間才找到我。把我拖出來之後，我又睡了整整一天。我覺得自己彷彿已經在克爾辛拉生活了一年。」

「然後，我們離開了。」弄臣停住話頭。

「你餓嗎？」我問他。

他仔細思考這個問題。「我的身體已經有相當長的時間不適應規律飲食了。知道我能夠向你要求食物，而你會給我，這也幾乎讓我感到奇怪。」他咳嗽著，按住肚子轉向一旁。我給他端來水。他在杯沿處呡了一口，卻爆發出一陣更嚴重的咳嗽和喘息。當他終於能完整地吸進一口氣，再次開口說話的時候，因為用力過度而湧出的淚水沿著他的面頰滾落下來。「請給我一些葡萄酒，如果我們有的話，或者是白蘭地，或者再來一些水也行，還有一些食物。但不要太多，蜚滋，我必須慢慢來。」

「這樣很明智。」我對他說。我發現壁爐中的罐子裡是用白鮭魚、洋蔥和根莖類蔬菜做的奶油雜燴。我為他淺淺地盛了一碗，放在他面前。看到他伸手找到了同樣被我放在他面前的勺子，不由得鬆了一口氣。然後我又在他手邊放了一杯水。他開始吃東西，他的講述也隨之告一段落，這讓我感到遺憾。弄臣願意如此毫無隱晦地談論自己的時候實在是少之又少。我看著他小心地舀起一勺湯，送進嘴裡，然後又是一勺……

他停下來。「你這樣看著我，我都能感覺到了。」他有些不高興地說。

「是的，我道歉。」

我站起身，向一只杯子裡倒了一點白蘭地，然後坐進椅子中，朝爐火伸出雙腳，適度地吮了一口酒。讓我驚訝的是，弄臣說話了。我繼續看著爐火，一言不發地傾聽他在緩慢的咀嚼中講述自己的故事。

「我還記得你是如何警告王子……嗯，現在他是晉責國王了，對不對？你警告他使用精技石柱前往不熟悉的目的地會有怎樣的危險。你的擔憂是正確的。普立卡以為這些石柱還會像他上一次使用它們時一樣。我們走進地圖城的石柱，突然就發現我們面朝著地面，幾乎沒有空間能夠從石頭下面掙扎出來。」他停下來，又開始咀嚼。

「那座石柱翻倒了。我懷疑是有人故意這麼做。我們很幸運，那人做得還不夠徹底。石柱的頂端被一座噴泉的邊緣頂住了。那座噴泉早已廢棄乾涸：那座城市也和克爾辛拉完全不同。它是被有意摧毀的。那座古城位於一個島嶼最高的山上。我無法告訴你那座島的具體位置。它讓我感到陌生。數十年前，當我第一次來到這裡的時候，我並不曾經過那座古城。我第二次返回這裡的時候也沒有和它遭遇。」弄臣搖搖頭，「當我們回去的時候，我沒想到會走上那樣一條路。如果那座石柱下面沒有空間，我們會如何？我不知道，也不想去查證。」

他又開始喝湯。一些湯潑濺出來。我什麼都沒有說，只是從眼角看著他尋找餐巾，擦抹下巴和睡衣。我又喝了一口白蘭地，盡可能輕地把酒杯放回到桌子上。

「我從那座石柱下面爬出來，用了半天時間在那座廢墟中遊逛。那裡所剩不多的雕刻讓我想起了在克爾辛拉和艾斯雷弗嘉看到的雕刻。只是那裡的絕大多數雕像都被打碎了，許多建築物只剩下了殘破的石牆。那座城市被徹底破壞了。我聽到了大笑聲，半句話悄然飄入我的耳中，還有遠方傳來的一點音樂。那些不和諧的聲音在我聽來非常可怕。告訴你，如果在那裡停留的時間更長一些，我就要發瘋了。普立卡非常傷心。他對我說，那裡曾經是一個美麗和平的地方。儘管我疲憊不堪，但他還是催促我快走，彷彿他無法再去多看一眼。」

「你喝白蘭地，卻不給我？」弄臣忽然問道。

「是的。但這不是很好的白蘭地。」

「這是我聽過拒絕與朋友分享的理由中，最糟糕的一個。」

「是的，你想要一些嗎？」

「請給我一些。」

我又拿過一只酒杯，為他倒了一點。然後我起身向火爐中加了一根原木。不知不覺間，我感到非常舒服，也很疲勞——這是一種很好的感覺。我們正在一個冬季的夜晚，一切都溫暖而乾燥。今晚我為我的國王完美地完成了任務。我的老友在身旁，身體逐漸康復。想到蜜蜂，我感覺到一陣良心的譴責。我距離她那樣遙遠，只能讓她自己去面對一切問題。但我安慰自己，我的禮物和書信很快就會被送到她的手中。她擁有樂惟，而且我很信任她的侍女。她會知道我在思念她。我也嚴肅地與深隱和機敏交談過，他們應該不再敢殘酷地對待她了。還有那個馬廄的孩子給她上騎術課。知道她有了一個朋友讓我感覺很好。那是她自己結交的朋友。我希望她在莊園中還能有其他盟友，只是暫時我還不知道。我告訴自己，為她擔心是愚蠢的。她的確是一個非常能幹的孩子。

弄臣清了清嗓子，「那天晚上，我們在那座殘破城市的邊緣紮營安歇，第二天早晨，我們找到一個地方，從那裡能夠俯瞰那座島嶼的港口城鎮。普立卡說，和他上一次來到那座島時相比，那座城鎮的規模已經增長了許多。鎮裡的捕魚船隊正停泊在海港中。普立卡說會有船隻從南方來，購買鹹魚和魚油，還有用非常沉重的魚皮製作的皮革，這種貨物非常受歡迎。」

「魚皮？」這個問題從我的口中跳出來。

「實際上，這也正是我在那時的反應。我從沒有聽說過這種東西。但那裡的確有魚皮貿易——粗糙的皮很有價值，它們可以用來拋光木器甚至石器；紋理細膩的皮則被用來纏裹匕首和刀劍握柄，即使浸透了鮮血，它們也不會打滑。」他又開始咳嗽。然後他抹抹嘴，喝了更多的白蘭地。當他吸進一口氣，準備繼續講述的時候，空氣摩擦喉嚨的聲音清晰可辨，「於是，我們走了下去，穿著我們的冬季衣服進入到那座陽光明媚的市鎮中。普立卡似乎相信我們在那裡會受到歡迎。所以當人們朝我們瞪大了眼睛，立刻又轉過身時，他非常驚訝。山頂上的那座荒城被視作惡魔盤踞之地。在那座港口市鎮中，我們見到了一些廢棄的建築物。它們是用來自於荒城的石塊建成的，現在被認為有黑暗的幽靈在其中出沒。沒有人歡迎我們，甚至普立卡拿出的銀幣也無法引起他們的興趣。有幾個孩子跟在我們身後，向我們叫喊，投擲石子，直到長輩把他們叫回去。我們一直走到碼頭，普立卡終於能為我們在一艘保養狀況很糟的船上買下兩個客位。

「那艘船本來是前往那裡購買魚和魚油的，船裡也盡是那些海產的腥臭味。我也從未見過一艘船上的船員會是那樣混雜。其中的年輕人看上去都很不幸，年長的更是彷彿遭受過許多災難。有人少了一隻眼，有人一隻腳變成了木樁，或者是雙手只剩下了八根手指。我竭力勸說普立卡不要上這艘船，但他認為如果我們不馬上離開那座城鎮，會在當晚就丟掉性命。我判斷這艘船同樣是一個非常不合適的選擇，但拗不過他的一再堅持，我們就這樣出發了。」

弄臣停下來，喝了些湯，擦擦嘴，吮了一口白蘭地，小心地擦淨嘴唇和手指。他拿起湯匙，又放下，再吮了一口白蘭地，然後將一雙盲眼轉向我。我們重逢之後，他的臉上第一次掠過了純粹的淘氣神情：「你在聽嗎？」

我大笑起來，因為我知道了，他的心中還存著那股活潑的精神。「你知道的，我在聽。」

「我知道，蜚滋，我能感覺到你。」他舉起手，讓我看那些曾經被精技染成銀色的指尖。現在那些指尖都被削掉了，只剩下平整的傷疤。「我在很久以前就恢復了我和你的牽繫。他們從我的指尖上切掉了銀色的部分。大概他們猜出了那有多麼強大。所以我相信，在我被囚禁的歲月中，我開始想像我和你的牽繫。」他側過頭，「但我現在相信這種牽繫是真實的。」

「我不知道。」我承認，「在我們分開的這些年裡，我什麼都不曾感覺到。有時候，我以為你一定是死了，有時候我相信你完全忘記了我們的友誼。」我頓了一下，「不過，你的信使在我家中被殺害的那一夜，有一枚血指印被按在你留給我的雕像上，就是那尊雕刻著你、夜眼和我的雕像。我想要把指紋擦去，但那時發生了一些事情。」

「哦。」弄臣屏住呼吸，失明的雙眼注視前方，然後，歎了一口氣，「那麼，現在我明白了。那時我不知道發生了什麼事，不知道我的一名信使已經找到了你。他們……我當時正處在巨大的痛苦之中，你突然間就出現了，碰觸我的臉。我向你呼叫，要你救我，帶我逃出去，或者殺死我。然後你就走了。」他眨了眨失明的雙眼，「就是在那一晚……」他突然猛吸一口氣，撲倒在桌面上，承認道：「我崩潰了。就在那一晚。他們沒有打垮我，無論是用疼痛、謊言還是饑餓。但在那一刻，當你出現在我面前，又對我無動於衷……我就是在那時候崩潰的，蜚滋。」

我沉默著。他是如何崩潰的？他曾經告訴我，僕人們折磨他，是想要他說出他的兒子在哪裡。一個他完全不知道的兒子。對我而言，這是他的故事中最可怕的一部分。一個飽受折磨的人如果還能保守一點祕密，那就是對自己的人生還保留了一點控制權。弄臣已經一無所有。沒有工具、沒有武器、沒有情報可以作為交換，讓他遭受的折磨可以停止或者減輕。弄臣不再有半點力量。他怎麼能告訴他們他並不知道的事情？弄臣這時繼續說道：

「過了一段時間，一段很長的時間，我意識到他們沒有了聲音，沒有了審問。但我還在回答，說出了他們需要知道的一切。我尖叫著喊出你的名字，一遍又一遍。於是他們知道了。」

「知道什麼，弄臣？」

「他們知道了你的名字，我出賣了你。」

他的意識還不清晰，這一點非常明顯。「弄臣，你沒有給他們任何他們不知道的訊息。那些獵手已經到了細柳林，到了我的家。他們跟蹤了你的信使。正因為如此，雕像才會染上鮮血。無論你那時對我有著怎樣的感覺，他們已經找到了我。」我在這樣說的時候，意識又回到了很久以前的那個夜晚。僕人的獵手跟蹤弄臣的信使一直來到我家，在那裡殺死了她，沒有讓她傳遞給我弄臣的任何音訊。那已經是許多年以前的事情了。但只是在若干個星期以前，他的另一名信使到了細柳林，將他的警告和懇求傳達給我：找到他的兒子，並藏好那個孩子，不要讓獵手們找到他。那位瀕死的信使堅持說有人在追蹤她，緊緊跟在她身後。但我沒有看到任何敵人的痕跡，或者就是我沒有認出他們留下的痕跡？細柳林的草地上出現了馬蹄印，籬笆圍欄也遭到了破壞。那時我只認為那是某種巧合，如果那些人真的是追殺信使的獵手，他們一定會對她採取某種行動。

「他們的獵手沒有找到你。」弄臣堅持說，「我相信他們只是跟蹤他們的獵物到了那裡。但他們不是在尋找你。折磨我的僕人們也不會知道他們的獵手那時到了哪裡。直到我一次又一次叫嚷出你的名字，他們才知道你是多麼重要。他們本來以為你只是我的催化劑。只是我曾經利用過的某個人。而那時我已經拋棄了你……這就是他們在那時所相信的。對他們而言，催化劑只是工具，並非真正的伙伴，更不會是朋友，不會是我與之分享預言核心的人。」說到此，我們全都沉默了一段時間。

「弄臣，有些事我不明白。你說自己對於你的兒子全無所知，但你似乎又相信他一定存在，因為那些在克拉利斯折磨你的人提起了他。為什麼當你對此一無所知的時候，你會相信他們知道有這個孩子？」

「因為，如果我是一名繼上代之後崛起的白色先知，那他們在我之前就已經累積了上百、上千，甚至上萬份預言來表明在我之後會有一名繼承人。一個能夠為這個世界帶來更大改變之人。」

我不想讓他感到不安，所以盡量小心地說道：「但也有成千上萬的預言說你會死去，而實際上你並沒有死。所以我們是否能確認那個關於你兒子的預言是真實的？」

弄臣靜靜地坐了一會兒，「我不能讓我自己懷疑它們。如果我的繼承人存在，我們就必須找到他，保護他。如果我否認了他存在的可能，而他的確是存在的，又在小時候便被他們找到，那麼他的人生就會成為一場悲劇，他的死亡更會成為這個世界的悲劇。所以我必須相信他，即使我不能清楚地判明這樣一個孩子是如何出現的。」他盯著面前的黑暗，「蜚滋，就在那個市集上。我似乎回憶起來了，他就在那裡。我在那一刻碰到了他。我知道那是他。我的兒子。」他顫抖著吸了一口氣，聲音微微搖擺：「我們的周圍只有光和清明。我不僅能看到，我還能看到從那一刻起延伸出去的所有可能，所有我們齊心合力能夠做出的改變。」他的聲音變得低弱下來。「那裡沒有光，弄臣。現在正是深冬，而那時已是黃昏。唯一在你身邊的人是……弄臣，出了什麼事？」

他在椅子中不停地晃動，用雙手捂住了臉。然後他用充滿哀傷的聲音說道：「我覺得很不好。我的……我的背上有液體。」

我的心沉了下去。我走過去，站到他身旁，低聲說：「向前俯身。」讓我感到驚奇的是，他服從了我。他背上的睡衣被浸濕了，不過那不是血。「掀起衣服，」我又命令他，他試著照做。在我的幫助下，我們讓他露出脊背。他完全沒有反對。我舉高一根蠟燭。「哦，弄臣。」驚駭的聲音脫口而出，甚至沒有容我控制語氣。在他的脊椎旁邊，一顆巨大可怕的膿包鼓起來，已經裂開了，從裡面流出稀薄骯髒的液體，沿著他瘦骨嶙峋、滿是疤痕的脊背落下。「坐著不要動。」我一邊說，一邊退到旁邊，找到被爐火加熱的水。我將餐巾浸透熱水，擰乾，然後警告弄臣：「堅持一下，」接著就將餐巾捂在膿包上。他大聲吸著氣，把額頭壓在交叉於桌面的手臂上。

「像是一個膿瘡。它破開流膿了。我想這應該是好事。」

弄臣稍稍打了個哆嗦，但什麼都沒有說。我又用了一點時間才意識到他失去了知覺。「弄臣？」我碰了碰他的肩膀。沒有反應。我將精技伸展出去，找到切德。弄臣出事了。他的情況在惡化。你能不能派治療師到你的舊房間來？

沒有人知道路。而且這個時候大家應該也都睡了。我要來嗎？

不必，我會照顧他。

你確定？

我確定。

也許最好還是不要把更多的人牽扯進來，也許最好還是只有他和我在這裡。以前一直都是這樣的。當他因為疼痛而昏迷的時候，我點亮了更多的蠟燭，然後端來一盆水，盡可能清洗傷口。他一動不動，全身柔軟無力，我將清水引流進膿包中，擦去流出來的液體。沒有出血。「和一匹馬沒什麼不同。」我聽到自己在咬著牙這樣說。經過清理之後，弄臣背上的那個裂開的膿瘡就像是他皮膚上張開的一張噁心的嘴，而且非常深。我強迫自己仔細查看他飽受虐待的身體。那上面還有其他膿腫。它們鼓脹起來，一些在閃閃發亮，幾乎變成白色；另一些則紅得可怕，被密集的深色條紋所包圍。

我正看著一個慢慢死去的人。他遭受的創傷太多了。以為食物和休息能夠讓他慢慢痊癒根本就是癡心妄想。這些只會延長他死亡的時間。正在摧毀他的感染遍及全身，已經過於嚴重。他甚至有可能已經死了。

我將手放在他的頸側，用兩根手指按在那裡的脈搏點上。他還有心跳：我感覺到他的血液微弱的脈動。我閉起眼睛，讓手指留在那裡，感受著那種脈動給我帶來的特殊安慰。一陣暈眩感湧過我的全身。我已經太長時間不曾睡覺，又在宴會上喝了太多的酒，還和弄臣一起喝了白蘭地。我突然感覺自己很衰老，疲累得難以形容。多年以來，我對自己的身體施加的壓力和迫使它完成的各種任務，讓現在的它痛楚不堪。在我背上那處熟悉的舊箭傷是那樣靠近我的脊椎，隨著我的每次扭動而傳來一陣陣深入體內的疼痛，彷彿有人正在用手指不停地挖攪那個傷口。

實際上，我自己的身體在那個部位上連一道傷疤都沒有，它也不可能生出什麼痛感。只是這種認知悄悄進入我的神智，輕得就像是第一片落在窗口的雪花。我沒有細看它，只是接受了發生的一切，放慢呼吸，讓我在自己的身體中安靜下來。在我們的身體裡。

我讓知覺滑進弄臣的身體，聽到他發出一點微弱的聲音。那代表一個受傷的人在最沉的沉眠中受到了驚擾。不要擔心。我不會追尋你的祕密。

但即使只是提及祕密也會將他驚醒。他稍稍掙扎了一下。我保持寂靜，相信他不會找到我。等到他再次平靜下來以後，我放開自己直覺的觸鬚，讓它們延展到他的全身。輕柔，不要有絲毫力氣。我對自己說。我讓自己感覺到他背上的傷痛。那個破開的膿瘡遠沒有其他那些還完整的危險，它已經乾了，而另外一些膿腫還在向他的身體深處釋放毒素，弄臣卻沒有力量與它們戰鬥。

我反轉它們，把它們向外推。

這並不需要很大的力量。我小心地做著這件事，盡可能不向他的肉體索取能量。我又把另一隻手的手指放在那些有膿腫的部位上，吸引毒素。被繃緊到極點的滾燙皮膚在我的碰觸下破開，毒液滲流而出。我在用以前從不曾想到過的方式使用精技力量，此時此刻，這種技巧在我看來卻是如此明確簡單。它當然可以這樣發揮作用，它當然能這樣做。

「蜚滋。」

「蜚滋！」

「蜚滋！」

有人抓住我，把我向後拉去。我失去平衡，跌倒下去。有人想要扶住我卻沒有成功，我重重地摔在地板上，把肺裡的空氣全都擠壓了出去。我用力吸著氣，睜開雙眼。又過了一段時間，我才明白自己在看著什麼。即將熄滅的火光照亮了站在我身邊的切德。他瞪著倒在地上的我，臉上盡是驚恐。我掙扎著想要說話，卻一點聲音都發不出來。我實在是太累太累了。汗水在我的身上乾涸，我的衣服緊貼著皮膚，但我知道它們肯定曾經被汗水浸透過。我抬起頭，看清了弄臣還趴在桌子上。借助紅色的火光，我看見膿水正在從他背上的十幾處創口中流出來。我轉過頭，望向切德惶惶不安的雙眼。

「蜚滋，你在幹什麼？」切德問道，就像是他抓住了我正在施行某種汙穢邪惡的勾當。

我想要吸氣回答。他卻將視線從我的身上轉開，我這才知道有別人走進了房間。蕁麻。我感覺到她在撥動我的精技感知。「這裡出了什麼事？」她問道。隨著她走進屋中，她看清了弄臣裸露的後背，立刻厭惡地驚呼一聲，「這是蜚滋幹的？」她問切德。

「我不知道。生起爐火，點亮更多的蠟燭！」他用顫抖的聲音發出命令，然後坐進了我空出的椅子，將還在抖動的雙手在膝蓋上放穩，朝我俯過身，「孩子！你在幹什麼？」

我終於回憶起該如何將空氣吸進肺中。「試著阻止……」我又吸了一口氣，「毒性蔓延。」想要翻一個身是這樣困難。我身體的每一寸都在感到疼痛。當我終於將手按在地上，試圖把自己撐起來的時候，那雙手掌是濕滑的。我滑倒在地，將手掌舉到眼前。這雙手上全都是血和黏液。切德將桌上的一塊餐巾扔進我的手中。

蕁麻把木柴放進壁爐，爐火隨之旺盛起來。現在她正點燃新的蠟燭，替換掉那些熄滅的蠟燭頭。「這味道可真臭。」她看著弄臣說，「它們全都破開流膿了。」

「把清水燒熱。」切德對她說。

「我們不應該召喚治療師嗎？」

「現在的情況太複雜，難以解釋，如果他死了，那麼最好就不要做任何解釋。蜚滋，起來，把一切都告訴我們。」

蕁麻就像她的母親，雖然身材嬌小，卻有著出人意表的強壯。我終於坐起身。她伸手到我的腋下，拉著我站了起來。我將身體放進椅子裡，結果差一點把椅子坐翻。「我感覺很糟，太虛弱、太累了。」

「那麼，你現在也許知道謎語被你輕易燃燒掉那麼多體力之後，是什麼感受了吧。」蕁麻尖刻地說道。

切德拿走了對話的掌控權。「蜚滋，為什麼你要把弄臣切割成這樣？你們發生爭執了嗎？」

「他沒有切割弄臣。」蕁麻找到了我留在壁爐中的水，用它打濕我剛才用過的毛巾，擰乾，小心翼翼地擦拭弄臣的後背。擦去那些汙穢的液體時，她緊緊抿著雙唇，用力皺起了鼻子，臉上全都是厭惡。但她還是一邊不停地清理傷口，一邊說道：「他是想要治療弄臣。所有這些膿瘡都從裡向外被推出來了。」說到這裡，她鄙夷地向我瞥了一眼，「如果你不想跌倒，可以靠在壁爐上。你有沒有想過，在莽撞地進行精技治療以前，應該先用一隻拔掉毛的家禽進行一下試驗？」

我接受了她的建議，試著以可以控制的姿勢癱倒在壁爐上——這其實是白費力氣，他們都沒有看我。「我沒有想到。」我嘗試向他們解釋，一開始我並沒有打算治療他。然後我又閉上嘴。這麼做同樣是在白費力氣。

切德忽然又向前傾身，臉上露出恍然大悟的表情。「啊！我明白了。弄臣一定曾經被綁在椅子裡，背對著許多尖刺。皮帶慢慢收緊，迫使他一點點被插到尖刺上。如果掙扎，傷口就會變得更大。隨著皮帶繃緊，尖刺就愈插愈深。在我看來，這些舊傷表明他堅持了相當久。而且我懷疑這些尖刺上還塗了東西，可能是糞便或者其他汙物，目的是對他造成長時間的感染。」

「切德，求你。」我虛弱地說。弄臣痛苦的景象讓我感到噁心。我希望他能夠繼續保持這種失去知覺的狀態。我不想知道僕人們是如何給他造成了這些傷口，也不希望他還記得那些事情。

「而這其中有趣的地方在於，」切德絲毫不在意我的懇求，繼續說道：「施刑者所奉行的施行理念是以前我從沒有見到過的。我得到的教導是，為了讓酷刑產生效用，受刑人必須被允許擁有某種希望，希望痛苦能夠結束，希望身體依然可以被治癒，或者諸如此類的事情。如果將這種希望也剝奪走，那麼受刑人繳出情報又能換取什麼？正因為如此，如果他知道自己的傷口中將被故意注入毒素，一旦那些尖刺穿透他的皮膚，那麼……」

「切德大人！求你不要說了！」蕁麻看起來對這些話極端厭惡。

老人停住話頭。「請原諒，精技女士。有時候我會忘記……」他的聲音低沉下去。蕁麻和我都知道他的意思。他現在說的內容只適合於他的學徒或者刺客隨從，不應告訴有正常情感的人。

蕁麻直起身子，將濕布扔進水碗裡。「用水也只能把他的傷口清潔到這種程度了。我去醫療室拿需要的物品過來。」

「不需要驚擾他們，我們這裡有草藥和藥膏。」

「相信你的藥應該好用。」蕁麻說道。她低頭看著我，「你的樣子很可怕。我建議我們去找一名僕人為你在下面的房間中準備好早餐。我們會告訴他，你在昨晚狂歡過度了。」

「我有一個男孩可以去做這件事，」切德突兀地說，「他的名字是灰燼。」

這位老人向我瞥了一眼。我沒有告訴蕁麻我已經見過那個年輕人。「我相信他一定能把這件事做好。」我低聲表示同意。不過我還是有些好奇，切德的肚子裡到底揣著什麼打算。

「那麼，我現在要向你們兩個告辭了。長石領主，珂翠肯王后已經通知我，你懇請在明天下午覲見她，不過時間不會很長。不要遲到了。你要和另一些人在她的私人會客廳外等待召喚。」

我困惑地瞥了她一眼。「我會給你解釋。」切德向我保證。又是他的計畫。我暗自歎了口氣，虛弱地向蕁麻微微一笑，看著她離開。當切德站起身去找療傷藥草和藥膏時，我小心地撐起身子。我的後背還很僵硬，又痠痛得要命。一身精緻的襯衫還緊貼在我的身上。我用罐子裡剩下的水洗了洗手，然後踉蹌著走到桌邊坐下。

「蕁麻竟然知道這裡的路徑，這讓我感到驚訝。」

「是晉責決定告訴她的，不是我。」切德坦白地回答道。他這時正在房間對面。「晉責從來都不喜歡我的保密方針，更不明白它們是有多麼必要。」

他從一個壁櫥前走回來，拿著一只帶木塞的藍色罐子和幾塊紗布。當他將罐子打開的時候，辛辣的藥膏氣味刺激到我的鼻腔，也讓我的頭腦變得清醒了一些。我站起身，不等他碰到弄臣，我已經從他的手中接過了紗布和藥膏。「這個我來做。」

「如你所願。」

弄臣直到現在還沒有要清醒的徵兆，這開始讓我擔心。我將手放在他的肩頭，輕輕推他。

「嘿！」切德警告我，「不要這樣，讓他休息吧。」

「你對於精技使用變得非常敏感了。」我在紗布上抹了一些藥膏，又把藥膏塞進弄臣背上的一個小傷口中。

「或者就是你對於自己該如何使用它變得不在意了。好好想一想這件事，孩子。等你為你所做的事情做好善後，再來向我報告。」

「我在宴會上得到的東西全都通過精技告知你了。我認為你已經在河道中查知了一個隱祕而且有效的走私貿易系統。他們一直以來都避開了國家的稅收管理，而一名海運船長的野心足以將這個貿易網延伸到繽城去。」

「你很清楚，這不是我需要你報告的！不要在我這裡找遁詞，蜚滋。在你要我找治療師以後，我再次嘗試接觸你。我沒能做到，但我能感覺到你在另外一個地方變得有多麼專注。我認為我不夠強壯，無法觸及你，所以我請蕁麻試一試。當我們都無法打斷你對精技的運用時，我們就一同來到了這裡。你在幹什麼？」

「只不過，」我清了清緊張的喉嚨，「是想要幫助他癒合。他背上的一個膿瘡裂開了。當我為他清理創口時，我察覺到……他正在死去。切德，那是緩慢的死亡。他身體上的問題太多了。我不相信他能以足夠快的速度恢復體力，讓我們來得及治療他。我確認，優質的食物、休息和藥物只能延遲他無法避免的死亡。他已經在死亡的道路上走得太遠，我將來不及拯救他。」

「嗯。」切德似乎是因為我的直率吃了一驚。他坐進我的椅子裡，深深吸了一口氣。「我本以為在下面的醫療室中，我們全都看清了這一點，蜚滋。我也以為正是因為如此，你才會想要為他安排一個安靜的住處，一個安靜而且私密的地方。」他的聲音漸漸變得微弱。

他的話讓我更加明瞭了當前的狀況。「謝謝你這樣做。」我用沙啞的聲音說。「這算不上什麼，儘管這樣說很讓人難過，但我懷疑自己不能再為你們兩個做些什麼了。我希望你知道，如果我還有能做的事，一定會盡力去做。」他坐直身子，壁爐中升騰的火焰照亮了他的面容，我突然意識到即使是這麼小的動作，也需要耗費這位老者不少力氣。他寧可將身子坐得筆直，寧可在黎明時分為了我走上這麼多級臺階，同時又努力顯得輕鬆自如。但事實卻並非如此。對他來說，維持這樣的姿態已經愈來愈吃力了。面對這樣的事實，我的心中滲出一片寒意。切德還不像弄臣這樣靠近死亡，但他正隨著無情的歲月潮汐緩緩從我身邊滑走。

他看著爐火而不是我，有些猶豫地說道：「你曾經將他從死亡的另一邊拉回來。對於這方面的細節，你不願透露。我在任何精技卷軸中都沒找到關於這種技巧的紀錄。我想，也許……」

「不。」我將另一點藥膏塞進弄臣的傷口。現在只有兩個傷口還沒有敷藥了。我的後背因為持續彎曲而疼痛難忍，我的頭已經有很多年沒有這樣疼過。我將帶我走藥粉和精靈樹皮茶從腦海中推走。減弱肉體的疼痛總是會讓神智付出相應的代價，現在我不能允許自己的思維有任何模糊之處。「我沒有隱瞞任何資訊，切德。這更像是一件自然發生的事情，而不是我做了什麼。我無法重複當時的具體情形。」一想到此，我努力壓抑住一陣顫抖。

我完成了工作。這時我才察覺到切德已經站起身，來到我身邊。他給了我一塊柔軟的灰布。我小心地把它打開，鋪在弄臣的背上，又把弄臣的睡衣放下來，蓋住灰布。然後我向前俯身，在弄臣耳邊說：「弄臣？」

「不要叫醒他。」切德堅定地說道，「人們會陷入昏迷是有道理的。就讓他這樣吧。當他的身體和心神都準備好再度醒來的時候，他會醒過來的。」

「我想你是對的。」

將弄臣抱起來送回到床上比我想像得更艱難。我讓他俯臥在床上，為他蓋好被子。

「我不知道現在是什麼時候了。」我向切德承認，「這麼多年裡，你在這個沒有一絲天光的地方又是怎麼過來的？」

「我瘋了。」切德和藹地說，「不過可以說，這樣的瘋狂很有用。牆壁不會和你吵鬧撕扯。我可以全神貫注在我的事情上，注意到它的方方面面。也許你以為我一直將自己困在這裡。事實並非如此，我還有其他身分。有時候，我會進入城堡，或者去城鎮。」

「百里香女士。」我微笑著說。

「她是其中之一。還有其他的。」

如果他想讓我知道，就會告訴我。「還有多久能吃早飯？」

切德從喉嚨中發出一點聲音。「如果你是一名衛兵，現在就應該起來了。但對於你這個來自一片從未聽聞的小封地的低階貴族，既然是初次來到公鹿堡，那麼在昨晚的歡宴之後多睡一會兒也是可以原諒的。我會告訴灰燼，他將在你略作小睡之後為你送來食物。」

「你是在哪裡找到他的？」

「他是一名孤兒。他的母親是那種特殊的妓女，一般只接受富有年輕貴族的惠顧。那些貴族往往會有一些……異常的癖好。她在鄉下的一幢房子裡工作，距離這裡大概有一天的騎馬路程，這段路程很有必要，畢竟從公鹿堡城出發去做那種事的年輕貴族們會想要對此進行保密。她在一次約會中遭遇了可怕的錯誤，死得很慘，灰燼的人生也從此被徹底打亂了。我的一個眼線認為也許貴族長子的這種癖好能夠為我所用。灰燼是那場災難的見證人。他沒有看見母親被殺死，但看到了殺人兇手。我找到灰燼。當我詢問他的時候，我發現他有一雙能夠發現細節的犀利眼睛，和一副能夠清晰回憶它們的優秀頭腦。他甚至將那名貴族袖子上的蕾絲花紋也描述了出來。他已經年長到可以在他母親的工作中為母親和其他人做些事情，所以他的判斷力也經過了很好的磨煉，還有潛行技能。」

「以及搜集祕密的能力。」

「的確是這樣。他的母親並不是一名街邊妓女，蜚滋。年輕貴族可以帶著她坐到賭桌旁邊，或者去公鹿堡城中更高檔的遊藝場所。她的陪伴不會讓他們感到難堪。她懂得詩歌，能夠一邊彈奏小琵琶，一邊唱誦詩章。灰燼則是一個遊走在兩個世界中的年輕人。他也許還沒有被培養出宮廷儀態，當他說話的時候，我們也能聽出他並非出身於宮廷。但他同樣不是無知的街巷老鼠。他會非常有用。」

我緩慢地點點頭。「我在這裡的時候，你想讓他成為我的侍者，這樣……？」

「這樣你就能告訴我，你對他的看法。」

我微微一笑。「難道不是他可以為你監視我？」

切德不以為然地攤開雙手，「就算是他這麼做，又能從你身上發現什麼我還不知道的事情？你可以把這個看作是對他的訓練。就算是幫我個忙，給他一些挑戰，幫我磨練一下他。」

又是這樣，我還能說些什麼？他為弄臣和我做了力所能及的一切。我能不為他盡力嗎？我認得被我敷進弄臣傷口的這種藥膏。它是一種魚肝臟的油脂，這種魚在北方水域很少出現，是一種昂貴的藥物，但他在給我的時候連眼睛都沒有眨一下。我絕不會吝於用各種方式回報他。我點點頭。「我要去我的舊房間睡一會兒了。」

切德也向我點了一下頭。「你已經過度疲勞了，蜚滋。等你休息好之後，我想要一份關於這次治療的報告。我剛才接觸到你的時候……嗯，我能找到你，但那時的你又不像是你自己。彷彿完全沉浸在對弄臣的治療中，甚至變成了他。或者可以說，你們兩個融合為一體了。」

「我會把報告寫好，」我答應了切德，同時開始思考我該如何向他描述一件我自己也並不理解的事情，「但作為回報，我請你為我挑選一些關於精技治療和給予力量的新卷軸。我已經讀過了你留給我的那些。」

切德點點頭。他很高興我向他索要這種東西。然後，他離開了我，在那片織錦掛毯後面消失了蹤影。我又查看了一下弄臣的情況，發現他還在熟睡之中。我的手掌懸在他面前，但沒有落下。我不願意碰觸他，唯恐會將他驚醒，但我又很擔心自己用力過猛，會引發他的身體過度發熱。不過他看上去體溫下降了一些，呼吸也變得更深沉了。我直起身，大大地打了一個哈欠，伸個懶腰，卻感到一陣疼痛。

我急忙捂住嘴，不讓自己呼痛。然後在原地靜靜地站了很長時間，才小心地探手到肩後去摸索。那不是我想像的。我小心地把手伸到背後，輕輕拉起黏在背上的襯衫，又找到切德的穿衣鏡。我在鏡子裡的倒影讓我感到一陣混亂。

正在我背上滲出液體的傷口要比弄臣的膿瘡小得多，而且它們也沒有因為感染而腫脹發紅。不過那的的確確是七個綻裂的小傷口，就好像有人用匕首在我的背上戳了七下。它們流的血並不多。我相信它們都很淺，並且因為我特殊的體質，癒合的速度很快。等到明天晚上，它們也許就會全部消失了。

這個結論非常明顯。在我用精技治療弄臣的傷口時，我也受了相同的小傷。我的記憶中忽然出現了一陣攪動。我看了看自己的肚子——就是我用匕首刺中弄臣身體的那個部位，我在水邊橡林的時候也是用精技將那些傷口封閉了。我看到我的肚子上有一串發紅的凹痕。我用手碰了碰其中一個凹痕，打了個哆嗦。並不疼痛，但的確很柔軟。飛速旋轉的大腦給了我十幾種解釋。在我給予弄臣力量的時候，我是不是也將實實在在的血肉給了他？他的傷口能夠閉合，是不是在以我的身體受傷為代價？我讓襯衫落下去，向爐火中添加了一些木柴，又拿起我那件有很多鈕釦的外衣，拖著腳步走下落滿塵土的臺階，朝我的舊臥室走去。我希望能夠在切德答應會為我提供的卷軸中找到一些答案。但在那以前，我不會將身上的這點小傷告訴別人。切德如果知道了這件事，毫無疑問會產生一些想法。我現在還不想和他人分享這種經驗。

我關好祕門，它立刻就變得無影無蹤了。瞥一眼百葉窗，我知道又一個冬季的黎明就要到來。無論如何，我將盡量睡上一覺，為此我感到有些慶幸。我在臥室壁爐中即將熄滅的火焰上添加了一根原木。把我已經被毀掉的華麗衣服扔到椅子上，找到了長石領主舒適的羊毛睡衣，還有童年時的臥床。我昏昏沉沉的眼睛掃過這些熟悉的牆壁——幾道裂縫組成的圖案讓我想起了熊鼻子。天花板上的那個凹槽是我弄的，那時我正在練習使用手斧，一不小心讓斧頭飛出了手。那幅睿智國王款待古靈的織錦被一幅兩頭公鹿相爭的織錦取代了。我喜歡這幅織錦。我深吸了一口氣，在床上躺好。家。儘管過了這麼多年，這裡仍然是家，我在公鹿堡厚實牆壁的環抱中睡著了。

5

本質互換

我蜷縮在溫暖的巢穴中。這裡很安全。我感到疲憊。如果我動得太厲害，會感覺到脖子和背上的齒痕。不過只要我不動，那就一切都好。

遠方有一頭狼正在狩獵。只有他一個。他的聲音非常可怕——窒息而且絕望。那不是一頭狼在召喚狼群時充滿力量的長號，只是絕望的吠嗚和短促吃力的吼叫，是食肉獸在知道自己的獵物已經逃走之後發出的吼聲。他應該悄悄狩獵，應該將力量用在奔跑上，而不是浪費在舌頭上。

他的距離非常遙遠。我在我的巢穴裡緊緊縮成一團。這裡很安全，肚子也很飽。對於一頭失群獨狼的同情正從我心中漸漸消退。我再一次聽到了頹喪的吠嗚聲。我知道冰冷的空氣在如何沖刷他乾燥的喉嚨，他如何跳過深雪，伸展軀體，在暗夜中飛馳。我記得很清楚，在令人心痛的那一刻，我就是他。

「兄弟，兄弟，來啊，奔跑，狩獵。」他懇求我。但他太遠了，我只能感受到他的這一點心緒。

而我則很溫暖，也很疲乏，吃得也很飽。我陷入了更深的熟睡中。

我從那個夢中醒來，才意識到自己最後一次和狼一起狩獵，幾乎已經遙遠得像是另一場人生。我一動不動地躺著，心中充滿困擾，同時感覺到那正漸漸消失的危險感覺。是什麼驚醒了我？有什麼需要去狩獵？然後我嗅到了溫熱食物的香氣。是醃肉和蛋糕，還有能令人精神振奮的香茶。我完全清醒過來，坐起身。將我喚醒的是關門的聲音。剛才灰燼走了進來，放下一只托盤，為我撥旺了爐火，並向爐膛中添了些柴，又拿走了我的髒襯衫。他這樣做的時候，我一直都在熟睡之中。一陣恐懼的戰慄湧過我的全身。我什麼時候變得這麼疏忽愚鈍，竟然會在有人走進房間的時候還酣然大睡？我絕不能任由自己變得如此無能。

我坐起身，又瑟縮了一下，伸手去摸後背。那些傷口正在癒合，被羊毛刺得有些發癢。我咬著牙將睡衣脫下來，心中不停地責備自己睡得太沉。天啊，我實在是吃得太多，喝得太多，又在精技治療中耗費了太多力氣。我決定因為這些原因原諒自己這次的疏於戒備，但這並未完全消除我心中的懊惱。我很想知道，灰燼是否會將我的麻痹大意報告給切德。切德又是否會表揚那個小夥子，然後他們兩個會不會一起嘲笑我？

我站起身，小心地挺直腰背，告訴自己不要這麼孩子氣。灰燼為我準備好了早餐，我在這個過程中一直熟睡——為這樣的事情困擾實在是太荒謬了。

在昨晚吃了那麼多東西以後，我覺得自己肯定不會有多麼饑餓，但一坐到食物前，我發現自己的肚子已經完全空了。我很快吃完早飯，決定去查看一下弄臣，然後再睡一會兒。我昨晚施展的精技遠比最近這段時間做過的任何事情更讓我感到疲憊。而弄臣是接受這番精技處置的人：他是否也像我一樣被消耗了大量體力？

我拴上臥室的主門，打開祕門，輕手輕腳地走上臺階，回到用蠟燭和爐火微光照亮的世界中。我站在樓梯頂端，傾聽著火焰燃燒的聲音，還有弄臣平穩的呼吸聲。昨晚所有活動留下的痕跡都被清理乾淨了。在切德傷痕累累的工作臺一端已經擺好了潔淨的繃帶、各種藥膏和一些用於緩解疼痛的藥劑。這些物料旁邊還有四束卷軸。切德似乎總是能想到所有事情。

我低頭看了弄臣一會兒。他俯臥在床上，嘴微微張開。黃金大人曾經是一個相貌英俊的人。我哀傷地回憶起他清秀的面容，淡金色的頭髮和琥珀色的眼睛，而現在這些都不復存在了。一道道疤痕橫在他的面頰上，讓他眼睛周圍的皮膚變得厚硬。他的大部分頭髮都因為健康惡化和髒東西的長時間汙染而脫落了，只剩下一些纖細乾枯的短髮。黃金大人已經不復存在，但無論如何，我的朋友還在。「弄臣？」我輕聲喊道。

他發出一陣介於呻吟和哭泣的驚呼聲。失明的雙眼猛然睜開，隨後便伸手擋在面前。

「是我。你感覺如何？」

他深吸一口氣想要回答，卻又開始咳嗽。良久之後，他才止住咳嗽，用沙啞的聲音說：「我覺得好一些了。有些部位的疼痛減輕了，但其餘地方依然痛得厲害，讓我不知道自己到底是真的好轉了，還是更加習慣於忽略疼痛。」

「你餓嗎？」

「一點。蜚滋，我不記得昨晚最後發生了什麼。我們在桌邊談話，現在我卻從床上醒來。」他伸手到後背摸索，小心地碰了碰包在那裡的布，「這是怎麼了？」

「你的背上有一個膿瘡破開了。你暈了過去，感覺不到疼痛。我清理了傷口，為你做了包紮，還做了其他一些事。」

「它們不再那麼痛了。壓力消失了。」弄臣說。看著他吃力地挪動到床邊，我感到萬分痛苦。他在努力用盡可能少的動作離開臥床。「你能為我把食物擺好嗎？」他低聲問。我聽出了他無聲的請求，便只好由他單獨去照顧自己。

我打開冒著熱氣的罐子，看到了燉著鹿肉和根莖類蔬菜的濃湯，其中還煮著餃子。我知道這是珂翠肯喜愛的菜餚之一，不由得有些好奇，這段時間弄臣的菜單會不會都是她來確定的。這像是她的風格。

當我為弄臣擺好餐盤的時候，他已經找到壁爐旁的椅子，在裡面坐好了。這一次，他的腳步更加堅定。他走路時依然是腳底不會離開地面，以免被絆倒，同時將一隻手伸在面前，隨著蹣跚的步履不斷左右摸索。他沒有要求我幫忙，也不需要如此。在椅子中坐好以後，他沒有將後背靠在椅背上。當他的手指如蝴蝶般在餐具上跳動時，我低聲說道：「等你吃過東西之後，我想要給你的後背換一下藥。」

「你並不真的『喜歡』做這種事，我也同樣不喜歡。但我不可能縱容自己拒絕這樣的事情了。」

等到他的話落進了一口名為「沉默」的井中，我才說道：「你說得沒錯，你現在依然是命懸一線，弄臣。」

他微微一笑。那笑容並不美麗：他臉上的疤痕都因為受到牽扯而進一步變形。「如果這只關係到我的生命，老友，我在很久以前就會心甘情願地躺倒在路旁，徹底放手了。」

我等待著。他又開始吃東西。「要復仇嗎？」我低聲問，「無論要做什麼，這都是一個很糟糕的動機。就算是成功的復仇也不可能挽回他們所做的一切，無法修復他們造成的傷害。」我的意識回到了多年以前。我說得很慢，因為我不知道自己是否想要和他分享這件事，哪怕他是弄臣。「在一個酒醉的夜晚，我大聲咆哮，朝並不存在的人們叫嚷。」我努力平順了哽咽的喉嚨，「那時我明白了，沒有人能夠回到過去，消除掉他們對我做的事情。沒有人能抹去我受到的傷害。我原諒了他們。」

「但這不一樣，蜚滋。博瑞屈和莫莉從沒有想要傷害過你。他們相信你已經死了，不在了，所以他們才會那樣做，為了他們自己。對他們而言，生命還要繼續。」

他又吃了一口餃子，緩慢地咀嚼著，喝了一點紅葡萄酒，清清嗓子，「我們在離開海岸之後，那些船員的行為完全在我們的預料之中。他們拿走了我們身上一切被他們認為是有價值的東西。普立卡精心挑選，一直帶在身邊的小塊記憶石都被搶走了。那些水手根本不知道它們是什麼，他們之中的絕大多數人根本聽不到儲存在記憶石中的詩歌、音樂和歷史，而那些能聽到的都被嚇了一跳。船長命令把所有石塊都扔出船外。然後他們逼迫我們像奴隸一樣幹活，並打算船一靠岸就把我們賣掉。」

我一動不動地坐在椅子裡。一直都是沉默寡言的弄臣毫無滯澀地講述著。我有些好奇他在自己獨處的時候是不是一直在演練該如何講述他的故事。他的失明是否進一步增加了他的孤獨感，促使他變得如此健談？

「我那時絕望了。普立卡似乎每天都在變得更加堅強。繁重的勞作增加了他的肌肉。但我剛剛痊癒，所以只是變得愈來愈病弱衰竭。到了晚上，我們擠在甲板上，受著風吹雨淋。他會抬起頭看著星星，告訴我，我們正走在正確的方向上。『我們兩個看上去不再像是白色先知了。但這艘船會在一個人們仰慕我們的地方靠岸。堅持下去，我們會到那裡的。』」

弄臣又喝了一點酒。我安靜地坐在他身邊，等待著。他只是繼續吃著食物。「我們到了那裡，」他終於說道，「普立卡幾乎是正確的。我們到達了一座港口。他在奴隸拍賣中被賣了出去，而我……」弄臣的聲音又變得細弱起來，「哦，蜚滋。這種講述讓我感到疲倦。我完全不想回憶它。那對我並不是一段美好的時光。無論如何，普立卡還是找到了願意相信他的人，沒過幾天，他就回來救我了。他們以非常便宜的價格買下我，並且幫助我和普立卡完成了返回克拉利斯的旅程。我們最終回到了學院。」

弄臣吮了一口酒。在他講述的空隙中，我開始思量——是什麼那樣可怕，讓他不想去回憶？

弄臣對正在沉思的我說：「我必須快一些結束這個故事了。我沒有心情去贅述細節。我們到了克拉利斯，在潮汐退去的時候，我們走過白島。贖買我的人一直把我們送到學院大門口。為我們打開大門的僕人們都驚呆了。他們立刻就認出了我們是誰。他們感謝了贖買我的人，給予他豐厚的報償，並立刻將我們帶進學院。核校者皮瑞斯是當前僕人的首領。他們將我們帶到典籍室。在那裡，他們翻遍卷軸、手稿和捆紮在一起的冊頁，直到發現了關於普立卡的紀錄。」弄臣緩慢地搖著頭，顯露出驚歎的神情，「他們試圖計算普立卡的年紀，但失敗了。蜚滋，普立卡很老，非常非常老。作為一位白色先知，他已經遠遠活過了他造成改變的時代。這讓他們都吃驚不已。

「當他們發現我是誰的時候，就更加吃驚了。」

弄臣用勺子在碗中撥弄，找到一顆餃子，放進口中，然後又是一塊鹿肉。我覺得他是在吊我的胃口，並且樂在其中，對此我只是努力配合。

「我是曾經被他們拋棄的白色先知。我還是男孩的時候，他們就告訴過我，我被搞錯了。那時已經有了一位白色先知，而她已經前往北方，去引發必須出現的變革了。」突然間，弄臣「噹啷」一聲丟下勺子，「蜚滋，你一直都稱我為『弄臣』，但我其實要比一個弄臣更愚蠢得多。我就是一個白癡，一個沒有腦子的笨蛋……」他用力壓抑住突然勃發的怒氣，握緊滿是傷痕的雙手，拍在桌面上，「除了恐怖手段，他們還會用什麼來歡迎我？這麼多年裡，他們一直將我關押在學院，限制我的自由，給我餵藥，讓我能為他們做更加清晰的夢……他們用了無數個小時將她陰險的影像刺入我的皮膚，只為了讓我不再是白者！在那些日子裡，他們在不遺餘力地矇騙我、混淆我，用成百上千的預言和幻夢說服我，想讓我相信自己不是那個人！不是我早就知道自己應該是的那個人！我怎麼還會回到那裡，以為他們看到我會很高興，並立刻承認他們過去犯了多麼大的錯誤？我怎麼能以為他們真的想要知道他們犯下了這樣的大錯？」

弄臣一邊說，一邊開始哭泣。他失明的雙眼中滾落的淚滴沿著臉上的疤痕流散開來。我的一部分心神注意到他的淚水似乎變得清澈了一些，也許這意味著他體內的某些感染的確是被消除了？而我的另一部分心神——更加理性的那一部分只是輕聲說：「弄臣，弄臣，沒事了。你現在和我在一起，他們不能再傷害你了。你在這裡是安全的。哦，弄臣。你是安全的。小親親。」

當我用這個舊日的名字稱呼他的時候，他吸了一口冷空氣。剛才他還在椅子裡挺著上半身，現在他完全倒進了切德的舊椅子裡，不顧他的湯碗和滿是湯汁的桌面，一頭倒在抱起的雙臂中，撲在桌子上，哭得就像是個孩子。片刻之間，他的怒火又燃燒起來。他喊道：「我怎麼會這麼蠢！」然後又是一陣號啕痛哭。隨後的一段時間裡，我只是讓他不住地哭泣。對於如此絕望的心情，沒有任何話語能夠給予安慰。他的全身都在顫抖，彷彿過度的哀傷已經讓他驚厥。終於，他的啜泣變得輕柔和緩，最終停頓下來。但他沒有抬起頭，只是用厚重呆板的聲音說：

「我一直都相信他們是搞錯了。他們真的是不知道。」弄臣抽噎著歎了口氣，才從桌面上抬起身子，摸到餐巾，擦了擦眼睛。「蜚滋，他們知道。他們一直都知道我就是那個人。他們知道我是真正的白色先知。那個蒼白之女完全是他們一手打造的。蜚滋，他們造就了她，就好像他們想要孵育出一隻頭尾都輕如微風的鴿子；或者就像是你和博瑞屈要培育出一匹同時兼具種馬的體力和母牛的溫馴的小馬。他們創造了她，就在那座學院裡，他們教導她，在她的腦海中注滿了符合他們目的的預言和幻夢，並讓她對此堅信不疑。她的夢境被他們扭曲，因此她的預言都是他們想要發生的事。就這樣，她被他們派遣出去。而我則被他們囚禁在學院裡。」弄臣又低垂下頭，將額頭枕在小臂上，陷入了沉默。

切德在訓練我的時候，他經常讓我進行的練習之一就是將殘片拼回成完整的物體，從簡單物體開始：他會丟下一個盤子，然後我就要盡最大的力量將盤子拼湊起來。這樣的挑戰會不斷升級——首先是在我眼前摔碎的盤子，然後是裝在一只口袋裡放在我面前的碎陶罐、剪碎的馬具，或者諸如此類的東西。我必須把它們都拼接完整。之後那只袋子裡除了裝有一件器物的碎片，還會有一些其他看上去相似的殘片。這種練習能夠讓我更善於將零星的事實和各種流言蜚語整合成有意義的情報。

所以，現在我的大腦正在工作，將一塊塊碎片拼合起來——我幾乎能夠聽見一只破碎的茶壺在恢復完整時瓷片之間相互咬合的聲音。那位信使的孩子被奪走的故事，與弄臣講述的僕人們創造自己的白色先知的故事拼合在一起。白者一族連同他們的預言天賦，在很早以前就從我們的世界消失了，這一點在我們還是孩子的時候弄臣就和我說過。那時他說，白者開始和人類聯姻，稀釋了他們的血液，最終他們的後代就算是遺傳了這種天賦也不會表現出來，甚至對此毫無知覺。他還說，現在只是在非常罕見的情況下才會有真正的白者後代問世，顯現出他們古老的血脈。他就是這樣一名白者，並且他很幸運，當他出生的時候，他的父母就知道他是誰。他們還知道在克拉利斯有一座學院，顯示出白者特徵的孩子都會在那裡受到適當的教育，這樣的孩子所做的夢和看到的關於未來的浮光掠影也都會被記錄下來。所有這些紀錄都存放在那裡的大圖書館中，由僕人進行研究，以查證這個世界的未來會發生什麼。所以，儘管他還很小，他的父母仍然將他交給了僕人，讓他接受教育，利用自己的才能為全人類造福。

但僕人並不相信他就是真正的白色先知。對此我也知道一點。他一直被限制生活在學院中，就算是他早已認為自己需要走出去，改變這個世界上發生的各種事情，讓我們能走上一條更好的道路，學院依然不讓他走出大門半步。我知道他設法逃出了僕人的管束，走上自己的道路，成為了他相信自己必須成為的人。

而現在，我知道了那個地方黑暗的一面。我曾幫助博瑞屈對狗和馬進行選育。在這方面，我知道該如何做。一匹白色的母馬和一匹白色的種馬並不一定總是會生出白色的馬駒，但如果他們的後代是白色的，我們就有可能用這匹白色後代和另一匹白馬——那可以是牠的姐妹，繁育出下一代白色馬駒。這樣，如果黠謀國王想要如此，他就能得到一代又一代的白馬。博瑞屈是一位明智的養馬師，知道不能讓近親交配的程度太過嚴重。如果因為他的疏忽而造成軟弱或畸形的馬駒出生，他會認為那是一件極度恥辱的事。

我很想知道，僕人們是否會有博瑞屈一樣的道德感。對此我很懷疑。所以，如果那些僕人想要如此，他們同樣能夠養育出膚色和眼睛都如同白色先知的孩子。而且這些孩子中也會有具備預言天賦的人。利用這些孩子，僕人們能夠獲得瞥見未來的能力，並借助或大或小的事件來改變世界的道路。根據弄臣的估計，許多個世代以來，很可能在弄臣出生之前，他們就在這樣做了。所以，現在僕人們已經儲備了大量關於未來的可能以供研究。未來是可以操縱的，而且在很大程度上不是為了整個世界，只是為了僕人們的輝煌和利益。這樣做很聰明，也很可憎。

我的意識直接向前跳躍：「你如何能與在你之前，就知道你的下一步會怎麼走的人作戰？」

「哈，」弄臣的聲音聽起來幾乎是有些愉悅，「你領悟得很快。我知道你會的。還沒等到我給你最後的碎片，你已經看清了。不過，蜚滋，他們不知道。他們根本沒有預料到我會回去。為什麼？為什麼他們要借助像肉體折磨這樣殘忍的手段，來發現我所知道的事情？因為是你造就了我，我的催化劑。你創造了我，一個脫離於至今為止所預見到的一切未來之外的生物。我離開你是因為我知道我們在一起會有多麼巨大的潛能。我知道我們可以改變世界的未來。我害怕如果我們繼續在一起，因為我對未來的盲目，我們也許會引發恐怖的事情。當然，我們無意於此，但強大的力量難免會導致災難性的後果。所以我離開了你，知道這會深深撕裂你的心，就像我的心被撕裂。而直到那時，我還是沒能看到我們所造成的事實。」

他抬起頭，向我轉過臉。「我們也讓他們看不到未來了，蜚滋。我來找你，一名祕密的瞻遠。在幾乎每一個我能預見的未來中，你可能從未出現，或者就是死了。我知道，我早已知道，如果我能夠看透你的人生，讓你活下來，你就會成為引領整個世界走上新的、更好道路的催化劑。而你的確做到了。六大公國保持了完整。岩石巨龍升起在空中，邪惡的冶煉魔法被消滅，真正的巨龍回到了這個世界上。這都是因為你。每一次我將你從死亡的邊緣拉回來，我們都會改變這個世界。但所有那些變革，僕人們也都瞥到了，即使他們可能並不相信那些事情真的會發生。當他們派出蒼白之女偽裝成的白色先知，並將我囚禁在克拉利斯的時候，他們以為已經實現了所希望的結果——你將不會出現。

「但我們挫敗了他們。你做到了不可思議的事情。蜚滋，我早就應該死了。我知道我會死。我在克拉利斯圖書館讀到的所有預言，和我曾經有過的所有夢境都告訴我，我會死在那裡。事實也是如此。但在任何人都不曾預見到的未來，在他們收藏的全部預言都不曾記錄的時空中，我又被從另外一邊活著扯了回來。

「這改變了一切。你將我們拋入了一個從未被見到的未來。現在他們只能在黑暗中摸索，不知道他們宏大的計畫會變成什麼樣子。僕人們的謀劃籌算不是幾十年，而是許多個世代。他們知曉自己死亡的時間和方式，並借此延長他們的生命。但我們兩個奪走了他們的許多力量。現在，只有在我『死』後出生的白色孩子才能看見從那一刻開始的未來了。原先他們可以在未來中縱情馳騁，現在卻只能匍匐在地面上緩緩爬行。所以他們必須找到現在最害怕的那個人：這一代的白色先知。他們知道他就在世界上，在一個他們無法知曉、更無法控制的地方。他們知道必須儘快掌握住他，否則苦心經營的一切有可能會驟然崩塌。」

弄臣的語氣無比堅定。但我還是無法壓抑住浮現在臉上的微笑。「也就是說，你改變了他們的世界。現在你是催化劑了，而不是我。」

一切表情都從弄臣的臉上消失了。他盯住我的背後，被陰翳覆蓋的雙眼眨也不眨，彷彿在看著某個很遙遠的地方。「這樣的事情有可能嗎？」他若有所思地問，「這就是我曾經在夢中瞥到過的？在那些夢裡，我並不是白色先知。」

「我無法回答這種事。我不知道自己還是不是你的催化劑，但我能肯定，我絕對不是先知。來吧，弄臣。我要給你的後背換藥了。」

他一動不動地坐在椅子裡，也不說一個字。等了很久，他才終於說道：「好吧。」

我領著他走過房間，來到切德的工作臺旁邊。他坐到凳子上，雙手晃動幾下，落在工作臺面上，輕輕向前探索，找到了切德為我留下的東西。「我記得這個。」他低聲說。

「雖然過去了許多年，但這裡並沒有什麼改變。」我走到他身後，開始審視他的睡衣，「這些傷口還在滲出液體，我在你的背上敷了一塊布，但液體把布完全滲透了。現在你的睡衣貼在背上。我要拿熱水來把這裡沾濕，讓凝固的體液化開，然後再清潔傷口。我先去把水燒熱，再給你拿一件乾淨睡衣來。」

我去拿水盆和乾淨衣服的時候，弄臣開始擺弄那些藥劑。「從氣味判斷，是薰衣草精油。」他一邊說，一邊撫摸第二只瓶子，「這個是熊油浸大蒜。」

「很適合你的傷口，」我說，「水來了。」

當我用熱水擦拭他的後背時，他瑟縮了一下。我用熱毛巾輕輕捂住半結痂的傷口，讓血痂變軟，然後問他：「快還是慢？」

「慢一些，」他說道。於是我開始從最下面的傷口開始。這個傷口太靠近他的脊椎了。等到我小心翼翼地將布片從傷口上揭開時，汗水已經讓他的頭髮貼在頭皮上。「蜚滋，」他咬著牙說，「繼續。」

他滿是節瘤的雙手找到桌邊，用力抓住。我沒有他扯下的襯衫，而是一點點揭開，同時盡量不去聽他發出的聲音。他忽然用拳頭捶了一下桌面，然後痛呼一聲，又用拳頭按住膝蓋，將額頭抵在桌面上。「好了，」我將掀起的襯衫捲過他的肩頭放好。

「情況有多糟？」

我將一座燭臺拿過來，細看他的後背。他實在是太瘦了，脊椎骨如同一列低矮的小丘，沿著脊背一直向下。那些傷口沒有再流血。「它們很乾淨，但都還敞開著。應該保持這種狀態，讓它們能夠從內向外癒合。再堅持一下。」弄臣保持著沉默，我在他的每一個傷口上塗了一點薰衣草精油，然後是浸大蒜的熊油。這兩種油膏的氣味混和在一起並不好聞。我不由得屏住了呼吸。處理好所有傷口之後，我用一塊乾淨的布蓋住他的後背，相信油膏能將這塊布固定住。「這裡有乾淨衣服，」我說道，「穿的時候，小心不要把藥布碰歪了。」

我走到房間的另一端。從他的傷口中流出的血和體液已經染髒了床上的被褥。我會留下一張紙條，要求灰燼帶新的亞麻床單來。我不知道那個男孩是否識字，但我猜他應該有這項才能。即使他的母親沒有為了自己的方便而教他識字，切德在收養他之後，一定也會立刻開始他在這方面的教育。我只是將弄臣的枕頭暫時翻過來，又為他鋪平了床單。

「蜚滋？」弄臣在工作臺那邊喊道。

「我在。只是在給你鋪床。」

「你真的很會照顧人。」

我沉默了片刻，不知道他是不是在嘲諷我。

「謝謝你，」他又說道，然後他話鋒一轉，「現在要做什麼？」

「嗯，你已經吃過了東西，也換了藥。也許你應該再休息一下。」

「實際上，我真的厭倦了休息。這實在是讓人很煩悶，除了去找我的床，我什麼都不能做。」

「這種生活肯定非常枯燥。」我站在原地，看著他猶豫而又蹣跚地向我走來。我知道他不會想要我的幫助。

「啊，真是無聊。蜚滋，你根本不知道無聊是多麼甜蜜。當我在那段彷彿沒有盡頭的日子裡，不停地想著他們什麼時候又會來找我，會給我什麼樣的新折磨，會不會在那以前或以後給我食物和水……那時候，無聊就會比最盛大的節日更加美好。在我前來這裡的路上，哦，我是多麼渴望我的人生是可以被預見的。這樣我至少能知道跟我說話的人是真正好心還是心懷歹意，知道每一天會不會有食物，或者我是否能找到一個乾燥的地方睡覺。啊。」他幾乎摸到了我，卻又停下腳步。從他臉上掠過的情緒撕裂了我的心。那是他不願意告訴我的回憶。

「床就在這裡，在你的左邊。這裡。你的手就要碰到它了。」

他向我點點頭，摸索著來到床邊。我已經為他掀起被子，露出亞麻床單。他轉過身，坐到了床上，一點微笑浮現在他的臉上。「這麼軟。你根本不知道，蜚滋，這讓我有多麼高興。」

他小心地移動身體。這讓我想到了耐辛生命中最後的日子。他用了一點時間才將雙腿抬到床上。鬆鬆垮垮的長褲中露出了他細瘦的小腿和變形的踝關節。我看著他的左腳，不由得打了個哆嗦。稱那是一隻腳也許只是為了不讓弄臣傷心。我根本不知道弄臣是怎樣用它來走路的。

「我有一根手杖。」

「我沒有說這樣的話！」

「我聽到了你發出的微弱聲音。你看到傷心的事情時就會發出那樣的聲音。無論是大鼻子的臉上有了一道刮傷，還是我的頭上套了一個袋子，又挨了打。」他側身躺下，一隻手去摸被子。我一言不發地拉起被子，為他蓋好。他沉默了一分鐘，然後說道：「我的背不那麼疼了。你是不是做了什麼？」

「我清理了傷口，為它們敷了藥。」

「然後？」

我為什麼要說謊呢？「當我為你清理傷口時碰到了你的第一個膿瘡。我……進入了你的身體，促使你的身體進行自我治療。」

「這……」他尋找著合適的詞，「很有趣。」

我本以為他會感到憤怒，卻沒有想到他會在猶豫之後對這件事感到有趣。我誠實地說：「這的確有一點讓人害怕。弄臣，根據我以前對於精技治療的體驗，這種治療會消耗很大的體力——往往需要一整隊精技小組共同努力才能進入一個人的身體，並刺激他的身體調動體力儲備進行自我治療。而我竟然如此輕易就能感知到你的身體，這讓我感到不安。這其中有一些怪異的地方。輕易地把你帶過精技石柱也同樣怪異。你取回了我們多年以前的精技連結，」我費了很大力氣才沒有在聲音中流露出自責的情緒，「當我回想我們來到這裡的那一晚，我禁不住要驚歎，自己竟然會如此莽撞，竟然決定要做這種事。」

「莽撞，」弄臣輕聲說道，然後低笑了一聲。他又咳嗽一陣才繼續說道：「我相信那一晚我的確是在生死的邊界徘徊。」

「是的。我認為我是燃燒了謎語的力量才把你救回來的。但我們到達這裡之後你顯示出來的恢復情況，讓我不禁懷疑是不是還有別的原因。」

「的確是還有別的原因。」弄臣肯定地說，「不能說我對此非常清楚，但我覺得這樣推測是有把握的。蜚滋，在多年以前，當你從死亡中把我救回來的時候，你找到我，將我放進你的身體裡，再進入我已經死亡的肉體，迫使它恢復生機，就好像你用鞭子抽打一隊馬匹，催趕牠們將馬車拖出泥潭。你以無情的鐵腕贏得成功。而這一次，你又賭上了一切，不僅是你和我，還有謎語，才將我帶到這裡。」

我低下頭。這不是讚揚。

「我們在重新回到各自的身體之前曾經彼此連通，你還記得嗎？」

「大概吧。」我沒有正面回答。

「大概？當我們穿過精技石柱的時候，我們相互之間連結在一起。」

「不。」現在說謊的是弄臣。該是說實話的時候了，「我記憶中不是這樣的。那不是一種暫時的連通。我記得我們成為了一體，不再是相互有連結的獨立個體。我們是不同的部分，最終組成了一個整體。你，和我，還有夜眼，我們是同一個體。」

弄臣不可能看見我，但他還是將臉從我的面前轉開，就好像我剛剛說了一件過於私密、無法明言的事情。他低下頭，面容稍稍變得堅決，同時輕聲說道：「這樣的事情的確會發生，不同個體的融合。你早已見到過這樣做的後果，只是你也許還不知道。我也從沒有想到過。就是那副曾經掛在你的房間中的，描繪古靈的掛毯。」

我搖搖頭。我第一次看到它的時候還是一個孩子。它足以讓任何人做噩夢。那幅掛毯上描繪了六大公國的睿智國王招待古靈的情景。古靈們的個子高而細瘦，皮膚、頭髮和眼睛的顏色都與常人不同。「我不覺得那和我現在說的事情有什麼關係。」

「哦，有的。如果人類長時間和巨龍連通，就會變成古靈的樣子，他們存活下來的後代也會是那種樣子。」

我沒有看到其中有什麼關連。「我的確記得，在很久以前，當你想要說服我，我的一部分是巨龍的時候。」

一陣微笑扭動了他虛弱的嘴唇。「那是你說的，而不是我。不過也和我的理論相差不遠。只不過你的表達實在是很糟糕。精技有很多方面都會讓我聯想到巨龍的能力。你的某位先祖是否和巨龍有過接觸？或者可以說，是不是正因為如此，那種魔法才會出現在你的體內？」

我歎了口氣，決定放棄爭論。「我不知道。我甚至不太清楚你所說的和巨龍有接觸是什麼意思。所以，也許吧。但我看不出這又與你和我有什麼關係。」

弄臣在床上動了一下身子。「為什麼我都這麼累了，卻不能睡一下？」

「為什麼你要勾出這麼多話題，卻又拒絕把它們說完？」

弄臣咳嗽了一下。我竭力告訴自己，他這是假裝的，但還是立刻給他取來了水，扶他坐起身，看著他把水喝下去。他躺回去之後，我拿過水杯，等待著。我什麼都沒有說，只是拿著杯子站在床邊。過了一段時間，我歎了口氣。

「什麼？」他問道。

「你知道那些你沒有告訴我的事情嗎？」

「絕對。而且那些事絕對沒有錯。」

他說話的樣子是那麼像原來的弄臣。而且很顯然，揶揄我給他帶來了很大的樂趣。這讓我幾乎沒有因此而感到氣惱——幾乎沒有。

「我是說這件事——關於我們之間的連結，為什麼我能帶你穿過精技石柱，而且幾乎毫不費力就能進入你的身體對它進行治療？」

「幾乎？」

「我在那以後感到非常累，但我覺得這種累是因為治療，而不是因為我們的融合。」我不會告訴弄臣在我背上出現的傷口。

我覺得他一定會察覺到我隱瞞了什麼。但他只是緩緩地說：「因為，融合也許已經產生了，而且一直都在持續著。」

「我們的精技連結？」

「不。你根本沒有在聽我說些什麼。」他歎了口氣。「再想一想那些古靈。一個人類陪伴巨龍生活得足夠久，最終他就會具有一些龍的特質。你和我，蜚滋，在這麼多年裡一直生活在一起。而在那場將我從死亡中拉回來的救治中，我們共同擁有了一切。我們融合了。也許我們就像你說的那樣，成為了一體。也許我們沒有再將彼此完全分開，像你以為的那樣回到各自的軀殼中。也許我們的本質已經發生了互換。」

我仔細思考這件事。「本質。比如骨肉？血液？」

「我不知道。也許吧。也許是比血更加接近本質的部分。」

我停頓了一下，努力梳理他這番話的含義。「你能告訴我，為什麼這樣的事情會發生嗎？這對我們有危險嗎？我們是否需要消除這種狀況？弄臣，我需要知道這些。」

弄臣向我轉過面孔，吸了一口氣，彷彿要說話，但他又閉上嘴，陷入了沉默。我能看出他在思考。然後，他像是對小孩子作解釋一樣向我說道：「在巨龍身邊生活了太久的人類會獲得巨龍的特徵。白玫瑰如果被種在紅玫瑰旁邊，多年以後也會開出雜有紅色的白色花朵。也許和白色先知共同生活的人類催化劑，會得到一些白色先知的特性。也許，就像你剛才說的那樣，你的催化劑特性也感染了我。」

我審視弄臣的面孔，尋找開玩笑的痕跡。然後我又等待他嘲笑我太容易相信別人。終於，我向他求告：「你能解釋一下嗎？」

他呼出一口氣。「我累了，蜚滋。我已經用我能想到的最清楚的言詞，告訴你我認為發生了什麼事。你似乎認為我們成為了，或者我們是『同一個體』——這個詞倒是很文雅。而我覺得是我們的本質在相互滲透，在我們之間產生出一道橋樑。或者這只是我們曾經分享的精技連結的殘跡。」他將清瘦的臉靠回到枕頭上，「我睡不著。虛弱、疲憊，但並不睏倦。我現在很無聊，因為疼痛、黑暗和等待而感到可怕的無聊。」

「我記得你剛剛說過無聊……」

「很美好，可怕的美好。」

嗯，至少他又顯示出舊日的模樣了。「我希望我能幫助你。可惜我對你的無聊也做不了什麼。」

「你已經為我做了許多。我背部的疼痛好多了。謝謝你。」

「這沒什麼。恐怕我現在要離開你一段時間了。我要去見珂翠肯王后，身為塔峰的長石領主。我還需要為扮演這個角色而穿好衣服。」

「你必須現在就走嗎？」

「我應該走了。我還要穿戴妥當，及時趕去排隊，等待她的私人接見。隨後我就會回來。現在努力休息一下吧。」

我帶著遺憾轉過身。我知道如今時間對弄臣而言會是多麼漫長。他一直都是一個活潑的人，一位戲法大師，雜耍藝人，擁有一雙巧手和像他的手指一樣靈活敏捷的聰慧頭腦。他在黠謀國王的宮廷中騰躍舞蹈，說著一個個詼諧的笑話。在我非常年輕的時候，他一直都是公鹿堡社交圈裡一顆洋溢著快樂氣氛的明星。現在，他的視力、巧手和敏捷柔韌的身體都被奪走了。黑暗和痛苦成為了他的同伴。

「在普立卡找到的恩人將我從我的『主人』手中買下之後——我還是要說，他賣掉我的價格可真低——我們受到了很好的款待。普立卡的恩人不是貴族，不過也是一位相當富有的土地擁有者。我們運氣實在是非常好，那個人熟知白色先知的傳說。」

他停頓了一下。他知道我的心思又被他的話吸引住了。我想要估計一下又過了多少時間，但在這個光線一直保持恆定的房間裡，判斷時間實在是很困難。「我很快必須離開。」我提醒他。

「真的？」他的聲音中流露出一絲嘲諷。

「真的。」

「那麼好吧。」

我轉過身。

「連續十天，我們在他的家中休息，享用美酒佳餚。他為我們製作了新的衣服，收拾好旅行所需的各種物資。然後他親自帶領馬匹和車輛，送我們前往克拉利斯。我們走了將近一個月才到達那裡。一路上，我們有時在野外紮營，有時候還能夠住在客棧裡。普立卡和我都非常擔心他為了送我們而消耗了太多金錢和時間。但他總是說，這樣做是他的榮幸。我們在路上經過了一處高山隘口，那裡幾乎就像公鹿堡的冬天一樣冷。然後我們又一路向下。我開始認出了熟悉的樹木氣息，還有小時候見到過的路邊花朵。和我幼時相比，克拉利斯本身擴張了很多。普立卡在看到那座城市的時候則更加吃驚，因為在他的記憶中，克拉利斯還只是一座樸素的村莊，現在它已經擁有了高大的城牆，還有許多高塔、花園和城門。

「這並不奇怪。學院在這段時間裡變得繁榮昌盛，它的城市當然也會繁榮起來。在那裡興起了一種貿易：商人、待嫁的新娘和航海者們紛紛前去那裡尋求預言的建議。無論遠近，人們紛至沓來，呈上金幣，只為了能得到首僕的接見，向首僕講述他們的故事。如果得到允許，他們就能購買一份許可書，時間可能是一天，或者三天，或者二十天。他們將在這段時間裡通過堤道，前往白島。在那裡，一名僕人侍僧會對相關的預言進行研究，看看對於這些人求問的交易、婚姻或遠洋航行是否有預言提及。

「但我大概是要提前結束故事了。」

我咬緊了牙承認了他的勝利。「實際上，你又開始講述你的這段經歷了。這一點你很清楚。弄臣，我非常想要聽到這段故事，但覲見王后是不能遲誤的。」

「如你所願。」

我又走出四步，聽他說道：「我只希望等一下不會太累，能夠把剩下的故事講給你聽。」

「弄臣！為什麼你要這樣？」

「你真的想要知道嗎？」舊日裡那種嘲諷的意味又回到了他的聲音裡。

「是的。」

他的聲音變得更輕，也更嚴肅：「因為我知道，當我嘲諷你的時候，你的感覺會好一些。」

我轉回身看著他，否認之辭已經到了口邊。但在跳動的火光中，我看到眼前的弄臣並不完全像是我的那位老友。看上去，他就像是一個他自己刻壞的木偶，一件曾珍愛備至卻已經殘損破爛的舊玩具。火光落在他面部的傷疤上，那雙灰色的眼睛和他頭頂枯草一樣的頭髮。我說不出一個字。

「蜚滋，我們全都知道，我是走在匕首刃上。問題不是我會不會跌落下去，而是什麼時候會跌落。你一直在讓我能保持住平衡，讓我能活下來。但恐怕最後的結局終究還是會到來。無論如何，那不會是你的錯，也不是我的錯。我們都不可能操縱這種命運。」

「如果你想要我留下來，我會留下來。」我將對珂翠肯的禮儀和對切德的責任全都拋到一旁。珂翠肯會理解的，而切德只能接受。

「不。不，謝謝你。我突然感覺到自己想要睡覺了。」

「我會儘快回來。」我向他承諾。

他閉起了眼睛。也許他已經睡著了。我悄然離開了房間。

6 原智者

當王位覬覦者帝尊撤退至內陸公國的時候，沿海公國就失去了統治者。儘管畢恩斯大公、修克斯大公和瑞本大公都是當世的強者，但他們都只是將精力集中在防衛自己的國土上，不可能組成任何實質性的同盟來應對紅船入侵。有名無實的公鹿大公只是王位覬覦者帝尊的一名親戚，一個管理國土的傀儡而已，他根本無力將貴族們召集起來。

就是在這個時候，耐辛女士，前任王儲駿騎的妻子站了出來。她賣掉了自己的珠寶，為公鹿公國的戰艦配備士兵，鼓舞她的農夫和礦工們的士氣，召集低階貴族，組織他們自己的軍隊抵抗入侵者。這些行動迅速耗盡了她的個人財產。

就在這樣的局勢下，珂翠肯王后回來了。腹中懷著瞻遠家族的繼承人，身邊跟隨著她的吟遊歌者椋音．鳥囀，她離開古靈之地，騎乘飛翔的巨龍來到公鹿堡的城牆後。惟真國王護送她進入安全的城堡中，與他的巨龍坐騎會合。其他古靈戰士也都乘龍而來，惟真和他們一起翱翔在空中，向紅船發動了宏大的戰役。幾乎沒有人看到國王返回公鹿堡，如果不是王后陳述事實，吟遊歌者椋音·鳥囀立誓證明，王后的突然出現幾乎會被視作魔法的奇蹟。在公鹿堡守軍的眼中，天空中光芒耀眼的巨龍曾經被當做恐怖的景象，幸好王后很快就向公鹿公國人作了解釋，那些巨龍並不危險，其實正是他們合法國王的戰士，是來保衛他們的。

在那一天的日落之前，所有紅船都被趕離了公鹿公國的海岸。巨龍軍團迅速擴大戰果，在月亮兩次變圓的時間內就奪回了六大公國的全部海岸。有許多海岸守衛者和勇敢的水手都能證明，巨龍如同遠方的繁星，在天空中愈來愈亮、愈來愈大，直到他們以無與倫比的力量與輝煌殺向那些逃亡的劫匪。

在這樣的背景下，群山王國的公主作為六大公國的王后回歸公鹿堡，接受了她的王冠。耐辛女士在戰爭隨後的數個月中一直陪伴在她的身邊，向她提供建議，確保駕馭權力的韁繩穩穩地落在她的手中。隨著王室繼承人的出生，瞻遠的傳承最終得以安定。

——六大公國歷代君主簡史

我走下樓梯，關好祕門，從百葉窗中向外望了一眼，不出得心中一陣憂慮。我在弄臣身邊的時候，整個上午都已經溜走了。而我還穿著睡衣，不曾洗漱，沒有刮鬍子。我可能已經沒辦法準時覲見珂翠肯了。而更讓我氣惱的是，灰燼又來過了我的房間。爐火剛剛被撥旺，一套長石領主的新衣服已經被放在椅子上。褐色假髮被從原先的帽子上拿下來，掛在一頂新帽子上，並且經過了仔細梳理。一名高級妓女的兒子的身分，至少讓灰燼學會了一些有用的男僕技能。我知道臥室門被我拴牢了，所以我有些好奇，是切德給了他一把鑰匙，還是他撬開了門鎖。那不是一把簡單的鎖。我盡量不讓這個問題分散我的心神，迅速洗漱修面，給因為刮鬍子太著急而被割破的臉止血，然後穿上了那身新衣服。

當我脫下睡衣的時候，背上的一個結痂的傷口被撕開了。我穿上長石領主的長袖束腰外衣，外面再套好一件華麗的馬甲，心中希望這些色彩鮮豔的條紋只是為了慶祝冬季慶而設。我很害怕這位假冒的領主每天都要穿這樣的衣服。和上衣相配的緊身褲還算舒適，而這件馬甲上還藏著不少於六個暗兜，裡面裝著各種小東西。在頭上戴好假髮，和連在假髮上的那頂荒謬的小帽子耗費的時間超出了我的預料，但我知道，這一步必須做得完美。我對我的鼻子不停地按壓揉捏，直到它顯示出適當的紅色。一點灰燼和幾滴水讓我的眉毛變得更加沉重。將那雙有著可笑鞋尖的高跟鞋套在我穿著長襪的腳上之後，我站起身，卻感覺到一隻腳突然開始抽筋。我踢掉鞋子，用力在房間裡跺腳走動，直到抽筋過去。嘟囔著罵了切德幾句之後，我重新把鞋穿上，離開了房間，又將房門鎖好。

沒等走下樓梯，我的腳又抽了兩次筋。我要竭盡全力才能保持步伐的穩定，不顯露出我是多麼想要跳起來跺一下腳。珂翠肯的會客廳就是以前欲念王后和她的女士們使用的私人客廳。我知道這一點只是因為有人告訴了我。那個女人從來都容不得我出現在她的視野中，更不要說走進她的私人房間了。我甩掉最後一點關於童年恐怖回憶的碎片，來到兩扇高大的橡木門前。現在這兩扇門關閉著，門外的幾張長凳上坐著希望用自己的熱忱和禮物打動國王的母親，並以此對國王施加影響的人。我坐到了一張華美的軟墊長椅末端，等待著。終於，橡木大門打開了，一位年輕的貴族女士被引領出來。身穿白紫色制服，神色有些厭倦的侍女走到下一個野心家面前，將他領進會客廳。當那名侍女又出來的時候，我向她通報了自己的名字，繼續在長凳上等待。

我本以為自己不必這樣排隊，但珂翠肯堅守著她的群山風格。每一名請願人都會依次受到邀請，並會在王后面前得到同樣的一段時間，然後就被請出接見室。我枯坐在長凳上，一隻腳在邪惡的鞋子中不停地抽著筋，臉上掛著喜悅和充滿希望的表情。當侍女終於向我發出召喚的時候，我站起身，跟隨她走進會客廳，至少沒有顯出一瘸一拐的樣子。當高大的橡木門在我身後關閉的時候，我允許自己露出了一個微笑。這裡的壁爐中燃燒著宜人的火焰，廳堂之內擺放著幾把舒適的椅子。一張矮桌周圍鋪著軟墊。來自於六大公國中每一個國家的新奇或美麗的物品，被展示在房間中不同的桌面上。有一些人也許會將此視作對財富的炫耀，但我明白其中的事實。珂翠肯對於財富從不過分在意。這些禮物代表了六大公國和外國領主、貴婦以及使者們絕不可輕忽的敬意。所以，她會將它們放置在此，而且這種隨意而略顯雜亂的陳列方式，更與她簡樸嚴肅的群山風格截然不同。我任由自己的視線迅速掃過這些展示品，然後才向珂翠肯行禮致敬。

「勇氣，妳可以走了。通知廚房為我的客人們和我準備好下午茶。也請通知原智師傅羅網，我已準備好要見他，請他一有空就過來。」

我繼續站在原地，直到那名小侍女離開房間。看見珂翠肯有些疲憊地招手示意我坐下，我的心中不由得一陣感激。她看著我，咬住嘴唇，片刻之後才問道：「蜚滋，這種表演是你的主意，還是切德的另一齣木偶戲？」

「是切德大人謀劃的，但我同意他的設計，因為這樣做才比較謹慎。作為長石領主，我能夠以您的冬季慶客人的身分在公鹿堡四處走動，又不會引起人們的猜疑。」

「經過了這麼多年，我應該接受這種騙局的必要了。但它們只是讓我更加渴望簡單的真實。蜚滋駿騎．瞻遠，我希望終有一日，你能夠站在宮廷之上，我們能夠承認你的身分，以及你在這麼多年中為王權立下的一切功績；終有一日，你能在晉責的旁邊得到你應得的位置；讓他能夠公開承認他的導師和保護者。」

「哦，請不要用這樣的事情威脅我。」我懇求珂翠肯。她寬容地微微一笑，將椅子向我拉近了一點。

「那麼，好吧。你的女兒情況如何。聰明的小蜜蜂過得好嗎？」

「聰明的小蜜蜂。」我重複著她的話，一時竟不知道該說些什麼。

「我是從機敏送給蕁麻的信中得知的。蕁麻在兩天以前剛剛收到一封這樣的信。聽說妹妹在課堂上表現如此優異，蕁麻大大鬆了一口氣。實際上，在一些領域中，比如閱讀和書寫，蜜蜂幾乎不需要機敏的指導。」

「我認為她是一個非常聰明的孩子，」我承認道。然後我又不太誠實地補充：「不過我相信所有父親都認為自己的女兒是很聰明的。」

「的確。一些父親的確是如此。我希望你也是這樣的父親。蕁麻在知道她妹妹的發展與她所擔心的情況完全不同時，曾經相當吃驚。我聽到訊息的時候則非常高興，也感到很好奇。我一直在擔心那個孩子會早早夭折，更不要說變得如此非同凡響了。不過我還是希望能把她接來，這樣我就能親眼看看她了。」珂翠肯將雙手交握在一起，用手指撐住下巴，她在等待我的反應。

「也許下一次我來公鹿堡的時候，會帶她一起來。」我做出回答，同時竭力不讓自己的聲音中流露出焦慮的情緒。蜜蜂還太小，太與眾不同，不能讓她來到宮廷。但我敢這樣對珂翠肯說嗎？

「那麼你不打算和我們久住了？」

「等到弄臣的健康恢復到能承受精技治療的時候，我就會回去。」

「你認為這段時間很短，你的小女兒不會想念你？」

哦，珂翠肯。我沒有看她的眼睛。「也許是會更久一點。」我不情願地承認。

「那麼我們現在就應該派人去接她。」

「現在道路還很難走……」

「的確是如此。但我們有舒適的車輛，我還會派出我的私人衛士。她能完美地完成這個任務。即使遇到了暴風雪，我相信他們每晚都一定能找到可靠的旅店投宿。」

「這件事妳一定已經打算很久了。」

她看著我的目光，表明她的計畫是不可改變的。「的確，」她說道，並以這兩個字作為這次討論的結束。然後她改變了話題：「黃金大人情況如何？」

我想要搖頭，但最終只是聳了聳肩。她已經為蜜蜂做好了計畫，而我在制定我自己的計畫時卻任由她打亂我的步驟。「在某些方面，情況正有所好轉。溫暖潔淨的環境和充足的飲食對他很有幫助，一些輕傷已經開始痊癒。但在死亡之門與健康之門之間，他仍然更靠近前者。」

片刻間，歲月的滄桑出現在珂翠肯的臉上。「我幾乎無法相信那就是他。如果不是你就在他身邊，我絕不會想到。蜚滋，他到底出了什麼事？那是誰幹的？」

我不知道弄臣是否願意讓別人知道他的故事。「我還沒有從他口中聽到全部的故事。」

「我上一次見到他已經是許多年以前的事情了。那時他說，會回到他接受教育的地方去。」

「他回去了。」

「是他們傷害了他。」

珂翠肯跳躍的直覺依然會讓我感到驚訝。「我相信是這樣，珂翠肯女士，我相信妳一定記得弄臣是一個多麼注重隱私的人。」

「是的，我知道你肯定會猜測我親自去探視了他。我的確應該去看看他。實際上，我已經去過兩次，只是每一次都發現他在睡覺。如果你和切德大人沒有把他藏進你們的老巢穴中，我的探視就會容易得多。我已經有一點老了，讓我彎腰縮身鑽過那些狹窄的密道實在是有些吃力，而且有陽光和新鮮空氣的房間，對於他的身體恢復一定也會更加有利。」

「他非常害怕敵人的追蹤，即使是公鹿堡牢固的城牆也無法讓他感到安心。我認為他在那裡能夠睡得更安穩。至於說陽光，嗯，現在這對他而言已經沒有什麼意義了。」

珂翠肯打了個哆嗦，彷彿我的話是數枝射中她的利箭。她轉開臉，似乎是不想讓我看到充滿眼眶的淚水。「這讓我感到難以言喻的痛楚。」她哽咽著說。

「我也是。」

「精技是否有希望……？」

我一直都在思考這個問題。「我不知道。他還非常虛弱。如果恢復視力會耗盡他的最後一點體力，讓他因此而喪命，我是絕不會這樣做的。我們將必須非常小心。到現在為止，我們對他的治療已經有了一點進展。隨著他透過進食和睡眠恢復體力，我們就能為他進行更多治療。」

珂翠肯用力點點頭。「請一定盡力。但，哦，蜚滋，為什麼？為什麼會有人這樣對他？」

「他們認為他知道一些祕密，而且向他們隱瞞了那些祕密。」

「是什麼祕密？」

我猶豫了。

珂翠肯轉回臉看著我。哭泣很少會讓一位女士變得更加可愛。她的鼻子紅了，眼眶的邊緣變成了粉色。她已經不再掩飾沿著面頰滾落的淚水，聲音也變得沙啞。「應該讓我知道，蜚滋。不要和我耍切德的那一套把戲。他到底要保守什麼樣的祕密，甚至甘願承受那些痛苦？」

我看著自己的雙腳，心中感到慚愧。珂翠肯的確應該知道。「他其實並不知道什麼祕密，沒有他們所需要的情報。他們要知道他的兒子在哪裡。他對我說，他完全不知道。」

「一個兒子。」一種怪異的神情出現在珂翠肯的臉上，就好像她無法決定是該笑還是該哭，「那麼，對於椋音在多年以前提出的那個問題，你終於有了一個確切的答案？他，的確，是一個男人？」

我深吸一口氣，停頓一下才回答道：「珂翠肯，他就是他。一個非常注重隱私的人。」

珂翠肯向我揚起頭。「如果是弄臣產下了一個兒子，我相信他應該會記得。所以，他只應該是男性的那一半。」

我想要說，並非每一個孩子都是以同樣方式擁有父親的。我想到惟真國王借我的身體和她共度一晚。那一夜，我一直在惟真的老人軀殼中。這段回憶像風暴一樣掃過我的腦海。我閉上嘴，將目光從珂翠肯的身上移開。

「我會去看他。」珂翠肯低聲說。

我點點頭，終於鬆了一口氣。這時一陣敲門聲響起。「我應該走了，妳可以見下一位請願者了。」

「不，你要留下來。新來的人與你有關。」

當一名侍女引領羅網走進房間的時候，我一點也不驚訝。羅網在門口停下腳步，兩名侍女也在這時捧著茶點走進來，在矮桌上把所有東西擺好。此時我們只是彼此對視著。羅網朝我的偽裝皺了一下眉。我知道他是想起了他昨晚瞥到的那個人。這不是他第一次見到我偽裝成其他人了。當他評估我的新裝扮時，我也同樣在審視他。

和我們上一次交談時相比，羅網已經改變了很多。在他的原智伙伴風險去世之後，他就沒有再找過伴侶。這種別離對他造成了改變。當我失去我的狼時，我覺得自己的一半靈魂也消失了，就像是意識和身體中突然出現了太多空間。一段時間裡，當羅網和蕁麻的弟弟迅風來細柳林探望莫莉和我的時候，我在羅網身上也見到了同樣的空虛。他的眼睛失去了鳥雀的犀利，步履就像是掛上了死亡的船錨，彷彿在幾個月中就衰老了幾十歲。

今天，他挺起了肩膀，目光迅速在房間中掃過，注意到了這裡的每一個細節。這種變化是一種好現象，就像是他重新找回了年輕。我發現自己在向他微笑。「她是誰？」我問他。

羅網看著我的眼睛。「是他，不是她。一隻名叫飛翔的年輕紅隼。」

「一隻紅隼，一隻猛禽。這對你而言肯定很不一樣。」

羅網微笑著搖搖頭。他寵溺的表情就好像是在談論自己的孩子。「我們兩個都有很多要從對方身上學習之處。我們在一起的時間還不到四個月。蜚滋，這對我來說是一個新的人生。牠的眼睛可真厲害！哦，還有牠的胃口，此外，牠是那麼喜歡打獵。」羅網大笑起來，彷彿都要喘不過氣了。他的頭髮中有了更多的灰色，臉上的皺紋也變深了，但他的笑聲依舊像是一個男孩。

我感覺到一陣羨慕。我回憶起自己在剛剛有了新伙伴之後的日子裡任性的模樣。還是孩子的時候，我就毫不猶豫地和大鼻子牽繫在一起。在那個夏天裡，我體驗到了一頭年輕獵犬給我帶來的強化和充實的感覺。牠被從我的身邊奪走了。然後是鐵匠，我與那條狗牽繫完全是為了挑釁博瑞屈和世人的看法。牠為了保衛我的朋友而犧牲生命，也永遠地離開了我。牠們都是我的心靈伴侶，但我的狼伙伴夜眼才和我做到了靈魂交融。我們一起狩獵，一起殺死獵物和人。我們的原智牽繫貫穿了彼此的一生。從牠那裡，我學到了掌握狩獵的愉悅和殺戮時所接受的痛苦。回想起我們的牽繫，羨慕之情便從我心中消退了。沒有人能取代牠。可能有另一個女人成為我的莫莉嗎？

會有一個朋友像弄臣那樣瞭解我嗎？不。這樣的牽繫在生命中都是獨一無二的。我找回自己的舌頭，開口說道：「我為你感到高興，羅網。你看上去煥然一新。」

「是的。但我為你感到的哀傷就像你為我的高興一樣。我希望你能有一位原智伙伴支撐你走下去。」

我該如何回答？對此我實在是無話可說。「謝謝。」我低聲說道，「這很難。」

珂翠肯在我們交談時一直保持著沉默，用敏銳的目光看著我。原智師傅找到一個軟墊，坐到了矮桌旁，向珂翠肯露出一個開心的微笑，然後又饒有興致地盯著桌上的食物。

珂翠肯也向他報以微笑：「請用吧，不要讓所謂正式禮儀耽誤我們的時間。放輕鬆，我的朋友們。非常高興能看到羅網恢復精神。蜚滋，你應該去看看飛翔。我不是說牠也許會讓你重新考慮保持單身的決定，但牠絕對讓我有理由懷疑我自己這種沒有伴侶的狀態。」她微微一搖頭，「當我看到你在夜眼過世時痛苦的樣子，我認為自己絕不會想要那種經歷。而當羅網失去風險的時候，我告訴自己，沒有將我的心與一隻動物分享是明智的，因為最終我一定會體驗到那種撕心裂肺的離別之苦。」正在看著羅網為我們依次倒茶的她抬起頭，看著我滿是懷疑的眼睛，「但看到羅網因為飛翔而得到的快樂，我禁不住又在思考，我已經孤獨了這麼久，我也不再年輕，難道我必須將這個遺憾帶進墳墓，不去完全理解一下我所擁有的魔法嗎？」

她的聲音消失了。我從她的眼睛裡看到了傷痛和憤怒。「是的，我是原智者。蜚滋，你知道，對不對？在我對自己有所懷疑的很久之前，你就知道了。當晉責出生的時候，你就知道原智也很可能會危及於他。」

我謹慎地選擇自己的措辭：「女士，我認為晉責的這種能力可能來自於妳，也可能來自於他的父親。根本而言，他從誰身上繼承這種力量並不重要。即使是現在，擁有原智也可能導致……」

「這對我很重要。」珂翠肯用一種低沉的聲音說，「現在依然重要。夜眼和我之間的感覺不是出於想像。如果在我們的群山之旅時我就明白這一點，我也許會讓牠知道這種支持對我有著什麼樣的意義。」

「牠明白的。」我莽撞地打斷了她，「不要害怕，牠明白的。」

我看到她吸了一口氣，胸膛隨著心中的情緒而劇烈起伏。現在她沒有斥責我，應該完全只是因為她在群山受到的教育，所以她只是平靜地說道：「有時候，即使對方並不在意，但對於受到幫助的人來說，能當面表達感激之情，卻尤其重要。」

「我很抱歉。」要說出這些話真的讓我很痛心，「但那時候我們有許多事要為之全力拚搏。我對於原智只有很少的理解，就連對精技的掌握也脆弱得可憐。如果我告訴妳，我懷疑妳是原智者，那又會發生什麼？我肯定不可能教導妳該如何運用一種我自己也無法控制得很好的魔法。」

「這一點我明白，」珂翠肯說，「但儘管如此，我還是覺得我的人生未能像它應有的那樣充實。」然後她又用更加微弱的聲音說：「卻又是這樣孤獨。」

我沒有回答。珂翠肯說得沒有錯。我早已見到了，當惟真國王成為岩石巨龍，永遠離開她之後，那種將她吞噬的孤獨。一隻動物伙伴能夠幫助她承受這一切嗎？也許。而我卻從沒有想到過要告訴她，我在她身上感覺到了微弱的原智脈動。我一直都認為她的脈動太過微弱，無足輕重，和我的完全不同——從我最幼小的時候起，原智就在向我提出要求，要我找到另一個靈魂，與牠分享我的生命。我緩緩走過房間，坐到矮桌旁。珂翠肯也走過來坐下，拈起茶杯，用更加平靜的聲音對我說：「羅網告訴我，現在還不算太晚。但我也不該操之過急。」

我點點頭，吮了一口茶。珂翠肯就是為了這場談話才要見我的嗎？我無法想像這次談話會被引到什麼地方去。

羅網抬起頭看著珂翠肯。「這種牽繫必須是對雙方都有利。」他向我瞥了一眼，才又繼續說下去：「珂翠肯的責任經常會把她限制在城堡中。如果她與一隻大體型的動物，或者是一隻野獸建立牽繫，那麼這會對他們都造成限制。所以我建議她考慮能夠適切地與她一同分享人生的動物，比如貓，或者狗。」

「白鼬、鸚鵡。」感覺到談話被引向另外一個領域，我終於鬆了一口氣。

「所以我想請你幫一個忙，蜚滋。」羅網突兀地說道。

我吃了一驚，看著他的眼睛。

「我知道你會拒絕，但我還是不得不向你求助。除了你以外，這裡沒有人能幫助她。」

我有些驚慌地看著珂翠肯，不知道她需要什麼。

「不，不是珂翠肯女士。」羅網對我說。

我的心沉了下去。「那麼她又是誰，她需要什麼？」

「牠是一隻烏鴉。如果你們兩個能夠建立起對彼此的理解，牠就願意與你牽繫。」

「羅網，我……」

羅網沒有容我表示反對。「牠已經獨身大約六個月了。牠被送到我這裡來，尋求我的幫助。牠有一點缺陷。在牠長羽毛的時候，兩隻翅膀上各出現了幾道白斑。牠小時候曾經差一點死於非命。牠的家族攻擊牠，造成嚴重傷害，把牠趕出窩巢。牠被一位老牧羊人找到了。那位牧羊人收養牠，幫助牠恢復健康。他們作為伴侶一同度過了八年時間。最近，牧羊人去世了。他在死前和我聯絡，把牠送到了我這裡。」

羅網停頓下來，他知道我要問問題。

「牠離開了牠的原智伙伴？」我對這樣的不忠行為感到難以置信。

羅網搖搖頭。「不，那位牧羊人不是原智者，只是一位好心的普通人。因為瞻遠王權的努力不懈，他才能找到原血者社群，為牠找到一個新家。不，不要說話，讓我說完我的故事。烏鴉是社群生物。如果牠被迫獨自生活，牠一定會發瘋。而且，牠的白斑翅膀讓牠無法與其他烏鴉共同生活。牠們會因為牠的與眾不同而與牠為敵。實際上，牠不是在尋找原智牽繫，牠只需要一個人類伴侶，可以陪伴並保護牠。」

珂翠肯在我沉默的時候開了口：「看樣子我們兩個非常合適。」

我吸了一口氣，準備回話，卻又默默地將這口氣吐了出去。我知道羅網為什麼不能收養牠。珂翠肯女士更不能被人們看見在肩膀上站立著一隻烏鴉：戰場上的清道夫，代表著噩兆的黑鳥。一隻烏鴉伙伴絕對不適合她。我已經知道自己不會答應這件事。我會另找一個人，但我沒有直接拒絕，只是說：「我會考慮這件事。」

「你應該考慮一下，」羅網帶著贊許的語氣說，「即使是簡單地和動物結伴相處也不是一件能夠輕易決定的事情。一隻烏鴉能夠活二十年，而壽命達到三十歲的烏鴉也不是絕無僅有。我見過牠，根據我的判斷，你們兩個的脾氣應該很合適。」

我知道羅網是如何看待我的脾氣的，所以我更加確信，我不想和那隻鳥扯上什麼關係。我會為牠找到一個合適的伴侶。也許高塔曼不會介意在細柳林的馬廄中多一隻烏鴉。於是我一言不發地點了點頭。

他們全都將我的反應當做是屈服。珂翠肯又為我們倒滿了茶杯。隨後的一個小時裡，我們只是談論了一些舊事。羅網也許說了太多關於飛翔的故事，不過珂翠肯和我都理解。藉由這些故事，他自然而然地談到了原血者，珂翠肯微弱的原智魔法和這對她意味著什麼。珂翠肯也更加坦誠地和我們談起了舊事——她觸碰了我的狼，而夜眼也接受了那種微弱的牽繫。夜眼和她的友誼給予她的支持更超出了我的想像。

然後，彷彿是提起了一件這個世界上最自然的事情，珂翠肯問我蜜蜂是否有原智和精技能力。我說不出為什麼在聽到她這樣問的時候會感到如此不安。我並沒有什麼祕密好向面前的這兩位友人隱瞞，但不知為什麼，我覺得蜜蜂就像是一個祕密，一個我不想分享的隱私和珍貴寶物。我必須努力不讓自己說謊。我告訴他們，根據我的判斷，我的小女兒並沒有這兩種魔法力量中的任何一種。她至多能夠感覺到蕁麻和我身體中的精技，但我沒有從她身上感受到這種力量。然後我又補充說，她的年歲還很小，現在還很難確認具體情況。

羅網抽動了一下眉毛。「通常原智會在一個人幼小的時候就有所顯現。她沒有顯示出與動物建立牽繫的傾向嗎？沒有直覺性地表現出對動物的理解？」

我搖搖頭。「不過，說實話，我一直在刻意讓她遠離這種危險。我知道在太幼小的時候讓她未經指導就建立牽繫有多麼危險。」

羅網皺起眉頭。「也就是說，她的人生中還沒有動物出現？」

我猶豫著，努力想要確定他更願意聽到什麼樣的答案。最終，我決定實話實說：「她已經在學習騎馬了。在她還很小，我們第一次想要教她的時候，她似乎認為這件事很不舒服，甚至被嚇到了。但是最近她掌握這種技藝的速度很快。她並非不喜歡動物。她喜歡小貓。牧羊人的狗喜歡她。」

羅網緩慢地點點頭，看著珂翠肯說道：「等她到了這裡，我想要和她談談。如果她從她的父親那裡繼承了原血，那麼我們知道得愈早，就愈有利於她掌握自身的魔法。」

珂翠肯嚴肅地一點頭，彷彿這個許可已經由她給出了。我感覺到一陣憂慮，但還是決定暫時什麼都不要說。我提醒自己，羅網在我之前就知道了珂翠肯想要將蜜蜂帶來公鹿堡。王后還同誰說過這件事？我需要找出她的決心後面還隱藏著什麼，但我必須保持謹慎。我大膽地轉變了話題：「王子們情況如何？繁盛和誠毅有沒有顯示出原智或者精技能力？」

珂翠肯舒展的雙眉皺了起來。她吸了一口氣，仔細考慮一番之後才回答道：「我們相信兩位王子都擁有精技，他們像歷代瞻遠王族一樣繼承了此種魔法力量，只是似乎在這方面都不是很強大。」她看著我的眼睛，向我傳達了她的心情。那不是眨眼或者向羅網轉一下眼珠，只是一點最輕微的目光閃爍，我已經知道，她不希望在原智師傅面前討論這個問題。看樣子，我曾經的王后終於學會了審慎待人和隱藏祕密，也許公鹿堡對她的改變，就像她對公鹿堡的改變一樣巨大。

她將話題轉移到了其他事情上，我只是跟隨著她的興趣。羅網像以往一樣說起話來就喋喋不休，並且能以他特有的狡猾機敏引得別人開口說話。我竭力將交談保持在安全的話題上——羊群、葡萄園，以及我正在對細柳林進行的整修。但我相信，關於我的境況，我告訴他的還是要比我願意透露的更多。直到我們吃完了茶點，杯中的茶水也都徹底涼了，珂翠肯才微笑著提醒我們，會客廳外還有其他人正在等待。

「請告訴黃金大人，我在今晚會去看望他。不過恐怕要晚一些，今天城堡中還會為黑夜變短而舉行慶祝活動，我必須出席。但只要可以，我就會去看他，希望他不會太介意我可能將他吵醒。如果他想要休息，請給我一張紙條，告訴我他不希望有太多人陪伴。」

「無聊的情緒正在困擾他虛弱的身體。我敢說，他一定很歡迎有人能陪陪他。」我替弄臣做了決定。這對他會有好處的。

羅網說道，「蜚滋，你什麼時候能來看看我？我很想向你介紹一下那隻烏鴉。我當然不會覺得牠在我身邊會給我帶來負擔，但飛翔並不是很歡迎牠……」

「我明白，如果切德大人不再給我安排其他差事，明天上午我會去你那裡。白天我也許要去公鹿堡城。」我知道自己還是有些不願意幫助他，並為此而責備自己。我會去的。我相信那隻烏鴉會發現我並不適合牠。

羅網向我露出微笑：「很好。我已經和牠說了許多關於你的事情，還有你的原智能力。我可能再過一天就要走了，所以牠應該在那以前和你見面，牠正渴望著能見到你。」

「我也很想要見到牠。」我禮貌地回答，隨後我便鞠了一躬，離開了珂翠肯女士的會客廳，一邊在心中思量謎語會不會想要一隻鳥當寵物。

7 祕密和烏鴉

當紅船攻至我們的門口，我們高貴的點謀國王卻在身體和意識上都已陷入衰敗。

那個年輕的私生子看到機會，將他打倒，利用魔法和強悍的體力。他從公爵們的手中奪走了他們需要的國王，從帝尊王子那裡偷走了他的父親，他的導師，他的智慧之石。

國王因為他對一個私生子的仁慈而倒下。那個私生子放聲大笑，因為他成功的謀殺。劍刃出鞘，鮮血噴灑，沾染了他殺人的雙手。城堡庇護了他低賤的生命，他卻對偉大的心靈毫不理會。對那些養育他，給他衣食、保護他安全的人，他卻只是以血報答。

私生子對國王和國家沒有半點忠誠。

帶著心中的創傷，懷著人子之痛，肩頭擔負著對戰爭中國家的關切，昔日的王子，今朝的國王，大步走向自己的責任。他的兄長或死或逃，只讓他承擔沉重的王冠。只有他在為父王哀悼；在努力保護家國。王國最後的兒子，

忠誠的兒子，勇敢的王子在無盡的災難中成為了國王。

「復仇第一！」辛勞的帝尊國王發出呼喊。大公和貴族們群集在他的羽翼之下。

「讓那個私生子下地獄！」他們異口同聲地懇求。帝尊國王履行了他的責任。地牢和鐵鍊束縛住那個放肆的私生子，那個原智者，那個弒君的罪人。他被流放進黑暗與寒冷，那裡正適合他的黑冷之心。

「查清他的魔法，」國王向他忠誠的臣僕下令。臣僕們依令而行。訊問、拳頭、棍棒和烙鐵，還有冰冷和黑暗，他們摧垮了那名叛徒。在他的身上，他們沒有找到高貴和聰慧，只找到了狼的貪婪和狗的自私。然後，他死了，那個叛徒，那個原智者，那個私生子。除了對他自己，他的人生對於任何人都沒有意義。他的死亡終於讓我們擺脫了他的恥辱。

——〈帝尊國王的重擔〉，塞爾蘇．慧手，法洛國吟遊歌者

我小跑著回到我的房間，一邊在心中咒罵著這雙給我帶來無盡痛苦的鞋子。我實在是很需要睡一下了。睡醒之後我會去看看弄臣，然後……想到這裡，我歎了口氣，我會再一次扮演長石領主的角色。今晚又會有宴會，舞蹈和音樂。我的心思飄到了蜜蜂那裡，我也再一次跌進了愧疚的深淵。蜜蜂還有樂惟，我頑固地告訴自己。樂惟會確保細柳林度過一個熱鬧喜慶的冬季慶。深隱肯定不會允許細柳林在這個節日裡沒有美食和慶典。我只希望他們能夠讓我的孩子和他們一同慶祝節日。我又開始擔心自己到底會離開她多久。珂翠肯會比我更睿智嗎？將蜜蜂接到這裡來會不會才是最好的選擇？

我咬著嘴唇，心事重重地走到了樓梯頂端。當我的目光轉向前方的走廊時，發現謎語正站在我的門外。老友的出現讓我精神一振。而當我走近他的時候，心又沉了下來。他的表情格外嚴肅，刻板的雙眼看不到任何情緒。「長石領主，」他鄭重地向我鞠躬問好。我小心地在鞠躬還禮的時候只讓身體彎曲的幅度略大於點頭。在走廊更深處，兩名僕人正在點亮牆上的油燈。

「是什麼讓你來到我的門前，好人？」我也小心地讓自己的聲音中顯示出對於一名信使應有的輕蔑。

「我為您帶來了一份邀請，長石領主。我能進您的房間裡向您細說嗎？」

「當然。等一下。」我拍拍衣服，找到鑰匙，打開了門，在謎語之前走進房間。

謎語將門在我們身後用力關閉。我心懷慶幸地摘下假髮和帽子，轉向他，希望能看到我的朋友。但他依然站在門口，彷彿他真的只是一名信使。他的表情也還是那樣嚴肅刻板。

我說出了我最痛恨的話：「我很抱歉，謎語。我不知道那時對你做了什麼。我還以為只是將我的力量給了弄臣。我絕沒有想過要偷竊你的力量。你恢復了嗎？現在感覺如何？」

「我來這裡不是為了那件事。」謎語不帶表情地說道。我的心徹底沉了下去。

「那是為了什麼？請坐。我是否應該叫人為我們送食物和飲料來？」我問道。我竭力讓自己的聲音保持著熱情。但是他的態度警告我，他的心現在已經完全對我封閉了。對此，我無法責備他。

他動了動嘴唇，深吸一口氣，然後才說道：「首先，」他的聲音有一點顫抖，但還是那樣嚴厲。「這件事和你無關。你可能會感覺受到了冒犯。你可以想要殺死我。如果你想殺我，那麼儘快來吧。但這與你、你的榮耀或者你在宮廷中的地位都沒有關係，也和蕁麻的身分或者我的平民出身無關。」他的話語急促而又激動，臉上的血色也愈發濃烈起來。憤怒和痛苦在他的眼睛裡閃耀。

「謎語，我……」

「安靜！聽我說。」他又吸了一口氣，「蕁麻懷孕了。我不會讓她蒙受羞恥。我不會讓我們的孩子蒙受羞恥。無論你想要說什麼，想要做什麼，她都是我的妻子。我不會讓我們的喜悅因為政治和密謀而受到玷汙。」

我坐倒下去。幸好床就在我的身後。如果謎語一拳打出了我肚子裡的空氣，我受到的衝擊也不可能比現在更猛烈了。各種言辭在我的腦海中衝撞吶喊。懷孕。羞恥。妻子。玷汙。密謀。一個孩子。

我終於找到了我的舌頭：「我要……」

謎語將雙臂抱在胸前。他的鼻翼歙動著，向我發出挑釁的吶喊：「我不在乎你要做什麼。你要明白，無論你想怎樣，都不會造成任何改變。」

「……做外公了。」我窒息了一下才將這句話說出來。難以置信的神情融化了謎語剛硬的表情，他睜大了眼睛盯著我。這讓我終於能有時間重新組織我的思路。一連串的話語忙不迭地從我的雙唇間衝出來：「我存了錢。你們可以都拿走。你們必須馬上離開，不要等到她的身子不方便的時候。我知道你們必須逃出六大公國。她是精技女士，認識她的人太多了。你們只能……」

「我們不會離開！」憤怒讓他鬆弛下來的面孔再一次繃緊，「我們拒絕。我們是依照律法結合的……」

不可能。「國王會禁止的。」

「國王可以禁止他想要禁止的任何事，但如果一個男人和一個女人在見證石前發誓，並且有至少兩位見證人……」

「只有當其中一位是吟遊歌者的時候！」我打斷他，「而且見證人還必須認識發誓的雙方。」

「我打賭，六大公國的王后一定認識我們。」謎語低聲說。

「珂翠肯？我相信珂翠肯一定會禁止這場婚姻。」

「珂翠肯不是六大公國的王后。艾莉安娜才是。她來自於一個女人能夠依照自己意願結婚的地方。」

所有碎片都拼接了起來，牢固得就像是一座岩石拱門——幾乎就像。「但你們的另一位見證人必須是吟遊歌者……」我的聲音低了下來。我知道他們的吟遊歌者是誰了。

「幸運．悅心。」謎語平靜地證實了我的推測。一陣微笑幾乎讓他的臉都變歪了，「也許你聽說過他？」

我的養子。他一直都很高興稱蕁麻為「姐姐」。我發現自己將攥緊的雙手抵在了嘴唇上。我在竭力思考。所以，他們結婚了，是正式的婚禮，但依然是祕密的。是的，艾莉安娜會這樣做，她可能並沒有意識到自己在炫耀丈夫的權威；更沒有意識到她的行為已經遠遠不只是維護她的信仰，也就是女人應該完全掌控自己的婚姻，以及自己不必結婚就能和誰同床共枕。

我讓雙手從嘴邊落下。謎語依然站立著，就好像他認為我會跳起來狠狠揍他。我回想了一下自己是否有過這樣的衝動。沒有。沒有憤怒，我的心已經被恐懼浸透了。

「國王絕對不會接受這場婚姻。珂翠肯和切德也不會。哦，謎語。你們兩個在想什麼？」喜悅和大禍臨頭的感覺在我的聲音中不停地交戰。一個孩子。我知道蕁麻一直都想要一個孩子。一個孩子能夠徹底改變他們的人生。我的外孫，莫莉的外孫。

「這個孩子不在我們的意料之中。這些年我們一直都非常小心。我認為這是一種幸運。只是我們都沒有想到。當蕁麻知道她懷孕的時候，她告訴我她要高興地看待這件事。無論她必須為此而做些什麼。」謎語的聲音發生了變化。突然間，我的朋友對我說：「蜚滋。我們都不年輕了。這也許是我們唯一擁有孩子的機會。」

無論她必須為此做些什麼。我幾乎無法想像蕁麻的聲音說出這樣的話。我深吸一口氣，想要重新理清思路。那麼，事已至此——他們結婚了，他們要有一個孩子了。建議他們不要孩子是沒有用的，告誡他們不要抗拒王權更沒有用。而現在，他們的處境……

非常危險。他們在愚蠢地對抗這個世界。

「她有什麼計畫？去國王面前，告訴國王她結婚了，而且懷孕了？」

謎語深褐色的眼睛和我對視著，我在其中看到了一些幾近於憐憫的東西。「她只把這件事告訴了艾莉安娜。現在只有我們四個人知道蕁麻懷孕了。知道我們兩個真正結了婚的也只有五個人。這件事，就連她的弟弟們都被蒙在鼓裡。但她告訴了艾莉安娜。王后高興壞了，她為這個孩子做了各種各樣的計畫。她在蕁麻的手掌上施行了某種懸針魔法，因而確信我們的孩子會是一個女孩。瞻遠家族的女性成員終於有了一個女兒。也就是說，未來會有一位奈琪絲卡。」

「我糊塗了。」沉默了片刻之後，我說道。

「你當然不會明白。她們第一次告訴我的時候，我也完全不明白。首先，你必須明白蕁麻和艾莉安娜王后在這些年中變得多麼親密。她們年齡相近，而且在初入公鹿堡宮廷的時候都覺得自己是外人：艾莉安娜是外島人；蕁麻雖然是貴族，年輕時卻只是一個單純的鄉下女孩。當艾莉安娜知道蕁麻是她丈夫的堂親，她立刻將蕁麻當做了自己的親人。」

「她的丈夫的隔了兩輩的堂親？」

謎語搖搖頭。「是她的新母屋的成員。」看到我困惑的表情，他又說道：「你必須從艾莉安娜的角度考慮這件事。在外島文化中，母系血統才是重要的。讓艾莉安娜離開她的母屋來到此地成為瞻遠王后是一件極為困難的事情。如果她留在自己的國土中，那麼她就會成為她的母屋的奈琪絲卡，相當於一位女王。為了拯救她的母親和她的妹妹珂希，她放棄了這樣的人生，最終確保了六大公國和外島的和平。她和晉責的彼此相愛只是命運又一次的仁慈。

「你知道艾莉安娜對於自己只生了兩個兒子的事情是多麼傷心。她沒有辦法送一個女兒回到外島，作為奈琪絲卡接替母親統治國家，這種遺憾正在漸漸吞噬她。」

「那麼珂希呢？她的妹妹在繼承順位上肯定只在她之後吧？」

謎語搖搖頭。「不。我們救了珂希的命，但她的健康一直沒能恢復。她被蒼白之女囚禁了將近兩年。兩年的饑餓、寒冷和虐待。她已經脆弱不堪，就像一根乾枯的樹枝。她還對男人的陪伴表現出明顯的厭惡。她不會有孩子了。」

「我記得她還有一個女孩表親……」

「艾莉安娜和她的母親都不喜歡那個女孩。這正是艾莉安娜急切希望想要給她的母屋一個女孩的原因。」

「但蕁麻的孩子和艾莉安娜根本沒有親緣關係！」

「如果艾莉安娜說她有，她就有。俗話說：『每一位母親都認識自己的孩子。』所以，艾莉安娜按照族譜細究，確定了你就是耐辛的兒子。」

我陷入了更加無助的困惑中。「這又有什麼關係？」

謎語微微一笑。「你們瞻遠一族有過許多近親結合。而依照外島的標準，你們很可憐，連續多個世代都不曾得到女性子嗣。這讓艾莉安娜開始懷疑瞻遠母屋是否還有真正的血脈傳承下來。她竭盡全力想要找到一個繼承了真正瞻遠血脈的女性。為此，她讓最老邁的吟遊歌者用嘶啞的嗓子唱出一代代瞻遠宗譜。你知道剛毅王后是誰嗎？」

「不。」

「第一代在公鹿崖壁上打下樁基的人是征取者。他本身是一個外島人，在外島的時候曾被視為不法的歹徒，因為他拋棄了自己的母屋，在這裡建立了一個新的。他從被他征服的人中找了一個妻子。那就是剛毅。現在我們稱她為剛毅王后。那是瞻遠世系的第一代母屋。」

「好吧。」我還是不明白謎語到底想要說什麼。

「根據艾莉安娜的追溯，耐辛和駿騎有非常遠的親屬關係。他們全都是剛毅的支脈血親。一段非常古老的歌謠描述剛毅擁有『光彩熠熠的黃銅色頭髮和紫羅蘭色的眼睛』。因此你是繼承了這一母屋族系的雙重血統。這讓蕁麻完全有資格成為瞻遠世系的『奈琪絲卡』。而艾莉安娜現在也加入了這一母屋世系。作為她的親屬，蕁麻的後代也將有可能成為艾莉安娜的繼承人。

「連續多個世代都沒有女性子嗣傳宗接代，這讓艾莉安娜很感困擾。但這也給她帶來了安慰。現在她認為這件事的責任都在瞻遠男性的身上。是他們不能在妻子的子宮中種下女孩的種子。多年以來，她一直都因為自己只生出了兩個男孩而深切苦惱，認為這是她自己的失誤。而且她在多年前就知道了蕁麻的真實血統。她相信，如果有機會將蕁麻的孩子培育成奈琪絲卡，也同樣是一個糾正蕁麻所遭受的巨大不公的機會。瞻遠母屋一直以來都極度缺乏女性成員。而蕁麻的出生終於為這個譜系增添了一個真正的女兒。但迎接這個女兒的不是歡欣慶賀，她反而只能躲藏在陰影裡，避開王室。她的血統沒有得到承認，只有在她能夠為瞻遠所用的時候，她才被帶到公鹿堡。」

我陷入了沉默。我不能否認謎語的話。但聽到它們出自於蕁麻的丈夫、我的朋友，我只是更加感到椎心的疼痛。我曾經相信自己在保護蕁麻。就像我為了保護蜜蜂而讓她遠離公鹿堡嗎？這是一個讓我感到不安的想法。我只能努力勸說自己，我做得沒有錯。

「蕁麻是一名遜位王子的私生子的私生女，謎語。」

謎語的聲音中閃過一陣怒火。「在這裡也許是這樣。但在外島，我們的孩子會被視為他們宗族中的公主。」

「你和蕁麻要去那裡？離開公鹿堡和王室，去外島？」

「為了讓我的女兒不被視為羞恥和私生女？是的，我會的。」

我發現自己在贊同地點頭。「如果那個孩子是男孩呢？」

謎語歎了口氣。「那就是另一場戰鬥，也不是今天需要考慮的。蜚滋，在我愛上你的女兒之前，我們就是朋友。我沒有事先來告訴你，沒有讓你知道我們已經結婚了，這讓我感到內疚。」

我絲毫沒有遲疑。在最近這幾天裡，我已經用了太多時間回憶我曾經做出的各種決定。「我並不生氣，謎語。」我站起身，向他伸出手。我們握住彼此的手腕，然後他擁抱了我。我在他的耳邊說：「我本以為你來這裡，是因為氣憤我在通過精技石柱時對你做的事。」

謎語後退了一步。「哦，這件事我會交給蕁麻。如果她的責罵還沒有把你的皮剝下來，那麼你也別以為她會放過你。蜚滋，我不知道這件事最後會怎樣，但我希望你知道，我一直都在盡全力保護她的榮譽。」

「我明白。你一直都是這樣的。謎語，無論這件事會如何發展，我都站在你和蕁麻這一邊。」

謎語用力一點頭，然後又重重歎了口氣，才走過去坐進我剛才為他擺好的椅子裡，低頭看著自己緊緊攥在一起的雙手。

「還有事情，而且是壞訊息。」我猜測道。

「蜜蜂。」謎語說完這兩個字，深吸了一口氣，就一言不發地坐在椅子裡。

我坐回到床上。「我還記得你在酒館裡說過的話，謎語。」

謎語突然抬起頭看著我，臉上的肌肉完全繃緊了：「情況沒有改變，蜚滋。結果也不會有改變。蕁麻說她會和你談這件事，她說這不是我的責任。但這是我的責任。即使我沒有和你的女兒結婚，作為你的朋友這依然是我的責任。蜚滋，你必須放手。你必須把她帶來這裡，來公鹿堡。她在這裡才能受到正確的監護和教育。這你知道。你知道。」

我知道嗎？我咬緊牙，壓抑住憤怒的反駁。回想過去的一個月，我有多少次決定對蜜蜂更好一些？但我都沒做到。有多少次我為了應對各種災難和意外而將她放到一旁？我讓我九歲大的女兒幫助我處理屍體，隱瞞一場謀殺案——儘管她並不知道是我殺死了那名信使。我第一次開始認真思考我的孩子可能遭遇的危險。實際上，肯定還有追蹤者在尋找那名信使。還有在尋找深隱和蜚滋機敏的刺客。切德讓我保護他們兩個，並相信我能把這件事做好。但是當我丟下所有人，帶著弄臣前往公鹿堡的時候，我卻完全沒有再多想一下。我沒有考慮過進入我家尋找目標的刺客也許會給蜜蜂帶來危險。深隱最後一次遭遇刺殺就是有人給她下毒，卻毒死了廚房中的一個男孩。那名刺客做事很粗糙。而如果他下一次做事同樣粗糙呢？冬季慶的細柳林會敞開大門歡迎各種各樣的人。如果刺客此時再次企圖刺殺深隱，他會不會在不止一盤食物中下毒？

為什麼我以前沒有想到這件事？

「我已經變得遲鈍了。」我低聲說，「我沒能保護她。」

謎語顯得很是困惑。「我說的是你作為她的父親，蜚滋，而不是作為她的保鏢。我相信你有足夠的能力保護她的生活。但必須有人能給予她真正的生活來讓你保護。讓你的女兒得到適合她身分的教育和機會。禮儀、穿著、社交經驗。她是莫莉女士的女兒，也是大地主獾毛的孩子。她應該到宮廷中來，在她的姐姐身邊生活。」

謎語是對的。「但我不能讓她離開我。」

謎語站起身，肩背挺直，堅定地說道：「那就不要讓她離開你。和她一起來，蜚滋。給自己找一個新名字，回到公鹿堡來。蜜蜂屬於這裡。你也屬於這裡。這一點你很清楚。」

我盯著地板。謎語在等待我說話。看到我一直保持著沉默，他又放低聲音說：「我很抱歉，蜚滋，但你知道我們是對的。」

他安靜地離開了，將屋門在他的身後關好——我覺得這對他來說是很難的。我們相識已經有很長一段時間了。他原先是切德的間諜，也是守護我背後的保鏢。在我們一起經歷過許多可怕的事情之後，他成為了我的同袍，一個深受我信任的人。後來，他又變成了追求我女兒的人。謎語會成為我外孫的父親。這種感覺很是奇怪。我曾不止一次將自己的生命交在他手上。現在我更是別無選擇，必須信任他會成為我女兒的好丈夫，還有他們孩子的好父親。我嚥了一口唾沫。我也要把蜜蜂交給他嗎？因為我沒有能照顧好她。

如果我把蜜蜂交給謎語和蕁麻，我就能去為弄臣復仇了。

這個充滿背叛意味的想法讓我想要嘔吐。

我猛然站起身。現在不是想這種事的時候。我已經非常努力了，但我還是沒有足夠的時間，或者足夠的能力，再努力也是枉然。「哦，莫莉。」我大聲說道，又立刻咬緊了牙。這件事必須有一個答案。但我看不見，至少現在還看不見。

該去看看弄臣了。我走到窗口，向外望了一眼。感覺上，現在時間應該已經臨近黃昏。今天發生了太多事情。珂翠肯是原智者。她對蜜蜂有興趣。羅網想要我接受一隻烏鴉。我要做外祖父了，而且可能會是一位奈琪絲卡的外祖父。謎語認為我不是一個稱職的父親，想要從我身邊帶走我的孩子。當我轉過身向樓梯走去的時候，蕁麻牽動了我的思緒。

謎語告訴我了。我知道，隱瞞毫無意義。她會感覺到我的關切。

我知道他會告訴你，我本來還希望他能夠讓我來坦白這件事。只是他心裡總是放不下那些男人的榮譽。你有衝他吼叫嗎？對他說他讓我蒙羞，因此也讓你蒙羞？

當然沒有！蕁麻那股嘲諷的意味刺痛了我。難道我需要提醒妳，我是一個私生子，早就知道自己被視作父親的羞恥是什麼感覺嗎？

所以你一直都完全拒絕承認我。

我……什麼？我從沒有拒絕承認過妳。我有過嗎？我的心中生出了猶疑。過去的回憶湧入我的腦海。我有過，哦，是的，我有過。那只是為了保護妳，我對自己的話進行了修正，那時的世界比現在嚴苛得多。如果人們認為妳不僅僅是一個私生子的女兒，還是一個原智私生子的女兒，妳有可能擁有那種骯髒的魔法……很可能會有人殺死妳。

所以你讓博瑞屈收養我。

他能保護妳的安全。

是的，他做到了。蕁麻的聲音冰冷無情。這也保護了你的安全，你可以選擇裝作自己已經死了，這還能保護瞻遠的聲譽安全。沒有麻煩的私生子會打亂繼承譜系。安全。彷彿「安全」要比其他任何事都更重要。

我封閉住自己的情緒，將它徹底和蕁麻間隔開。我不知道她想要對我說什麼，但我能確定一件事：我不想聽。

至少我的孩子會知道她的父母是誰！她會知道她的外祖父母是誰！我會讓她知道，我會給予她這些。沒有人能夠奪走她這項權利！

蕁麻，我……但她已經走了。我沒有去找她。她是另一個被我辜負的女兒。我讓她在成長的時候相信她是另一個人的女兒，我讓她的母親和博瑞屈相信我死了。這麼多年裡，我一直告訴自己，這是為了保護她的安全。但她感覺自己被拒絕、被遺棄了。

我想到了我自己的父親。我很少會想到他。我甚至從沒有看進過他的眼睛。當他將我遺棄給他在公鹿堡的馬廄主管時，我又有著什麼樣的心情？我盯著面前的空氣。為什麼我要對我的長女做同樣的事情？

蜜蜂。現在還不算太晚，我還能夠成為她的好父親。我知道我現在應該去哪裡了。如果使用精技石柱，我可以在天黑之前趕到細柳林。這有一點危險，但我將弄臣帶過來的時候不是更危險嗎？要再過幾天，我才敢冒險對他進行治療。我應該回家裡去，帶蜜蜂來公鹿堡。不是將她交給蕁麻，也不是讓我們兩個在這裡常住，只是當我必須留在這裡照顧弄臣的時候，讓她能在我身邊。這樣做是正確的。我應該這樣做。

除了壁爐中微弱的紅色火光，這間上層密室裡沒有其他光亮。弄臣正坐在壁爐前的椅子裡。我咬了一下舌頭，才能開口問他為什麼會坐在黑暗裡。他在我朝他走近的時候向我轉過臉。「有你的一封信，在桌子上。」

「謝謝你。」

「是一個年輕人送來的。他走進來的時候，我正處在半睡半醒的狀態。我發出尖叫。那時我不知道我和他誰更害怕。」他想要表現出嘲諷的意味，但失敗了。

「我很抱歉，」我竭力想要控制住自己混亂的思維。沒有必要讓他感受到我的痛苦。他在這些事情上也沒辦法幫我，我只會讓他因為迫使我和孩子分離而感到慚愧。

我將注意力集中在他充滿焦慮的話語上。

「現在，我害怕睡著。我沒有想到過還會有其他人在這裡進出。我不知道自己為什麼會如此掉以輕心。我知道一定會有別人進來。但我還是忍不住在為此而感到害怕。他們會不會再告訴更多人我在這裡？人們會知道我藏在這裡。這樣不安全。」

「我要點亮一些蠟燭了。」我對他說。我要看清楚他的臉，是因為我不知道他對待這個問題的態度有多麼嚴肅，但我沒有將這個想法說出口。點亮第一根蠟燭以後，我問他：「你感覺如何？比昨天好些了？」

「不知道，蜚滋。我無法分辨昨天和今天早晨，也無法分辨今天早晨和午夜。這對我全都一樣。我只是處在一片黑暗中。你來了又走。我進食、排泄、睡眠。我很害怕。我想，這大概意味著我在好轉。我還記得自己唯一能想到的就是我的身體痛得有多麼厲害。現在這種疼痛已經減輕了，讓我可以開始思考我是多麼恐懼。」

我用第一根蠟燭點亮第二根蠟燭，把它們放在桌子的燭臺上。

「你不知道該說些什麼。」他說道。

「我的確不知道。」我承認了。我想要把自己的恐懼推到一旁，來應對他的恐懼。「我知道你在這裡是安全的。但我也知道，無論我多少次這樣告訴你，都不會改變你的心情。弄臣，我能做什麼？我該做什麼才能讓你的感覺好一點？」

弄臣從我的面前轉過臉。過了很長一段時間，他說道：「你應該看你的信了。那個男孩在跑掉之前曾經急匆匆地說過，這封信很重要。」

我拿起桌上的那束小卷軸。上面有切德的間諜火漆印。我打破蠟封，把信紙展開。

「蜚滋，我看起來是那麼可怕嗎？當我坐在椅子裡尖叫的時候，那個男孩也發出尖叫。就好像他看見一具屍體從墳墓裡爬出來朝他哀號。」

我放下卷軸。「你看上去是一個身患重病，曾經被饑餓和刑罰殘酷折磨過的人。而且你的膚色很……與眾不同。現在你已經不是黃金大人時的茶褐色皮膚，也不是你作為黠謀國王的小丑時那種白色皮膚。你的皮膚是灰色的。人們不會覺得一個活人能有這樣的膚色。」

弄臣陷入了長久的沉默。我將目光轉回到卷軸上。今晚會有另一場節日宴會，這是冬季慶的最後一場歡宴，隨後我們這些貴族就會回去履行各自的職責了。艾莉安娜王后促請所有人參加這次盛宴，並要求所有人穿上他們最好的衣服來慶祝白天變長。切德建議說，也許長石領主應該去一趟公鹿堡城，為這場宴會購買一些華麗衣裝。他還在信裡推薦了一家裁縫店。根據這封信的暗示，我知道我的衣服已經在那裡被預定好了。那家店中的裁縫們正在趕工為我製作。

「你是一個誠實的人，蜚滋。」弄臣的聲音顯得有些陰沉。

我歎了口氣。我是不是太誠實了？「和你說謊對我又有什麼好處？弄臣，你的樣子看上去很糟糕。看到你這樣讓我感到心碎。現在我唯一能告訴自己和你的就是，只要你充分進食和休息，變得更加強壯，身體狀況就能改善。等到你變得更強壯，我希望使用精技來促使你的身體進行自我修復。這是我們能夠得到的唯一安慰。但這需要時間，也需要我們有耐心。匆忙對我們都不會有好處。」

「我沒有時間了，蜚滋。對我而言，也許時間還多。我大可以慢慢恢復，或者慢慢死去。但我相信就在某個地方有一個幼子需要我們去救援，絕不能讓白者的僕人搶在我們前面找到他。每一天，每一個小時，我都害怕他們已經控制了他。每一天，每一個小時，我都在想著在很遠的地方被囚禁的那上百個人。那看上去與我們、與公鹿堡和六大公國都沒有關係，但其實是有關係的。僕人肆意使用那些人，就像我們把小雞關進圈裡，或者是擰斷兔子的脖子。僕人飼養他們只是為了讓他們看到未來，然後再利用這些預言讓自己成為全知全能的神。他們不會在乎出生的嬰兒是否能走路，或者視力是否健全，只要他們是白色的，能夠做預言之夢——這是他們唯一在乎的。僕人的力量甚至會延伸到這裡，扭曲和轉變各種事件，讓時間和這個世界屈服於他們的意志。蜚滋，必須阻止他們。我們必須返回克拉利斯，殺死他們。必須這樣做。」

我說了我所知道的事實。「一次做好一件事，我的朋友。我們一次只能嘗試做好一件事。」

弄臣用失明的雙眼看著我，彷彿我對他說出了最殘忍的話語。然後他的下唇開始顫抖。他將臉埋進殘損的雙手中，開始哭泣。

我感到強烈的惱恨和深深的自責。弄臣正在痛苦之中，對此我完全清楚。我知道他都經歷過什麼，那我又怎能對他感到氣惱。難道我自己不也有過這樣的經歷嗎？難道我忘記了自己在帝尊牢獄中經受的種種磨難。那段黑暗的歲月至今還會像海潮一樣湧過我的心靈，湮滅我生命中的一切美好和安全，將我拋回到那段混亂與痛苦之中。

不，在過去數十年中，我大部分時間都在竭力忘記這些黑暗的經歷。我對弄臣的氣惱並非真正氣惱，而是我自己內心深處極度的不安。「求你，不要讓我回憶那些事。」

我意識到自己說出了暴露我真正心情的話。而弄臣唯一的回應就是哭聲更大了，就像是一個無助的孩子不知道該怎樣安慰自己。這是一種無法壓抑的哀痛，讓他傷心的是無可挽回的過去，還有他再也無法恢復的自己。

「淚水不能消除這一切，」我口中說道。但我不知道自己為什麼要說這種沒用的話。我想要抱住他，卻又不敢這樣做。我害怕碰觸會嚇到他，更害怕這會讓我更深地陷入他的苦痛之中，進而喚醒我自己的苦痛。但到了最後，我還是三步繞過桌子，撫著他殘存的頭髮，對他說：「弄臣，你在這裡是安全的。我知道你現在還無法相信這一點，但你的苦難結束了。你安全了。」那些頭髮粗糙得就像是一隻病狗的毛髮。我將他拉近，讓他的頭枕在我的胸前。他抬起像爪子一樣的雙手，抓住我的手腕，將我緊緊拉住。我任由他的淚水流淌。我只能為他做到這些了。我想到了打算告訴他的事情——我將不得不離開他幾天時間，去接蜜蜂。

我不能。現在還不能。

又過了很長時間，他才安靜下來。儘管不再抽噎，但他的呼吸仍然在不住地顫抖。又過了一會兒，他拍拍我的手腕說：「我覺得我已經好了。」

「你還沒有好起來。但你會的。」

「哦，蜚滋。」弄臣從我懷中挺起身，盡量在椅子裡坐得筆直，又咳嗽幾聲，清清嗓子。

「你的信裡寫了些什麼？那個孩子說這封信非常重要。」

「哦，算是重要，但也沒有那麼重要。王后希望我們穿上最好的衣服，參加今晚的冬季慶盛宴。這意味著我必須前往公鹿堡城去拿些衣服。」想到將不得不以長石領主的身分，穿上那些可怕的衣服去城裡，我不由得皺起了眉。我尤其不想再穿上那種鞋子。哦，真是不想。穿上那種鞋走在冰冷光滑的鵝卵石路面上，實在太可怕了。

「嗯，那麼你最好現在就出發。」

「是的。」我不情願地表示同意。我不想將他一個人留在黑暗裡。但我也不想讓他的消沉影響到我。我走上樓梯，心中覺得還是把蕁麻的事情瞞著弄臣比較好。在我們年輕的時候，我將他視為我的朋友和智囊。而現在，我只將自己的事情留在口中。他沒有預見到瞻遠家族一個新成員即將出世。而他所說的那些殘疾嬰兒更讓我感到不寒而慄。我該怎樣告訴他，我的第一個外孫就要來到這個世界上了？這也許會讓他陷入又一場黑暗的漩渦中。而更讓我無法開口的是現在離開他六到八天，我不能為了接蜜蜂而離開他。但我可以拜託別人將蜜蜂接來，明天我會和珂翠肯談論這件事，我們可以一起做些安排。

你要對你的朋友們負責。當我在徒勞的精技嘗試中一度迷失自己的時候，有多少次夜眼就坐在我身旁？有多少次是幸運跌跌撞撞地把我扶回到房間裡，沒有聽從我的要求，故意減少了給我的昏厥藥物的劑量？我甚至不想去回憶博瑞屈竭盡全力幫助我從狼變回人的那許多個星期、許多個月。我的朋友們從沒有拋棄過我，我也不會拋棄弄臣。

但他還是可以拋棄我。而且他曾經這樣做過。他從桌邊站起身，對我說道：「你應該去做你的事情了，蜚滋。」然後他轉過身，幾乎像是能看見一樣向床邊走去。

當他爬上床，拉起毯子的時候，我問他：「你確定現在想要一個人待著？」

他沒有回答。又過了一段時間，我意識到他不會回答我了。不知為什麼，我感覺自己受到了傷害。一連串嚴厲的話語已經到了我的唇邊。他根本不知道我為了他，放棄了什麼。但一瞬間的憤怒很快就過去了，我很慶幸自己沒有把那些話說出口。我絕對不想讓他知道我為他做的犧牲。

除了履行我的責任，現在我已經沒有其他的事可做。我回身走下樓梯，將自己重新裝扮成長石領主，然後挑釁般地穿上了我自己的靴子。

我們會在冬季慶慶祝白晝的延長，但這並不意味著春天正在向我們靠近。昨天的烏雲都變成雪花消失無蹤了。天空中是一片深湛純粹的藍色，就像公鹿堡的女士們的裙襬。不過遠方的地平線上能看到有更多雲層在聚集。裝飾在店舖門板上的花環都覆蓋著一層冰霜。街道上的積雪在我的靴子下面發出咯吱咯吱的聲音。寒冷壓抑了節日氣氛，不過還是能零星見到一些小販在向匆匆的過客們高聲叫賣甜食和玩具。我走過一頭鬍鬚上掛滿冰晶的可憐驢子，然後是一名賣炒栗子的小販，他的火盆下面的火幾乎都要熄滅了。他一直在火盆上烤著他的手。我買了十幾顆栗子，只為了暖和一下冰冷的手指。海鷗在人們的頭頂盤旋，一如既往地發出一陣陣叫聲。烏鴉們找到了一隻動作遲緩的貓頭鷹，正在吵鬧地向他發動攻擊。當我走到裁縫街的時候，我的鼻子已經被凍得通紅，完全符合切德為我設計的酒鬼身分。我感到面頰僵硬，每次眨眼的時候，睫毛都會短暫地黏在一起。我拉緊斗篷，希望那些正等我去取的新衣服不像我身上穿的一樣愚蠢。

我剛剛找到切德所說的那家裁縫店，卻聽到一個聲音高喊：「湯姆！湯姆！湯姆！」

我及時回憶起來我是長石領主。所以我沒有轉身，但街上的一個男孩衝他的朋友們喊道：「看啊，那裡有一隻會說話的烏鴉！牠說『湯姆』。」

這讓我有理由回過頭，朝那個孩子手指的方向看了一眼。在街對面的一塊招牌上站著一隻毛羽凌亂的烏鴉。牠看著我，發出尖銳的叫聲：「湯姆、湯姆！」

還沒等我有所反應，另一隻烏鴉已經撲向了牠，呱呱叫著對牠又啄又打。攻擊剛剛開始，又有十幾隻烏鴉彷彿憑空出現一般加入了戰局。當那隻遭受圍攻的烏鴉飛起來的時候，我瞥到牠的黑色羽毛之間有一些白點。讓我感到恐懼的是，另一隻烏鴉在半空中再次向牠發動攻擊。牠在空中翻滾著，拚命想要躲進附近商店的屋簷下。另外兩名攻擊者衝過來，但未能碰到已經縮進屋簷下的牠。其他烏鴉紛紛落在附近的屋頂上等待著。憑藉所有霸凌者都有的本能，牠們知道牠最終一定會出來的。

然後，牠們就能啄死這個和牠們都不一樣的傢伙。

哦，羅網，你讓我陷進了怎樣的困局？我不能，不能再收留另一名孤兒了。牠只能以自己的力量來保護自己，就是這樣。我只能希望牠可以回到羅網身邊。如果羅網沒有派牠來找我就好了。我硬起心腸，走進裁縫舖。

我的新衣服是一件非常短的藍色披肩，上面綴著一層層雪花蕾絲鑲邊。我有些懷疑裁縫是不是誤會了切德的命令，以為是要為女士做衣服，但這名裁縫和她的丈夫順利地幫我穿好了這件衣服，並在領結處做了一些調整，又為我準備好相稱的袖口和褲腳。那名裁縫看到我全然不合流行風尚的靴子，露出一點吃驚的神色，不過她也同意，這雙靴子更適合在雪地中行走。我答應她會配合最時髦的捲尖鞋使用她為我精心製作的蕾絲褲腳，她才有些放鬆下來。那個為我送來新衣訂單的孩子已經提前將費用支付，所以我要做的只是拿好包裹離開。

當我走出裁縫舖的時候，短暫的冬季午後陽光已經開始變得黯淡。寒冷佔據了整座城市，街道上的人流更加稀少了。我沒有去看那隻蜷縮在屋簷下的烏鴉，也沒有看聚集在牠附近的那些暴徒，只是轉身向公鹿堡走去。「湯姆！湯姆！」牠在我身後高喊，但我還是繼續向前走。

然後，牠開始尖聲呼喊：「蜚滋！蜚滋！」儘管有意克制，我的腳步還是禁不住遲疑了一下。我讓自己的眼睛只是盯住面前的道路，卻看見其他人都開始轉回頭去看那隻烏鴉。我聽到混亂的翅膀拍打聲，然後又聽到牠尖叫：「蜚滋——駿騎！蜚滋——駿騎！」

在我身邊，一個瘦削的女人將滿是青筋的手按在胸口上，叫嚷道：「他回來了！他變成了一隻烏鴉！」到這時候，我也不得不轉過身，以免其他人會注意到我對如此轟動的局面竟然不聞不問。

「啊，那只是一隻被馴服的烏鴉。」一個男人輕蔑地宣稱。我們全都將視線轉向天空。那隻走霉運的鳥正竭盡全力向高空飛去。烏鴉群還在鍥而不捨地追趕牠。

「我聽說你曾經劈開過一隻烏鴉的舌頭。你能教牠說話。」那個賣栗子的小販說道。

「蜚滋——駿騎！」牠又尖叫了一聲。這時一隻比牠更大的烏鴉正在攻擊牠。牠失去了飛行的速度，在空中翻了個筋斗，穩定住自己，勇敢地搧動翅膀。但牠已經落下了不少。那些意圖殺死牠的烏鴉全都聚集到牠的周圍，三三兩兩地撲向牠、攻擊牠、撕掉牠的羽毛。黑色的羽毛在靜止的空氣中紛紛落下，牠奮力抗爭著，想要留在空中，卻完全無法保護自己，抵抗那些對牠群起攻之的烏鴉。

「那是一個預兆！」有人在高喊。

「是蜚滋駿騎變成的野獸！」一個女人叫嚷著，「那個原智私生子回來了！」

在那一瞬間，恐懼湧遍了我的全身。我是不是在回想弄臣的種種經歷？不。我真的是忘記了所有人都與我為敵時那種令人毛骨悚然的景象。身著節日盛裝的公鹿堡人們會徒手將我撕碎，就像是那群烏鴉撕扯那隻孤獨的鳥。恐懼讓我雙腿無力，腹中感到噁心。我開始向遠處走開。我相信人們一定能看出我的兩條腿在顫抖，我的面色變得煞白，用兩隻手抓住包裹，努力前行，就好像我是唯一對這場空中戰鬥不感興趣的人。

「牠掉下來了！」有人喊道。我不得不停下腳步，抬頭觀望。

牠沒有掉下來。牠收起雙翼，像一隻鷹一樣衝了下來，徑直向我衝來。

只是一眨眼的工夫，牠已經擊中了我。「我來幫您，大人！」那名賣栗子的小販叫喊著向我跑過來，一隻手舉起火鉗，準備擊打衝進我斗篷的那隻鳥。我縮起肩膀，轉過身替牠承受了這一擊，同時將牠裹進我的斗篷裡。

*安靜，妳死了！*我用原智這樣對牠說。我不知道牠有沒有聽到我的心聲。我剛一將牠遮住，牠就一動不動了。我覺得牠有可能真的死了。羅網會對我說些什麼？然後我看見了我愚蠢的帽子和笨重的假髮落在面前的街道上，我把它們抓起來，以掩飾我將布包連同烏鴉一同抱入懷中的動作，然後向那名好心的栗子小販猛轉過身，一邊把帽子和假髮戴回到頭上，一邊吼道：「你為什麼攻擊我？你怎麼敢這樣羞辱我？」

「大人，我沒有惡意！」小販喊叫著向後退去，「那隻烏鴉……！」

「真的？如果不是要讓我出醜，為什麼你要朝我衝過來，差一點把我打倒在地？」我徒勞地揪扯著歪斜的假髮，讓它在我的頭頂上顯得更奇怪了。我聽到一個男孩哈哈大笑，他的母親在責備他，話語中卻又掩飾不住愉悅的情緒。我朝他們瞪了一眼，然後用一隻手按住假髮和帽子，讓它們變得更加難看。在我的身後又有幾個人在哄笑。我轉過身，又差一點甩掉了它們。「蠢貨！惡棍！我要去找城裡的衛兵，讓他們知道這裡的街道有多麼危險！來訪的客人竟然遭受攻擊！國王的客人被人嘲笑！我要你們知道，我是法洛大公的親戚，他一定會從我口中聽說這件事的！」我鼓起腮幫子，讓下嘴唇在偽裝的憤怒中顫抖。而我抖動的聲音根本不必偽裝。我很害怕有人會認出我。我的名字似乎依然迴蕩在半空中。我轉過身，竭力裝出義憤填膺的樣子，邁開大步匆匆走掉了。這時我聽到一個小女孩問：「但那隻鳥到哪裡去了？」

我沒有心思等著去看是否有人回答她。我丟掉帽子和假髮的狼狽模樣似乎已經給人們提供了一些笑料，這正是我希望的。在我離開眾人視野之前，我數次看似徒勞地調整帽子和假髮，當我相信距離人群已經足夠遠的時候，我立刻走進一條巷子，拉起斗篷的兜帽，遮住了帽子和假髮。烏鴉還在我的斗篷裡，我一直都很害怕牠真的死了。剛才牠撞我的那一下非常用力，我猜測那力量已經強到足可以折斷一隻鳥的脖子。但我的原智告訴我，儘管牠也許昏了過去，一動不動，但生命仍然在牠的體內脈動。我穿過小巷，走進迂迴曲折的匠人街，直到發現了另一條小巷。在這裡，我終於打開了包裹牠的斗篷，仔細看牠靜止的黑色身體。

牠的眼睛緊閉著，翅膀整齊地收疊在身側。我一直都對鳥類能夠如此緊湊又從容地收疊起肢體感到驚訝。如果你第一次見到鳥類的時候牠們沒有飛翔，那你一定會相信牠們只有兩條腿。我摸了摸牠光亮的黑色尖喙。

牠睜開一隻發光的眼睛。我將一隻手放在牠的背上，按住牠的翅膀。現在還不行，不要動，我們先要去一個安全的地方。

我沒有感覺到牠的原智回應，但牠的馴順讓我相信，牠明白我的意思。我將烏鴉和包裹收在斗篷裡面，快步向公鹿堡走去。現在通向城堡的大道比以前維護得更好，行人也更稠密，但它還是很陡峭，一些路面上還有結冰。陽光正在迅速退去，風開始變強。被風捲起的積雪冰晶像沙子一樣打在我身上。大車和馬車正在將節日最後一個夜晚所需的各種物資運往城堡。我要遲到了。

在我的斗篷裡，烏鴉開始愈來愈不安分，不停地活動，用喙和爪子勾住我的襯衫前襟。我伸手摸了摸牠，給牠安慰。牠還是用力鼓動翅膀，我抽出的手在指尖上帶有鮮血。我將原智伸向牠，妳受傷了？

我的思維反彈回來，彷彿我將一顆石子扔在了牆上。儘管如此，牠的痛苦還是衝進我的身體，讓我的脊椎一陣發冷。我悄聲說道：「留在我的斗篷裡，爬到我肩膀上。妳這樣做的時候我會保持靜止。」

片刻之間，牠沒有任何動作，然後牠用喙叼住我的襯衫，沿著我的身子爬上來，每向上幾步，牠都會重新用喙叼住我的衣服。最後，牠蹲伏在我的肩頭，被斗篷遮住，就好像我弓起了後背。等到牠站穩之後，我才慢慢直起身。

「我相信我們不會有事的。」我對站在我身上的這名乘客說。

風將雲團推送過來，一場新雪開始落下，大片的雪花在風中盤旋飛舞。我低下頭，登上陡峭的山坡，向城堡走去。

衛兵未加盤問便放我進入了城堡。我能聽到城堡大廳中傳來音樂和嘈雜的人聲。已經這麼晚了！那一陣烏鴉的爭鬥耽擱的時間比我想像的還要多。我急匆匆地走過端著托盤的僕人和衣著華麗的賓客，登上了樓梯。我一直沒有掀起兜帽，保持目光低垂，沒有向任何人打招呼。我走進房間，脫下覆滿雪花的斗篷。烏鴉抓住我頸後的衣領。我的假髮纏住了牠的腳。斗篷一被掀起，牠就從我的頸後站起身，嘗試著要飛起來。但我的假髮和帽子勾住了牠，讓牠一下子掉落在地面上。

「不要亂動，我來解開。」我對牠說。

經過幾分鐘的掙扎，牠側躺在地上，一隻翅膀張開一半，假髮死死地纏住了牠的雙足。現在牠黑色羽毛之間的白點已經清晰可見。這樣的羽毛意味著世界上其他任何一隻烏鴉都會想要殺死牠。我歎了口氣，重複了一遍：「現在，不要動，我會為妳解開。」牠張開喙，開始喘息，同時用一隻明亮的黑眼睛瞪著我。我慢慢向牠走過去。真不敢想像，牠竟然在這麼短的時間裡把自己的一雙腳纏得這麼緊。牠的血滴灑落在地板上，我一邊嘗試為牠解開，一邊對牠說話：「妳傷得嚴重嗎？他們有沒有刺傷妳？」我的原智則盡量釋放出平靜的情緒，安撫牠的心神。妳受傷了麼？我提出問題，同時盡量不壓迫牠的界線。牠的痛苦在沖刷著我。牠狂野地搧動著翅膀，讓我大部分鬆解假髮的努力都變得徒勞無功。然後牠又恢復了安靜。「妳傷得厲害嗎？」我又問牠。

她將喙閉起，看著我，呱呱地說道：「拔！拔下我的羽毛！」

「我明白。」一方面驚訝於牠到底懂得多少人類的語言，一方面又因為牠能夠和我進行交流而感到寬慰。但鳥不是狼。試圖解釋牠給我的感受很是困難。我只知道牠很疼、很害怕，還非常憤怒。如果牠是我的狼，我就能確切地知道牠在哪裡受了傷，傷勢有多麼嚴重。而現在我就像是和說不同語言的人進行溝通。「先讓我解開妳。我需要把妳放到桌上，在燈光下觀察妳的情況。我能把妳拿起來嗎？」

牠眨眨眼：「水，水，水。」

「我也會給妳水。」我盡量不去想飛速流逝的時間。彷彿是在回應我的擔憂，我感覺到切德疑問的刺激。*你在哪裡？王后已經請求晉責確保我出席宴會。*對她而言，這是一個非常不同尋常的請求。

我很快就到，我向切德承諾，同時也急切地希望自己能履行這個諾言。我開啟祕門，把烏鴉從地上捧起來，將牠穩穩地捧在手心裡，帶著牠走上昏暗的樓梯。

「蜚滋？」還沒等我走上最後一級臺階，弄臣已經焦慮地問道。我只能分辨出他在火爐前椅子裡黑色的身影。蠟燭在幾個小時之前就燃盡了。聽出他聲音中的憂慮，我的心一沉。

「是的，是我，我帶來了一隻受傷的烏鴉。牠被我的假髮纏住了。以後我會解釋，但現在，我需要把牠放下，點亮蠟燭，再給牠一些水。」

「你把一隻烏鴉纏進了你的假髮裡？」弄臣問道，讓我感到驚奇的是，他的聲音中流露出一絲興致和嘲諷。「啊，蜚滋。我相信你總是能用一些奇怪的問題來打破我的無聊。」

「是羅網派牠來找我的。」我摸黑將牠放到桌子上。牠想要站穩身子，卻被假髮糾纏得太緊，一下子又側身倒了下去。「不要動，鳥兒。我需要先點亮一些蠟燭。然後我希望能夠為妳解開纏縛。」

牠保持著靜止，不過白晝活動的鳥雀在夜晚經常都是不會動的。我摸索著走過光線昏暗的房間，找到蠟燭。當我將蠟燭點亮，插在燭臺上，舉著燭臺返回工作臺時，弄臣已經在那裡了。讓我感到驚訝的是，他滿是節瘤的雙手正在解開緊緊纏住那隻鳥爪的髮絲。我將燭臺放在工作臺的另一端，看著弄臣。那隻鳥依然一動不動，只是偶爾會眨一下眼睛。弄臣曾經纖長精緻、無比靈巧的手指現在就像是打結的枯樹枝。他一邊工作，一邊輕聲和那隻鳥說話。被削去指尖的一隻手輕柔地按住鳥的腳，另一隻手則不停地提起和抽走絲絲縷縷的假髮。他的喃喃話音就像是泉水流過石頭，「這隻腳爪一定是最先被纏上的，現在我們可以把它從繩結裡拿出來了。好了，這樣一隻腳就差不多能解開了。哦，這可真緊。我們把髮絲從……這下面推過去。好，一隻腳解開了。」

烏鴉用力踢了踢得到自由的那隻爪子，當弄臣將一隻手放在牠的背上，牠便又恢復了平靜。「再過一會兒你就自由了。不要動，否則髮絲會變得更緊。對抗捆綁自己的繩索從來都不是有效的行動。」

繩索。我保持著安靜。弄臣用了不止一會兒時間才解開她的第二隻腳。我差一點就要把剪刀遞給他了。但他是如此專注於這個任務，甚至將他自己的痛苦完全拋到了九霄雲外。於是我也放棄了對時間的關注，只是看著眼前這一幕。「好了，好了。」弄臣最後說道。他將帽子和破爛的假髮放到一旁。烏鴉依舊靜靜地躺著。不過沒過多久，牠就抖動一下，拍打翅膀站了起來。弄臣沒有再試圖去碰觸牠。

「他會想要水喝，蜚滋。恐懼會讓他感到乾渴。」

「是她，」我糾正弄臣，然後走到水桶前，盛滿一杯水，回到工作臺邊，把杯子放下，用手指在杯中蘸了蘸，提起來，讓鳥看見水從我的手指滴落進杯子裡，便退到了一旁。弄臣拿起了帽子和依然固定在上面的假髮。風雪和烏鴉的掙扎讓這頂假髮完全走了樣。它的一部分纏結在一起，另外一些髮卷則浸透了水，垂了下來。

「我不覺得這可以輕易被修復。」弄臣說完這一句，便將假髮放回到工作臺上。我拿起它，用手指捋了捋，盡量讓它顯得整齊一些。「和我說說這隻鳥。」弄臣提出要求。

「羅網問我是否能收留牠。牠，嗯，失去了主人。那也是牠的朋友。並非原智者，而是一個曾經救治過牠的人類。牠一出生翅膀上就有一些白色的羽毛……」

「白色！白色！白色！」那隻鳥突然「呱呱」地說起話來。牠以標準的烏鴉雙腳跳躍的姿勢來到水杯旁，把喙深深插進水杯裡。在牠急切地飲水時，弄臣驚呼道：「牠能說話！」

「只是像鳥一樣說話。我相信牠能重複人類教牠的話。」

「但牠會和你交談，透過你的原智？」

「實際並非如此。我能體會到牠的感受，悲傷、痛苦。但是弄臣，我們沒有建立牽繫。我不知道牠的想法，牠也不知道我的。」我把帽子和假髮晃了晃，竭力修復它們。烏鴉發出驚訝的叫聲，跳到一旁，幾乎碰翻了水杯。「抱歉，我不是要嚇妳。」我一邊說，一邊苦惱地看著假髮和帽子。想要修復它們已經不可能了。「先等一下，弄臣，我必須和切德說兩句話。」我透過精技向切德伸展過去。我的假髮壞掉了。今晚我沒辦法作為長石領主出現了。

無論如何都要過來，而且要快。蜚滋，這裡有事情要發生。艾莉安娜王后一定有什麼圖謀。一開始我以為她在生氣，當她問候我的時候，眼睛顯得冰冷又明亮。但她又表現出怪異的熱情，幾乎可以說是喜上眉梢。我從未見過她如此精神百倍地領舞。

你有沒有問過晉責對此有什麼看法？

晉責不知道。我感覺到切德將精技的範圍拓寬，把晉責也囊括到我們的精神交談中。

也許晉責並不覺得他的王后在今晚的喜悅有什麼不對。國王語帶挖苦地說道。

風聲不對，我能感覺到！切德回答。

也許我對妻子的瞭解會比你更多些？晉責毫不退讓地反駁他。

我不想再聽他們爭論了。我會儘快下來，但不是以長石領主的身分。恐怕假髮已經毀了。

至少在穿著上時髦一點，切德急躁地命令我，如果你穿著束腰外衣和長褲下來，你就會讓所有人都轉頭看你。你也不能穿為長石領主訂做的衣服。長石領主的衣櫃中一定還有些他不曾穿過的衣服。選一件穿好，快點下來。

我會的。

「你必須走了。」弄臣在我結束精技交談之後的寂靜中說道。

「是的。你怎麼知道？」

「我很早以前就學會了解讀你氣惱的輕聲歎息，蜚滋。」

「假髮已經毀了。我作為長石領主的身分也就不復存在了。我必須去自己的房間，找一件合適的衣服穿好，扮成完全不同的另一個人出席宴會。這件事我能做好，但我沒辦法像切德那樣喜歡這種事。」

「我過去就在做這樣的事情。」這一次輪到弄臣歎氣了，「我真喜歡你今晚的任務！挑選衣服，穿得一身光鮮，走進大廳，用戒指、耳環和香水裝飾自己，和上百種不同的人混雜在一起，品嚐精心準備的美食。喝酒，跳舞，開玩笑。」他又歎了口氣，「我希望能夠在我死之前再活一次。」

「啊，弄臣。」我向他伸出手，又在中途停下。如果我碰到他，一定會把他嚇一跳。而當他被嚇到的時候，我們兩個心中的傷痛都會被喚醒。

「你現在應該去了。我會和這隻鳥做伴。」

「謝謝。」我衷心地說道。我希望這隻鳥不會突然陷入恐慌，狠狠撞在牆壁上。不過，只要這裡還保持著光線昏暗的環境，我相信牠會沒事的。就在我快走到樓梯的時候，弄臣又向我問道：

「牠看起來是什麼樣子？」

「牠是一隻烏鴉，弄臣。一隻成年烏鴉。黑色的喙，黑色的足，黑色的眼睛。將牠和另外千萬隻烏鴉區別開的是牠有一些白色的羽毛。」

「牠的白色在哪裡？」

「牠的翅膀有一些羽毛是白色的。當牠張開翅膀的時候，那些白色幾乎會形成條紋狀的圖案。我覺得在牠的背部和頭部還有一些叢生的白毛。其他烏鴉拉掉了牠的一些羽毛。」

「拉掉了。」弄臣說。

「白色！白色！白色！」那隻鳥在黑暗中喊道。然後，牠用非常小的聲音嘟囔道：「啊，弄臣。」我幾乎不確定自己是否真的聽到了。

「牠知道我的名字！」弄臣興奮地喊道。

「牠也知道我的。真可憐，正是因為這樣，牠才迫使我為牠停下了腳步。牠那時在喊：『蜚滋駿騎！蜚滋駿騎！』就在裁縫街中央。」

「聰明的女孩。」弄臣贊許地喃喃說道。

我不以為然地哼了一聲，便快步跑下樓梯。

8

瞻遠

這對兄弟背對背地站著，
進行他們人生最後的告別。
紅船狼群包圍了他們，
在他們身周豎起刀槍匕首的牆壁。
他們聽到一聲怒吼，
公鹿堡的私生子大步奔來。
鮮血潑灑，如同撒落大地的紅寶石。
那都來自於他手中戰斧的揮砍。
他砍出一條道路，如同披荊斬棘。
飛舞的戰斧變成赤紅。
帶著滿身鮮血，私生子衝殺而至。

他的鋒刃所向披靡。
那就是駿騎的兒子，
他的眼睛如同火焰，
他擁有駿騎的血脈，
儘管沒有他的姓氏。
他是瞻遠的兒子，
但永遠不會是繼承者。
在他血色的鬈髮上，
永遠不會有王冠出現。

——〈鹿角島讚美詩〉，椋音．鳥囀

我一邊脫衣服一邊走下樓梯，進入我的房間，關好祕門，輪番單腳站立，脫下靴子。我必須把今天穿的衣服都換掉才能到樓下大廳去。否則那些一心只盯著時尚的白癡們肯定會認出我穿著長石領主的衣服。

我開始從衣櫃中拿出一件又一件衣服，很快又強迫自己停下來。我閉上雙眼，回想昨晚的宴會。那些宴會上的人都是什麼樣子，那些穿著華麗衣服招搖過市的孔雀？那種長裙一樣的上衣、數不清的釦子，其中絕大多數只不過是裝飾品。繁複冗餘的蕾絲墜壓在喉頭、手腕和肩膀上。還有那些鮮豔刺眼的色彩。我睜開了眼睛。

猩紅色的長褲，褲腿外側帶著成排的藍色鈕釦。一件白色襯衫，領子高到幾乎要讓我窒息。給我藍色的長馬甲，在肩膀上綴有一簇簇紅色蕾絲，紅色的鈕釦縱貫胸腹，就像是母豬的乳頭。給我的拇指戴上一枚巨大的銀戒指。不，不要這些。我從細柳林穿來的長褲，感謝灰燼，它已經被洗好並送了回來。最樸素的叢林綠色的羊毛襯衫。棕褐色的，只有角質鈕釦的長馬甲。我只有時間穿上這些。我朝鏡子裡看了看，用雙手梳理一下我被雪水打濕的頭髮。現在它們都貼在我的頭上。我選擇了一頂最樸素的小帽子：如果不戴帽子就下去，我惹來的目光一定會比戴上任何帽子都更多。只能這樣了。我希望自己顯得盡量卑賤一些，這樣就不會有人想要和我搭話。我選了一雙最舒服的鞋子，把腳蹬了進去。然後，我重新找回年輕時的精熟技藝，以極快的速度將各種暗兜在身上裝配好，從我白天穿的外衣中拿出我的隨身武器、毒藥包和開鎖工具，同時盡量不去思考如果切德命令我使用它們，我是否真的會服從。我告訴自己，如果發生那種事，我會自己做出決定，然後就將這個令我反胃的問題拋在腦後了。

我馬上就來！我向切德探出的精技嚴緊而私密。

你是誰？切德的問題讓我想起了我們的老遊戲——在心跳一下的時間中創造出一個身分。

我是渡鴉．科爾德。提爾司一個鄉村低階貴族的第三個兒子。我以前從不曾來過宮廷，而且今晚才來到公鹿堡，這裡的繁華景象讓我眼花繚亂。我的穿著很普通，沒有半點時尚可言。我會提出各種愚蠢的問題。我的父親在不久前去世了，兄長最近剛剛繼承家業，他將我趕出領地，要我自己出來討生活。不過我很高興能夠進行這場冒險，並花掉我繼承的那一小份遺產。

夠真實了！快下來吧。

於是，渡鴉．科爾德快步跑下寬闊的樓梯，一頭撲進聚集在大廳的歡慶人群中。今晚是冬季慶告別夜。我們要慶祝黑夜縮短，白晝延長。等到今晚最後一場宴會結束，我們就要安定下來，繼續忍耐冬季的風暴和嚴寒。在這個歡敘友情、縱情歌唱、充滿美食和舞蹈的夜晚之後，當太陽再一次升起時，六大公國的貴族們就會陸續離開公鹿堡，返回各自的領地。那通常都是冬季慶裡最陰鬱的一天；朋友們相互道別，嚴酷的冬季讓旅途依然格外艱辛。我還是一個孩子的時候，告別夜之後的幾個晚上都會在室內工作中結束：製作箭矢、編織、雕刻和縫紉。年輕的抄寫員們會將他們的抄寫工作帶到大廳，一邊工作，一邊傾聽吟遊歌者的歌唱。

我本以為現在樓下大廳中會迴蕩著吟遊歌者們節奏緩慢的歌謠，人們會小酌慢飲，低聲交談。但在我面前，聚集於大廳中的人們再一次穿戴了最好的衣服和珠寶。吟遊歌者們彈奏起歡快的樂曲，讓大家的腳趾不由自主地輕敲地面，一對對舞者邁著輕盈的步伐進入舞池。我走進大廳的時候，六大公國的國王和王后正統治著舞池。攻佔了我的衣櫃的鈕釦瘟疫並沒有放過這對君王夫妻。數百枚白銀、象牙和珍珠貝鈕釦裝飾著王后的衣服。隨著王后活潑靈動的步伐，它們也不斷撞擊，發出輕聲脆響。晉責的衣服上綴著許多角質、象牙、骨質和白銀鈕釦，比王后的衣裙更顯莊重，但同樣在不停地相互撞擊，發出聲響。我站在幾層人群之後看著他們。晉責的眼睛一直沒有離開艾莉安娜的臉：他就像追求艾莉安娜的時候一樣癡迷於她。王后面頰緋紅，雙唇微張，有些氣喘地保持著快節奏的舞步。隨著音樂在一段高亢的旋律之後驟然結束，晉責抱起艾莉安娜，飛速地轉動，艾莉安娜將雙手撐在他的肩膀上，人群發出真誠而狂熱的歡呼聲。燦爛的笑容讓晉責深褐色的鬍鬚中露出了雪白的牙齒，艾莉安娜的雙頰變得更紅了。他們兩個同聲歡笑，離開舞池，回到了他們位於大廳盡頭高臺上的王座中。

我在人群中遊走，就像是一小片海藻追隨著不住變化的潮汐。切德是正確的，在今晚熱烈的氣氛下有一股暗流湧動，人們的情緒中都流露出或多或少的好奇。王后要求所有人都穿著他們最華美的衣服出席宴會。這個命令得到了很好的貫徹。很明顯，今晚會有特別的事情發生，也許會有人得到王室榮耀的獎賞。每一個人都顯示出愈來愈強烈的期待。

我剛剛走到一個酒櫃前，為自己倒了一杯酒，樂師們正開始調校樂器，準備演奏下一段舞曲。我來到一個能清楚看到王座高臺，但依然處於人群邊緣的位置。晉責對王后說了些什麼，艾莉安娜微笑著搖搖頭，然後站起身，做了一個手勢，讓吟遊歌者們安靜下來。喧囂聲迅速消散，整個大廳很快就變得鴉雀無聲，所有人的注意力都集中在她的身上。她向晉責露出微笑，安慰地拍了拍丈夫的肩膀，然後深吸一口氣，轉向她的貴族們。

「六大公國的領主和女士們，我有一個好消息要和你們分享。我由衷地相信你們會像我一樣，為這個訊息而歡欣鼓舞！」在六大公國生活過多年之後，她的外島口音只剩下了一點迷人的輕快底蘊。晉責向她挑起一道眼眉。在不遠處的一張桌子旁，切德大人專注地盯著某樣東西。珂翠肯的臉上滿是思索的神情。精技女士坐在切德大人的左手旁，表情嚴肅，彷彿若有所思。我甚至有些懷疑她是否聽到了艾莉安娜的話語，還是一直都深陷在自己的困境之中。王后停頓片刻，審視她的聽眾。沒有人說話。僕人們都一動不動地站立著。她任由寂靜持續下去，又過了一段時間才清了清喉嚨。

「一直以來，我都為瞻遠譜系在我成為王后的這段時間裡，未能出現女性成員而苦惱不已。我已經給了我的國王兩名繼承人。我的兒子們讓我感到驕傲和高興。我相信他們會在他們的父親之後，施行優秀的統治。但我自己的國土還需要一位公主。我卻未能再次懷孕。」她的聲音抖動了一下，隨著最後這句話而中止了。晉責國王看著她，流露出擔憂的神色。我看到法洛女大公抬手捂住了雙唇。淚水正從她的面頰滾落。很明顯，我們的王后並非是唯一努力想要懷上孩子的人。這就是她今晚要宣布的事情？她又有孩子了？晉責肯定已經知道了。這樣的事情要直到懷孕被確認之後才能公之於眾。

艾莉安娜王后抬起頭，瞥了晉責一眼，彷彿要讓丈夫安心。然後她繼續說道：「但是，我們實際上早就有一位瞻遠公主。她一直生活在我們中間，不為人知，沒有得到諸位大公們的承認。

兩天以前，她告訴我一件令人驚訝的事情。她很快就會生下一個孩子。我親自在她的手掌上懸垂一針一線。當那枚針的擺動預示著她的子宮中正孕育著一個女孩的時候，我的心因為喜悅而急速跳動。公鹿堡中的女士們和紳士們、我的六大公國的男女大公們，你們很快就能得到一位新瞻遠公主的祝福了！」

一陣陣驚愕的吸氣聲很快就變成了嘈雜的悄聲議論。我感到一陣暈眩。蕁麻面色煞白，想要站起身。切德的臉上凝固著偽作困惑的僵硬微笑。晉責張大了嘴，滿眼驚恐地盯著他的王后，然後又將目光轉向蕁麻——國王的動作肯定向許多人暴露了事實真相。

艾莉安娜對於她製造的災難彷彿全然無感。她依然帶著燦爛的微笑俯視眾人，並在笑聲中說道：「現在，我的朋友們、我的臣民們，讓我們承認我們之中許多人早已知曉的事實吧。精技女士蕁麻，蕁麻．瞻遠，蜚滋駿騎．瞻遠的女兒，我親愛丈夫的堂姐，瞻遠家族的公主，請上前來。」

我將雙臂緊緊抱在胸前。當我女兒真正的名字被宣布，隨之又是我的名字，我不得不努力讓自己穩住呼吸。大廳中的竊竊私語聲已經響亮得如同夏日草叢中無數的蟲鳴。我掃視眾人的面孔。兩名年輕的女士正在交換喜悅的眼神。一名灰髮貴族面露怒色，他的妻子則用雙手捂嘴，為如此恥辱之事感到恐懼。大廳中絕大多數人只是保持著沉默，等待隨後會發生的事情。蕁麻睜大了眼睛，雙唇分開。切德面如死灰。珂翠肯纖長的手指覆蓋在嘴唇間，卻無法掩飾她目光中的歡悅。我的視線掃過晉責國王。很長一段時間裡，他都僵坐在王座中。然後，他起身站到王后身旁，向蕁麻伸出一隻手。他的聲音在顫抖，但他的微笑是真誠的：「請上來，堂姐。」

蜚滋。蜚滋，求你。我該……充滿絕望情緒的精技從切德那裡向我伸展，其中的話語幾乎失去了條理。

鎮定，讓他們處理吧。我們還能有什麼選擇？如果這是別人的人生、別人的祕密，我也許會覺得眼前的畫面非常動人。王后的面頰上飛揚著紅暈，明亮的雙眸洋溢著快樂的光彩和對蕁麻的尊重。晉責伸出手歡迎她的堂姐，在她的人生中最危險的時刻。蕁麻露出牙齒，卻不太像是在微笑。她的雙眼只是死死地盯著面前的桌子。

我也看見了謎語。他一直都有著在人群中移動卻不會被注意的天賦。現在他正穿過大廳中的人眾，就像是在水中游動的鯊魚。我看到了他臉上絕決的表情。如果這些人攻擊蕁麻，他一定會誓死保護她。看他肩膀的樣子，我知道他已經將手放在匕首柄上。切德也注意到了他。我看到切德做了一個小手勢。等待，他在命令謎語。但謎語只是在向蕁麻靠近。

珂翠肯女士邁著優雅的步伐來到蕁麻椅子後面，俯下身向她悄聲說了些什麼。我看到蕁麻深吸了一口氣，站起來。她的椅子蹭著地面被向後推去。王后走到她身邊，護送她向王座基臺走去。走到高臺之下，她們兩個一同行了深深的屈膝禮。珂翠肯留在臺階下面，蕁麻則登上三層臺階。晉責握住她的雙手。片刻之間，兩個人都低下頭，彷彿靠在了一起。我相信國王在對蕁麻悄聲說些什麼。然後他們直起身子，艾莉安娜王后擁抱了蕁麻。

蕁麻緊緊封鎖住了自己的心緒，讓我完全無法給予她任何安慰。無論她的心中有什麼感覺，當國王和王后祝賀她懷了孩子，她對此表示感謝的時候，她表露出來的只有喜悅。關於懷孕的細節，她沒有隻字吐露。確實，艾莉安娜提到這個祕密已經被許多人知曉並非虛言。瞻遠家族的印記清晰地展現在她的臉上。許多上了年紀的人都知道那個暗中流傳的關於蜚滋駿騎和耐辛女士的侍女的醜聞。耐辛將細柳林贈予莫莉女士，表面上是為了感謝博瑞屈為瞻遠家族的無私犧牲，而這只能證明莫莉的女兒的確是我的。蕁麻同樣沒有透露她的婚姻狀況和孩子的父親是誰。這都將是明天供人反覆咀嚼的謎團。我看著我的女兒轉身打算返回她的座位，但珂翠肯阻止了她。王后的雙手按在蕁麻的肩膀上。我看見謎語抬起頭看著王后，面色蒼白。他只是人群中的普通一員。他深愛的女人正在被宣布成為公主。我對他充滿了同情。

珂翠肯說話了。她的聲音穿透了人群中愈來愈高的喧囂聲。「多年以來，許多人頑固地相信蜚滋駿騎．瞻遠是一名叛徒。儘管我不斷講述我逃出公鹿堡的那個決定命運的夜晚，他的汙名還是無法得到洗雪。所以我在此提問，這裡是否有吟遊歌者知道一首歌，一首曾經在這座廳堂中被唱誦的讚歌？泰格森，泰格之子，瑞維之孫，曾唱起它。它是蜚滋駿騎．瞻遠的真實故事，那時他奮不顧身前來群山援助他的國王。這裡是否有吟遊歌者知道它？」

我感到口乾舌燥。我從沒有聽過這首歌，不過我知道它。我的人生被編入了兩首歌曲。其中一首是〈鹿角島高塔〉，那是一首令人振奮的抒情歌謠，記述了在紅船劫匪藉著詭計在鹿角島獲得立足點之後，我和他們作戰的故事。它是在紅船之戰時由一位名叫椋音．鳥囀的雄心勃勃的年輕吟遊歌者譜寫的。它的旋律非常動聽，疊句歌詞令人難忘。當它第一次被唱起的時候，公鹿堡的人們都願意相信，我的私生子血管中流動著足夠濃的瞻遠之血，我可以被稱之為英雄。但在那以後，我就從英雄的位置上跌落下來，帝尊王子讓所有人相信了我的叛逆。我被以殺害黠謀國王的罪名扔進他的地牢，並死在那裡。隨後，我就從公鹿堡的歷史和公眾的記憶中永遠地消失了。

而我還有第二首歌，那首歌不僅讚美了我的瞻遠血脈和原智魔法，更宣稱我從墳墓中回歸，跟隨惟真國王完成了他艱巨的任務，喚醒古靈，將他們的援助帶給六大公國。就像〈鹿角島之歌〉一樣，絲絲縷縷的事實在這首歌中和誇張輝煌的詩句編織在一起。就我所知，只有一名吟遊歌者在公鹿堡誦唱過它。他唱出這首歌是為了證明那些擁有原智原血的人們可以像其他任何人一樣忠誠和高貴。在那一天，許多聽過這首歌的人都不歡迎這一觀點。

珂翠肯的目光緩緩掃過吟遊歌者們聚集的側廊。看到他們交換困惑的眼神，紛紛聳肩，我不由得鬆了一口氣。一個傢伙將雙臂抱在胸前，厭惡地搖著頭。他顯然是不喜歡有人唱起讚揚原智私生子的歌。一名豎琴手俯身在欄杆上，和下面的一名灰鬍子老人商議著什麼。那個人點點頭。儘管我聽不到他們說話，但我懷疑他是在承認的確聽過這首歌。但他同時別有深意地聳起了肩膀，明顯是在拒絕承認那首歌的歌詞、曲調，甚至是它的創作者。就在我的心跳開始緩慢下來，失望的表情出現在珂翠肯王后的臉上時，一位身穿藍綠色華麗長裙、容貌威嚴的女子從人群中走出來。她一直走到王座臺下，我聽見人群中響起零星的鼓掌聲，有人喊道：「椋音．鳥囀！沒錯！」

如果沒有這聲歡呼，我真不知道自己還能不能認出我的昔日愛人。歲月改變了她的身體。她的腰變粗了，身體曲線也變得更加豐滿。在布滿鈕釦的一層層華美衣裙下面，我幾乎找不到那個身材強健靈巧，曾經跟隨惟真進入群山王國喚醒古靈的吟遊歌者了。她留長了頭髮，髮絲間不僅有灰色，還有許多銀色。她的耳垂、手腕和手指上都佩戴有各色珠寶。在她走過來的時候，她已經將手上的戒指全部摘掉了。

珂翠肯失望的表情立刻被喜悅取代。「看啊，這裡正有一位吟遊歌者，我們上一次聽到她一展歌喉已經是多年以前的事情了。我們的椋音．鳥囀，現在是魚貂大人的夫人！妳還記得我所說的那首歌嗎？」

儘管年歲已長，椋音還是以華麗的動作行了一個屈膝禮，並優雅地站起身。年齡讓她的聲音更加深沉，但那種優美的律動沒有半分減損。「珂翠肯女士、晉責國王和艾莉安娜王后，請聽我一言，我的確聽過那首歌，儘管只有一次。我不認為自己是一名善妒的吟遊歌者，但我要說，儘管那首歌中有許多不容辯駁的事實，但它過分堆砌辭藻，反而讓歌曲顯得繁冗累贅，就像是靴子裡落進許多石子。而它的曲調甚至抄襲自一首古代歌謠。」椋音抿起嘴唇，搖搖頭，繼續說道：

「即使我能回憶起它的每一句歌詞和每一個音符，我也不認為它適合在您的面前被唱誦。」

椋音停住話音，充滿敬意地低垂下頭。憂慮重新襲上我的心頭，但我還是幾乎要露出微笑。她真是很懂得該如何激發起聽眾的興趣！她開始耐心地等待，直到珂翠肯吸氣準備說話的時候，她一下子抬起頭說道：「但我能為您唱一首更好的歌。只要您想聽，我的女士，我曾經的王后。只要您點頭允許，只要我的國王和王后同樣給我許可，我的舌頭就能夠從被迫的長久靜默中解放出來，做我應做的事，為您唱出我對於那個原智私生子所知道的一切。蜚滋駿騎．瞻遠，駿騎之子，惟真國王的忠臣，直至他有生之年的最後一息，他都具有一顆真正的瞻遠之心，這與他非貴族的出身毫無關係！」

她的話音自然而然地形成了優美的韻律：她一直在磨練自己的歌喉，為今天的歌唱做著準備。我看到了她的丈夫，魚貂大人正站在人群的邊緣，臉上帶著自豪的微笑。他的肩膀還像往日一樣寬闊，漸漸變為灰色的頭髮被結成武士的長辮。他有一位充滿熱情，又廣受歡迎的吟遊歌者妻子，他一直認為這是自己的一份光榮。他的臉上正閃耀著發自真心的喜悅，就彷彿在映射著妻子的華彩光輝。椋音今晚並非是以吟遊歌者的身分來參加這場宴會，她現在是魚貂女士。但這一直是她在這麼多年以來夢寐以求的時刻。她不會放過這個機會，而她的丈夫會與她共享這一刻的精采與榮耀。椋音環顧周圍的聽眾，彷彿是在問他們：「我應該唱嗎？」

她能夠唱，而且她必須唱。六大公國的領主和女士們早已被她的話勾起了興致。晉責國王怎麼能再禁止她呢？正是他的王后當眾宣布了瞻遠私生子還有一名私生女，一直受到公鹿堡的庇護，還被提拔為王室的精技女士。珂翠肯王后和他的兒子與兒媳交換了一個眼神，向椋音點了點頭。國王攤開雙手，以示許可。

「我的豎琴拿來了嗎？」椋音轉頭問丈夫。魚貂大人立刻一招手。大廳的大門被打開，兩名身材健壯的小夥子走進來，他們一同抬著一架高大的豎琴。我終於抑制不住自己的微笑。它來得太快了，椋音一定是在聽到珂翠肯詢問是否有人記得那首歌的時候就命人去搬它了。四處走唱的吟遊歌者可不會使用這麼巨大的豎琴！那兩個男孩的臉上已經滲出汗滴，我有些好奇，他們抬著這頭巨獸走了多遠，又走得有多快？椋音完美地控制著時間，才讓它能夠被及時送到。兩名年輕人這時已經將它安放平穩，它足有椋音的肩膀那麼高。椋音向吟遊歌者們所在的側廊瞥了一眼，不等她說話，已經有人走上前，將自己的凳子為她在豎琴後面放好。然後，我看到了她在這次表演中唯一尷尬的時刻——她的長裙並不是為了讓她能夠坐在豎琴後面進行表演而準備的。而她毫不在意地提起礙事的裙襬，也露出了她依舊細長秀美的雙腿。今天她穿著亮綠色的長襪和精緻的帶有銀鈕釦的藍色軟鞋。她輕輕撫弄豎琴，讓十指在琴弦上輕盈遊走，琴音微不可聞，彷彿正在與她輕聲耳語，醞釀旋律，等待她引吭高歌。

這時，她撥動了三根琴弦，一根接一根，彷彿她在一條小路上丟下一枚枚金幣，吸引我們走過去。音符組成旋律，她的另一隻手開始彈撥起抑揚頓挫的和音。大廳中迴蕩著她的歌謠。

我知道，這是她等待了一生的演唱。她一直、一直都想要留下一首歌，成為六大公國綿延至後世的回憶，被人們不停地傳唱。當我第一次遇到她的時候，她就在雄心萬丈地說她會跟隨我，記錄我的功績和命運，那會讓她成為六大公國歷史轉捩點的見證人。她見證了那段歷史，但她的雙唇被封住，她的歌曲只能沉寂在心底。因為王室決定，在群山王國發生的一切必須保守祕密。我已經死了，而且必須繼續死亡下去，直到瞻遠王座恢復穩定。

現在，我站在人眾之中，傾聽我自己的故事。她斟酌推敲這些辭句已經有多長時間了？她又將這段樂曲練習了多麼久，才能如此從容又完美無瑕地將它彈奏出來？這是她最高的成就——不等她唱完第二段歌詞，我就知道了這一點。我聽過她演唱其他吟遊歌者的詩章，我也聽過她歌唱和演奏自己譜寫的歌曲。椋音是非常優秀的歌手，這一點無人可以否認。

但她在今天的演唱已然超越了優秀。就連剛才那名滿面怒容的吟遊歌者彷彿也完全陶醉在她的辭句和音符中。她一直在美化這段旋律，一直在修飾潤色這篇詩文，就如同木雕匠人不斷打磨作品的每一條曲線。我知道我的人生故事，大部分王室成員都至少知道其中的一部分。她用歌聲講述了我從一名被遺棄的私生子變成英雄，經歷過地牢中羞恥的死亡，爬出一座被遺忘的墳墓，站在岩石巨龍之前。那頭巨龍汲取了惟真國王的生命。而那時我正抬起頭看著她和珂翠肯王后啟程遠行。

很長一段時間裡，她撥動琴弦，編織旋律，讓一段段故事沉入人心。和上一次這個故事被唱起時不同，那時許多聽眾的臉上都充滿困惑。她的十指忽然猛力一掃，在如同裂帛的激昂琴音中，她開始誦唱故事的最後部分。她們騎乘有著國王之心的巨龍返回公鹿堡之後發生的故事，是我親口告訴她的。成為龍的惟真與全部外島艦隊對抗，為了拯救他的王后、他未出世的孩子和他所珍愛的國王，擊退那些乘紅船而來的匪徒。淚水從珂翠肯的面頰上滾落，晉責國王雙唇微張，依然沉浸在歌聲之中。

是我，還有我的原智同伴——我的夜眼，我們一同喚醒了其他沉睡的巨龍，與帝尊墮落的精技小組和他們不幸的學徒作戰。在血腥的搏殺中，我們喚醒岩石巨龍，讓牠們進入生命形態，派遣牠們跟隨惟真，讓國王擁有了一支名副其實的無敵軍隊。椋音用了三段詩章描述巨龍們如何追隨國王，描述六頭各有不同的巨龍，以及紅船是如何被迅速趕離了我們的海岸。巨龍惟真衝殺在最前面，其他巨龍緊隨在後，將戰火推向了敵人的群島。本身就是外島人的艾莉安娜王后面色嚴肅地傾聽著椋音的歌唱，不住點頭，彷彿是在確認這名歌手所講述的那些血腥的日子。

隨後是一段純音樂。椋音彈奏的節拍漸漸緩慢下來，弦音變得更加深沉。她唱起那名私生子和他的狼知道世人認為他們都死了，知道蜚滋駿騎．瞻遠將永遠蒙上背叛和懦弱之名，於是他們走進了群山的密林深處。她唱道：他們再不會狩獵於公鹿的青丘，再不會回轉家園，再不會有人知曉他們的功績。再也不會，再也不會。歌聲漸慢，餘韻中充滿留戀，但最終還是漸漸變弱，消失無形。

我不知道歌聲持續了多久。當我重新將注意力轉回到這座大廳和大廳中六大公國貴族身上的時候，彷彿自己剛剛走過一段漫長的旅程。椋音坐在高大的豎琴後面，向前低垂下頭，前額倚在深褐色的木製琴框上。汗水為她的面容增添了一層新的光輝。她不住地喘息著，彷彿跑過了九座高山。我不眨眼地注視著她。對我來說，她曾經是一個陌生人，一個愛人，一名敵手，一個背叛我的人。而現在，她是記錄我的歷史的人。

掌聲響起，微弱如同耳語的讚美聲很快就變成震耳欲聾的歡呼。椋音緩緩抬起頭，我跟隨著她的目光環顧大廳中的聽眾。淚水在許多人的面頰上滾落，而另一些人的臉上則燃起怒火。我看到一個面色冷峻的女人向她身旁激動不已的女士露出冷笑。另一名貴族搖著頭，靠在自己的同伴耳旁竊竊私語。兩名年輕女子擁抱在一起，完全被這個故事的浪漫與激情所折服。畢恩斯女大公縮緊身子，雙手握在一起撐住下巴，目光低垂地盯著自己的手。瑞本大公正在對周圍的人們說：「我知道這個故事。我一直都知道。」他的一雙大手不停地拍擊在一起。

我呢？該如何描述這場為我洗雪汙名的演唱？我站在眾人中間，不為人見，不被人知，但我覺得我們——我的狼和我終於回家了。想到弄臣未能和我一起在這裡傾聽這歌聲，我又感覺到一陣椎心的刺痛。我發現自己在顫抖，彷彿我來自於一個非常寒冷的地方；現在終於回到我體內的溫暖，讓我的身體恢復了戰慄的活力。我沒有哭泣，但水滴不斷從我的眼睛裡湧出來，直到我幾乎無法視物。

晉責的目光掃過人群，我知道他正在尋找我。只不過他找的是偽裝成長石領主的我。切德大人站起身，緩步離開那張高桌。我以為他要去珂翠肯的身旁，但他腳步變換了幾下，就開始穿過人群。我困惑地看著他，隨後便驚恐地發現，他已經看到了我，正徑直向我走來。

不，我用精技對他說。但他緊緊地鎖住了思維——不僅將我拒之門外，更是把他的一切想法都封鎖了。他來到我面前，用力抓住我的手臂。「切德，求你，不要、」我在懇求他。這位老人難道轉變心思了？

他看著我，面頰上掛著淚水。「是時候了，蜚滋。這一刻早就該到來了。來吧，跟我來。」站在我附近的人們都看到了我們，也聽到了我們的對話。我看見一個人睜大了眼睛，表情從困惑轉為震驚。我們正在人群之中。如果他們現在攻擊我們，我們一定會被撕成碎片。這裡根本沒有退卻的地方，所以我任由切德拖曳著向前走去。我感覺到自己的膝蓋沒有了力氣：我就像是一個木偶，每走一步都會搖晃一下。

沒有人能想到會發生這種事。艾莉安娜王后快樂地微笑著，但蕁麻的臉上已經褪盡了血色。珂翠肯的下巴在顫抖，面頰在抽搐，她在哭泣，彷佛正在走向她的我就是惟真國王。當我們走過椋音時，她抬起了頭。一看到我，她立刻用雙手捂住嘴，瞪大的眼睛死死地盯住我。我覺得，她似乎正在思考該為今天的這一幕譜寫一首什麼樣的歌曲。

人群和王座基臺之間的空間，彷彿變成了一片沒有盡頭的沙漠。晉責國王的面孔蒼白而刻板。你們要做什麼？你們要做什麼？他在問我們，但切德沒有聽到他的問題，而我根本不知道該如何回答。我們背後的人群在躁動，各種猜測的耳語匯聚成愈來愈響亮的混亂喧囂。蕁麻面如冰霜，雙眼發黑。她的恐懼也浸染了我的心。當我們站在國王面前的時候，我跪倒下去——與其說是因為禮儀，倒不如說是因為突然無力。我的耳朵也開始鳴響。

晉責救了我們所有人。

我抬起雙眼望向他，發現他正在緩慢地搖著頭。「過去的歷史已經結束了。」他向人群宣布，然後他低頭看著我的臉。在和他的注視中，我看見了黠謀國王，還有惟真國王。我的君王們正以真摯的同情俯視著我。「蜚滋駿騎．瞻遠，你旅居在古靈聚落的時間太久了，曾經被你拯救的人們甚至已經丟失了關於你的記憶。在那個數日時光等於這裡數月之久的地方，你生活了太長時間。而你在我們中間所慣用的偽裝，更是剝奪了你的名字和榮譽。起來，轉身面對六大公國的人眾，我們歡迎你終於回家。」他彎下腰，向我伸出手。

「你抖得就像一片樹葉，」他在我的耳邊悄聲說，「你能站起來嗎？」

「我想我可以。」我嘟囔著。但最終還是他用力將我拉了起來。我轉回身，面對著大廳中的所有人。

歡呼聲如同浪濤般沖向了我。

9

冠冕

當我冒著生命危險去獲取這份情報的時候，我相信下一次賣出的訊息一定能讓我得到更多的酬金！你在公鹿堡第一次找到我，說有一些「小任務」要給我。那時我根本不知道你會給我安排些什麼樣的任務。就像我說過的，我會繼續給你提供有趣的訊息，但如果是我覺得會破壞或者利用我的友情的，我絕不會向你透露。

克爾辛拉真是一座超乎想像的奇蹟之城。這裡的每一塊石頭中幾乎都藏有各種資訊。我聽說最近在這座城市中發現的古靈密藏中還有更多極具價值的文獻紀錄。但我沒有被邀請進入那裡。我也不會辜負朋友的信任，私自前往那個地方。那裡本來是一座古代市場，但在那裡的牆壁上留下了許多關於古靈的資訊，任何人都會對那裡充滿好奇，希望能去看一看，哪怕只是能在那裡流連一晚。如果你想要給我一些錢幣，再問我幾個特別的問題，我會盡可能回答你。

如果不是我在絞盤中丟掉了一隻手，我也不會需要你的金錢。無論如何，我要提醒你，我也有我的榮譽感。你也許認為我只是一個普通的水手，但我有自己的人生原則。

在這裡我可以先回答你最急迫的問題。我沒有見到「銀色的河流或溪流」。我沿著雨野原河到達那裡，然後又上溯到其中一條支流。我向你保證，我看到了許多河水溪流匯入那條大河中。它們因為挾帶泥沙而變成灰色。我想，它們在陽光強烈的時候也許會變成銀色。

無論如何，我相信自己已經有了你正在尋求的訊息。那不是一條河，而是一口井。銀色的物質不斷從裡面湧出來。巨龍彷彿深深迷戀著這種物質。這口井的位置，或者說它的存在本身就被視為一個巨大的祕密。但對於能夠聽到龍的聲音之人，當銀色物質湧到地表，能夠被龍喝到時，巨龍的吵鬧聲就會暴露這口井的所在。我能想像，換做以前的某個時代，一定會有人用木桶將那些銀色的物質從井中汲出來供巨龍們享用。我不得不隱藏起自己對此的各種問題。兩名年輕的衛兵很快就被白蘭地打垮了，於是我們有了一次愉快而涉獵廣泛的交談，直到他們的指揮官到來，斥責了他們，並向我發出威脅。這個名叫拉普斯卡的傢伙是個非常多疑的人。如果他發現是我在鼓勵他的人喝酒，一定會將他對我的威脅付諸實行。他要求我離開克爾辛拉。第二天早晨，我被從住處押送到最近一艘離開克爾辛拉的船上。他沒有禁止我再去那座城市，但我聽說不止一個旅行者和有著特殊目的之人被禁止進入克爾辛拉。我認為應該先等一段時間，再嘗試前往那裡。

期待您寄來酬金匯票和更多問題。我還住在裂木栓旅店。將信寄到這裡，我就能收到。

——潔珂

我面朝下趴倒在床上的時候，時間已經將近黎明。我徹底累壞了。在此之前，我爬上樓梯，像個孩子一樣，想要將今晚發生的一切告訴弄臣，卻只看到他正在熟睡。於是我在他的床邊坐了一段時間，心中想像著那時他能和我一起在大廳裡。直到我開始在椅子裡打瞌睡，我才終於放棄，小跑著下樓進了臥室，一頭倒在床上，閉起眼睛睡了過去。我陷入了與世隔絕的甜美酣睡中，又突然驚醒，彷彿有人用針刺了我一下。我的心中充斥著一種無法釋懷的感覺，出了某種狀況：非常、非常可怕的狀況。

我無法再入睡。危險，危險，危險敲打著我的神經。我很少會毫無理由地如此不安。多年以前，我的狼一直守護著我的背後，用牠敏銳的知覺給我警告，讓我知曉潛伏的入侵者和隱形的監視者。牠故去已久，但至今還在這樣守護著我。如果我的精神受到某種刺激，就會知道一定要提高警惕。

我在床上保持著一動不動，暫時沒有聽到任何意料之外的聲音——冬季的寒風在窗外嘯吼，壁爐中的火焰微微作響，還有我自己的呼吸聲。除了自己的氣味，我沒有嗅到別的味道。我將眼睛睜開一道縫，假裝還在熟睡中，仔細查看了視野能夠達到的範圍。沒有異常。沒有任何值得警惕的東西。我用原智和精技感受周圍，兩種魔法也沒有向我發出警報。但我還是無法消除內心的焦慮。我閉起眼睛。睡覺，睡覺。

我睡著了，但並沒有得到休息。我的心是一頭狼，在積雪的山丘上飛奔，不是在追尋獵物，而是在尋找與牠分離的狼群。飛奔，飛奔，飛奔。我向黑夜長號，發洩我的痛苦。我跑了又跑，跑了又跑。當我醒來的時候，我還穿著衣服，只是已經滿身汗水。片刻之間，我全身凝滯，就在這時，我聽到了門外傳來微弱的刮擦聲。我的知覺依然像夢中的狼一樣敏銳。我走過房間，打開屋門，灰燼還在撥弄門鎖。

他沒有流露出絲毫困窘的表情，只是從鎖上取下開鎖的工具，又彎腰撿起早餐托盤，走進我的房間，俐落地為我擺放好早餐。然後，他將一張放在我床邊的小桌子挪過來，從肩頭解下一只口袋，拿出裡面的紙張，在桌上擺放成整齊的一排。

「這些是什麼？是切德給我的？」

他依次指著各類文件說：「祝賀信、邀請函，促請您利用影響力的請願書。我沒有都讀完，只看了其中一些看似有用的。從現在開始，我估計您每天都會收到這樣一批書信了。」

我完全不希望的通信事務。他向我的房間掃了一眼，準備開始下一個任務。我還在思考他為什麼會認為閱讀我的私人信件是他的責任。而他在我開口說話之前，已經拿起了我髒亂的衣服。我看到他的眼睛裡顯露出一點不以為然的神色。「您身上的衣服要洗嗎，大人？很高興為您把髒衣服送到洗衣工那裡去。」

「是的，我想這需要洗一下。但我認為客人們是不能使用這裡的洗衣工的。而且我也不是你的『大人』。」

「先生，我相信這一切在昨晚都發生了改變。蜚滋駿騎親王，非常榮幸能將您的髒衣服送到洗衣工那裡去。」他的嘴角有一絲笑容抽動，又迅速消失了。

「你在嘲笑我嗎？」我懷疑地問。

他低垂下目光，平靜地說：「不是嘲笑，先生。只是一個私生子會為了另一個出身卑微的人得到美好生活而高興，同時也會夢想自己能有更好的生活。」他向我一偏頭，「切德一直嚴厲地督促我學習六大公國的歷史。您知道嗎？曾經有一位女王儲生下了一名私生子，而那名私生子最終成為了六大公國的國王。」

「不太清楚。你提到的應該是花斑點王子。他的結局一點都不好。」花斑點的親屬殺死了他，因為他的原智，也因為他篡奪王座。

「也許是不太好。」灰燼向我的早餐托盤瞥了一眼，將上面的餐巾拉平。「但他也有過輝煌的時刻，不是嗎？人生中總該有那麼一天，那樣一刻。我們出生的那一刻將會決定我們餘下的一生，您認為這樣公平嗎？難道我只能是一個妓女的兒子？一個在妓院裡跑腿的男孩？只要一句承諾和一枚戒指，您也許就會成為國王。您難道從沒有想過這件事？」

「沒有，」我說了謊，「這是我從切德那裡學到的第一課。想清楚自己的現狀，不要讓未來的可能干擾現在的你。」

灰燼點了一下頭，「嗯，成為迷迭香女士的學徒肯定是我人生向上走的第一步。如果真的有機會，我也會想像自己能達到更好的位置。我尊敬切德大人，但如果一個人只能停留在今天，無法前進，那麼……」他向我側過頭，露出若有所思的神情。

他的眼神稍稍刺痛了我。「好了，我沒有覺得你的話冒犯了我，灰燼，如果你繼續你的課程，接受導師的訓練，是的，我認為你完全可以夢想得到更好的生活。」

「謝謝您，先生。那麼，您的衣服？」

「等一下。」我開始脫下被汗水浸透的襯衫和褶皺不堪的長褲。灰燼走到長石領主的旅行箱前，開始拿出裡面的衣服。「這樣不行，」我聽到他在低聲嘟囔，「這也不行，現在不行。這個如何？也許吧。」

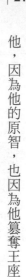

但是當我轉過身去，讓他將衣服披在我身上的時候，他一下子瞪大了眼睛。「出什麼事了？」我問道。

「先生，您的後背怎麼了？您遭到攻擊了嗎？我是否需要為您叫一名私人衛兵來？讓他守在您的門口？」

我伸手到背後，摸了摸那些疼痛的小傷口。我驚訝地發現，它們並沒有完全癒合。其中一個還在滲出血水，另外兩個摸上去還有痛感。我找不出合適的謊言來解釋背上這幾個明確無疑的刺穿傷。「只是一場奇怪的意外，沒有人攻擊我。請幫我穿上襯衫。」我盡量讓自己像是習慣於使用貼身男僕的樣子。灰燼一言不發地抖開襯衫，為我披在身上。我轉過身，看到他的眼睛。他則將目光轉向一旁。他知道我在後背的事情上對他說了謊。我真的說謊了嗎？畢竟，這的確是一樁奇怪的意外。我繼續在沉默中穿上乾淨的內褲、長褲和襪子。我很高興他挑選的衣服都很實用，而不是長石領主那種招搖過市的華服。這些衣服依然有不少鈕釦，但已經不至於多到讓我感覺不適了。我的靴子被擦得乾乾淨淨。當我坐下來，把它們穿上的時候，心中不由得感到一陣安慰。

「謝謝你，你做得很好。」

「我侍奉母親和那幢房子裡的其他女人已經有幾年了。」

我的心稍稍沉下去一些。我是否想對切德的這名學徒有更多瞭解？但灰燼的話無異於一種邀請，不容我硬著心腸忽略掉。「我聽說了。」

「切德大人從來沒有做過我母親的恩客，所以您不需要擔心他會是我的父親。但他一直都比絕大多數人對我更好。我大約十歲的時候開始為他跑腿。當我的母親被……殺害的時候，我不得不逃亡。是他派人找到了我，是他救了我。」

事情的輪廓逐漸清晰起來。切德是他母親工作的那幢房子的客人，只是並非他母親的客人。透過一些好意，這個男孩也許就開始成為了他的眼線，而這一點甚至就連灰燼自己都不知道。用一些小錢僱用他跑跑腿，問幾個隨意的問題，切德就能掌握其他客人的情況。這是否足以讓那個孩子在母親死亡之後，也可能遭遇生命危險？這其中也許有著太多故事。又，哪一個貴族子弟向灰燼的母親施加了過分的暴行？我不想知道。我知道得愈多，就會陷入其中愈深。剛剛過去的那個晚上，我像一條魚一樣被乾淨徹底地套進網中。而且我知道，我掙扎得愈厲害，魚網就只會愈緊。「我累了。」我說道，同時又用一個疲憊的微笑作為對灰燼的補償，「今天才剛剛開始，我卻已經感到疲倦了。我最好去看一下我的朋友。灰燼，你可以將我看做是你能求助的朋友，只要你有需要。」

他嚴肅地點點頭。又一張蛛網包裹住了我。「我會將您的衣服送到洗衣工那裡去，並在今天下午把它們帶回來。您還需要我做些什麼？」

「謝謝你，暫時這就足夠了。」

我彷彿聽到惟真在用和我同樣的口氣說話，在遣走一直跟隨他的隨從——恰林。那已經是很久以前的事情了。我本以為灰燼還會說些什麼，但他只是鞠了一躬，就將我的髒衣服搭在手臂上，走出了房間。我坐到他送來的餐盤前，開始吃早餐。今天的食物是不是更精美了？蜚滋駿騎·瞻遠得到的待遇是不是更優於長石領主？如果是這樣，那麼那些地位或高或低的人們對於蜚滋駿騎·瞻遠又有著什麼樣的期待？貴族們會不會向我示好獻媚？平民會不會希望得到我的僱用？我隨便看了幾封灰燼留下來的信。無非是向我討好，提出邀請，還有過分熱情地祝賀我的回歸。我緊緊閉上眼睛，又再度睜開。這堆信還在我的面前。終於，我將不得不對付這種事了。也許這應該是灰燼的責任，畢竟他說他已經看過這其中的大部分信件，而且沒有任何向我致歉的意思。

我在晉責的宮廷中應該如何自處？又該如何脫身？我的蜜蜂呢？我還沒有機會和珂翠肯說派人接蜜蜂的事情。但看樣子，我必須這麼做了。這時我又突然想到，那些一直將我視作湯姆·獾毛的人，會知道瞻遠家族還有第二個祕密的女兒。我還能繼續對生活有一點控制嗎？我過去四十年的人生突然間就分崩離析了。謊言和騙局全被踢到了一旁——至少是一部分。我需要和切德談談：必須捏造一個合適的故事，來解釋我在這麼多年中都幹了什麼。我們需要承認我參與了解救黑龍冰華的行動嗎？是否要公布我曾經從一場原智災難中帶回晉責，為了王座而保全了他？湯姆·獾毛是如何與蜚滋駿騎·瞻遠發生關係的？我突然覺得，說實話就像說謊一樣危險。一點事實就會引導人們去尋求更多。那又要到何時才是盡頭？

我將注意力集中在眼前的食物上，不讓自己再去想那些擠進腦子裡的問題。我今天不打算離開房間，除非有人用精技聯絡我，或者給我送來信件。

聽到輕微的敲門聲時，我放下杯子，迅速站起身。敲門聲再次響起。並非來自於房門，而是通向切德舊巢穴的祕門。「弄臣？」我輕聲問道，但沒有人回答。我觸動機關，打開祕門。

站在門後的不是弄臣，而是那隻烏鴉。牠抬起頭看著我，又側過頭，用一隻明亮的眼睛盯住我。然後，如同女王一般，牠莊嚴地跳下剩餘的幾級臺階，來到房間中心。

沒有原智的普通人總是以為我們原血者能夠與任何動物交談。我們不能。原智是一種相互交換，一種心緒的分享。一些動物會比另外一些更容易敞開心扉。一些貓不僅會與任何人交談，甚至還願意和人無休止地閒聊嘮叨，纏著人不放。就算是只有最微小原智的人，也能夠為正準備抓門的貓把門打開，或者叫房間對面的貓過來分享一口最好的魚肉。我相信，和一頭狼的多年牽繫讓我的思維形成了一種模式，使得和狼同屬一族的動物都更容易和我進行交流。狗、狼，甚至狐狸都會不時與我進行交談。我和一隻鷹進行過談話，那是出於牠的女主人的意願。和我溝通過的還有一隻小白鼬，那是我心中永遠的英雄。但沒有任何原智之人能夠簡單地將自己的思緒投射到一隻動物身上，並期待牠能夠理解。我曾經考慮過與這隻烏鴉進行交談，但原智溝通很快就會變成一種親密的分享。我完全不想和這隻鳥發展出這樣一種牽繫。所以我並沒有使用原智，只是對牠說：「嗯，妳看起來要比我們上次見面時好多了。想讓我為妳打開窗戶嗎？」

「黑暗，」烏鴉說道。牠清晰的話語和準確的用辭讓我感到驚訝。我曾經聽說過一些鳥雀接受說話訓練，但牠們通常只會簡單地重複人類所發出的聲音，並不懂得辭句的含義。這隻烏鴉走過而不是跳過房間，審視了一下窗戶，才一抖翅膀，跳到了我的衣箱上。我沒有一直注視牠。很少有野生動物會欣然接受人類的目光。我只是小心翼翼地走過牠，打開了窗戶。

風和寒冷闖了進來：暴風雪在過去幾天中有所暫停，但烏雲預示著今晚還會下雪。隨後的一段時間裡，我站在窗前，向城堡外眺望。觀賞這幅景致已經是許多年以前的事情了。現在城堡周圍的森林在向後退卻。我能看到原先還只有牧羊草場的地方出現了農場村舍，而曾經是森林的地方現在則變成了牧場，更遠處還能看到被砍倒的樹木留下的樹樁。我的心沉了下去。我們曾經在那裡狩獵——我的狼和我。現在那裡卻變成了羊群的家園。這個世界已經改變了。出於各種原因，人類的繁榮總是會促使人類向野生動物和環境索取更多。這種愚蠢的心情也許來自於對逝去之物的遺憾，也許只是因為我腳踩在人類和動物兩個世界之間。

烏鴉鼓動翅膀，飛上窗臺。我小心地向後退去，為牠讓出空間。「再見，」我希望牠能一切安好，等待著牠就此離開。

牠側過頭看看我，又以鳥雀的那種飛快速度，轉回頭望向外面的世界。然後牠張開翅膀，飛過房間，落在我的早餐托盤上，伸開翅膀，彷彿在提醒我，同時開口說道：「白色！白色！」然後牠毫不猶豫地叼起一塊醃肉，吞了下去，又啄了一點剩下的麵包，抖動一下，將碎麵包撒在地上。牠看了一會兒那些麵包渣，隨後就不再理會它們，把喙伸進一碟煮蘋果裡。

就在牠撥弄我的早餐時，我走向長石領主的衣櫃。是的，切德為長石領主做好了充分的準備。我找到墨水瓶，還有一枝鵝毛筆。思考了一下，便清理掉小桌子上的信件，翻過鵝毛筆，將羽毛的一端在墨水瓶中蘸了蘸，仔細審視沾上墨水的羽毛。這樣可以。「烏鴉，過來，我替妳塗成黑色。」

烏鴉丟掉牠正打算撕開的醃肉片。「白色！白色！」

「不要白色，」我對牠說，並集中起自己的原智。不要白色。

牠側過頭，用一隻明亮的眼睛盯著我。我等待著。隨著喀達一聲，牠將我的勺子撞到地板上，同時也離開餐盤，跳到小桌子上。

「張開妳的翅膀。」牠看著我。我緩緩張開手臂，「張開，讓我看到白色。」

明白對方的想法並不代表會信任對方。牠試著照我的話去做，張開翅膀。我嘗試在牠的翅膀上塗抹墨水。但牠立刻就抖動翅膀，讓墨水灑了我們一身。我又試了一次，並對牠說：「我不知道這樣能不能禁得住雨水和風，也不知道這會不會讓妳的羽毛黏在一起。敞開它們。不，繼續敞開它們。把墨水晾乾。就是這樣！」

我開始塗抹第二隻翅膀的時候，牠變得更加配合。我的手臂和信上全是斑斑點點的墨水。我塗完牠的第二隻翅膀，又轉向牠的第一隻翅膀。這一次我必須讓牠明白，我還要塗刷牠的翅膀內側。「現在，晾乾！」我警告牠，牠站在桌上，翅膀伸開。一段時間之後才抖抖翅膀，將它們收起來，我高興地看到牠沒有再抖出墨水滴來。牠將翅膀收疊好。在我眼裡，牠完全像是一隻普通的黑色烏鴉了。

「不是白色！」我告訴牠。牠轉過頭，開始用喙梳理羽毛，似乎對我的作品很滿意。然後牠又突然跳回到我的盤子裡。

「我已經為妳打開了窗戶，」我對牠說了這句話，就走出房間，任由牠撥弄我沒吃完的早餐。我在身後關上祕門的時候，意識到切德和我說的沒錯。這個房間裡的窗戶和這道祕門如果同時打開，就會形成一股非常強大的氣流。

我登上臺階，心中思量著該如何告訴弄臣昨天晚上發生的一切。一個愚蠢的笑容佔據了我的面孔。平生第一次，我允許自己承認心中有著喜悅。在那麼長的時間裡，我只能站在森林的邊緣，看著遠方燈光閃爍的窗戶。公鹿堡是我的家，一直都是。儘管我的心中依然充滿懷疑和恐懼，但我也開始允許自己想像，在某一個美妙的時刻，我能夠站在國王的左側，聆聽他的令旨，或者是在高大的宴會桌旁有自己的位置。我想像我的小女兒和我一同在城堡大廳中跳舞。我會把這些想法都告訴弄臣，弄臣一定能夠理解我分裂的心緒。這時，隨著一陣衝擊心靈的懊悔，我再一次希望弄臣昨晚能夠和我在一起，親眼見到，親耳聆聽椋音歌頌我的勇敢無畏、奮不顧身的英勇事蹟。

但他什麼都看不見。就像一頭遭受追獵的牡鹿跳下懸崖，撞進一片冰封的湖水中，我的心情一下子落進了黑暗和寒冷的深淵。我的狂喜消失了，幾乎害怕將這些事告訴他。昨天，我並沒有向他提起蕁麻的懷孕。而今天，我更害怕告訴他晉責國王公開承認了我的身分。

我的腳步緩慢下來。當我走到樓梯頂端的時候，每一步都變得愈發沉重。讓我大吃一驚的是，弄臣正坐在切德的桌子旁，六根燃燒的蠟燭在他面前被擺成一個緊密的小環。而更讓我吃驚的是他在向我打招呼的時候臉上淘氣的微笑。「蜚滋！」他幾乎是快活地向我喊道，臉上的疤痕讓他的微笑變得僵硬，就像是木偶的笑容，「我有訊息要告訴你！」

「我也有。」我回答道。我的精神稍稍振作了一點。

「這真的是個好訊息。」他對我說，似乎我猜不出他要說的是什麼。我很想知道他要說的會不會就是我要說的事情，並且立刻決定，如果他想要這樣，想要以此來拿我取樂，那麼我就會讓他這樣做。

「那麼，我明白了。」我對他說著，坐到了桌邊他對面的椅子裡。

「不，你不明白！」他反駁我，又發出俏皮的笑聲，讓我完全不明所以。「只有我明白！」

我在沉默中坐了很長一段時間，等待著他繼續說下去。然後，就像我們年輕時經常發生的那樣，我突然明白了他的意思。「弄臣！你能看見了？」

「這就是我剛剛告訴你的。」他一邊回答，一邊發出衷心的笑聲。

「看著我！」我命令他。他抬起眼睛，但並沒有和我對視。讓我深感失望的是，那雙眼睛依然被遮蔽在一片灰翳後面。

他臉上的笑容稍稍褪去一些。「我能看到光，」他承認，「我能區分光亮和黑暗。嗯，也不是那麼嚴格。失明並不是你所理解的那樣一片黑暗。哦，這沒關係，我不會費力向你解釋這些，你只需要明白，我知道我面前的桌上有點亮的蠟燭，當我將臉轉開的時候，我知道旁邊沒有蠟燭。蜚滋，我認為我的視力正在恢復。當你在那一晚對我使用精技的時候……我知道我背上的創傷癒合了。但我得到的治療還不僅於此。」

「那一晚我沒有對你的眼睛做任何事。也許只是你自然癒合的進程開始了。」我將差一點脫口而出的警告嚥回到肚子裡。不要抱太大希望。我知道他的健康狀況是多麼糟糕。但他現在畢竟是能夠看到光了。這意味著他的身體真的正在恢復。「我為你感到高興。我們必須確保你繼續這樣好轉下去。你今天吃東西了嗎？」

「哦，是的。我吃東西了。切德的男孩為我送來了食物。看樣子他也不再那麼害怕我了。也許他是被那隻鳥迷住了。切德本人也來過，還給你帶來了一包東西。蜚滋！他全都告訴我了。我……感到糊裡糊塗的，但我為你感到高興，也有些被嚇到。怎麼會有這樣一個時代，這樣一個世界，在這裡發生的所有事情我未能預見到！他告訴我，椋音誦唱了你的故事，而且唱得非常美！真的是這樣？我是在做夢嗎？」

我感到一陣失望。在聽到他這樣說過之後，我才知道自己有多麼想親口告訴他那些喜訊。但他為我而露出的喜悅微笑，已經是我想要的一切了。

「不，這一切都是真的，都是好事。」我和他分享各種幾乎沒有別人能夠理解的喜悅。我告訴他，畢恩斯的婕敏女大公——她的姐姐琋望女士的繼承人是如何將雙手放在我的肩頭。我注視她清澈的雙眸。在她的眼角和嘴唇邊緣已經有了許多紋路，但凝望著我的依然是一位堅定果敢的女孩。「我從沒有懷疑過你。你也不應該懷疑我。」她向我說道，又輕輕吻了我的嘴唇，然後就轉身快步走開了。她的丈夫困惑地瞪了我一眼，才匆匆追上了自己的妻子。我又描述了艾莉安娜王后如何從她的袖口上割下一枚白銀獨角獸鈕釦交給我，並叮囑我要一直帶著它。弄臣微笑著聽我述說。當我告訴他，有許多我幾乎不記得的人和我握手或者拍打我的肩膀時，他露出了若有所思的神情。那時有一些人臉上帶著懷疑的微笑，還有幾個人哭了。還有一些人向我使眼色，或者靠過來悄聲對我說：「記住，我保守著你的祕密。」或者是諸如此類的話——這些人尤其讓我感到困惑又窘迫。最糟糕的是一名年輕衛兵大膽地穿過貴族人群，憤怒的火星在他的眼睛裡跳躍，他對我說：「我的祖父一直到死都以為是他讓你送了命。在他人生最後的日子裡，布雷德相信他出賣了你。我相信，你可能一直都是信任他的。」然後他就轉過身被人群吞沒了，我甚至連一句話都沒有來得及對他說。

我發覺自己的聲音很輕柔，就像是在給一個孩子講一段古老的傳說。我還給了它一個快樂的結局。所有人都知道，傳說從不會結束，快樂的結局只不過是下一場災難之前讓人屏住呼吸的那一刻。但我不想去思考那種事。我不想去探究下一刻會發生什麼。

「切德有沒有說他為什麼會這樣做？」弄臣問我。

我聳聳肩，不過這個動作他看不到。「他說是時候了。黠謀和惟真都會希望這一天能到來。他已經從陰影中走了出來，他說他不能把我繼續丟在陰影裡。」我開始在切德的置物架上搜尋，在第二個架子上，我發現了要找的東西──眾靈葡萄酒。我在爐火上點燃一根蠟燭，找到一塊布巾。用布巾蘸上酒以後，我開始擦拭身上的墨水漬。墨水很難去掉。這對那隻烏鴉是好事，對我則是一個煩惱。我來到切德的鏡子前，用力擦抹我的臉。

「這是什麼氣味？你在做什麼？」

「擦掉我臉上的墨水。我把那隻烏鴉的白羽毛染成黑色的了，這樣牠出去的時候就不會被同類追逐啄咬。」

「塗黑一隻烏鴉。蜚滋駿騎親王在得到王權的承認的那一天，以塗黑烏鴉取樂。」弄臣笑了。那聲音非常美妙。

「切德給我留下了一只包裹？」

「就在桌子最裡面。」他一邊說，一邊再次盯住那些蠟燭，為他能夠感知到光亮而歡喜。我沒有心情和他分享這種喜悅，只是將包裹挪到蠟燭旁邊，打算將它拆開。這只包裹有一股泥土氣息。包住它的是皮革，外面用皮帶束住。皮帶結因為長時間不曾被動過而變成了綠色，皮革邊緣因為受潮變成了白色。這只包裹肯定有很久不曾被打開，我懷疑它一直被放置在室外，也許在室外度過了整整一個冬天。有可能是被埋在了某個地方。當我解開皮帶結時，弄臣說道：「他還留給你一張紙條。上面說了些什麼？」

「我還沒有讀過。」

「難道你不應該在打開包裹之前看看它嗎？」

「他有說我應該這樣做嗎？」

「他似乎思考了很長時間，然後只寫了幾個字。我聽到他的筆尖摩擦紙面的聲音，還有許多次歎息。」

我停住雙手，開始思考是哪一樣東西讓我更好奇——信還是包裹？我舉起一根蠟燭，看到桌上果然放著一張紙，剛才在昏暗的光線裡我沒能看見它。我伸出手，把它拉過來。就像切德的大多數文件一樣，這張紙上沒有日期，沒有問候語，也沒有簽名。只有幾行字跡。

「上面寫了什麼？」弄臣問。

「我按照他的命令做了。條件肯定還沒有成熟。我相信你會理解。我認為你現在應該擁有它了。」

「哦，愈來愈有趣了。」弄臣喊道。然後他又說道：「我認為你應該割斷那條皮帶。你絕對沒辦法把那個老繩結解開。」

「你已經試過了，對不對？」

弄臣聳聳肩，給了我一個笑容。「這能讓你免卻和它們搏鬥的麻煩。」

我又在著這個頑固的結上花了一段時間的力氣，也許這讓我們兩個都很受折磨。皮革被打結，濡濕，又被乾燥之後就會硬得像鐵一樣。到最後，我抽出腰帶上的小刀，割開了皮帶。抽走皮帶之後，我又用力將緊緊包住的皮革扯開。這不是軟皮，而是用來做馬鞍的那種厚重皮革。我終於把它撬開的時候，它還不斷地發出吱吱嘎嘎的響聲。經過一番努力，我總算是看到了裡面包裹著一個油布包。我將油布包拿出來，重重地放在桌面上。

「這是什麼？」弄臣伸出手，讓他的手指在這件還被緊緊包住的東西上躍動。

「我們來看看。」這是一只沉重的布口袋。我找到袋口，伸手進去，拿出一個……

「一頂王冠。」弄臣喊道。他的手指幾乎和我的眼睛同時看到了這樣東西。

「嚴格來說，不是王冠。」王冠通常不是鋼鐵做成的。況且切德並不是一名鑄造王冠的匠人，而是一位鑄劍師，一位卓越的武器鑄造者。我將這只樣式樸素的鋼環在手中轉動。我知道這是她的作品，只是無法解釋我是如何知道的。不過我很快就找到了她的徽記，在鋼環內側，並不顯眼，但依然彰顯著工匠的自豪。

「這裡還有別的東西。」弄臣的手像白鼬一樣探進皮包裏裡，拿出一根木管遞給我。我一言不發地接下它。我們全都知道，這裡面一定放著一束卷軸。木管的一段被火漆封住了。我在燭光下審視它。

「惟真的印章。」我低聲告訴弄臣。儘管不願意打破這個印章，但我還是用小刀撬開蠟封，將木管傾斜過來晃了晃。塞在裡面的卷軸很牢固。畢竟它在這裡已經有很長時間了。當它終於露出頭的時候，我只是看著它。它絲毫沒有潮濕的痕跡。

「讀一下。」弄臣悄聲催促我。

我小心地打開牛皮紙卷軸。上面是惟真的筆跡——一個喜愛書寫之人謹慎的文字。我還清楚地記得他是多麼喜愛製作地圖、描摹地形、繪製防禦工事和戰鬥態勢圖。他留在這張紙上的字跡很大，字體粗黑而樸素。我的國王的筆跡。我的喉嚨一緊，又過了片刻，才能說出話。為了克服喉頭的緊繃，我將聲音提高了一些。

「我在此文件上所留印章和我所信任的文件守護人——切德·秋星的證詞，可以證明此份文件為王儲惟真·瞻遠的真實願望。簡而言之，今天我會離開去完成一個任務，也許我再無法回來。我囑託我的妻子，群山的珂翠肯照顧我們的孩子。如果在我離開時，我的父親黠謀國王去世，我向妻子推薦我的侄子，蜚滋駿騎·瞻遠作為她的保護人。如果最終回來的只是我的死訊，那麼我希望他能夠被正式任命為我繼承人的保護人。如果我的妻子亡故，繼承人得以存活，我任命蜚滋駿騎·瞻遠為攝政王，直到我的繼承人能夠自己駕馭王位。如果我、我的父親、我的妻子和繼承人都喪命，那麼我決意任命蜚滋駿騎・瞻遠作為我的繼承人。我不希望我的弟弟帝尊・瞻遠繼承王冠。我全心籲請大公們明瞭並確認我在這件事上的意願。」我停下來，喘了口氣，「下面是他的簽名。」

「這本應該是你的冠冕。」弄臣被傷痕覆蓋的指尖撫過這只簡單鋼環的邊緣，「沒有珠寶，感覺上質地是鑄劍用的鋼。等等、等等！也許它沒有那麼簡單。這裡，這是什麼？」

我從他的手中拿過這頂冠冕，把它在燭光下側過來。在樸素的鋼環上雕刻著一個圖案。「一頭衝鋒的公鹿。」

「他給了你這個紋章。」

「惟真把它給了我。」我低聲說道，聲音顯得格外緊繃，「只有衝鋒的公鹿，沒有標明我是私生子的劃痕。」

房間裡出現了很長一段時間的寂靜。蠟燭在燃燒。在房間的另一端，一根原木在壁爐中滾落。「你希望那時候這件事會成真嗎？」弄臣問我。

「不！當然不！」這就像是希望黠謀、珂翠肯和她未出生的孩子全都在那時死去，「但……我的確希望我曾經知道這件事。在許多時候，它對我有著很大的意義。」一滴淚水流到面頰上，我任由它滾落。

「現在就沒意義了嗎？」

「是的，現在依然有意義。知道他認可我的價值，願意委託我守衛他的妻子和孩子，甚至願意將王位也交給我。」

「那麼你從來都不希望成為國王嗎？」

「不。」謊言。但這個謊言經歷過這麼多歲月，被這麼多次重複過，在絕大部分的時間裡，我已經對它確信無疑了。

他微微歎了口氣。當我意識到他是感到慰藉，而不是因為我缺乏野心而傷感，我不由得感到有些好奇。沒等我問他，他已經回答道：

「當切德告訴我，你被正式得到承認，而在場的絕大多數人都傾向於奉承你，歡迎你回家的時候，我很擔憂。當我的手指碰到你的冠冕時，我很害怕。」

「害怕什麼？」

「害怕你會想要留在公鹿堡。你會因為眾人仰慕你隱瞞至今的真實身分而喜悅——不是王儲，而是影子國王。」

沒想到弄臣給了我這樣一個頭銜。「這讓你害怕……什麼？」

「你會不願意離開你終於為自己贏得的榮耀。你會無心完成我的任務。」

他的任務。我將恢復成昔日的那名刺客。為了讓他不再去想那些他安排的殺人任務，我急忙提起了他的另一個任務：「弄臣。我會盡我所能去找到你認為被你留在某處的兒子。毫無疑問，如果你能為我回憶起那個曾經和你同床共枕、可能生育這個孩子的女人，還有你們是什麼時候在一起的，我完成這個任務就會容易得多。」

弄臣不高興地哼了一聲。「蜚滋！難道你完全沒有聽到我對你說過的話嗎？根本沒有這樣一個女人，也沒有因此而出生的孩子。我已經告訴過你了。」

我感到有些頭暈。「不。不，你沒有。我相信如果你告訴了我這件事，我一定會記得。而且我會立刻就問你，就像我現在要問你的這個問題：那你是怎麼會有了一個兒子的？」

「你沒有聽我說。」弄臣傷心地說，「我已經做了解釋，而且解釋得非常清楚，但如果你沒想到要去聽，就會把我說的都棄置一旁。蜚滋，這頂冠冕，你戴上合適嗎？」

「這不是一頂冠冕，並不真的是。」他又改變了話題。我知道他在決定要做之前是不會向我解釋的。我在手中轉動著這個冰冷的鋼環，因為他隨我轉變了話題而感到安慰，同時又要竭力隱藏住這種安慰的情緒。上一次我戴上的冠冕是木頭的，還裝飾著公雞。不，現在不要去想那些事。我拿起鋼環，將它放在我的頭頂上。「我覺得它很合適。我不知道它為何會如此合適。」

「讓我摸一摸。」弄臣站起身，摸索著繞過桌子，來到我坐的地方。他的兩隻手伸向我，找到我的一邊肩膀，側臉，然後摸上我頭頂的冠冕。他將冠冕稍稍抬起，自然而然地測量了一下我頭髮的長度。他的手指又沿著我的臉落下來，摸到我斷過的鼻子、那道舊傷疤、下巴上的鬍鬚。如果是其他人這樣做，我一定會覺得自己受到了冒犯和侮辱。但我知道他是將我現在的模樣和他回憶中的我相比較。

他清了清嗓子，雙手舉起那只鋼環，用我從沒有聽過的嚴肅語氣說道：「蜚滋駿騎．瞻遠。我為你戴上六大公國影子國王的王冠。」然後他小心地將鋼環戴在我的頭上。鋼環冰冷且沉重，壓在我的頭上，彷彿永遠都不會再移開。弄臣再一次清清嗓子，沉默片刻之後說道：「你還是一個英俊的人，蜚滋。不像帝尊破壞你的面容之前那樣漂亮了。我記得，你的年歲應該很大了。」

「是因為原來的那場精技治療。」我聳聳肩，「我的身體一直在自我修復，無論我是否希望如此。」

我摘下鋼冠，把它放在包裹它的粗油布口袋上。燭光照亮了它的邊緣，那色澤就像是劍刃上的血。

「我希望我也能夠這樣。」弄臣說道。他的目光回到了蠟燭上。很長一段時間裡，我們全都保持著沉默。然後他輕聲說：「蜚滋，我的眼睛。在失明之後……它們已經習慣了。這種習慣也讓我變得膽怯畏縮。我需要能看見。我害怕在我們出發去完成任務的時候，我還是什麼都看不見。如果實在只能是那樣，我也不會退縮。但是……你能……」

我那麼努力想要轉開話題，他卻還是一心在計畫著謀殺。我已經告訴他，我不能去完成他的任務，但他不理會我所說的一切，腦子裡只是塞滿了自己的想法。「告訴我，他們對你的眼睛做了什麼？」我低聲問。

他伸出一隻無助的手。「我不知道。也許他們其實並不打算這樣，只是一旦開始了，他們就要做到底，好充分利用刑罰的效果。他們……哦，蜚滋。他們打我的眼睛，一下又一下。我的眼睛腫脹起來，睜不開了。但他們還在打。然後……」

我打斷了他。「當腫脹消退，你已經看不見了。」

他深深地吸了一口氣。我看到他在竭盡全力向我講述一個他只想忘記的故事。「一開始，我只以為還是夜晚，或者是因為我被囚禁在黑暗的牢房裡。他們有時候會這樣做。如果你一直身處在黑暗之中，就不可能對時間的流逝還有概念。我覺得……我覺得他們有時候會給我送來水和食物——有時食物會間隔很長時間才能送來，有時則很快。他們要擾亂我對時間的感覺。過了很長時間，我才知道我看不見了。又過了更長的時間，我才知道失明是永久的。」

「夠了，我只需要知道一點，我只想幫助你。」

又是一陣沉默，然後他悄聲說道：「你現在可以試一下嗎？」

我沒有說話。這樣做是在用我的視力冒險。我現在能這樣對他說嗎？希望正在他的臉上發著光。現在他看上去更像是我的舊日的弄臣，艾斯雷弗嘉給他留下的烙印彷彿消失了許多。他的視力對他非常重要。只有恢復了視力，他才能尋找他的兒子，以及完成他那個刺殺所有僕人的荒謬任務——現在這就是他全部的人生目的。昨天晚上，我剛剛成功地讓自己擁有了一個夢想，一個我從不曾允許自己碰觸過的夢想。我能在今天就摧毀他的希望嗎？

我一直都小心翼翼、戰戰兢兢。這樣我就一定能在自己陷入險境的時候有所察覺嗎？我會不會比我所希望的更像切德？我是否一直都想要知道，我到底能在魔法的世界裡前進多遠？如果沒有人限制我，我都能做些什麼？所有這些問題都讓我心中發癢，我索性將它們推到一旁。

「現在嗎？為什麼不？」我一邊說著，一邊推開椅子，繞過桌子來到他面前，低聲對他說道：「面向我。」弄臣順從地從燭光前轉過身。我將一根蠟燭挪到我們旁邊，在搖曳的燭光中仔細審視他的臉。他的顴骨上有一道傷痕，就在他深陷的眼窩下面。一般只有常年鬥拳的人才會在臉上出現這樣的褶皺傷痕。這種和骨頭只隔著很薄一層肉的皮膚很容易就會被剝離。我將自己的椅子放在弄臣的正前方，坐下來，警告他說：「我要碰觸你了。」然後我伸出一隻手捧住他的下巴，緩緩地將他的面孔左右轉動，審視那些被細緻的酷刑和粗蠻的毆打留下的傷疤。這讓我突然回憶起博瑞屈在蓋倫毆打我之後仔細端詳我的臉的樣子。我將兩根指頭輕輕按在他的臉上，沿著傷痕的紋路在他的左眼周圍畫了一個圈。他不止一次輕輕瑟縮。然後我又以同樣的方式畫過他的右眼。他的反應也是一樣。我猜測他眼眶的骨骼一定有碎裂，而且沒有癒合得很好。在靠近他額角的地方，他的面骨有一處明顯的凹陷。碰到那裡時，我不由得感到一陣惡寒。是這處傷導致了他的失明嗎？我不知道。我深吸一口氣。這一次，我會非常小心。我發誓，我不會讓我們之中的任何一個人冒險。我將雙手放在他的面孔兩側，閉起眼睛，輕輕說了一聲：「弄臣。」隨後，我便非常輕易地找到了他。

弄臣就在那裡。上一次，他陷入深度昏迷，完全不知道我是如何在他的體內，隨著他的血液一同遊走。現在我感覺到他的雙手落在我的手上。這樣對我的探查更有幫助。我只知道他的臉看上去是什麼樣子，他則能夠回憶起他的臉在受傷時的感覺。我用我的指尖撫觸他的眼睛，心中回憶切德那些來自於開膛手的舊卷軸上的繪圖，還有可能依舊被存放在角落裡那個櫥櫃中的人類顱骨。隨著我的雙手慢慢合攏，我悄聲說道：「在斷骨接合的時候，有時候會發生錯誤。就是這裡，感覺到了嗎？我們需要修正這個錯誤。」

我們開始了治療，速度並不算快。一點一點挪移骨骼。他臉上發生損傷的地方在早先的癒合中出現了各種凸起和裂縫。其中一些殘缺之處讓我想起了煮得過老的雞蛋被敲開時殼上的裂紋。要修正這些錯誤絕不能著急，對他面部骨骼進行探索，本身就是一種艱難又容易造成痛苦的行為。我們將撫摸和精技結合在一起，沿著一道細小的骨縫一直探索到他的左眼下緣，再到他的上顎。他的顴骨變成了一座細小裂縫形成的迷宮。在他的外側右眼角，骨骼被狠狠的一拳打碎了，甚至骨頭下面的軟組織也留下了相應的凹痕。我們進行了一段長時間的治療，移動細小的骨片，減輕軟組織的壓力，並填補面骨上的空缺。

只是這樣用語言描述我們做的事彷彿很簡單，但實際上並非如此。任何細小骨粒的些微挪移都是一次對骨骼的重新打斷和塑造。弄臣的疼痛讓我咬緊牙關，直到我自己的頭也被這種疼痛一次次狠狠地打擊。我們僅僅治療了他眼睛下方的兩片地方，我就已經感到疲憊不堪，快支持不下去了。這時弄臣將伸在我背後的雙手抬了起來。

「停下。停下，蜚滋。我已經非常累了。而且這樣很疼。這種痛苦喚醒了我的所有回憶。」

「好吧。」我聲音嘶啞地表示同意。但我又用了一些時間才將我的意識從他的身體內剝離出來。我覺得自己就像是從一場真實而漫長的噩夢中醒轉過來。最後一步是我將雙手從他的臉上移開。當我睜開眼睛，再看向他的時候，這個房間在我的視野中顯得非常模糊。我感到一陣恐懼。我已經走得太遠，傷害了我的視力！不過這其實只是過度疲勞造成的。隨著我集中目力，模糊的房間漸漸清晰起來。我寬慰地打了個哆嗦。桌上的蠟燭已經燒了一半，我不知道這段治療用去了多少時間，只感覺到被汗水浸透的襯衫緊貼在背後，嘴裡乾得冒煙，就像是我一路跑到公鹿堡城裡又跑了回來。我一放開弄臣，他就將臉埋在自己的雙手中，用臂肘撐在桌面上，低著頭一言不發。

「弄臣，坐直身子，睜開你的眼睛。告訴我，我們是否有了一些進展。」

他服從了我的命令，但在坐直之後只是搖了搖頭。「我沒有閉上眼睛，一直將它們睜開著，心中滿是希望。但什麼都沒有改變。」

「很抱歉，」我的確很感到抱歉。我為他的失明感到難過，同時又為自己在治療他的時候沒有讓自己瞎掉而深感欣喜。我不得不自問，我到底為他出了幾分力量。我是否有所保留？我不願相信自己未盡全力，但我找不到一個誠實的答案。我想著是否要將自己的恐懼告訴弄臣。他又會向我提出怎樣的要求？要我幫他恢復一隻眼睛的視力，以放棄我的一隻眼睛作為代價？他會向我提出這種要求嗎？我會同意還是拒絕？我審視自己，發現自己並沒有我所相信的那種勇氣。我比想像中更自私。我靠進椅子裡，閉起雙眼，沉默不語。

弄臣碰到我的手臂，將我猛然驚醒。

「看來你睡著了，你突然變得一聲不吭。蜚滋，你還好嗎？」他的聲音中帶著歉意。

「我沒事，只是非常累了。昨天晚上……真相被昭示，這讓我感到很辛苦。我睡得也不好。」我伸手揉搓雙眼。一碰到面皮，我不由得瑟縮了一下。我的臉摸起來腫脹滾燙，就好像我剛剛打了一架。

哦。

我小心翼翼地碰觸顴骨頂部和眼眶的外緣。就算是我並沒有讓弄臣恢復視力，我還是為了對他所做的事情付出了代價。

為什麼？

我以前參與過的精技治療都不曾以這樣的方式影響過我。阿憨在艾斯雷弗嘉島上進行過數量驚人的治療，完全沒有顯示出任何不良的反應。關於我和弄臣，我能想到的唯一特殊之處就是我們兩個的連結。這絕不僅僅是精技的連結：當我將他從死亡的另一邊召喚回來的時候，我們曾經在一段時間裡緊密地融合在一起。也許我們從沒有真正分開過。

我眨眨眼，再一次測試我的視力，和以前沒有不同，沒有模糊的陰霾。我幾乎能確定，在我們為弄臣修復骨骼的時候，我們沒有對他的視力做任何事。我不知道自己是不是還有勇氣進行更深入的治療。我想起在他體內見到的種種創傷，那些感染和糟糕的癒合。如果我繼續嘗試對他進行治療，我還必須經受些什麼？是否有人會因為不明白我的犧牲，而對我拒絕治療弄臣產生誤解？我清了清喉嚨。

「你確定你的視力沒有任何變化嗎？」

「實際上，我無法判斷。也許我對光線更敏感了。我的臉很痛，但痛的方式和以前不同。這也許就是療傷時的痛楚。你有沒有發現什麼？當你……在我的身體裡時？你能看出是什麼偷走了我的視力嗎？」

「這種探索和你想像的不同，弄臣。我能確定，你的面部骨骼有很多沒能正常癒合的破損。我將它們恢復原位，盡量把每一塊安放到正確的地方。」

他抬起雙手，探尋地摸索自己的面龐。「每一塊？我還以為顱骨是一整塊。」

「並不是。如果你願意，以後我會讓你看看人類的顱骨。」

「不，謝謝，我會記住你的話。蜚滋，我從你的聲音裡能聽出來，你還有其他發現。我的身上是不是還有什麼很不好的地方，你不願意告訴我？」

我小心地挑選著辭句。這一次，我不能說謊。「弄臣，我們也許必須放慢治療的步伐了。這種治療會對我造成很沉重的負擔。我們都必須充分攝入優質食物，盡可能多休息，並儲存魔法能量，好用來治療更嚴重的傷處。」我知道自己沒有說謊，只是我在竭力不去思考這些話背後的真相。

「但……」弄臣的話說到一半，又停下了。我看著他臉上一閃而逝的複雜表情。他是那樣迫切地希望能夠康復，好去執行他的任務。但他是我真正的朋友，不會逼迫我過度耗損自己。他見過我因為精技而過度耗竭的樣子，也能感覺到我對他的治療是多麼辛苦。我不需要告訴他這種治療會對我造成真實的傷害，他不需要為這樣的事情有所愧疚，這是我的事情。他將被陰翳遮住的眼睛轉向蠟燭。「小丑去哪裡了？」

「小丑？」

「那隻烏鴉。」弄臣回答的時候顯得有些困窘，「在牠去找你之前，我們聊過天。嗯，算不上是真正的聊天，不過牠會說不少話，有時甚至還能表達出確切的意思。我問牠，『妳的名字是什麼？』因為，嗯，因為這裡實在是有些太安靜了。一開始牠只是隨便說了些話，比如『停住！』『這裡很黑』和『我的食物在哪裡？』最後，牠也對我說：『你的名字是什麼？』當時我覺得有些震驚，隨後才意識到牠是在模仿我。」他的臉上露出了一點試探性的微笑。

「所以你給牠命名為小丑？」

「我只是稱牠為小丑，把我的食物給了牠一些。你說過，牠去找你，你把牠的白色羽毛塗黑了。現在牠去了哪裡？」

我並不想告訴弄臣。「牠下了樓梯，用喙敲祕門，我讓牠進了我的房間。牠吃了我的半份早餐。我為牠打開了窗戶。我懷疑現在牠應該已經飛走了。」

「哦。」弄臣聲音中深深的失望讓我感到吃驚。

「很抱歉。」我說道，弄臣沒有回應，我又說道：「牠是一隻野生動物，弄臣。這樣對牠才是最好的。」

弄臣歎了口氣。「我不知道你說得對不對。墨水終究還是會褪色，然後又該如何？牠的同類還是會攻擊她，蜚滋。烏鴉是結群的鳥類，不習慣單獨生活。你考慮過牠的未來嗎？」

我知道弄臣是對的。「我不知道，」我低聲說，「但我也不知道自己還能為牠做些什麼。」

「留下牠，」弄臣提出建議，「給牠一個安身之地和充足的食物。讓牠能夠躲避暴風雨和各種敵人。」弄臣清了清喉嚨，「就像黠謀國王曾經照顧一個不合時宜的生物。」

「弄臣，我不認為牠會是一個合適的伴侶。牠是一隻成年烏鴉，不再是孤獨生存在這個世界上的年輕烏鴉了。」

「一隻年輕烏鴉，這只是一種表面上的描述。以我的標準判斷，牠還很年輕。我也曾經像牠一樣天真無知，驀然間發現自己進入了一個更加廣闊的世界。我和黠謀國王的不同，正像是一隻烏鴉和一個人的不同。蜚滋，你知道我，你曾經就是我。你知道你我之間的不同之處，就像我們的共同之處一樣多。你和夜眼之間也是一樣。我相信，小丑和我的相似，就像夜眼和你的一樣。」

我抿起嘴唇，很久之後才讓了步。「我會去看看能不能為你把牠找回來。如果我能找到，如果牠願意回來，我就把牠帶來見你，還會為牠準備好食物和清水。」

「你會嗎？」他傷痕累累的臉上露出幸福的微笑。

「我會的。」我站起身，下了臺階，打開通向我房間的門。我發現小丑正等在那裡。

「黑暗，」牠嚴肅地對我說。然後跳上了一級臺階，又是一級，跳到第三級臺階的時候，牠轉過頭來看著我。「你的名字是什麼？」

「湯姆。」我反射性地回答。

「蜚滋——駿騎！」牠抗議般的高聲說道，又繼續向上跳去。

「蜚滋駿騎，」我表示同意，並發現自己在微笑。我跟著牠走上去，讓牠在這裡更舒服一些。

10

音訊

向我的主人報告：

和那個滿身傷痕的人交朋友並不像我們所預料的那樣困難。我發現，我之所以不願接受這一安排，部分原因是害怕他的外貌。現在我已經清楚，我最大的障礙是對於他的恐懼。只有先克服這一點，我才能再消除掉他對於我的恐懼。

要做到您要求的那樣，觀察他同時又不會受到他的觀察是非常困難的。失明似乎強化了他的其他感覺。有時候，如果我在他沉睡的時候去到他身邊，我才能有一點時間仔細觀察他。但他很快就會醒來。到現在為止已經有三次，他毫無差錯地向我轉過臉問：「誰在那裡？」而他的恐懼看上去是那樣令人傷心，我甚至無法裝作我並不在房間裡。有一次，我悄無聲息地走進房間，發現他倒在床邊，無法站起。深陷於悲苦與傷痛中的他並不知道我的存在，依然獨自掙扎了一段時間。根據我的判斷，儘管他還有一些力量，但沉重的傷勢讓他無法從一些特定的姿勢中站起身。我試圖只做一名觀察者，直到我再也無法忍受的時候，我發出腳步聲，裝作剛剛走進房間，並立刻向他發出呼喊，說明我會幫助他。要我用雙手去碰觸他還是有一些困難，而在扶他起身的時候讓他抓住我，就更讓我難以忍受了。但我克服了對於他的碰觸的厭惡，我認為這讓他變得遠比以前更加重視並信任我。

他並不像您推測的那樣對我少言寡語。實際上，他和我說了許多他小時候的故事——那時他是黠謀國王的宮廷小丑——還有他和蜚滋駿騎親王共同的童年經歷。他還向我講了他陪同珂翠肯王后前往群山王國的旅程，那時候所有人都相信惟真國王已經去世，真正的瞻遠血脈即將斷絕。我還傾聽了他在群山王國幫助尋找國王的故事，還有他與蜚滋駿騎親王共同的經歷。那些故事中所包含的勇氣和英雄功績真正超出了我的一切想像。我已經開始著手將它們記錄下來。因為我相信，這其中有一些事情就連您以前也沒有聽說過。

現在，我判斷我已經完成了您交予的任務，贏得了他的信任，讓他願意將祕密告訴我。我知道這是您安排我進行此次練習的唯一目的，但我要告訴您，我覺得我贏得了一位朋友。為此，我的好主人，我感謝您，正如同我感謝您對我的其他指導。

依照您的吩咐，我一直保守著自己的祕密，而他應該也沒有察覺到這一點。當然，只有當我在真正的偽裝中與他們相見的時候，那才是真正的測試。他們會認出我嗎？我打賭，那位失明之人會比那個能看見我的人，察覺到更多。

——您的學生

我離開弄臣和小丑，回到了房間，打算認真思考一下。但精技治療讓我太過疲累，很快就睡著了。當我終於醒來的時候，我不知道現在已經是什麼時候了。

我將睡意從臉上揉搓乾淨。當我的手指碰到眼眶周圍柔軟的地方時，不由得瑟縮了一下，我拿起鏡子，發現自己看上去就像我感覺的一樣糟糕。我一直很擔心會在眼睛周圍看到瘀青。而實際上，我的整張臉都腫了起來，上面還帶著幾點墨水。好吧，我想這副樣子應該還是要比我在酒館裡被人打成兩隻黑眼圈要好一些。我走到窗前，打開百葉窗，看到一輪正在落下的太陽。現在我感覺自己得到了休息，肚子很餓，不過躲藏在這裡很安全。想到要離開房間，到城堡裡去尋找食物，我就不由得感到一陣膽怯。

現在我的角色又是什麼？再一次成為蜚滋駿騎嗎？儘管事情已經發生，我也得到了休息，但我還是無法將發生的一切安放進當前的政治、社群和家族架構中去。實際上，我一直以為會有人向我發出召喚。我在等待著一封來自於珂翠肯的信函，或者是切德、蕁麻或晉責的精技接觸，但他們至今為止都沒有任何表示。慢慢地，我開始意識到，我的親人們也許正在等待著我的音訊。

我在闊口水罐中蘸濕毛巾，對我腫脹的面孔進行冷敷。然後我坐到床邊上，讓自己鎮定下來，堅定起心志，向蕁麻伸展出去。

妳還好嗎？換做是平常應該再普通不過的問題，現在卻顯得別有深意。

你呢？還好嗎？蕁麻回應了我，你一直都一聲不吭！

我還在震驚中。

你會為了發生的這些事感到高興嗎？

我不得不思考了很長一段時間。我認為，我是高興的，但我也許在高興的同時也深感畏懼。妳呢？

許多事情都發生了巨大的改變。我們分享了一段時間的沉默，只是靜靜地感覺著彼此。然後，她的思緒才有些猶豫地碰觸到我，我為我在昨天說的那些話感到抱歉。當我在今天想起自己是如何傷害你的時候，我感到又驚又怕。媽媽懷孕的時候也曾經這樣爆發過，那時她狂野的情緒就像是驟然降下的霹靂。博瑞屈會讓我和年長的男孩們出去，只留他自己在媽媽身邊，承受媽媽的暴烈脾氣。每次到最後，媽媽都會在他的臂彎裡痛哭失聲。那時我是那樣氣惱她的情緒化和軟弱。片刻之後，蕁麻又有些揶揄地說：為什麼我們之間的理解總是來得這麼晚？

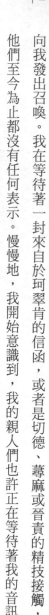

可憐的博瑞屈。

她的回應中充滿了調笑的意味，我相信，你想要說的是可憐的謎語吧？

他能受得住，就像博瑞屈一樣。我也可以，蕁麻。妳的母親在懷著蜜蜂的時候，我們之間也有過一些那樣的時刻。其實知道了這一次並不完全是我的錯，我甚至還感到很安慰呢！

確實，我相信這並不完全是你的錯。我驚訝地發現，她在開我的玩笑。我很高興。

也許妳是對的，我一邊承認，一邊讓自己的心緒離開莫莉，以免我的哀傷會油然而生。然後我又想到了蜜蜂。現在不要向蕁麻堅持我可以成為一個好父親，我決定將蜜蜂留在身邊。還不是時候。當蜚滋駿騎·瞻遠復活之後，隨之產生的各種問題都會對所有事造成影響。現在我們只能先處理好眼前的事情。就當前而言，我們必須聚在一起，認真討論一下已經發生的事情。隨後是一陣讓我感到不安的平靜。

我們已經在一起討論過了。我們都奇怪你為什麼不加入我們的討論。切德大人說也許是因為你遭受了很大的震撼。他要我們給你一點時間，自己做出決定。

沒有人叫我去。

又是一陣驚訝中的沉默。也沒有人叫我，同樣沒有人叫切德和晉責，我們只是今天一早就都去了惟真塔，想要確定好下一步該怎樣走。

哦，我思考了片刻，不將我囊括在其中並不代表要將我排斥在外。他們當然會在那個時間和地點見面。我把思緒拉回至正軌，去那裡的都有誰？

你能想到的所有人，國王和王后，切德大人，珂翠肯王后，我，迷迭香女士，當然還有謎語。當然？最後這個名字在我看來可不是那麼理所當然的。你們做出了什麼決定？

關於你的？沒有。我們還有其他許多事要討論。你的狀況值得單獨開一次會進行討論。

那麼，你們討論了什麼？

真希望你當時在場。那時的各種暗流和潮湧相互衝突，簡直是一言難盡。切德大人認為他應該責備王后的莽撞行為，並相信這其中也許有我的影響。艾莉安娜王后立刻從他的腦子裡趕走了這些想法。讓我高興的是，她的丈夫和珂翠肯王后也都站在她這一邊。珂翠肯王后提到了長久以來謎語為切德、為你，以及為瞻遠王權所做的許多貢獻，並宣布謎語從此刻起就是雲杉堡的謎語領主了，因為王后完全有權予以這樣的任命。

我從沒有聽說過雲杉堡。

很明顯，它存在於群山王國的舊地圖上。在群山語中，它應該有另一個名字。現在那座城堡應該已經荒廢，甚至可能有數個世代不曾有領主統治，也許那裡的堡壘工事也全都變成了廢墟瓦礫。不過就像群山女王所說的那樣，它位於什麼地方並不重要。重要的是謎語擁有了這個頭銜。這個頭銜顯然曾經屬於她的一位兄弟。只是在那位兄弟去世之後，這個頭銜也沒有了主人。她說，如果嚴格從群山語的概念中翻譯，「領主」也許並不能適切地對應這個頭銜，但這同樣不重要。謎語願為他人犧牲自己的高貴精神才是最重要的，這足以為他贏得這一封號。

我坐在床邊，靜靜地思考著這一切。苦澀和甜蜜交融在一起。珂翠肯是對的。在群山中，統治者並不是被稱作國王或女王，而是犧牲獻祭。為了服務於被他們統治的人眾，他們應當心甘情願地去做任何事，哪怕是接受死亡。難道謎語不就是這樣做的嗎？而且還不止一次。只是他一直被認為身分過於卑微，配不上一名瞻遠家族的女兒，哪怕只是一名私生女。多年以來，他們之間的這份感情一直未得到承認。而這個問題在一夜之間就解決了。為什麼以前又要拖延那麼久？憤怒在我的胸中翻滾，如同遠方的沉雷。無用的憤怒，就隨它去吧。

你們會正式結婚嗎？

我們的婚姻已經得到了認同。

她是安全的。我的女兒和她未出世的孩子是安全的。寬慰之情湧過我的全身，蕁麻一定也感覺到了我的心情。

你是在為我擔心嗎？

很久以來我都在為妳無法得到遂心如意的婚姻而感到煩惱。當謎語告訴我，你們有了孩子，妳知道，我就曾經是公鹿堡的瞻遠私生子，我不希望那個孩子再有我的命運。

你今天吃東西了嗎？

吃了些早飯。一隻烏鴉吃掉了剩下的。

什麼？

說來話長，這裡面還有羅網的事。

你餓嗎？來和我們一起吃東西吧。

在哪裡？

主桌。大廳裡。我能感覺到蕁麻努力壓抑的愉悅感。

好的。我將思緒拉回到自己的意識中，盯著面前的牆壁。我該怎麼做這件事？走出我的房間，沿樓梯走下去，進入大廳，坐到主桌旁。那裡會有一個位置在等我嗎？人們會不會盯著我，用一張張藏在手掌後面的嘴悄聲議論我？

我衝動地用精技向切德探去。走出迷宮進入光明會是那麼難嗎？

你在說什麼？蜚滋，你還好嗎？

蕁麻邀請我和你們一同用餐。在主桌旁。

我的心臟跳動了十二下，切德才給了我回答。是的，這是理所當然的。你在今天的缺席很惹人矚目，對公眾而言是一件非常可疑的事情。冬季慶已經結束，本來有幾名計畫今天啟程離開的貴族都延遲了他們的行程。我認為他們是希望能夠再看一眼依然活著，而且出於某種神祕的原因依然保持年輕的蜚滋駿騎・瞻遠。考慮到昨晚發生的事情，如果你在正餐時依然不出現，一定會引起人們更多的懷疑。我明白你的疑問。對我而言，這件事唯一困難的地方在於如何悄無聲息地進入社群，而不是以這種爆炸性的方式。許多年以來，我一直都是一隻潛伏在牆後的老鼠，渴望融入人群，渴望著光明和清新的空氣。但就像我昨晚對你說的那樣，蜚滋，現在是時候了，這一刻早就該到來了。我期待著在晚餐時見到你。

我對切德遮蔽住我的思想。焦慮緊緊纏繞住了我的腸胃。

穿著要得體，切德提出建議。

什麼？我感到一陣沮喪。

我幾乎能聽到他在歎息。蜚滋，別犯糊塗。今晚你將是蜚滋駿騎・瞻遠，原智私生子，突然為世人所知的紅船之戰英雄。這是你在公鹿堡的新角色，正如同切德大人是我的角色，國王是晉責的角色。我們全都要扮演好自己的角色，蜚滋。有時候，在舒適的私人房間中，我們是自己，是彼此的老朋友。或者至少是老朋友心目中的我們。所以，你在出來之前要認真考慮好，要讓自己變成公鹿堡人眾期待的那副樣子，既高貴又謙遜。這不是你保持平凡的時候，做好準備。

我看到了你的字條，還有那頂冠冕。

不要戴那個！

我笑出了聲。我甚至還沒有這個念頭！我只想感謝你。讓你知道我明白你的苦心。

切德沒有回話，只是讓我感受到一種我無法形容的情緒，如果換做是夜眼，也許會將此稱之為咬在不能殺死的獵物上。這是一種充滿渴望的強烈遺憾。我很想知道切德到底在渴望著什麼。

切德從我的意識中離開了。我坐下來，眨眨眼睛。慢慢地，我意識到切德是完全正確的。我的角色是出於某種神祕原因而回歸的原智私生子，在這麼多年裡飽受冤屈，承擔著汙名。這個角色中又有哪一部分是不真實的？為什麼我會如此感到不安？我將臂肘杵在膝蓋上，臉埋進手掌中。當我的手指碰觸到腫脹的雙眼，我又猛地挺起了身子。我離開床邊，拿起鏡子，仔細審視我的形象。我是不是選擇了一個錯誤的時間讓自己顯得如此不正常？

我低頭看著灰燼在今天早晨為我挑選的衣服，然後我又從旅行衣箱中抱起一疊衣服，打開祕門，上了樓梯。現在已經沒有多少時間了。我一步兩級地上樓，還沒走進房間就說道：「弄臣，我需要你的說明！」

我覺得自己很愚蠢——灰燼和弄臣都轉過頭來看著我。他們一直坐在桌邊，給那隻烏鴉餵食。那隻烏鴉的身邊有許多麵包屑和穀粒，現在牠正按住一根雞骨頭，用喙剝下上面的肉絲。

「先生？」灰燼問道。弄臣也在同時開了口，「蜚滋？」

我沒有時間向他們講述細節。「我不知道自己的衣著是否正確。我要在主桌旁與國王和王后共進晚餐，同桌的還有切德大人和蕁麻女士。在那裡會有許多人看到我。我必須表現出蜚滋駿騎．瞻遠應有的樣子，原智私生子從古靈之處回來了。昨天晚上是一回事，那時的狀況出乎所有人的預料。但今天晚上，切德說我必須讓眾人看到……」

「一位英雄。」弄臣平靜地說，「不是親王，而是英雄。」彷彿我完全沒有能力回答一樣，他逕自轉向灰燼問道，「他身上穿著些什麼？」

灰燼的毛髮稍稍有一點豎起。「我今天早些時候為他挑選的衣服。」

「我是個瞎子。」弄臣語氣辛辣地提醒灰燼。

「哦，請原諒，先生。他穿著褐色的馬甲，上面裝飾角質鈕釦，馬甲裡是長袖開領白襯衫，延長的袖口上有大約十幾枚釦子。他沒有佩戴珠寶。他的長褲是深褐色，沿外褲縫有一排鈕釦，也是角質的。他的高跟鞋只有樸素的上翹鞋尖。」他又清了清喉嚨，「他的臉上還有泥點。」

「這是墨水！」我反駁他。

「沒什麼區別，」男孩嘟囔著。

弄臣插口道：「鈕釦。它們怎麼會成為流行風尚的？」

「去年夏天，有幾個人開始在衣服上點綴釦子，現在所有人都……」

「蜚滋，到這邊來，站到我面前。」

我照弄臣的話做了，同時驚異地發現他幾乎煥發出了奕奕神采。這讓我不由得有些好奇在此之前是誰曾向他求助。他感覺到我在他面前站好之後，便伸出雙手撫摸我的衣服，彷彿我是一匹他正在考慮是否要購買的馬。他摸到了衣服的纖維，成排的鈕釦，又拉了拉我的衣領，碰到我的下巴。

「不要刮鬍子，」他突然用命令的口吻說，彷彿我的手裡已經拿著剃鬍刀了，「灰燼，你能從褲子上把那些鈕釦不留痕跡地去掉嗎？」

「我想我可以，」男孩的聲音聽起來有些鬱悶。

「來吧，灰燼，」弄臣用甜蜜的語氣勾引男孩，「你是在妓院裡長大的，那裡的女人每天都會精心打扮，成為男人心中最美麗的人兒。這裡也是一樣。我們必須讓人們看到他們想要看的東西——不是一名穿著華麗的時尚紳士，而是一位從遠方歸來的英雄。從古靈的家鄉回來之後，他就一直避世隱居，如同一位謙遜的鄉下地主。去掉褲子上的鈕釦！我們必須讓他看上去就像是已經有二十年沒來過宮廷的樣子。而且我們還必須讓他顯得很想迎合現在的潮流。我知道，切德很懂得如何玩這種遊戲。我們需要用化妝粉和油彩來強調他斷過的鼻子和臉上的傷痕。還有一些珠寶，但不要太精緻的。白銀要比黃金更適合他。」

「我的狐狸別針。」我低聲說。

「完美，」弄臣表示同意，「灰燼？」

「他需要一頂帽子，現在幾乎沒有人還會光著頭了。不過要式樣簡單一些的。也許不應該有羽毛。」

「非常好。去找一頂來。我認為你也有玩這種遊戲的頭腦。好好來玩一次吧。」

弄臣輕而易舉地挑起了這個男孩的驕傲。灰燼向我拋過來一個微笑，就起身跑向通往百里香女士房間的密道，很快便不見了蹤影。

「狐狸別針。」弄臣又向我發出命令。

「還有昨晚王后給我的一枚獨角鯨銀鈕釦。」我回憶起來。

我將銀鈕釦從衣袋中摸出來，又從襯衫裡面掏出了狐狸別針。我穿衣服的時候，總是習慣將這枚別針收進襯衫裡。弄臣變形的雙手笨拙地撫摸著我的襯衫衣領，將它們折好，把別針戴在上面，轉眼間，我彷彿穿上了完全不同的一件衣服。他做完這件事的時候，我也剛好擦淨了臉上的最後一個墨點。灰燼抱了滿懷的腰帶、馬甲、油彩、化妝粉回來，另外還有一把非常鋒利的小刀。他將我褲子上的鈕釦逐一割下來，抽走線頭。他還很善於化妝。我差一點就要問起他是不是曾經替他的母親化過妝，不過我在這個問題即將脫口而出的時候把它嚥了回去。他為我換了一條更厚重的腰帶。佩在腰帶上的匕首也換成了一把更長、更大的——幾乎可以稱之為一把短劍了。他為我找的帽子如果在六、七十年前，毫無疑問是一頂女士帽。他無情地將上面的羽毛拔了個乾淨，才將帽子遞給弄臣。弄臣仔細地將它摸了一遍，然後命令男孩將兩根小羽毛插回到帽子上，又在上面添加了一條配有裝飾性帶釦的皮帶。他們用雙股絞線將銀鈕釦掛到了我的手腕上。「我們應該為它配一條銀鏈，」弄臣提出建議，男孩露出笑容，從一個小盒子裡找出了一條。

「太棒了！」弄臣撫摸著魚鱗環的銀鏈，高聲讚揚男孩。他們在一眨眼的工夫就把雙股絞線換了下來。

對我的打扮完成之後，他們笑著彼此祝賀。灰燼在弄臣身邊顯得自然多了。實際上，他們似乎迅速建立起了一種同伴的關係。「原智私生子還缺最後一點裝扮，」弄臣高聲說道，「小丑，妳願意站到他的肩膀上，成為他在今晚的原智伙伴嗎？」

「不！」我驚駭地說道。而那隻鳥已經向我一揚頭，高叫著：「蜚滋駿騎！」

「牠不能，弄臣。牠不是我的同伴。如果我假裝如此，一定會冒犯羅網。而且在那種擁擠吵鬧的環境裡，我不能保證牠的安全。」

「啊，好吧。」弄臣立刻就明白了，即使他並不能掩飾自己的失望。

灰燼正側過頭，帶著思索的眼神看著我。

「怎麼了？」我覺得他可能在我的衣服上發現了某種不合時宜的地方。

他只是瞥了弄臣一眼，又朝弄臣點點頭。「他說他當時也在。和你一起在群山，喚醒巨龍，讓他們前來援助惟真國王。」

這個小子竟然如此大膽地提出這種問題，而弄臣會如此隨意地告訴他我們過去共同的經歷，這兩點都讓我感到驚訝。「是的。」我終於說道。

「但昨晚吟遊歌者完全沒有提到他。」

弄臣發出一陣突兀又沙啞的笑聲。烏鴉立刻開始模仿他。

「吟遊歌者的確沒有唱起他。」我表示同意。

「但椋音女士說她唱出的每一個字都是真實的。」

「她的每一字一句都真實無誤。被忽略掉一些細節的事實是否依然是事實，還是會因為缺乏那些細節而變成謊言，這要由你自己來判斷。」

「他告訴我，他和一個女孩一同騎在一頭從岩石中雕鑿出來的巨龍背上，他在那個女孩的背後。他們飛上天空，看到了一些戰爭的情景。」這個小子的膽子愈來愈大了。弄臣用失明的雙眼給了我一瞥。

「我曾親眼看到他騎在一頭巨龍的背上飛走。那個女孩，我們稱她為乘龍之女。如果他願意告訴你他見過的戰爭，那麼你知道的就比我還要多了。」

一點笑意滿滿在男孩的臉上綻放。「那麼，他也是一位英雄。」

我點點頭。「如果沒有他，珂翠肯王后絕不可能活著回到群山王國。而我在出發去尋找惟真國王之前就會因一處箭傷而喪命。所以，是的，他也是一位英雄。」我向弄臣瞥了一眼。他面無表情，手指一直搭在桌邊。

「那位吟遊歌者有許多事都沒有唱出來。」

「是的。」

「為什麼？」

不等我回答，弄臣打斷了我們：「也許有一天，你應該自己去問問她。」我察覺到了弄臣聲音中的興致，他一定正在想像灰燼和椋音的見面會是什麼樣子。

「我必須走了。」一個想法忽然出現在我的心頭，我大著膽子說：「弄臣，你應該穿上禮服，和我一起去大廳。我認為你已經有足夠的體力這麼做了，至少出去一個小時左右應該不是問題。」

「不。」弄臣的反應迅速而強烈。

我立刻為自己的話感到後悔。剛剛在他面孔上短暫閃耀的昔日光彩已經徹底熄滅，彷彿從不曾出現。他在椅子裡縮緊身體，恐懼回到了他的神情中。我看著他，想要知道他是以何等勇氣走了那麼遠的路找到了我，孤獨一人，身負重傷，雙目失明。他在這次遠行中的最後一段路是不是完全靠燃燒靈魂才走過來的？他會不會永遠都無法恢復成我所認識的那個弄臣了？

「你並不必這樣做。」我低聲說。

他說話的速度很快，一個個脫出他雙唇的字全都帶著顫音。「我還在危險之中，蜚滋。我知道你認為我很愚蠢。我知道你不可能相信，在這裡，在公鹿堡，他們不僅會找到我，還能把我抓回去。他們的確有這樣的能力。我清楚地知道這一點，就像我知道……就像我知道你是我的朋友。我還能知道的事情已經很少了，蜚滋。幾乎沒有什麼事我還可以確定無疑。但你就是僅存的這些事中的一件。而另一件就是我所面臨的危險是真實的。」他的聲音變得愈來愈輕柔。當他說出最後幾個字的時候，他交疊起雙手，低頭看著它們，彷彿真的能看見一樣。這雙握在一起的手早已不再像手了。那上面有許多白色的硬結和紅色的腫塊，還有斑駁的傷痕。我將視線從那雙手上移開。

「我會陪著他，先生。」灰燼低聲說。我並沒有要求他這樣做，也從不曾有過這樣的念頭。

但當男孩主動提出要幫忙的時候，我還是對他非常感激。

「我知道你必須走了。」弄臣說道。他平靜的聲音中隱藏著絕望。

「是的。」我已經數次感覺到了切德的催促。現在蕁麻也在碰觸我的思想了。我的出現非常重要。晉責和艾莉安娜已經延遲了進入大廳的時間。他們要等我和他們一同走進去。如果耽擱得再久一些，我們就怠慢了貴族們。

我現在就來，我用精技告知他們，然後向他們關閉了我的思想。「我會儘快回來。」我向弄臣保證。「快！」烏鴉回應了我。牠跳到弄臣身邊，側過頭，彷彿正在努力看清弄臣的臉。

「小丑在為你擔心。」灰燼的語氣很輕柔，彷彿正在安撫一個孩子，「牠想要看清你的臉。」

我不認為這樣做會有用。但是看到弄臣握緊的拳頭慢慢鬆開，我不知道自己該對此有什麼樣的想法。弄臣向烏鴉招招手，那隻烏鴉跳得離他更近了。「這裡有一點麵包可以給牠吃。」灰燼悄聲說著，將一塊麵包皮放到弄臣的手中。弄臣收攏手指，將麵包皮握在掌心，迫使烏鴉又向他靠近一些，才將被捏碎的麵包皮向烏鴉遞過去。

「我很快就回來。」我向弄臣承諾，隨後便站起身，離開桌子。就在我向樓梯走過去的時候，灰燼追上了我。

「先生、先生，」他著急地悄聲說道，「讓我為您整一整衣領。」但是當他一靠近我，就緊貼在我的耳邊，用只有我能聽見的聲音說出了另一番話：「不管他在努力向你顯示出怎樣的活潑有力，但他實際上並沒有那樣強壯。今天早些時候，我發現他躺在壁爐前的地板上，想要站起來。那時他甚至連握住我的手都很困難。而在我將他扶起來的時候，他還要更加吃力。你看到他能走路，能夠從床邊或者椅子上站起身。但只要一倒在地上，他就沒辦法撐起身子了。」隨後灰燼又悄聲說：「他這樣坐著的時候，看上去要好多了。」

「謝謝你，」我讓自己的聲音也像灰燼的一樣低微。我抓住他的手，握了一下。我知道他懂得我無聲的感謝。灰燼的話讓我很難過，而更讓我難過的是我的朋友在向我隱瞞他的衰弱。我帶著沉重的心情走下樓梯，來到我的舊房間門前。

我剛剛走進屋，關上祕門，就聽到外屋門處傳來一陣有力的敲門聲。「等一下，」我喊道。謎語的聲音從門外傳進來：「我可沒時間等你。」我打開門，謎語對我說：「我被派來找你，帶你下樓去進晚餐，無論你是什麼樣子，或者提出什麼反對的理由。不過，我覺得你顯然已經做好了準備。」

「你準備得也很好。」我用同樣帶刺的恭維回敬他。的確，謎語看上去和平時很不一樣。他的白襯衫裝飾著紫色的袖口和領口。這是珂翠肯的群山之色。他的長褲是黑色的。至少他還被允許穿上簡單的靴子。對此我感到嫉妒。

他揚起下巴，讓我能更清楚地看到他的衣著。「你不會認為我已經變得更有貴族血統了吧？現在我是凱舍爾．謎語了。按照珂翠肯的解釋，這個詞更應該翻譯成『僕人』，而不是『大人』，它體現了群山王國對於統治者責任的哲學觀念。無論如何，今晚他們會稱我為凱舍爾．謎語，我也將坐在主桌旁邊。」

「你被派來找我，是為了避免我無法出席晚宴，還是要讓人們看到我和你在一起，以此來表明我已經認可了你和我女兒的婚姻？」

「也許兩者都是。不過我承認，你的角色實在是有些怪異，因為你看上去比我還要年輕。」

我們這時剛剛走出我的舊臥室，而且我已經關上並鎖好了屋門，否則我一定會堅持讓他和我一起站到穿衣鏡前。我將視線轉向他，靜靜地審視了他一會兒。謎語就是謎語，這麼多年裡，我早已熟悉了他的容貌。現在他肯定還算不上是個老人，但當我細看他的面孔，我注意到了他嘴唇邊緣的皺紋，還有正漸漸遠離眉宇的髮際線。他突然咧嘴一笑。

「如果你立刻說我沒那麼老，那樣還能顯示一下你的仁善之心，但這個時機已經過去了，湯姆。哦，我們早過了那種惺惺作態的年紀了，不是嗎？來吧，蜚滋駿騎．瞻遠親王，該是你下樓來，讓眾人向你表達敬仰的時候了。」他挽住我的手臂，彷彿是押送我去絞刑架一樣帶我大步向前。當我們經過走廊，走下樓梯的時候，我的神經也不由得繃緊了。蜚滋駿騎．瞻遠親王，謙恭的英雄，在與神祕的古靈們共同度過數十年光陰之後，離開避世獨居的細柳林，回到了公鹿堡。我是駿騎．瞻遠的兒子，惟真的侄子，晉責國王的堂兄，王冠的守衛者。對於這個被一手打造出來的英雄，平民和貴族們都想要從他身上看到些什麼？

當我們從廳堂中的人群中走過時，我知道自己顯得有些沉默寡言，但還不算過於嚴肅。我也會像羅網一樣對人們充滿興趣。在和他人交談的時候，我總是會盡可能將話題轉到他們是誰，或者他們做了什麼事情上。我說得很少，聽得很認真。關於我的冒險和功績，我幾乎總是避而不談——我首先要和切德商議一下，以確認哪些事可以在公開場合談論。

啊，就是在這個夜晚，我讓我們全部遲到了。而後來我才意識到，我的行為讓蕁麻的焦慮變得嚴重了許多。我走在她的左側，謎語走在她的右側，我們一同走過了通向大廳的走廊。蕁麻悄聲對我說，如果我想要知道公鹿堡到底發生了什麼，就必須參加黎明時分在惟真塔舉行的會議。今晚我要依從切德的指引，如果有任何疑慮就用精技聯絡她。聽著她不容置疑的吩咐，看著謎語努力讓自己鎮定下來的樣子，我成功地隱瞞了自己的笑意。

大廳已經為今天的晚宴重新進行了安排。主桌被擺放在高臺上，讓大廳中的所有人都能看到國王和王后用餐。另外一座稍矮一些的臺子上是受到王室寵信的臣子和前來公鹿堡的大公們。我發現這第二座高臺環繞在主桌的周圍，如同壁壘一樣，能夠阻擋任何想要除掉我的二流刺客，這讓我不由得稍稍安心了一些。在大廳的正中心還有第三座高臺，上面裝飾著生滿漿果的冬青樹和其他常綠植物，彷彿我們剛剛開始慶祝冬季慶。椋音正坐在那裡，面前擺放著她的豎琴，她的身上穿著我見過最華麗的吟遊歌者禮服。當我們走進大廳的時候，她彈撥出一段和絃，隨之是一串錯落有致的音階。她就這樣一直彈奏著，直到我們落坐時琴音才稍稍降低。隨著我們每一個人登上高臺，坐下，一名侍者會喊出我們的名字。我的次序在蕁麻之後，謎語之前。這樣人們談論我的聲音就會蓋過對於謎語的任何驚詫議論，畢竟，謎語第一次登上高臺的身分不僅是一名地方貴族，還是蕁麻女士的丈夫。

食物很快就被端上來了。我相信這些食物一定都很美味，只是我幾乎無法注意到它們。我吃得很少，喝得更少，用餐過程中，我一直睜大了眼睛環顧周圍，彷彿以前從沒有見過這座大廳。實際上，我的確從沒有在這個位置上看過這個地方。隨著正餐的杯盤撤去，葡萄酒和白蘭地被送上來，椋音開始更為有力地撥動豎琴，很快，她再一次唱起了昨晚的那首歌。我注意到她對歌中的一些地方進行了修改，不由得好奇那是不是出於切德或珂翠肯的手筆。在今晚的歌聲中，椋音唱到了黠謀國王的小丑，歌唱他是如何幫助珂翠肯逃離危險，並陪同王后回到她父王的家園，又在我身受重傷的時候救了我，將我帶到珂翠肯身邊。歌中甚至還有弄臣幫助我喚醒岩石巨龍前去援助惟真的情景。聽到弄臣的功績在如此莊嚴肅穆的場合得到歌頌，我的心中非常高興，我希望他也能夠在這裡，和我一起聽到這歌聲。

當歌聲結束的時候，更讓我感到震驚的事情發生了。隨著吟遊歌者的最後一個音符在大廳中慢慢消散無形，她忽然又彈出了一段充滿虔誠意味的旋律。迷迭香女士從大廳的最遠端走過來，手中捧著一只鑲嵌寶石的小匣子。隨著她一步步走近，椋音唱起了惟真對我的讚譽，以及他最後留給了我一件代表著敬意的信物，只要我返回公鹿堡，這件信物就應該被交給我。這時迷迭香女士將手中的匣子捧到了國王和王后面前。我已經隱約猜出裡面放著什麼。晉責打開匣子，從裡面取出了那頂鋼質冠冕。它被打磨得閃閃發亮。晉責又用顫抖的雙手取出了父親的卷軸。我完全能確定，他以前從沒有見過這束卷軸，更不可能讀過裡面的內容。他高聲誦讀惟真的話語，聲音也在不住顫抖。隨後，他手捧那頂冠冕，和他的王后一同走到大廳中央，椋音的豎琴前。隨著吟遊歌者的彈奏，他召喚我上前，跪倒在他面前。他將冠冕安放在我的頭上。「蜚滋駿騎．瞻遠親王，王儲駿騎．瞻遠之子，」他在公眾面前說出了我的名字。

於是，我在那一天得到了雙重加冕。

然後他讓我站起身，擁抱了我。一陣歡呼聲響起。片刻之間，所有面孔和聲音彷彿都在離我遠去。就在這時，「不要暈倒！」我的國王低聲告誡我。我深吸一口氣，制止了這樣的事情發生。然後我跟隨他們回到高臺上。冰冷的鋼冠沉甸甸地壓在我的額頭上。

隨後是一段漫長的夜晚。桌子都被清空、抬走。珂翠肯的衛兵排列在我周圍彰顯我的尊榮，每一位大公都依次受到召喚，連同他們的家人一同上到高臺來向我祝賀。婕敏女大公是我最難以面對的人，不過她在前一天晚上已經說出了她要說的話，所以她現在只是握住我的雙手，向我表達祝福。她的丈夫則僵硬地向我鞠了一躬。

提爾司大公夫婦則是另一對讓我感到難以應對的人。他們帶著女兒——一個身材健壯的女孩，大約有十七歲上下。他們向我介紹她的名字是「細緻女士」，不過他們也說，這個名字對她有些

「名不副實」。他們告訴我，她很喜歡騎馬、獵鷹，而且當場就邀請我明天和他們進行一場冬季狩獵。這個女孩用毫無畏懼的直率目光看著我，彷彿正在對我做出評價。在她的注視下，我相當吃力地拒絕了大公夫婦的邀請，說我早已另外有約，並為無法與他們一同狩獵而感到非常遺憾。大公夫人立刻建議，也許我後天會有時間。這時蕁麻俯身過來說，她已經有很長一段時間沒有見過我，所以隨後一個月中，她希望我的大部分時間都能和她在一起。蕁麻的援助讓我心中充滿了感激。

「啊，那麼我們就只能在這個春天邀請你去提爾司了。」女孩的父親繼續用歡快的語氣說。看著他的妻子失望地抿起嘴唇，我只好點頭表示默許。

我不知道我們在大廳中度過了多久。人們不停地上前來向我祝賀，和我談論我們往日的情誼。實際上，他們之中的許多人和我幾乎沒有什麼交情可言。大廳中的交談聲也是持續不斷。我抬起頭，看到椋音的身邊也圍繞著一圈仰慕者，正在七嘴八舌地詢問她關於那場冒險的種種問題。她和她的丈夫看上去都很享受這種被熱情烘烤的感覺。而我則不然。我很羨慕他們能如此輕鬆寫意地接受眾人的恭維。我卻只能用刺客的眼光看待聚集在面前的人們，注意到一張張面孔和一個個名字，警惕任何一點隱匿的敵意，將各種情報和人際互動的關聯儲存在腦海中，直到我覺得自己的腦袋就要爆炸了。我並沒有看到太多瞪視和審視，但我懷疑，那些對原智私生子公開表示輕蔑的低階貴族裡，有六個會在向我露出微笑的同時，盤算著如何將匕首刺進我的後背。

我覺得自己臉上的微笑已經變得僵硬，面部肌肉也痠痛不堪。但又過了許久，晉責國王才宣布我們已經享受了太多的佳餚美酒，也收到了所有人的好意，現在打算去休息了。就像走進大廳時一樣，我們以莊重的步伐離開人群，公鹿堡藍衣衛隊一直將我們護送到國王的私人寓所。

這是一個巨大而舒適的房間，擺放著許多軟墊椅。寬大的壁爐中燃燒著旺盛的火焰。一張桌子上擺放著豐盛的點心以及精選的白蘭地和葡萄酒。晉責國王告知僕人們這裡已經不再需要他們，吩咐他們可以離開了。只剩下我們幾個之後，我還是覺得有些拘束。他們是我最親密的朋友和家人，這更讓我沉默了一段時間，以確認心中的問題。我對於他們之中的每一個來說，都有著完全不同的身分。那麼今晚我又該扮演什麼樣的角色？如果我決定只做自己，那麼我又是誰？切德訓練的殺手？晉責的保護者和導師？謎語的戰友？蕁麻未曾承擔養育責任的父親？這些都是我，又不全都是我。

珂翠肯直視著我，重重地吁了一口氣：「哦，我的朋友，真高興這一切終於有了結果。」她走到一把椅子前，坐了下去。

「永遠都不會有結果。」晉責疲憊地說。

「但最糟糕的已經過去了。」他的母親斷然說道，「這麼多年裡，這件事一直像扎在我心頭的棘刺。蜚滋做了那麼多，犧牲了那麼多，卻沒有幾個人知道這一切。現在，他可以回家來，和我們在一起，與我們一同用餐，在花園中散步，騎馬狩獵，使用他真正的名字。他的小女兒很快也會到來，和她的家人們團聚！」

「那就是說，我們將要公布獾毛就是蜚滋？這樣會讓他其餘的功績也展現在眾人面前。有許多人都知道獾毛和謎語曾陪同晉責王子前往艾斯雷弗嘉。而如果人們知道細柳林的莫莉女士嫁給了原智私生子，還在公眾的鼻子底下共同生活了這麼多年，會不會有許多人感覺遭到了羞辱？」蕁麻將這個問題擺在我們面前。

「但是……」珂翠肯只說了一個詞，便懊惱地陷入了沉默。

「就讓人們自己去編造解釋好了，」謎語咯咯地笑了兩聲，「我能想像，一定有許多人會宣稱他們一直以來都知道真相。於是他們會成為最不願意發出疑問的人。」

我欽佩地看了他一眼，然後又將視線轉向切德，看看他是不是也贊同謎語的看法。但那位老人卻顯得心煩意亂，而且很不高興。

「一切問題都將被理清，」晉責安慰地說，「但這需要時間。只是因為蜚滋能夠在公鹿堡內公開身分並不意味著他會欣然放棄平靜的私人生活。」他又不無遺憾地說道：「也不意味著所有人都願意看到原智私生子回歸公鹿堡和六大公國的社交圈。」

切德突然插口道：「蕁麻，我必須請妳使用一下精技。請妳嘗試聯絡西德維爾。我派他帶著信和禮物去了細柳林。他本應該在平安到達那裡之後就用精技聯絡我。今天一整晚，我都感覺到他在敲打我的知覺，就像啄木鳥敲打樹幹。但他的精技卻衰弱流散，就像是被風吹走一樣。」

「西德維爾？那名離開了白銀小組的學徒？」蕁麻顯得很驚訝，我的心稍稍向下一沉。切德想要說什麼？

「是的。他那時無法與同組的人相處融洽，於是妳讓他離開。我想要把他訓練成一名信使，這樣他依然可以使用自己的精技天賦。他是一名堅強的年輕人和優秀的騎手。」

「他的精技很不穩定。」蕁麻帶著批評的口吻說，「他的態度更是令人無法忍受。」

「練習能夠同時改善他在這兩方面的問題。」切德回答道，「無論如何，我派他去了細柳林，隨身帶著信箋和送給蜚滋機敏、蜜蜂及其他人的小禮物。今晚他似乎是想要告訴我，他已經到了細柳林，卻找不到蜜蜂。蜚滋機敏受了傷，或者是被燒死了。我無法分辨他到底想要告訴我什麼。妳能和他進行溝通嗎？」

「他找不到蜜蜂？」我搶著問道。

蕁麻向我搖搖頭，同時不以為然地抿了抿嘴。「不必擔心，西德維爾的思想總是有些混亂，處事態度也很糟。他有可能喝醉了。我決定中止他的精技訓練有多種原因。不要慌。」

我吸了一口氣。切德依然緊皺眉頭。他剛剛被發現背著蕁麻將一名被開除的精技學徒收納為自己的精技信使。我有些懷疑他對那名學徒的野心還不僅於此。我注意到他提到了機敏，卻絕口不談深隱。深隱的祕密是不是比我想像得更大？

蕁麻坐到一張長椅上。「讓我們快一點解決這個問題，這樣大家都可以安心。晉責，你願意和我一起來嗎？蜚滋？」

儘管聯合精技力量並不需要身體的接近，但我們還是都坐到了她身邊。切德站在她的身後。我坐穩身子，向大家敞開了我的精技，這種感覺就像是涉水走進一條河。不，是成為一條溪流匯入到河水之中。我們一同向那名信使奔騰而去。

我對於西德維爾一無所知，所以我只是任由其他人引領我。我們找到了他，我感覺到和他的連結，然後那種連結中斷了，消失無蹤。我從沒有在精技中遭遇過這樣的感覺。我竭力不讓自己的困惑對其他人造成干擾。蕁麻將我們聚集起來，彷彿在把我們編成一條繩子，然後她再一次伸展出去。

精技女士！西德維爾顯得驚訝又寬慰。我不能……然後他就不見了，就像是一個人的喊聲被風吹走，或者是我們在大雪之中瞥到了他一眼。霧氣……馬廄著火了……沒有人知道……奇怪的人們。

我的馬廄著火了？恐懼在我的心中跳動。我無情地將它壓抑下去。我瞥了切德一眼。他睜大的雙眼中流露出恐懼。我伸手到蕁麻背後，找到切德的手，用力握了一下。他細瘦的手顯得非常緊張，我沿著他的手掌悄悄向他傳遞了一個意念——不要干擾其他人，我們首先要查清事實。我感覺到他的贊同，但他的恐懼並沒有消退。我竭力用牆壁擋住我自己的恐懼。蕁麻正在控制住西德維爾。我感覺到她伸展出的力量在努力將那個年輕人塑造成他自己。

學徒西德維爾。堅定意志，集中精神，選擇單一思維傳導給我。鎮定。讓你頭腦中的意念變得清晰穩定，然後堅持住，將它打磨光亮。現在，慢慢來，將思緒向我伸展。

蕁麻的指引鎮定若素，有條不紊。隨著她的引領，我感覺到西德維爾逐漸強化了自己的知覺，讓心緒穩定下來，使得自己在我們一同航行的精技洪流中逐漸穩固成形。蕁麻突然高聲對我說：「爸爸，平靜心神。我現在需要你的力量。切德大人，現在不是恐慌的時候。」然後我感覺到她不再理睬我們，又將注意力轉回到那個年輕人的身上。我竭力幫助她將那個年輕人包裹在信心之中。隨後，開始吧，她向西德維爾發出邀請。

蜜蜂女士不在這裡。有人死在一場大火之中。這裡的人都很奇怪。然後，彷彿有另一種東西衝擊過來，滌蕩我們的心神，西德維爾的思維又被沖走了。一切都處在迷霧之中，宛如我們的周圍只有無盡的灰霧，灰色的大雨正持續不斷地傾瀉而下。令人恐懼……這個想法比其他所有意念都更加猛烈地爆發出來，然後，一切都消失了。再沒有任何感覺，精技洪流中只剩下一片模糊。切德抓住我的手攥得更緊。藉由這種肉體的接觸，在我們心中騰起的恐懼成為一體。我能聽到他顫抖的呼吸。

等一下，現在先休息一下。蕁麻用強大的力量將這個意念射向西德維爾。但沒有人能看到這枝箭所瞄準的目標。

我們突然坐回到公鹿堡一個舒適房間中的長椅上。我跳起身。「我要回去了。」

「是的。」切德表示贊同。他的兩隻手都緊抓著椅背。

「現在是什麼情況？」晉責詢問我們所有人。我幾乎無法聽到他說些什麼。恐懼在我的心中奔湧，如同冰冷的洪水。細柳林一定發生了很可怕的事情。馬廄著火了？機敏受了傷？如果機敏受了傷，那麼蜜蜂在那裡就只剩下孤身一人，距離我如此遙遠。「我要回去。」我重複了一遍。我的聲音沒有力量。切德點點頭，向我走過來。

「也許是一頭龍。」蕁麻低聲說，「我們都知道，岩石巨龍在飛越過戰場的時候經常會混淆記憶和知覺。」

「這種混亂，」艾莉安娜表示贊同，「我們的許多戰士都提起過。在那樣的事情發生時，戰鬥就會結束，人們會陷入迷失，幾乎沒有人能清楚地記得發生過什麼，留下來的只有星星點點的記憶殘片。」

「現世的巨龍婷黛莉雅能夠扭曲我們的思維，改變我們的精技，」蕁麻慢慢回憶著，「巨龍曾經去過畢恩斯。也許有一頭巨龍去了細柳林。我們應該叫醒阿憨，看看他是否能穿透迷霧，從西德維爾那裡得到一些訊息。」

切德抓住我的手臂，身子沉重地靠在我身上。片刻之後，他說道：「去我的房間，我那裡有你們需要的一切。」他忽然站直身體，「現在沒有時間可以耽擱了。」

當我們兩個向門口走去時，切德彷彿又恢復了力量。「爸爸？」蕁麻驚愕地問我。

「我今晚就回細柳林，透過精技石柱。謎語，請為我安排一匹馬。」

「你不會以為……」

我不想再浪費話語或者時間，只是頭也不回地說道：「蜜蜂女士不在那裡？著火？無論他有怎樣的精技能力，細柳林肯定發生了不好的事情。我不應該把她一個人留下。」我向屋門伸出手，切德就在我的身邊。

「蜚滋機敏和她在一起。」蕁麻提醒我，「他很年輕，但心地很好，蜚滋。他不會讓蜜蜂受到傷害。我認為一定是有某件事或某個人讓西德維爾陷入了混亂。他的能力總是很不穩定。」蕁麻想要讓自己的話音保持平靜，但她的音調顯然過於高亢了。

「他說過，機敏受了傷。還是被燒死了？就算是受傷，他也無法再保護任何人。我現在就出發，從精技石柱裡回去。」正迅速加深的不安已經在我的心中形成了恐慌。我只能竭力將它壓抑下去。鎮定，不要胡思亂想。現在只需要回去，查清楚真實情況。但那個信使的話帶著上千種恐懼不停地戳刺著我。著火了。蜜蜂不見了。火勢有沒有蔓延到莊園？蜜蜂是否躲藏到了牆裡，甚至死在那裡，只是還沒有人發現？我深吸了一口氣，竭力讓自己顯得理性和鎮定，「一到了那裡，我就會讓你們知道發生了什麼事。」

蕁麻張嘴想要反對。但謎語立刻說道：「蜚滋是對的，讓他去吧。蜚滋，你想要我陪你一起去嗎？」

我很想這樣。謎語能夠借給我精技力量，並且善於使用刀劍。我現在還不知道那裡有什麼在等著我，但我不會再丟下一個女兒無人守衛了。「不，很謝謝你，我的朋友，在這裡守衛好我們愛的人，這樣也能讓我感到輕鬆一些。」

我無意間瞥到了蕁麻感激的面容，但屋門此時已經在我們的身後關閉了。

「我馬上送你上路，」切德催促道。他不知從什麼地方又找到力量，彷彿轉眼之間已經年輕了許多。他快步走過走廊，一步兩階地登上寬大的樓梯，我只能跟在他身後。

「切德？」我開口問道。但他只是喘著氣說：「先等等。」他的步子很大，而且已經開始奔跑。我跟隨著他一同衝進了他的房間。他的貼身男僕正在那裡，另外還有一名僕人在撥旺爐火。我們的闖入把他們嚇了一跳。切德突兀地命令他們兩個出去。在走出房間之前，還向我鞠了一躬。這個動作讓我感到很是不安。房間裡只剩下我們兩個之後，切德用力關上屋門，又打開他的衣櫃。「你的腳比我的小。你能穿我的靴子嗎？」

「我想可以。」我說道。他拿出一雙沉重的騎馬靴、一條厚斗篷和羊毛襯衫，把這些衣物全都扔給我。

「我們一邊說話，你一邊換衣服。」他的聲音中充滿憂慮。而我已經開始穿上那雙靴子了。

「在我要蕁麻幫助我以前，我從西德維爾那裡收到了一點精技訊息。那都是一些讓人感到困擾的訊息。他找不到蜜蜂女士和深隱女士的影子。『這裡沒有人知道她們。』他曾經這樣對我說。或者他可能是這樣說的。我們的一切聯絡都被濃霧和咆哮聲所阻隔。他形容那裡有一場『大火』，我認為他還告訴我，你在那裡的人似乎對此都漠不關心。你在努力接收他的意念時一定也體會到了那裡的狀況。」

「他是什麼時候告訴你的？」我問道。他怎麼敢向我隱瞞這些事！「多久之前？」

切德盯著我。他心裡的怒火肯定不比我的小。「就在我向蕁麻求助前不久。你認為我會浪費時間嗎？」他又遞給我一把插在皮鞘中、樣式普通的劍。這把劍上滿是灰塵，劍帶已經發硬。我一言不發地把劍帶繞在腰間，拔出劍刃看了看，又將它插回去。樣式雖然很普通，但做工非常精良。

「把它給我。」切德向我建議。我意識到頭上還戴著那頂劍冠。我將它摘下，遞給切德。切德把它丟在自己的床上。我將羊毛襯衫從頭頂套下，手臂伸進袖子裡，又將斗篷披在肩頭。然後我對切德說：「告訴弄臣我為什麼要離開。他會理解的。」

「一到那裡就用精技聯絡我，求你。」

「我會的。」

我大步跑過公鹿堡的寬大樓梯和走廊，絲毫不在乎有誰會向我瞪大眼睛。當我跑進庭院中時，一個男孩正牽著一匹花斑駿馬在那裡等我。這匹母馬的眼睛很亮，閃動著聰慧的光彩，牠的四條腿又直又有力。「謝謝。」我一邊說著，一邊抓住韁繩跨上馬背。當我向大門口調轉馬頭的時候，那個男孩喊了一聲，似乎是說這是德里克大人的馬。我看到一匹長腿黑馬這時被牽到了臺階前。我上錯了馬，但已經來不及了。現在沒有任何事能讓我回頭。

「走！」我向馬喊了一聲，隨即向前衝去。

11

細柳林

致蜚滋駿騎親王：

閣下，多年以來，我一直嚴守您的祕密，正如同您守護我的。我的國王將此任務交給我，讓我能更加理解您在那個艱難的時期所做的一切。因為您和友人黃金大人施加給我的詭計，使得我的自傲受到了沉重的打擊。我要讓您知道，經歷了這麼多年，我已經可以更清晰地看到您在那些事件中所扮演的角色。我並沒有忘記您為我做的一切。我清楚地記得，如果不是您，我絕對無法活到今天。我寫信給您是為了提醒您，我永遠都欠您一份情，如果有任何可能讓我可以為您服務，我懇請您一定向我提出要求。

請明白，我對此事的真誠意願。

——儒雅・貝馨嘉大人

花斑母馬揚蹄飛奔，我們眨眼間已經衝過了大門。根本沒有人來得及阻攔我們或者向我們揮手道別。這是一匹精力充沛的駿馬，並且似乎非常享受在夜晚疾馳的感覺。牠的原智在我們兩個之間閃爍，向我尋求確認，想要知道我們會成為最好的朋友。但我的心已經被恐懼凍結，所以我只是緊緊地縮在馬背上，一動不動。牠的蹄子踢起了路面上的大塊積雪。強風如同冰冷的手指，緊緊捏住我的臉。一條可以通行大車的道路正通往見證石。積雪的路面變得愈來愈鬆軟。儘管我一再催促，牠的速度還是慢了下來。我只能慶幸短暫停止的暴風雪讓月光和星光灑在雪地上，同時不住地催促牠，直到路面上的積雪愈來愈深。牠不斷地從深雪中躍起，向前奔去。距離見證石還很遠的時候，我就做出了決定。帝尊的精技學徒和師傅都曾經縱馬穿過精技石柱。確實，有一些人在這樣做之後失去了理智，但我在精技掌握上要比那些人更加老練，而且我的需求更是遠比他們急迫。

我在山丘頂端勒住馬韁，讓牠能喘一口氣。然後我催趕牠向見證石走去。花斑，跟我一起。我用自己的原智壓倒牠的一切知覺。牠立刻向我表示歡迎。這讓我不由得吃了一驚。牠揚起頭，讓我看到牠白色眼眶中的一隻眼睛。我伸手拍在見證石上，同時也把牠捲了進來。很長一段時間裡，牠飛身躍起在一片星空中。然後我們猛地衝出精技石柱，牠落在地上，四腿僵硬，在我的身下劇烈地喘息。我們站在絞架山頂。三天的旅程在轉瞬之間就完成了。大風和落雪幾乎抹平了我之前經過這裡的所有痕跡。花斑馬揚起頭，眼睛和鼻孔都張得老大。牠那種怪異的愉悅之情也湧入我的心房。我努力撐過一陣眩暈，隨後才找到自己的心神和原智。然後我用撫慰與安寧將牠包裹，向牠表達讚揚，並承諾牠會得到溫暖的宿處、燕麥和清水。我讓牠走下積雪的山丘。現在需要一點耐心讓牠回復體力，我們還有很長的一段路要走。

在踏上夯實的路面之後，我催趕牠小跑起來，直到大道之上，我才再一次讓牠全速疾馳。當我感覺到牠的疲憊，便勒住轡繩，轉為向前行走。我從沒有對艾達和埃爾有過很深的信仰，但在那一晚，我向艾達祈禱，只求我能發現我的孩子安全地藏在某個地方。我用一千種推想折磨自己，揣測到底發生了什麼。她可能被困在牆裡，沒有水和食物。她在熊熊燃燒的馬廄裡。濃煙熏倒了她。深隱對她做了可怕的事情，然後點燃屋子，逃走了。

但無論哪一種瘋狂的猜測，都無法解釋為什麼我的僕人們會對蜜蜂女士和深隱女士一無所知。我一遍又一遍地咀嚼自己所掌握的訊息，卻無法從中找到任何可信的推論。這個夜晚非常寒冷，疲倦正漸漸滲透進我的全身。距離細柳林越近，我卻愈想要止住步伐。我應該留在水邊橡林過夜。這個念頭讓我感到吃驚。我搖搖頭，把它驅逐出我的腦海。我再一次讓花斑馬奔馳起來。看到透過樹林縫隙的細柳林燈光，我的心卻比任何時候都更感到沉重。

我在莊園大屋前勒住轡繩，花斑馬現在已經疲累不堪，鼻孔中噴出一股股白氣。即使在寒冷的冬夜中，我還是能聞到馬廄和其中牲畜燃燒的臭氣。建築和馬匹的損失對我來說是一種沉重的打擊，因為它讓我更加懷疑，我真的可能失去了小女兒。但是當我下了馬鞍，高聲呼喚僕人和馬夫的時候，我看到莊園主屋毫髮未損，不由得心情又為之一振。火勢並沒有蔓延。我突然感覺到一種難以置信的疲憊和神智模糊。蜜蜂，我對自己說著，將睡意的霧障推開。

切德，我到了，馬廄被燒毀了。

我的精技訊息不知去了何方。這是一種非常可怕的感覺，就好像我突然陷入窒息，拚命只想喘上一口氣。切德！蕁麻！晉責！阿憨！隨著我的每一次努力，窒息的感覺只是變得愈來愈強。精技洪流就在觸手可及的地方，但有某種東西將我注入洪流中的心神撕碎成散亂的線頭。疲憊感如同潮水般湧起，壓抑住我的驚恐。我的恐懼變成了絕望，迫使我放棄努力。我再一次高喊，聽見自己的喊聲，我才稍稍放下心來。

一名男僕為我打開門，我聽到門板摩擦門檻的聲音。借助他舉起的油燈，我看到了這道門遭受的損壞。有人在我家破門而入。這再一次激起了全部警覺。「這裡出了什麼事？」我喘息著問道，「樂惟在哪裡？蜚滋機敏在哪裡？蜜蜂和深隱呢？」

那個人瞪大眼睛看著我，問了一聲：「誰？」然後又說道：「書記員在床上久臥不起，主人。因為遭遇了意外，他的情況很糟糕。除了我以外，屋子裡的其他人都在床上。我可以叫管家迪克遜來，但獾毛主人，您看上去實在是累壞了。我是否應該在您的房間裡生火，讓您先休息一下？等到了早晨……」

「馬廄怎麼會被燒毀的？我的女兒在哪裡？切德大人的信使西德維爾在哪裡？」

「蕁麻女士？」那個人問我——他沒有半點開玩笑的意思。我只能把他當做白癡，放棄了對他繼續詢問。不要問白癡任何問題，應該去找最有可能知道答案的人。「把管家叫醒，讓他立刻去我的私人書房。不是莊園書房，是我的私人書房！讓他帶韮滋機敏來！」

我大步走過這名男僕，將油燈從他的手中奪過來，又回頭向他喊道：「再找人去照顧好那匹馬！」隨後我就跑了起來。蜜蜂一定就在裡面。我知道她會在的。那裡一直都能讓她感到安全，那個只有她和我知曉的祕密。我竭力不去在意這幢房子遭受的其他破壞，跑過走廊，登上樓梯。經過一道被強行撞開、現在只是掛在鉸鏈上的門，一條被砍了一刀的掛毯斜垂下來，角落裡有一灘液體。我的意識無法思考這些。我的馬廄被燒毀了，有人攻入細柳林，沿這條走廊發動了一連串的襲擊。我的女兒失蹤了，門口的僕人卻對發生的所有事全不在意。「蜜蜂！」我一邊跑一邊喊，直到書房門口。我聽到整個房子裡都傳來開門和詢問的聲音。我不在乎有誰被我吵醒了。為什麼家族主人的女兒失蹤時，還會有人酣然大睡？

我的書房門也被撞開了，上乘質料的木門四分五裂。我的兩座卷軸書架歪歪斜斜地靠在一起，放在上面的東西撒落了一地。我的書桌被洗劫一空，椅子翻倒在地。這些破壞或者任何被偷走的祕密我都不在乎。我的小女兒在哪裡？我喘息著，搬動門板，好打開藏在門後的機關。「蜜蜂，」我沙啞的聲音中飽含著希望，「爸爸回家了，我這就來。哦，蜜蜂，請一定還在。」

我扳動了藏在門後鉸鏈上的機關，彎腰鑽進貫穿細柳林各處牆壁的密道。我找到了她的祕密小巢穴，那裡是空的，而且看上去並沒有外人動過的痕跡，坐墊和鵝毛筆都還和她離開時完全一樣。她的母親留給她的蠟燭香氣還縈繞在空氣中。「蜜蜂！」我依然希望自己能聽到她的回應。我弓著身子，跟隨她的粉筆標記向食品室的出口走去。另一些出現在牆壁上的標記讓我感到驚恐。她用清晰的字母指明了我從沒有探索過的通道。

我看到前方通道的地面上有一些雜亂的小東西，嗅到了一股尿騷氣味。當我看到一堆沒有使用過的蠟燭和被老鼠啃過的麵包時，我完全困惑了。我走到食品室的出口。這裡通道的地面上散放著一些燃盡的蠟燭頭，一條不屬於蜜蜂的濕圍巾被委棄在地。然後我發現出口的門虛掩著。我將它頂開，擠了出去，又將祕門牢牢關閉。現在就連我也看不出這裡曾經是什麼地方了。

在每年的這個時間裡，這個地方應該堆滿火腿和燻魚，一串串香腸會懸掛在鉤子上。現在這裡一無所有。那些食物成為了戰利品？什麼樣的劫匪會想要香腸？這毫無道理可言。我想不出有誰會攻擊細柳林。而這些歹徒會偷走香腸，這只讓我眼前的謎團變得更加荒謬了。

我從食品室走進廚房。一名洗碗女僕正在那裡。她的冬季披巾掛在肩頭，下面是一身睡衣。我知道她的名字是雲雀，是廚娘肉豆蔻的親戚，最近剛剛被我僱用。「噢！獾毛主人！您是從哪裡來的？我們沒想到您這麼快就會回家！」

「顯然是沒想到！我的女兒在哪裡？深隱女士在哪裡？」

「主人，相信我肯定不知道。我以為您既然去了公鹿堡，就應該見到了蕁麻女士。我不知道深隱女士是誰。畢竟我剛來這裡不久，主人。」

「我不在的時候這裡都發生了什麼事？」我沒有理會她的提問，繼續問她。

她用披巾裹緊了肩膀，「呃，主人，您去了鎮上。書記員蜚滋機敏回來告訴我們，您決定前往公鹿堡，讓我們自己過冬季慶。馬廄著了火，應該是有人在那裡打鬥，只是沒人看見。可能是有誰喝醉了吧。書記員機敏甚至說不出是誰刺傷了他，更說不清是為了什麼。還有人被打傷了，有的留下了黑眼圈，有的牙齒掉了。您知道男人們都是些什麼樣的貨色。然後那名信使來了。我覺得他就是半瘋。他帶著包袱，裡面裝滿了禮物，但根本沒有人聽說過應該收到他禮物的那些人。今晚您又突然從食品室裡冒了出來。這就是我知道的全部了，先生。哦，還有管家，是他把我從床上喊起來，要我為您準備好熱茶和食物，端到您的書房去。您是為了這個才來到廚房的嗎，主人？您還想要些什麼？」

我沒有再聽她的嘮叨，逕自轉過身，再一次跑過我家的走廊。我的心跳聲在耳朵裡迴蕩，我非常渴，但現在沒有時間停下來喝水。我被困在一個險惡而扭曲的噩夢裡。這是一個被龍汙染的夢，其中沒有任何合理的地方，我卻沒辦法從中甦醒過來。蜜蜂的房間是空的，壁爐裡只剩下了灰燼，壁爐磚也早已寒冷如冰。她的衣櫃被打開，小束腰外衣被扔得滿地都是。我低頭看著她的床，絕望地哭喊著她的名字。我無法將足夠的空氣吸入肺中，無法組織思想。突然間，我只想蜷縮在她的床上，昏睡過去，不再思考任何眼前的事情。

不，堅持住。

我打開深隱女士的屋門，發現這裡像以往一樣混亂，讓我無從判斷她的房間是否也遭受了洗劫。她的床同樣是冰冷的，很久都沒人睡過。床褥有一半被拖到了地板上。半副床帳被扯下來。

我繼續向前走。我的房間也被大肆搜掠過。我不在乎。我的孩子在哪裡？我離開臥室，進入走廊，全然不理會走廊中幾個睡眼惺忪、惶恐不安的僕人，快步跑到教室和旁邊書記員的寓所。打開蜚滋機敏的屋門，看到他從床上坐起來，我差一點在突如其來的鬆弛情緒中倒下去。「出了什麼事？」他的面色蒼白，眼睛睜得老大，「哦，獾毛！這麼快就回來了？」

「感謝艾達！機敏，她們在哪裡？深隱和蜜蜂在哪裡？馬廄那裡到底出了什麼事？」

他臉上的驚愕讓我只想狠狠打他一拳。「馬廄在冬季慶前夜著火了。我想應該是有人使用油燈時不夠小心。深隱和蜜蜂？那是什麼？」

我猛抽了一口冷氣：「深隱女士。還有我的女兒，蜜蜂女士，我的小女兒。她們在哪裡？她們在火災中遇難了嗎？」

「獾毛管理人，鎮定一點。我不認識你所說的那兩位女士。你說的一定是你的繼女蕁麻女士，公鹿堡的精技女士吧？」

他緩慢而痛苦地坐起身，毯子掉落下去，露出厚厚地纏裹在胸口的繃帶。這讓我嚇了一跳。

「你出了什麼事？」我問道。

他的眼睛猛然睜大，片刻間，瞳孔一下子變得碩大無比，甚至讓我以為能從中看到他黑暗的腦海。然後他用雙手揉搓了一下面頰，再一次看著我，一種病態而笨拙的微笑出現在他的臉上。「要承認這種事真的很令人困窘。我在冬季慶前夜喝了太多的酒。直到火災發生，我才被發現。不知為什麼，我被刺傷了。有可能是被乾草叉或者是在火災中掉落的某樣東西刺的？看樣子，我並沒有受到致命傷，不過加上我身上尚未痊癒的舊傷，我一下子又變得動彈不得了。我必須向蕁麻女士道歉，現在的我完全無法成為孩子們的教師。」

我踉蹌著走到一把椅子前，坐了下去。整個房間都在我的周圍旋轉。機敏憂心忡忡地看著我。我卻無法承受他那種愚蠢的同情。我想要用拳頭狠搗他的面孔，直到那裡變成一團爛肉。我閉起雙眼，向國王的精技小組伸展過去。

我身處在咆哮的風暴中，我的高聲吶喊被壓抑成微弱的耳語，彷彿走在一片空空如也的海洋表面，周圍全是望不穿的灰色迷霧。這就是我能找到的。我的精技熄滅了，如同浸水的木柴，無論怎樣接觸火焰也無法被點燃。我集中精神，將精技凝聚成一個針尖射向天空。沒有任何反應。我被困在自己的身體裡，無法尋求幫助。突然間，我開始懷疑自己怎麼能確定不是身處在一個巨龍製造的夢境中。或者我是否能確認自己不是被困在精技石柱裡，所有這些瘋狂的幻象都是我自己一手造成的？我到底能給自己怎樣的試煉？

「樂惟在哪裡？」我問蜚滋機敏。他再一次茫然地瞪著我，「我要迪克遜叫你和樂惟來見我，在我的私人書房。哦。」我正在機敏的寓所，現在樂惟肯定不可能在我的私人書房找到我。

我站起身，「起來，機敏。我需要你跟著我。」

有什麼東西在蜚滋機敏的眼睛裡閃動了一下，我以為他會開始嗚咽，抱怨說他受了傷，而且現在還是深夜。不過我面前的這個男人終究還是表現出了蕁麻和謎語一直贊許的樣子。「請給我一點時間。」他低聲說，「我會去找你。在你的私人書房？」

「莊園書房。」我修正了命令。

就在他緩慢而僵硬地從床上站起身的時候，我的靴子已經再一次踏在走廊的地板上。我大步跑回書房。一次又一次，我發現了武裝入侵者留下的痕跡。牆壁嵌板上一道長長的劃痕，表明曾經有一件鋒利的武器被擋開，從這裡拖曳過去。隨後又是一盞破碎的壁燈。

通向莊園書房的兩扇門也已被打碎。房間裡，一只托盤上放著冒熱氣的茶壺和被切成片的烤肉、麵包和乾酪。通向花園的門前，門簾被劃破，某種深色的液體沾汙了地毯。我體內的狼警醒，用力嗅了嗅房間中的氣味。是血。在我的書房地板上有血跡。我體內的狼伏低身子，我所擁有的全部感官都突然變得靈敏警覺。這裡依然有危險潛伏。*不要動，不要出聲，仔細觀察。*

樂惟的助手迪克遜到了，他手中的托盤裡放著白蘭地。「真高興看到您回家，主人，儘管感覺很突然。我去了您的私人書房，但您並不在那裡。於是我把您的食物送到了這裡。」他的言辭是一個意思，但語調卻是另一種意思。他是一名矮壯的男人，即使在這麼晚的時候，穿著依舊是一絲不苟。他正在朝我微笑。

鎮定，現在必須鎮定。我能感覺到的一切都被壓縮進一只冰冷的石匣中。我需要答案。「謝謝，把托盤放到桌上，坐下來，迪克遜。」

我一直等到他小心翼翼地坐進一把椅子裡。他向周圍看了一圈，不以為然地微微歎了口氣——操勞的僕人在這麼晚的時間裡被不配當主人的人召喚至此。我集中起全部精神看著他，對他問道：「今晚樂惟管家在哪裡？」

我看到了我最害怕的情景——他的臉上顯示出一陣困惑。他的瞳孔擴大，隨後他發出一陣羞愧的笑聲並說道：「主人，我不知道您說的是誰。我是細柳林的管家。或者我有讓您不悅的地方，所以您告訴我，已經有別人取代了我？」

「絕對不是，當然，樂惟是在你之前的管家。你還記得他嗎？」

困惑的表情再一次出現，隨後在他的臉上出現了一閃而逝的恐懼。但他的面容很快又恢復了平靜。「很抱歉，主人，我不記得了。我覺得……也許他是在我被僱用之前就離開了？」

「深隱女士對你有很高的評價。」

困惑開始漸漸變為恐慌。「主人，我不知道……」

「還有我的小女兒蜜蜂。」我在盲目地逼問他，卻不知道自己想要找到什麼。無論如何，只要能得到我所需要的情報，我很願意像砸開胡桃殼一樣砸碎這個人。

「蜜蜂……」

「是誰燒了馬廄？」

他發出一串沒有言辭的聲音。

「誰攻擊了莊園？他們是不是擄走了蜜蜂女士和深隱女士？殺死了她們？到底出了什麼事？」

這個人的頭不停地擺動，胸口開始劇烈地一起一伏。他噘起嘴唇，發出響亮的呼吸聲。他在椅子裡前後搖晃身子，嘴唇一張一合，卻無法形成清晰的話語。他的嘴角處積聚起了白沫。

「獾毛管理人！主人！請聽我說！」一個高亢而年輕的聲音傳來，聲音中充滿了焦慮。就在走廊外，另一個憤怒的聲音喊道：「你這個男孩！回來！你怎麼敢跑到那裡去！」

我轉過頭。迪克遜卻在這時癱倒在地板上，全身不住地抽搐。這種痙攣，我在一生之中經歷過許多次。我的良心在蠕動，但我將它踢到了一旁，任由迪克遜繼續在地上打著哆嗦，我則轉頭去看是誰打擾了我。

是高塔曼的兒子。那個有著古怪名字的馬僮。他面色煞白，神情緊張，一隻手臂彎曲，護住了胸口。他徑直衝向了我。書房門在他身後被完全打開，惱羞成怒的布勒恩正站在門後。這名機敏的僕人顯然是在匆忙中穿好的衣服。他的襯衫只繫好了一半鈕釦。「請原諒，獾毛主人。這個男孩身上有傷而且有些發瘋。我們小心地照顧他，他卻這樣回報我們！小少爺，快跟我走，等到早晨再出來亂闖吧，但就算是到那個時候，我還是要趕你走。」

「獾毛主人！說您認識我！請說您認識我！」男孩的聲音變得尖利顫抖，布勒恩此時已經走到他身邊，他一邊躲避著布勒恩要抓住他的手，一邊向我求告。

「我當然認識你。你是高塔曼的兒子，在馬廄工作。」我轉向布勒恩，嚴厲地說：「你不應該在這裡驅趕我的人，布勒恩！」

布勒恩停在原地。他受僱在細柳林幹活還沒有多久。我安排他成為機敏的僕人。他還在學習自己的工作，所以他在這裡的地位並不高。他用不確定的眼神看著我，向我提出抗議：「主人，這個男孩是一名乞丐，我們發現他受了傷，把他收留在莊園裡。我們找到他的時候，他堅持要見書記員機敏。書記員為他找了治療師，並允許他留在教室養傷。但他總是會說一些瘋狂可怕的事情，還……」

「離開這裡，布勒恩。扶迪克遜去他的床上。把這個男孩交給我。你的名字叫堅韌不屈，對不對？」

「哦，感謝神明，您認識我，我沒有瘋！我不是一個乞丐！主人，主人，他們衝進來，殺人放火，我和她逃了出去，我讓她騎上了一匹馬，我們一起騎馬逃走。但他們射中了我，我落到了馬下，昏了過去，直到他們離開的時候才醒過來。他們就從我的面前經過。在一輛由白馬拉的雪橇上，我看見了蜜蜂。她全身都包裹著白色的裘皮，就在雪橇上。他們帶走了她，主人，他們還燒毀了馬廄。一些馬逃了出去，一些被他們偷走了，我覺得還有一些被燒死在圍欄裡。我的爸爸和爺爺的屍體也都被燒掉了，主人！我親眼看到他們死在那裡！我的媽媽卻不認我，還說她從沒有過我這樣的兒子！哦，主人，他們抓走了蜜蜂，他們抓走了她，這裡又沒有人再認識我了。誰都不認識我了！」

「我認識你。」我用顫抖的聲音說，「我認識你，孩子。哦，我的蜜蜂！她受傷了嗎？他們是誰？他們去了哪裡？」

但這個孩子只是不停地抖動著，就像是得了瘧疾。我伸出雙臂抱住他，幫他安穩下來。他倒進我的懷裡，哭得像是一個更小得多的孩子。我將他抱在胸前，心緒卻如同脫韁的奔馬。他在我的胸前說道：「他們射了我一箭。我感覺到箭桿穿透了我的肩膀。」他不住地抽泣著，「我醒過來的時候，身上蓋著斗篷。是她的斗篷。我覺得是她用斗篷把我藏了起來。我還留著那件斗篷。是一件很好的斗篷，非常輕。我想要救蜜蜂，但實際上是她救了我。」

我的心思一跳：「蝴蝶斗篷。」

「是的，主人。」

「到爐火邊，坐下。」我朝旁邊看了一眼，布勒恩還在門口，雙眼圓睜。迪克遜側身躺在地板上，已經不再抽搐，只是微微蜷縮著身體，雙眼茫然地望著前方。「布勒恩！」我厲聲喝道。那個年輕人嚇了一跳。「照顧好迪克遜。帶他到他的床上去。然後要書記員機敏給我一些繃帶和切德大人給他的藥膏，如果他還有剩餘的話。快去。」

「我能為你去取藥膏，如果你願意的話。」說話的是機敏。他正一隻手扶著門框，面色顯得格外蒼白。他盯著地上的迪克遜問道：「這裡出了什麼事？這個男孩用他的瘋故事來打擾你了？」

「機敏，請拿藥膏和繃帶來就好。讓布勒恩照顧迪克遜。他有些突發的痙攣。」然後我不再理會他們，又將注意力轉回到壁爐前的馬僮身上，伸出腳將一把椅子勾到壁爐前，「坐下來，堅韌不屈。讓我看看你的傷口。」

男孩像是一堆濕衣服一樣癱坐在椅子上，蜷縮成一團，盯著爐火。我暫時離開他，去拿起白蘭地，往杯子裡倒了一點，一飲而盡，又向杯中倒了一些，遞到男孩面前。「喝下去。」我對他說。男孩沒有回應。我俯過身，看著他的臉。他抬起眼睛看著我。我將玻璃杯放進他的手中。

「他們說我是一個乞丐，還是個瘋子。我自己的媽媽不讓我進門。我全身都是血，她將我送到主屋，不肯收留我。」他每說一個字聲音都變得更高，直到最後變成了一陣窒息的尖號。

我說著心中想到的唯一可以安慰他的話：「我認識你。你是堅韌不屈，高塔曼的兒子，塔爾曼的孫子。你在我的馬廄工作。你照料我女兒的馬，還教會她騎馬。把這個喝下去。」

他舉起玻璃杯，嗅了嗅，抿了一口，稍稍打了個哆嗦，但在我的注視下，他一口氣喝光了剩下的白蘭地，然後大喘了三口氣才說道：「他們怎麼了？他們到底出了什麼問題？他們全都出了什麼問題？我告訴他們，樂惟管家死了，他們卻說：『誰是樂惟？』我說：『他們抓走了蜜蜂。我們必須去救她！』他們說他們不認識她。我想要一個人去救她，他們卻指責我要偷她的馬。」

我又給他倒了一杯酒。「你去追他們？」他知不知道他們帶她去了哪裡？

「我試過，主人。但雪和風抹平了所有痕跡。我只能回來。那時我還在流血。我很抱歉，主人。很抱歉我沒能帶她回來。」

「堅韌不屈，我不知道這裡發生了什麼，但我們會把這個謎團解開。首先，你必須從一開始進行回想。我們出發去水邊橡林的時候，我看到你在看著我們。你那時正在遛馬。告訴我從那時發生的一切。每一件事都不能錯過。只要是發生過的事，你從那時起記得的每一件事。說吧，喝些白蘭地，一口喝下去。就是這樣。好了，它的味道不是那麼糟，對不對？現在，對我說話，把一切都對我說。」

我用力將一把椅子擺到他面前，坐了下去。我們的膝蓋幾乎碰在一起。我向他集中起自己的一切——原智和精技。我的精技在他身上幾乎沒有任何感覺。有些人就是這樣。但我們全都曾與動物為伍，儘管我對他還不瞭解，至少我們全都愛蜜蜂。所以我照博瑞屈經常對我做的那樣，用呼吸向他傳遞平靜和安全，希望他能嗅到並感覺到我在這裡保護他，他是安全的。我強迫自己的身體放鬆，放慢自己的呼吸。沒過多久，我看到他的肩膀也鬆弛下來。白蘭地和原智的功效。

「和我說話。」我再次向他建議。他緩慢地點點頭。

他開始詳盡地描述在馬廄工作的平凡一日。這時機敏帶著繃帶和藥膏回來了。我示意書記員安靜地坐下。他對此很是感激。堅韌不屈講述著再平常不過的一日工作與生活，淚水卻不住地從他的面頰上滾落——他已經永遠地失去了那些平凡的日子。我解開他的襯衫，細看他的肩膀。今天他可能還沒有換過繃帶。隨著我將浸透血的繃帶從他的身上剝下，他打了個哆嗦。傷口的狀況很不好。箭穿透了他的肩膀，但留下的創面並不像我希望的那樣乾淨。而且不出我的預料，為他包紮傷口的治療師就像大多數對待小乞丐的治療師一樣，並不是很盡心。

我用酒將傷口前後都清洗乾淨，然後拿過來藥膏和繃帶。當我挑動傷口中的一塊襯衫碎布時，他咬緊了牙。我捏緊那塊布，一下子把它抽了出來。鮮血隨之流下。他低頭看著這塊布，面色變得更加蒼白。「繼續說，」我對他說。他又講起一個男人駕著一輛大車出現在細柳林，拉車的是一頭驢子和幾頭被過度使用的牛犢。我點點頭，再一次用酒清洗他的肩膀。

我將藥膏推進他的傷口時，他開始說起我不知道的事情——機敏、深隱女士和蜜蜂如何在深夜回到莊園。機敏護送深隱進入主屋，只留下蜜蜂在滿是積雪的寒冷馬車裡。坐在桌旁的機敏緊皺起了眉毛。當男孩說起管家走出來，將蜜蜂抱進屋中的時候，機敏站起身，僵硬地說道：「我不知道你為什麼要聽這個男孩的話。他可能是瘋了，或者是有著無法解釋的惡意。我對於深隱女士一無所知，也不知道什麼名叫蜜蜂的孩子。叫管家來，看看迪克遜會對這種瘋狂的故事有怎樣的評價。」

「坐下，」我咬著牙對機敏說。他的腦子肯定受到了某種外力的影響，我能夠原諒他無法回憶起蜜蜂和深隱，但我不能原諒他將我的孩子丟給馬僮和管家去照料。當時是我親自拜託他照料蜜蜂的。「給我保持絕對的安靜。不，我沒有讓你回房。留下來，直到我說你可以走了。」

「你這樣對我說話，只因為我是一個私生子嗎？我的血統就像你一樣，而且……」

「對此我表示懷疑。你應該已經知道，我是蜚滋駿騎親王，駿騎・瞻遠王儲之子，現在國王已經承認了我的身分。所以，坐下來，保持安靜。」

竟然在如此黑暗的時刻炫耀我的新身分。蜚滋機敏看著我，不知該如何反應。然後他閉上了嘴。我抽出腰間的匕首，開始將繃帶裁成合適的長短。「你真的就是他？那位原智私生子？」說話的是堅韌不屈。男孩的眼睛瞪得老大。

「是的。」

我沒有預料到堅韌不屈隨後說出的話。他滿是淚水的臉上綻放出顫抖的微笑。「他是對的，他早就知道，我的爺爺也是這樣說的。他認識您的父親，說只要是見過他的人，就一定能認出您是誰。我的父親也同意爺爺的話，但我覺得那只是因為他不願意和爺爺爭論。主人，我為了能侍奉您而感到榮幸。連續幾個世代，我的家族一直在侍奉您的家族。我在此發誓，我當效忠於您，並同樣效忠您的女兒，蜜蜂公主，永不變心。」

「謝謝。」當一個男孩將自己的生命和忠誠交給你的時候，還有什麼話能夠對他說？他的話語在我的情緒中攪起一陣風暴。我對這場風暴關閉了自己的心，只是帶著安慰的語氣說：「繼續告訴我發生的事情，堅韌不屈。」

「我是認真的，主人。」一個男孩看到自己孩子氣的誓言似乎會遭到輕視，心中一定會很難受。

「我知道你是認真的。」我嚴肅地說，「現在，我正需要你履行這份誓言。我需要你滿足我的要求。我需要知道你所知道的每一點一滴。繼續說下去。」

於是我知道了他是如何在第二天早晨去上課，我的女兒也在那裡。他和蜜蜂交談，蜜蜂告訴了他我所做的一切，並說她為我感到驕傲。驕傲，我在男孩敘述過往的時候瞥了機敏一眼。他的臉上混雜著各種情緒。他是否記起了那一天的零星時刻？深隱真的徹底從他的腦海中消失了嗎？但隨著堅韌不屈說起他們聽到的聲音，機敏是如何前去查看外面的異動，書記員又一次開始搖頭。我看了他一眼，他停止了動作。

於是我知道了樂惟用生命中的最後一刻試圖拯救細柳林的孩子們。實際上，我從沒有給過那位管家應得的讚美。隨著故事逐漸展開，我知道了我的蜜蜂將孩子們藏在她相信是安全的地方，卻讓自己失去了安全。堅韌不屈講述了他在馬廄中見到的屠殺。遇害的人們橫七豎八地倒臥在地上，喉嚨都被割開。他們顯然是在進行日常工作時突然遭到襲擊。那其中還有堅韌不屈的父親和祖父。他跨過屍體，給嚴謹綁好馬鞍，然後他和蜜蜂一路奔逃，希望能夠去找到援兵。

他關於那場進攻的詳細描述隨著一枝羽箭中止了。他恢復知覺的時候，剛好看見他們帶著蜜蜂離開。他回到莊園。那時馬廄還在燃燒，從出生時起就陪伴著他的人們都拒絕承認他的存在。我在這裡攔住了他。他講到這裡的時候，全身都在劇烈地顫抖。「已經足夠了。現在，不要再去想了，堅韌不屈。我知道你說的都是事實。現在，我想要你思考，但不是說出你見到的那些人。仔細回想他們之中的每一個，當你做好準備之後，向我講述他們，一次一個人。」這是切德教給我的。這種方法能夠讓不像我一樣接受過訓練的人，提供最為詳實的情報。像「他很高嗎？」「他有鬍鬚嗎？」這樣的問題只會讓未經訓練的人憑空想像一些他並不曾見過的東西。

堅韌不屈陷入了沉默。我繼續給他包紮傷口。傷口已經感染了，但還在正常範圍之內。我完成包紮之後，又幫他穿好襯衫，給他拿來食物和新的一杯白蘭地。「先一口喝下去。然後你一邊吃飯一邊對我說。」

男孩喝下白蘭地，被嗆得比喝前兩杯的時候更厲害。他立刻拿起一片麵包，把嘴裡的酒味壓下去。我等待著。他已經快喝醉了。我正希望他進入這種狀態，這能夠讓他的思路更加寬闊，並撤去任何心防。正如同我的預料，他所說的離不開一名馬僮會注意到的事情——白馬，特別寬平的馬鞍和適合披掛鎖鏈甲的成年男人騎乘的大馬。聽起來，那些大馬的馬鞍很像是恰斯國的風格。

他們說的是外國語言。我沒有對此多問，但男孩告訴我，一個騎在馬背上的人曾經一遍又一遍地高喊：「Krintzen，Krintzen！」

kar inte jhen。恰斯語中「坐下」的意思。

恰斯人出現在公鹿公國。一支襲擊部隊？這支部隊穿過修克斯公國和法洛公國，只為了襲擊公鹿公國的一座偏僻莊園？為什麼？偷走我的女兒？這沒有道理。堅韌不屈提到那些人中有一個面容格外討人喜歡的女人。她宣稱是要找一個白色的男孩或年輕男人。這時我知道了他們要找什麼。意外之子，弄臣的信使催促我一定要找到並予以保護的孩子。我依然不知道那個孩子是誰，會在哪裡。但這個謎題已經漸漸有了頭緒。交換人質。還有誰能夠比這個家族的女兒和一名貴族女子更適合成為用來進行交換的人質？

當男孩說起那一隊入侵者中還有一些膚色格外白皙的年輕人，他們不使用武器，但會幫助那些作惡的歹徒，當他說起他們淺色的頭髮和眼睛，還有白色的衣服，我的血都涼了。他們就是那些追殺信使的人嗎？當然是。信使曾經說過，她仍被獵殺。弄臣強烈的警告突然變得異常真實而沉重。那些白色的人一定是來自克拉利斯的僕人。就像弄臣警告過的那樣，僕人一直在追蹤信使。是不是他們也跟蹤了弄臣？他們是不是想要在抓回弄臣的同時找到意外之子？他們是否認為我已經找到了那個孩子，並把他藏到了細柳林。所以他們才會來這裡尋找？但他們為什麼會和恰斯國人沆瀣一氣？那些恰斯國人是他們的傭兵嗎？他們怎麼會走得這麼遠，如此深入公鹿公國，卻沒有被任何人注意到並報告給執政者？國王大道上一直都有巡邏隊進行規律性的巡查，其主要目的是嚇阻強盜匪徒，但士兵們也會接受並搜集關於一切異常事件的報告。這種規模的一隊騎兵，明顯完全由外國人組成，這種事情肯定會被人報告給他們。除非是所有人都不記得曾經見過這支隊伍。

「我記得的就只有這些了，主人。」男孩彷彿耗盡了體力，突然間變得像我一樣疲憊。我懷疑他這幾天都沒能好好睡上一覺。

我一點點梳理獲得的情報，竭力從中尋找線索。那些人會將蜜蜂和深隱作為人質，等待我用意外之子去交換。我沒有意外之子，但我有弄臣。我是否能將弄臣當做誘餌，引誘他們上鉤？弄臣還有沒有足夠的力量能下好這一局棋？

但我的邏輯很快就變成一團亂麻。如果蜜蜂是人質，他們就應該讓我清楚地知道，而不是不留任何痕跡地消失無蹤，還抹去了剩下這些人的記憶。除非他們在距離這裡不遠的地方就有一個基地，一個能夠進行談判的安全地點。如果我是他們，我又會怎麼做？帶著人質去恰斯國邊境或者海邊？在那裡進行談判，要求我們將意外之子送過去？也許吧。「吃些食物。我馬上就會回來。」我轉身用手一指機敏，「留在這裡，我想和你談談。」

機敏一言不發。

當我沿著走廊朝蜜蜂曾經的育嬰室走去時，遭遇巨大災難的感覺突然沖刷過我的全身。我踉蹌著倒向一旁，身子靠在牆壁上站立了片刻。我的視野邊緣變成了黑色。然後，我狠狠抽打自己的軟弱，咒罵它竟然在我最需要平靜下來清醒思考的時刻妄圖壓倒我。我必須控制住所有情緒，直到我獲得全部所需的情報，能夠制定出行動計畫。現在不是憎恨自己的時候，不能去想如果自己過去曾經做些什麼事情就會不一樣。我只有現在，我必須變得敏銳、冷靜而且堅韌。只有這樣，我才能找到並跟蹤他們的蛛絲馬跡。我走進育嬰室。至少沒有人掀翻這裡的家具，搶掠任何物品。也許是因為沒有人藏在這裡，也許是他們錯過了這個房間。為什麼蜜蜂沒有藏在這裡躲過一劫？這個問題真沒用。

我找到一只軟墊和一條毯子，回到我的書房，將它們鋪在壁爐前，同時拒絕去想莫莉漂亮的遺物被這樣粗暴地對待。我向它們一指：「堅韌不屈，吃飽之後就在這裡休息。盡量睡一覺。如果你還記得什麼，無論那看上去有多麼瑣碎無用，我都想要聽你說。」

「是，主人。」說完這一句，男孩就低下頭，將注意力全部集中在食物上，就好像一頭快餓死的獵犬。過去幾天裡他可能也無法好好吃一頓飯。現在他可以填飽肚子，睡上一覺了。我看了他片刻。沒有了父親，不被母親接納。在他的世界裡，我是唯一還記得他名字的人。現在，他已經對我立誓，成為了我的人。他是私生子親王的第一位侍臣。從某種角度來看，這對他和我都很合適。

我抓住椅子，把它拖過房間，坐到機敏對面。我是如此逼近他，以至於他不得不坐直身子，以免他伸出的雙腿和我的腿交叉在一起。「該你了。告訴我，你從我割斷那條狗的喉嚨開始所記得的一切。」

他盯著我，舔了舔嘴唇。「我們去了鎮上。一個人殘忍地對待他的狗。於是你把那個人打倒，讓那條狗迅速地死去。」

「為什麼我們要去鎮上，機敏？」

我看著他的臉，看到他的意識在跳動、飛躍，尋找他能被允許回憶起來的一切。「為我的學生再買一些寫字板。」

我點點頭。「那時我們去酒館裡吃東西。謎語和我都匆匆離開了。為什麼？」

他嚥了一口唾沫。「你沒有說。」

我又點點頭。我向他靠近，不是用我的身體，而是先用原智，將他當做另一個生靈去感覺，又用我的精技。我不知道自己是否能進入他的意識，但我猜想曾經有人這樣做過。我回想起和切德進行過的一次短暫交談。切德問我是否認為精技能夠被用來讓人忘記一些事。那時我告訴他，我完全不想考慮這樣使用魔法。我曾經兩次看到有人這樣做，而那兩次對我而言都是莫大的悲劇。當我的父親駿騎讓精技師傅蓋倫忘記自己是多麼恨他的時候，蓋倫便將對我父親的恨轉向了他的兒子。諷刺的是，蓋倫也以類似的方式對我。他入侵我的意識，依照惟真的說法，他對我「罩上了一層迷霧」。蓋倫利用他的精技使我相信，我幾乎沒有能力操縱這種魔法。即使在我的國王竭盡全力清理掉我意識裡的迷霧之後，我還是對我的能力沒有足夠的信心。我一直都想知道，會不會正是這種強迫的遺忘，讓我的精技魔法變得如此不穩定。

我不想入侵機敏的意識。我對迪克遜的重複發問沒有讓我得到任何情報，反而將他推入了痙攣狀態。我不能再讓機敏冒這個險。根據堅韌不屈對我的講述，機敏在主屋前和其他人一同被俘時被刺傷了。這是否意味著他曾經與那些歹徒戰鬥？也許我應該從這裡開始。

「讓我看看你的傷。」我提出要求。

他愣了一下，身子向後靠去。「治療師已經處理過傷口。它的癒合狀況很好。」

「治療師有沒有說過這像是什麼造成的傷口？」

「是刺穿傷，尖銳物體造成的。」

「或者是劍刃。他說這像是被一把劍刺的，對不對？」

機敏睜大了眼睛，開始搖頭，一開始只是稍許的否認，漸漸變得愈來愈狂亂。

「閣下？蜚滋駿騎．瞻遠親王？」

我轉過頭，看見站在門口的那個人。我的這個名字顯然讓他大感驚訝。他很年輕，差不多還只有十幾歲，身上穿著王室信使的制服。他的鼻子和顴骨頂端都被凍得通紅。看上去已經累壞了。「西德維爾。」我說道。

我知道他的名字，這一點又讓他感到有些驚訝。「是的，他們要我回這裡來和您談談。」

我歎了口氣。「進來，烤烤火，請注意，當你開始這次談話的時候，至少應該表現出一點受訓信使的素養。」

「都是因為那片霧。」他說道。他走到爐火旁，站在堅韌不屈身邊，「它讓我做任何事都變得很難。我只想一覺睡過去，不再想任何事。」我察覺到蜷縮在壁爐前的那個男孩已經沉沉睡去。信使低頭看著他，又瞥了一眼對我怒目而視的蜚滋機敏，然後將身子站得更直了一些，伸手到腰間的小包裡，拿出證明他是一名真正信使的短棒，他手舉短棒說道：「閣下，我為您帶來了公鹿堡切德大人的訊息。我有責任傳遞這些訊息和送給細柳林的蜜蜂女士、深隱女士以及書記員蜚滋機敏的禮物。但在到達此地之後，我被告知其中兩位收信人在此地無人知曉。我竭盡全力用精技聯絡切德大人，以求得他的進一步指示。儘管我的精技技巧不算高超，但我也從不曾在簡單的傳遞訊息時遭遇過如此巨大的困難。這一次無論我如何努力，都無法讓切德大人明白我所處的境況。於是我退而求其次，想以信鴿傳遞訊息。當我請這裡的人給我拿一隻信鴿來的時候，卻被告知這裡沒有我所需要的鳥類。我知道這絕無可能。然後我發現所有信鴿都死在鴿舍的地上，牠們都被擰斷了脖子，沒有人清理這些鳥類的屍體。當我要求管家注意此事的時候，他說莊園中並沒有鴿舍。而他在這樣說的時候，正和我一同看著滿地的信鴿屍體。

「我相信，當蕁麻女士試圖用精技聯絡我的時候，您一定也和他們在一起，所以您應該已經知道了這樣做是徒勞無功的。經過漫長而令人沮喪的一天之後，我聽到的只有令人難以置信的謊言。我決定去細柳鎮上喝一杯麥酒。因為我堅持要將訊息傳遞給兩位不存在的女士，這讓我在此地並不很受歡迎。隨著我騎馬前行，充滿整個空間的濃霧和滯重感覺彷彿開始消散了。我一到達鎮上就能夠清晰地與切德大人和國王的精技小組聯絡。他們命令我儘快回到這裡，並說阿憨和切德大人希望明天早晨能趕到這裡。切德大人命令我帶著馬匹，天一亮就在絞架山的判決石那裡等他們。我只能盡力完成他的命令。」他的神情顯得有些不安，「我害怕在這裡不會有人聽我的話，所以我在鎮上僱用了馬匹，並讓人在早晨將馬牽到絞架山去。我告訴那個人，您會給他很好的酬金。」

「謝謝，」我說道，「蕁麻女士不會陪切德大人和阿憨一起來嗎？」

西德維爾揚了揚眉毛。「閣下，我被告知她懷了孩子。所以她不能使用精技石柱。」

「為什麼不能？」

「對此，切德大人特地拿出了一份文獻。也許您沒有聽說過。懷孕的精技使用者如果使用精技石柱，經常會出現，呃，懷孕消失的情況。」

「會導致流產？」

「不，閣下，要比流產更可怕。孕婦腹中的孩子會消失不見。關於此類事件的紀錄有兩起，還有一起是一匹良種母馬曾經被牽過精技石柱與種馬交配。在她即將分娩的時候，她通過精技石柱被送回家，但從石柱中走出來以後，她的子宮就空了。」

寒意在我的心中升起。我從未聽說過這樣的事情。這讓我不由得再一次想到，我們對於這種傳送裝置的運作原理還一無所知。未出生的孩子會消失。會去哪裡？又是如何離開母親身體的？不過這和我現在要擔心的事情沒有關係。過去的已經過去了。我虛弱地說：「感謝艾達，幸好切德找到了那份文獻！」

「是的，閣下。所以蕁麻女士留下了。切德大人和阿憨會到這裡來親身檢驗我向他們描述的這種迷霧。也許他想要看看阿憨是否能戰勝這種迷霧。」

我竭力不讓自己的心中生出希望。我很害怕見到切德，告訴他我不知道深隱到底遭遇了什麼。現在我必須再挖出一點情報來。我拉響了召喚僕人的鈴鐺，等待著。又過去一段時間之後，我走出書房，高聲呼喚布勒恩。當我回到書房裡的時候，蜚滋機敏問：「你和我的談話結束了嗎？我現在能回到床上去了嗎？你能看出來，我的狀況並不好。」

我竭力用溫和的語氣說：「我能看出來，機敏。我已經看出了一些你無法看出的事情。你的意識依然是一片模糊，完全回憶不起這幾天裡發生的事情。你知道什麼是精技魔法，也聽聞過它有怎樣的效用。有人使用了精技或者非常類似於精技的力量混淆了你的神智。你走過的地毯上還有血汙，屋門被撞裂，你卻察覺不到有任何異常。僕人們被殺害，你卻完全不在意他們。我們的兩位家人失蹤了，蜜蜂女士，我的小女兒被擄走，深隱女士更是不見蹤影。我不知道她是不是被殺害了，她的屍體是否被燒毀在馬廄裡，還是她也被綁架了。」我的聲音開始顫抖。我停頓一下，深吸了幾口氣，「今晚，我會嘗試找出這裡是否還有人記得任何關於那一晚的細節。睡在壁爐前的這個孩子是我們的一名馬僮，他就出生在這裡，他的家族侍奉我的家族已有三代。他說的是事實，只是你無法回憶起這些事實而已。」

在我說話的時候，蜚滋機敏的面孔變得愈來愈僵硬。我剛說到一半，他已經開始搖頭了。當我說完的時候，他坐回到椅子裡，將手臂抱在胸前，「獾毛管理人，你的話聽起來就像那個男孩一樣瘋。」

「我知道你肯定會這樣想。但我向你保證，我沒有瘋。布勒恩在哪裡？」

「我想應該是回去睡覺了。我希望我也能去睡一下。」

我很想揍他一拳。隨後，就像它出現時一樣突然，這股灼熱的怒意很快又消散了。他不可能明白自己的意識受到了多麼嚴重的蒙蔽。我的視線轉向西德維爾。信使說道：「讓他清醒過來是不可能的。也許切德大人和阿憨能夠有辦法喚回他的神智。我自己肯定沒有經歷過這樣的事情。我覺得就像是沉沒在一碗疲憊和氣餒的濃湯裡。」

我沉默了片刻才說道：「我還以為只有我有這種感覺。」

他搖搖頭，「不，我離開這個地方愈遠，精神就愈振作，意識就愈清醒。我費了很大力氣才強迫自己回到這裡。說實話，我完全不想再走上這條路了。就好像有人向整個細柳林施放了一種法術，讓所有人都不願意來此地拜訪。」

「也許的確有人這樣做。」我不情願地猜測著，同時看著蜚滋機敏，竭力讓自己的聲音更溫和一些，「去睡吧，機敏。我為你的遭遇感到難過，儘管你可能並不知道自己身上發生了什麼。到床上去，盡量睡一下。明天對我們所有人都將是一個漫長而疲憊的日子。」

機敏不需要催促。他已經站起身，瞇起眼睛瞪視著我。「在午夜被叫醒，遭受侮辱和命令。這不是我到這裡來的原因。」

他很憤怒。我想，大概就像我一樣憤怒。我竭力讓自己的聲音保持平穩，「如果你能記得蕁麻和切德將你送到這裡，實際上是為了教導蜜蜂女士……」我放棄了對他的希望。

他轉過身，一言不發地走出房間。我向西德維爾轉過頭：「他們有為你安排房間嗎？」

「有的。」

「那麼我建議你也盡量去休息一下。」

「謝謝你，先生。」西德維爾向白蘭地一點頭，「您是否介意我帶走這個？」

他肯定不是一個臉皮薄的人。實際上，他的膽子還真不小。我喜歡他。「拿走吧。謝謝你今天所做的一切。」

「願意為您效勞，閣下。但我真的很希望能儘快離開您的家。」他向我草草鞠了一躬，便轉身向門口走去，順手拿起了白蘭地瓶子。

我坐在機敏空出的椅子裡，盯著爐火。我沒有任何感覺。我竭力讓自己為蜜蜂感到心痛，為所發生的一切感到憤怒。但就連我的愧疚感也沒有出來折磨我。一鍋令人氣餒的濃湯。我覺得自已毫無用處，孤立無援、疲憊不堪。西德維爾是對的。一團讓神經遲鈍、使勇氣消融的烏雲正覆蓋在細柳林上。我能找到的情緒只有哀傷。我應該滿腔怒火，我應該充滿對復仇的渴望，但我只想殺死我自己。不，現在還不行。我站起身，蓋好馬僮身上的毯子。他是我的屬臣。

我拿起一根蠟燭，在走廊中遊蕩。我首先去了我的房間，卻無法在那裡安坐。於是我又去了深隱女士的房間，卻還是沒能從那裡的一團混亂中找出任何線索。我不喜歡那個女人，但我也不希望看到她被綁架，或者被殺害並焚化。我來到蜜蜂的房間。在散落了一地的物品中，瞥到了我們為她買的那一把海貝。那條溫暖的紅色圍巾搭在一把椅子上。她為樂惟買的手帕還整齊地疊放在床邊的一張桌子上。她再不會享受到將它們送給樂惟的快樂了。

我離開她的房間，經過走廊，來到我被毀的書房。走進這裡的時候，我有些想要生起爐火，用紙和筆認真梳理一下思路。但我只是打開祕門，回到蜜蜂的祕密巢穴中。當我繞過密道轉角，進入這個小巢穴的時候，原智告訴我，有一個生命正在這裡等我。希望在我心中猛地一躍。但我只看到了一隻小黑貓在忿恨地朝我的燭光眨眼。牠懶洋洋地蜷縮在坐墊上，兩隻眼睛盯著我，就如同我是一個令人惱火卻並不重要的闖入者。我們就這樣彼此對視著。

她不在這裡。

你說的是蜜蜂？

那個承諾會給我魚和香腸的女孩，只要我為她捉老鼠。

我維持著自己的耐心。有人偷走了她。你能告訴我那些偷走她的人是什麼樣子嗎？

他們還偷走了所有的魚和香腸。

我注意到了。他們還幹了什麼？

他們之中有的人很臭。有的人不是。

我又等了一段時間。貓有時會非常健談，同時牠們又不喜歡別人太饒舌。貓喜歡的是聽眾。但牠只是坐在軟墊上，看著我。我試著又問道，還有別的嗎？

他們是來找她的。那些不臭的人是來找她的。

什麼？

一陣寂靜落在我們兩個之間。我的問題沒有得到回答。終於，我高聲說道：「我想知道，他們是否找到了所有魚和香腸？我覺得我應該去食品室查看一下。」

我舉起變短的蠟燭離開了貓，穿行在蜿蜒曲折的密道中，直到那堆被咬過的麵包前才停下腳步。我拿起一根堆在那裡的蠟燭，用我手中的蠟燭頭將它點燃。這根蠟燭被老鼠咬過，不過咬得並不厲害。我在門後聽了聽動靜，才將門推開，走進食品室。這裡的一袋袋豆子、豌豆和穀物都被留下了。歹徒們拿走了肉和魚，這是長途旅行的人首先需要的兩種補給。我能從這其中做出什麼樣的推論？

都不見了。貓向我確認。

「你喜歡乳酪嗎？或者牛油？」

貓帶著思索的神情看著我。我關上密道門，走進冰冷的房間，經過不長的一段樓梯，進入了一個石砌的房間。這裡的架子上擺放著一罐罐夏天做的牛油和一個個車輪乳酪。歹徒可能是不喜歡這些食物，或者是沒有發現這個冷窖。我抽出腰帶上的小刀，切了一塊楔形乳酪。當我這樣做的時候，我發覺自己非常饑餓。對此我感到羞愧。我的孩子和深隱女士從細柳林失蹤了，被殘忍的匪徒擄進冰冷和黑暗之中，我現在怎麼能在意像饑餓和睏倦這樣普通的事情？

是的，我的確在意。

我又切了一大塊乳酪，走回到廚房裡。貓跟著我。我在桌邊坐下的時候，牠跳起來，坐到桌上。牠是一個漂亮的小傢伙。嬌小的身上只有純粹的黑色和白色，這表明牠非常健康，只有牠的尾巴有一些扭結。我切下一塊乳酪，放到牠面前。等我拿著一塊麵包和一杯麥酒回到桌邊的時候，牠已經吃完了那塊乳酪，又給自己抓了一塊。我沒有理會牠的舉動。我們一同進食，我竭力保持著耐心。一隻貓能知道什麼，我心中思忖，這會讓我有所收穫嗎？

牠在我之前結束了用餐，坐下來開始清理鬍鬚，撫弄面頰。我最後將酒杯放到桌上的時候，牠也停下動作，看著我。那些不臭的人沒有一點氣味。

一陣戰慄掃過我的脊椎。沒有氣味的人——我的狼就是這樣稱呼弄臣的。因為弄臣就沒有氣味。而且我的原智也無法察覺弄臣。所有的白者是否都有這個特點？

他們得到她之後，就停止了殺戮。他們只帶走了她，還有另一個。

我沒有表現出感興趣的樣子，只是站起身，回到冷窖，拿了更多的乳酪。坐到桌邊以後，我切下了一大塊乳酪放在貓的面前。牠低頭看著乳酪，又抬起頭看看我。他們還帶走了一個女人。深隱女士。

我不在乎人類的名字。但那也許是她的名字。牠低下頭，開始吃乳酪。

「承諾會給你魚和香腸的女孩。他們……有傷害她嗎？」

貓吃掉一部分乳酪，坐起身，突然決定要修整一下牠的前爪。我等待著。過了一段時間，牠抬起頭看著我。我曾經抓過她一次，非常狠，她接受了。牠在剩餘的乳酪上弓起身。她不畏懼疼痛。我的心在安慰與恐懼之間搖擺。

留下小貓繼續用餐，我回到了莊園書房。當我將最後幾根木柴放進壁爐的時候，那個男孩沒有動一下。我歎了口氣，披上被打濕的切德的斗篷，拿起之前從門口僕人手中奪過的油燈，再次將油燈點亮，提著它進入走廊。

我是要去拿一些木柴。但是一走進清冷的黑夜中，我的意識也清晰了許多。寒風狠狠地齧咬我，一直包裹住我心神的那種可怕的倦怠感，在適宜的環境刺激中稍稍減輕了。我轉身向被燒毀的馬廄走去。這讓我穿過了細柳林前的行車大道。最近剛剛下了一場雪。我在路面上找不到任何足跡。我圍繞馬廄轉了一大圈，又在主屋和馬廄之間尋找雪橇的痕跡。但新雪讓所有蹤跡都變得模糊不清。歹徒們逃走時留下的印痕已經和莊園車輛留下的車轍混在一起，無從分辨了。我在黑暗中沿著大道一直朝細柳鎮走去。小堅就在這條路的某處流過血，蜜蜂在這裡被捉住。但我也找不到這些事情的痕跡。我找到了花斑馬的蹄印，還有西德維爾坐騎的蹄印。只有這些了。除此之外，這幾天都沒有人再來到此地。正如同我的人被魔法蒙蔽頭腦，抹去了他們的回憶，雪和風也徹底消除了那些歹徒的印記。

我站立了一段時間，盯著遠方的黑暗，任由寒風將我的身體凍僵。他們帶我的孩子去了哪裡？又是為什麼？如果一個人像一文不值的私生子一樣軟弱無能，他成為親王又有什麼意義？

我轉過身，在返回莊園的道路上踽踽而行，彷彿心中充斥著一場冰寒的嚴冬風暴。我不想去這個地方。每邁出一步，我都感覺更加沮喪。我緩慢地走到一個柴垛前，在斗篷的一只袋子裡裝滿了足夠的木柴，好度過這個寒夜。我的腳步拖曳著，登上了回家的臺階。

12

廈思姆

首僕寇里奧如此描寫他的白色先知：「他不是第一個到來的，也不會是最後一個。每一個世代都會有一位先知行走在我們中間，以他偉大的能力預見全部可能，指引我們達成最美好的未來。我決意稱自己為他的僕人，並記錄下我的白色主人的夢境，以便讓後人銘記他是如何將迂曲險惡的道路，變成安全的坦途。」

所以，寇里奧是第一位自稱為「僕人」的人。有些人認為他同時也是特魯柏特的催化劑。只是從那個時代流傳下來的紀錄實在是過於殘缺不全，僕人們認為沒有足夠的證據能證明這一點。

在我之前的許多僕人，都是他們那個時代白色先知事蹟的主要記錄者。但我和他們恰恰相反，也許有人會因此而指責我，所以我要清楚地陳述我的觀點。一個時代只能有一位白色先知嗎？如果是這樣，那麼又是誰決定，在我們所見到的這麼多白皙面孔和無色的眼眸中，哪一位才是白色先知？並且還請告訴我，每一個「世代」又是從何時開始，在何時結束？

我提出這些問題並不是為了造成混亂和疑慮，只是想要籲請我們僕人睜大雙眼，就像我們所侍奉的白色先知那樣。讓我們承認，未來有許多許多種可能。在數不清的十字路口上，未來會變為過往，無數種可能性會隨之死去，同時又有無數可能誕生。

所以讓我們不要再稱這白色的孩子為「廈薩」，在我們最古老的語言中，它的意思是注定之人。讓我們稱他為「廈思姆」——可能之人。

讓我們不要再蒙住自己的視野。讓我們認清，當僕人選定廈薩，就像我們現在所必須做的，我們就決定了整個世界的命運。

——《僕人寶典》，第四十一行

我們一直在趕路。

他們的隊伍比我想像的要龐大。其中武裝士兵大約有二十個，其他是德瓦利婭的隨從，大約也有二十人。我坐在大雪橇上，跟隨我們的還有兩架裝滿物資的小雪橇。士兵和德瓦利婭的隨從騎在馬背上。我們大部分時間都在夜間行進，而且會盡量避開國王大道，不斷穿過草原和曲折的田間道路，沿著森林的邊緣繞行，在崎嶇不平的地形上跋涉。所以我們的行進速度並不快。我只能偶爾瞥到一座農莊，顯然他們在竭力避開一切有人居住的地方。黑暗、寒冷和隊伍前進時有節律的腳步聲充斥了我的知覺，白馬拖曳著我們在平緩的積雪上滑過，雪橇不時會發生輕微的顛簸。

儘管被包裹在厚厚的裘皮和長袍裡，我一直都感到非常寒冷。當他們在白天搭起帳篷讓我睡覺的時候，我依然冷得無法放鬆肌肉。只是肉體的感覺完全無法和我心中的淒冷相比。我相信正是同樣的寒冷也讓深隱無法動彈。她靜得就像是湖面上的一塊冰。就算在她走動的時候，也彷彿是一具僵硬的屍體。她從不說話，也幾乎從不照顧自己。德瓦利婭的一個女孩從自己身上解下一件沉重的白色裘皮外衣，套在了深隱的身上。也是這個名叫奧黛莎的女孩將食物放進深隱的手中，或者是把盛有熱湯的杯子塞進她的手心。有時候深隱會吃下這些食物，有時候她只是會手握杯子坐在原地，直到熱湯變冷，表面浮起一層油渣。奧黛莎就會將杯子拿走，把裡面的湯倒回煮食罐子。深隱則渾身冰冷，肚子空空地爬過毯子，縮進帳篷最深處的角落中。

奧黛莎有一頭稀疏並且帶有斑禿的褐色長髮，她皮膚白皙，眼睛的色澤像發酸的牛奶。她的一隻眼睛會不由自主地在眼眶裡轉動，下唇總是鬆弛地往下掉。我很不願意去看她。她的樣子就像是生了病，不過她的一舉一動還是顯得健康有力。每天晚上，她騎著白馬走在我們的雪橇旁邊，總是會唱一些歌曲，有時候還會與她的同伴一起大笑。但她的確是有問題的，就好像她出生時發育尚未完成。我竭力不去注視她。但每次我轉頭去看她的時候，她那隻四處轉動的眼睛彷彿都正在盯著我。

白天時，我們通常都在遠離道路的森林中紮營。即使是在最黑暗的夜裡，當大雪落下，寒風呼號的時候，這支隊伍還是會奮力前進。總是有一個白皮膚的人走在最前面，所有人都會毫不質疑地跟隨她。我約略猜測他們是在跟隨著她的腳步，沿著他們來時的道路撤退。我想要思考他們是從哪裡來的，為什麼會來到這裡，但我的思緒就像冰冷的燕麥粥一樣凝滯不動。

白色。這麼多白色。我們走過了一個被白色覆蓋的世界。幾乎每天都會下雪，讓大地變得柔軟平滑。凜冽的寒風將雪塑造成波浪和山丘，但它們始終都像德瓦利婭的隨從那樣白。他們的帳篷是白色的，許多長袍和毯子是白色的，一直在我們周圍翻騰湧動的霧氣也是白色的。他們的馬匹有些是白色，有些是霧灰色。我的眼睛已經對白色感到疲倦。不得不瞇起眼睛，才能區分這些人和這個寒冰世界的白色背景。

他們彼此交談，但這些話語只是從我的耳邊流過，就像雪橇滑過積雪的聲音一樣毫無意義。在這些話語的漣漪亂流中還夾雜著一陣陣笑聲。彼此交換的言辭組成一段又一段或高或低的韻律，彷彿他們在相互歌唱。我聽出了他們的幾個名字，但只是因為這些詞在不斷被重複。他們稱呼我廈思姆。每當他們提起這個詞的時候就會壓低聲音，語氣中充滿寒意。他們之中的大多數人可能不懂得我的語言，就算是懂得的也不想和我說話。他們在將我趕下雪橇，讓我進帳篷，或者讓我離開帳篷，乘上雪橇的時候會在我的頭頂和身邊說話。他們將盛食物的碗放在我手中，再把它拿走。他們幾乎不給我任何隱私的權利，不過他們至少在深隱和我需要解手的時候，允許我們走出一段距離。

自從我說過那些關於深隱的預言之後，他們從沒有問過我是否想要把她一直留在身邊。我選擇睡在深隱的旁邊。到了白天，深隱和我一起坐在雪橇裡。有時候德瓦利婭和奧黛莎，還有那個名叫文德里亞的迷霧之人也會坐進雪橇，或者他們之中的一個人會坐在雪橇馭手身側。我不喜歡讓他們靠近我。但當他們在雪橇裡的時候，我會感到更安全。他們總是壓低聲音進行交談。那種談話聲會與皮革鞍轡的擠壓聲、馬蹄聲和雪橇與積雪的摩擦聲，融會成一種和諧的旋律。當他們不在的時候，黑暗就會更加逼近我。有幾次，我脫離出眩暈的狀態，察覺到士兵們正走在我的雪橇旁邊。他們之中總是有人在不斷地斜睨著深隱，彷彿他們是一群狗，正環繞著一張食客們都已離開的餐桌，想要決定自己敢不敢叼走留在盤子裡的骨頭。深隱彷彿完全沒有看見他們。但他們讓我的血液發冷。他們之中有一個頭髮顏色像熟橡子的人，我對他最為留意，因為他曾經有一、兩次孤身一人貼到了雪橇旁邊。其他人總是三三兩兩的結伴而行。他們會死死地盯著深隱，用粗啞的聲音進行短暫的交談或者發出哄笑。當他們長久地盯著深隱或我的時候，我會竭力用瞪視回敬他們。但是我現在神智模糊而軟弱，即使只是瞪一下眼睛也會讓我感到非常困難。不過這些士兵總是很快就會變得表情懈怠，有時候下巴也會微微掉下來，然後他們就會落在雪橇後面，與其他士兵走在一起。我相信一定是那個迷霧男孩對他們施加了影響。

我們穿過漫長的冬夜，在最黑暗的時刻，當大多數人都已入睡，我們卻在吃力地趕路。有兩次，當我們走出森林，向鄉間道路靠近的時候，我看到有其他人騎馬從我們身邊經過。我看到了他們，但我覺得他們沒有看見我們。我的腦海中飄蕩著那些古老的傳說——其他世界擦過我們的世界，卻只和我們有短暫的接觸。看到那些人時，我就有這樣的感覺，就好像一片模糊的玻璃將我們隔開。我從沒有想過要呼喊求援。現在這就是我的人生，坐在德瓦利婭的雪橇上，被帶過一片積雪的世界。我的生命被放在一道狹窄的軌跡上，我在這條軌跡上移動，就像是獵犬緊緊追隨目標的氣味。

歇宿的時候，深隱和我總是一同分享帳篷的一個角落。我很歡迎她的脊背貼在我的背上，因為即使在成堆的裘皮和厚衣服下面，我還是會覺得冷。我相信深隱也感覺和我一樣冷。但是當我有一次在睡著時翻身靠上她，她立刻發出一陣短促尖利的喊叫，一下子就把我、德瓦利婭和奧黛莎都吵醒了。深隱什麼話都不說，但她總是會盡可能遠離我，並帶走大部分裘皮。我不會抱怨。這不是一件需要質疑的事情，正如同我不會質疑每次吃飯時，都會要我喝下去的那種稀薄褐色湯汁，還有奧黛莎在每天黎明我們入睡之前梳理我的短髮，用藥劑清洗我的手腳。她的手和給我洗滌的藥劑都很冷，但我沒有足夠的意志反抗她。「這樣你的皮膚才不會皸裂，廈思姆。」她會這樣對我說。她那張永遠都不會完全閉合的口中說出的話語輕柔含混。她給我的碰觸冷如冰霜，彷佛死亡本身正在輕撫我的雙手。

很快，嚴苛的生活就變成了日常規律。我在迷茫中接受了這種囚禁。我不會提出問題，也不會與俘虜我的人說話。我只是沉默地坐在雪橇裡，腦海中充滿困惑，不懂得對自己遭到綁架提出反對。我們停下腳步的時候，我會被留在雪橇上，德瓦利婭的幫手們則像螞蟻一樣在我們的周圍忙碌。火堆被點燃，帳篷被豎起。埃里克的士兵有他們自己的帳篷，和與我們相隔一段距離的獨立營地。德瓦利婭的人會在三只煮食罐中烹煮食物，給他們送過去。但士兵和白色的人們從不會一同進餐。我依稀有些好奇，埃里克隊長是否會主動要求與白色的人分開，還是德瓦利婭堅持如此。食物準備好之後，我就會被從雪橇上叫下來。他們給我食物，我們在短暫的冬季白晝中睡眠。每當夜色漸深時，我們就會起來，再吃些東西，然後上路。

在數日之後的一個落雪的黎明，我剛剛吃完碗裡的食物。我不想喝下他們給我的褐色湯汁，但這碗湯很溫暖，而我也很渴。我喝下了它。但是幾乎就在我喝完最後一口湯的時候，我感覺到腸胃開始發出反對的聲音。我站起身，跟隨深隱向遠處走去。她顯然也要做和我一樣的事。她領著我離開營地，走進一片被積雪覆蓋的灌木叢。我蹲在灌木後面，開始解手。深隱突然在我身邊說：「妳必須更小心些。他們認為妳是男孩。」

「什麼？」深隱的話和她終於對我說話這件事都讓我感到吃驚。

「噓！小聲一點。妳跟我來的時候，妳應該站立一會兒，鼓弄一下妳的褲子，裝作在小便，然後再走開蹲下來，做妳真正要做的事。他們全都相信妳是一個男孩，某個人丟失的兒子。我想，這是唯一救了妳的事情。」

「救了我？」

「讓妳不會遇到我遭遇的事情。」深隱恨恨地說著每一個字，「不會被強姦、被毆打。如果他們發現妳不是男孩，不是那個丟失的兒子，他們也會那樣對妳。然後會把我們兩個都殺死。」

我的心一直跳到了喉嚨。我覺得自己甚至無法呼吸了。

「我知道妳在想什麼，但妳錯了。妳不會因為年紀太小就能躲過一劫。我看過他們之中的一個人追逐一個從藏身之處跑出來的廚房女孩。我聽到了那個女孩的尖叫。」

「誰？」我用肺葉裡所餘不多的空氣問出這個字。

「我不知道他們的名字，」她輕蔑地對我說。彷彿我認為她知道僕人的名字，就是對她的一種侮辱，「現在這又有什麼關係？那件事已經在她的身上發生了，也在我身上發生了。他們闖進我的房間。一個人搶走了我的珠寶匣。另外兩個追趕我。我向他們拋擲東西，尖叫著打他們。我的侍女也和他們戰鬥。但沒過多久，我的侍女就像母牛一樣站在旁邊，看著他們攻擊我。當他們將她按在地上，奪走她的一切時，她連一點聲音都發不出。我一直在抵抗他們。」深隱的話語中流露出一點驕傲。但隨著一陣哽咽，那一點驕傲化成了灰燼。「但他們在那樣對我的時候更是大笑個不停。他們嘲弄我，因為他們更強壯。在那以後，他們把我拖出去，和其他人在一起。這沒有發生在妳的身上，只是因為他們認為妳是男孩，而且有些特別。」深隱的目光從我的身上移開。她到底對我有多麼憤怒，只因為他們沒有像傷害她一樣傷害過我！她緩慢地站起身，讓裙襬在身周落下。「妳也許以為我應該感謝妳救了我。實際上，我並不確認妳是否應該這麼想。也許最後那個人還是會饒我一命，這樣我至少還待在家裡。現在，只要他們發現妳是女人，我相信我們兩個的結局都會可怕得多。」

「我們能逃走嗎？」

「怎麼逃？看看周圍。無論我們去那裡，那個女人都會盯著我們。如果我們不馬上回去，她就會派人來找我們。我們能在什麼時候逃走？」

我的肚子果然不喜歡他們的食物。但我身邊沒有東西能用來擦拭。我只好狠心抓起一把雪，用它把屁股擦淨，才提起褲子。深隱冷漠地看著我，完全不在意我的隱私。「是因為那種褐色的湯。」她說道。

「什麼？」

「妳能不能說一些不帶『什麼』或者『誰』的話？是他們給我們喝的那種褐色的湯。它能讓妳立刻睡過去。我昨天只是裝作把它喝下了肚。然後我就沒有立刻睡倒。那裡面的藥劑能讓妳熟睡，這樣他們就能在白天休息，而不必緊盯著我們了。」

「妳是怎麼知道的？」

「訓練，」深隱簡單地回答，「在我來你們這裡之前，我接受過一些訓練。這是切德大人的意思。他派遣那個名叫箭囊的可怕老女人教會了我各種技藝——如何投擲匕首，如何反擊抓住妳的人。切德說她要將我訓練成一名刺客。我不認為她做得很好，但我的確學到了該如何保護自己。」她停住話頭，面色變得有些沉鬱，片刻之後，她承認說：「只學了一點。」

我沒有告訴她，她在莊園時並沒有做得很好。現在諷刺她的驕傲沒有意義。我還想知道得多一些，但我聽見德瓦利婭在向她的一名助手叫喊。那個胖女人的手正指著我們。

「裝出昏昏欲睡的樣子。垂下眼皮，慢慢走在我身後，不要試圖和我說話，除非我先開口。他們不會知道的。」

我點點頭，緊閉起嘴唇。我想要告訴她，我能像她一樣機警謹慎、一樣聰明，知道我們什麼時候說話才是安全的。但深隱已經低下頭，戴上了她被拉上雪橇之後一直不曾脫下的遲鈍面具。我很好奇她是不是一直假裝成這樣。一陣慌亂在我的心中升起。我從沒有像她一樣接受過訓練。我也聽他們將我當做一個男孩談論，但我當時根本沒有足夠的意志，去思考他們所犯的錯誤，也沒有經驗去擔心，如果他們發現我並不是他們以為的那個人，又會造成怎樣的後果。他們找到我之後，我根本沒有害怕過會有什麼事情發生。現在我害怕了。我的心在劇烈地跳動。那種褐色湯汁要讓我睡著，而我的恐懼卻在竭力讓我清醒。我幾乎連平穩呼吸都做不到，又怎麼能裝出昏昏欲睡的樣子？

深隱腳步踉蹌，或者是裝作腳步踉蹌的樣子撞到我身上。她抓住我的肩膀，用力捏了我一下，壓低聲音警告我：「裝睏。」她的嘴唇幾乎沒有歙動。

「廈思姆，你還好嗎？你的肚子不舒服嗎？」奧黛莎談論我的腸胃的語氣，就好像這是一個如同談論天氣一樣的禮貌話題。

我向她搖搖頭，將雙手按在肚子上。恐懼讓我感到噁心。也許我能夠將自己的膽怯偽裝成不適。「我只想睡覺，」我對她說。

「是的，這是一個好主意，是的。我會把你肚子的問題告訴德瓦利婭。她會為你準備治療的油膏。」

我不想接受她給我的任何東西。我低下頭，微微彎腰，這樣任何人都無法看到我的面孔。帳篷已經搭好，正在等待著我。漂白的帆布被半環形支架撐起，形成一個個圓頂帳篷，我懷疑從遠處看，它們都會被誤認為是一個個雪堆。但我們距離道路並不遠，被拴住的馬匹都用蹄子扒開積雪，尋找凍住的草葉。任何路經此地的旅人肯定會注意到牠們和那些色彩鮮亮的雪橇。那些士兵只有褐色的尖頂帳篷。他們的馬更是五顏六色。那麼，為什麼我們的帳篷還要進行偽裝？想到這裡，我的心稍稍動了一下。而當我靠近營地的時候，一陣睡意立刻擴散到我的全身。我大大地打了個哈欠。能休息一下實在是太好了。我只想鑽進溫暖的被褥裡去，好好睡一覺。

深隱邁著沉重的步伐走在我身邊。當我們靠近帳篷的時候，我察覺到幾名士兵正在看我們。

豪根，那個英俊的強姦犯還騎在馬背上。他金色的長髮被編成光亮的辮子，髯鬚經過了細心梳理。他臉上帶著微笑，耳垂掛著銀環，斗篷上扣著一枚銀別針。他一直在看著深隱嗎？——就像一頭食肉獸在盯著獵物。他低聲說了些什麼。豪根的馬旁站著另一名士兵。那個人只有一半鬍鬚，另一側的面頰和下巴光滑得就像一顆削了皮的馬鈴薯，在那片傷疤上看不到一根毛髮。豪根似乎說了個笑話，讓他也笑了起來。而那名頭髮像成熟的褐色橡子的年輕士兵一直用狗一樣的眼睛盯著深隱。我恨他們所有人。

一陣咆哮聲從我的喉頭傳出。奧黛莎猛地向我轉過頭。我強迫自己打了個嗝。「請原諒，」我盡量讓自己的聲音顯得睡意沉沉，尷尬而且很不舒服。

「德瓦利婭能幫你，夏思姆。」她安慰我。

深隱經過我們身邊，進了帳篷，盡量裝作依然對周圍所有事情漠不關心。但在那些噁心的士兵說話的時候，我看出她的肩膀繃緊了。她是一隻小貓，正勇敢地在噴吐鼻息的惡犬面前走過。我站在帳篷前，抖落靴子上的雪。深隱已經鑽進毯子，消失了蹤影。

我非常確定自己不希望得到德瓦利婭的任何幫助。那個女人讓我感到害怕。她有一張渾圓豐滿、帶有皺紋，卻又看不出年紀的臉。她可能是三十歲，也可能比我的父親還要老。對此我完全無法確認。她就像是一隻肥母雞，就連兩隻手也是肥肥軟軟的。如果她是我家的客人，我會猜測她應該是一位母親或祖母，很有教養，極少進行體力勞作。她對我說的每一個字都溫和有禮，就算是當她在我身邊責備隨從的時候，也彷彿只是為他們的錯誤感到傷心，而不是憤怒。

但我還是害怕她。她的每一個動作都會讓狼父親有所警惕。狼父親沒有高聲號叫，只是在沉默中張開雙唇，露出牙齒，讓我頸後的毛髮也直豎起來。自從他們擄走我的那一晚之後，即使是在霧氣中沉陷最深的時刻，我還是能感覺到狼父親和我在一起。牠不能幫我，但牠在陪伴我，給予我無聲的建議，要我保存力量，觀察，等待。我只能使用自己的力量，但牠在我身邊。這唯一的安慰無論是多麼微薄，也都會被我緊緊抓住。

奇怪的是，儘管深隱低聲吩咐了我那麼多事情，我卻依然覺得自己才是更有能力應對當前局勢的人。她的確向我指出了一個我不曾考慮過的危險，但這並不意味著她能夠成為拯救我們的那個人——我想不到有誰能救我們。不，在我聽來，她的話只是一種自我誇耀，那不是為了讓我信服，而是要支撐起她自己的希望。刺客的訓練。我們在細柳林共同生活的幾個星期裡，我在她身上並沒有看到多少這種訓練的跡象。我只看到了她的無能與淺薄，一心只想得到更多用錢就可以買到的漂亮物品和享樂。我看到過她以為聽到了鬼魂的呻吟而哀號哭泣，但實際上那只是一隻被困住的貓。我還看到她與蜚滋機敏調情，還想勾搭謎語，甚至——我覺得——她對我父親也有意思。一切都是為了得到她想要的，於是她便不停地炫耀自己的美麗，以吸引別人的注意。

但沒過多久，這些暴徒來了，她的武器變成了致命傷。她的美貌、魅惑和漂亮衣服未能拯救她，讓她免於遭受那些男人的侵犯。實際上，正是這些讓她成為了獵物。我還是有些好奇，是否美豔的女子會更容易遭受傷害，更有可能成為這種人的目標。這個問題在我的腦海中不停地轉動。我知道，強姦是傷害，是侮辱，充滿了痛苦。對於這件事我並不很瞭解，但你不必懂得用劍也能明白劍刃會造成怎樣的創傷。深隱受了傷，而且是很嚴重的傷——嚴重到她願意接受我作為某種盟友。我本以為自己在那一晚宣稱擁有她是救了她。現在，我開始懷疑自己是不是把她拖出煎鍋，卻又讓她和我一起掉進了烈火之中。

我竭力思考自己擁有一些什麼樣的技能可以拯救我們。我能用匕首戰鬥，這也許有一點用。如果我能得到一把匕首的話，而且我的敵人只能有一個。我知道一些他們不知道的事情。他們對我說話的口吻，彷彿我是一個比實際年齡小得多的孩子。我並沒有糾正他們。實際上，我對他們幾乎沒有說過什麼話，這也會有用的。我想不出該如何利用它，但它至少是一個他們並未掌握的祕密。祕密可以成為武器。我在書上看到，或者是聽說過，從某個地方。

睡意再一次壓倒了我，讓整個世界變得模糊。這也許是因為那種湯，或者是那個迷霧之人。不要抗爭，狼父親警告我，不要讓他們知道妳知道的事。

我深吸一口氣，裝作打了個哈欠。不過這個哈欠突然變得非常真實。奧黛莎正在我身後爬進帳篷。我用充滿倦意的聲音說：「他們用不好的眼光看深隱。那些男人。他們讓我做黑暗的夢。德瓦利婭不能讓他們離遠一些嗎？」

「黑暗的夢。」奧黛莎稍有些沮喪地說。

我的內心不敢再有一絲一毫的動作。我是否說得太多了？奧黛莎沒有再說話，我跪倒下去，爬過鋪開的毯子，鑽進深隱身邊的被褥裡。在被褥下面，我褪掉身上的裘皮外衣——我沒有解開外衣釦子，而是直接從下襟中爬出來，又把這件外衣捲成枕頭。然後我幾乎完全閉上眼，讓自己的呼吸緩慢下來。我透過眼皮的縫隙偷偷覷著。奧黛莎一動不動地站立了很長時間，雙眼直盯著我。我感覺到她正在做出某種決定。

她離開了，讓帳篷簾子在身後落下。這很不尋常。通常當深隱和我睡覺的時候，奧黛莎都會躺在我們身邊。我們很少能離開她的視野，除非是德瓦利婭接替她看管我們。現在帳篷裡只剩下了我們兩個。我很想知道這是否意味著我們逃跑的機會來了。有可能，而且這可能是我們唯一的機會。但我的身體正慢慢變暖，我覺得自己很沉重，腦子也愈轉愈慢。我從被子下面伸出手去摸深隱。我要叫醒她，然後我們會從帳篷下面爬出去，爬進冰冷的風雪之中。我不喜歡寒冷。我喜歡溫暖，而且我需要睡眠。我實在是太疲倦、太睏了。我的手落下去，並沒有摸到深隱。我也沒有足夠的意志力把它再舉起來。我睡著了。

我醒過來，就如同一個游泳的人衝出水面。不，更像是一塊木頭浮出了水面，因為這塊木頭無處可去。睡意從我的身上流散開去，我坐起身，感覺到神智清醒。德瓦利婭正盤腿坐在我的床腳處。奧黛莎在她的側後方。我看了深隱一眼。她還在睡夢中，顯然不知道身邊正在發生什麼。現在會發生什麼？我眨眨眼，從眼角的餘光中察覺到一絲閃動。我轉頭去看，但那裡什麼都沒有。德瓦利婭正在向我微笑，笑容溫和，令人感到寬慰。「一切都很好，」她用安慰的口吻說。但我知道她沒有說實話。

「我只是認為我們應該談談。你要明白，你不必害怕那些守衛我們的人。他們不會傷害你。」我眨眨眼睛，在我的目光集中到德瓦利婭身上之前，我看見了他。那個迷霧之人正坐在帳篷的角落裡。我慢慢，慢慢地將我的視線移到那個方向——只移動我的眼睛。是的，他正在向我露出那種愚笨的微笑。當我們目光相遇的時候，他歡快地拍著手喊道：「兄弟！」他的笑聲是真摯的，就好像我們剛剛分享了一個奇妙的玩笑。他的笑容讓我知道，他希望我能夠愛他，就如同他深深地愛著我一樣。自從我的母親去世之後，就沒有人再這樣毫不掩飾地愛我了。我不想要他的愛。我瞪著他，但他還是向我微笑。

德瓦利婭皺起眉頭，肥胖的臉上顯露出不以為然的嚴厲面容，但這個表情在她的臉上一閃即逝。當我轉回頭看著她的時候，她又已經是一臉微笑了。「好啦，」她彷彿很高興的樣子，「我知道我們的小遊戲結束了。你看到了他，對不對，廈思姆？即使我們的文德里亞竭盡全力，即使他毫無保留，但他還是沒能在你的眼皮下面藏起來。」

讚揚、疑問和斥責全部絞纏在這句話中。那個男孩滿月一般的面孔只是顯得更加快樂。他來回扭動著身體，完全是一個樂天的男孩。「好傻，好傻。我的兄弟會用另一種眼睛來看。他看見了我，哦，我們在那座城鎮的時候他就看見了我。那個有音樂和甜食，人們都在跳舞的地方。」

他若有所思地撓了撓自己的面頰。我聽到被刮過的鬍鬚短髭劃過他指甲的聲音。看樣子，他比我想像得要年長，但他卻又是這樣孩子氣。「我希望還能有那樣的節日，有舞蹈、歌唱，還能吃甜食。為什麼我們不慶祝節日，靈思拓？」

「我們不過節日，我的蟄伏者。這就是答案。我們沒有節日，正如同我們沒有母牛和薊花。我們是僕人。我們有自己的道路。我們即是道路。我們的道路是為了全世界的利益。」

「當我們侍奉整個世界的時候，我們也在侍奉自己。」德瓦利婭和奧黛莎異口同聲地說出這段話，「世界的利益就是僕人的利益。對僕人好就是對世界好。我們必將沿這條道路走下去。」

她們的聲音消失了，但同時以責備的目光盯著文德里亞。文德里亞低垂下雙眼，臉上的光彩也黯淡了一些。他也開始用一種充滿節律的語音說話，我相信這段言辭是他在襁褓中時就已經學會的：「離開此道之人不是僕人，只是讓世界美好的障礙。必須避開道路上的障礙，如果不能避開，就必須清除。如果不能清除，就必須摧毀。我們必須沿這條道路走下去，為了這個世界。我們必須沿這條道路走下去，為了僕人。」最後，他重重地吸了一口氣，又鼓起兩腮，把這口氣呼了出去。他像孩子一樣噘起下唇，看著成堆的毯子，而不是德瓦利婭。

德瓦利婭卻並不打算甘休。「文德里亞，在道路的這一部分，是否有人見到過你應該參加某個節日？」

「沒有。」否認的聲音很小。

「是否有任何人在任何夢中，見過文德里亞在某個節日中尋歡作樂？」

他短促地吸了一口氣，肩膀低垂下去：「沒有。」

德瓦利婭向文德里亞俯過身，和善的表情回到臉上。「那麼，我的蟄伏者，在文德里亞的道路上是沒有節日的。文德里亞去參加節日就是離開了道路，或者歪曲了道路。那麼文德里亞會成為什麼？一名僕人嗎？」

文德里亞表情木訥，緩慢地搖了搖頭。

「一個障礙。」文德里亞抬起頭，不等胖女人再次逼問，他繼續說道：「要被躲避，或者被丟棄、被清除、被摧毀。」他的聲音逐漸低沉，說完最後一個字，他的眼睛也盯住了地面。我注視著他。我從未見過一個人如此堅信明顯是愛他的人，會因為他違犯一條規則而殺死他。一陣寒意湧過我的脊骨。我發現自己也相信這一點。如果文德里亞離開這條道路，這個胖女人就會殺死他。

什麼道路？

他們認為我也有一條道路嗎？如果我離開，他們也會殺死我？我將視線轉向德瓦利婭。我相信如果文德里亞偏離道路，她就會殺死他。她也會殺死我嗎？

德瓦利婭的目光突然轉向我，我卻沒辦法從她的面前轉開。她溫和地輕聲說道：「這就是我們來到這裡的原因，廈思姆，為了救援你，保護你的安全。因為如果我們不這樣做，你就會成為道路上的障礙。我們會帶你回家，去一個安全的地方，保證你不會在無意中偏離道路，改變道路。藉由保護你的安全，我們也就保障了道路的安全，保障了世界的安全。只要世界是安全的，你就是安全的。你不必害怕。」

她的話讓我驚恐萬分。「是什麼道路？」我問道，「我怎麼能知道我沒有偏離道路？」

她的微笑變得愈發燦爛。她緩慢地點點頭，「廈思姆，我很高興。一直以來，我們都希望每一名僕人能首先問出這個問題。」

我的心一沉，胃裡感到一陣陣發冷。僕人？我見到了這些僕人的生活，而且從不曾想過自己會成為僕人。突然間，我知道我絕對不想成為僕人。我敢這樣說嗎？這樣說是不是就算偏離了道路？

「所以，能夠聽到一位你這樣年紀輕輕的廈思姆說出這種話，實在是令人吃驚又欣慰。廈思姆常常並不明白道路的存在。他們會看到各種可能，許多條道路通向更多的歧路。出生在遼闊世界不同地方的廈思姆，常常很難接受只有唯一真正的道路，已經被看見、被標明，我們必須努力讓世界走上去的道路。只有這樣，世界對於我們所有人才會是一個更好的地方。」

我理解了她的意思，她的話語如同潮水一般衝擊著我。我是否一直都知道這件事？我清晰地回憶起市場上的那名乞丐對我的碰觸。那時候，我突然就看到了無窮多個可能的未來，這一切都取決於我瞥到的一對年輕戀人的決定。我甚至想過要將未來引導至我認為是最好的方向——那樣會導致那對年輕戀人中的男子被強盜殺死，女子被強姦和虐殺，而我則由此看到了女子的兄長們會為她復仇，並鼓勵其他人加入他們，一同保護道路安全，勦滅劫匪。在他們的妹妹死後的數十年中，那裡會成為一個對旅人非常安全的地方。兩條生命遭受痛苦和折磨，換來許多人被拯救。

我的意識回到了現在。蓋在我身上的被子都掉落了，寒冷的冬天抓緊了我。

「看來你明白了我的意思。」德瓦利婭用蜜糖一樣的聲音說，「親愛的，你是廈思姆。在一些地方，人們會稱你為白色先知，即使你並不像其他白色先知那樣白皙。不過，我相信文德里亞，他告訴我，你正是我們尋找的那個失落之子。你是一個非常罕見的生靈，廈思姆。也許你並沒有意識到這一點。很少有人擁有看到未來可能的天賦。而能夠看到轉變點的人就更加罕見了。轉變點指的是一些很小的細節——一個詞、一絲微笑或者匕首的一次劃動，但整個世界都可能因為這些細節而改變前進的軌跡。你屬於所有生靈中最罕見的一類。而生你的父母完全不知道你是什麼樣的人，這幾乎完全是一種巧合。他們不可能保護你，讓你免於犯下危險的錯誤。他們不能在你偏離道路的時候拯救你，所以我們來找到了你。為了保護你和道路的安全，為了讓你能提前看到一切發生改變的時刻。而你也會看到，在任何一個迴圈中，誰會是哪個時刻的催化劑。」

「催化劑，」我在舌尖上咀嚼這個詞。這聽起來像是一種香料或者治療草藥——這兩種東西都能改變其他東西。香料能夠改變食物的味道，草藥能夠挽救生命。催化劑。在父親的卷軸裡，我讀過一些曾提到過，我的父親是催化劑。

德瓦利婭在用這個詞試探我。「就是你能夠用來讓世界走上不同道路的那個人。你的工具，你在塑造世界的這場戰鬥中的武器。你還沒有見到他嗎？或者是她？」

我搖搖頭，感到一陣噁心。各種資訊在我的腦海中湧動，就像嘔吐物湧到我的喉頭，讓我感覺自己彷彿在被寒冷的火焰燒灼。我做過的夢、我知道要做的事情。我是否曾故意刺激莊園中的孩子攻擊我？當阿愚打我的時候，將我的舌頭綁縛在下顎的皮肉被撕掉了。我有了說話的能力。我在那一天是故意出去的，因為我知道，如果我要能夠說話，就必須讓那些事發生。我用被子包裹住身體，來回搖擺，牙齒不停地撞擊在一起。「我好冷，」我說道，「實在是太冷了。」

我那時已經準備好造成那種改變。阿愚成為了我改變自己的工具，因為我能看到讓其他孩子發現我之後的連鎖反應，我將自己放在能夠被他們捉住的地方。因為我早已知道自己必須那麼做，我必須將我放在道路上，我在出生以前就已經不止一次瞥到這條道路。任何人都能改變未來，我們之中的任何人都在不斷地改變未來。但德瓦利婭是對的，幾乎沒有人能像我這樣做。我能看見，確切無疑地看見一個行為最有可能造成的連鎖性後果。然後我會放開弓弦，將這一連串的後果射向未來，或者讓另一個人這樣做。

我的能力讓我感到暈眩。我不想要這種能力。它給我的感覺很不好，彷彿寄生在我體內的一種疾病。隨後，我病了。整個世界在我的周圍旋轉。如果我閉上眼睛，它就會轉動得更快。我緊緊抓住被子，希望自己能穩定下來。寒冷的爪子是那樣凶狠地抓住了我，我已經死在它的手心裡。

「有趣。」德瓦利婭說道。她並沒有過來幫助我。當奧黛莎在她的身後有所動作，她立刻伸出手，嚴厲地向下一揮。那名蟄伏者隨之僵在原地，把頭縮進雙肩之中，就像是一條遭受責罵的狗。胖女人看了看文德里亞。文德里亞也縮成了一團。「你們兩個看著他。但不要做其他事。這個時刻並沒有被預見到。我會召集其他人，我們將檢索記憶中的一切預言，直到我們知曉這意味著什麼。不管我們是否能找到任何啟示，現在最安全的辦法還是不要有所行動。」

「求妳，」我說道，但我並不知道自己要乞求什麼，「我病了，我非常冷。」

「是的。」德瓦利婭點點頭，「是的，你很冷。」她帶著告誡的神情向她的兩名蟄伏者擺了擺一根手指，然後就走出了帳篷。

我一動不動地坐著，只要稍有動作，那種旋轉就會變得無法承受。但我很冷，實在是太冷了。我想要去拿被褥和裘皮，用它們把身子裹緊。但任何動作都會引發強烈的暈眩。我竭力堅持，但在拚命堅持了一段時間之後，我開始嘔吐。我吐了自己一身，嘔吐物浸透了襯衫前襟，讓我更冷了。迷霧之人和奧黛莎都沒有動一下。奧黛莎用那雙發酸牛奶顏色的眼睛看著我；文德里亞的眼裡閃動著淚光。他們看著我，直到我嘔出一股稀薄的黃色液體。我甚至沒辦法把嘴裡的液體吐乾淨，它黏在我的嘴唇和下巴上。整個帳篷還在旋轉。我是這麼冷。我只想遠離這些又濕又臭的嘔吐物。

就這麼做。離開。無論我的動作快或慢，眩暈的感覺都一樣糟糕。所以，行動起來。

我站起身，又側身倒在地上。眩暈感狠狠擊中了我，讓我分不清上下。我想，我應該是在呻吟。

有人拿起一條毯子包裹住我。是深隱。我在旋轉的世界中看不到她，但我知道她的氣味。她又將另一樣東西蓋在我身上。一塊很厚重的裘皮。我感到了一點溫暖。我將身體蜷成一個球，不知道自己說話的時候能不能不再嘔吐。「謝謝妳。請，不要碰我，不要動我，那只會讓眩暈更嚴重。」

我將視線聚焦在毯子的一角，用意志力讓它固定住。奇蹟發生了，它不再旋轉。我緩慢而謹慎地呼吸著。我需要溫暖，但我更需要旋轉停止。一隻手碰到我，一隻冰冷的手按在我的脖子上。我發出無言的啜泣。

「為什麼你們不幫他？他病了。他正在發高燒。」深隱的聲音還帶著睡意，但我知道她其實很清醒，她沒有真正睡著。她的憤怒是如此強烈，不可能剛剛從睡夢中醒來。那兩個人也能聽出來嗎？

奧黛莎說話了。「我們什麼都不能做，要等到靈思拓‧德瓦利婭回來給我們新的命令。現在妳可能已經干擾了道路。」

我的身上又多了一條毯子。「那就什麼都不要做，不要阻止我。」

深隱躺到了我身邊，我希望她不要這樣。我害怕如果她碰我或者移動我，我又會大吐不止。

「我們服從了命令。」文德里亞聲音中的恐懼就像是向空氣中釋放了一股惡臭。「靈思拓不能向我們發火。我們服從了命令，什麼都沒有做。」他抬起雙手遮住眼睛，呻吟著：「我沒有幫助我的兄弟，我什麼都沒有做，她不能發火。」

「哦，她可以發火，」奧黛莎苦澀地說，「她總是可以發火的。」

我非常小心地讓自己的雙眼閉合住。旋轉緩慢下來，停止了。我睡了過去。

13

切德的祕密

這是那些火中馬匹的夢。這是一個冬季的黃昏。夜晚還沒有到來，但天很黑。初升的月亮已經越過樺樹枝條。月亮在尖叫、呻吟。馬廄燃起了大火，馬匹在一陣陣嘶鳴。有兩匹馬衝了出去。牠們的身上都有火。一匹是黑色，一匹是白色，火焰則是橙紅色，在馬匹飛馳激起的勁風中獵獵作響。兩匹馬一直衝進黑夜。黑馬突然倒下，白馬繼續飛奔。突然間，月亮張開口，吞下了白馬。

無論我多麼努力，也搞不清這個夢的意義。我沒辦法把它畫在紙上。所以這個夢只以文字的形式記錄下來。

——《蜜蜂．瞻遠的夢境日記》

我在書房的地板上醒來，距離那個熟睡的馬僮並不遠。我沒有想要睡著。而且我肯定無法在自己的房間裡入睡。但我還是從我的床上拿了毯子，又從蜜蜂的祕密巢穴中拿了她的日記，這才回到莊園書房。我在壁爐中放了足夠多的木柴，讓爐火能夠堅持到天亮，然後就將毯子鋪開，躺下去，將蜜蜂的日記捧在手中。我想要閱讀它。這是否會違背她對我的信任？我翻動書頁，沒有細看任何一段內容，只是驚歎於她整潔的字跡、精美的插圖和浩繁的紀錄內容。

我的心中升起一點怪誕的希望——也許她能有一點時間留下關於那次襲擊的紀錄？我翻到她的日記的最後一頁。但這一頁的內容只到我們前往水邊橡林之前。這裡還有一張穀倉貓的素描。就是那隻尾巴有殘疾的黑色小貓。我合上日記，將頭枕在上面，睡了過去。走廊裡的腳步聲將我驚醒。我坐起身，感覺全身痠痛、精神頹廢，沉重的憂慮再一次壓到我心頭。陰鬱和沮喪浸透了我。我已經失敗了，無論我做什麼都無法改變這一點。蜜蜂死了。深隱也死了。也許她們的結局要比死亡更可怕。這都是我的錯，我對此無法感到憤怒，也沒有更多動力去做任何事。

我走到窗前，拉起窗簾。天空終於變成清澈的藍色。我用了些力氣才讓腦子轉動起來。切德今天會來，還有阿憨。我試圖制定計畫，決定是騎馬去迎接他，還是在這裡為他的到來做準備。我找不到足夠的心志來做這個決定。堅韌不屈還睡在壁爐前。我走過房間，向爐火中添了一些柴。我喜歡天空變得晴朗，但也知道這意味著天氣會變得更冷。

我離開書房，向房間走去，在那裡找到乾淨衣服。然後我去了廚房。我很害怕在那裡找不到人。不過廚娘肉豆蔻在，塔維婭和兩個廚房女孩榆樹還有草坪也都在。塔維婭有了一個黑眼圈，下唇也腫脹起來。但她似乎對這兩處傷都全無察覺。榆樹的步履異常蹣跚。恐懼讓我感到難受，我不敢問她們任何問題。「您能夠回家來實在是太好了，獾毛主人。」廚娘肉豆蔻向我問好，並說早餐很快就會準備好。

「我們很快就要有客人了。」我告訴她們，「切德大人和他的同伴阿憨再過幾個小時就會趕到這裡。請為我們準備好飲食，還請讓其他僕人也都知道，我希望阿憨能夠得到和切德大人同樣的尊敬。他的外表和舉止也許會讓你們覺得他神智不太健全。但他是瞻遠王座不可缺少的忠實臣僕。要給他和切德大人相同的款待。現在，如果妳能送一托盤食物和熱茶到我的書房，我將非常高興。哦，還請給馬僮堅韌不屈也送去足夠的食物。他今天早晨會和我共進早餐。」

廚娘肉豆蔻的眉毛緊皺在一起。但塔維婭向我點了點頭。「您真是好心人，主人，願意接納那個可憐的小傻瓜，還讓他做您的馬僮。一份工作也許能幫助他恢復神智。」

「希望如此。」我只能這樣對她說。我離開廚房，找了一件斗篷，來到細柳林馬廄的廢墟前。冷冽的空氣、湛藍的天空、潔白的雪、黑色的木頭。我圍繞這片廢墟轉圈。至少我能看見一匹馬的屍體，被燒焦了一半，又被烏鴉吃光了皮肉，只剩骨架躺倒在廢墟中。馬廄被燒毀得很徹底。我在周圍進行了一番勘察，並沒有找到比昨晚更多的線索。這裡只有一些徒步行走的足跡，很可能是細柳林人在工作時留下的。

我找到了剩餘的馬匹和我在前一晚偷來的那匹馬。牠們都被聚攏在一個羊圈裡，並得到了飲水和飼料。一個看上去頭腦昏昏的女孩正在照料牠們。另外還有一頭牛犢也活了下來。那個女孩坐在羊圈角落裡的一堆乾草上，牛犢將頭枕在她的膝蓋上。女孩的雙眼茫然地盯著遠方，也許她正在努力想要瞭解自己所在的這個世界。在這個世界裡，她的長輩都已不在，只剩下她突然要負責照看這些牲畜。她是否還能記得自己的長輩？看到她孤獨地待在這裡，我不由得開始思忖，到底有多少馬廄裡的人被歹徒殺死了。我知道，塔爾曼和高塔曼不見了，其他還有多少人？

「牛犢怎麼樣？」我問那個女孩。

「很好，主人。」她在匆忙中想要站起來。我擺了一下手示意她繼續坐著就好。牛犢抬頭舔了舔她的下巴。牛犢被割開的耳朵正在癒合。

「牠的傷口被妳護理得不錯。謝謝妳。」

「這是我應做的，主人。」女孩抬起頭看著我。「牠很想念母親，主人。那種思念太強烈了，我幾乎能感同身受。」女孩的眼睛睜得非常大，她的身子在微微搖晃。

我點點頭。我是個徹頭徹尾的懦夫，根本不敢問女孩的母親怎樣了。其實我很懷疑她是否還能記起自己的母親。「好好照顧牠，盡力讓牠舒服一些。」

「我會的，主人。」

我來到鴿舍前，發現一切就像那名信使所說的一樣。老鼠或者其他食腐獸已經找到了這些帶羽毛的小屍體。不過在高處的棲架上，出現了一隻腿上綁著信的活鴿子。我抓住它，打開那封信，發現信是蕁麻寫給蜚滋機敏的，希望他能有一個快樂的冬季慶，並向他詢問妹妹的訊息。我將鴿子的屍體掃出鴿舍。為那隻鴿子找了一點穀物，並給牠的水槽裡倒滿水，就離開了鴿舍。

我重新進入莊園主屋時已被寒冷滲透骨髓，心情更是格外沉重。我見到的一切都在向我證明堅韌不屈的講述。那些抓住蜜蜂的人是殘忍冷酷的殺手。我只能希望蜜蜂是他們的人質，會受到重視和照料。我一路回到書房，發現那名馬僮已經醒了。有人給他送來了洗漱用水。他顯然讓自己盡量整潔了一些。盛著食物的托盤被放在書桌上，未曾動過。「你餓嗎？」我問他。

「非常餓，主人，」他承認說，「但我認為未經您的許可就吃這些東西是不對的。」

「小子，如果你要侍奉我，我要求你做的第一件事就是要照實際情況做事。難道廚娘沒有告訴你，這是給你吃的？難道你沒有看見托盤裡有兩個杯子，兩只食碟？你餓了，食物就在你面前，你不知道我什麼時候會回來。你應該吃掉它們。」

「這樣似乎不禮貌，主人。我的家人總是會聚齊在桌邊，一同用餐。」他突然閉上嘴，緊緊咬住嘴唇。有那麼一瞬間，我希望阿憨能夠讓他的母親恢復記憶。然後我又在想，難道讓那個女人去面對她所失去的一切就是應該的嗎？我張了兩次嘴才說出話來。

「我明白了。那麼，讓我們坐下來吃東西吧。我們必須為今天做好準備。我將需要你的說明，為我們剩下的馬匹創造一個舒適的環境。切德大人和阿憨隨後就到。他們將幫助我們處理這裡發生的一切。」

「您說的是那位國王的諮政？」

我很驚訝這個男孩竟然知道切德。「是的，阿憨也會跟他一起來。他也是一位諮政。不要對他的外表和行事風格產生誤解。他的思維模式也許和我們不完全一樣，但他是我的一位老朋友，不止一次幫助過我。」

「當然，主人。您的所有客人都會得到尊敬。」

「很好。現在我們來隨便聊些別的，吃些東西吧。」

這個男孩很懂得聊天。他眼睛裡憂鬱的神色也稍稍褪去了一些。但他的面頰依舊因為傷口而發紅發熱。我藉故離開桌邊，只剩他一人繼續吃東西。我回來的時候，將被搗碎、劑量不小的柳樹皮加入到他的茶水中。他吃飽之後，我讓他去蒸氣浴室。我想派人去他母親的住處，為他取些乾淨衣服，但又覺得這只會讓每一個人都更加傷心。

有人在輕敲書房門。是蜚滋機敏。他看上去要比昨晚好了一些。「你有睡覺嗎？」我問他。

「噩夢。」他直白地回答。

我沒有問他是什麼噩夢。「你的肩膀怎樣了？」

「好一些了。」他看了一眼地板，又抬起頭看著我，緩慢地說道：「我沒辦法想清楚這些天發生的事情。不只是冬季慶前夜。在水邊橡林的那一整天都變得殘缺不全，甚至不只是那一天，而是之前的許多天。看看這個。我記得我買了它。但我想不起是為什麼。」他舉起一只精緻的銀鏈手鐲，「我絕不會為我自己挑選這樣的首飾。我感到慚愧，卻又不知道是為什麼。我做了非常可怕的事情，對不對？」

是的，你沒有保護好我的女兒，你應該在讓他們奪走她之前就死掉。「我不知道，機敏。但等到切德大人帶著阿憨到了這裡，也許我們就能……」

「主人！」布勒恩高喊著衝進了書房。有那麼一瞬間，我想要責備樂惟沒有好好訓練他。但樂惟已經不在了。

「出了什麼事？」

「一隊士兵，主人，正沿著大道過來！有二十人，或者更多！」

我立刻站起身。我的視線落在壁爐架的長劍上。長劍不在那裡，被搶走了。現在沒有時間思考這種事，我伸手到桌子底下，抽出了很久以前藏在那裡的鋒利短劍，又看了一眼機敏，「武裝好自己，跟我來，馬上。」然後我就衝出門外，沒有回頭看一眼布勒恩是否有追上來。我有了目標，在那一刻，我完全相信自己只憑一腔怒火就能殺死二十個人。

但騎馬趕來的那些人穿著公鹿堡鬥士的制服——全身黑色，只點綴著一點蔚藍。這些士兵以勇猛和凶暴著稱。他們的隊長戴著頭盔，只露出眼睛和一臉濃密的鬍鬚。我站在敞開的主屋大門外，喘息著，手中握著出鞘的利劍。那些人露出懷疑的眼神，紛紛勒住了坐騎。他們遲到了。是切德派遣他們來保衛細柳林，但直到現在他們才趕到。那名孤身信使冒著強風暴雪，搶在他們之前到了細柳林。他們的隊長看著我的眼睛，冷冷地審視著我。他的雙眼向馬廄的廢墟閃動了一下，立刻又回到我身上。他知道他來晚了，顯然正在編造理由，明確這不是他的責任。切德派遣了鬥士衛隊來保衛細柳林？他認為會有什麼樣的敵人攻擊這裡？那些擄走蜜蜂的人，真正的目標會不會是深隱？太多新的想法在我的腦海中翻騰。我慢慢放下短劍，將劍尖頂在地上。

「隊長，我是管理人獾毛，細柳林的主人。歡迎。我知道切德大人派你們來保護這裡。恐怕我們已經太遲，沒能阻止災難發生。」對於這裡發生的一切，我只能用這樣平淡拘謹的話語來描述。我又恢復了先前的身分，給了他們一個應該是他們預料之中的名字。

「我是悍勇隊長。這是我的尉官狡捷。」他向身邊略比他年輕的軍人一指。那個人的鬍鬚有些稀疏，但顯得頗有野心，「我們在天氣許可的情況下儘快趕來這裡。很不幸，我們未能在你之前趕到，讓你的家無人守護。」

這不是他的錯。他在確保我明白這一點。他是對的，但這就像是在傷口上又撒了一把鹽。他對我的不敬顯而易見。

一陣微弱卻有些熟悉的樂聲進入了我的思緒。我抬起眼睛。阿憨？在這一隊士兵身後，他和切德出現了。切德催馬向前高聲問道：「有什麼訊息？她在這裡嗎？出了什麼事？」

「一言難盡。這裡遭到了襲擊，就在冬季慶前夜。蜜蜂被擄走了。我的馬廄被燒毀，一些人被殺害。有某種力量遮蔽了這裡每一個人的心智。他們什麼都想不起來。只有一名馬僮還記得當時發生的事情。」

「深隱女士呢？」切德的語氣異常急切。

「很抱歉，切德。我不知道。她不在這裡。我不知道她是被擄走了，還是已死在這裡。」切德的臉色變了。他顯得格外蒼老。我發誓，他面部的皮肉都從顱骨上鬆垂下來，眼睛裡也沒有光彩。「機敏呢？」他的聲音微弱而絕望。

「我沒事，切德大人。只是肩膀上多了一個窟窿，不過我還活著。」

「感謝艾達。」那位老人下了馬，機敏將手中的劍交給布勒恩，走上前迎接他。切德無聲地擁抱了機敏，閉起雙眼。我覺得我看到機敏被切德的手臂環抱時微微哆嗦了一下，但他沒有發出任何聲音。

「蜚滋，嗨！」阿憨騎在一匹非常高大的馬背上，顯得很不舒服。他笨拙地下了馬，肚子一路擦過馬的肩膀，圓圓的面頰被冷風吹得通紅。他令人難以置信的精技力量所發出的樂音，在今天變成為一種低沉柔和的旋律。不過，隨著這種樂音在我的感官中變得愈發強壯，我的心情也稍稍振作了一些。他來到我面前，注視著我，伸出手拍了拍我的胸膛，彷彿在確認我看見了他。「蜚滋，看啊！我們遇到了這些士兵，就和他們一起來了。就像是一支軍隊來到了你的門前！我好冷！我好餓！我們能進去嗎？」

「當然，大家都請進來吧。」我抬起頭，看著那些馬背上的士兵，「你們一定也都又冷又餓。嗯，布勒恩，你能找人來照顧這些馬匹嗎？」我不知道能讓這些馬在哪裡歇宿。我也沒有告訴廚娘，今天會有二十多個饑餓的衛兵到來。阿憨伸出手，握住了我的手。

這個想法如同一隻拳頭狠狠打在我的頭上。我在這裡幹什麼？為什麼我不去追趕敵人？

蜜蜂被偷走了！

「你在這裡！為什麼你要藏在霧裡？現在我們能感覺到彼此了。」阿憨熱切地對我說。他緊握著我的手，向我露出微笑。

冰冷又令人震撼的事實緊緊抓住了我，就像是我從熱病的昏聵中一下子恢復了健康。一切看似遙遠和模糊的哀傷，現在都以全副力量向我衝擊而來。我的孩子被偷走了，而偷走她的人殘忍到會將我的馬關在馬廄中活活燒死。我的人變成了一群懵然無知的綿羊。嗜殺的怒火在我的胸中升騰。阿憨向後退了一步。「停下，」他懇求我，「不要有這樣的心！」

他一放開我的手，那種窒息的絕望再一次充塞了我的全身。我低頭看著地面，現在要豎起精技牆簡直就像是要我用雙手抬起細柳林的牆壁。我感到了太多無法容納的情緒：太多憤怒、沮喪、愧疚和恐懼。所有這些情緒像野狗一樣彼此環繞，不停地撕扯著我的靈魂。我疊起一塊塊磚石，搭建好我的精技牆。當我再抬起頭的時候，阿憨正在向我點頭。他的舌頭壓在下唇頂端。機敏在快速地和切德輕聲說話。切德雙手握住他的肩膀，緊緊盯住他的臉。那些公鹿堡鬥士顯得非常不高興。我看著他們的隊長，同時用我的精技和聲音推出我的話語。

「你們不想到這裡來。你們在大路上行軍的時候一切正常，但在走上通往這裡的岔路之後，一切都變了。從那時起，你們就希望能去其他任何地方。現在你們已經來到這裡，這裡讓你們感到悲慘和不安。你們像我一樣看到了這裡的各種異常，它們表明這裡遭受了武裝匪徒的攻擊。那些匪徒已經離開，留下了明確的痕跡，卻沒有在我的僕人心中留下任何記憶。這是一種法術……一種邪惡的魔法被施加在細柳林之上，目的就是要擋住那些有可能援助這裡的人。」我吸了一口氣，穩住心神，挺直後背，「如果你們之中能有兩個人將這些馬匹牽到羊圈去，並為牠們找來飼料，我將不勝感激。剩下的人請進屋裡來，暖和一下身體，吃些食物。然後我們會討論如何追蹤那些沒有留下任何痕跡的人。」

衛兵隊長帶著猶疑的神色看著我。他的尉官翻翻眼珠，完全沒有掩飾自己的輕蔑。切德提高聲音說道：「你們吃過飯之後，每兩個人結為一隊，出去向周圍的居民詢問情況，尋找一隊騎馬的武裝人員經過的痕跡。任何能給我帶回切實訊息的人，都將得到黃金作為獎勵。」

切德的話刺激了整支衛隊。不等他們的隊長發布命令，這些士兵已經開始行動起來。切德來到我身邊悄聲說：「到屋裡去，找個私密的地方，我需要和你談談。」他又轉向蜚滋機敏，「請照顧好阿憨，讓他得到溫暖的宿處和足夠的飲食。然後來找我們。」

布勒恩一直在我們周圍晃蕩，直到我對他說：「去找到迪克遜。要他照顧好一切。為這些人準備食物，也照顧好他們的馬。告訴他，我認為他早就應該來到門前接待客人。讓他知道我很不高興。」我在細柳林的日子裡從不曾如此嚴厲地對僕人說過話。布勒恩盯著我，愣了一下，隨後就轉身跑走了。

我引領切德走過破碎的前門。看到走廊裡被劍砍傷的牆壁和斷裂的織錦，切德的面色變得更加冷峻。我們走進書房，我關上門。片刻之間，切德只是看著我。然後他說道：「你怎麼會讓這樣的事情發生？我告訴過你，我需要她得到妥善的保護。我告訴過你。我已經一遍又一遍地建議你在這裡安排幾名衛兵，或者至少留下一個精技學徒，能夠在發生狀況時呼叫求援。你總是這樣固執，堅持按照你的方式去安排所有事情。現在，看看你都做了什麼。看看你都做了什麼。」他的聲音低沉下去，在說出最後這句話的時候顯得格外沙啞。他踉蹌著來到我的桌邊，坐進椅子裡，將面孔埋在雙手之中。他的責備讓我愣在原地，又過了一會兒，我才發覺他在哭泣。

我無從為自己辯解。切德說的都是事實。他和謎語一直催促我安排一些守衛力量，但我總是拒絕他們，相信我已經將暴力丟在身後的公鹿堡，相信我能夠保護自己，直到我為了救弄臣而不假思索地丟下了所有人。

切德從手掌中抬起臉。他看上去是那樣蒼老。「說些什麼吧！」他用嚴厲的聲音命令我。淚水沾濕了他面頰上的皺紋。

我嚥回了最初從腦海中冒出來的話。我不會再做無用的道歉。「這裡的每一個人都被蒙蔽了意識。我不知道這是如何做到的，也不知道怎麼會有一個精技暗示瀰漫在這裡，讓外人感到沮喪，不願靠近此地。我甚至不知道被用來對付我們的到底是精技還是另一種魔法。而且這裡沒有人記得遭受了攻擊，即使打鬥和破壞的痕跡遍及整個房間，清晰可見。關於這裡的冬季慶前夜，唯一還保留有清晰記憶的，只有一個名叫堅韌不屈的馬僮。」

「我需要和他談談。」切德打斷了我。

「我讓他去了蒸氣浴室。他的肩膀被箭射穿了。而且在這幾天裡，他的親友和家人都已不認識他，只將他當做陌生人對待，這對他造成了很大的打擊。」

「我不在乎這些！」切德喊道，「我想要知道我的女兒怎麼了！」

「女兒？」我注視著他。怒火在他的眼睛裡燃燒。我想到了深隱，她的瞻遠容貌，還有她的綠眼睛。如此明顯。以前我怎麼沒有看出來？

「當然是我的女兒！否則我還會為其他什麼人走這麼遠的路？為什麼我要把她送到這裡來，讓你——我以為能夠信任的人來保護她的安全？而你卻只是拋棄了她。我知道這是誰幹的！她該死的母親和舅舅們，而最該死的還是她的繼父！他們簡直就是一窩蛇！這麼多年裡，我一直給深隱的家人很多金錢，讓她能夠得到良好的關照。但他們永遠不知道滿足，永遠都不。他們總是想要更多——更多金錢、在宮廷中的榮耀、土地，多到我不可能給予他們。她的母親對這個孩子從沒有一點關心！她的外祖父母去世之後，她的母親就開始威脅她。她那個豬玀丈夫甚至想要侵犯她。而她還不過是一個女孩！當我帶走深隱，不再給他們金幣，他們就想要殺死她！」切德的怒吼突然停住。一陣敲門聲響起。他用袖口擦了擦眼睛，讓自己鎮定下來。

「進來，」我喊道。塔維婭走進房間，說我們的熱食和飲料已經準備好了。儘管精神還處在麻木狀態，她還是能感覺到房間裡的緊張氣氛，所以在說完這番話以後立刻就退出了房間。切德一直盯著她帶有瘀傷的臉。等她離開之後，切德的目光依然盯在門板上。他的思緒已經飄到了很遠的地方。我在隨後的沉寂中說道：「你卻從未想過要將真相告訴我？」

切德的注意力轉回到我身上。「我從沒有能好好和你交談過！我已經不再相信我們的精技溝通能夠完全保持私密。而在那座旅店中的第一個晚上，當我需要和你談話的時候，你卻該死的那麼匆忙就離開了。」

「我只能告訴你，我要回家去照顧我的女兒！」愧疚之心被我的憤怒擠到一旁，「切德，聽我說，這不是深隱的家人發動的攻擊，除非他們能僱用恰斯國人來做這種骯髒的勾當，還要有能裝滿一整個馬廄的白馬，以及一支白皮膚之人組成的隊伍。我相信，那些攻擊這裡的人實際上要追蹤的是弄臣，或者是在他之前來到這裡的信使。」

「在他之前的信使？」

「我也沒有找到一個合適的時間將許多事情告訴你。所以，聽我說，我們全都需要放下憤怒，收起恐懼。我們要分享彼此擁有的每一點情報，然後我們採取行動。齊心協力。」

「我不知道還能做些什麼。你已經對我說過，我的閃耀可能死了。」

閃耀，不是深隱。閃耀．秋星。也許我的臉上不是笑容，不過我還是向切德露出了牙齒。

「我們會查清事實，並面對任何可能的事實。無論結果會是怎樣，我們都要追上那些匪徒，把他們全部殺光，就像私生子會做的那樣。」

切德顫抖著吸了一口氣，在椅子裡稍稍直起身子。我想要告訴他，我覺得深隱也許和蜜蜂一起被擄走了。但我不想告訴他這是因為一隻貓這樣對我說過。一隻貓的話是不能當做證據的。屋門又被敲響，蜚滋機敏走了進來。「我不是想打擾你們，不過我也想參與你們的討論。」

我盯著他。我真是一個瞎子，真是蠢透了，竟然連他身上最顯而易見的特點都看不見。我看著切德，莽撞地說：「他也是你的，對不對？」

切德哼了一聲。「你很幸運，雖然說出了這麼魯莽的話，但總算沒有闖禍。他知道他是我的兒子。」

「如果我早些知道，就能明白許多事情了！」

「我以為這是顯而易見的。」

「聽著，這不是顯而易見的，這對於他們兩個都不是。」

「這又有什麼區別？我把他們兩個交給你照管。如果你知道，難道就能無微不至地照顧他們嗎？」

「他們？」蜚滋機敏打斷了我們的爭吵。他看著他的父親。從局外者的角度來看，我知道切德是對的。這兩個孩子身上的特徵都很明顯，只是這需要一個人刻意朝這個方向思考。「他們？

您還有另一個兒子？我還有一個兄弟？」

「不，」切德只回答了這一個字。但我沒有心情再為他保守祕密了。

「不，你有的不是一個兄弟，而是一個姐妹。我只知道這麼多。也許你還有其他兄弟姐妹，只是我不知道。」

「為什麼我要告訴你？」切德看著我，「為什麼你要如此驚訝於我有愛人，並且還有孩子？這麼多年裡，我一直幾乎是離群索居，只是公鹿堡牆壁後面的一隻老鼠。當我終於走出來，終於能吃上一頓精緻的餐點，在音樂的伴奏下舞蹈，是的，能夠享受女性之愛的時候，為什麼我不盡情享受呢？告訴我，蜚滋，你在過去那些年中沒有留下一、兩個孩子，難道不純粹是因為你的運氣？你在那些年裡就是純潔無瑕的嗎？」

遲疑了片刻，我閉上嘴巴。

「我相信不是。」切德尖刻地說。

「如果我有一個姐妹，那麼她在哪裡？」機敏問。

「你的確有一個妹妹。閃耀．秋星，你曾經認識她，只不過那時你以為她的名字是深隱。至於說她在哪裡。這正是我們來到這裡要查清楚的。她曾經在這裡，應該在蜚滋的照看下安全無虞。而現在，她消失了。」切德苦澀的話語刺痛了我。

「我的女兒也不見了。她是一個小很多、也柔弱許多的孩子。」我憤怒地說道。然後我又開始懷疑，蜜蜂是不是真的比深隱柔弱——或者是閃耀。我瞪了切德一眼。

這時門口處傳來第三陣敲門聲。切德和我全都恢復了鎮定的表情。這種反應對於我們來說已經是一種條件反射了。「進來，」切德和我同聲說道。堅韌不屈打開屋門，站在門口，滿臉都是困惑。他看上去好了一些，只是身上還穿著血汙的襯衫。「這就是我和你說的那名馬僮。」我對切德說道，然後又轉向堅韌不屈，「進來，我知道你已經把知道的一切都告訴了我，但切德大人想要再聽一遍，聽你親口說出你能想到的每一個細節。」

「如您所願，主人。」堅韌不屈用低弱的聲音回答道，並走進房間。他向蜚滋機敏瞥了一眼，又看著我。

「有他在的時候，你會因為提起他而感到不安嗎？」我問道。男孩點了一下頭，又把頭低下，盯著地面。

「我做了什麼？」蜚滋機敏的聲音滿是苦惱和屈辱。他快步走向堅韌不屈，嚇得那男孩向後縮去。我向前邁出兩步。「求你！」蜚滋機敏用繃緊的嗓音喊道：「告訴我，我需要知道。」

「孩子，坐下來。我需要和你談談。」

我不知道切德心裡怎麼想的。而此時堅韌不屈正看著我，想知道是否要服從命令。我朝一把椅子點點頭。他坐到那裡去，抬起頭用一雙睜得很大的眼睛看著切德。蜚滋機敏還站在不遠處，一雙眼睛裡滿是憂懼。切德低頭看著堅韌不屈。「你不需要害怕，只要告訴我事實。你明白嗎？」

男孩點了一下頭，又彷彿突然想起一樣說道：「是，先生。」

「很好。」切德看著蜚滋機敏，「這些事對我非常重要，絕不能耽擱。你是否能去安排一下，讓人把食物送到這裡來？再看看阿憨是否吃完了東西，請他也到這裡來？」

機敏看著父親的眼睛。「我想要留下來，聽他說話。」

「我知道你想。但只要你在這個房間裡，就難免會影響這個孩子講述的真實性。我和他談過之後，蜚滋、阿憨和我就會與你一起看看我們是否能從你的腦海中清除掉那重迷障。哦，我還有一件事要你去做，孩子。」他轉向我的馬僮，「告訴我，我們應該注意什麼樣的足跡。」

堅韌不屈的目光又向我閃爍了一下。我點點頭。「他們騎馬而來，先生。是很高大的馬匹，馱著沉重的擔子，還有那些說外國語言的士兵。那些馬的蹄子很大，釘著很好的蹄鐵。還有一些小一些的馬，都是白色，非常優雅，但也很強健。拉雪橇的白馬要比那些白色人騎的白馬更高大，而且是兩匹馬拉一架雪橇。士兵們走在前面，然後是雪橇和騎白馬的人，最後是四名士兵殿後。但那一晚下了大雪，風也很強。幾乎還沒等他們的背影完全消失，雪就填滿了他們的足印，風又把剩下的凹痕吹平了。」

「你有跟蹤他們嗎？有沒有看到他們是朝哪個方向走的？」

堅韌不屈搖搖頭，低垂下目光。「很抱歉，先生。我那時還在流血，頭很暈，又非常冷。我回到莊園裡，想尋求幫助。但已經沒有人認得我了。我知道樂惟死了，我的父親和祖父都死了。

我去找我的媽媽，」他清了清喉嚨，「她不認得我。她要我回到莊園大屋裡去找人幫我。最後，當大屋裡的人打開門時，我說了謊。我說我有一封信要交給書記員蜚滋機敏。於是他們讓我進來，帶我來見他。但他像我一樣受了傷。布勒恩清理了我肩膀上的傷口，讓我睡在爐火旁。我努力告訴他們災禍已經發生了，要他們去救蜜蜂。但他們說他們不認識蜜蜂，說我只是個發了瘋的小乞丐。第二天早晨，我稍稍能走路了。我看到蜜蜂的馬跑了回來，我就騎上嚴謹，要去追蜜蜂。但他們說我是個偷馬賊！如果布勒恩沒有告訴他們我瘋了，我都不知道他們會怎麼對我！」

切德用讓人心神平靜的話語說：「我知道，你度過了一段艱難的時間。我知道你已經告訴蜚滋，你在雪橇上看到了蜜蜂。我們知道他們偷走了她。但深隱女士呢？那天你有沒有看到她？」

「他們離開的時候？沒有，先生。我看見蜜蜂是因為她正看著我，我覺得她也看見了我在看她，但她沒有讓那些人發現我……」哽咽了一下，他才繼續說道，「那架雪橇上還有其他人。一個白皮膚的人在趕雪橇，一個圓臉女人坐在雪橇後面，將蜜蜂抱在她的大腿上，就好像蜜蜂是她的孩子。我覺得那裡還有一個男人，只是他有一張男孩的臉……」堅韌不屈的聲音低了下去。切德和我都在沉默中等待著。各種表情在男孩的臉上緩緩移動。我們都在等待著。

「他們全都穿著白色的衣服。就連蜜蜂也被白色的衣服裹住了。不過我在雪橇邊緣看到了一片其他顏色，應該是紅色。就像是那位女士早先穿的長裙。」

切德顫抖著吸了一口氣，他的喘息聲中顯露出恐懼，或者是希望。「你早些時候也看到過她？」他追問男孩。

堅韌不屈點了一下頭。「蜜蜂和我藏在樹籬後面。那些襲擊者將我們的人趕出大屋，讓他們聚集在屋子前的場院裡。蜜蜂把孩子們藏在牆裡。但是當我們兩個清理掉留下的足跡，也想要躲進牆裡的時候，他們已經把門關閉了。於是蜜蜂和我離開大屋。我們藏在樹籬後面，看到了屋前發生的一切。那些暴徒向所有人叫喊，命令他們坐下。那時他們都只穿著居家衣服，風很冷，雪不停地落在他們身上。我以為書記員機敏已經死了。他面朝下倒在雪地中，周圍全是紅色。深隱女士也在那裡，身上的紅裙子被撕破了。她的身邊是兩名家中女僕，慎重和快腳。」

我看到這些話對切德造成的打擊。撕破的裙子。儘管這也許不能確切地代表什麼，但仍會像蟲子一樣深深地鑽進切德的心。她的衣服被撕破，像一件戰利品一樣被裝在雪橇上帶走。她至少遭受了暴力侵害，很可能還曾被強姦。傷害已經造成。切德嚥唾沫的聲音清晰可辨。「你確定？」

堅韌不屈停頓了一下才回答道：「我看到了雪橇上有紅色。這是我唯一能夠確定的。」

阿憨沒有敲門就走進了房間。蜚滋機敏跟隨在他身後。「我不喜歡這個地方，」他對我們說，「他們全都在唱著同一首歌，不，不，不，不要想，不要想。」

「誰？」我驚訝地問。

阿憨盯著我，彷彿我是一個傻子。「所有人！」他將雙臂大幅度地揮了一下，「除了他以外的所有人。他沒有唱歌。切德說，不要讓歌聲傳出去，把你的旋律收進一只盒子裡。但他們沒有把歌聲收進盒子，這讓我很傷心。」

我注視著切德。我們有著同樣的懷疑。「讓我聽一下。」我對阿憨說。

「聽一下？」阿憨氣憤地喊道，「你一直在聽了又聽。我到這裡的時候你就在聽，那讓你甚至連我都沒有聽到，我甚至無法感覺到你。你現在又這樣做了，就是現在。」

我伸出手指摸了摸自己的嘴唇。他悶悶不樂地看著我，不過並沒有其他任何動作。我傾聽著，不是用我的耳朵，而是用我的精技。我聽到了阿憨的旋律，他持續不斷的精技波瀾是如此巨大，以至於我不假思索便對之進行了封鎖。我閉起雙眼，更深地沉入精技洪流。我找到了——上百個意識在悄聲咆哮，彼此提醒不要思考，不要回憶有誰死去，不要想起那些慘叫、火焰和雪中的鮮血。我在那些咆哮中奮力前行。在它們後面，我能瞥到他們對自己所隱藏的東西。我退了回來，睜開雙眼，發現切德正在看著我。

「他是對的。」切德低聲確認。

我點點頭。

人們普遍相信，精技是瞻遠王室的血緣魔法。也許它在我們的血脈中的確更加濃厚，具有更大的潛能。但是能夠回應精技呼喚的不僅是大公的兒子，也經常會有鞋匠或者漁夫，而這樣的呼喚應該是只有具備足夠精技水準的人才會感應到。我很早以前就在懷疑，所有人至少都擁有一點這樣的魔法力量。莫莉不能使用精技，但我有許多次看見她起身走到蜜蜂的嬰兒床前，隨後不久蜜蜂就會醒來。當兵的兒子受傷的時候，父親會「有不好的感覺」；女子在來到門口的求婚者還沒有敲門的時候，就已經將門打開。他們似乎全都在使用精技，即使他們對此並不知情。現在，當我放任自己去感覺的時候，那種嘈雜嗡嗡聲就如同一窩憤怒的蜜蜂——每一個人都在無言中達成一致，絕不回憶起發生在細柳林的那個可怕的時刻。所有細柳林人，無論是牧羊人、花園和果園中的園丁，還是處理家務的僕人都在喘息中緊緊依附著同樣的遺忘。他們的心底深處也燃燒著怒火，但覆壓在怒火之上的是另一種強烈的欲望——不要有人來細柳林，不要有人喚醒他們，讓他們知道自己遭遇了什麼。他們失落的希望和夢想如同洪水一般淹沒了我。

「必須讓他們回憶起來，」切德輕聲說，「這是我們找回女兒的唯一希望。」

「他們不想回憶。」我說道。

「是啊，」阿憨愁眉不展地表示同意，「有人告訴他們不要去想。他們覺得那似乎是一個好主意。他們不想回憶。他們全都在不停地相互告誡，不要回憶，不要回憶。」

一旦察覺到這個聲音，我就無法再將它從知覺中趕走。它在我的耳中不斷響起。

「我們該如何止住它？如果我們止住了它，他們就能回憶起來嗎？如果恢復了記憶，他們還能繼續生活下去嗎？」

「我就帶著這種回憶活下來了。」堅韌不屈輕聲說，「我一個人帶著這些回憶。」他將雙臂抱在胸前，「我的媽媽很堅強。我是她的第三個兒子，也是唯一活下來的。她不會想要將我從她的門前趕開。她不會想忘記我的爸爸和爺爺。」希望和淚水同時充盈在他的眼睛裡。

該如何制止這種精技魔法，為他們除掉那種遺忘的歌聲？我知道。多年前沉迷在草藥中的經驗讓我知道。「我有精靈樹皮。或者曾經有。我的私人書房裡還有另外幾種草藥，我相信它們應該沒有被搶走。」

「你要用精靈樹皮做什麼？」切德驚訝地問。

我盯著他，「我？你又用精靈樹皮做了什麼？而且還不僅是六大公國的精靈樹皮，是他們在艾斯雷弗嘉給我用的外島樹皮。岱文樹皮。我在你的書架上看到了。」

切德盯著我。「那只是進行交易的工具，」他低聲說，「艾莉安娜的父親為我找到了它。我希望永遠不會用到它。」

「正是如此，」我轉向堅韌不屈，「找到布勒恩。告訴他去你母親的小屋，請你母親來主屋的這間書房。我要去取些草藥。通知布勒恩之後，去廚房，告訴他們我需要一個茶壺，幾個茶杯和一罐熱水。」

「是，主人，」堅韌不屈向前跑去，又忽然停下腳步，轉回身問：「主人，這不會傷害她吧？會嗎？」

「精靈樹皮是一種有著悠久歷史的草藥。在恰斯國，他們將這種草藥餵給奴隸。這會讓那些奴隸擁有更強的力量和忍耐力，同時會讓他們的精神漸漸荒蕪。恰斯國人宣稱這樣能讓奴隸幹更多活，同時更不願意逃亡和反抗主人。它能夠緩解嚴重的頭痛。切德大人和我共同發現了它能夠抑制一個人使用精技的能力。來自外島的異種精靈樹皮，能夠完全封閉一個人的意識和精技的連結。我沒有那種樹皮。但我有的精靈樹皮已經足以將你母親從精技暗示中醒轉過來，讓她能想起你和你的父親。對此我不能給你什麼承諾，但這樣做的確可能有效。」

蜚滋機敏突然向前邁了一步。「先在我的身上試一試。看看會有什麼效果。」

「堅韌不屈，去做你的事情，」我堅定地說。男孩離開了。房間裡只剩下切德和我，還有機敏和阿憨。

我仔細審視機敏。他的相貌中切德和瞻遠祖先的痕跡並不像深隱那樣明顯。但現在，我已經知道了這個事實，就不可能再對它們視而不見了。他的樣子也很糟糕——眼窩深陷，但眼眸因為受傷產生的高熱而閃閃發亮，嘴唇上遍布一道道皸裂。他的動作就像是一個衰老的人。就在不久之前，他在公鹿堡城剛剛遭受了一次嚴重的毆打。為了他的安全，切德將他送到我這裡。表面上，他是我的書記員，是我女兒的教師。而和我同住只讓他的肩膀被刺了一劍，並因此大量失血，還有一段記憶被徹底抹除，就像是被暴雪所覆蓋。

「你怎麼想？」我問切德。

「就算沒有別的效果，這也會減輕他的疼痛。我不認為他的精神能夠比現在更低落了。如果他願意，我們應該讓他試一試。」

阿憨一直在我的書房中走來走去，拿起這裡不多的幾件珍玩，又掀起窗簾，看看窗外的雪地。他找到一把椅子，坐在上面，突然說道：「蕁麻能夠給你送來艾斯雷弗嘉樹皮。她說她有一名精技使用者，能夠帶著那種草藥通過石柱。」

「你能夠用精技和蕁麻聯絡？」我驚愕地問道。紛繁雜亂的精技耳語讓我甚至連切德的精技都聽不到，我們還是在同一個房間裡。

「是啊，她要我告訴她，蜜蜂是不是一切安好，還有機敏。我告訴她，蜜蜂被偷走了，機敏瘋了。她很傷心，很害怕，也很憤怒。她想要幫助我們。」

我並不想向蕁麻傳達這樣的訊息，但蕁麻和阿憨有他們自己的關係。他們對彼此都毫無隱瞞。

「告訴她，是的，請她幫這個忙。再告訴她，請迷迭香女士將每種精靈樹皮都打包一些，讓信使帶過來。告訴她我們會派一名嚮導，帶著馬去絞架山的精技石柱迎接她的信使。」切德轉向機敏，「去找鬥士隊長，請他派一個人帶著馬去水邊橡林外的絞架山。」

機敏看著我，「你讓我離開房間，是不是為了和蜚滋討論我的事？」

「是的，」切德親切地回答，「現在，快去。」

等屋門在機敏身後關緊，我平靜地說：「他就像他的母親一樣直截了當。」

「女獵人月桂。是的。你說得沒錯。這正是我愛那個女人的原因之一。」他在說話的時候直視著我，看我是否會感到驚訝。

我是有一點驚訝，但我掩飾得很好。「如果他是你的兒子，為什麼他不是蜚滋秋星？或者直接成為秋星？」

「他本應該是絢爛．秋星。當我們發現月桂有了孩子，我很想和她結婚。但她卻不想。」我向阿憨瞥了一眼。他對於我們的交談顯得興致缺缺。我壓低聲音。「為什麼？」

切德嘴唇周圍和眼角的紋路中顯露出痛苦。「原因很明顯。她太瞭解我了，知道我不可能愛她。她選擇離開宮廷，遠離眾人的視線，去一個她能夠安靜地將孩子生下來的地方。」切德微微發出一點喉音，「這是最讓人傷心的，蜚滋。她不希望任何人知道那個孩子是我的。」他又搖搖頭，「我不能阻止她。我確保她有足夠的金錢，有最好的助產士。但她在生下孩子沒多久之後就故去了。那個助產士說她得了產褥熱。告知我孩子出世的信鴿一飛到我手中，我就離開了公鹿堡。我依然希望能說服她試著和我一起生活。但是當我趕到的時候，她已經死了。」

切德陷入了沉默，我不知道他為什麼要告訴我這些，為什麼要現在告訴我，但我也沒有問任何問題。我站起身，將更多木柴填進爐膛裡。「你的廚房有薑餅嗎？」阿憨問我。

「我不知道，不過那裡一定應該有一些甜食。為什麼你不去問一問那裡有什麼好吃的？別忘了給切德大人和我也拿一些來。」

「好呀！」阿憨答應一聲，就快步走出了房間。

屋門一關上，切德就說道：「機敏是一個健康的男嬰，哭聲很大。月桂堅持不下去的時候，助產士就為他找到了一位乳母。我為他的未來做了很多設想，然後，我找到機敏大人。他那時正遇到許多麻煩。各種債務和蠢事讓他焦頭爛額。我與他談條件，他收養這個孩子，讓他成為貴族，我則還清了他的債，為他找了一個聰明的管家，讓他能夠免於再次陷入麻煩。他有一塊很好的領地，所缺的只是妥善的管理。我盡可能頻繁地去看我的兒子，確保他學會騎馬、閱讀、劍術和弓箭——一名年輕貴族應該掌握的一切技藝。

「我以為這對所有人都是一個理想的安排。機敏大人得以享受富裕的生活，擁有繁榮的產業；我的兒子在安全的環境中成長，接受良好的教育。但我沒有考慮到那個人的愚蠢。我讓他顯得太過有吸引力了。一個愚蠢的男人加上一片經營有方的領地，再加上富足的財產。那個惡婦輕易便將他摘到手中，彷彿他是一顆低垂在枝頭的果實。她甚至從沒有假裝過喜歡機敏。當她的孩子一出生，她就開始將機敏趕出巢穴。不過那時機敏已經足夠年長，讓我能夠把他接來公鹿堡，成為我的侍從，也是我的一名學徒。我的確希望他能夠追隨我的腳步。」切德搖搖頭，「就像你看見的那樣，他並沒有這方面的素質。不過，如果那個女人沒有將他視作自己兒子繼承權的威脅，他至少還會是安全的。她看到了機敏在宮廷中是多麼廣受歡迎，對此完全無法容忍。於是她採取了行動。」

切德沒有再說下去。我知道，他的故事並沒有結束。我本可以問問那個女人現在是否安好，或者她的兒子們狀況如何。但我選擇閉口不言，因為我不想知道。我能夠接受切德為他的家人做的事。毫無疑問，他會為自己的兒子復仇。正是他的這種行事風格才讓月桂永遠也無法愛上他。

「閃耀則出自於一個錯誤的判斷。」聽到切德承認這一點，我頗感震驚。也許他很想將這些祕密找個人傾訴。我保持著沉默，沒有顯示出任何評判的表情。

「一個節日。一個輕浮的美女。美酒、歌聲和卡芮絲籽蛋糕。我的女兒聽到過一個關於孕育出她的意外的故事。但事實完全是另一番情形。她的母親沒有那麼年輕，也沒有那麼天真。我們一同跳舞，一同痛飲，在賭桌上一同度過了不少時間，拿著贏得的錢去了公鹿堡城，在那裡為她買了許多漂亮的小東西。然後我們又喝了些酒。蜚滋，在那一天晚上，我成為了我也許會成為的那種年輕人，我們在一家廉價的旅店中過夜。狂歡的噪音透過天花板不斷傳下來，我們身邊的牆壁另一側有另一對男女在酣戰不休。對我而言，這全都是出於酒精和衝動。對她而言，我不確定她是不是還有別的心思。

「一個半月之後，她來找我，告訴我她就要生下我的孩子了。蜚滋，我努力想要有一個榮譽的結果。但她實在是個愚蠢虛榮的女人，漂亮得像一幅畫，卻又乏味得像一隻白蛾。我甚至沒辦法和她好好聊天。我可以原諒無知，我們全都知道那只是一種暫時的狀態。但她的貪婪和放縱讓我感到驚駭。我在閃耀到來的那個夜晚沉迷在節日、葡萄酒和卡芮絲籽中。但對於閃耀的母親，這就是她的日常生活！我知道，如果我和她結婚，將她帶進宮廷，她會迅速為我和孩子帶來許多醜聞。而閃耀遲早會被她用來作為對付我的武器。她的父母也很快就看清了這一點。他們不希望我們結婚，但想要那個孩子，好將她舉到我面前，向我勒索錢財。蜚滋，我必須付錢才能看她。他們讓我過得很不容易。我不能像對機敏那樣監督對她的教育。我派去教師，她的母親卻將那些教師趕走，理由是他們『不適合』。我給他們錢，讓他們聘請教師，但我不知道他們用那些錢做了什麼。她的教育被忽視了，這讓人很難過。等到她的外祖父母終於死了，她的母親便把她抓在身邊，想要從我身上榨取更多金錢。閃耀成為了他們的人質。當我聽說她母親找的那個粗野傢伙要對閃耀圖謀不軌的時候，我將她偷了出來，並讓她的繼父得到了應有的下場。」切德停頓了一下。我沒有追問。這名老人的臉垂下來，神情中充滿了哀傷與疲憊。他說話的速度更慢了。

「我將她安置在一個安全的地方，試圖修補她的各種缺陷。我為她找了一名有能力的保鏢，一個能夠教她自衛術的女人，還讓她學了另外幾項技藝。

「但我錯判了她的繼父。她的母親很快就會忘記她：她在母性方面大概和蛇差不多。我卻低估了她的丈夫受挫後的凶暴和狡詐。我相信，我已經保護好了閃耀。但我還是不知道他是如何找到閃耀的。恐怕我的間諜中混進了一隻老鼠。我沒有想到閃耀的繼父會以這種手段修復他受損的驕傲，同時閃耀的母親也不是無辜的。他們企圖毒害閃耀，結果殺死了一個廚房男孩。他們是真的想要殺死她，還是想讓她生病？我不知道。但那種毒藥足以殺死一個小男孩。於是我不得不再次轉移她，並再一次讓那些人知道，我不是一個可以善罷甘休的人。」切德用力抿緊雙唇，「我讓他變得處處小心。但他的心裡一直燃燒著恨意，夢想著復仇。我截獲了他的一封信，裡面吹噓他會向閃耀和我報復。所以你應該明白，為什麼我相信這又是他做的。」

「我幾乎能確定，這肯定和追蹤弄臣的那些人有關。無論如何，我們很快就能知道了。」我猶豫了一下，然後問道：「切德，為什麼你直到現在才告訴我這些事？」

切德給了我一道冰冷的目光。「這樣你就會明白，我會用什麼樣的力量去保護我的兒子，救回我的女兒。」

我憤怒地和他對視。「你以為我為了救回蜜蜂會比你做得更少嗎？」

他看著我，彷彿沉默了很長時間之後才說道：「我不知道。我知道你在強迫你的人回憶過去的時候，還會疑慮這樣做是否有失仁慈。我明白告訴你，無論仁慈或不仁慈，我都會撬開他們每一個人的嘴，挖出他們知道的一切，無論是最小的孩子還是最老的老頭。我們必須知道那一天在這裡發生的每一個細節。然後我們必須就此採取行動，不能有絲毫耽擱。我們不能挽回已經落在她們身上的災難，但我們能夠讓那些罪犯在痛苦中付出代價，我們可以救我們的女兒回家。」

我點點頭。我沒有放任自己的情緒墮入到那種黑暗的地方。蜜蜂很年輕，也很瘦小。沒有人會將她看做女人。但對於一些男人來說，這沒有關係。我想到榆樹一跛一拐的腳步，心中感到一陣惡寒。我們必須強迫那個幼小的廚房女孩回想起她的遭遇嗎？

「去拿精靈樹皮來。」切德催促我，「要將它泡製好可是需要一點時間的。」

14

精靈樹皮

……最可怕的是，毒芹可能就生長在有用和令人喜愛的水芹旁邊。一定要提醒被派去收集水芹的小夥子和姑娘們牢記這一點。

卡芮絲籽是一種邪惡的草藥，人們實在是沒有什麼理由使用它。將它少量加在節日蛋糕上的行為同樣令人厭惡。食用這種蛋糕的人會體驗到巨大的愉悦和肉體的快感，而且無論男人女人，都會感到心跳變快，面頰和雙腿之間的器官也會迅速升溫。他們開始想迫切地想要跳舞、奔跑、大聲歌唱和瘋狂做愛，完全無視會有怎樣的後果。這種種子的作用會突然減弱，食用它的人會隨之筋疲力竭，並昏睡上整整一天。在隨後的幾天裡，他們會倦怠乏力，鬱鬱寡歡，有時候還會感到脊椎疼痛。

在邪惡的草藥中，下一個就要屬精靈樹皮了。正如同它的名字所表明的，它是從精靈樹上刮下來的樹皮末。藥效最強的樹皮位於新枝的末梢處。生長在氣候宜人的山谷中的精靈樹，只會出產性情最溫和的樹皮；而那些生存在嚴酷環境中——比如海邊懸崖或者寒風呼嘯的山坡上的精靈樹所生的樹皮，對於使用者就更加危險。

使用精靈樹皮最通常的辦法是用它來泡濃茶。這能讓使用者爆發出旺盛的精力，讓疲乏的旅人和田間勞作者撐過最艱難的時刻。但精力不是精神。儘管精靈樹皮能夠遮蔽傷損的痛楚和肌肉的痠痛，它同時也會讓心情變得沉重，精神變得懈怠。使用它延長勞作時間的人必須有堅強的意志，才能繼續完成他們的任務，或者有冷酷無情的監督者強迫他們工作下去。

——《十二不良草藥》，未署名的卷軸

我走過細柳林的走廊。精技囈語不停地在我耳邊震顫——忘記吧，忘記吧，它沒有發生，他們沒有死亡或離去，他們從不曾存在過。就像一股冰寒的風吹過我的臉。它來自於每一個細柳林人，消損我的意志，讓我只有心情去做一些最簡單的事情。我現在只是渴望著能夠躺在溫暖火爐旁柔軟的毯子上小睡片刻，也許再喝上一杯加糖的蘋果酒，讓我能安然入眠。我搖搖頭，甩掉這種欲望，就像是將衣袖從幽靈的手指間扯出來。

我的私人書房門歪斜在兩旁，門閂周圍精緻的木雕門板全都裂開了。我一皺眉頭。這道門並沒有被鎖住，只是簡單地拴上了，打開它並不需要進行這種破壞。闖進來的人這樣做只不過是為了在戰鬥中享受暴力的快感。

走進書房，我以從未有過的眼光環顧這裡。昏暗的冬季陽光從沒有完全閉合的窗簾中探進了一根手指，照亮了書桌上一道被劍砍出的裂痕。我走過斜靠在一起的卷軸架。那麼長時間以來都懸掛在壁爐上方的惟真的長劍沒有了。當然，就算是最粗笨的武人也能看出那是一把多麼好的劍。我感到一陣痛楚，但立刻封閉住我的心，不再去想那個損失。惟真的劍不是我的孩子。它只是一樣物品。我將關於那個人和他送給我這件禮物的那一天的回憶收進心底。夜眼、弄臣和我三位一體的雕像還放在壁爐架的正中央，顯然沒有被碰過。弄臣在啟程前往克拉利斯之前送我的禮物，正是這件東西導致他「出賣」了我。我無法去看雕像上弄臣那會心的一絲淺笑。

我看不出還有什麼東西被破壞或者被偷走了。我走到書桌旁，將抽屜完全拉開，伸手進去，拿出藏在後面的盒子，將它打開。這只盒子裡的第二個小格中，附軟木塞的蓋子裡就放著精靈樹皮。我打算拿起這只罐子，把盒子放回到這張破書桌的隱藏位置。但實際上，我只是將這只盒子夾在手臂下面，任由抽屜掉在地上。當我回身向莊園書房走去的時候，我發現自己什麼都沒有想。忘記，忘記，忘記的歌聲不斷重複著。我集中意志，豎起精技阻隔對抗它。直到精技牆成形，我才感覺到自己被一陣恐慌擊中。蜜蜂被搶走了，我卻還沒有任何線索能確認該去哪裡尋找她。我必須做些什麼，必須採取行動，這種心情如同鞭子一樣抽打我。但我能做的也只是使用現在我手中的藥，這讓我感到羞愧。我差一點就逃回到了那一陣陣忘記，忘記的耳語中。就像是抓住一段鋒利的刀刃，我緊緊抓住我的憤怒和恐懼，感覺到痛苦，讓它成為怒火的燃料。我的恐懼又怎麼能和她所承受的苦難相比？

在書房裡，一只水罐已經懸掛在壁爐上：我聽到罐中的水沸騰的聲音。堅韌不屈鬱鬱寡歡地坐在壁爐旁。他的雙頰發紅，雙唇卻因為在痛苦中被用力抿住而變成白色。一只茶壺和幾只杯子被放在一個托盤上。廚房裡的人還在托盤裡放了一些小蛋糕。這真是一種不錯的待遇，我心中幾近瘋狂地想道，用甜美的蛋糕作藥引，回憶起一個恐怖的夜晚。切德從我的手裡接過草藥匣，打開它，皺著眉細看盒子裡的東西。我的一些關鍵物品的確沒有得到細緻整備，對此我並不打算道歉。他打開裝精靈樹皮的罐子，把裡面的東西倒了一點在手上。「這看起來很陳舊了。」他抬頭向我瞥了一眼，完全像是一位不悅的教師。

「的確不算新鮮，」我承認，「不過現在只能用這個了。」

「會有用的，」切德向茶壺中倒了不少精靈樹皮，然後把茶壺遞給我。我從火上取下水罐，將沸水倒進茶壺中。熟悉的精靈樹皮氣味在空氣中瀰漫。上百段關於飲用它的回憶在我的腦海中被喚醒。曾經有一段時間，使用精技讓我感覺頭部彷彿在不斷遭受重擊，還伴隨著強烈的噁心，各種光點和光線在我的眼前舞動，每一種聲音都是一次新的震盪與折磨。只有當精技小組在意外之中將那種強大的治療力量施加在我的身上，我才能在使用精技時不再那樣痛苦。我從來都不知道這種痛苦的根源是精技師傅蓋倫對我的責打；還是他在我的意識上施放的魔法封鎖，那種封鎖遮蔽了我，讓我相信自己沒有精技天賦，對於這個世界也沒有什麼價值。直到那場治療之前，精靈樹皮茶一直都是我在可怕的精技體驗之後唯一的慰藉。

「等茶泡開，」切德對我說。我的思維一下子跳回到了現在。我將茶壺放進托盤中。幾乎就在同時，蜚滋機敏回來了，「我已經派人帶著馬出發了。我沒辦法告訴他絞架山的確切位置，但我相信，任何水邊橡林的人都能為他指路。」

「很好，」切德對他說。我也點了點頭。我將一些柳樹皮放進茶杯裡，又加了一些纈草。切德好奇地看著我，我朝壁爐旁的男孩瞥了一眼。他點點頭，自己伸手又多加了一撮纈草。「你的纈草看起來也陳舊了。」他指責我，「你應該經常更新你的存貨。」

我什麼都沒有說，只是點點頭，將熱水倒進那只茶杯。我知道這位老人不會為他早先的言辭道歉。他總是想要將我們拉回到老路上去。這是他的方式，我不會為此和他爭執。我將茶杯放在堅韌不屈身邊的地上。「讓茶泡一下，然後都喝下去。這茶的味道不是很好，但你不必計較它的味道。」

「這是精靈樹皮嗎？」堅韌不屈焦慮地問道。

「不，這是為你退燒的柳樹皮，還有能夠祛除疼痛的纈草。你的肩膀怎麼樣了？」

「還在一抽一抽地痛。」堅韌不屈承認說，「從背到脖子都在痛。」

「這杯茶會幫助你。」

他抬頭看著我。「那麼另一種茶會讓我的母親心痛嗎？等到她回憶起來的時候？」

「我相信這對她來說會是一個非常艱難的時刻。但如果不這樣，她將在孤獨中度過餘生。她不會回憶起你的父親去世了，但她也無法記起她還有一個兒子。」

「她還有我的阿姨、我的表兄妹。他們都生活在細柳鎮。」

「聽我說，」蜚滋機敏打斷了我們的談話，「我會先喝下它。我們可以看看它對我有什麼作用。然後你可以決定是否讓母親服用它。」

堅韌不屈盯著他，有些遲疑地說：「謝謝你，先生。」

機敏又轉向他的父親：「茶泡好了嗎？」

「我們來看看，」切德低聲說道。他將一些精靈樹皮茶倒進杯子裡，觀察茶水的色澤，嗅它的氣味，然後把茶杯倒滿，遞給機敏。「慢慢來。如果有不正常的感覺，或者開始想起了那一晚，就立刻告訴我們。」

機敏坐下來，注視杯中的茶水。我們全都看著他舉起茶杯呡了一口。他的面色有些變化。「還有一點燙，味道很苦。」但他幾乎是馬上又喝了一口，然後抬起眼睛對我說：「你能不盯著我嗎？」我將目光轉向一旁。片刻之後，他說道：「真安靜啊。」

切德和我交換了一個眼神。我偷偷看了機敏一眼。他正凝視著杯中的液體，深吸一口氣，彷佛是在給自己壯膽，然後，他將杯中的茶水全部喝了下去，面露苦澀神情，一動不動地坐在椅子上，手中握著茶杯，閉起雙眼。他的眉毛皺在一起，全身緊縮。「哦，甜美的艾達啊，」他呻吟道，「哦，不。哦，不，不，不！」

切德向他走過去，將雙手放在機敏的肩頭，用一種我極少在他身上見到的溫柔姿態向他俯過身，輕聲在他的耳邊說：「讓你自己回憶起來。這是你現在能幫助她的唯一辦法。全部回憶起來。」

機敏將臉埋進雙手之中。我突然意識到，他還是這樣年輕，甚至還不到二十歲。而且他所成長的環境要比我溫和得多。他的繼母僱用的暴徒對他的那頓毆打，可能是他在人生中第一次體驗真正的暴力。他從沒有擺動過戰艦上的船槳，更不要說揮起戰斧劈開一個人了。切德告訴過我，機敏至今都沒能殺死一個人。而我卻將蜜蜂的生命交託給他，還有深隱的。

「告訴我發生了什麼事，」切德低聲說道。我坐在桌邊上，直起身，一動不動。

機敏的聲音顯得異常僵硬。「是的，我們在獾毛和那名乞丐前往精技石柱之後回到了這裡。我，還有深隱……」他的聲音在提及妹妹的名字時遲疑了一下，「還有蜜蜂。我們完全不知道之前在水邊橡林到底發生了什麼，為什麼他會殺死一條狗，又買下那些小狗。我們也不知道為什麼他要用刀捅那個乞丐，又用魔法送他去公鹿堡。我們，也就是深隱和我，都對此感到很氣憤。他先是說我沒有能力教導蜜蜂，又突然離開，將蜜蜂完全交給我照管。他還侮辱了深隱女士！」機敏突然變成了一個意氣用事的少年，將一肚子的委屈向切德傾吐。那位老人帶著疑問的神情看了我一眼。我只是漠然地與他對視。

「說第二天的事。」我說道。

聽到我的聲音，機敏直起腰。「是的。嗯，你們應該能想到，包括樂惟管家在內的所有僕人在得知主人沒有回來以後都很困惑。深隱和我向他們保證，我們有足夠的能力在這幾天裡管理細柳林。儘管我們已經很累了，深隱和我還是一直忙到深夜。她制定了細柳林的節日慶祝計畫。我們睡得很晚，所以第二天沒能早起。不得不說，我去教室給學生上課的時候遲到了。蜜蜂在那裡，看上去很累，不過其他還好。當我們在那天早晨分開的時候，深隱說她會讓僕人們裝飾整棟房子，並和來到這裡的樂師好好談談，看看能不能找來更多的藝人。」他突然盯住切德，「你說我的妹妹被抓走了。」在瞬息之間，我看到恍然大悟的神情在他的臉上蔓延，「深隱是我的妹妹？真的？我們有血緣關係？」

「你們兩個都是我的孩子，都是秋星。」切德對她說。

切德會忽視掠過機敏面孔的那種深深的驚慌嗎？我不知道他和深隱之間在那個無眠的夜晚到底發生了什麼。我決定自己永遠不會想去知道。

「繼續。」切德提醒機敏。書記員抬手捂住了自己的嘴。直到他放開手之後，他的嘴唇依然顫抖了片刻，才重新被他控制住。他想要坐直身子，卻又因為傷口而打了個哆嗦。切德看著我說道：「纈草和柳樹皮。」我拿過機敏的杯子，一邊傾聽，一邊照切德的要求泡茶。

「嗯，我剛剛安頓好學生，我們就聽見了一陣吵鬧的聲音。我並沒有產生警惕，只是感到困惑。我還以為那可能是僕人們之間發生了某種爭執，有人在扔鍋砸碗。我讓學生們留在教室裡，我沿走廊過去查看。很快我就意識到，這聲音是從大門口傳來的，而不是廚房。我聽到樂惟高亢的聲音。我向騷亂發生的地方跑去。當我來到前廳的時候，我看見了樂惟和兩名男僕。他們正努力要將大門關閉，但有人在門外用力撞門，並不停地高聲喊叫。我以為也許是有喝醉的流浪匠人要闖進來。然後，一把劍從門縫中插進來，刺中了一名男僕的手。我向樂惟高喊，要他抵住門，我去找人援手。我打算給自己找一把劍，叫僕人去警告深隱，並讓他們也武裝起來。我拿了一直掛在這個壁爐臺上的那把舊劍，又跑了回去。」他舔了舔嘴唇，目光落在遙遠的地方，呼吸也變得愈來愈沉重。

「蜚滋，」切德低聲說，「也許應該再加一些精靈樹皮茶。」

沒有等我行動，堅韌不屈已經站起身，提著茶壺到了機敏面前，接過他手中的茶杯，向裡面又倒了一點精靈樹皮茶。機敏的身子顯得很僵硬。切德一直站在他身後。這時老人俯下身低聲說：「兒子，喝下這杯茶。」

一陣特別的痛楚掠過我的身體。這不可能是嫉妒。

機敏照他父親的話做了。這一次，他的表情幾乎沒有改變。他將茶杯放下。「我從來都不是一名戰士。這一點你們都知道。你們兩個全都知道！」他的承認聽起來更像是一種指責。然後，他的聲音低沉下去。「我從不會戰鬥，這和在夏季與朋友用練習劍進行一場友誼的演練，然後再對比雙方的瘀傷完全不同。無論如何，當我跑回去的時候，大門已經被撞開了。我看到樂惟蹣跚著從我身邊跑過，一隻手捂著肚子。他的一名男僕倒在了血泊之中，另一個年輕人還在努力用腰帶小刀擋住衝進來的暴徒。然後，前廳裡只剩下了我一個，先是面對一個敵人，又是三個，後來至少有六個。我拚命戰鬥。我這樣做了。我高聲求援，竭力拚殺，但這不是一個人對一個人的劍術演練。這種戰鬥根本沒有規則！我剛剛在對付第一個人，第二個已經衝了過來。我勉強進行防守，但前廳太開闊，入侵者繞到了我身後，我聽到他們在我背後奔跑的腳步聲，我聽到了尖叫聲、東西被打碎的聲音。我面前的那個人突然大笑起來。」

機敏一下子低垂下頭。

我猜測道：「一個繞到你身後的人攻擊了你？他把你打昏了？」

「不。沒有人碰我。我鬆開手，劍掉在地上。我一直與之戰鬥的兩個人只是站在我面前朝我大笑。一個人在我走過去的時候狠狠給了我一拳。但我並不在意。我走到外面，站在主屋前的雪地中。我到現在都不知道是為什麼。」

精技暗示？切德的思維輕輕擦過我的。

我點點頭，不願意與他做更多的交流。要用精技和他溝通，我就必須放下精技牆，把那種忘記，忘記，忘記的迷霧放進來。我不會忘記。「不必為你不知道的事情擔心。」我溫和地向他提出建議。「很顯然，這是魔法的作用。你不可能抵抗它。只要告訴我們你知道的就好。」

「是的，」他不情願地說道。但他又搖了搖頭，「不。」

「你還想喝一些精靈樹皮茶嗎？」切德問。

「不，我記得那一天發生的事情，那些天發生的事情我都記得。我不明白，但是我記得。我只是太過慚愧，不敢把它們說出來。」

「機敏，蜚滋和我全都知道我們的失職。我們也都曾經被燒傷、中毒、痛打。是的，我們同樣被精技愚弄過，像傻瓜一樣做過我們羞於啟齒的事情。無論你做過或者沒有做過什麼，我們都不會因之而看輕你。你的雙手被捆住了，即使那時並沒有能讓你看見的繩子。如果我們要援救你的妹妹和小蜜蜂，你就必須將驕傲放到一旁，只把你知道的全部告訴我們。」

切德的聲音令人感到安慰。那是一個父親的聲音。我心中卻有一個憤懣的聲音在喊叫，質問他是否曾經對我如此寬容。但我壓滅了那個聲音。

機敏沉默了一段時間，在椅子裡搖晃了一、兩下，清了清喉嚨，但什麼都沒有說。當他再次開口的時候，聲音變得更加高亢，更緊張。「我和其他人一同站在雪地裡。人們不停地走出主屋，站到我身邊。那裡還有幾個騎馬的人，但我並不覺得他們是在看管我。我害怕他們，但我最害怕的是做任何事情。我只想和其他人站在一起。不，不是害怕，甚至不是不情願。我只是覺得那是我唯一有可能做的事。所有人都聚集在那裡。有許多人在哭泣，顯得很激動，但沒有人說話，更沒有人反抗。就連受傷的人也只是愣愣地站在原地，任由自己流血。」他又停了一下，彷彿在回想當時的情況。

布勒恩在敲門。「主人？很抱歉，我讓您失望了。我去了馬夫們的小屋。但那裡沒有人認識一個名叫堅韌不屈的小子，也沒有人承認是他的家人。」

我覺得自己就是個笨蛋。我看著那個男孩。他陰沉的眼睛裡滿是哀傷。他輕聲說道：「是第三幢小屋。那棟房子的門上畫著一個能帶來好運的樹籬女巫符文，還有我的祖父用馱馬的馬掌做的門把手。我的媽媽的名字是勤勉。」

布勒恩點點頭。我修正了命令。「不要提起她的兒子。只告訴她，我們想要和她談談，看看她是否願意在廚房工作。」

「哦，她一定會願意的。」堅韌不屈低聲說，「她總是催促爸爸為她在房子後面砌一個烤爐，這樣她就能隨心所欲地烤任何東西了。」

「好的，主人。還有，迪克遜管家要我告訴您，那些衛兵正在把他們能見到的一切都吃光。而我們的食品室在這個秋天的儲備並不充分……」

我們的食品室在遭到襲擊之前一直塞得滿滿的。「告訴他，派人和馬車去細柳鎮，他認為我們需要什麼就買什麼。等到下一個市集日的時候，他還可以去水邊橡林採購。所有帳單都交給我。那些商人都知道我們信用很好。」

「好的，主人。」布勒恩擔憂地看了一眼蜚滋機敏。他作為機敏的私人男僕時間還不長，但這兩個年輕人之間已經建立起一種親密的關係。「我能為機敏書記員帶些什麼嗎？」

機敏甚至沒有抬頭看布勒恩一眼。切德無聲地搖搖頭，布勒恩就退出了書房。「機敏？」切德低聲問道。

蜚滋機敏深吸了一口氣，繼續講述起他的故事。那彷彿變成了他肩頭的一副重擔。「我們全都在那裡。他們又帶出了深隱和她的侍女。我記得我注意到深隱在和他們搏鬥，因為除了她以外，再沒有任何人反抗了。她對拖拉她的男人又踢又叫，又不知從什麼地方抽出一把小刀，刺中了那個人的手。她差一點就掙脫了。但那個人抓住她的肩膀，狠狠地抽她的耳光，她倒在地上。但那個人還是費了一番力氣才將小刀從她手裡奪走，又把她推到我們中間之後就走開了。然後她朝周圍望了一圈，當她看見我的時候，便向我跑過來，並不停地尖叫著：『反抗啊！為什麼沒有人做些什麼？』她伸手抱住我，但我只是站在原地。然後她問我：『你到底出了什麼問題？』我完全想不到自己出了什麼問題。我說我們應該和其他人站在一起，這就是我想要做的。她又問：『如果這是他們想做的，為什麼他們都在呻吟？』」機敏停下來，嚥了一口唾沫，「我也聽到了，他們都在呻吟，還有人在哭泣，但大家沒有任何交流。我意識到我也在這樣做。」

只有深隱在反擊。為什麼？難道是切德對她進行的訓練讓她比別人更加大膽？我沒有僱用任何需要武力的僕人，但我相信，我的馬夫們絕不會害怕暴力鬥毆。但沒有人反抗，只除了深隱以外。我看著切德。他沒有看我的眼睛，我不得不將問題放到一旁，等到以後再去思考。

「馬背上的那些匪徒開始向我們高喊：『坐下，坐下。』有人用的是恰斯語，有人用的是我們的語言。我沒有坐下。因為我已經太冷了，而地上都是雪。我覺得只要我和其他人一起站在場院裡就已經做了我該做的事。一個人開始向我們發出威脅。他在尋找某個人，一個白色的男孩。他說如果我們不把那個男孩交給他們，就會把我們都殺死。我不認識這樣的孩子，很明顯其他人也都不知道。我們認識橡樹，就是你僱用的男僕，他的確是金髮白皮膚，但他肯定不是男孩了。不過還是有人告訴那些暴徒，橡樹是在細柳林工作的唯一淺色皮膚的人。他就站在距離我不遠的地方。那個問話的暴徒催馬來到橡樹面前，低頭看他，然後向他一指，朝另一個人喊道『是他嗎？』那個人穿著一身白衣，看上去像是一名富商，卻又有著男孩子一樣的面孔。他搖搖頭。馬背上的暴徒勃然大怒，高喊一聲：『不是他！』便俯下身，一劍割開了橡樹的喉嚨。橡樹倒在雪中，鮮血從傷口中噴濺出來。他向自己的喉嚨伸出手，彷彿能把血捂回去。但他不能。他就那樣直盯著我，直到死去。雖然天很冷，但鮮血還是冒著熱氣。我對此一無所知，只是看著。

「但深隱沒有就這樣旁觀。她尖叫著，咒罵馬背上的那個暴徒，說會殺了他，並向他跑過去。我不知道自己是為什麼，但我抓住她的手臂，要將她拉回來。我開始與她撕扯。一名暴徒催馬過來，狠狠踢了一下我的頭。我放開了深隱。然後他就俯下身，一劍刺穿了我。當我倒在橡樹的屍體上時，他哈哈大笑。橡樹的血還是溫熱的，我就只記得這些。」

橡樹，一個被僱來在餐桌旁服務的年輕人。他的臉上總是帶著微笑。他沒有做僕人的經驗，但他總是在微笑。他的新制服讓他非常自豪。橡樹，一具沒有了生命的屍體，在白色的雪中滲流出紅色的血液。他是從細柳鎮來這裡幫傭的。他的父母是否還在惦念他為什麼不回家去看看？

門口傳來一點聲音。是阿憨，他手中的托盤裡放著一些小葡萄乾蛋糕。他將托盤放到我們面前的時候，臉上帶著微笑。看到切德、我和機敏都在搖頭，他看上去有些困惑。堅韌不屈拿了一塊，但只是將蛋糕拿在手裡。阿憨微笑著坐到壁爐旁，把托盤放在膝頭。開始認真地想要挑出一塊最好的蛋糕。這些小蛋糕給他帶來的簡單喜悅卻狠狠扎在我的心頭。為什麼那不是我的小女兒，我的蜜蜂，無憂無慮地捧著一盤蛋糕坐在我身邊？

機敏停頓下來，雙眉緊皺在一起。他抬起頭看著切德，彷彿要確定這位老人對他的話有什麼看法。切德的臉上毫無表情。「繼續。」他的聲音也顯得平靜而刻板。

「那以後，我就什麼都不記得了。直到我在那天深夜裡醒來。我一個人趴在莊園大道上。橡樹的屍體不見了，眼前一片黑暗，只有馬廄那邊還有光亮。馬廄在燃燒。卻沒有人在乎那場火災。我那時也是全不在意，既不在意橡樹的屍體不見了，也不在意馬廄的大火。我站起身，感覺頭暈目眩，手臂和肩膀都疼得厲害。我覺得非常冷，不停地打著哆嗦。我踉踉蹌蹌地走進主屋，回到我的房間。布勒恩在那裡。他說見到我很高興。我告訴他，我受了傷。他為我包紮了傷口，扶我在床上躺好，並說牧羊人的奶奶老羅茜懂得一些醫術。後來那位老奶奶就來看視了我的肩膀。」

「布勒恩沒有騎馬去細柳鎮或水邊橡林找一位真正的治療師？」給自己的兒子治療劍傷的只是一個鄉下老奶奶，這一點顯然讓切德感到異常驚駭。

機敏皺著雙眉。「沒有人想要離開房子，離開這裡。也沒有人想要讓陌生人進來。對此我們的心意完全相同。就像我們都認為一定是有人喝醉了酒，在無意中點燃了馬廄一樣。而且我們全都不在乎這件事。我已經想不起自己是如何受傷的了。有人說發生了一場醉酒鬥毆，還有人說許多人是在馬廄火災中受的傷。但沒有人清楚地知道到底發生了什麼。說實話，我們不在乎。這不是一件應該去細想的事情。」他突然抬起頭看著切德，眼睛裡射出如同針尖一般，又充滿懇求之色的目光。「他們對我做了什麼？他們是怎麼做的？」

「我們認為，他們施加了一種非常強大的精技暗示，然後又暗示你們用精技相互強化此種暗示的力量。你們全都在拒絕回憶，不去想那些事，不歡迎外人，也不想離開這裡。這是掩蓋這裡所發生一切的完美方式。」

「這是我的過錯嗎？是不是因為我的軟弱，他們才能這樣對我？」機敏的問話中充滿了苦惱。

「不。」切德非常確定地說，「這不是你的錯。一個擁有強大精技能力的人能夠將他的意志施加給任何人，讓那個人相信幾乎所有事情。這曾經是惟真國王對抗紅船的最佳武器。」他又放低聲音說道：「我從沒有想過會見到精技被這樣使用，而且就在公鹿公國的疆界以內。要能做到這一點，需要非常巨大的精技力量和高超的技巧。又是誰對於此種魔法有著這樣深刻的理解？擁有這麼強的天賦？」

「這個我能做到，」阿憨說，「現在我知道該如何做了。做出一首關於『忘記，忘記』的歌，讓他們全都唱起同樣的歌，一遍又一遍。這可能並不難。我只是以前從沒有想過這樣做。我可以做到，你們想要我這樣做嗎？」

我不認為自己還能聽到比這個更令我膽寒的話了。阿憨和我現在是很好的朋友，但在過去，我們有著很大不同。這個智慮單純的人有一顆慷慨善良的心。不過他也曾經證明能夠讓我成為一個連路也走不穩、會把頭撞在門框上的傻瓜。他的魔法力量遠遠超過我。如果他決定讓我忘記某些事，我會知道他這樣做了嗎？我抬起雙眼，正遇到切德的目光。我在他的眼睛裡看到了同樣的想法。

「我不是說我要這樣做。」阿憨提醒我們，「我只是說，我能這樣做。」

「我認為奪走一個人的記憶是錯誤而且很壞的事情。」我說道，「就像奪走他的錢或者甜食。」

阿憨的舌頭抵在上唇上。這是他思考的標誌。「是啊，」他嚴肅地回答，「也許很壞。」

切德拿起我的茶壺，若有所思地掂量著它。「阿憨，你能做出一首歌，讓人們想起過去嗎？

沒有人可以強迫別人想起什麼，但可以告訴大家，如果他們希望，就能回憶起來。」

「現在還不要這麼做！」我插口道，「仔細想一想，告訴我們你是否認為這樣是可以的。但我們也許還是不應該這樣做。」

「你認為我們有足夠的精靈樹皮，能夠為全部細柳林人泡出足夠的茶嗎？即使一名精技小組的成員帶來了我的那些存貨，難道就夠了？蜚滋，每一分鐘，每一小時，蜜蜂和閃耀也許都會在危險中陷得更深，即使在最好的情況裡，她們肯定也會距離我們愈來愈遠。而最壞的情況，我完全拒絕去考慮。無論如何，我們需要知道在機敏昏過去之後又發生了些什麼。我們全都知道，他們的足跡早就被大雪和狂風完全遮蓋住了。如果那些歹徒能夠讓細柳林的人忘記這裡發生的一切，難道他們就不能讓沿途看見他們的人也都忘記？我們至今都沒有得到過任何陌生人出現在公鹿公國這一區域的訊息。我已經在考慮這種可能性了。所以我們唯一的希望就是查出他們是誰，他們的計畫又是什麼。他們長途跋涉來到此地，顯然制定了非常周詳的計畫，只為得到某種東西。那會是什麼？」

「應該說是『誰』。」機敏糾正切德，「他們想要一個白皮膚的男孩。」

「意外之子。」我低聲說，「這是白者預言中提到的。切德，弄臣告訴我，他就是因為這個才飽受酷刑的折磨。僕人在尋找下一任白色先知。他們認為弄臣會知道能在哪裡找到他。」

一陣敲門聲讓我轉過頭。布勒恩探頭進來。「主人，我把她帶來了。」

「請帶她進來。」我發出邀請。布勒恩推開門，那個女人走進房間。堅韌不屈站起身，目不轉睛地凝望著她。我看到男孩的嘴唇在顫抖，他緊緊咬住了下唇。

我在第一次來到細柳林的時候可能就遇到過堅韌不屈的母親，但我懷疑我們從那以後可能就沒有再見過幾面。她是一名標準的公鹿公國女子，一頭鬈曲的烏髮被紮在腦後，襯著一雙溫柔的褐色眼睛。對於這個年紀的女人，她的身材相當苗條，衣服也很整潔。她向我們行了一個屈膝禮，禮貌卻又急迫地問起了在廚房工作的事情。我任由切德代我回答。

「這個在馬廄工作的孩子說妳是一位非常優秀的烘焙高手。」

勤勉給了堅韌不屈一個禮貌的微笑，但完全沒有認識他的意思。切德繼續說道：「我知道妳居住在馬夫小屋裡。我們正在核查冬季慶前夜馬廄著火的事情。有人死在那場火災裡，我們要明確知道火災是如何被引發的。妳對於馬夫有什麼瞭解嗎？」

這個問題太直接了，就好像有人突然扯掉了蒙住她眼睛的黑布。片刻之間，她彷彿根本沒有看見我們，甚至也不在這個房間裡。然後她回來了。她搖搖頭：「不，我覺得我不瞭解他們。」

「我明白了。我真是有些失禮了，在這麼冷的天氣裡請妳來這裡，卻沒有給妳任何招待。請，坐下來，我們這裡有蛋糕。我能為妳倒一杯茶嗎？這是來自公鹿堡的特殊茶葉。」

「謝謝您，先生。您實在是太好了。」布勒恩為她拿來一把椅子，她小心地坐下去，展平裙襬。當切德為她倒好茶，端到她面前的時候，她說道：「您也許可以問問住在巷子盡頭的山楂。

她的孩子在馬廄工作。他們也許會知道。」

切德親自把茶杯端給她。「茶可能有一點濃。如果妳想要蜂蜜的話，就和我們說。」他一邊說，一邊將茶杯遞了過去。

勤勉微笑著接過漂亮的瓷茶杯，說了一聲「謝謝」，喝了一口。苦澀的味道讓她驚訝地抿起嘴唇，但她還是露出微笑，並禮貌地說：「的確是有一點濃。」

「這是一種補藥，」切德對她說，「我跟喜歡它給我的活力，尤其是在寒冷的冬天裡。」他向勤勉露出了最有魅力的微笑。

「確實，難道不是嗎？」勤勉說道，「在我這個年紀，我也應該用一點補藥了！」她向切德報以微笑，又喝了第二口——很禮貌地吭了一口。當她將茶杯放進茶盤裡的時候，她的面色突然改變了。杯子哐啷一聲落在茶盤裡，她的手開始顫抖。切德將茶杯從她鬆開的手指間拿走。她抬起雙手，先是捂住了嘴，然後捂住了整張面孔。她向前俯下身，開始劇烈地顫抖。從她的喉嚨中發出的第一陣聲音不是一個女人的哭泣，而是一種動物痛苦的低吼。

堅韌不屈跑過房間，跪倒在她面前，用自己沒受傷的手臂環抱住她。男孩並沒有告訴媽媽一切都會好起來。他什麼都沒有說，只是用面頰緊貼著母親的面頰。房間裡沒有人說話，只有勤勉痛哭不止。過了一段時間，她抬起頭，伸手抱住兒子說道：「我把你趕走了。你怎麼還能原諒我？你是我剩下的全部，我卻把你趕走了。」

「我在這裡。哦，媽媽，感謝艾達，妳認出了我。」堅韌不屈抬起頭看著我，「謝謝您，主人。我的媽媽回來了，謝謝您。」

「我到底是怎麼了？」這一句問話如同顫抖的呻吟。

「一種邪惡的魔法。」馬僮安慰她，「這種邪惡魔法被施加在這裡的每一個人身上。它讓所有人都忘記了冬季慶前夜發生的事情。只有我除外。」說到這裡，他皺起眉頭，「為什麼只有我除外？」

切德和我對視了一眼，我們都沒有答案。阿憨輕聲說：「因為他們沒有將你和其他人放在一起，他們只是讓聚在一起的那些人唱起了遺忘之歌，所以他們沒能讓你忘記。你完全沒有聽到那首歌，你沒有聽到任何歌聲。」他哀傷地看著這個男孩。

布勒恩走上前，把我們嚇了一跳。我幾乎忘記了他還在房間裡。他一言不發地從切德手中的茶盤裡拿起那杯茶，將它一飲而盡。隨後，他同雕像一般站立著，又突然倒進旁邊的椅子裡。有那麼一段時間，他只是一動不動地坐著。當他抬起頭來的時候，臉色已經變得異常蒼白。「我在那裡，」他說著，抬起眼睛瞥了一下機敏，「我看到他們踢您的頭，用劍刺您，我就站在那裡。我還看到同樣是那個騎馬的人把深隱女士打倒在地。用凶惡的髒話罵她，並說如果她敢站起來，他就會……」他停了一下，顯得有些噁心，「那個人威脅深隱女士，然後他們就把我們聚攏在一起，彷彿我們是一群綿羊。還有其他人也來到我們中間，是那些住在小屋裡的人。有許多孩子本來藏在別的地方，但他們也成群地走了過來。那些匪徒開始向我們喊叫，要我們交出白色的男孩。

「然後一個女人從主屋中走出來。我以前從沒有見過她。她穿著一身非常暖和的白色衣服。一開始，她斥責那個年老的匪徒頭領。那個老匪徒很殘忍，而且似乎並不在意她的話。她很生氣有人被殺死。因為他們必須把屍體處理掉，這會讓一切事情更加難以隱瞞。她說那個老匪徒做得很糟糕，這不是她希望的結果。老匪徒要那個女人把戰鬥的事情交給他就好，說那個女人根本不知道該如何攻佔一個地方。他還說，等他們在這裡完事之後，就在馬廄上點一把火，把所有屍體都燒掉。我能看出，那個女人對老匪徒很不高興。

「但是當她轉向我們的時候，她變得很平靜，面帶微笑。她沒有喊嚷，只是和善地說，我想要做的事情只有找到能讓她喜悅的東西。她正在尋找一個男孩或是一名年輕男子，最近那個人和我們住在一起。她承諾不會傷害他，只會帶他回到他所屬於的地方去。有人——我覺得是塔維婭——高喊著說他們殺死了唯一最近才來到這裡的年輕人。但那個女人只是在我們中間走來走去，仔細看我們每一個人的臉。我覺得有人和她……」布勒恩的聲音和表情都變得愈來愈黯淡。

我感覺到他在努力推動一道他無法跨越的屏障。在迷霧之下還有另一道力量在阻隔他的思維。

「你！」布勒恩突然說道。他抬手指著堅韌不屈，「是你騎在褐色馬背上。蜜蜂女士騎在灰馬背上，對不對？一切改變都發生在一瞬間。那個女人一遍又一遍地催促我們必須想起一個最近來到這裡的男孩。然後，一名匪徒高喊一聲，向遠處一指。我們全都向那裡張望。你正牽著灰馬，騎在褐色馬上拚命向遠處跑。立刻有三名匪徒調轉馬頭向你們追去。其中就包括那個殘忍的老匪徒。一個人一邊縱馬飛奔，一邊拉開弓弦射了一箭。我還記得他用膝蓋控制馬匹的樣子。」

「他射中我了，」堅韌不屈低聲說。他抬起手，捂在被繃帶包裹的肩膀上。他的母親驚呼一聲，把他拉得更近了一些。

「很短的一段時間裡，他們去追你們，場院裡只剩下了不多的幾名匪徒看守我們。我記得我們都開始說話，互相詢問到底出什麼事了，這一切是怎麼發生的？那就像是從一場夢遊中醒過來……」他的目光失去了焦距，「但很快，我們就都平靜了下來。那裡還有其他一些人，他們很年輕，嗯，感覺很柔弱，都穿著白色的衣服。他們來到我們中間，告訴我們要平靜，平靜下來。他們看上去很擔憂，但都在竭力安慰我們。只是有那麼一段時間，我想我知道一切事情都不對了。我跪倒在機敏身邊，因為深隱也在那裡，正在機敏的身邊哭泣。我告訴她，機敏沒有死。然後那個圓臉的女人回來了。她的懷裡抱著蜜蜂。但蜜蜂彷彿是睜著眼睛睡著了。圓臉女人向所有人高喊，說他們找到他了。他們找到了意外之子。我現在想起來了。我本以為他們說的是那個馬僮。但她抱在懷裡的是蜜蜂，另外……還有另一個人。一個……」

他再一次陷入了苦苦的掙扎，想要挖出某樣東西，但那東西深埋在他力有未逮的地方。我聽著他的敘述，心中升起了愈來愈強烈的寒意。他們抓住了蜜蜂，並不斷提及意外之子，白色先知的孩子，那個將會改變世界命運的男孩。弄臣曾經相信那就是我。而現在，他認為那是他留下的兒子，一個讓他在不知不覺間成為父親的孩子。無論他對「父親」這個詞有著怎樣的理解，我完全無法想像為什麼會有人認為那就是我的女兒。我要有所行動，無論要做什麼，這種急迫感在我的心中升騰，一種無理性的風暴在不斷告訴我，我不能只是等在這裡，收集情報。

布勒恩又開始說話了：「他們將她包裹在白色的長袍裡，放在他們的雪橇上，彷彿她是一位公主。那時，匪徒們也回來了，重新包圍了我們。除了等待下去，看著會發生什麼事情，我沒有任何其他的想法。我們簇擁在一起，而那似乎是唯一正確的事情。」

我開口問道：「你認為他們相信蜜蜂就是他們尋找的男孩？那個意外之子？」

布勒恩猶豫了一下。「主人，他們就是那樣做的。得到她以後，他們就停止了尋找。」

「那時的一切我都記起來了。」勤勉在我正嘗試著將蜜蜂看成一個男孩子的時候說道，「我那時在屋子裡，正在修補塔爾曼的一件結實的上衣，同時想著我們在冬季慶慶典上的種種快樂。他跳起舞來真是很棒！」勤勉的聲音被一陣啜泣打斷，但她很快又繼續說道，「我又為堅韌不屈的襯衫感到煩惱，那件襯衫還很好，但他的個子竄得太快了。我在想能不能再把襯衫放長一些，讓他能再穿一季。然後，突然間，因為某種至今我也想不通的理由，我很想到主屋去。於是我毫不猶豫地離開了房子，一直走到主屋前。還在自己屋子裡的所有人都走出來了，就好像冬季慶已經到來一樣。只是沒有人歡笑，也沒有人說話。我們只想到主屋去。我在路上正好經過馬廄。馬廄在燃燒，但我並不覺得那很可怕。我沒有停下來或者呼喚任何人……」她的聲音遲疑了一下，我看出她在回想那時她的丈夫和公公是不是還活著，她那時是不是至少還能和他們說上一句話。

「大家都已經死了，媽媽。」堅韌不屈高聲說道。勤勉突然開始哭泣。她抱住自己的兒子，彷彿堅韌不屈是暴風雨的海面上最後一塊浮木。她的哀傷讓她再也說不出一個字。

布勒恩在這時說道：「是的，住在小屋裡的人們都來了，還有孩子們。那些孩子們都是心甘情願走出來的。但一些匪徒對他們動手了。我看到一個人抓住了一個在廚房做事的小女孩……」

他的臉上沒有了血色，他的下巴無力地垂了下去。一段時間裡，房間中沒有人說話。「他們都是混帳，」勤勉終於說道，「我們就像是一群綿羊。我看著馬廄在燃燒，我們聽到了馬在裡面嘶叫。一定有一些馬逃出來了。但我只是看著大夥，甚至沒有想一下我的丈夫在哪裡，我的兒子呢？彷彿這件事和我毫不相關。」

「他們有沒有帶走深隱女士？」切德的聲音因為恐懼而變得格外沉重。他一般絕不可能打斷一個正在敘述情況的人，就我所知，他已經忍不下去了。他必須知道。我並不為此而責備他。

「是的，他們帶走了深隱女士。」布勒恩確定地說，「那是後來的事情了。當時天色已經變暗。他們將蜜蜂放在雪橇上。我似乎記得那個女人在催促匪徒們儘快離開，但匪徒們正在搶掠和享用廚房裡的食物，還……對年輕女人下手。那些女孩都……空蕩蕩的，就好像她們完全不在乎，或者沒有注意到。一個匪徒抱怨說這樣……讓他不滿意。那個態度和善的女人終於說服他們，讓他們準備離開了。但那個生氣的匪徒把深隱從其他人中間拉了出來。深隱一直在抵抗。我們都沒有幫她。那個匪徒把深隱摔倒在雪地上，他，他開始要……他要強姦她。」

機敏從喉頭深處發出一陣聲音。我向他瞥了一眼。他的臉埋在雙手之中。切德的面孔像白堊石一樣，不過他還保持著平靜。

「她不停地反抗，但已經沒有任何意義了。我，我卻只是看著這一切發生。就像一個人看著雪落下，或者是風颳過樹林。這樣說讓我無比慚愧。沒有一個細柳林的男人抬手抵抗，甚至沒有人出言喝止。但突然之間，蜜蜂衝了出來，撲向那個匪徒。匪徒將蜜蜂打到一旁。蜜蜂高喊說如果他們傷害深隱，她就殺死自己。那一大群白皮膚的人立刻開始攻擊那名匪徒，把他從深隱的身上拉開了。」

「那麼她沒有遭受侵害？」切德幾乎沒有足夠的氣息把這幾個字從嘴裡推出來。

布勒恩看著他，面色變得深紅，雙眼在羞愧中低垂下去。「在那時？沒有。但在那以前，或者是他們帶走她以後，我就不知道了。」他抬起頭看著切德的眼睛，顯露出真實的痛楚，「我覺得她有可能受了苦。」

機敏高聲發出呻吟。

切德驀然站起身。「等一下。」我完全認不出他的聲音。他快步走出了房間。

「孩子。」布勒恩低聲說道，「請原諒我懷疑你。」

不等堅韌不屈說話，他的母親已經在長聲哀號，「你是我僅有的一切，我卻將你趕出了家門！你的父親會怎樣說我？哦，兒子，兒子，我們現在該怎麼辦？我們要怎樣掙麵包吃呢？」她緊緊抱住堅韌不屈，在兒子的身上抽噎。男孩面色蒼白地看了我一眼，然後對低垂著頭的母親說：

「我已經立誓向獾毛大人效忠，母親。我會為我們贏得一座城堡。他真正的名字並不是獾毛。爺爺是對的。他正是蜚滋駿騎．瞻遠，他已經接納了我。我會照顧妳的。」

「真的？」說話的是布勒恩，「他是真正的蜚滋駿騎，那個原智……瞻遠？」他差一點就沒能管住舌頭，說出「私生子」這個詞。

「是的。」沒等我能想出一個合理的謊言，堅韌不屈已經驕傲地說道。

「他就是蜚滋駿騎，」機敏也說道，「只是我以為這將一直是一個祕密。」他驚訝地盯著我。

「公鹿堡度過了一個有趣的冬季慶。」我說道。機敏的眼睛變得更圓了。

「那就是說，所有人都知道了？」

「還不算是人盡皆知。」不過現在人們應該都知道了。數十年以來編織的謊言突然之間被當眾揭穿，我能夠擔負多少事實？

不等有人再說話，切德回到了房間裡。他看上去就像一具死屍。他的聲音嘶啞而沉鬱：「他們似乎是先攻擊了馬廄，然後摧毀了鴿舍。現在我們必須和可能在第一輪攻擊中活下來的人談一談。」他清了清喉嚨，「然後，我們會和經歷過這場災難的所有人細談。但首先，我們要以最開始為調查的起點。」

15

驚嚇

對每一個被記錄的夢境都要以最認真的態度進行整理。更重要的是，對於廈思姆告訴我們的每一個夢境，不僅僅是要記錄下來，更要對夢中的每一個元素分門別類進行編錄。我們要將它們歸納成與馬匹有關的夢、與樹有關的夢、與橡果有關的夢、與蘋果有關的夢，諸如此類。這樣，當騎兵聚集，或者是大火掃過森林的時候，我們就能查看這件事是否已經被預言過。很快，隨著僕人對於預言之夢的精深鑽研，我相信我們能夠看到我們的命運，並使得僕人能夠為這個世界判明應該促進什麼事發生，又應該制止什麼事發生。

——《僕人寶典》，第四十一行

切德怎麼說的就是怎麼做的。在我相信我們已經搜集到了所有可資利用的訊息之後，他還在不斷召喚我的僕人來書房，讓他們喝下精靈樹皮茶。在一陣私密交談之後，我們決定不使用阿憨的「回憶之歌」。精靈樹皮有足夠的效果，我們現在需要的是情報，而不是對精技進行試驗。我們要使用可靠的手段。蕁麻從公鹿堡派出的精技小組成員帶來了外島的岱文樹皮。我的藥性較差的陳舊樹皮用光之後，切德就開始用這種更加烈性的樹皮泡茶。就連這種茶的氣味都讓我感到頭暈。阿憨離開了書房，再也沒有回來。迪克遜很快就從細柳鎮採購回大量物資，並向我詢問廚房要為多少人準備餐點。我現在對他很缺乏耐心。不過奉行實用主義的切德和我都決定，迪克遜和所有在廚房工作的人要等到晚餐之後再恢復記憶。

鬥士衛隊的隊長回來向我們報告，主路上沒有人出現，就連小路上也沒有出現過成隊的士兵和大雪橇。沒有人能夠得到切德的獎賞，這顯然讓這名隊長很失望，但切德和我並不對他的報告感到驚訝。這群強盜肯定對他們的襲擊和逃逸都制定了周詳的計畫。我的心沉了下去。我堅信，他們正是弄臣所描述的那些僕人。弄臣說過，他們會不惜一切代價找到意外之子。

「那麼，為什麼他們要抓走我們的女兒？」切德在受到詢問的僕人剛喝下精靈樹皮茶的沉默間隙向我問道。

我高聲說出了唯一合理的推測：「作為人質。他們認為我們知道那個孩子在哪裡，所以他們帶走了我們的女兒作為人質。如果我猜得沒錯，他們很快就會送來某種訊息，提出用我們的孩子交換他們正在尋找的那個男孩。」

切德搖了搖頭。「那樣的話，他們早就應該給我們送來訊息了，他們應該把訊息直接留在這裡，讓我們找到。如果他們只是想嚇唬我們，為什麼又要那樣精心地隱藏形跡？為什麼他們要待蜜蜂如同公主，又那樣拖走閃耀，彷彿她只是一件戰利品？」

我沒有辦法合理地解釋這些問題。「布勒恩說過，他們似乎認為蜜蜂就是他們要找的那個男孩。那個意外之子。」

切德驚愕地向我皺起眉頭。「你認為這有可能嗎？你的女兒看起來是不是像一個男孩？」

「在我看來不像。」我立刻回答道。但我不得不承認，「只是她不喜歡花邊和蕾絲。她還只是一個沒有明顯特徵的小女孩。」我想到了她穿束腰外衣和長褲的樣子，膝蓋上還有塵土。因為哀悼莫莉，她的頭髮被剪得很短。「我要回公鹿堡去。」我高聲說道。這句話甚至讓我自己也感到吃驚。

「為什麼？」切德問。

「因為我需要和弄臣談談。我需要告訴他這裡發生的事情，向他描述那些匪徒的樣子，看看弄臣是否知道他們想要什麼，又會將我們的女兒帶去哪裡。我懷疑你從我的僕人口中已經得不到多少有用的情報了。」我沒有承認，我很害怕聽到我的廚房女僕們的回憶，尤其是小榆樹。有幾名馬夫在喝下精靈樹皮茶，開始回憶那場災難的時候，都變得語無倫次。馬廄中的那場無聲的屠殺奪走了他們許多家人。每多一個人的恐怖回憶被喚醒，那種忘記，忘記，忘記的歌聲就會減輕一些。現在就連那些還沒有服用過精靈樹皮的人也漸漸變得不安起來。每一個走進我的書房的人在離開時或者泣不成聲，或者沉默無語，如同行屍走肉。恐怖的氣氛在整個莊園中愈來愈濃。當我走出書房的時候，我注意到僕人們都開始盯著損壞的門板或者被割開的掛毯。它們表明了這些人曾經遺忘、現在重新被想起的災難。

切德清了清嗓子，將我遊蕩的思緒拉了回來。「我們一起回公鹿堡。我建議在今天晚飯之後，我們召集剩餘的全部僕人，讓他們都喝下茶水。那時我們可以詳細向他們詢問入侵者的長相，還有閃耀和蜜蜂的命運。我懷疑我們可能發現不了太多新的情報，但如果忽視掉任何可能有用的線索，我們都是兩個蠢貨。」

我很不情願地承認他是對的。我渴望著能做些更有用的事情，而不只是坐在這裡聽我的人講述他們如何遭受殺戮和凌虐。我找理由離開了切德隨後的茶會。我知道，如果切德發現重要的線索一定會叫我過去。我去看了看阿憨，確認他沒有覺得無聊，也沒有不舒服。結果我發現他和蜚滋機敏在一起。不，是機敏——我提醒自己。一名私生子，但絕不是機敏的私生子。阿憨和機敏在公鹿堡的時候就有了很深的交情。機敏看起來是真的喜歡阿憨，對此我很高興。神情有些抑鬱的機敏正教阿憨在我們為細柳林孩子們購買的蠟板上寫寫畫畫。阿憨看到他在這種平板表面寫出的字能夠一下子被抹去，顯得既興奮又著迷。

我離開他們，緩步走過細柳林。突然降臨的災難讓我無處可逃。我看到的僕人們都是面色蒼白，神情淒涼。那些暴徒對這裡造成了無法抹去的破壞。在遺忘導致的盲目中，我的人一直沒有對這些破壞進行清理和修復。灑落在牆壁上的血滴昭示著某個人的死亡，而我甚至不知道死者是誰。

我的人和我的家，我曾經可以心安理得地這樣認為。這裡曾經讓我感到自豪，因為我能照顧好這些人，付給他們優渥的薪水，仁善地對待他們。而現在，這個幻象被打碎了，就像是一顆蛋被摔在地上。我沒能保護他們。我們為了蜜蜂和深隱重新粉刷房間，點亮它們的七色彩虹，現在這些都變成了無用的虛榮。我的家被偷走了心。我現在甚至沒辦法去看白雪墳墓中的莫莉。身為這裡的管理人，莫莉女兒的父親，我做到的只有悲劇性的失敗。我在這些歲月中變得懶散遲鈍，疏忽大意，放棄了一切戒備，完全沒有能力保護任何人。慚愧和畏懼交融在一起，無法區分，緊緊絞勒著我的內臟。蜜蜂是否還活著，是否遭受了虐待和恐嚇？還是她已經死了，被丟棄在少有行人的路旁積雪中？如果那些暴徒相信她就是那個意外之子，卻發現她其實只是一個女孩，他們會有怎樣的反應？對這個問題的答案沒有一個能讓我高興。他們會不會折磨她，然後再殺死她？他們會不會正在對她用刑，就像對弄臣那樣？我無法去思考這些問題，我不可能集中起精神去想它們。

我指揮人們進行工作。我只能用這個辦法吸引他們的注意，讓他們不必去多想發生在他們身上的事情。我去了一趟剩餘馬匹的臨時圍欄，看到我的馬夫已經聚集在那裡。我簡短地陳述了我們的損失，又用更長的時間傾聽他們的講述。他們沒有讓我失望，而這更是讓我已經漸漸熄滅的羞慚和愧疚再一次如同烈火般燒灼我的心。我任命肚帶為細柳林的馬廄主管。他一直是高塔曼的副手。而堅韌不屈用力的一點頭讓我更加確信了自己的選擇。我給了肚帶聘用木匠和伐木工的權力，並命令他們清理燒毀馬廄的廢墟。

「我們會在那裡點燃火葬堆，把剩下的東西燃燒乾淨。」肚帶對我說，「那裡面有死去的人和他們一直在照料的生物。我們會讓他們一同化為煙塵。這一次，在他們燃燒的時候，我們會銘記他們都是誰。」

我向他表示了感謝。在為了哀悼莫莉而剪短頭髮之後，我的頭髮在這幾個月中並沒有變長很多，甚至還沒辦法把它們結成武士辮子。但我還是用匕首盡可能地割下了一縷較長的髮絲，將它交給肚帶，請他在再次點燃馬廄的時候把這縷頭髮也一併燒掉。他嚴肅地接過我的哀悼信物，向我承諾這縷頭髮會與他的頭髮一起被放入火葬堆。

我在僕人中間徵募一名信鴿管理員。一個大約十四歲的女孩子響應了我的徵募。她說那曾經是她父母的工作，現在應該由她承擔。一名來自馬廄、顯得有些害羞的年輕男子說他能夠幫助女孩清潔鴿舍。女孩感激地接受了他的好意。

一件件事情得到了安排。迪克遜還處在無憂無慮的遺忘之中。但我的許多僕人都開始著手於應做的工作。等我回到主屋的時候，我發現一些破損的掛毯被摘除了。正門得到臨時性的修復，終於能夠閉合起來了。

那天的晚餐氣氛異常壓抑。鬥士衛隊的隊長和他的尉官與我們同桌進餐。悍勇隊長和我算是同一個時代的人。到現在他還不太習慣將湯姆・獾毛和韮滋駿騎・瞻遠看做是同一個人。而讓我感到驚訝的是，他回憶起了我在紅船之戰時對抗被冶煉者的人往事。「那是骯髒而血腥的任務，又非常危險。我很敬佩你。這種敬佩之心後來有過變化，但我一直都知道，你是個有膽量的人。」他說話很直率。他作為鬥士衛隊的指揮官已經有兩年時間了，很懂得如何讓自己的手下不只是一群強盜和馬賊。

而他的尉官狡捷則完全是另一種人。他似乎很懂得給自己找樂子，對於每一個走進餐廳的年輕女僕，他都會報以微笑，甚至拋個媚眼。而對於他公然的調情舉動，女僕們全都驚恐萬狀。這種反應一開始似乎讓狡捷感到困惑，然後他顯然是覺得自己受到了冒犯。被送上來的飯菜樸素簡單——它們來自於剛剛遭受搶掠的食品室。而當狡捷評論說他們習慣於公鹿堡更優秀的食物時，隊長的臉色變得難看。我壓抑住自己，沒有告訴他我們習慣於細柳林更優秀的禮貌。為我們服務的僕人都顯得有些笨拙，他們幾乎無法將精神集中在手頭的工作上。而看到狡捷對於這些鄉村居民不加掩飾的輕蔑，我的心中更是燃燒起了無言的怒火。

隨後的一段時間更加糟糕。我們將所有在細柳林服務的人召喚到大廳，無論大小，並在這裡的壁爐上煮了一大鍋精靈樹皮茶。已經喝過茶的人都面色冷峻，一言不發地站在一旁，準備向那些將要回歸現實的人給予安慰。這座大廳的牆壁上還懸掛著冬季慶殘破的裝飾品，為了慶祝一個永遠不會發生的節日。我在大廳裡放好烈酒、啤酒和葡萄酒，但我不知道誰需要從這些酒精中尋找勇氣。切德、阿憨和我坐在主餐桌後面，機敏和布勒恩負責用長柄勺將茶水舀進杯子裡。他們一同嚴肅地擔負起這個沉重的任務，看著一個又一個人從混沌中甦醒，或者痛不欲生，或者黯然心碎。對於他們每一個人，我們都會問兩個問題：你是否還記得那些襲擊者的樣貌；你有沒有看到深隱女士或者蜜蜂女士？

大多數人提供的訊息都沒有什麼用處，或者已經被我們掌握。有四個人向我們詳細描述了同一個瘋狂的強姦犯——相貌英俊，但又格外殘忍。他的金髮被束成兩股長辮，眼睛是藍色，鬍鬚被精心修剪。而我的廚房女僕還清楚地記得一個年紀更大、雙手很髒、身上發出臭氣的男人。小榆樹變得歇斯底里。治療師將她帶走，讓她躺在溫暖的床上，給她服用了混有白蘭地的纈草茶。她的母親一直小跑著跟在她身邊。

鬥士衛隊和他們的軍官集中在大廳一端，身邊有一桶麥酒。切德要求他們的隊長維持好這些士兵的秩序。悍勇隊長顯然很明白現在的局勢。他嚴厲地命令部下不許和細柳林人有任何交流。士兵們服從了命令，但即使隔著一段距離，我還是能感覺到他們對於心神凌亂的細柳林人粗鄙而冷漠的態度。戰爭和艱苦的生活將他們的心腸變硬了。對此我非常清楚。但這不意味著我願意看到我的人遭受嘲諷和鄙夷，只因為他們還沒有變得那麼鐵石心腸。

我曾經站在公鹿堡，以蜚滋駿騎親王的身分接受眾人的歡呼，被加冕以攝政王鋼冠，被歡迎回家。這僅僅是在一天以前的事情嗎？而現在，在我自己的家裡，我聽到人們在哭號、在尖叫，看到男人因為他們曾經見到、曾經做過的事情而呆若木雞。牧羊人林恩站在我面前，乞求我的原諒，因為他曾經聽從那個面容討喜的女人命令，收集屍體扔進大火之中。看到這個人因為受到魔法控制而精神崩潰，我只是感到一陣陣羞慚。切德從他口中得到確認，深隱並不在被燒掉的那些死者之中。

這個漫長的夜晚終於過去了。那種微弱的忘記，忘記的精技歌聲也從人們的潛意識裡徹底消失。我終於能夠和蕁麻進行聯絡。她向我封鎖了她的意識，只是透過我的眼睛和耳朵看到和聽到了細柳林人整個哀傷的故事。沒過多久，我就感覺到謎語在將力量注入到蕁麻體內。晉責很快也加入到我們之中。穩重在支撐整個精技小組。向他們打開我的意識，讓他們知道我所知道的一切，這給我帶來了些許安慰。我感覺到蜜蜂的生死未卜給蕁麻帶來的痛苦；晉責在因為公鹿公國境內竟然發生了這樣的事情而怒不可遏。但沒有人能想出解決危難的辦法。樂惟的死讓我感到深深的哀痛。我沒有辦法為我的失職找到開脫的理由。我難辭其咎。這場冬季慶被徹底扭曲了。聚集在這座大廳中的人們只能看著哀傷和恐懼翩翩起舞，苦澀的茶汁和淚水成為了宴會上僅有的菜餚。

以哀傷作為薪柴的火焰最終還是熄滅了。細柳林大廳慢慢空曠下來，人們紛紛返回小屋或者主屋中的住所，現在的細柳林莊園比以前更加空寂落寞。一些人喝醉了，一些人始終保持著冰冷的嚴肅。就連那些醉醺醺的鬥士也腳步踉蹌地走出了我的大廳，到僕人區的臥房睡覺去了。機敏讓布勒恩去休息。我堅持命令堅韌不屈回他母親的小屋。「我命令你去的地方，就是你今晚的職責所在，去。」到最後，只有切德、我和機敏還留在大廳裡。阿憨早已去睡了。這一天裡，這個孩子非常疲憊。我不想再讓他暴露在這種痛苦之中。切德和我一同坐在壁爐前的軟墊長凳上。機敏孤獨地坐在一旁，盯著漸漸熄滅的火焰。

那麼，現在有什麼計畫？晉責國王問道。

明天一早我就返回公鹿堡。我要將所有事告訴弄臣，看看他是否能給出什麼建議。

應該這樣做。你很快又要使用精技石柱了嗎？是蕁麻在問。

必須如此。我回答道。

我也是，切德的話讓我吃了一驚。

我想要表示反對，但立刻又沉默。他的女兒也像我的女兒一樣身處險境。我又怎麼能警告他避免再次使用門石？

黃金大人，晉責剛說了半句話就停頓下來，似乎是陷入了沉思。

他怎麼樣？我問道，我的心在同時沉了下去。

你的離開讓他非常不安。晉責的惶惑情緒非常明顯，他似乎失去理智，不停地叫喊咆哮，就像是一個被寵壞的孩子。

就像是一個心中充滿恐懼的孩子，我暗自想道。

他說他必須和你一起走，你絕不能離開他。我們竭盡全力讓他平靜下來，卻收效甚微。終於，他耗盡了體力，回到床上。我們以為他會睡很長時間，就把他一個人留在房間裡。但他一定是在我們離開之後不久就醒來了。然後他不知用什麼方法從切德的舊巢穴中跑出來，衝進公鹿堡的主走廊中，幾乎一路跑到了馬廄。他在今天早晨被找到，面朝下趴在那裡的積雪中。蜚滋，他的情況在惡化，要比你離開的時候惡化了很多。我很抱歉。晉責的道歉洩露了他的真實想法——弄臣正在死去。

我失去了一切。不只是我的朋友，我也不知道那些匪徒要對我的女兒做什麼。可怕的疲憊感吞噬了我，緊接著是一陣麻木。我想不到任何應對之策。

告訴灰燼，讓他一直照看弄臣，竭盡全力讓弄臣更加舒適，維持住他的健康。我們早晨就到。切德果決地回答。

我感覺到了他們的困惑和絕望，卻無法做出回答。今晚已經夠了，切德又說道。我感覺我們的連結在衰退，最終斷開了。

我深吸一口氣，但切德搶在我之前開了口。他抓住我的前臂，手指依然強勁有力。「我知道你在想什麼。不，今晚我們要睡覺，明天我們要吃飽，然後我們會前往絞架山的門石。我們都知道要冒怎樣的風險，我們會去冒險，但我們要齊心協力，而不是以愚蠢的方式。你能為弄臣做的都已經做了。我們的女兒還在指望著我們。我們要成為訓練有素的刺客，而不是慌亂的父親。」

我痛恨他的話，因為他的話有道理。我現在最不希望的就是耽擱，但他沒有放開我的手臂。

「採取愚蠢而魯莽的行動並不能證明你的愛。你要成為有手段、有力量的人，你已經不再是那個在公鹿堡的走廊裡手持武器追逐帝尊精技小組的男孩了。你是蜚滋駿騎．瞻遠親王。我們會讓他們用他們的每一滴血作為代價。」

明智的建議能夠讓最灼熱的頭腦冷靜下來，這不奇怪嗎？切德說得很有道理，但我的心還是在怒吼著反對他。我緩慢地點點頭。

「我要去睡了。」切德說道。他轉過頭看了看他的兒子，「機敏？你絕不能有任何自責。」

機敏點點頭，但並沒有將視線從火焰上轉開。我離開他們，去了我的臥室。

但這並不意味著我能在那一晚安然入眠。我的房間中各種損壞的痕跡不停地擠進我的視野。我想像著那些人是如何在我的家中為非作歹。我在黎明之前就起身去了蜜蜂的房間。有僕人來過這裡。她的新衣櫃被扶正了，一片狼藉的房間也盡可能恢復了整潔。我坐到她的床上，又躺倒下去，抱住曾經伴她入夢的枕頭。這裡沒有留下任何她的氣味能稍稍安慰我一下。我沒有再睡著。天還黑著的時候，我回到我的臥室，收拾好了一些物品。換洗的衣服、各種工具，還有蜜蜂的日記。我又去了她的房間，為她挑了一套換洗衣服，並拿起她的新斗篷。當我找到她的時候，也許這些東西能給她帶來安慰。這是帶她回歸正常生活的承諾。

切德、我與悍勇隊長和狡捷尉官共進了早餐，他們會陪同我們前往絞架山，同時軍士強手被留下來管理鬥士衛隊。在我們離開之後，他們會帶著坐騎返回細柳林。我們已經決定將阿憨留下。切德希望能夠透過他快速聯絡到機敏，而且我們也不想讓阿憨這麼快就再次冒險通過門石。我們都同意，等我們認為阿憨等待了足夠長的時間之後，他就能與蕁麻的精技使用者和西德維爾一起從精技石柱返回公鹿堡。這一切都是切德安排的，包括當我們在公鹿堡的見證石附近出現時，要有人帶著馬匹在那裡迎接我們。

我吩咐迪克遜召回所有的木工和木匠，讓他們立刻開始修繕工作。機敏請求和我們一起走，但我們都認為他太過軟弱，便命令布勒恩繼續照顧他。同時我心裡也清楚，我們想要單獨行動，這是執行任務的習慣。當我們等待僕人將馬匹牽來的時候，我看了一眼身邊的這位老人。他已經束緊了腰帶，讓自己能站得筆直。我知道，在這種時候，我最希望能陪伴在身邊的就是他。我們不需要彼此揣測該如何對付那些搶走我們女兒的人，我們已經心照不宣。我不知道他的健康狀況是否能支撐他完成這次任務，但我知道，沒有人能勸說他留在後方。我現在只能相信弄臣掌握著關於那些綁架犯的線索，讓我們可以追蹤。等我們找到他們，就會把他們全部殺死。

堅韌不屈牽來了馬。切德看著德里克大人的花斑母馬，嘴角處幾乎現出一絲微笑。「一匹好馬。」他做出評價。

「我只偷最好的。」我承認道。

讓我驚訝的是，堅韌不屈還騎著他的馬，並牽來了蜜蜂的灰馬。他的一隻手臂被繃帶掛在胸前，但他穩穩地坐在馬背上。「我們不需要蜜蜂的馬，」我對他說。

「我應該帶牠來，主人。蜜蜂會想要騎牠回家的。」

我看了這個孩子一眼。「你不會和我們一起走，小子。你受了傷，你的母親更需要你。」

「我告訴了她，我已經立誓效忠於您。她明白。」堅韌不屈在馬背上稍稍挺直了身子，「蜜蜂女士也會希望我這樣做。」

這讓我無話可說。我只能用繃緊的喉嚨說道：「我們走的並不是一條任何人都能走的路。我們甚至不會帶走我們所騎的馬。你不能跟我們一起走，堅韌不屈，但我很欽佩你的勇氣。我答應你，當蜜蜂再次騎馬的時候，你一定會在她的身邊。」

下唇一點輕微的顫抖出賣了他的心情。「是，主人，」堅韌不屈並不同意我的話，但他服從了我的命令。我向他點點頭，然後就和切德一起上了馬，與正在等待我們的軍官會合。我曾經很喜愛冬天的莊園大路，喜歡看被積雪壓彎、成為一道道拱門的白樺樹枝。但今天，在昏暗的晨光中，我感覺我們正在穿過一條陰沉的隧道。兩名軍官很高興能走在我們前方。他們並轡而行，偶爾交談兩句。切德和我走在一起，在令人面孔僵硬的寒風中一言不發。

我們上了主路的時候，太陽終於有了一點熱量。天氣也許變暖和了，但很難察覺。如果換做其他時候，這匹花斑馬也許會很享受這種雪中馳騁。我心不在焉地想著會有多少人知道蜚滋駿騎親王偷了一匹馬，還是晉責已經將這件事壓了下去？我試著為此感到羞愧，卻又做不到。我需要這匹馬，所以我就騎走了牠。就算知道牠不是為我準備的馬，我還是會這樣做。我感覺到我的坐騎在表示贊同，不過我選擇無視牠的反應。

我轉過頭瞥了切德一眼。我的導師已經是一位暮年老者。他蒼白的臉上還能看見星星點點的燒傷瘢痕。當他終於離開多年藏身的間諜巢穴，進入公鹿堡社交圈的時候，他彷彿一下子就年輕了幾十歲。他變得喜歡大笑，享用精美的食物，熱中於騎馬狩獵和跳舞，就像年輕人一樣充滿活力。在不長的一段時間裡，他重新找回了一些曾經完全不屬於他的日子。而現在，他穩穩地騎在馬背上，高昂著頭。他不會向這個世界顯露出他的弱點。不認識他的人絕不會認為他正在承受著失去女兒的痛苦。他的衣著很是精緻——上等的公鹿堡藍色衣裝和閃閃發亮的黑色皮靴，鬍鬚修剪得格外整齊，容貌典雅華貴，戴著皮手套的雙手輕鬆地握著韁繩。

「什麼？」他輕聲問道。

我注視著他，在沉思中喃喃說道：「我很高興能有你在。就是這樣。在這個艱難的時刻，我很高興能有你在，我們能並肩而行。」

他給了我神情複雜的一瞥，然後用更低的聲音說：「謝謝你，孩子。」

「能問一個問題嗎？」

「你知道你終究是會問的，那麼為什麼不問出來？」

「那個男孩灰燼。你的學徒。他也是你的嗎？」

「你是說我的兒子？不。我只有這兩個，機敏和閃耀。」他又壓低聲音說，「我希望我擁有的還會是兩個。」

「他是一名優秀的學徒。」

「我知道，他會留在我身邊，他有這個能力。」切德又瞥了我一眼，「你的那個男孩，那個堅韌不屈，他是一個好孩子，留著他。你離開房間的時候，我曾經問過他：『既然其他人都被召喚到莊園前面，聚集在一起，為什麼你沒有過去？』他說：『我感覺到我想要去那裡，和其他人在一起，但我知道我的責任是守護蜜蜂，所以我沒有去。』為了保護你的女兒，他抵抗了那種精技暗示，我相信那是非常強大的精技魔法。」

我點點頭，心中尋思著，為什麼一個馬僮能夠比我更懂得自己的責任。

我們陷入了沉默。哦，蜜蜂，妳在哪裡？妳知道我來找妳了嗎？她怎麼可能知道？為什麼她會認為我會去找她？畢竟我以前就拋棄過她。我用石塊將這個問題圍住。現在要做的是集中精神尋找她，帶她回家。不要讓你的痛苦遮蔽你的思維。

我們聽到身後傳來馬蹄聲，我在馬鞍上轉過身，四名鬥士正在追上我們。「細柳林有什麼緊急的訊息？」我問道。

但他們徑直衝了過去，跑到他們的隊長身邊才突然勒住了韁繩。他們中間的一個人，一個有著橙色頭髮、臉上有雀斑的年輕人，笑著向他的隊長說道：「長官，那裡實在是無聊得好像老處女的茶會。介意我們和您一起走嗎？」

狡捷尉官大笑起來，俯過身抓住那名部下的手腕，同時瞥了他的隊長一眼。「我告訴過你，只有和他在一起才能爽快一些！看來你還帶了幾個想法相同的朋友。太好了。」

他們的隊長似乎並不覺得這有多麼愉快。「如果你們一定要跟著走，就排好隊伍，至少看上去能有些紀律。」

「是，長官！」那個一頭紅髮的鬥士應聲道。片刻之間，切德和我已經處在一支四人衛隊的正中央。我在花斑馬上挺直身子，突然對現在的狀態感覺很不舒服。我感到一根探詢的原智觸鬚從花斑那裡伸過來。我們是安全的嗎？我向牠保證，我們沒事的。隨即又對自己感到氣惱。牠正在變得和我太過於協調。切德轉過頭瞥了我一眼，誤解了我的表情。

要習慣於這種情形，蜚滋駿騎親王。他的精技中帶著揶揄的意味。

他們只認為我是獾毛，我反駁說。

對此我表示懷疑。訊息傳播的速度總是很快的。就算是他們現在還稱你為獾毛，等到他們返回公鹿堡的時候，一切也都會發生改變。所以，你現在就要把自己看做是親王了。

這是一個很好的建議，但很難遵行。我不習慣處在任何人群的中央。刺客總是潛伏在邊緣，看上去沒有任何特別之處。

你現在要學會如何身處在人群正中心了。切德說。

我們繼續騎馬前行，並且不再將話說出口。出離森林，走在開闊的大路上，天空呈現藍白兩色，田野中的農莊煙囪裡都冒出了嫋嫋青煙。在這個晴朗的冬日，這條路上看不到行人。當我們沿著岔路來到絞架山時，路面上只能看到切德、阿憨和蕁麻的精技使用者在昨天留下的一連串淺淺的雪窩。我們開始沿著這些足跡前進。

「這條路通向哪裡？」那個紅髮士兵好奇地問。他在看著我，想從我這裡得到答案。

「沒有什麼。細柳鎮和水邊橡林的舊絞刑架。還有一根石柱。」

「那麼沒有多少人會來這裡嘍？」

「是的，」我應道，「對此我感到高興。」

我們又在沉默中向前走了一段路。

「那就是不比別的地方差了。」那個小子說道。

業餘。他傲慢的語氣出賣了他。他的自信讓他願意向我們露出尾巴，而這種炫耀也讓他們失去了出其不意的機會。就在這個男孩想要調轉馬頭正對切德的時候，切德已經拔出了劍。我感覺到切德的精技閃電一般射向晉責——我們被攻擊了！國王產生出驚訝的反應，但我已經沒有時間去注意那種事。在我們面前，那名尉官將佩劍深深刺進他的隊長肋下，然後抬腿把將死的隊長踹到馬下。我在同時猛催花斑馬。牠向前竄出，帶著我脫離了敵人危險的咬合——我的兩名「衛兵」正要將我困在他們中間。其中一個人喊道：「原智私生子！」花斑馬用胸口狠狠撞了那名尉官的坐騎。狡捷還沒來得及將抬起的腿插回到馬鐙裡，就因為這次撞擊而失去了平衡。我用力一推他，他落到了坐騎身旁。受驚的馬將他向前拖了一小段路，他的另一隻腳才離開馬鐙，讓他摔在地上。不過他並沒有死。

切德。

我立刻調轉花斑馬，及時地看到切德和那個紅髮士兵揮劍對刺。紅髮士兵的劍尖擦過切德的肚子，滑進了他的肋下。切德的劍更加準確。他露出牙齒低吼一聲，劍刃陷進年輕人的肚子裡。我發出一聲驚恐的叫喊。就在紅髮士兵倒落下馬的時候，另一名衛兵已經從另一邊靠近切德。

我沒有時間再觀察了。蜜蜂被綁架和細柳林女孩被強姦在我的心中鬱積的怒火發出凶猛的咆哮。我任由它瘋狂地燃燒。我自己也有兩個敵人要對付。我的身上佩著切德在我離開公鹿堡前給我的那把沒有任何裝飾的劍。我從來都不是一名優秀的劍士，但現在我的手邊沒有斧頭，毒藥和絞索顯然也都不適合於這樣的場合，我便抬手拔出那把劍。與此同時，我在馬鞍上俯下身，躲過了一把斬來的利劍。迅速挺起身子要比我想像的困難得多，但我還是及時地將劍柄頭砸進一名敵人的嘴裡。我聽到了令人滿意的牙齒碎裂的聲音。

踢。花斑馬的警告和牠的動作同時出現。我沒有時間為牠的突然動作做好準備，但我還是在馬鞍上坐穩。德里克大人果然是個聰明的傢伙。我一下子就明白了，他很可能不會原諒我偷走了這樣一匹馬。我見到過為戰陣而訓練的戰馬，這匹花斑馬接受的戰鬥訓練顯然要多於奔跑。牠調轉過身子，抬起有力的後腿向外蹬去。我用力坐穩馬鞍，感覺到馬蹄狠狠擊中了另一匹馬。在不到一下心跳的時間裡，我就意識到這不是我給牠發出的訊號，而是牠自己的行為。牠收回後腿之後，又向前縱躍，帶著我離開了敵人劍刃的範圍。我幾乎不需要指揮牠，牠已經疾轉過身面對著我們的敵人。有那麼一刻，我看到那名紅髮士兵趴在地上，一動不動。切德的另一名敵手已經向前倒在馬背上，鮮血沿著馬脖子涔涔流下。而那匹馬只是在原地困惑地轉圈。切德離開馬背，正和狡捷尉官對戰。我還依稀察覺到悍勇隊長在雪中坐起身，向他們發出咒罵。

花斑馬和一名鬥士的坐騎正面對撞在一起。我及時俯過身，讓敵人的劍只是切到了我的厚羊毛斗篷，擦過我的肩膀。我則更加準確。這一次，我使用了劍鋒，將它深深刺進這個非常年輕、也對這場戰鬥非常沒有準備的士兵體內。我終於見到了血，終於讓怒火得以宣洩，這讓我感到非常滿意！我的原智讓我感受到這個年輕人的痛苦。我將痛苦隔絕在外，卻享受著殺戮的快意。因為攻擊，我靠近了這個敵人。我抓住他的喉嚨，將他從我的劍刃上推出去。我的鼻子嗅到了他在我家餐桌上吃的早餐。他的兩顆門齒稍稍有些向外翻。也許他比機敏還要年輕。當他從馬背上掉落下去的時候，大概也要比倒在雪地裡的機敏死得更透徹。

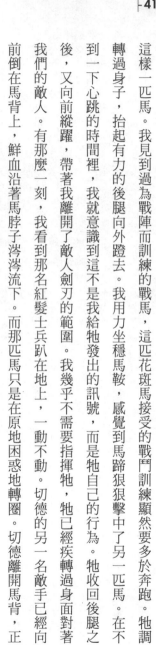

「你個雜種！」他的同夥喊道。

「沒錯！」我高聲回應。我調轉馬頭，向前衝去。他揮劍要斬落我的頭顱，卻只是讓劍尖在我的額頭上挑起一道燒灼的疼痛。銳利的痛苦衝擊著我的神經。我們針鋒相對。鮮血已經流滿了他的下巴。但我知道，用不了多久，從額頭上流淌下來的血液就會遮住我的眼睛，我的劍將變得毫無用處。我向前一催花斑馬。牠立刻做出反應。我在牠向敵人的坐騎轉過身時踢掉馬鐙。我需要在還能看見的時候用雙手抓住他。我丟下劍，甩掉手套，向他撲了過去。

他絕對沒有想到我會這樣做。我進入了他劍刃的範圍。他舉起劍，用劍柄頭打我，卻因為距離過近而沒有什麼力道。他一直留在馬鞍上，但我突然襲來的體重讓他的馬開始向一旁踉蹌。這名鬥士努力想要保持住平衡。他有一臉很不錯的鬍鬚，我的雙手抓滿了兩把鬍子，隨後便向下墜去。他被我帶下馬背，一邊叫罵著，一邊給我的胸膛結實地打了幾下。在我們掉下馬背的時候，他的劍也掉落了。我們一同落進深雪之中，我擰轉過身，希望能將他壓倒在下面。但我沒有做到。我聽到一陣模糊的喊聲，知道那是切德的聲音。「等等！」我愚蠢地喊道，彷彿切德能夠為我延遲和敵人的廝殺。壓在我上面的敵人打了我的下巴一拳。直到現在，我也沒有放開他的鬍子。我用盡全力，盡可能多地扯下了一把鬍鬚。他立刻痛呼一聲，這讓我感到非常滿意。我放開他的鬍子，將雙掌的掌根狠狠砸在他的耳朵上。

然後我掐住了他的喉嚨。要掐住一個留著大鬍子還有高衣領的人是很困難的一件事。我將手指探進鬍鬚，滑進衣領。那個溫熱的喉頭是我的了。我讓手指深深地陷入其中。當我這樣做的時候，那個人還壓在我身上，不停地用拳頭擊打我。血液流進了我的眼睛。這意味著我要用太長的時間才能殺死他，以後我甚至都不會用這麼長的時間去回憶他。當他停止擊打我，抓住我的手腕時，我猛地揚起頭，用盡全力咬住了他的一隻手。他咆哮一聲，隨即又發出一陣陣憤怒卻又痛苦的哀號。刺客不會有公平戰鬥的榮譽感。我們的榮譽感只來自於勝利。當我啐出他的一節指頭時，我告訴自己，夜眼一定會對此感到驕傲的。我一直掐住他的喉嚨，感覺到他頸部的皮肉在我的手指間收緊。「蜜蜂！」我喘息著，更加凶狠地收緊手指。在打鬥中掐住一個人的喉頭需要集中精神。我知道，只要我一直掌握著他的喉管，切斷他的呼吸，他能夠給我帶來的痛苦就會非常有限。我將他拉近，讓他沒有足夠的幅度對我揮拳，同時又讓自己的面孔和他斷裂的牙齒保持著距離。他想要找到我的喉嚨，但我將下巴用力抵在胸前，就這樣堅持著。我有很長時間不必這樣戰鬥了，但有些東西是不會被忘記的。敵人的打擊開始失去力量。他又抓住我的手腕。抓緊，我提醒自己。我現在要做的只有不斷將手指收緊。當他終於癱倒在我身上的時候，我知道他只是在裝死。他沒有假裝太長時間。很快他便又試圖撬開我的手。但他已經沒有了多少力氣。他第二次癱軟的時候，我知道他真的失去了知覺，但我繼續緊緊攥住他的喉嚨。直到我知道他死了，我才放開手，把他推開。

我翻過身。我的肋骨很痛，下巴被他擊打的地方如同火燒。我踉蹌著跪起身，用袖子抹了一下眼睛上的血汙，一旦能看到，我就開始尋找切德。馬匹都已驚散，隊長蜷曲身體，側臥在地上，有氣無力地求救。四名士兵都已經倒在地上，三個死了，一個奄奄一息。切德還站立著，鮮血從他的肋側流淌下來，浸透了他的外衣，在雪地上染出一滴滴紅色。這名強韌的老私生子正在狡捷尉官的身後，手臂鎖住了他的喉嚨。狡捷用力抓撓切德的手臂，白白浪費著時間。我抽出匕首，打算迅速了結他。

「不！」切德氣喘吁吁地喝止我，「他是我的。」我的老導師以前從沒有這樣過，我覺得他現在的樣子就像是我的狼。我滿懷敬意地後退兩步，毫不留情地殺死了第四名士兵，隨後便跑去幫助隊長。

悍勇隊長正在死亡，他自己也知道這一點。我並沒有試圖移動他。我跪倒下去，用手撐住身子細看他的臉。他幾乎已經無法讓目光聚焦在我的臉上了。他努力舔了舔嘴唇，然後說道：「我不是叛徒，我其他的孩子們也不是叛徒。我的鬥士們。」

我覺得他就要不行了。「我會告訴切德大人，」我向他保證。

「那個骯髒的野種，」他又從憤怒中得到了力量，「把他們的屍體……掛在絞刑架上。那個吃糞的雜種狡捷。讓他們就掛在那裡。我的孩子們，我的。」

「其他人不會受到懲罰，」我向他承諾，但我知道自己在說謊。沒有人還會想要接納那些衛兵。其他軍人在餐桌上都會躲避他們。但我只能這樣說。他閉上眼睛，就這樣放開了生命。

我回到切德那裡。他正跪倒在狡捷身旁。那個人還沒有死，只是因為窒息而昏迷了。切德正在廢除他的行動能力。他讓狡捷趴倒在地，翻起他的褲腿，割斷了他膝蓋窩裡的大筋腱，然後在我的注視下，他從狡捷的袖子上扯下布條，將狡捷的雙手綁在背後，又哼了一聲，把狡捷翻過來。腿筋被割斷的狡捷不可能再站立，奔跑或者戰鬥。切德坐到地上，也是面色蒼白，喘息吃力。我沒有要他殺掉這個人，也沒有問他有什麼打算。刺客有自己的行事風格。蜜蜂身處險境，還有深隱也是，如果這個人對我們的刺殺與蜜蜂的被綁架有關，那麼我們就會不擇一切手段將情報從他的嘴裡挖出來。

隨著一陣陣沙啞的喉音，狡捷的呼吸愈來愈深。他的眼皮抖動了兩下，睜開了。在大聲喘了一口氣之後，他抬起頭看著我們。我站在他面前，切德跪在他身邊，手中拿著血淋淋的匕首。沒有等狡捷說話，切德已經將匕首頂在他喉嚨的凹陷處。

「誰僱用你？給了你多少錢？你的任務是什麼？」切德用清晰有力的聲音一連串地問道。

狡捷沒有立刻回答。我看了一眼聳立的判決石。我的花斑馬站在不遠處，正在專注地看著我。其他馬匹都聚集在一處，惶惑不安，只能從同伴身上尋求安慰。我懷疑切德用匕首做了些什麼，因為狡捷的喘息聲明顯變得急促起來。我掩蓋住自己的原智，不去接觸他的感覺。我聽到他在掙扎，然後問道：「你對我的腿做了什麼？你這個雜種。」

切德又說話了：「誰僱用你？給了你多少錢？你的任務是什麼？」

「我不知道他的名字！他沒有說！」那個人的喘息中少了一些痛苦，「你對我的腿做了什麼？」他想要坐起來，但切德粗魯地把他按了回去。我帶著批評的眼光看著這位老人。他還在流血，紅色融化了他身邊的冰雪。我很快就不得不插手了，哪怕只是為了給他包紮傷口。

「他讓你做什麼？他給了你多少錢？」

「殺死你。我得五枚金幣，幫我的人每個得兩枚。他在公鹿堡的一家酒館裡找到我們。實際上，他先找到了隊長，但隊長罵了他，拒絕了。他死了嗎？悍勇隊長死了嗎？」

我不知道他的聲音中是畏懼還是遺憾。

「只有我嗎？」切德問他。

「殺死你。如果可以就緩慢地殺死你，把你的手帶回去作為證明。」

「什麼時候？」我插口問道，「你是什麼時候得到這個任務的？」

他翻翻眼睛看著我：「在公鹿堡，我們離開之前，就在我們得到去細柳林的命令之後。那時我們知道我們要錯過冬季慶了，沒有人會為這個感到高興。」

我說道：「這和我們現在的事情沒有關係，切德。無論是誰僱用了他們，都不可能知道你會在這裡：他一定是希望他們能在公鹿堡殺死你。蜜蜂和深隱在他們受到僱用的同一天被擄走。如果他們已經有武裝部隊在這裡，為什麼還要找這些叛徒來幹這種事？這是兩件不同的事情。殺死他，讓我看看你肋下的傷口。」

切德瞪了我一眼，讓我閉上了嘴。然後他繼續問狡捷：「那個人是什麼樣子？那個給你錢的人？」

「我的腿太疼了，我根本無法思考。我想要一名治療師，然後才能說話。甜美的艾達啊！」

他稍稍抬起頭，又很快落回到雪裡。「你把所有人都殺了？四個人都被殺了？」

「他看上去是什麼樣子？」切德冷酷無情地說道。狡捷正在流血中漸漸死亡，這一點切德和我都很清楚，只是他自己卻似乎還沒有察覺。

「一個高個子男人，但並不瘦。身材很高，而且肚子好像一只大桶。是一個公鹿國人，像所有其他公鹿國人一樣。我不認識他。我們很快就達成了交易，將你有戒指的那隻手帶給下流鮭魚旅店的老闆，他就會把錢給我們。真是該死的容易。如果隊長答應了，你現在就已經死了，他一定也已經死了。」

「告訴我，他的牙齒是什麼樣子。」

「除非你帶我去找治療師，我不會再說任何事了。我愈來愈冷，好冷。你對我的腿做了什麼？」

切德將匕首尖插到這個人的鼻翼下面，冷冷地說道：「告訴我，否則我割開你的鼻子。」他將匕首插進這個人的鼻孔中，讓他能感覺到鋒利的刀刃。

狡捷睜大了眼睛。「他的牙齒，一顆門牙是灰色的。你要問的就是這個嗎？」

切德自顧自地點點頭：「他有沒有提起一個女孩？」

「你偷走的那個女孩。是的，他說如果我們發現那個女孩和你在一起，那個女孩就歸我們了。或者我們也可以拷問你，逼你說出那個女孩的下落。他說那個女孩能成為一個優秀的妓女，啊！」

鼻子很敏感，非常敏感。切德一直都將它當做不次於男人生殖器的行刑目標，甚至要比生殖器更好。不僅僅是因為疼痛，而且破壞一個人的臉會影響到他全部的人生。狡捷在雪中翻滾，他的一側鼻翼被劃開了，流了很多的血。他開始哭泣。我突然很想結束這一切。

「是他這樣說的。」被劃開鼻翼的流血和疼痛讓狡捷的聲音變得沙啞，「不是我。我們甚至根本沒有見過那個女孩，所以我們沒有對她做任何事。艾達啊，救救我！」他向女神發出籲求。

我很懷疑他以前從沒有這樣做過。他發瘋一般地哼著，潑灑著鮮血。

我相當確定，這件事只和深隱有關。而切德在這件事中的仇人正是深隱的繼父。但我還是要確認一下。「他有沒有提到一個小女孩？」我問狡捷，「一個孩子？」

狡捷暫時停止掙扎，抬頭看著我：「一個小女孩？不，眾神啊，我們不是怪物！」

「騙子，」切德說。狡捷翻滾著遠離他。切德又把他拉了回去，非常緩慢地，幾乎是輕柔地將刀刃劃過這個人的喉嚨。狡捷瞪大了眼睛。他突然明白，自己已經死了。他的嘴唇翕動著，卻沒有說出一個字。割開喉嚨不會立刻讓人死去，但那個人還是必死無疑。這種事切德很清楚。狡捷也知道。他還在動彈的時候，切德對我說：「幫我一把。」

我向他伸出手：「這些都證實了你已經知道的事情？」

「我還得到了一點額外的情報。那個旅店的名字。」他握住我的手。他的手因為滿是鮮血而變得滑膩。我彎下腰，伸手摟住他，把他扶起來。他痛哼了一聲，站穩腳跟。「重要的不是情報，蜚滋，而是復仇。為了悍勇隊長。背叛者必須承受巨大的痛苦。」切德發出一陣不太好的聲音，我一動不動地站著，直到他能再次呼吸，「他還敢以為能夠殺死我。」

我的一隻手感覺到切德衣服上血液的溫熱，「我要讓你坐下來，我去牽馬過來。我們先要找治療師……」

「門石，」切德斷然說道，「公鹿堡有更好的治療師。」

蕁麻曾經將擁有精技比作為擁有一種氣味。如果人們完全不想嗅到某個人的精技，那個人便無法將自己的精技強加給人們，而與之類似，你也能感覺到某個人的這種氣味，精技更能夠告訴你它的擁有者的痛苦。在這個時候，卻是原智告訴我，切德的身體迫切需要治療。而且切德是對的。最好的治療師是在公鹿堡。我向蕁麻伸展過去。我們遭到了攻擊，切德受傷了。我們馬上就會藉由門石過來。請讓一位治療師準備好照顧他。他的肋下受了一處劍傷。

我們已經知道你們遭遇襲擊，而你們兩個卻把我們都隔絕在外！到底出了什麼事？他們是綁架蜜蜂的人嗎？你有沒有找到她，她安全嗎？憤怒和狂亂的問題讓我無暇應對。

和蜜蜂無關。我們要穿過門石過來了。襲擊我們的人已經死了。我到了之後會做解釋。

這一次，我有意豎起了精技牆。惟真國王總是抱怨說我在全力戰鬥和進行危險行動時會封鎖我的精技。很明顯，切德也會這樣做。這很有趣。但現在我們的情況並不有趣。鮮血浸透了我的手和袖子，我自己的血還在不斷從額頭上滴落，黏住我的眼睛。

主人？

回到妳今天吃燕麥的地方去。如果妳能做到，就帶著其他馬和妳一起走。帶牠們回到安全的地方去。

我要跟你走。

不。

我向牠關閉了原智。花斑是一匹非常美麗的馬，全身閃爍著勇敢和聰慧的光彩。牠向我釋放出強烈的心意，尋求著一種我無法給予牠的關係。我沒有時間再成為任何生物重要的一部分，除非我能找回我的小女兒。也許就算到了那個時候也不可以。我感覺到這匹馬的困惑和失望。我不能讓這種情緒觸及我的心。除非蜜蜂平安無事，否則任何東西都無法觸及我的心。

「到石柱那裡去，」我對切德說。切德只是點點頭沒有說話，他在盡量節省自己的氣息。積雪很深，通向門石的小路還有殘缺。我在深雪中跋涉，讓切德走在我踏出的路上。切德移動雙腿，我盡量負擔起他的大部分體重。在我肩膀上的那道劃痕不斷提醒著我它的存在。我們走到門石前的時候，切德已經沉重地靠在我的身上。「喘一口氣，」我建議他。他努力搖了搖頭。

「不，」他氣若游絲地說道，「我就要暈倒了，在我還有意識的時候穿過去。」

「太危險了。」我表示反對，但他抬起一直按在肋側、已經滿是鮮血的手。我不能阻止他。幾乎沒等我完全集中起精技，他的手已經拍在石柱上，我們立刻被吸了進去。

感覺不對。有那麼一瞬間，我在進入石柱的時候緊緊抓住切德。但隨著他將我拉在身後，我的精技感覺到他一下子熄滅了。我只是抓著一件無用而僵死的重物。在星星大海中掉落，我感覺不到他，只是墜入了一個無底深淵。

16

旅程

當一位廈薩出現時，僕人們必須準備好歡迎這個孩子。廈薩的父母經常會滿心哀傷，因為他們不得不將自己養育和庇護多年的孩子交出來。當父母帶著一位廈思姆來到大門口的時候，必須對他們表示竭誠歡迎，為他們提供休息之地和充饑解渴的飲食。還要向他們贈送禮物，但絕不能讓這些禮物顯得像是用來交換孩子的酬金。廈思姆不應該被購買，或者用暴力奪取。如果父母不願交出孩子，應該允許他們與孩子一同度過他們所需要的時間。如果孩子是嬰兒，應該溫和地提醒他們，這樣的孩子會需要多年的精心照料；而如果孩子已經有些年歲，就要和他們談論孩子長大所需要的一切——一個能夠接受他、教導他、珍愛他的地方。

如果父母還是無法立刻交出孩子，一定要保持耐心。為他們提供過夜的宿處，讓他們走進花園，看到圖書館，讓他們看到無論他們的孩子是嬰兒還是少年，都會在這裡得到加倍的關心、教導，當然還有僕人們的愛。不要忘記，每一個白者孩子都是這個家庭送給世界的一份禮物。一定要對此心懷感激。

最重要的是耐心。記住，這個孩子命中注定會來到我們中間，這份宿命從沒有被否認過。也許它會以我們不曾預見的方式發生，但它一定會發生。進行太多干涉也許會讓這個孩子的生命道路變得不可預期，充滿不幸。一旦孩子和我們在一起，重要的就是讓廈薩的人生依照應有的方式展開。未來是不可匆忙的。要允許時間對我們所有人一步步展現它的意志。

——卜芬尼，第三代僕人

我不知道自己病了多久，只知道彷彿陷入了一陣無人能夠施以援手的可怕眩暈之中。我不止一次吐在自己身上，變得骯髒。深隱態度強橫地照料著我，一點也不溫柔。她顯然不是因為願意才會照顧我。她用融雪得到的冷水給我擦洗身體，每當此時，她都毫不退讓地將其他人趕出帳篷，不讓他們看到我的身體。她將我的髒衣服交給那些白皮膚的人，讓他們去洗淨晾乾。她堅持只由她一個人來照顧我，在這件事上她從沒有妥協過。她說這是因為她非常愛我，但這並不是實情。真正的原因是恐懼，明白而且簡單。她認為如果他們發現我是女孩，我對他們就不會再有用處，她同樣也將不再有用了。

所以她在照料我，竭盡全力。他們沒有幫她。沒有柳樹皮茶能夠為我退燒，從不停歇的旅行也無法讓我得到休息。他們只是允許我在他們的旅途中生病。每天晚上，深隱都會將我從帳篷裡抱到雪橇上。我們整夜行軍。到了破曉時分，他們就會安紮營地，她又將我從雪橇上抱到帳篷裡。他們沒有為我準備特別的食物，沒有肉湯和稀粥。深隱堅持逼迫我吃喝，而這只是讓我的感受更加悲慘。有時候，她甚至會把勺子塞進我的嘴裡。我的嘴唇因為高燒而皸裂疼痛。她的餵食更是讓它們開始流血。

但我沒有死。一天晚上，我感覺稍稍好了一點。我睜開眼睛，看到星星出現在天空中，又被風推動的雲團遮沒。德瓦利婭已經不再將我抱在她的大腿上。蟄伏者們似乎都不想碰我。所以深隱在抱著我。當我們攀上一座山丘，看到山腳下一座小鎮的燈光時，我聽見她微弱的喘息聲。我們沿著大路下了山丘，徑直向那座城鎮前進。迷霧男孩坐在雪橇馭手身邊，我能感覺到他在多麼努力地確保任何人都不會來看我。埃里克指揮官和那名英俊的強姦犯在帶路。其他士兵騎馬走在雪橇旁邊。騎白馬的蟄伏者們在我們後面迤邐而行。一條狗頸毛豎起，不停地向我們吠叫，直到他的主人出來，喝斥他安靜一些。

我感覺到深隱抱緊了我。「妳能跑嗎？」她在我耳邊悄聲問道。我知道她在想什麼。

德瓦利婭也知道。她沒有壓低聲音，逕自說道：「如果妳從雪橇上跳下去，跑向某一棟房子，我們的士兵會殺死所有與妳對話的人。而其餘的人肯定會忘記妳出現過。然後我們就會把屍體丟進那棟房子，一把火燒掉。妳則會繼續跟我們走。如果妳留在雪橇上，欣賞一下這座風景別致的小鎮，事情對我們所有人都會容易得多。」她轉頭瞥了一眼，睿頻和蘇拉立刻坐到雪橇邊緣，將我們夾在中間。

深隱抱緊我的手臂沒有放鬆，但我感覺到她已經失去了勇氣。我們從一家旅店門外經過，那裡停著一輛馬車。拉車的馬向我們發出幾聲嘶鳴。我們像風一樣穿過這座城鎮，又經過一些原野上的農舍，上了另一座山丘，再次回到林地。我們離開大道，跟著一些大車留下的軌跡進入了森林，就這樣一直走到黎明。

這個早晨，我終於能自己吃一點食物了。當深隱離開其他人去小解的時候，我也跟在她身後。我還記得她對我的叮囑，便假裝像男孩一樣站著小便，然後才蹲到隱蔽的地方解決了問題。當我們回到帳篷裡的時候，蟄伏者們正用手捂住嘴竊竊私語。「我告訴過你們，他會活下來。這是他的命運，我們都已經知道。所以我們才沒有予以干涉。」德瓦利婭向她的部下說了這段話，並再一次朝我露出和藹的微笑。她很高興我沒有死。但我相信，更加讓她高興的是她沒有為了讓我活下來而出手幫助我。

那天黎明時，我們紮營在遠離大路的地方。迷霧男孩從雪橇上下來時顯得步履蹣跚。他靠在雪橇旁，低垂著頭。德瓦利婭向他皺起雙眉，但是當她發現我在看著她的表情時，立刻面色一轉，變得如同一位憂心忡忡的母親。「來吧，文德里亞，這並不是那麼難，對不對？我們已經盡量減少你的工作了，但穿過荒野實在是需要太多時間，你必須變得強大而堅定。我們需要儘快回到船上，以免你之前所做的一切弱化甚至消失。來吧，我會看看今晚是否能為你找到一點鮮肉。」

文德里亞點點頭。他的脖子好像一根蘆葦，頭卻像是一塊沉重的山岩。德瓦利婭歎息一聲，伸出手，讓文德里亞握住，然後便陪伴他走到已經生起的篝火堆旁，命令人們鋪好一塊裘皮，讓他坐在上面。那天早晨，迷霧男孩什麼都沒有做，只是坐在火旁，並且很早就去帳篷裡睡覺了。

深隱和我在睡覺時比以往每一天都貼得更近。我還是太虛弱，無法長時間保持清醒。但我知道，她沒有喝下足以讓她沉睡的褐色湯汁。她在裝睡，並將一隻手臂搭在我的身上，彷彿唯恐我會從她的身邊被帶走。

我在夜幕降臨時醒過來，全身上下都在發癢，我抓撓身體，但這並不能給我帶來多少安慰。當其他人也紛紛醒來，我們來到帳篷外的火光中時，深隱看了我一眼，身子向後一縮。「妳出什麼事了？」她問道。我一直在撓我的面頰。我放下手，一下子愣住了。在我的手指尖上掛著一條條白色的乾皮。

「我不知道！」我喊道。長時間患病讓我依然虛弱不堪，我開始哭泣。我的沒用讓深隱歎了口氣，但德瓦利婭很快就來到我身邊。

「傻瓜，」德瓦利婭說，「你在蛻掉舊皮。讓我看看！」她抓住我的袖子，把我拉到篝火近前，翻起我的裘皮外衣袖管，然後是我的襯衫。她用鈍圓乾淨的指甲認真地撓了撓我的手臂，甩掉掛在手指尖上的乾皮，俯下身細看我生出的新皮。

「這不對！」她驚呼著，並用一隻手捂住了嘴。

「什麼不對？」我焦急地問。

「親愛的？我沒聽到你說什麼。有什麼事情在讓你擔憂嗎？」她的聲音很溫暖，充滿了對我的關心。

「妳說有什麼事情不對。怎麼不對了？」

她的眉毛皺在一起，聲音中依然充滿了暖意：「什麼，親愛的？我什麼都沒有說。你認為有什麼事不對嗎？」

我看著被她撓掉舊皮的那塊地方。「我在變成白色，就像是一個死人。」我差一點就說出「就像是那位信使」。這讓我閉緊嘴唇，竭力不哭出來。我說了太多話。我其實並不擅長偽裝成年幼和愚蠢的樣子。

「他在發生改變的時候有做夢嗎？」一名窄臉的蟄伏者問道。德瓦利婭瞪了他一眼，這個眼神大概要比抽他一巴掌更嚴厲得多。那名蟄伏者立刻低垂下頭，我看到他迅速而滿懷憂慮地吸了一口氣。一直坐在他身邊的奧拉利婭急忙向遠處挪開了身子。

他們全都在看著我，等待著我的回答。就連德瓦利婭也不例外。「沒有做夢，」我低聲說。我看到一個困惑的眼神出現在她的眼睛裡，「沒有任何有意義的夢，」我糾正了一下，「都是愚蠢的夢。」我希望自己能顯得更孩子氣一些。於是我微微歎了口氣，坐在被當做長凳的一段樹幹上。奧黛莎立刻坐到了我旁邊。

不長的一段時間裡，我只能聽到火焰的嗶剝作響。沒有人說話，但我幾乎能感覺到他們在迫切地等待我說下去。我沒有再開口。德瓦利婭的喉嚨裡發出一點聲音。她從篝火旁走開。我突然感到非常累。我將頭向前俯過去，臂肘撐在膝蓋上，臉埋進手掌中，眼睛只看到一片黑暗。我想要樂惟，希望他抱我起來，帶我去溫暖的地方。

但樂惟死了。

我想到了我的父親。他是否在意我被偷走了？他會來找我嗎？

我就在這裡，狼父親說，我從沒有離開過妳。

我的另一位父親。

我們是一體的。

「廈思姆？」

我想要嘔吐。我慢慢抬起頭，德瓦利婭正俯身在我面前。我什麼都沒有說。

「看看我為你拿來了什麼，廈思姆。」她遞給我一樣長方形的東西，上面覆蓋著色彩明亮的布帛。我用困惑的眼神看著它。德瓦利婭將它打開，裡面是一頁頁厚實的奶油色紙張。這是一本書，不是像我父親給我的那種樸素的簿子，而是一本用華貴的布帛裝幀的書。我很想要摸摸它。

危險！狼父親的警告湧過我的心神。我全身一動不動。

「還有這個。」那很像是一枝鵝毛筆，卻是用白銀製成的，「我為它準備的墨水像夏日的天空一樣藍，」德瓦利婭等待著，「你想要試試嗎？」她終於問道。

我竭力讓自己的聲音顯得很孩子氣：「怎麼試？它們能做什麼？」

沮喪爬上了她的面孔。「你可以用這枝筆在這些紙上書寫，寫下你的夢，你重要的夢。」

「我不知道該怎麼寫字。」我屏住呼吸，希望我的謊言能夠保護我。

「你不……」胖女人的聲音在半途中消失了。然後她露出最溫暖的笑容，「這沒有關係，廈思姆。等我們到了克拉利斯，你就會受到教育。到那時，你就能告訴我們你夢到了什麼，我會寫下……」

我的心在受到誘惑。告訴她我夢到了一頭狼將白色的兔子撕成鮮血淋漓的碎片。告訴她一個人揮動戰斧，將一條條蠕動白蛇的頭砍掉。

不。狼父親堅定地說道。在警覺的呼吸間，牠又說道：在妳的群落做好準備之前，不要刺激另一頭食肉獸，除非能徹底將它撕碎，否則就要縮起身體，保持鎮定，小狼。

「我把那些夢都忘了。」我抓撓著臉，看著一片片乾皮落下，又把它們從襯衫上撣去，並裝出挖鼻孔的樣子，直到德瓦利婭發出一點沮喪的聲音。她拿著那本書和銀筆從我身邊走開。我仔細端詳自己的手指，又把它放進嘴裡。奧黛莎也躲開了我。我沒有讓自己的笑容顯露出來。

17
血

龍的不同部位有七十七種已知的和五十二種尚未證實的藥用價值。那七十七種藥效都被記載於名為《崔夫頓屠龍者藥劑》的卷軸上。這些古老的卷軸經過了多次翻譯，使得其中十七種藥劑的記載已經毫無意義。比如說，我們能夠從現在的譯本上看到：「地龍鱗用在蘋果之上能夠使少女的眼睛如同亮炭。」不過，儘管這些藥方也許都有誤譯的內容，但它們每一個都有來自於原始紀錄的名字，而且顯然曾有人利用它們實現了良好的效果。

那五十二個未經證實的藥方更是應該加以注意的。它們似乎並不真實，出現在我擁有的翻譯版本末尾處。我懷疑它們是在後來被某人添加上去的，為的是顯示出巨龍的軀體擁有更加神奇的醫藥效能。按照這些紀錄的說法，巨龍全身的不同部位能夠讓男人隱形，讓女人能夠飛翔或者是肯定能生育健康強壯的雙胞胎。有一種驚人的巨龍藥劑甚至能讓人在三個月之內只要清楚地說出一個人的名字，就能看見他，無論距離有多遠，或者那個被說出名字的人是生是死。

隨著巨龍在世界上我們所在的這個角落重新出現，也許這些藥劑同樣會再一次出現。但我相信，它們會極為罕見而且珍貴。所以能夠測試崔夫頓藥劑的機會可能依然遙不可及。

——切德．秋星，未完成的手稿

當黑暗中，一個爬梯子的人踏錯一步向下墜落的時候，他的身體會明確感覺到這種嚴重的錯誤，隨後就是心中充滿對撞擊地面的恐懼。我在墜落的時候同樣有著那種朝錯誤方向掉下去的恐怖感覺，但我害怕的是自己再也碰不到任何堅實的東西，只有無盡的墜落。遠方的光點就像無數微塵。無形的我揮打著它們。我從不曾對自己有過這樣的感覺，就這樣被困在精技石柱中，所餘只有死亡。

當我認識到我有一個自我，我突然感覺到自己並不孤單。他就在我身邊，無休止地向下疾飛，就像一顆彗星，讓自己的一個又一個片段在身後延續成一道光明的軌跡。這不對，這非常不對。

在知道這樣出了錯誤和想要有所作為之間，相當長的一段時間過去了。然後我才掙扎著知道該做什麼。限制住他，讓他變得確切具體。該怎麼做？給他名字——這是人類所知最古老的魔法之一。切德。切德。但我沒有語言，沒有聲音。我將他包裹在我自己之中，用我對他所知的一切包容他。切德。切德。切德．秋星。

我收容他，不是他的身體，而是他的知覺。我們一同跌落。我在另一個自己中收容了自己的知覺，並且無理由地希望這會有一個結束，在某個地點、某個時間，這一場無盡的跌落會有盡頭。我用盡全力，但切德還是在從我這裡洩露出去，就像是一籃子穀物被掛在強風之中。他似乎在不斷地被精技洪流帶走。更糟糕的是，我沒有感覺到他在抵抗這股洪流。我全力握持住他，竭盡所能將他挽回，但我也感覺到我自己正在這個既不是地點、也沒有時間的地方被持續不斷的能量衝擊撕碎。這種沒有時間的感覺本身就令人驚駭欲死。不知不覺間，這段在精技石柱間無止境的星空中穿行彷彿緩慢下來。「救命。」我在喘息之間說道。我害怕我們再也無法出去了，再沒有人會知道成為我們的一切，蜜蜂無論是生是死，都將以為她的父親從不曾想要去援救她。但這種痛苦也在漸漸消散。

融合，應該被稱為「切德」的存在悄聲說道，其實這個存在已經不完全是切德了，放手，這沒有關係。他已經向這個空間之間閃爍的引誘投降，屈從於這種沒有距離和位置的黑暗。就像是穗籽在風的囈語中飄擺，讓自己飛起成千萬個碎片。這就是切德。而我並不是一只收束他的口袋，我只是一張網。堅持著最後一點繼續成為我的意志，我努力將他聚攏在自己之內，抵抗著閃爍的黑暗將我們消解成一片片光明。

切德。切德．秋星。

他的名字並不足以固定住他。他已經讓自己躲避這個名字太長時間了。切德．秋星，黠謀．瞻遠的兄弟，機敏．秋星的父親，閃耀．秋星的父親。切德！蜚滋駿騎．瞻遠的塑造者。我將一個又一個身分的羈絆加在他身上，就如同在用纜繩捆住一艘被風暴撕扯的船。但我在封錮他的同時，不可避免地會向沖刷我們的洪流放開我自己。

我抓住他們了！

我不希望任何人抓住我，但我終究還是抓住晉責，感覺到自己被從石柱中拉了出來，就好像被拉出緊緊吸住我的泥潭。切德隨我一同出來，不管他是否願意。驀然之間，我們都在能夠俯瞰公鹿堡的積雪山麓上被凍得渾身顫抖。天色正當破曉。

黎明。

晉責國王抓住我的手腕。珂翠肯全身包裹在一件紫色鑲白色狐狸皮的羊毛斗篷裡，正目不轉睛地注視著我。她的六名衛兵身穿紫白色制服，站在周圍。不遠處還有一輛馬車，上面有舒適的毯子和軟墊。穩重癱坐在馬車座位上，雙手捧頭。蕁麻也坐在馬車裡，用毛毯包裹住身子，就像是一位老匠人。謎語在她身旁，面容憔悴，雙頰因為寒冷而變得通紅。他在不計代價地將力量給予蕁麻。他們看上去都很疲憊，彷彿老了好幾歲。

好幾歲？

我轉過頭看著晉責。他的鬍鬚是灰白色的，肩頭弓起。

多久了？我問道，然後才想起可以用嘴發出聲音。「多久了？」我再一次問道，乾裂的喉嚨中發出的聲音顯得格外沙啞。

這裡的每一名精技使用者彷彿都被嚇了一跳。晉責說道：「放鬆，蜚滋，輕一些。過了半天和一整夜。」他抬起一隻手，揉搓著面頰，讓他的鬍鬚變得灰白的只是冰霜。他的鬍子依然是黑色的。只是一天，不是許多年。不過，我們依然耽誤了一整天。

他伸手按住我的肩頭，喚回失神的我：「蜚滋，出了什麼事？你不需要動用如此強大的精技。我們就在這裡，正在聽你說話。」

「你們怎麼全都在這裡？」我吃驚地問。

「否則我們要在哪裡？」蕁麻氣惱地說道，「你們用精技告訴我們你們遭到攻擊，然後我們就什麼都聽不見了。你們兩個都將我們封鎖在外。後來你又突然對我們說，要從門石中過來。但你們卻沒有過來！到底出了什麼事？」

事情太複雜，沒辦法簡單地解釋。我張了張嘴，卻不知道該說什麼才好。我告訴過他們，我們遭到了攻擊。但我又該如何描述那些叛徒、刀劍、割傷、疼痛、為呼吸而掙扎，我們的身體所做的無數事情？我的思維不住地打滑，就像陷進泥濘的馬車輪。晉責用一隻手臂環抱住切德，將他扶起。兩名衛兵過來抬起切德向馬車走去。珂翠肯握住我的手臂。我感覺到她的強壯。如此勇敢的一位女子，如此真誠而智慧。夜眼是那樣愛她。

「哦，蜚滋，」她輕聲說道。她被冷風吹紅的雙頰閃動著灼熱的光彩。我靠在她的身上，並不感到害羞。她會扶住我。她一直都在幫助我，從不曾讓我失望。他們全都是。我只是向蕁麻和晉責張開我的意識，讓我們所遭遇的一切流進他們的思想。我太疲倦了，而所有這些事又太複雜，不可能隱瞞其中任何一個局部。我把一切都告訴了他們，自從我離開公鹿堡之後發生的每一件事。精技的交流要比說話容易太多了。最後，我坦白了我所知道的那個最可怕的事實：「你們是對的，妳和謎語是對的。我是一個糟糕的父親。我早就應該把她交給你們。如果我聽你們的話，把蜜蜂交給你們，這樣的事情就絕對不會發生。」

我看到蕁麻在我面前退縮。她抬起雙手捂住耳朵。突然間，我很難再接觸到她。我向她摸索過去，但她只是竭力築起高牆，將我擋在外面。她做不到。我會滲透進去。我慢慢轉過頭，向晉責瞥去。又是一道牆。為什麼？

「你還在流血。」珂翠肯抖開絲綢手帕，壓在我的額頭上。

「一切都只發生在不久以前。」我對珂翠肯說。我知道她並沒有接觸到我的思維。

「至少是一天以前。」珂翠肯提醒我。我注視著她。原智還是精技？我突然開始思忖，這又有什麼區別？難道我們不都是只會用這種愚蠢言辭來表達意涵的動物？

「我不確定我們的時間是否一樣……」我出聲說道。然後我很高興謎語強有力的手抓住我的手腕，把我拉進了馬車。他靠到我身邊，低聲說：「蜚滋，放開珂翠肯，豎起隔障。我沒有精技，但就連我也能感覺到你向外逸散的能量。」然後他離開我，去幫助晉責安放好切德。那位老人側身躺倒，手捂傷口，不斷發出呻吟。馬車夫高聲吆喝，馬車抖動一下，被馬匹拉動。我昏了過去。

我醒來的時候，發現自己正在公鹿堡的樓梯上。一名僕人在扶著我走上這段樓梯。我不認識他，便立刻心生警覺。不過來自晉責的精技讓我知道，這裡一切正常。我應該繼續走完這道樓梯。*不要用精技來找我，求你，也不要找其他任何人。請豎起屏障，不要讓能量再湧出來了。*我能感覺到晉責的疲憊。我彷彿回憶起他不止一次請我注意自己的精技屏障。他不在我身邊。我有些好奇這是為什麼。

在我的房間裡，另一名我從沒有見過的僕人不顧我的反對，幫助我脫下了帶血的衣服，為我換上一件乾淨睡衣。我不想再被打擾，但很快就有一名治療師走進我的房間，堅持說他必須清潔我肩膀上和額頭上的傷口，然後又為我縫合了額頭的劃傷，同時不斷地說著「請您寬恕，蜚滋駿騎親王」和「不知親王是否願意將臉向光亮處轉一下」，還有「請求您忍受這樣的疼痛也讓我感到心痛，蜚滋駿騎親王」。我幾乎要受不了這個傢伙的虛情假意了。當一切都結束之後，他又給我端來了一杯茶。吮了第一口，我就知道裡面放了太多纈草。不過我沒有多少意志力能夠抵抗這位堅持要我把茶水喝完的治療師。隨後，我一定是又睡過去了。

我再次醒來的時候，爐火已經變得很低，房間裡一片黑暗。我打了個哈欠，伸展了一下痠痛的肌肉，用遲鈍的眼睛看著正在緩慢舔舐壁爐裡最後一根原木的小火苗。非常非常緩慢地，我找到了自己所處的時間和空間。然後，我胸腔中的心跳開始變得有力。切德受了傷。蜜蜂被偷走了。弄臣，有可能正在死亡。各種災難爭相控制我的恐懼，要成為我最大的恐怖。我用精技向外摸索，同時碰到了蕁麻和晉責。切德呢？

輕一些，蜚滋，輕一些。約束自己。這樣不好，晉責含混地回應我，切德的緊身腰帶擋住了劍刃，不過他的肋部還是被刺傷了。他失了大量的血，而且似乎在精技石柱內陷入了混亂。我們從他那裡唯一感知到的，就是他很氣惱你洩露了他也有一個女兒被偷走的祕密。我還在嘗試讓我的思想接受這個訊息！

我將疲倦的思維收回來。我洩露了切德的祕密？也許當我讓自己的精技外泄時，它也隨之被釋放了出去。我對自己的粗心大意感到驚駭，但我還無法清楚地想起那祕密是怎樣洩露出去的。那一定是在我讓蕁麻和晉責進入我的意識，向他們解釋一切的時候。即使到了現在，我還是覺得太過勞累，無法進行詳細地交談。蕁麻還好嗎？她看上去累壞了。

看見你和切德回來，我已經好多了。我要去你的房間，就是現在。盡量不要動，等我過去。

我忘記了我們的意識是相互接觸的。我還是這麼頭腦昏亂嗎？我問自己，同時感覺到我的問題的回音落進了精技洪流中。

我也會來。是的，你相當混亂，所以，如果你能做到，請豎起你的精技屏障。不要動。你會驚動其他精技小組的成員。你似乎在這段旅程中獲得了很大的力量，卻失去了對思想的控制。你在鞭撻我們的學徒。你似乎並不完全在你的體內，希望你能明白我的意思，你就像是仍然身陷在精技洪流中。

我將思緒收納進自己的意識裡，這就像是建起一道岩石牆壁——每一塊石頭都嚴絲合縫地嵌合在一起。收束起湍流不息的意念，阻止一連串的憂慮、恐懼、絕望和愧疚。阻止它們，約束住它們，看管好它們。

當我覺得自己再一次安全地留存在我的高牆之後時，我開始察覺到了身體的抱怨。

額頭皮膚上的幾個縫合針腳太緊了。面部表情的一點改變就會牽扯到它們。身體其餘的地方也都在隱隱作痛。突然間，強烈的饑餓感讓我完全無法控制。

一陣敲門聲傳來，但還沒等我從床上起身，蕁麻就走進了房間。「你還在釋放能量，」她悄聲說道，「今晚半個公鹿堡的人都要做噩夢了，而且大家肯定會像餓瘋了的狗一樣吃東西。哦，爸爸，」突然間，淚水湧出她的眼眶，「就在那裡，在門石旁。我甚至沒辦法和你說話……我們可憐的細柳林人。那場襲擊有多麼恐怖！你又因為蜜蜂而感到了多麼大的痛苦！當我問起她的時候，你是那麼傷心、感到那麼愧疚……你竟然是這樣愛她！又這樣折磨你自己。來，讓我幫助你。」

她坐到我的床邊，握住我的手，彷彿我是一個正在被教導使用湯匙的孩子，或者是一名靠在年輕人肩頭的老人。她的精技流入我的身體，與我的精技融合在一起，幫助我穩定住屏障。能夠再次約束住自己的感覺實在是太好了，就好像有人幫我穿上溫暖的外衣，並為我一顆一顆繫好釦子。直到我發現那些陌生人的精技細流都被阻隔在外，我自己的心神得到保護，蕁麻依然握著我的手。我慢慢轉過頭看著她。

她只是一言不發地看著我，許久之後才說道：「我從沒有真正認識過你，對不對？在這些年中，你一直向我隱瞞了許多事，以免我會看輕博瑞屈和媽媽。你將這些保留在心中，因為你認為你不配進入我的人生……是否有人真的認識你？知道你的感覺、你的心思？」

「我認為，妳的母親知道。」我說道。不過我對自己的話有了一些猶疑——還有弄臣，我差一點說出口，還有夜眼。我知道最後這個答案是最真實的事實。但我並沒有說出來。

蕁麻微微歎了口氣。「一頭狼，」她說道，「一頭狼最懂你的心。」我相信自己沒有將這個想法告訴她。於是我不由得開始思忖自己對於她是不是真的這樣軟弱，竟然能讓她洞悉我心中的想法。我正竭力尋找合適的辭句與蕁麻交談，敲門聲又響起來，謎語捧著托盤走進來。晉責國王跟在他身後，身上卻看不到多少國王的威嚴。

「我帶來了食物。」謎語說話的時候，食物的香氣已經飄過來，勾起了我強烈的欲望。

「讓他先吃東西吧，」晉責說道，就好像我是一隻脾氣很糟的狗，或者是一個非常小的孩子，「他讓整座城堡的人都感覺到了他的饑餓。」我又一次想不出該說些什麼。思想的速度太快，又太複雜，這是言辭完全無法比擬的。我有太多的話要說，存留在我心中的最簡單的事情也不是一個人用一輩子的言辭能夠描述的。但還沒等急於想要說話的人發出聲音，謎語已經將食物放到了我面前。我認出這些食物來自於衛兵食堂。無論晝夜，人們都能在那裡找到簡單而豐盛的食物。一碗褐色濃湯，其中有蔬菜和肉塊；有著堅韌麵包皮的大塊褐色麵包。謎語在兩塊麵包上抹了厚厚的牛油，把它們和橙色的楔形乳酪放在一起。托盤上的一只大麥酒罐裡灑出了一點酒漿，打濕了麵包邊緣。這種事我完全不在乎。

「他要噎住了。」有人說道。但我也不在乎。

「蜚滋？」普責問道。

我轉過頭看著他。想到房間裡還有其他人的感覺很奇怪。大口吞吃美餐的感覺佔據了我的全部心神，當我發現這個世界還包含著別的事情時，不由得被嚇了一跳。我的視線掃過他的面孔，在他的臉上發現了我的特徵，還有珂翠肯的。

「你是不是覺得有一點回過神來了？」普責問道。我不知道過去了多少時間，只是發現我正在吃力地喘息著。吃這麼快實在是一種很辛勞的工作。自從普責上一次說話之後，他們都沒有再發出過聲音。這就是真正度量時間的方式嗎？看有多少人說了話，有多少訊息得以交流？也許時間真正的度量是有多少食物被吃掉。我竭力將意識中的想法簡化到能夠用語言表達的程度。

「我覺得自己好一些了。」我說道。不，這麼說並不對。我根本沒有想過這種事。比什麼更好了？我的思緒再一次離開我，向遠處飛馳。有人碰觸了我。是蕁麻。她來到我身後，將雙手按在我的肩頭。她在讓我的屏障變得更加堅固，讓我成為一體，成為一個獨立的人，不再只是感覺到麵包的滋味，聽到爐火跳躍的聲音。她在將我從其他一切事物中分離出來。

「我要和你談談，」晉責說，「我希望你能仔細聽我說，能夠比切德更加明白我的話。蜚滋，蜚滋，看著我。你們在精技石柱中幾乎滯留了一整天。你告訴我們，你們就要來了，我們等你們出現，卻沒有等到。蕁麻伸展出去，想要找到你們，穩重和謎語都把力量借給了她。終於，她找到你，緊緊將你固定在一起，直到我能夠進入石柱，把你們拉出來。艾達和埃爾啊，這太奇怪了！我感覺找到了你的手，把你從大地中拉了出來！

「切德還在流血，你也是一樣，但傷勢不算嚴重。如果你擔心那些被你們丟下的屍體，我可以告訴你，已經有人去處理它們了。切德的信使還在細柳鎮，我們給了他命令，讓他把這個任務交給其餘的鬥士。不過他們只知道身分不明的敵人攻擊了你們，他們的同袍為了掩護你們安全進入門石而犧牲了。暫時他們不需要知道關於背叛的細節，不過我打賭，他們之中肯定有人知道或者懷疑他們的隊伍裡有叛徒。我要求他們全部立下誓言，對細柳林所發生的一切嚴格保密。蜚滋機敏作為我的代表見證了他們的誓言——沒有必要讓人們以為會有看不見的敵人隨意襲擊任何地方，這會造成人群的恐慌。經過短暫的思考之後，我已經命令迷迭香女士採取一切她認為有必要的祕密手段對深隱的繼父進行公正的裁決。深隱！竟然會有這樣的名字！我已經下令所有的巡邏隊注意尋找載有一個小女孩和一位年輕女士的雪橇，還有騎白馬的人，並且在每一座渡口和冰橋詢問是否有人見到過這樣的隊伍。他們不可能憑空消失。我認為他們很可能還沒有走出我們的國境。我們會找到蜜蜂和深隱女士。」

晉責的話在我的腦海中形成一幅幅圖景。我仔細地審視它們。我們希望這些圖景成為現實，儘管它們也許永遠都不會成真。無論如何，它們大大寬慰了我。「謝謝，」我最後說道。這個聲音顯得很微弱，如同風一樣飄忽不定。它們沒有能傳達我的心意。我吸了一口氣，「謝謝你。」

謎語手捂心口，愣愣地看著我。蕁麻低垂下頭，深吸了幾口氣。晉責緩緩地坐倒在地板上。「就是這樣的感覺？這就是精技？」謎語問。

蕁麻搖搖頭，「不，我不知道該怎樣稱呼它。嗯，是的，這就是精技，但這種精技就像是錘子猛擊，而不是手指尖的輕敲。晉責，我們能做什麼？他現在比阿憨更加危險。如果他繼續這樣，他也許會摧毀還不能用屏障阻隔他的精技學徒。」

即使在我豎起自己的屏障之後，我還是能感覺到人們的騷動。「它已經比之前更清晰了，」我對他們說，「我正在恢復成自己。我相信，等到早晨，我就會好轉。」我這一次只使用了話語，儘管這些話語薄弱得就像是一張紙。他們看起來全都鬆了一口氣。

我試著問道：「切德的情況如何？」

蕁麻搖搖頭。「他還處在迷亂之中。所有的一切，無論是毯子的紋理、勺子的形狀，都會讓他深深著迷。他的傷也很嚴重。等他得到休息之後，我們想要對他進行精技治療。但阿憨還在細柳林，我們又不願意讓任何人在這個時候使用門石。我們希望你能夠快一點好起來，幫助我們，但……」

「明天，」我說道，並在心中希望這句話能夠成真。我還記得該如何做。將一點想法包容在一個詞中，讓它從我的嘴裡出去。真奇怪，我從不曾知道過，當我說話的時候，我會在言辭裡加入一點精技，讓它們的意涵變得更加清楚。但只能是最微弱的一點精技。我曾經敞開我的心，讓他們感覺到我對於他們的感激之情。我不應該這樣做。我已經回憶不起是什麼時候學會了這種技巧。這是我學到的嗎？或者它只是一直如此？他們全都在盯著我。話語，使用話語。

「我希望自己到了明天能恢復得更好。也許那時我就能告訴你們在精技石柱裡都發生了什麼，並且幫助你們治癒切德。」

一個急迫的想法突然出現在我的腦海中。我怎麼能忘記他？「弄臣，他還活著嗎？」

晉責和蕁麻交換了一個眼神。他們的心中都藏有恐懼。「出了什麼事？他死了，對嗎？」甚至只是想一下這件事都會讓我驚恐不已，悲哀的震顫在我的心中泛起，我只好竭力控制住它，把它壓抑在心中。

晉責面色蒼白地說：「不，蜚滋。他沒有死。求你，不要有這種感覺！這太哀傷了。不，他沒有死。但他……發生了變化。」

「他變得衰弱了？正瀕臨死亡？」我想到了自己對他進行的那種祕密的精技治療。那些治療是否錯了，是否毀掉了什麼？

晉責急忙繼續說下去，彷彿讓我知道更多就能抑制住我的情緒。「灰燼正在照顧他。切德大人已經叮囑灰燼，無論弄臣需要什麼都必須做到，只要對他有好處的就都要給他。那個孩子執行了切德的命令。你知道，黃金大人一心只想追上你，所以他逃出自己的房間，竟然一直走到了馬廄。我完全無法想像他是怎樣做到的。當他在第二天早晨被找到的時候，寒冷和舊日的傷損幾乎已經殺死了他。」

「這個我知道。」我應聲道。

看到我迅速做出反應，晉責顯示出寬慰的神情。「你正在一點點回到我們身邊來，對不對？你的聲音和意識都在變得更加清晰。感謝艾達，你真的在好轉。我很害怕你們兩個都不能完全回來了。」

「是的，我在好轉。」這是一個謊言。我並沒有變得更好。我正在變得更加遲鈍、緩慢。這個世界的各種複雜性正在我的周圍舞動、綻放，但很快就漸漸消失，變得模糊而單調。椅子只是一把椅子，原先那棵樹的痕跡和曾經養育它長大的森林的回音都黯然消散。蕁麻坐在那把椅子上，她只是蕁麻，而不在是莫莉和我共同融合成的那條大河的支流，也不是滋養她未出生的孩子慢慢成形的平靜湖泊。我沒有變得更好，我只是變得更加簡單、緩慢、遲鈍。我又變成了人，不再是幾個小時以前的那個讓我無法形容的我。

我向晉責抬起眼睛。他正用期待的眼神看著我。「弄臣。」我再一次問道。

「他那時就要死了。當他剛剛被找到的時候，他被誤當做一名乞丐，或者是隨意亂闖的瘋子。他被送到醫療室，躺在一張乾淨的床上等待死亡。但那裡有一名年輕學徒認出他是你在前幾天的夜晚帶來的那個人，於是總算有一名傳信人將消息帶給了我。

「那時灰燼已經發出警報——黃金大人失蹤了。我們命令僕人仔細搜索客房區，卻沒有人想到他已經到了馬廄。我的母親和她的私人治療師在我之前就趕到了醫療室。在那裡，她的治療師試圖照料黃金大人。但她的手剛剛碰到他，他就警醒過來，發出尖叫，甚至有足夠的力氣阻止治療師的嘗試。我的母親同意了黃金大人的願望，遣走治療師。在黃金大人陷入昏迷之前，他請求我們將他送回切德的舊巢穴。於是這一切都結束了。我的母親一直坐在他身邊，準備送別他最後一程。直到她得知你和切德遭受了攻擊，並和我們失去聯繫時才離開黃金大人。現在她已經回到黃金大人身邊了。」

「我希望能去看看他。」我不需要繼續聽下去了。我竭力不讓自己的聲音中流露出絕望。我正在失去我的朋友，有可能還是我與蜜蜂最後的牽連。如果有人知道為什麼白色先知的僕人會來到細柳林搶走我的女兒，他們對蜜蜂到底有什麼企圖，那一定就是弄臣了。

「現在還不行，」蕁麻斷然說道，「在你見到他以前，需要知道他發生了什麼。」

我不認為自己還能比剛才更感到恐懼，但我現在的心情的確超出了我的想像。「出了什麼事？」我想像著各種可怕的情景。

「我當然也去看了他，」晉責繼續說下去，「在與我母親的治療師進行抗爭時，他肯定是用盡了最後一點力量和生命力。對於我，他沒有任何反應。我試著用精技碰觸他卻做不到。對我的原智，他依舊是隱形的。我的母親在他的身邊照料他。他身邊還有那個叫灰燼的切德的男孩，還有一隻烏鴉？」

他這個問題的最後一個字裡有一點輕微的語氣變化。這一點我沒有忽略。也許以後我會有時間向他解釋烏鴉的事情。現在，那隻烏鴉無足輕重。

「那個男孩哀傷得幾乎說不出話來。我覺得對黃金大人的哀憐幾乎壓倒了他。我想要安慰他，告訴他沒有人會責備他，我會親自告訴切德大人，他對這件事沒有責任。但我錯了。讓他痛不欲生的並不是對未能完成任務的恐懼，而是真誠的哀痛。我的母親對他說，我們已經做了一切能做的事，是弄臣自己決定放棄生命。而那個小子只是不停地說，弄臣是一位英雄，不應該這樣卑微地死去。他不停地哭泣。我們同意他的話，但我知道，灰燼的心已經碎了，我們的認同不會給他帶來任何安慰。

「我知道他們會認真照看他，而且如果有需要，他們就會召喚我。我的母親告訴我，我現在能做的只有讓黃金大人的身體更加舒適一點。而她正在這樣做——用濕毛巾濡濕他滾燙的皮膚。我已經不能再為他做任何事了。所以我離開了他們。」

弄臣發燒了。對於一個通常體溫都很低的人來說，這的確是非常嚴重的現象。晉責的語氣中帶著歉意。我想不出這是為什麼。他又停止了講述，並和蕁麻交換了一個眼神。

「怎麼了？」我問道。

謎語抬起頭說：「簡單來說吧，珂翠肯女士離開黃金大人，去了精技石柱。當我們全都離開的時候，灰燼給黃金大人服用了某種東西。他沒有說那是什麼，但很明顯，那是一種靈藥或者是極為罕見的治療藥劑。他不告訴我們那是什麼藥，只是不停地重複說，切德大人要他提供黃金大人所需要的一切。他在執行切德大人的命令。無論他給黃金大人吃了什麼……黃金大人的情況發生了改變。」

現在他們全都盯著我，彷彿在期待我理解某種他們全然不知的事情。「那種藥讓他復活了？還是殺死了他？」話語的蒼白無力讓我感到難受，它們的意涵實在是太單薄了，「我要去看他。」

晉責張開嘴，但謎語大膽地向他的國王搖了搖頭。「讓他去吧。有些事是言辭無法解釋的。我們不明白的事情也沒辦法向他說清。就讓他去看吧。」

我站起身，踉蹌了幾步，不過很高興能在晉責抓住我的手臂之前穩定住重心。當一個人只剩下自己的尊嚴時，他更會緊緊將這一點尊嚴抓住。我不在乎被他們看見，徑直走到簾幕前，用力一拉，觸發了祕門。太多的祕密讓我感到噁心。就讓所有這些祕密都暴露在陽光之下吧。不過現在並不是白天，而是深夜。就讓祕密暴露在夜幕之中？我搖搖頭。我做了些事，目的是去到弄臣身邊。我用力抓緊了自己的思維。

我走上樓梯。我知道他們會跟在我身後。上面的房間被燭光和爐火照亮成黃色。我嗅到了群山森林中的松脂芬芳，猜測可能是珂翠肯燃起了從家鄉帶來的香膏。這種芬芳氣息讓我的神智變得更加清明。我走進房間，卻吃驚地意識到自己從沒有見到過這裡有如此溫暖親切的樣子。我的視線逐一掃過這裡的每一點變化。烏鴉棲息在椅背上，在壁爐帶來的暖意中打著瞌睡。「蜚滋——駿騎！」牠向我問好。灰燼坐在壁爐旁的地板上，就在珂翠肯的腳邊。他給了我一個憂鬱的眼神，然後又將目光轉回到爐火上。我曾經的王后正安坐在切德的舊椅子裡。她在這把椅子上鋪了一條色彩鮮豔的群山毛毯。在她身邊的桌子上放著一只釉彩上畫著跳躍兔子的藍色大茶壺，茶壺中還在冒出一縷縷熱氣。她將長辮子高高地盤在頭頂，一身樸素的藍色長裙，袖口被挽起，彷彿她隨時準備著進行日常擦洗的工作。她轉向我，雙手端著一杯香料茶。她的眼睛裡滿是憂色，但還是向我露出了微笑。「蜚滋！看到你回到我們中間，我終於能鬆一口氣了。但我還是很擔心小蜜蜂！還有切德的女兒！」

我沒有回應她的問候。我的目光完全無法離開正坐在她身邊的那個人。他的腰身細長挺拔，只是我還看不清他的表情。可能是因為病弱和創傷，他的身體幾乎一動不動，身上穿著柔軟的灰色長袍，一頂寬大的兜帽遮住了他的頭。我不知道他是否能看見我。不過當他的眼睛轉向我的時候，我能看出那裡已經不再有灰色的雲翳。他的眼眸正微微映射出金色的火光。他向我伸出一隻手。那隻手依舊瘦骨嶙峋，關節腫大，但他的手指已經恢復了幾分舊日的靈巧和優雅。他將手掌上翻，伸向我。「蜚滋？」這時我知道，他還是無法看見我。不過我有一種說不出的感覺，他能感知到我。

我走過房間，雙手握住他的手。這隻手有一點涼，就像他以往的肌膚一樣。「你好多了！」我驚呼道。看到他能起身移動，我的心中充滿慰藉。我一直以為只會看到他躺倒在床上，膚色灰白。我翻過他的手掌，看到他手背的皮膚上有一道道奇怪的褶皺。這讓我想起了羽毛未豐的雛鳥。

「我還活著，」他應聲道，「而且更有活力了。好多了？我不知道。我覺得和以前截然不同，還說不出是不是更好了。」

我凝視著他。切德的藥品儲備足以和公鹿堡城，甚至是繽城中的任何藥舖匹敵。我知道他所擁有的大部分藥劑，而且使用過其中一些。帶我走、精靈樹皮、卡多敏、纈草、柳樹皮、卡芮絲籽、罌粟。我不止一次曾經得到過這些藥劑的幫助。在我接受訓練的時候，切德偶爾會有意向我透露一些低級毒藥、安眠藥和許多興奮劑的效用。但我完全不知道他的藥品序列中還有一種靈藥能夠將人從死亡大門的對面召喚回來，並且在他失明的眼睛上增添一道金色的光澤。

灰燼的目光在我們兩個之間來回閃爍。他深褐色的眼睛裡閃動著小狗一樣的眼神，兩隻肩膀縮在一起，彷彿在等待著挨鞭子。我嚴厲地看著他：「灰燼，你給他吃了什麼？」

「那個孩子相信他是在執行切德的命令。看樣子，他採取的行動很有效。」珂翠肯溫和地說。

我沒有明確說出我的恐懼。有許多藥物的效果只是暫時的。卡芮絲籽能夠讓人在一天甚至兩天的時間裡擁有超乎尋常的精力，但隨之而來的卻是毀滅性的虛弱，徹底的筋疲力竭——身體在討要賠償。精靈樹皮讓人體力充沛，也讓人陷入深深的絕望。我必須知道灰燼到底是拯救了弄臣的生命，還只是給了他一段時間虛假的健康。

切德的學徒沒有回答我的問題。我讓聲音中充滿命令的威嚴：「你給他吃了什麼，灰燼？回答我。」

「先生。」男孩笨拙地站起身，向我鄭重鞠了一躬。他的視線不安地掃過珂翠肯，又瞥了一下蕁麻和謎語，然後有些躑躅地掠過晉責國王嚴肅的面容，才轉回到我面前。「我能單獨和您說嗎？」

晉責問話的聲音帶著欺騙性的柔和：「有什麼事你可以告訴蜚滋駿騎親王，卻不能告訴你的國王？」

男孩低下頭，顯得窘迫不安，卻又十分堅決。「陛下，切德大人接納我成為他的學徒。當他問我是否願意學習他的技藝時，他也警告過我，如果從事這一行，有時國王會否認我的存在。有時候，我必須以沉默保護瞻遠王權的榮譽。他說過，有一些只屬於我們的祕密絕不能汙染高貴的人。」

我清楚地記得這段訓誡。這些訓誡絕不是我在剛剛接受訓練時聽到的。很明顯，切德對這個男孩的信任要比我以為的更深。

晉責目不轉睛地盯著他：「但蜚滋駿騎親王能夠分享你的祕密？」

灰燼一動不動地站在原地，但他的雙頰已經緋紅。「請國王諒解，我早已知道，親王在多年以前並非貴族，那時他是和我一樣的人。」他給了我一個充滿歉意的眼神，「我必須自己進行判斷。迷迭香女士正在執行其他任務。所以我只能自己思考切德大人想要怎樣做，並付諸行動。」

現在握有權柄的不是我。我等待著晉責將這個孩子從他的困境中解放出來。在很長一段時間的沉默之後，晉責歎了口氣。我看到珂翠肯女士微微一點頭表示贊同。此時那隻烏鴉鞠了幾個躬，高聲說道：「火星！火星！」我不知道這有什麼特別的含義，我也沒有時間去探究一隻鳥的想法。晉責說道：「我允許。但下不為例。我的榮譽不應該因為那些為我做不榮譽之事的人而得到保護。」

灰燼想要說話，我伸手按在他的肩膀上，讓他安靜下來。無論為了維護哪一種權威的榮譽，都有不榮譽之事要做。這樣的事情不能說出口，絕對不需要讓晉責的鼻子沾染上這樣的塵土。弄臣的嘴角顯露出一點微笑的影子。謎語和蕁麻在沉默中來到晉責身邊。男孩的臉上露出明顯的寬慰神情。他不乏勇氣地向晉責深鞠一躬說道：「既然我受命要完成這一任務，我必將對瞻遠世系奉上全部的敬意，國王陛下。」

「就這樣吧。」晉責順從了他的意願。

我向灰燼一招手，他跟隨在我身後。我們離開燭火的光亮與溫暖，走進房間盡頭的陰影中。回到屬於刺客的影子裡——我的心中這樣想道。現在我們身邊的舊工作臺上，還有我作為學徒時留下的焦痕和劃痕。

我走過去的時候想到了迷迭香女士受命去執行的任務。那個人竟然僱用殺手刺殺皇家刺客，他很快就會體驗到國王無言的判決。那會是一個微妙的意外嗎？從樓梯上跌落？或者一點腐壞的肉？還是迷迭香會讓那個人知道是誰殺死了他，並從容不迫地做好這件事？他會不會被公開拋屍以警告他人？還是會完全找不到他的屍體？我懷疑下流鮭魚旅店應該會遭遇火災，或者是一場極具毀滅性的鬥毆。那裡的酒桶中會不會出現鱈魚油？我勒住了思緒的韁繩。這是她的任務，由國王親自任命。根據職業規矩，我不應該干涉和評判她的決定。就像灰燼所學到的那樣，我們必須保守一些祕密，即使是對同伴也不能透露。

這個男孩站在工作臺最黑暗的一端，一言不發。「如何？」我問道。

「我在等您坐下，先生。」

我感覺到片刻的惱怒。然後，我坐下來看著他，選擇用切德的語調低聲命令他：「報告。」

他舔舔嘴唇：「切德大人告訴我，我應該竭盡全力確保您的朋友感到舒適。無論他需要什麼，我都應該提供給他。我還被告知，切德大人在細柳林的時候還用精技再次強調了給我的命令。無論您的朋友表達出怎樣的要求，我都要竭盡全力去為他實現。但是先生，我這樣做並非只是因為主人的命令。我是為了這個人——我幾乎還不知道應該用什麼樣的名號稱呼他！但他對待我很和善，哪怕我一開始曾給他帶來很大的驚嚇；哪怕我一直在害怕他，說實話，我幾乎不願意看到他！

「當我對他感到習慣之後，他和我交談，就好像他的肚子裡裝滿了話語，必須把它們傾倒出來！他給我講了許多精采的故事！一開始，我覺得他是編造的。然後我找到了您在那時書寫的卷軸，在那裡發現了同樣的故事，幾乎和他的講述完全一樣。」

灰燼帶著期待的神情停頓了一下，但我一時卻無話可說。他閱讀了我寫下來並交由切德保管的紀錄，我對於紅船之戰隱祕歷史的紀錄，以及晉責是如何從原血者集團那裡被贏回來，巨龍冰華被從艾斯雷弗嘉的冰川中被釋放出來，還有蒼白之女的敗落。這讓我感到驚愕，甚至讓我覺得有一點愚蠢。灰燼當然會閱讀他們。如果不是用來教育新學徒，切德為什麼會要我記錄它們？難道我沒有閱讀過一份又一份由惟真、黠謀國王，甚至是我的父親寫下的卷軸？

「不過，請不要介意我這樣說，他的講述比您的紀錄更精采。英雄的故事由故事中的一位英雄親口講述。當然，他講述的內容和您所寫的基本都一樣，只是……」

我點點頭，心中尋思弄臣是不是在故事裡添加了一點引人入勝的修飾，還是我們真正的冒險本身就足以點燃這個男孩的想像。

「我盡我所能地照顧他，為他準備食物，確保他一直躺在乾淨的床單上，為他的傷口換藥——只是他並不經常允許我這樣做。我覺得他在好轉。但是當他一得知您去了細柳林，就完全變了一個人。他不停地咆哮、哭泣。他說他應該和您一起去，只有您和他在一起，你們才能彼此保護。對此我不能責備他。他從床上爬起來，踉踉蹌蹌地向外走去，一邊還要求我為他找到衣服和靴子，說無論如何都要追趕您。於是我服從了他的命令，但我的動作非常慢，因為我知道這樣對他並不好。我還要羞愧地承認，我為他拿來了一杯茶，一杯嚐起來像是用甜味香料和牛奶調和的熱茶，但其中還藏著一種安眠藥。他喝了茶，平靜了一些，又請我為他拿一些烤乳酪麵包來，最好還有一些醃菜和一杯白葡萄酒。」

「我看到他恢復平靜後便放了心，相信我的茶發揮了功效，所以我承諾馬上就為他拿來這些東西。我離開時，他坐在床沿上。我用了一些時間準備好食物，將它們放到托盤上。等我回來的時候，我高興地看到他蓋好了被子躺在床上，睡得很香。所以我沒有打擾他。」

「但他並沒有在床上。」

我猜到弄臣的策略，這似乎沒有讓灰燼感到很驚訝。「是的，他不在床上。而我又過了一些時候才發現這一點。當我覺得他應該醒來，他卻沒有醒來的時候，我想要看一下他是不是又開始發熱了。但他的被子下面只有一只枕頭和我為他拿來的兜帽斗篷。」

「後面的故事我知道了。那麼你給了他什麼，讓他活了過來？」

「一種未加證實的藥劑。我知道這全都是我的錯，是我的安眠茶在他靠近馬廄的時候發揮了作用。如果他因為受寒而死，那肯定是我的錯。切德大人在一段時間以前得到了這種藥，這花費了他很多錢。他沒有明說是怎樣得到這種藥的，但我相信它是從一位使者那裡偷來的。那名使者本來要將這種藥交給恰斯大公。」

「那應該是多年以前的事情了！」我提醒他。

「是的，先生。我在切德大人記錄的帳簿中看到了它。這份藥劑非常古老。這麼老舊的藥品很可能已經失效了。所以我將卷軸上標明的劑量增加了一倍，餵他喝下了兩滿勺。」

「兩滿勺什麼？」

灰燼走到切德的壁櫥前。他回來的時候，手中拿著一個我之前就在那裡看到的小玻璃瓶。這個瓶子已經空了一半，剩餘的深紅色藥液中有許多銀色絲線在不停地蠕動遊走，讓我感到不安。

「這是什麼？」

灰燼看到我竟然不知道這種藥劑，顯得有些驚訝。「龍血，先生。這是龍血。」

18

改變者

既然龍像人一樣能使用語言，而且能夠與我們交流思想，我們又怎麼能想到將牠們的身體器官當做商品來交易？你會讓我們將奴隸的手指或者肝臟出售給你嗎？或者是女人的舌頭？男人的皮膚？所以繽城商會當然要判定龍體器官貿易有悖道德。是作為商人的我們不能贊同的。

同時，再強調這種貿易有多麼危險似乎完全沒有必要。只有傻瓜才會願意去做這種事。殺死一頭龍以牟取牠的身體器官會招致所有巨龍的怒火。沒有任何商人會如此魯莽。而且毫無疑問，巨龍的怒火同樣會被傾瀉到那些收買和販運龍體器官的人身上。在保衛繽城、抵抗恰斯國入侵者的戰鬥中，僅僅一頭巨龍守衛者就讓我們的城市承受了巨大的損害。克爾辛拉巨龍共同的怒火會讓我們的城市變成什麼樣子，簡直不可想像。

因此，我們決定並在此宣布：任何繽城商人如果參與任何形式的巨龍器官販賣，運輸以及獲取，均屬違法。

——第七四三一號決議，繽城商會

「他給你服用了龍血。」

我已經說服其他人，儘管我對灰燼給弄臣服用的藥物依然非常擔心，但現在除了等待和觀察，我們完全做不了其他任何事。我並沒有明確告訴他們弄臣服用的是什麼，讓國王知道切德的非法貿易不會有任何好處，就連我也對他的這種行為感到驚駭。當灰燼把事實告訴我的時候，我完全驚呆了。然後，我幾乎立刻意識到，如果切德對於龍血的功能有所好奇，他一定會盡全力找到一份樣品。我只希望切德現在能恢復過來。我不知道灰燼在切德卷軸中找到的劑量標準是否正確，更不要說它可能的副作用了。不幸的是，我只能將這些憂慮藏在心裡。

但對我來說，幸運的是晉責還需要去統治他的王國。蕁麻需要休息，謎語需要照顧她。珂翠肯已經離開弄臣的床邊去探視切德了。我答應她很快也會過去，並派灰燼去為弄臣和我取食物過來。然後我坐到了珂翠肯剛才坐的椅子裡，將灰燼告訴我的事情告訴了弄臣。

「這會對我產生什麼效果？」

我搖搖頭，「不知道。現在還無法確定。我會讓灰燼找出全部與巨龍器官入藥相關的卷軸，並讓他仔細閱讀其中的內容，把一切與當前情況有關的文件揀選出來給我。」我沒有告訴弄臣，切德認為這樣的卷軸中絕大部分內容都是玄虛的謊言。我們正面對著一個未知的領域，只能在黑暗中摸索前行，「你自信有足夠的力氣和我說話嗎？」

弄臣微微一笑。「現在我覺得能和你一起走到群山去。但就在不久之前，我的內臟彷彿還在燃燒，我趴在珂翠肯的肩膀上哭泣，彷彿我是一個即將死去的孩子。」他眨了眨變為金色的眼睛，「和以前相比，我能看見更多光亮了。灰燼餵我服藥之後，我睡了很長時間——這是他告訴我的。當他將藥灌進我嘴裡的時候，我並不是完全清醒的。隨後我就做了許多夢！不是白色先知的夢，而是充滿了力量與榮耀的夢。蜚滋，我在飛翔。不是我和乘龍之女一起騎在巨龍上，而是我在飛翔，我自己。」他坐在椅子裡沉默了片刻，只是靜靜地注視著遠方。然後，他的注意力才回到我身上，「我的雙手痛得厲害，但我能移動它們了。每一根手指都伸縮自如！我的皮膚很癢，讓我很想把它們撕掉。還有我的腳。我糟糕的腳？」他提起睡袍下襟，將那隻腳露出來讓我看。「我能用它走路了。這很痛，一直都非常痛。但不是我以前的那種疼痛了。」

這時我意識到，他的笑容的確很快樂，但他也在緊咬著牙。我站起身，想要看看能用什麼草藥緩解我為他進行斷骨復位造成的痛楚。我一邊在房間裡走動，一邊回頭說道：「我需要和你談談那些襲擊細柳林的人。他們劫走了我的小女兒，我的蜜蜂，還劫走了切德的女兒，一位名叫深隱的成年女子。」

「不。」

「什麼？」

慌亂的表情重新出現在弄臣的臉上。「切德沒有女兒。如果有，那她一定也是瞻遠血脈。我應該能看到她。蜚滋，你和我說的這些事都是不可能的。否則我早就應該知道。它們會向我展示出其他的道路。」

「弄臣，求你，鎮定下來聽我說。你和我，我們改變了這個世界，就像你說的那樣。而當你……回來的時候，我想我們改變了所有的道路。因為我們所做的事情，切德從公鹿堡的高牆後走了出來。於是他有了不止一個孩子，而是兩個。深隱和機敏。我也有了一個你未曾預見到的女兒。弄臣，我們改變了許多事，就像你說的一樣。所以求你接受這個現實，因為只有你可能知道僕人們為什麼會劫走我的女兒，還有他們會帶她去哪裡，又有什麼圖謀。」

我轉回身看著弄臣。我選擇了用纈草、班草、柳樹皮混和製成一劑藥，並磨了一些薑末在裡面，讓它變得更順口一些。我在另一個架子上找到一副杵臼，把這些東西都拿到弄臣身邊的桌子上。當我將藥材一起碾碎的時候，不同的藥物氣味混和在一起，讓我皺了皺鼻子，又向裡面加了更多的薑和一點乾檸檬皮。

弄臣用低沉的聲音說：「你把我一個人丟在這裡。」

和他爭辯，說他在這裡並不孤獨是沒有用的。「我不得不如此。」我承認說，「你有沒有聽說我回到家裡之後的發現？」

弄臣將雙眼從我面前轉開，用有些厚重的聲音說：「聽到了一些。」

「那麼，」我逐步梳理自己的思緒。有時候，為了獲取資訊，你必須先將所知道的分享出去。我不想去回憶那時的狀況，不想再度經歷那些災難。我會這樣懦弱，是因為我不願提及他人的痛苦，還是我想要躲避自己的羞恥？我深吸一口氣，開始講述。我的一部分在以單調的聲音敘述一樁樁事實；我的另一部分在小心地配製為弄臣舒緩疼痛的藥草茶。一只小罐子裡就有清水，將水煮沸，先用沸水燙過茶壺，讓茶水的熱量不會過快散失掉。然後我才將熱水澆注在草藥上，等草藥得到充分浸泡之後，我將琥珀色的茶水倒進茶杯中，同時注意不要帶進茶渣。然後我找到蜂蜜，加了不少在茶水裡。

「這杯茶能減緩你腳部的疼痛。」我剛好完成敘述，在最後如此對他說道。

弄臣沒有說話。我用勺子攪了攪茶水，輕敲碗邊，讓弄臣知道茶杯的位置。他顫抖的手指伸向茶杯，碰到杯子，把它拉過去。「正是他們，那些僕人。」弄臣的聲音也在顫抖。他失明的雙眼向我閃過一瞥金黃色的光澤，「他們找到了你，所以他們也就找到了我。」他用雙臂將自己抱緊。他全身都在抖動，我看在眼裡，感到心痛不已。一間冰冷的牢房，遠處的火焰只意味著痛苦，卻絕不會給你帶來溫暖。人們會在傷害你的時候大笑、歡叫。我回憶起來。這讓我幾乎無法呼吸。他將自己抱緊的手臂撐在桌面上，把臉埋進雙臂之中，癱軟了下去。我站在原地。他是我最後的希望，但如果我將他逼得太狠，他一定會崩潰。

翅膀搧動。小丑一直棲息在一把椅子上，靠近溫暖的火爐打著瞌睡。現在牠落到了桌面上，向弄臣走過去。「弄臣。弄臣！」牠用烏鴉的嗓子說著，俯下身用喙叼起弄臣的一縷頭髮，輕輕梳理它，彷彿那是弄臣的翅膀。弄臣微微喘了一口氣。烏鴉的喙沿著他的頭皮又找到一綹頭髮，把它梳理整齊。牠這樣做的時候還不斷發出一陣陣充滿關切的細小叫聲。「我知道，」弄臣回答道。他歎了口氣，慢慢坐直身體，伸出手指。小丑走了過去。弄臣用一個殘損的指尖撫摸牠的頭頂。牠讓弄臣平靜了下來。一隻鳥做到了我沒能做到的事情。

「我會保護你。」我對弄臣說了謊。他知道這是一個謊言。我未能保護我在細柳林的人，未能保護機敏和深隱，甚至未能保護我珍貴的蜜蜂。失敗的感覺浸透了我，將我淹沒。

然後是怒火，熾烈的怒火突然在我的胸中燃燒。

蜚滋？

*沒什麼。*我對晉責說了謊。我將憤怒按進瓶子裡，又塞好瓶塞。這是我自己的事，完全是我自己的事。他們傷害了我的弄臣，可能還殺死了我的朋友普立卡，偷走了我的女兒。我卻對他們無能為力。除非我能知道更多，否則我就只會這樣無能為力。但是等我知道得更多……「我會保護你，我們會把他們全殺光。」我向他做出狂野的承諾。我用力說出自己的誓言，只對他一個人。我向他俯過身，悄聲說道：「他們會流血、死亡，我們則從他們那裡奪回自己。」我聽到他顫抖著吸了一口氣。閃爍著淡金色，而不是黃色的淚水從他滿是傷疤的面頰上緩緩滑落。

「我們會把他們全殺光？」他用搖曳不定的微弱聲音問道。

我沿著桌面伸過一隻手，用指甲敲擊桌面，讓他能夠聽見。然後我握住他瘦骨嶙峋的手，沉默片刻，聚集起勇氣，並讓我的憤怒冷卻為冰寒的鋒刃。這樣對嗎？我是否在利用他的恐懼？是不是在許下我無法實現的諾言？但我還能做什麼？這都是為了蜜蜂。「弄臣，小親親，你現在必須幫助我。我們會把他們全部殺死，但只有你幫我，我才能做到。為什麼他們會來細柳林？為什麼他們會劫走蜜蜂和深隱？他們到底有什麼樣的打算？為什麼恰斯國人會出現在這裡？最重要的是，他們會帶蜜蜂和深隱去哪裡？我要具體的位置。其他問題也很重要，但只要你能告訴我位置，我就能找到他們，殺死他們，救回我的孩子。」

我看到弄臣陷入沉默。我看著他思考，等待著。他找到茶杯，捧起來，小心地吮了一口。「這是我的錯。」他說道。我想要反駁、打斷他，向他保證這不是他的錯。但話語已經開始滔滔不絕地流出他的雙唇。我不想要打擾他。

「一旦他們知道了你對我的意義，就必定會把你找出來，看看你是否保守著他們無法從我這裡挖出來的祕密。僕人知道你的名字。我已經告訴了你我是如何告訴他們的。他們知道蜚滋駿騎，也知道公鹿堡。但他們不可能知道湯姆．獾毛和細柳林。我甚至沒有向那些被我派去找你的信使們提起過你的名字。我只是給了他們一些資訊，讓他們能夠藉此找到下一個地方，通過一次一次地詢問最終找到你。蜚滋，即使在我向你送出我的請求和警告時，我也在竭盡全力保護你。

我只能假設他們抓住了我的一名信使，通過嚴刑拷打得到了關於你的情報。」弄臣又帶著響聲吮了一口茶，還有些燙的茶水讓他吸了一口氣。

「也許他們只是跟蹤了我，也許他們能想到我不曾想到的事——我不可避免地會回去找我的催化劑，也許他們甚至在期待著你殺死我，那樣一定會讓他們非常高興吧！

「但現在，我害怕一件更加黑暗的事情可能已經發生了。如果他們知道我求你去找到意外之子並保護他安全，他們也許會懷疑你已經做到了。也許他們突襲細柳林是想要找到那個孩子。你也聽到了，他們正是在那裡尋找他。

「這才是所有災難中最黑暗的一個。如果他們比我們知道的更多呢？如果在你將我從死亡中帶回來，讓曾經的未來變得不再可能之後，他們又找到了新的預言呢？如果他們知道，只要你在那個市集上找到我，你就會殺死我呢？或者他們知道如果你對我造成致命傷，你就會不顧一切地救我？這會讓你離開無人守衛的家，他們就能進去那裡，強姦劫掠，毫無顧忌地搜尋意外之子？」

他的話讓我的心中充滿不安，而更讓我膽戰心驚的還是他隨後的話：「我們是不是還在依照他們的曲調跳舞？我們無法聽到他們的曲調，所以我們無法改變舞步，只能按照他們的意志繼續跳下去。」

我沉默著，竭力思考這是怎樣的一個敵人。一個在我做出決定之前，就已知道我會怎樣做的敵人。

「害怕這種事是沒有用處的。」弄臣哀傷的聲音打破了沉寂，「如果是這樣，我們將無力抵抗他們。而對此唯一合理的應對方式就是放棄掙扎。照這種邏輯推論下去，他們必將贏得勝利。而我們至少要與他們戰鬥，我們能夠成為他們最大的麻煩。」

我暫時被壓制的怒火又騰躍而起。「我可不只是要成為一個麻煩，弄臣。」

弄臣沒有將手從我的手中抽走，而是用力地握緊。「我已經沒有了勇氣，蜚滋。他們用鞭棍、刑具和烙鐵榨乾了我的勇氣。所以我必須借助你的勇氣。讓我想一想，再給我一點時間思考一下你告訴我的事情。」

他放開我的手，又慢慢啜了一口熱茶。他的眼睛透過我，盯住遠方。我忘記了那隻烏鴉。牠一直都安靜地站在一旁，一動不動。突然間，牠張開翅膀，跳起來落到小桌子上，差一點打翻了茶杯。「食物，」牠用聒噪的聲音說，「食物，食物，食物！」

「我想，我床邊的托盤上還有食物。」弄臣對我說，我過去拿起那只托盤。托盤上有一個麵包卷，還有一支小家禽的骨架，上面剩了一些肉。我把托盤放到工作臺上，烏鴉跟著我飛了過來。我為牠撕碎了麵包，把水倒進一個碗裡，就回到了小桌旁。那只托盤在燭光能照亮的範圍內，牠應該很容易看清楚。

不等我坐穩，弄臣就說道：「你的故事裡有些地方我還不明白。而我所知道的，你大概都已經知道了。不過還是讓我們把這些資訊的碎片擺出來，看看能拼湊出什麼樣的事實。首先，那個面相和善的圓臉女人。我認識她。她是德瓦利婭。她的身邊一定跟隨著蟄伏者。她是一名靈思拓，也就是僕人內部的一名高階成員，不過還不夠高，所以她還只能在學院裡闡解預言。她非常幹練聰明，所以她得到了相當多的蟄伏者作為學生和侍從。當然，她對於僕人來說也不算很珍貴，所以僕人會派遣她到外面的世界來冒險。她看上去和藹可親，這是她的一種本領，也經常會被她加以利用。人們都自以為被她所喜愛，他們也都喜歡討好她來回報她。」

「那麼你認識她？在克拉利斯就和她打過交道？」

「我知道她。」弄臣停頓片刻，這讓我有些懷疑他是否對我說了謊。「她能夠輕易便讓其他人渴望討她的歡心，讓幾乎任何人都覺得受到了她的重視和珍愛。」弄臣清了清喉嚨，「你說的另外幾件事讓我感到非常困惑。恰斯國傭兵。他們只是她僱用的工具？還是對這件事有著另外的興趣？僕人們很少會使用金幣作為收買的手段。他們是否用了某個預言換來了那些傭兵的服務？給他們一點關於在哪裡可以獲得權力和榮耀的提示？僕人們的任務在我們看來應該是清晰的。他們在尋找意外之子。但當他們發現蜜蜂的時候，他們便立刻帶著蜜蜂啟程了，就好像蜜蜂是廈思姆一樣——這個詞的意思是未經訓練的先知。但他們也帶走了深隱！深隱！真是個可怕的名字。」

「我認為這是她給自己取的名字，而不是切德給她的。不過弄臣，你是說他們劫走蜜蜂，是因為蜜蜂是先知？」不安如同冰寒的蠕蟲，在我的肚子裡盤捲。

「她是女孩？」弄臣低聲問，「告訴我她是什麼樣子，蜚滋。什麼都不要隱瞞。」

我在沉默中整理著思緒。弄臣又開口了。那種特殊的微笑在他的嘴唇上顫抖，淚水在他眼裡閃動。「但也許你已經將我需要知道的都告訴我了，只是我還沒有仔細考慮你說的話。她很小，淡金色頭髮，淺色眼睛，還很聰明。告訴我，她在子宮裡停留的時間是不是很長？」

我覺得口舌發乾。我們到底在討論什麼？「是的，時間非常久，甚至讓我以為莫莉神智發生了錯亂。超過一年，幾乎有兩年，她一直堅持自己懷孕了。當孩子終於誕生的時候，她的身子非常小，發育也很緩慢。連續幾年，我們都以為她只會躺在搖籃裡，愣愣地盯著周圍。但慢慢地，她開始能夠做些事情了，比如翻身，然後是不用扶著就坐起來。但即使在她能走路之後，也還是沒有說過話。幾年都沒有說過。弄臣，我曾經對她感到絕望。我以為她智力低下，或者思維非常緩慢。我不知道在莫莉和我死後她該如何度過人生。然後，當她第一次開始說話的時候，只有莫莉能聽得懂。她似乎……對我很警覺。直到莫莉去世之後，她才開始隨意和我說話。但就在那以前，她已經證明了非凡的聰慧。莫莉教會她閱讀，而她自己就學會了書寫和繪畫。還有，弄臣，我相信她遲早能夠掌握精技，因為她一直能感覺到我。『就像一口沸騰的大鍋，你的思緒不停地從裡面溢出來』，她就是這樣形容我的。所以她一直都在躲避我的碰觸，甚至不願靠近我。但我們已經開始瞭解彼此，她開始信任我，就像孩子信任她的父親……」我突然一陣哽咽，無法繼續。能不加隱藏地講述我的孩子，安心地把她的全部事實告訴一個人，這對我實在是一種甜蜜的釋放。而這樣講述我被偷走的孩子，無異於又是一種最強烈的痛苦。

「她做夢嗎？」弄臣突然問我。

這又引出了我的一連串回憶。她想要紙來寫下她夢到的事情。她預言了那個「白色的人」的死亡，因此而嚇了我一跳。隨後那位披著蝴蝶斗篷的信使就出現了。我不願意告訴弄臣那位信使是如何死去的，但我感到有必要將這個苦痛的祕密詳細地告訴他。

「她幫助你焚化了屍體？」弄臣難以置信地問道。

我無聲地點點頭，然後強迫自己開口承認：「是的，她幫助了我。」

「哦，蜚滋。」弄臣的語氣中充滿了責備。但我還有更多事情要向他承認。我告訴了他水邊橡林發生的一切，我如何殺死了那條狗，並渴望殺死狗的主人。我如何在不經意間允許蜜蜂從我的身邊溜走。然後，我承認了最可怕的事情，我告訴他自己是如何用匕首刺了他，以為他會傷害蜜蜂。

「什麼？來到我身邊的就是你的孩子？那個碰到我，讓我向所有未來打開的孩子？我沒有在做夢，沒有！他就在那裡。意外之子！」

「不，弄臣。你身邊沒有男孩，只有我的女兒，我的小蜜蜂。」

「那就是她？那時是蜜蜂握著我的手？哦，蜚滋！為什麼你不立刻告訴我！」弄臣猛地站起身，搖晃了一下，又栽進椅子裡。他抓住椅子扶手，彷彿一場風暴正要將他捲起。他瞪著火焰，像是能透過城堡的石牆，看到另外一個世界。「當然，」他最後悄聲說道，「一定是這樣。我現在全明白了。她還能是誰？在那一刻，當她碰到我的時候，啊，那不是夢，沒有幻想和錯覺。我和她一起看到了。我的意識再一次向所有可能的未來打開了。因為，是的，她就是廈薩，就像我曾經是廈薩一樣。我沒有在未來的浮光掠影中看到她，是因為如果沒有我，你永遠都不可能得到她。她也是我的女兒，蜚滋。你和我和莫莉的。這就是我們這一族的方式。我們的，我們的蜜蜂。」

我被徹底的困惑和最深刻的侮辱撕裂了。我依稀記得弄臣曾經告訴過我，他有兩位父親，是兄弟或者堂兄弟。他們那裡的人們完全接受這樣的安排。我以為他的意思只是說，在他們那裡，一個妻子會有兩個丈夫，沒有人會在意是誰的種子在妻子的體內孕育。我強迫自己鎮定，仔細看著弄臣。他金黃色的眼睛似乎正在與我對視。現在這雙眼睛要比它們沒有顏色的時候更令人不安。那種金屬光澤彷彿在不停地變幻、流淌和盤旋，就像是某種液體；而那兩粒黑色的瞳仁在昏暗的光澤中又顯得太小了。我深吸一口氣，穩了穩心神。不要胡思亂想，冷靜思考問題。「弄臣。蜜蜂不是你的孩子。你從來沒有和莫莉在一起過。」

弄臣向我露出微笑。「不，小親親，當然沒有。」他的手指尖輕敲桌面，一次，兩次，三次。他溫柔地微笑著，然後說道：「我是和你在一起。」

我張開嘴，瞠目結舌地站立著。又過了很長時間，我才恢復了說話的功能。「不，」我堅定地說道，「不，你沒有！即使如果……」然後，我又失去了語言和一切邏輯。

弄臣笑出聲。在他能做出的所有反應中，這是我最沒有想到的。我極少聽到他這樣的笑聲。

小丑會讓其他人大笑，但很少會暴露自己這方面的情緒。而現在，他卻毫無顧忌地放聲大笑，直到喘息不停，不得不抹去失明雙眼中的淚水。我只有緊盯著他。「哦，蜚滋，」他終於喘著氣說道，「哦，我的朋友。錯過這一幕實在是太可惜了！我被剝奪視力真是一件糟糕的事情。不過，儘管看不見你的臉，我卻還是能聽見你的聲音。哦，蜚滋。哦，我的蜚滋。」他又不得不停下話頭，不住地喘氣。

「在你對我開的所有玩笑裡面，這是最不好笑的。」我竭力不流露出自己受傷的感覺。當我為了蜜蜂而惶恐難安的時候，他竟然這樣做？

「不，蜚滋。不。這是最好的，因為它不是玩笑。哦，我的朋友。你根本不明白你剛剛告訴了我什麼。而實際上，我以前就盡全力向你解釋過了。」他又吸了一口氣。

我感到有點氣惱。「我應該去看看切德了。」我暫時已經受夠弄臣特殊的幽默感了。

「是的，你應該去看看他，但現在還不是時候。」弄臣伸出手，毫無差錯地抓住了我，「留下來，蜚滋。我自信對於你最重要的疑問，我至少有了一部分答案。而且我對於你甚至不知道要問的其他問題也有了答案。首先，我要回答最後一個問題。蜚滋，你可以否認，但我一直和你在一起，從各個方面來看皆是如此。我們一同生活，分享我們的想法和食物，彼此包紮傷口，睡在一起，讓自己的身體成為對方唯一的溫暖。你的淚水曾經落在我的臉上，我的血液曾流在你的手中。我死掉的時候，是你抱我回來；而我在沒有認出你的時候就抱著你。你曾為我而呼吸，將我庇護在你的身體內。所以，是的，蜚滋，無論從哪一個方面來看，我都和你在一起。我們分享著我們自己，就像船長和他的活船，就像龍和牠的古靈。我們在這樣多的事情上都在一起，已經融為一體。我們是如此貼近，當你和莫莉親熱的時候，她便孕育了我們的孩子。是你的，我的，莫莉的孩子。一個小公鹿女孩，同時體內也有一條白者的血脈。

「哦，眾神啊。這是玩笑嗎？還是令人喜悅之事？一個我對你開的玩笑？不可能！這是你給我的一個訊息。告訴我，她看起來像我嗎？」

「不。」其實弄臣說得沒有錯。她上唇的兩彎凸起的曲線。她閉起眼睛的時候，長長的淺色睫毛就會落在雙頰上。她的金髮像我一樣鬈曲，又像弄臣的一樣散亂。她渾圓的下巴和現在的弄臣不一樣，但像極了弄臣小的時候。

「哦，你在說謊！」弄臣興奮地說道，「她很像我！我知道，你被欺負的時候就會這樣閉緊嘴巴。蜜蜂一定很像我！毫無疑問，你和我的孩子一定是這個世界上最美麗、最聰明的孩子！」

「她是的。」我完全沒有細想弄臣這句話有多麼荒謬。在我能夠欺騙的所有人中，我總是最擅長於欺騙自己。蜜蜂是我的，只是我的。她的金髮碧眼來自於我的群山母親。這種推斷是可信的，肯定要比她也有弄臣的血脈更可信，不是嗎？

「現在，我回答你最重要的問題。」弄臣的聲音忽然變得極其嚴肅。他在桌邊坐直身子。端正肩膀，淡金色的眼眸凝視遠方。「隔著這麼遠的距離，我不知道他們在哪裡。但我知道他們一定會把她帶去哪裡。返回克拉利斯，返回學院，回到僕人的老巢去。她是他們珍貴的戰利品。她不是意外之子，不是，但她是真正的廈薩，不曾有人預見到，不曾在預言中出現過，更不是他們孵化出的禁臠，只是這樣，就足以讓他們大吃一驚了。」弄臣停頓一下，思考片刻，「蜚滋，她對他們太有用了。我不認為你現在需要為她的生命感到擔憂。但我們還是應該為她而擔心，必須儘快救她出來。」

「我們能攔截他們嗎？」希望在我的心中閃動。現在我第一次感到自己有可能採取實際行動，而不只是在這困苦中徒勞地掙扎。我將弄臣剛才說的那些話都推到了一旁，所有那些胡思亂想都可以再等一等，等我將蜜蜂抱回到懷裡再說。

「那我們就必須非常聰明，極端聰明。這就像是人們在市集上玩的那種猜謎遊戲，設局人將豌豆放在三枚胡桃殼中的一枚下面。我們必須判斷出他們選擇哪一條逃亡路線才是最明智的，而他們肯定不會採用我們推測的那條路線。我們還必須想到他們最有可能選擇的路線，也就是最不可能的路線，並把這條路線也放棄。我們必須摒棄他們所知道的未來。蜚滋，這是一場博奕，而他們掌握的資訊遠比我們更多。但有一個情報，他們也許無法理解。他們也許知道她是我們的孩子，但不知道我們為了救回她，願意付出什麼樣的代價。」

弄臣閉上嘴，用一隻手撐住下巴，將臉轉向火光，嘴唇微微抽動，彷彿他的嘴讓他感到疼痛。我仔細看他。他面頰上的傷疤正在消退，但輪廓讓我覺得很不正常。他將臉轉向我，在那雙眼睛裡游動的金色就像是在坩堝中沸騰的金屬。「我需要考慮一下這件事，蜚滋。我必須盡量梳理我的記憶，查找我還記得的關於意外之子的每一個預言和夢境。我不知道它們是否會有用，是否真的對應著蜜蜂？抑或蜜蜂只是被他們偶然找到，是他們在尋求另外一樣東西時無意中發現的珍寶？他們是否會將隊伍分開，一些人帶著蜜蜂回去，另一些人繼續尋覓意外之子？

「自從我的催化劑和我改變了世界之後，他們是否從蓄養白者和半白者的畜欄中收穫了新的預言？我認為這很有可能。我們怎麼能在智慧上勝過他們？我們怎麼能比知道所有路徑和巢穴的狐狸更狡詐？更何況他們還有能力愚弄可能幫助我們的每一個見證人？」

一個念頭在我的腦海中掠過。還沒等我抓住它，弄臣已經打散了我纖細的思緒。「去吧！」他手指一揮，示意我離開。「去休息一下，或者去看看切德。我需要單獨思考。」

我搖了搖頭，對他的樣子感到驚歎。經過這番交談，剛才還渾身顫抖、心懷恐懼的他，現在卻頗有氣勢地揮手讓我退下，就像是我的國王。我有些好奇是不是龍血在作用於他身體的同時，也影響了他的情緒。

弄臣點頭和我道別，實際上，他已經陷入了沉思。我站起身，邁動因為久坐而僵硬的雙腿，向樓梯下我的房間走去。灰燼已經在那裡了。這個房間經過了一絲不苟的清潔，就算是我也不可能讓這裡的每一樣東西被擺放得更加精確有序。在壁爐中跳動的一點火焰正等待著有人用木柴餵飽它。我給了它一段原木，然後坐到它前邊的椅子裡，盯著這團火焰。

弄臣是蜜蜂的父親。這個想法不停地擠進我的思緒。荒謬。一個絕望的人提出的瘋狂理論。有時候，蜜蜂看上去的確有些像他。不過也不是那麼像。但蜜蜂的確像他更多過像我。不。這不可能，我可不會這麼想。我知道我是蜜蜂的父親。對此我完全確定。一個孩子不可能有兩位父親。可能嗎？母狗生出的一窩小狗可能來自於不同的公狗。但蜜蜂是單獨一個孩子！不，一個孩子不可能有兩位父親。一個令我感到不快的記憶闖進了我的腦海——晉責是惟真利用我的身體留下來的孩子，晉責有兩位父親嗎？他是惟真的孩子，也是我的嗎？我拒絕在今晚繼續去思考這種事。

我想要回到床上去。現在我渾身都痠痛得要命。我的頭在一陣陣抽痛，眉毛緊皺在一起，卻無法進行任何思考。我找出長石領主旅行箱中的鏡子，看到我額頭上那道被縫合的傷口。那名治療師的縫合針腳真夠糟糕的，而我自己要把這些線抽出來肯定會經歷一段漫長又痛苦的過程。這件事等以後再去做吧，現在我需要思考一些別的事，一些不那麼痛苦的事。

我想，我應該去找些食物。不。蜚滋駿騎親王不會自己跑到廚房裡去尋找冷掉的烤肉，或者是從衛兵的大鍋裡給自己舀湯喝。我坐在床邊。親王會做這種事嗎？誰又能知道蜚滋駿騎親王會做什麼？我躺倒在床上，盯著天花板。我告訴自己，耐辛就從不曾改變自己以適應公鹿堡的生活，她一直都保持著古怪可愛的天性。一絲略帶哀傷的微笑彎曲了我的嘴角。怪不得我的父親那麼愛她。我從沒有想過她是如何在這種刻板拘束的宮廷生活中保持自我的。我能像她那樣自由自在嗎？給這個宮廷立下我的規矩？我閉起眼睛，開始思考這件事。

19

策略

……但那座島被魔法所包圍，只有那些曾經進入過的人才能回去。外來者永遠都不得其門而入。不過，在極為罕見的情況下，會有從未到過那裡的白色孩子知道前來此地的路徑，並不斷地央告他們的父母，直到父母帶他前來，慢慢長大，習得智慧。

在那座島上，在一座用巨人的骨頭建造的城堡中，生活著一位白色先知，她的僕人們環繞在她周圍。她預見到了這個世界每一種可能的結束，她的僕人寫下她說出的每一個字。這些字句被用鳥血寫在海蛇皮製成的紙上。據說，她的僕人們以海蛇的血和肉為食，這樣他們就能記住遠在他們出生之前的古早之事，還有他們所記錄的一切文字。

如果外來者想要進入此地，就必須找到一名出生在那裡的人作為嚮導。而且他必須要帶著四件禮物：一件銅器、一件銀器、一件金器和一件人骨製成的器皿。銅器、銀器和金器不能是簡單的錢幣，必須是罕有的首飾，由工藝最精良的工匠製成。這些信物要分別被裝進黑色的絲綢口袋中，用白緞帶紮緊。外來者必須先找到嚮導，對他說出如下的咒文：「我用銅買你的話語，用銀買你的思想，用金買你的記憶，用骨束縛你的身體，這樣你就必須陪同我踏上前往你出生之地的旅程。」然後，聽到咒文的這個人就會從先知那裡拿來四只黑色絲綢口袋，並跟外來者說話，銘記自己的責任，引領外來者前往他的出生之地。

但就算到了那樣的時候，這趟旅程仍然不可能是輕鬆的。儘管嚮導受到束縛，必須帶外來者前往克拉利斯，但並沒有任何力量約束他必須選擇能直接到達目的地的道路，或者是只說實話。

——一名外島吟遊歌者的故事，由切德記錄

一陣敲門聲讓我猛然醒轉過來。我正和衣躺倒在床上。從百葉窗縫隙裡透射進來的陽光告訴我，現在已經是白天了。我揉搓了一下面頰，想要讓自己恢復清醒，但立刻又希望自己還在睡夢中。額頭上的傷口開始隱隱作痛。敲門聲再一次響起。

「灰燼？」我輕聲喊道。然後又意識到敲門聲來自於祕門，而不是通向走廊的外門。「弄臣？」我問道。門後傳來回答的聲音：「小丑，小丑，小丑。」啊，那隻烏鴉。我打開門，烏鴉立刻跳進了我的房間。

「食物，食物，食物？」牠問道。

「很抱歉，我這裡沒有吃的可以餵妳。」

「飛。飛，飛，飛！」

「先讓我看看妳。」

烏鴉跳到我面前，我單膝跪倒，仔細端詳牠。墨水沒有褪色。我在牠身上看不到半點白色。

「我會放妳出去，因為我知道，妳一定很想飛行。但如果妳夠聰明，就應該避開妳的同類。」

牠什麼都沒有說，只是看著我走到窗前，把窗戶打開。窗外是一片藍天。我的視線越過積雪的城牆。我以為時間剛到黎明，但我錯了。我睡過了一整夜和上午的一部分。牠跳到窗臺上，沒有回頭瞥上一眼就振翅飛了出去。我關好窗戶，又關上祕門。剛才吹到我臉上的冷風收緊了那些糟糕的縫針。必須把它們拆掉。弄臣看不見，要我自己拆掉它們至少還需要一個人用一隻手替我舉鏡子，另一隻手扯掉線頭。我肯定不想再把為我縫針的那名治療師叫回來了。

我不假思索便向切德伸展過去。你能幫我除掉額頭上的縫針嗎？我的身體正在自我癒合，那些縫針卻讓皮膚都摺疊在一起了。

我感覺到了他，就在我的精技絲線的末端，他飄飛在空中，如同一隻御風而行的海鷗。然後他輕聲說：我能透過小孔看到火焰的溫暖。這裡很冷，但我必須留在這裡進行觀察。我是那樣恨他。我想要回家。我只想回家。

切德？你在做夢嗎？你正安全地待在家裡，在公鹿堡。

我想回到我們的小農場。繼承它的本應該是我，而不是他。他沒有權力這樣把我趕走。我想念我的媽媽。為什麼她一定要死？

切德，醒醒！這是一場噩夢！

蜚滋，求你，停下來。蕁麻向我發出警告。她伸展過來的精技緊張而又私密。她的學徒和部下都聽不見我們。我們正在竭力讓他保持平靜。我在尋找一個也許能安慰他，讓他回到我們中間的夢。但我似乎只能找到他的噩夢。到他的房間來，我會處理你的縫針。

記得你現在是蜚滋駿騎親王！晉責沿著蕁麻的意念河流插口道。你偷走那匹馬已經惹出了許多流言蜚語。我為你買下了牠，出的錢可以買下任何兩匹馬！我盡量解釋說這是一個誤會，你本來叫了一匹馬，以為那匹花斑馬是為你準備的。你在過來的時候無論見到誰都要小心，盡量避免談話。我們還在盡力為你編造一段聽起來合理的歷史。如果任何人評論你年輕的容貌，就向他們暗示這是因為你在古靈中間度過了許多年。請對此保持適當的神祕態度！

我用一段私密的精技訊息向晉責做了確認。然後，我開始在鏡子前仔細審視自己。我現在只想著要去尋找蜜蜂，但隨意騎馬衝出去很可能只會讓我離我的女兒愈來愈遠。我壓下心中的挫敗感。我必須等待。站在原地，耐心等待。弄臣建議我們立刻趕往克拉利斯。這段旅程需要幾個月的時間，但我認為現在去克拉利斯還有些操之過急。我每向南方前進一天，蜜蜂就在恰斯人的手中多度過一天。如果能早一些將蜜蜂和深隱救回來肯定要好得多。在她們被帶出六大公國之前就截住她們。現在我們知道那些歹徒是什麼人，他們就再難以逃避我們的追緝了。報告會被送到公鹿堡，總會有人在某個地方見到他們的蛛絲馬跡。

與此同時，我決定盡可能服從命令。我已經為晉責和蕁麻惹出了足夠多的麻煩。而且我有一種感覺，我就要向他們和皇家金庫尋求大量的幫助。他們會為了對我和蜜蜂的愛而答應我，無論代價如何。如果要讓國王將軍隊借與我，就很難不會讓人們不將湯姆·獾毛被偷走的孩子、細柳林遭受的襲擊和長久以來都處在失蹤狀態中的蜚滋駿騎聯想在一起。而切德現在還處在受到重傷後的高熱與迷思狀態，無法利用他的睿智來解決這一問題。這顯然讓我們的處境變得更加困難。我最不想做的事情，就是讓他們的政治戲碼變得更加艱難。

政治戲碼。現在我的孩子被暴徒擄走。怒火在我胸中激蕩。我感覺到心臟在狂跳，肌肉鼓脹。我想要戰鬥，殺死那些恰斯人，就像我在不久之前戳刺、啃咬和掐死那些襲擊切德的歹徒。

蜚滋？你遇到威脅了嗎？

沒什麼，晉責。沒什麼。我想不出任何策略。現在還想不出。

當我走出臥室的時候，已經刮淨了鬍鬚，梳好頭髮，編成了一根足以用來炫耀的武士辮子。我的衣服是灰燼為蜚滋駿騎親王挑選的衣服中色調最樸素的一件。我在腰間佩了一把樣式簡單的劍。這是我在公鹿堡內有資格享受的特權。灰燼已經為我將靴子擦得光亮如鏡，我的耳環看起來鑲嵌了真正的藍寶石。只有這件裝飾蕾絲的短披風有點令人不悅。但我決定，我必須相信灰燼的品味，只希望這身愚蠢的裝扮不是一個男孩的惡作劇吧！

曾經在冬季慶中熙熙攘攘的城堡走廊現在變得安靜了許多。我裝出一副自信滿滿的模樣大步前行，向沿途遇到的所有僕人露出微笑。我很快就到達了通向王室成員所居住的那一層的樓梯。切德精緻的寓所就在那裡。這時，一名倚牆而立的高個女子突然向我走過來。她的灰色頭髮在腦後結成了一根武士長辮。她從容安穩的身姿讓我知道，她的身體一直保持著絕佳的平衡，她能夠在任何一個瞬間發動攻擊或者逃走。我一下子變得異常警惕。她面帶微笑地看著我。我不知道是否應該殺死她，還是從她身邊走過。她輕聲說道：「嗨，蜚滋。你餓嗎？還是你現在太高傲了，不願和我一起去衛兵食堂？」

她注視著我，等待著。我用了一點時間才找到多年前的回憶。「狐狸手套隊長？」我猜測道。

她臉上的微笑變得溫暖起來，眼睛裡也閃爍起光彩。「我還在想，經過了這麼多年，你還能不能認出我。畢竟潔宜灣距離我們已經太遠、太久了。不過我打了一個很大的賭，賭一位瞻遠不會忘記曾與他背對背作戰的人。」

我立刻伸出手，我們握住彼此的手腕，她的手幾乎還像以前一樣有力。我非常高興她等在這裡不是為了殺死我。

「已經許多年不曾有人稱呼我隊長了。不過，你出了什麼事？你頭上的傷口肯定不超過一個星期。」

我下意識地碰了碰那道傷口。「說起來很丟人。我愚蠢地撞上了牆角。」

她搖搖頭。「真奇怪，這看起來像是一道劍傷。聽我說，我現在必須告訴你的事情本應該在一個月之前就告訴你。請一定跟我來一下。」

我要耽擱一下。我用一點私密的精技告知晉責和蕁麻。狐狸手套隊長想要和我說句話。

誰？晉責擔憂地問。

她曾經在潔宜灣保護過你的母親。我相信珂翠肯會記得她。

哦。

我很想知道，晉責對這個故事知道多少。我跟隨這位年老的女子大步前行，那個血腥的日子也重新浮現在我的腦海裡。她的颯爽風姿依然不減當年。一雙長腿看起來就算是快速行軍十幾哩也不會覺得累。我們一邊走，她一邊說道：「我多年以前就不是衛兵隊長了，親王殿下。當紅船之戰結束的時候，我結了婚，生了三個孩子，直到我年紀太大，再無法懷孕。而那三個孩子給了我和瑞德．羅斯十來個孫子，你呢？」

「我還沒有孫輩。」我說道。

「那麼說，蕁麻女士的孩子將是你的第一個外孫了？」

「我的第一個外孫。」我應道。這話從我嘴裡說出來顯得有些奇怪。

我們肩並肩地快步下了樓梯。看到僕人們紛紛向狐狸手套投去羨慕的目光，不知為何，我感到有些高興。曾幾何時，與原智私生子的友誼絕不是什麼好事情，但她在那時候就將這份友誼給了我。我們一直向下走，來到了進行城堡各項日常工作的一層，走過提著一籃籃髒衣服或乾淨衣物的洗衣工、端著飲食托盤的侍者，還看見一位木匠帶著他的助手和三名學徒正在對城堡進行修繕。我們經過了廚房，統治這裡的廚娘曾經在紛亂的政治危局中依然對我充滿了好意。我們一直走到通向衛兵食堂的拱門口，在這裡，饑餓的人們在大吃大喝時發出的喧譁聲很少會停止過。

狐狸手套抬手到我的胸前，將我攔住，又轉頭直視我的眼睛。她的頭髮已經灰白，嘴角邊盡是皺紋，但她一雙深褐色的眼睛還是像以前一樣明亮。「你是瞻遠家的人。我知道，真正的瞻遠不會忘記欠別人的情分。我是為了我的孫女和一個孫子才會來到這裡。我知道你還記得那些日子，你的幾句話就讓我、哨兒和另外幾名忠誠的士兵離開惟真國王的衛隊，穿上了紫色和白色的制服，戴上狐狸徽章，成為我們的外國王后的衛士。這些你都還記得，對不對？」

「我記得。」

「那麼就準備好微笑吧，殿下。該你登場的時候到了。」

她揮手示意我走在前面。我強打精神，心懷惶恐地走進食堂，準備應對將在這裡發生的一切意外。不過我只聽見有人喊了一聲：「嗨！」坐在桌邊的所有衛兵突然都站起了身。長凳被向後推去，在地面上發出響亮的摩擦聲。因為桌子被撞到，一只酒杯搖晃了兩下。等到酒杯重新穩住，房間裡恢復了寂靜。人們都鄭重地站直身體，向我表達敬意。我屏住了呼吸。

許多年以前，惟真王儲為我製作了一枚徽記。只有我一個人佩戴的徽記——一頭瞻遠公鹿俯首向前衝鋒，而不是國王的兒子佩戴的那種姿態高傲的公鹿紋樣。在這頭公鹿的身上曾經有一抹紅色，它表明雖然我擁有瞻遠公鹿的血脈，但我依然只是個私生子。

而現在，站在我面前的這些衛兵之中，有七個人胸前佩有一抹紅色的公鹿紋章。他們的外衣是藍色的，一道紅色條紋橫在胸前。我愣在原地，一時不知該說些什麼。

「坐下，你們這些白癡。現在他還是蜚滋。」狐狸手套宣布道。哦，她顯然在享受這一刻。房間裡的一些年輕人因為她大膽的話語而感到驚訝，她則只是抓住我的手臂，將我拉到一張長凳旁邊。「快送麥酒過來，還有黑麵包和白乳酪。他現在的確開始在主桌旁吃飯了，但他可是在衛兵食堂長大的。」

我一坐下，就有人為我倒了一杯酒，我不明白為什麼自己現在為什麼會有這麼多美好、怪異和恐怖同時充塞在心裡。我的女兒失蹤了，正身處在巨大的危險之中；我坐在這裡，愚蠢地笑著，一位老婦人向我表明，我應該有自己的衛隊。儘管她的其他孫輩都已經是珂翠肯的衛隊成員，她的兩個最年輕的孫子和孫女還沒有立下效忠的誓言。這時衛兵們都已經在飯桌旁重新坐好，因為看到一位瞻遠「親王」和他們分享日常一餐而紛紛面帶歡笑。他們不可能知道，對我來說，很少有什麼食物能比這些更好吃。正是這種黑麵包、味道辛辣的乳酪和杯頂鋪滿泡沫的麥酒在許多黑暗的時刻支撐著我。這是我在這個特殊的勝利時刻能夠想到的最好的盛宴。

狐狸手套將兩個年輕人帶到我面前，兩隻手分別搭在他們的肩膀上。他們都還不到二十歲，那女孩顯然努力挺直了腰桿，想要讓自己顯得更高一些。「他們是堂兄妹，但就像是一個窩裡出來的小貓一樣。這是鋒銳，這是齊備。他們已經戴上你的徽章。你現在會接受他們的誓言嗎？」

「晉責國王知道嗎？」我這樣高聲說道，同時用私密的精技告知晉責。思維的速度非常快。晉責立刻理解了我的困境，我感到他對此覺得很有趣。

「如果他不知道，那麼他就應該知道。」狐狸手套毫不退讓地說道。許多人用酒杯底敲擊桌面以示贊同，「我可不記得你在讓一整支衛隊佩戴白色狐狸徽章時，曾經徵求過許可。」

「哦，那是妳和哨兒，不是我！」我反駁道。狐狸手套笑了起來。

「也許吧。但我的回憶可不是這樣。」然後，她的面容嚴肅起來，「啊，哨兒。她走得太快了，不是嗎？」狐狸手套清了清嗓子，「我的孩子們，把匕首抽出來，獻給蜚滋……獻給蜚滋駿騎親王。我們要遵循古老的傳統。」

這一定很古老，古老到我甚至都不知道。這時狐狸手套已經開始了儀式，除了她的孫子和孫女，還有另外五個人也參加了這場儀式。她劃開我的左手手背，並將匕首尖上的血塗到那個男孩伸出的手掌中。「瞻遠之血就在你的手中，要由你來保護。現在，你每一次以他的名義拔劍的時候，都在用雙手緊握他的生命。不要讓它蒙羞，不要將你的生命看得比他的更重。」

他們還說了更多的話。我察覺到先是晉責，然後是蕁麻進入到我的神智中。與此同時，佩戴著我的徽章的衛兵逐一來到我的面前，以他們的刀鋒向我立誓，將我的血放入他們的掌心。我竭力保持呼吸的穩定，顯示出王室的威儀。隨著最後一個人從我手中拿回他的立誓鋒刃，我感覺到蕁麻在精技中悄聲說道：很漂亮。

我打賭，蜚滋一定哭得像個小女孩。晉責的語氣中帶著挖苦。但我能感覺到，他像蕁麻一樣感動。

或者哭得像是個終於被歡迎回家的男人，蕁麻辛辣地回應道。

現在我該拿他們怎麼辦？我有一點暈眩。

為他們提供營地、著裝和薪餉。確保他們的紀律和日常訓練。成為王室成員是不是很有趣？你需要部下了，蜚滋。需要有人為你做一切要做的事情。

我沒有時間處理這種事！我必須去找蜜蜂！

那就帶著他們，蜚滋。你會需要他們的。不過他們看上去都嫩得像小草一樣。你想要我挑選一名隊長派過去嗎？

我認為我有一個更好的主意。希望我是對的。

我在和晉責的交談中保持的沉默，自然引起了衛兵們的注意。這時，我將目光轉向狐狸手套：「狐狸手套隊長，現在我希望得到妳的刀刃。」

狐狸手套有些發愣地盯著我。「蜚滋，我只是一名老婦人。多年以前，在我們的國王將紅船從海岸邊趕走之後，我就離開了衛隊。我喜歡和平。我結了婚，生了孩子，一天天養育他們長大。現在我老了。我的一隻臂肘不好用了，膝蓋都很僵硬，視力也大不如前了。」

「但妳的心志依然剛強。如果妳不願意，可以拒絕我。我明白妳有自己的家、自己的丈夫……」

「瑞德．羅斯多年以前就過世了。」狐狸手套筆直地站著，過往的回憶在她的眼眸中閃爍。然後，她從腰帶上抽出一把小刀，「如果你還希望得到我的鋒刃，我會以它向你立誓，蜚滋。」

「是的，我需要有人能夠管好這些孩子。」

於是，我重新割開手上的小傷口，將我的血放進這位一直以來都緊握著瞻遠之血的長者手心。我不允許她向我下跪，而是讓她站著向我立誓。「面對面，就像我們曾經背靠著背。」我對她說。她露出微笑。房間中的每一名衛兵都在向她歡呼。

「那麼給我的命令是什麼，殿下？」她問道。

「做妳認為最應該做的事。妳遠比我更懂得該如何率領他們。為他們安排營地、著裝，確保他們不會違反紀律，帶他們去操練場，給予他們薪餉。」其實我也不知道這筆薪餉應該從哪裡支取，只不過我竭力不流露出這個困惑。

衛兵的薪餉從國庫中支取。我會通知萊特福特女士，我們有了一支新的部隊。現在，切德已經醒了，差不多恢復了神智。我的母親正和他在一起。蕁麻和我會在他那裡和你見面。

我馬上就去。

但我還是又用了一點時間才從衛兵食堂中脫身。我不得不和我的新衛隊長乾杯慶祝，並承認了她講的幾個關於潔宜灣戰役的故事。謝天謝地，他們之中沒有人提及我那個變成惡狼撕裂敵人喉嚨的傳說。終於，我留下狐狸手套坐在餐桌首位，和她的兩個孫兒容光煥發地宣示他們的自豪，我自己則悄悄溜走了。

我低下頭，裝出一副沉思模樣，匆匆穿過走廊，登上公鹿堡的樓梯。我身上的每一寸都在告訴其他人，我現在很忙，沒有時間停下來說話。對蜜蜂和對切德的擔憂在我的心中不斷擠撞。我需要切德為我整理思路，研判弄臣所講述的一切關於僕人的資訊。如果說有誰能比那些僕人更狡詐，那就一定是切德。我返回公鹿堡生活的各方面都需要他。意識到我是多麼地依賴那位老人，不由得感到自己實在是過於怯懦。我試著想像沒有切德的公鹿堡宮廷，或者如果沒有他在簾幕後面像一名聰明絕頂的木偶師那樣操縱一切，我的生活又會是什麼樣子？我一直在指望他編造並散播出足夠的謠言，解釋我過去一直在哪裡，我和湯姆．獾毛又有什麼關係——或者全無關係。還有多久，細柳林發生災禍的訊息就會傳到細柳鎮，傳到水邊橡林？我會處理這種事。一旦我找回蜜蜂，我就會處理好其他一切事情。我向自己發誓，並一步兩階地跑上了最後一段樓梯。

一名手捧托盤的侍者剛剛走出切德的房間，他的托盤上擺滿了空碟子。他的身後又走出了一隊治療師，他們的手中捧著水盆、有血汙的繃帶和一籃籃傷藥。從我身邊走過的時候，他們都向我俯首致敬，我也逐一向他們點頭還禮。隨著最後一個人離開房間，我溜進了那道敞開的屋門。

切德正躺在翠綠色床褥和軟墊上，環繞他臥床的厚重簾幕已經被掀起。壁爐中燃燒著旺盛的火焰，烤暖了整個房間。許多蠟燭為這裡提供了足夠的照明。珂翠肯正在這裡，身穿樣式樸素的白色和紫色長裙。她坐在一把靠近切德床頭的椅子裡，手中做著針線活。晉責國王站在切德的床腳，身穿沉重華麗的長袍。王冠正掛在他的指尖上。我懷疑他剛剛從政事大廳回來。蕁麻眼望窗外，背對著我。她轉過身的時候，我依稀覺得能在她的肚子上看到一處輕微的隆起。一個正在成長的孩子。一個她和謎語珍愛的寶貝。

我向切德轉過頭。許多枕頭撐起了他的身子。他正在看著我，眼睛周圍盡是粉色，彷彿剛剛清理掉那裡的血痂。他臉上的皮肉顯得很鬆弛。他十指頎長的雙手正按在被子的邊緣，一動不動。我很少看見這些手指停住不動。他注視著我的眼睛，顯然已經認出了我。「你看起來很糟糕，」我對他說。

「我感覺很糟。那個小雜碎的劍對我造成的傷害，要比我想像得更嚴重。」

「但你還是幹掉了他。」

「是的。」

我們的對話戛然而止。我還沒有告訴其他人，切德是如何幹掉那名叛徒的。或者我已經向他們透露了？哦。我回憶起晉責和我提起過那些鬥士。我很想知道他們會如何處置一具被割斷腿筋、打壞鼻子和割開喉嚨的屍體。這件事可以等到以後再說，以後我再處理它。

我想要詢問深隱的繼父是否已經為他的叛逆行為付出了代價，但這也不是一個可以在眾人面前提出的問題。我只好對大家說：「我也許帶來了一點好訊息。我知道，我們的希望已經饑渴欲死，而這可能不過是一道寡淡的清湯，不過也總比什麼都沒有要好。弄臣確認了我的懷疑。對細柳林發動襲擊的是白色先知的僕人們，出現在那裡的恰斯國人很可能是他們僱用的，真正指揮這場暴行的是那些僕人。我將全部細柳林人對於那個恐怖夜晚的講述都告訴了弄臣。那些僕人為蜜蜂穿上白色的衣服，將她抱進雪橇，這些都讓弄臣確信，蜜蜂就是僕人心目中的……嗯……廋薩——這個詞的意思是白色先知的候選人，或者大概是這種意思。他們很重視蜜蜂，會將蜜蜂帶回他們在克拉利斯的家。」

「那麼閃耀呢？」切德問。

「你已經聽過細柳林人的講述了。蜜蜂竭盡全力保護了她。如果那些僕人像弄臣所相信的那樣重視蜜蜂，我希望這意味著蜜蜂仍然可以有力量保護閃耀。」

房間中陷入沉默。「那麼，我們可以抱有這樣的希望。」珂翠肯低聲對我們說。

「這的確只是一道寡淡的清湯。」切德緩緩搖頭，「你絕不應該把他們單獨留下，蜚滋。」

「我知道。」我只說了這三個字。對此我完全無話可說。

蕁麻清了清嗓子。「切德的信使已經證明了他的價值。我認為他的精技能力太過弱小，無法讓他在正式的精技小組中效力，但在這樣的任務中，他發揮了很好的作用。我們將訓練西德維爾成為一名獨立的精技使用者。」

「妳又從細柳林得到了訊息？」

「是的。精技迷霧被驅散之後，切德的信使就能清晰地與我們聯絡，就像我的小組成員隆盛一樣。但我得到的訊息無法令人感到高興。蜚滋機敏正在返回公鹿堡的途中，陪同他的是剩餘的鬥士。我打算將隆盛留在那裡。他們還會帶回在絞架山攻擊你們的那些人的屍體。我們已經使他們相信，你和切德受到未知的刺客襲擊，是這些鬥士忠誠地保護你們進入了門石，而那些刺客在未能得逞之後就逃走了。」

「這可真讓人惱火。」切德躺在床上，語帶苦澀地說。

「但這樣對保護蜚滋機敏和阿憨最有利，他們正在那些鬥士的保衛中返回公鹿堡。切德，至少那些死去的鬥士中有一個人應該得到英雄的葬禮。等他們到了公鹿堡，我們就會將綿羊從山羊中剔除出來。我們已經在細查他們到底有多少背叛的行為。鬥士衛隊一直都是衛兵中的一支『最後機會』部隊，也許我們該將他們徹底解散了。」晉責在說出最後這幾個字的時候，語氣顯得格外嚴厲。

切德的臉上露出一點微笑。他手指著國王對我說：「他能夠從教訓中吸取經驗。這是身為王者極佳的品質。」然後他微微歎了口氣，又說道，「等我的體力恢復一些，我就會幫助你進行調查，但不要解散我的鬥士們。我有一個人……」他的話音消失了。他只是盯著火焰，嘴巴微微張開。我轉頭看了一眼蕁麻。蕁麻向我搖搖頭，將一根手指豎在嘴唇前。

晉責看著我，幾乎是用耳語說道：「阿憨當然和他們在一起。他和機敏會彼此照看。我們讓西德維爾也跟著他們，有任何情況立刻向我們通報。無論如何，能讓他們兩個平安回家實在是太好了。機敏會留在宮廷中。機敏大人的兒子們五年內都不會出現在宮廷裡。」他的話裡似乎帶著一點對切德的責備。難道切德從沒有告訴過晉責，機敏的「繼母」對於他是多麼憎恨？無論如何，這意味著那些男孩還能活下來。我對那名繼母的身體狀況有些好奇，不過我並沒有問出口。

晉責深吸了一口氣，對我說道：「那些歹徒離開細柳林之後，我們就一直沒有得到關於他們的報告，就好像徹底消失了。我們認為這和他們在細柳林釋放過的精技迷霧有關。我已經委派數名精技小組的成員查看我們收藏的所有卷軸，在其中尋找與此種精技術法有關的紀錄。我們要找到能探查它的方法。與此同時，我們會繼續尋找他們，並嚴密監視關鍵地點。隆盛已經在細柳林就位，他會根據我們的指令繼續在那裡進行探查，並每天向我們報告情況。」

「我的人怎麼樣了？」

「我們的人沒有再發生什麼意外。」蕁麻低聲回答。

一陣沉默降落在整個房間中。對於已經發生的事情，我完全無力挽回。

切德突然說話了：「啊，蜚滋！你來了。」

我向切德轉過身，強迫自己的臉上露出微笑。「你情況如何？」我問他。

「我……很不好。」切德向周圍環顧一周，彷彿是希望其他人都離開。沒有人起身，當他再度開口的時候，我知道他沒有說出全部實情，「我覺得我彷彿離開了很長一段時間。非常非常漫長。晉責和蕁麻告訴我，我們在精技石柱裡滯留的時間還不超過一整個晝夜。但我覺得我們在那裡的時間似乎要長得多，非常非常多。」他的眼睛盯著我，眼神裡帶著疑問。

「那幾乎是一整天，切德。精技旅行中發生的事情總是非常奇怪的。」我向晉責瞥了一眼。他在點頭，他的目光則投向了遙遠的地方。「我認為精技的使用要比我們所知道的更危險，我們對它們的瞭解依然很少。當我們在精技中穿行的時候，我們穿越的遠不止是一段距離。我們不應該只將精技石柱看做是一扇扇能從此處到達彼處的門。」

「對此我們全都同意。」蕁麻輕聲說道。她向晉責瞥了一眼，似乎是要晉責說話。

晉責清了清嗓子：「蜚滋，你感覺如何？」

「我認為我差不多已經恢復成自己了。」

「恐怕我無法同意你的這種觀點。蕁麻也和我有同樣的想法。直到現在，你們兩個人依然在發出奇怪的聲音，撞擊我的精技知覺，從你們走出精技石柱之後一直都是如此。我們相信，你們的這次精技旅程對二位都造成了一些改變。也許都需要在一段時間之內被禁止使用精技。」

「也許。」切德表示同意。他重重地歎了口氣，然後又打了個哆嗦。

我知道我需要私下與切德討論我們的精技禁令。所以我改變了當前的話題：「你的傷勢如何？」

晉責說道：「我們認為劍刃劃破了他的肝臟。出血已經止住了。治療師說我們最好不要打擾他，因為探查傷情也許會對他造成更多傷害。現在只能讓他靜心休養。」切德翻了翻眼睛。

「這對我似乎是一個不錯的計畫。」

「是的，」蕁麻用堅決的語氣說，「同時我們還需要為另外一件事制定計畫。」她離開窗口，站到了晉責面前，清了清喉嚨之後才說道：「國王陛下，入侵者大膽地將恰斯國傭兵帶到了您王國的核心地帶。他們攻擊了我的家，殺死和傷害了我的僕人，並偷走了我的妹妹，一個具有瞻遠血統的孩子，雖然她的身分還沒有得到承認！」晉責莊重地傾聽精技女士的發言，「無論對於您還是我，這樣一場入侵都是不可容忍的。弄臣已經告訴我們，他們正企圖帶領兩名俘虜前往克拉利斯。我從沒有聽說過那個地方，但那裡肯定被標明在某張地圖上——收藏於公鹿堡的某張地圖上。無論那是在北方、南方、東方還是西方，我們都能封鎖住他們的道路！我懇求您，作為您的臣下和堂姐，請您現在就派出部隊。如果我們一時在路上找不到他們，至少能派兵監視每一條大道、每一個渡口和每一座港口。封鎖他們，阻攔他們，將我的妹妹和切德大人的女兒平安救回家。」

我說出了我所知不多的一點情報：「克拉利斯是位於南方的一座城市，距離我們非常非常遙遠。到達那裡要越過恰斯國、海盜群島、遮瑪里亞、香料群島，要乘船才能到達那裡。現在的問題是，他們的傭兵會不會先將他們帶到恰斯國，再從那裡乘船逃遁？還是會直接向海岸逃竄，希望能找到一艘南行的船？」

「恰斯國。」晉責和切德異口同聲地說道。

「任何恰斯國傭兵都不可能妄圖從六大公國的港口找到船。他們會立刻被守衛港口的部隊注意並嚴加盤問。一旦被發現他們強行羈押了蜜蜂和閃耀，就會被逮捕。」晉責以絕對的自信說道。

我沒有說話，而是在心中回想著弄臣的邏輯。這就是說，僕人不會前往恰斯國。他們會去哪裡，又會怎麼走？

晉責還在做著解釋：「他們還要走很長的路，並且在距離恰斯國境很遠的地方就要將雪橇更換成馬車或者大車。或者就是全員騎馬行進……他們是怎麼滲透進來的？他們怎麼可能一直潛入到如此深入六大公國的地方，卻完全沒有驚動我們？你們認為他們是從恰斯國過來的嗎？他們真的走了那麼遠的路？」

「否則他們還能去哪裡僱用恰斯國的傭兵？」切德自言自語地說。

晉責突然站起身。「我需要立刻和我的將軍們談談。蕁麻，召集妳的精技小組，並向每一個駐有精技使用者的哨所發去訊息，盡可能詳細地向他們解釋那種『精技迷霧』，並要求他們對一切怪異的精技現象保持警惕——只要他們所使用的真的是我們所知的精技，就絕不能放過任何蛛絲馬跡。我們也會向所有低階邊境哨所放出信鴿。母親，您對於公鹿堡圖書館的瞭解不亞於我們的任何書記員。您能指導他們檢索一切地圖和圖示，尋找那個位於遙遠南方的克拉利斯城嗎？無論多麼古老的地圖都要進行查看。白色先知的傳說已經非常古老了，我覺得那座城市可能從不曾移動過位置。我想要知道前往那裡最便捷的路徑、他們可能經過的港口，還有您能找到的任何訊息。」

「艾莉安娜能幫助我，她也像我一樣熟悉我們的圖書館。」

之前一個從我的意識中掠過的模糊念頭忽然變得清晰起來。「羅網！」我突兀地說道。

他們全都轉過臉來看著我。

「蒙蔽人類意識的魔法有可能不會觸及動物的頭腦。我們可以請羅網向原血者們發出訊息，詢問他們的原智伴侶是否曾經注意到一支武人和騎白馬的平民混和的隊伍。那些擁有猛禽或食腐鳥伴侶的原智者可能是我們最大的希望。那些鳥能看到很遠的距離，食腐鳥總是會注意持有武器的人類。他們都知道，行軍的士兵往往意味著戰爭，而戰爭就意味著屍體。」

珂翠肯向我一揚眉毛，輕聲說道：「聰明。你說得沒有錯。但羅網一天以前就離開了，他要前往畢恩斯。那隻烏鴉在不久之前告訴羅網，牠已經找到了一位同伴，所以羅網暫時在這裡沒有什麼事情了。他想要留下來和你道別，但情勢緊迫，讓他沒有這個時間。一頭龍正規律性地出現在畢恩斯的天空中，可能已經在那裡常住了。羅網要去為畢恩斯女大公和大公出謀劃策，商議該如何與那頭龍打交道。畢恩斯人想到要向巨龍貢獻牲畜以滿足牠的胃口，肯定都會很不高興，但這也許是他們最明智的選擇。人們希望羅網能夠與巨龍進行談判，勸說牠接受貢品，而不是大肆搶掠畢恩斯人最好的牲畜。」王后歎了口氣，「這就是我們生活的時代。我很不願意將羅網召回，但我想，我們必須如此。我們眼前的問題太過敏感，不能假手於其他任何人。」

我向珂翠肯點點頭，這樣又要耽誤一段時間。蜜蜂和閃耀正在離我們愈來愈遠。另外一個主意從我的腦海中蹦出來，「儒雅．貝馨嘉，他是在宮廷中度過冬季慶的。他給我寫了一封信，提出會竭盡全力為我提供幫助。」

「就是他！」晉責的臉上露出了微笑。我能夠看出來，他非常高興我還記得他的朋友，「儒雅在原血者中有許多朋友。比起派信使叫羅網回來，他能更快地把訊息發出去。」

「即使是為了我的女兒，我還是必須問一下：我們想要讓那麼多人知道，公鹿公國境內出現了來無影去無蹤的入侵者嗎？」切德在床上說道。他的語氣顯得很不情願。

珂翠肯在眾人的沉默中開了口：「我很瞭解儒雅。我從沒有忘記過他還是個孩子時曾經將晉責引入危險之中，那種危險也差一點讓他失去性命。但我們也全都記得儒雅所遭受的威脅。從那時起的許多年中，儒雅證明了自己是我兒子真正的朋友，是一位光榮的原血者。我相信他的智慧。讓我和他談談。我會告訴他，要仔細選擇接收訊息的人。而且我們只需要請他們尋找一隊穿白色裘皮、騎馬和乘雪橇趕路的人。其實，我很想站在公鹿堡最高的地方，把這個訊息大聲叫喊出去。愈多的人幫助我們尋找，我們就愈有可能發現敵人的蹤跡。」

「有時候，讓人們去尋找什麼，人們就會立刻發現什麼。所以我贊同仔細挑選接受委託的人。」國王做出了最終的決定。我明白他話中的道理，但我的心還是稍稍向下沉了一點。

晉責已經走到門口，蕁麻跟在他身後，我感覺到一股精技指令已經從她的身上發散出去。依照她的要求，我沒有嘗試展開我的精技知覺去探查她在做什麼。我不想惹她生氣，干擾她的工作。珂翠肯是最後一個走出屋門的。她在半路上停下腳步，哀傷地向切德搖了搖頭。「你應該更信任我們一些。」然後她就輕輕關上了屋門。房間裡只剩下我們兩名刺客。

老習慣。當房間中只剩我們兩個的時候，我們全都恢復成刺客的身分。切德大人和蜚滋駿騎親王消失了，從陰影中浮出的是兩個為了實現國王的裁決而在暗中行動的人。我們交換了一個眼神，保持著沉默，直到走廊裡再聽不到腳步聲。我走到門口，又傾聽了片刻，然後才點點頭。

「還有什麼事？」切德在長久的靜默之後開口問道。

我相信任何隱瞞都沒有必要，「灰燼用龍血救活弄臣。」

「什麼？」切德忙問道。

我沒有再說話。他已經聽到了。

過了一段時間，切德從喉嚨深處發出一點聲音。「有時候，灰燼的確會過於自作主張。嗯，那對他造成了什麼影響？」

我想要問切德，他認為會有怎樣的影響。但我只是回答說：「那個小子說當時弄臣就要死了，他想辦法把龍血灌進了弄臣的嘴裡。他的努力救活了弄臣，而且不止如此，現在弄臣的情況要遠遠好過我剛帶他到這裡來的時候，比起我丟下他趕回細柳林時，更是恢復了許多。看樣子，龍血對他的確有治療作用，但肯定也改變了他。他身上癒合很糟糕的骨折和嚴重變形的雙手雙腳都在好轉。當然，這對他是一個非常痛苦的過程，但他現在能夠活動全部的手指了，並且能完全依靠扭曲的腳站立起來。另外，他的眼睛變成了金黃色。」

「就像他以前那樣嗎？現在他能看見了嗎？」

「不，並不是像以前那樣。不是那種非常淺的褐色，而是金黃色。而且就像熔融的金屬一般不斷流動。」我突然想起一件事——我見過婷黛莉雅的眼睛。切德也見過。「就像龍的眼睛。他仍然看不見，但他說他做了奇怪的夢。」

切德揉搓了著下巴。「讓灰燼和他聊聊，看看他有什麼樣的感覺，並記錄下他所說的一切。告訴灰燼，他可以使用那些上等羊皮紙。」

「好的。」

「還有問清楚他做了什麼夢。有時候，一個人的夢會告訴他不願向自己承認的事。灰燼應該寫下弄臣夢到的一切。」

「他也許不會願意分享他的夢，但我們可以問問。」

切德向我眯起眼睛。「還有什麼事在困擾你？」

「弄臣擔心我們的敵人已經知道了我們的每一個步驟。」

「我們之中有間諜？在公鹿堡？」切德猛然坐起身，結果不得不伸手捂住肋側，大喘了幾口氣。

「不，不是間諜。他害怕那些僕人從被他們奴役的白者和半白者孩子那裡，得到了許多預言。」我詳細解釋了弄臣對我述說的一切，切德專注地傾聽。

我說完之後，切德在沉思中說道：「這很不尋常。豢養人類，以獲取他們的預言能力……這一招很厲害。研究可能的未來，主動選擇事件發生的鏈條，對達到目的很有益處。而且這需要格外強大的毅力和心智。那些僕人會對一個人下很長時間的工夫，讓他為他們實現最大的利益，而不是立刻獲取眼前的好處。他們向這個世界派出他們挑選出的白色先知，讓她按照他們的意願塑造未來。然後，弄臣出現了，他才是真正的先知，在他們所控制的繁衍譜系之外……你有沒有為我把這些都寫下來？」

「我沒有太長時間做案頭工作。」

「那就擠出時間來，如果你可以的話。」切德緊緊抿起嘴唇，認真地思考著。他的眼睛非常明亮，我知道他的思維已經超過了我，現在正沿著邏輯的梯子迅速向上攀爬。「多年以前，當弄臣將珂翠肯送回群山王國的家園之後，他選擇了避世獨居。因為他以為你死了，他的一切計畫已經付諸流水。那時人們前來尋找他。那是一些朝聖者，他們要在群山中找到白色先知。他們怎麼知道能在哪裡找到他？」

「我懷疑是從預言裡……」

切德以極快的速度說道：「或者是那些所謂的『僕人』從那時起就在尋找他了？在我看來這很明顯，僕人不喜歡白色先知脫離他們的控制。蜚滋，綜合考慮所有事。僕人造就了蒼白之女。她才是他們的棋子。他們把她放到棋盤上，為了按照他們的意願塑造世界。僕人將弄臣軟禁起來，為的是排除掉可能與蒼白之女形成競爭的人，但弄臣還是從他們那裡逃出來了，就像一枚沒有擲好的骰子，跌跌撞撞地翻滾過棋盤。他們要把弄臣抓回去，所以讓預言廣為傳播，讓人們像獵犬一樣去尋找那個知曉預言之人，要找到他，還有什麼更好的辦法？」

我陷入了沉默。切德的思路總是顯得過於跳躍。他發出一點聲音，不太像是咳嗽。他眼睛裡的光芒是發燒導致的嗎？我能聽到他的鼻息聲。他的思想也一定像氣息一樣急不可耐。

切德又豎起第二根手指。「當那些人找到他的時候，他拒絕和他們見面，否認自己是一名先知，宣稱自己只是一個製造玩具的人。」

我點點頭。

「當你們離開遮瑪里亞的時候，你們走得很安靜。」

「是的。」

「所以僕人也許在那時無法再找到他了。他消失了。弄臣跟隨著自己所預見到的未來，幫助你喚醒巨龍，確保王后返回公鹿公國，並且肚子裡還孕育著瞻遠的繼承人。然後他再一次消失，我懷疑是去了遮瑪里亞，或者是去了繽城。

「多年之後，他以黃金大人的身分重新出現在公鹿堡，及時幫助你確保瞻遠繼承人再一次安然脫險。他決定讓巨龍返回這個世界。他的謀略勝過了我們兩個，這讓他前往了艾斯雷弗嘉島。在那裡，僕人們終於抓住了他。他們折磨他，讓他瀕臨死亡。他們認為已經殺死了他。」

「切德，他們的確是殺死了他。他告訴過我，他們會這樣做。」切德的目光落在我身上。他並不是很相信我，而我也不在乎他是否真的相信。「他前往艾斯雷弗嘉，是因為他相信必須將冰華從冰川中釋放出來，成為婷黛莉雅的配偶，將巨龍帶回我們的世界。」

「是的，我們曾對此欣喜若狂！」切德沒好氣地說。

我感覺到切德話中的芒刺，卻無可辯解。「你也高興地獲得了龍的血。」我反唇相譏。

切德微微瞇起眼睛。「這樣的敵意可不會有任何好處。」

我感到一陣遲疑。刺客之間的談話很少會涉及道德。我們所做的往往只是服從命令。但切德是自作主張取得了龍血，而不是完成國王委派的任務。只是對於這一點，我不敢向他提出質疑。

「你購買了一種顯然能夠思考和說話的生物的血液，對此你沒有感覺到一點……不舒服嗎？也許有人會為了取得那個生物的血液而殺死牠？」

切德盯著我。他綠色的眼睛瞇成一條縫隙，閃爍著冰山一樣的光澤。「你會提出這樣的問題真是奇怪，蜚滋。你擁有原智，曾與狼為伴。難道你沒有獵殺過鹿和兔子，並吃掉牠們？那些與鹿和兔子牽繫在一起的原血者是否會告訴你，你這樣做很不妥當？」

但牠們是獵物，我們是捕食者。這就是我們對於彼此的意義。我將狼的想法從腦子裡甩掉。

「你說得沒有錯。與鹿建立牽繫的人會同意你的看法。但世界就是這樣構建的。狼吃肉。我們只索取我們需要的。我的狼需要肉，我們便取得它。沒有了肉，牠就會死。」

「很顯然，沒有了龍血，你的弄臣就已經死了。」切德的語氣變得尖銳。我只希望自己沒有開始這番對話。儘管我們共同度過了這麼多年，儘管他訓練了我，但我們的思想還是有很多差異。我知道，當我還是一名年輕刺客的時候，博瑞屈和惟真對我的影響也許並不是最大的，但就好像一道簾幕被分開，陽光忽然照射進來，我意識到他們兩個可能從不曾真正將我看做是一名皇家刺客。我是黠謀國王眼中的刺客。但博瑞屈竭盡全力將我培養成駿騎的兒子。也許惟真一直將我視為他潛在的繼承人。

這並沒有減輕切德在我眼中的分量。我相信，刺客與普通人確有不同，但並不比任何人更卑賤。他們在這個世界上有自己的位置。就像狼一樣。但我很後悔挑起了這樣一次對話，它只會顯示出我們之間有著多麼巨大的分歧。一陣沉默落在我們兩個之間，彷彿一道海峽將我們隔開。我本想說：「我並不是在評判你。」但這只是一個謊言，只會讓事情變得更糟。所以我只是恢復成一個舊日的角色，向他問道：「我很驚訝你竟然能得到那種東西。你是怎麼把它弄到手的？對於如何使用它，你有計畫嗎？」

切德揚了揚眉毛。「我從一些資訊來源得知，它是一種強大的滋補藥劑。當時我得到訊息，恰斯國大公正在運用他的全部手段要獲得這瓶龍血。他相信這能讓他恢復健康和生命力。而我對於那位大公的身體健康已經保持了多年的興趣。」他的嘴角泛起一點非常輕微但非常得意的微笑，「就在這瓶血被送往恰斯國的途中，它……轉移了路線，被送到了我這裡。」切德停頓了一下，讓我能夠仔細思考這件事，然後他才繼續說道：「那頭龍已經死了。就算是我不買下這瓶血，也不會讓巨龍復活。而阻止恰斯大公得到它，卻可能拯救許多生命。」微笑再一次掠過他的面孔，「或者也有可能是救了那位大公的性命。

「我聽說，當巨龍們將他的城堡推倒在他頭上的時候，他就死掉了。如果是這樣，這其中的確有一些諷刺的成分，對不對？恰斯大公為了保存自己的生命而獵殺的生物卻找到了他，殺死了他。很諷刺，或者這就是命運。你必須問問你的白色先知關於命運的問題了。」

切德的語氣並不很嚴肅，也許他不是那麼認真，但我還是很認真地回答了他的話：「在我將他從死亡中帶回來之後，他失去了看到所有未來的能力。現在他就像我們一樣，必須一天天在通向未來的道路上摸索前進。」

切德搖搖頭。「沒有通向未來的道路，蜚滋。道路上只有現在。現在就是全部，或者是將會發生的全部。你也許能夠改變你生命裡隨後十次呼吸的時間中發生的事情。但在那以後，隨機概率就會再一次將你叼在口中。一棵樹倒落在你的身上，一隻蜘蛛咬了你的腳踝，都可能導致你為贏得一場戰爭而制定的偉大計畫成為空談。我們擁有的，蜚滋，只關係到現在，現在就是我們能夠存活下去的位置。」

狼的意念提醒我保持安靜。

切德吸了一口氣，又重重地把它歎出去，然後他幾乎是瞪了我一眼。我等待著。「還有一些事情是你應該知道的。我懷疑這不能幫助我們找回女兒，但你應該知道，也許這真的會有些用處。」他似乎在為自己不得不與別人分享祕密而感到氣惱，無論那是什麼樣的祕密。而我只是等待著。

「閃耀擁有精技，而且非常強大。」

「什麼？」我的驚訝和難以置信讓他感到愉悅。

切德微微一笑。「是的，這很奇怪。這種天賦在我的體內非常稀薄，我必須奮盡全力才能使用的力量，卻在她還很小的時候便開始在體內大放異彩，瞻遠的血在她的血管中異常濃烈。」

「你是怎麼發現這一點的？」

「她還非常小的時候就曾經找到過我。我夢到一個小女孩在揪扯我的袖子，叫我爸爸，懇求我把她抱起來。」自豪的笑容在切德臉上變得更加燦爛，「蜚滋，她的能力很強，強大到足以找到我。」

「我還以為她不知道你是她的父親。」

「她不知道。她的母親讓她的外祖父撫養她長大。以他們自己的方式來看，他們算是好人，對此我是承認的，即使他們讓我花了不少錢。很顯然，他們不喜歡我，但對於自己的血脈很是忠誠。閃耀無庸置疑是他們的外孫女，他們也一直對她寵愛有加。我不得不傷心地說，他們就是以同樣的方式寵愛閃耀母親的，很親密，但並不聰明。讓一個孩子遠離傷害並不代表就能好好把她養育成人。」切德搖搖頭，嘴角露出苦澀的紋路，「她的母親從她小時候就對她表現出嚴重的輕蔑。對此閃耀完全清楚。但閃耀也知道，她有一個父親，儘管不知父親身在何方，她卻渴望著能找到他。在夢裡，閃耀聽從著這種渴望的引領，我們的意識也因此得以交會。」

切德臉上淡然而溫柔的微笑告訴我，這是他真正的祕密。他的女兒曾經向他伸展精技，碰觸到他的意識。他為自己的女兒感到驕傲，尤其為女兒的精技而驕傲。他很後悔沒能把女兒留在身邊，將他在女兒身上感受到的那種先天的聰穎雕琢成形。也許，如果他從一開始就得到閃耀，閃耀就能繼承他的角色。但我相信，現在已經太晚了。這些想法如同閃電一般掠過我的腦海。而我的一個念頭很快就完全淹沒了它們。

「切德，我認為，實際情況很有可能是你先用精技碰觸了她。就像我對蕁麻和晉責那樣。那時我甚至不知道自己在做什麼。在你觸及到她之後，她才找到了你。所以你現在也應該能觸及她，她能告訴我們她在哪裡，幫助我們救回她們！切德，為什麼你不立刻就試試？」

切德臉上的微笑消失了，彷彿從未出現過一樣。「你一定會為此而狠狠地責備我，」他警告我說，「我將她封鎖了。將她對除我以外的所有人都封鎖了。她還很小的時候我就這樣做了，在我帶她去見你的很久以前。我讓她無法觸及精技。為了保護她。」

我感到一陣失望的惡寒。但我意識中依然整齊有序的那一部分，很快就將我所知道的事實嚴密地拼合在一起。「因為被與精技隔絕，所以她在其他所有人都變成待宰羔羊的時候，依然能與僕人戰鬥。」

切德低下頭，緩慢地點了點頭。

「難道你不能找到她，解開她的封鎖？將那個關鍵的詞用精技傳遞給她，打開她的神智？」

「我試過了。我做不到？」

「為什麼做不到？」因為失去了一個機會感到恐慌和憤怒，我的聲音也變得嘶啞了。

「也許是因為我的精技不夠強。」

「那就讓我幫你。或者是阿憨。我打賭，阿憨一定能打破任何精技屏障。」

切德瞪了我一眼。「打破。這個詞可不容易誘惑我進行試驗。但我想，等到阿憨回來的時候，我們應該試一試。我只是懷疑這樣做不會有用。我相信她已經豎起了自己的牆壁，而那應該非常牢固。」

「是你教她的？」

「我沒有必要那麼做。她就像你一樣。有些事情，她憑直覺就能做到。難道你不記得惟真是如何說你的？他經常能輕易地找到你，但是只要你進入戰鬥的狂暴狀態，他就再也找不到你了。」

這沒有錯。這樣的事情在不久之前剛剛發生過。「但她並不在戰鬥中。她們在幾天前被擄走……」

「她是一個美麗可愛的年輕女人，落到了恰斯國野獸的手中。」切德的聲音開始變得厚重，「蜚滋，我是一個懦夫。我拒絕去想像她被俘之後過著怎樣的生活。也許現在她的心神每日每時都處在戰鬥狀態。」

不要去想那種事，我警告自己。但恐懼已經如同細柳林的迷霧一般吞沒了我。我掙扎著爬出生滿荊棘的懷疑，不去想我們的女兒可能會被如何對待。但他們視蜜蜂為一件珍貴的戰利品。這一定能保護她！這對我來說真是一種殘酷的安慰，我的小女兒也許不會遭遇切德的女兒必須面對的那些威脅。我的喉嚨深處升騰起一股燒灼的噁心感。

切德的聲音很低：「不要總去想自己的感覺，要思考和進行計畫。」他抬起一隻手，卻又因為這個動作導致的疼痛而皺了皺眉，然後才揉搓了一下額頭，「閃耀能夠抵抗那種魔法，是因為她與精技隔離了。當我們與他們作戰的時候，這也許是一種可供利用的盔甲。」

「但她不是唯一進行了抵抗的人。樂惟也進行了抵抗，還有機敏。」

切德的聲音變得愈發低沉。「但他們沒有抵抗到最後。想想機敏的敘述。樂唯一直想要將門堵住，但突然間，那些入侵者就衝進來殺向機敏。無論他們是如何讓那種魔法遍布細柳林的，當他們開始攻擊的時候，魔法肯定還沒有生效。為什麼？是不是他們需要靠近目標才能讓魔法生效？閃耀被隔絕在一切精技影響之外，所以她是唯一能夠一直抵抗的人。正是這一點提醒我，他們使用的很可能是精技，或者至少是和精技密切相關的某種魔法。」他停頓一下，用一根瘦骨嶙峋的手指點中我，「那麼，這告訴了我們什麼，蜚滋？」

我覺得自己彷彿又變成了他的學生。我試著找到他的思路：「也許他們的精技使用者並不夠強……」

切德已經在向我擺動手指了。「不，是那些手持武器的匪徒首先破門而入發動了攻擊。如果他們有多名精技使用者，他們肯定會首先使用精技。消除抵抗能力肯定要好過直接衝進來大肆殺戮。尤其是他們要找的是意外之子，如果那個男孩被他們的傭兵殺死又該怎麼辦？但這些都不重要。仔細思考。」

我又想了想，朝他搖搖頭。

切德微微歎了口氣，「相同的工具經常會有相同的弱點。我們如何破除了他們施加給細柳林的魔法？」

「精靈樹皮。但我想不出我們該如何用精靈樹皮來對付他們，我們甚至連他們在哪裡都不知道。」

「現在我們的確不知道他們在哪裡，所以儘管我們迫不及待地想要衝上從這裡到恰斯國的每一條道路，拔劍劈砍那些歹徒，但我們首先必須盡可能準備好武器。」

「我們要準備許多包精靈樹皮茶嗎？」我竭力不讓自己的聲音顯露出挖苦的情緒。他是不是有些犯糊塗了？

「是的，」切德厲聲說道，彷彿聽出了我的心思，「除此之外，我的炸藥和你最後一次用它們進行實驗時相比，已經改進了很多。等到迷迭香女士從……她的任務中返回，我會讓她為我們打包好一些炸藥。我本來可以自己做這件事，如果不是這道傷口給我添了這麼多麻煩。」他又用指尖輕輕碰了碰那道傷口，瑟縮了一下。

我沒有請求他允許我做這件事。我相信，我不會得到他的許可。我向前俯過身，手放到他的額頭上。「在發熱。」我做出確認，「你應該休息，而不是和我一起策劃謀略。我是否應該找一位治療師？」

切德一直坐得很直。現在我明白了，這是因為傷痛讓他不能向後靠。他微笑著咬緊了牙。「親王不應該自己跑去找治療師。你要拉鈴叫僕人來。但這裡沒有親王和大人，只有刺客，還有父親。當我們的女兒還在野獸的手中時，我們不會休息。所以，幫我向後靠一靠。不要叫治療師來，去為我找一些你認為最有效的藥。他們想讓我睡覺，但我知道，發熱產生的火氣能夠讓我的思維燃燒得更明亮。」

「我會的。但那樣的話，你就要告訴我閃耀的關鍵字，我們要一同嘗試與她聯絡。」在這件事上，我已經下定了決心。我不能允許他繼續保守這個祕密。

切德抿起嘴唇。我則毫不退讓地站在他面前，一直等到他點頭，我才伸出手臂環繞住他的肩膀，扶著他躺倒在床上。即使是這樣，他依然吸了一口冷氣，將手按在傷口上，抱怨道：「哦，又流血了。」然後，他便不再說話，只是用呼吸抵抗著疼痛。我能看到他不斷噘起嘴唇，一口又一口地吹氣。

「我認為應該讓治療師來看看你。我瞭解毒藥，還有一些在我孤身一人的時候曾經幫助我活下來的藥。但我不是治療師。」

我看到切德差一點就聽從了我，但他只是說：「給我一些能止痛的東西，然後我們就試著與閃耀溝通。在那以後，你可以召來一名治療者。」

「同意！」我說完便快步走出屋門，以免他在我們的契約上再綁縛任何條件。

我回到自己的房間，在身後鎖好屋門，打開祕門。一陣敲擊聲驚動了我。我撥開窗簾，發現那隻烏鴉正站在石砌窗臺上。我一打開窗戶，牠就跳到了房間的地板上，向周圍望了一眼，然後展開羽翼，飛上祕門後的臺階。我走過去，一步兩階級地上了樓梯。

我看到了一幅奇異的情景。弄臣正和一個大約十四歲的小女孩坐在桌邊。小女孩的頭髮被攏在腦後，整齊地用一頂皺邊小帽束住。那頂小帽已經很樸素了，不過上面還是裝飾著三枚鈕釦。一件整潔的公鹿堡藍的僕人外衣罩住了她纖瘦的上半身。她正專注地看著弄臣在一塊木頭上移動一把鋒利的小刀。

「……沒有了眼睛會更困難一些，但我在雕刻的時候，手指總是會為我閱讀木頭的紋理。恐怕我對於指尖的依賴要比我所想像得更多。我還能感覺到木頭，但這已經不像是我……」

「妳是誰，是誰帶妳進入這個房間的？」我一邊問，一邊快步走到弄臣和那個女孩之間。女孩抬起頭，帶著一副膽戰心驚的表情看著我。灰燼的聲音從她的雙唇間飄出來。

「我太不小心了，切德大人一定不會高興的。」

「是怎麼回事？是什麼讓你如此警惕？」弄臣的氣息中顯示出焦慮，一雙金色的眼睛也睜大了。他握緊了手中的雕刻工具，如同那是一件武器。

「沒什麼，只是更多切德的無聊把戲！我走進來的時候，看到灰燼穿著侍女的衣服。我一開始沒有認出他來，才被嚇到了。沒事，弄臣。你很安全。」

「什麼？」弄臣用激動的聲音問道，然後依然有些緊張地笑了一聲，「哦，如果是這樣，那麼……」但是當他將工具重新抵在木頭上時，手還在顫抖。他一言不發地放下木雕。然後，他的手突然像蛇一樣竄過桌面，抓住了灰燼的手臂。那個男孩驚呼一聲，但是弄臣已經又抓住了他的另一隻手腕。「為什麼妳要如此偽裝？是誰收買了妳？」然後，弄臣的一隻手沿著男孩的手臂一直向下，摸到了他的手腕和手。弄臣一下子坐回到椅子上，但他沒有放開灰燼的手臂，而是用顫抖的聲音說：「不是灰燼穿著侍女的衣服，而是一名侍女偽裝成了切德的小學徒。蜚滋，這裡出了什麼事？我們怎麼會如此愚蠢，這麼快就信任了這裡的人！」

「您的信任沒有錯，先生。如果不是切德大人禁止，我可能早就把我的祕密說出來了。」她用更加低弱的聲音說，「您弄痛我了，請放開手。」

女孩手臂上的皮肉在弄臣的手指間變成一道道白色的隆起。我說道：「弄臣，我看著她呢，你可以放開她了。」

弄臣很不情願地聽了我的話，慢慢張開他的雙手，靠進椅子裡。在暗淡的燭光中，他的金黃色眼睛盤旋閃耀著憤怒的光澤。「我到底做了什麼，要如此受到切德大人的欺騙？」

女孩看著我，揉搓著手臂，開始說話。在弄臣宣布她是女孩之後，她的面頰就一片緋紅。我很奇怪自己怎麼可能看錯她，我本應該一眼就能看穿她的偽裝。更何況她說話的時候，聲音總是高一度。「先生們，我懇求你們。我並不想要欺騙你們，而是只想保持你們最初見到我的樣子——名叫灰燼的男孩。當切德大人第一次見到我的時候，我就是這種樣子。但他在不過一個黃昏的時間裡就看穿了我的偽裝。他說破綻在我的喉嚨和我柔嫩的雙手上。他讓我做了很多擦洗地板的工作，要將雙手變得粗糙。這樣的確有用。但他說，手部的骨骼依然會暴露我的性別。您就是這樣知道的嗎，黃金大人？因為我雙手的骨骼？」

「不要用這個名字稱呼我。不要對我說話！」弄臣孩子氣地喊道。我很想知道，如果他看到這些話對這個女孩造成了多麼大的傷害，是否會為此而感到後悔。我清了清喉嚨，女孩立刻將受驚的雙眼轉向了我。

「那就和我說話吧，從一開始說起，從妳第一次遇到切德大人的時候說起。」

女孩仔細思考了片刻，將洩露了她真實性別的雙手放到面前的桌子上。我已經忘記了那隻烏鴉，所以當小丑跳過來的時候，我被嚇了一跳。烏鴉擺擺頭，用喙碰了碰女孩的手，彷彿是在安慰她。名叫灰燼的女孩差一點露出微笑。但是當她說話的時候，我能聽出她還是很慌亂。「先生，我的故事還要追溯到與切德大人相遇之前。您知道，我的母親是一名妓女。這就是我欺騙的開始。我是一個女孩，但母親在我出生之後的幾分鐘裡，就把我裝扮成一個男孩。她單獨生下了我，嘴裡咬著一塊疊起的手帕，以免喊叫聲會暴露她在做什麼。我被發現的時候，已經被包裹在襁褓裡。她向妓院的老鴇說她生了一個兒子。於是我就在那個滿是女人的房子裡長大，相信自己是一個男孩。我的母親嚴格地堅持由她一個人來照顧我，只在絕對私密的環境裡才讓我的身體暴露。我沒有玩伴，只有在媽媽的陪伴下才能離開那幢房子。如果我離開母親，就會受到嚴厲的懲戒。我必須留在她的私人小更衣室裡，並保持安靜。我很久以前就學會了這種技能，甚至不記得她是如何教會我的了。

「當母親告訴我事實的時候，我已經將近七歲了。我只見過女人的裸體，對於男人的身體有什麼不同全然不知。在那以前，我一直相信自己是一個男孩。聽到母親的話，我感到無比震驚，又憂心忡忡，還非常害怕。在我們的那幢房子裡，一些並不比我大多少的女孩都在哀傷地做著和我母親一樣的生意，而她們還必須裝出快樂活潑的樣子。我的母親告訴我，正因為這樣，她才會讓我成為男孩，而且我必須繼續做一個男孩。她告訴我，我真正的名字是火星，灰燼只是覆蓋在上面，隱藏它的光明的偽裝。這就是她為我取的名字。」

儘管情緒激動，弄臣還是開始認真傾聽她的故事。他的嘴微微張開，因為驚奇，也因為恐懼。我為這個女孩感到一陣深深的哀傷。

「那些女人怎麼能像奴隸一樣做事？奴隸制在六大公國是不被允許的。」

對於我的無知，火星只是搖了搖頭。「的確不被允許，但是當一個人背負著無法償還的債務，那麼相應的判決往往是你必須透過勞作來還債。當我的母親還很年輕，剛剛來到公鹿堡城的時候，她嘗到了賭桌上的樂趣。她很漂亮，也很聰明，但不夠聰明，沒有能看出賭場為什麼會那麼輕易就借貸給她。當她深陷其中而不能自拔的時候，賭場老闆就收緊了套索。」火星向我側過頭，「她絕不是第一個被這樣困住的人。有一位廣為人知的法官——明銳大人，他判決過許多債務官司，經常會把容貌清秀的男人和女人送去做皮肉生意。許多妓院，比如我的母親工作的那一家就會替那些人償還賭債，成為他們新的債權人。如果他們不願服從妓院的控制，妓院就會威脅將他們的債權賣給碼頭和街巷中的娼館，讓他們在那些骯髒低賤的地方做事。我的母親在那幢房子裡能夠吃到充足的食物、有乾淨的衣服和床褥。妓女永遠都不可能擺脫掉自己的債務。當我出生的時候，我的媽媽擔負起養活我的責任，我成為了她的一筆額外開銷。」

「明銳大人。」我將這個名字放進自己的記憶中，同時立下冰冷的誓言——晉責一定會從我的口中聽到這個名字。我怎麼會在公鹿公國生活了這麼久，卻從沒有聽說過這樣的事情？

火星繼續講述著她的故事。「那幢房子裡的女人們開始讓我為他們跑腿。我被允許離開房子，將女人們的信帶給她們的紳士們，或者從市場上為她們帶回特別的物品。我們的生活就這樣繼續了下去。我在一天晚上遇到了切德大人，那時他正要找一個跑腿的人把他的信送到河岸碼頭的一艘船上去。我接過他的信，照他的吩咐去做，並將回執交給了他。我轉身要離開的時候，他叫住了我。那時他的手中拈著一枚銀幣。我伸手去接，他卻抓住了我的手，就像您一樣。然後他悄聲問我要的什麼把戲。我告訴他，我沒有要把戲，我只是我媽媽的小跑腿。如果他有什麼問題，就應該去問我媽媽。那天晚上，他沒有去找他的相好，而是去了我媽媽那裡，並和我的媽媽過了一整夜。對於媽媽給我的教育，他感到非常驚訝。在那以後，每當他來房子裡的時候，總是會找到理由看看我，讓我去做些事情，而且每一次都會賞我一枚銀幣。他還開始教給我更多的東西——伸出下巴，讓自己的下頜顯得更大，用冷水將雙手變得粗糙。他還花錢替我買了新鞋，讓我的腳看上去更大。

「我的媽媽在她那一行裡做得非常好，但她並不想要這樣，更不想讓我也做這樣的事。切德大人承諾，等到我十五歲的時候，他就會讓我成為他的僕人，教我另一種技藝。」火星停頓一下，歎了口氣，「命運總是出人意料，他在我十一歲的時候就收養了我。」

「等等，妳現在多大了？」

「身為女孩？十三歲。我是灰燼的時候，我會告訴人們我十一歲。我是個很瘦弱的男孩，即使對女孩而言，我已經相當強壯了。」

「妳十一歲的時候發生了什麼？」弄臣問。

火星的臉上突然沒了表情，眼神也變得難以辨認，但她依然保持著聲音的穩定：「一位紳士認為和一對母子同床會是很有趣的事。為了這樣一個夜晚，他向那幢房子的女主人支付了相當豐厚的一筆酬金，然後才來到我們的住處。沒有人徵詢我們的許可。我的媽媽表示反對，那幢房子的主人說我媽媽的債務也是我的。如果不服從，她會立刻將我趕出房子。」火星的面色變得更加蒼白，鼻翼因為厭惡而皺起來，「那位紳士來到我們的房間。他告訴我，首先我要看著他和我的媽媽做事，然後媽媽要看著他教我『一點新的花樣』。我拒絕了，他便大笑著說：『妳把他養得很有膽魄。我一直都想要一匹有膽魄的小馬。』

「我的媽媽說：『你不能要他，無論是現在還是以後。』我認為他會生氣，但這只讓他變得更興奮。我的媽媽穿著一件漂亮衣服，就像那幢房子裡的其他女人一樣。那位紳士抓住媽媽的衣領，把它撕開，將我的媽媽推倒在床上。我的媽媽沒有和他打鬥，只是用雙手雙腿把他緊緊抱住，讓我逃走，離開那幢房子，再也不要回去。」火星停頓了一下，顯然是在回憶以前的事。她的上唇向上抽動了兩次，如果她是一隻貓，她一定會發出一陣「嘶嘶」聲。

「火星？」弄臣低聲催促她。

火星的聲音顯得很乾澀，「我逃走了。服從了媽媽的命令，就像以往一樣。我逃出房子，躲了起來。連續兩天，我都待在暗巷區的街道裡。我並不善於在那裡求生。有一天，一個男人抓住了我。我以為他打算殺死我，或者強姦我，但他告訴我，切德大人希望見我。當然，我那時還從沒有聽過切德大人的名字，他去那幢房子的時候用的是另一個名字。但抓住我的人給我看了一件我認識的信物，所以即使我很害怕這是陷阱，我還是跟著他走了。連續兩天的饑餓和寒冷讓我甚至開始懷疑，拒絕我媽媽的紳士是不是很愚蠢。」她歎了一口氣，「那個人帶我去了一家旅店，給我吃了一頓飯，又將我鎖在一個房間裡。我等待了幾個小時，不知隨後會發生什麼，感到驚恐萬分。切德大人來了，他說我的媽媽被殺害了，他一直在為我擔心……」

當火星說到這裡的時候，生命和痛苦才重新回到她的聲音裡。她喘息著講完了剩下的故事：「我以為媽媽只是會挨一頓打，或者被那幢房子的女主人苛扣收入，卻沒想到她會被強姦、被掐死，像一塊髒手帕一樣被丟在她房間的地板上。」

火星的話音停住了，隨後她就像一只風箱一樣大口喘著氣。弄臣和我都沒有說話。最後，她又說道：「切德大人問我是誰幹的。那幢房子的女主人拒絕說出是誰買了媽媽的那一晚。我不知道他的名字，但我知道他其餘的一切。我認識他使用的香水、他袖口的蕾絲花紋，還有他的左耳下面有一塊胎記。我不相信自己會忘記那個人的樣子——那時媽媽緊緊抱住他，才讓我逃了出來。」

女孩的聲音漸漸變小，隨後房間裡陷入一片長久的寂靜。她打了個嗝，用這個普通卻又奇怪的聲音結束了這個黑暗的故事。「於是我來到了這裡，開始為他工作，並知道了他實際上是切德大人。我以一個男孩的身分來到這裡，並在大部分時間裡都是個男孩，但有時候，切德大人也會命令我穿上女僕的衣服。我想他大概是要讓我學習如何做一個女孩。畢竟我會成為女人，到那時候也許我再偽裝成男孩就不那麼容易了。而且這樣我也能聽到一些人們不會在男僕面前說的話。貴族老爺太太們在做一些事的時候，也許不會在意身邊有一個小女僕，但如果換做是其他人就不一樣了。我就會充當這樣的角色，並將刺探到的情報帶給切德。」

切德。聽到這個名字，我才又想起了自己要做的事。「切德！他受了傷，而且現在已經開始發燒了，所以我才會來這裡。我要找些藥消除他的痛苦，再找一名治療師來，為他重新清理傷口。」

火星立刻跳起來。她臉上關切的神情絕不是偽裝的。「我現在就去為他找一位好的治療師。我認識他喜歡的那位老治療師。他的手不算快，但醫術很好。他會和切德大人聊天，提出各種治療方法，然後看切德大人認為哪種最好。我現在就去找他，不過他起床的速度不會太快。他起來之後，我們立刻就會去切德大人的房間。」

「去吧，」我同意了。火星立刻快步向被掛毯擋住的門口跑去，從這個祕密巢穴中消失了。剩下我們兩個一言不發地坐了一段時間。

然後我說了一聲：「罌粟。」便站起身向架子走去。切德以數種不同的方式儲存罌粟。我選擇了一種藥效很強的酊劑，我可以將它沖稀成為茶飲。

「她是一個讓人很難懷疑的男孩。」弄臣說道。我不能確認他聲音中的情緒。

我正在尋找一個更小的容器，好帶走一部分酊劑。「嗯，你對此應該比我更清楚。」我不假思索地說。

弄臣笑了。「啊，蜚滋，的確如此。」

他用手指敲擊著桌面。我轉過身，驚訝地看著他：「你的雙手似乎要好多了。」

「是的。但它們還是很痛。能給我一些罌粟嗎？」

「在給你的止痛藥劑量上，我們需要格外小心。」

「那麼，你的意思就是『不給』。啊，好吧。」我看到他想要將十指搭成尖脊，但那些手指還是很僵硬。「我想要道歉。不，確切來說不是道歉，而是……我讓自己陷入恐懼之中，變得慌亂不安，完全變成了另外一個人，一種我不想成為的人。我想要傷害灰燼。那是我的第一個衝動。因為他嚇到了我，我就要傷害他。」

「我明白這種衝動。」

「然後？」

我放棄了尋找小容器，決定拿著這只小瓶子回切德的房間，用完再放回來。「你應該道歉的是灰燼，或者是火星。至於說你剛才的衝動和惱怒？那需要時間。只要經過了足夠長的時間，你知道沒有人想傷害你或者殺死你，那種反應就會減輕。但以我的經驗，這種感覺永遠不會徹底消失。我現在還會做夢，還會感覺到燃燒的怒火。」在水邊橡林虐待那條母狗的人出現在我的腦海之中。憤怒再一次在我的心中湧動。*我應該把他教訓得更狠一點*，我心中想，停下，我又告誡自己，*不要去回憶那個*。

弄臣的手指在他剛才雕刻的木頭上輕輕拍打。「灰燼，火星。她是一位好伙伴，蜚滋。我喜歡她。發生了這樣的事情之後，我覺得我還是一樣會喜歡她。在識人上，切德經常比我更有智慧。允許她同時擁有兩個不同的身分和衣著是切德的聰明之處。」

我沒有說話。我剛剛回憶起自己曾經多麼隨意地在灰燼面前脫光衣服。這個女孩甚至比我的女兒還大不了幾歲，卻不止一次將新內衣遞給我。我大概有很多年不曾這麼臉紅了。我不會和弄臣提這件事。最近我已經讓他得到了太多笑料。

「我要趕快回切德那裡去了。弄臣，在我離開之前，你還有什麼需要嗎？」

弄臣苦澀地一笑，抬起一隻手，開始一根一根伸出手指，點數他需要的東西：「我的視力，我的力量，一些勇氣。」他停頓了一下，「不，蜚滋，現在你什麼都給不了我。我很後悔在得知灰燼其實是火星的時候竟然會有那種反應。雖然這樣說很奇怪，但這的確讓我感到慚愧。也許是因為，就像你說的，我曾經同時扮演過男女兩種角色。現在，回想起你第一次認識琥珀的時候，我覺得我對你那時的反應也多了一點理解。我希望他會原諒我，能再回到我身邊來。」弄臣拿起木塊，又去摸索他的雕刻工具。那隻烏鴉跳到弄臣近前，側過頭來看他在做什麼。弄臣不知用什麼方法感覺到了牠，向牠伸出一根手指。烏鴉跳過來，讓弄臣撫摸自己的頭頂。「如果沒有灰燼，我在這裡的生活會孤單得多。還有小丑。沒有她們，我的日子一定會變得很難捱。正是她讓我服下龍血，把我救了回來。我希望自己沒有趕走她。」

「也許我今晚能回來和你一起吃飯。」

「作為蜚滋駿騎．瞻遠親王的責任很可能會讓你無法如願。不過，等今天夜深的時候，我很想喝些上好的白蘭地。」

「那就今夜。」我離開了弄臣和烏鴉，一路回到切德的臥室。我走進臥室的時候，兩個年輕人正要離開。他們煞住腳步，都睜大了眼睛看著我。是繁盛和誠毅——晉責的兒子們。他們還是嬰兒時我就抱過他們，他們幼時還隨同父親拜訪過細柳林。那時我與他們在秋日的落葉中散步，看著他們在溪流裡抓青蛙。年紀大了一些之後，他們就經常會去外島，也漸漸淡出了我的世界。

誠毅用手肘一頂他的哥哥，得意地說：「我被告知，你就是他。」

繁盛王儲則更嚴肅一些。「你好，我們的親人。」他鄭重地向我伸出手。

我們握住彼此的手腕。誠毅轉轉眼珠，自言自語地說：「我似乎還記得你掉進糞坑之後，他在馬槽裡把你沖洗乾淨的樣子。」

繁盛努力維持著嚴肅的外表，我則小心地說謊道：「我完全不記得了。」

「我記得，」誠毅又強調了一遍，「耐辛奶奶還責備你弄髒了馬兒的水。」

我的嘴角終於露出一絲微笑。我已經忘記了他們一直都把耐辛當做奶奶。突然間，我非常希望那些日子能夠回來。我想要我的小女兒回家，我想讓她擁有那樣的童年；不是在黑夜中焚燒屍體，不是被恰斯傭兵綁架。我將所有這些念頭都努力壓下去，重新找到我的聲音：「切德大人如何了？」

「祖母要我們來探望他，讓他的腦子不要停頓下來。切德大人卻告訴我們，現在他的腦子非常忙碌，並請我們去別的地方。我認為他並不想讓大家知道他的傷有多麼嚴重。但我們還是聽從了他的話，打算這就離開。你想要和我們一起嗎？歡愉大人今天有牌局。」

「我……不，謝謝。相信現在應該由我來確保切德大人有事情可想。」牌局。我對此有些不以為然，卻又好奇他們會玩些什麼。他們又站了一會兒，一言不發地看著我。我突然意識到，我們已經無話可說了。我很久以前就離開了他們的生活，現在我幾乎完全不瞭解他們了。

繁盛比我更早回過了神。「嗯，今晚我們晚餐時見。也許我們那時候能多聊一些。」

「也許。」我表示同意，卻又對此感到懷疑。我不想懷念過去，向他們念叨那些老祖父的故事：我殺過的人、他們的叔祖父是如何折磨我的。我突然感到自己很蒼老，便急匆匆地走進切德的房間，一邊提醒自己，至少切德要比我更老得多。

「蜚滋，」切德向我說，「你離開了那麼久。」

我將屋門在身後關好，「痛得怎樣了？」我一邊說話，一邊將小瓶子從衣袋裡拿出來。切德抿起發白的嘴唇，我能夠嗅到他汗水中痛苦的氣味。

「很糟。」他張開嘴呼了一口氣。

「灰燼已經去找治療師了。或者我現在應該稱她為火星了。」

切德露出一絲冰冷的微笑。「啊，你知道得還挺多。你帶罌粟來了嗎？」

「是的。但也許我們應該先等等治療師？」

切德飛快地一搖頭。「不，我現在就需要它，孩子。我已經無法思考了。我無法將他們擋在外面。」

「將誰擋在外面？」我匆忙地向周圍環顧了一圈。這裡沒有合適的東西能夠與罌粟混和在一起，讓它更容易下嚥。

「你知道的。」切德壓低聲音，彷彿在說出一個只有我們兩個人知道的祕密，「就是從石柱裡出來的那些傢伙。」

這讓我全身一僵。我兩步走到床邊，伸手撫摸他的額頭。他的皮膚又熱又乾。「切德，我不知道你是什麼意思。你發燒了。我認為你可能產生了幻覺。」

切德盯著我，眼珠閃耀著綠色的光芒。「我們從那裡通過的時候，沒有人對你說話？現在也沒有人想要對你說話？」這些不是問題，而是對我的指責。

「沒有，切德。」我為他感到害怕。

切德咬住下唇。「我認得他的聲音。那已經是許多年以前的事了。但我認得我哥哥的聲音。」

我等待著。

他彎曲手指，示意我向他靠近，然後又向牆上的肖像指了指，悄聲說道：「黠謀在對我說話，就在精技石柱裡。他問我，是不是要去找他。」

「切德，你的傷口惡化了，體溫也在不斷升高。你的意識有些不清醒。」為什麼我會說這些話？我知道他聽不進去這種話，就像我知道他現在無法用精技和我交流，這讓我的心中充滿了鉛塊一般的絕望。

「你可以和我們在一起，蜚滋。和我們輕聲交談。你一定能夠感覺到。」他的腔調和黠謀老國王是那樣相像，一陣寒意沿著我的脊椎骨驟然落下。太晚了。如果我現在幫助他伸展出精技，他能打開閃耀的屏障嗎？還是會將我們兩個肆意撕碎，讓我們化為虛無？

「切德。求你。」我甚至不知道能求他做什麼。我深吸了一口氣。「讓我看看你的傷口。」

切德緩慢地搖搖頭。「不是傷口的問題，蜚滋。不是因為感染。至少現在不是。是精技。現在我體內潰爛的是精技。」他停頓一下，盯著牆壁，長久而緩慢地吸了一口氣。我無法抵抗心中的衝動。我轉頭去看那幅肖像。肖像沒有任何異常，只不過是一幅帆布畫。這時，切德問我：「你還記得威儀．瞻遠嗎？」

「當然記得。」他是黠謀國王的外甥，也是切德的外甥。是他們妹妹的兒子。他們的妹妹在生下他的時候難產而死了。我們曾經一同前往群山王國，那時他比我大不了多少。他被任命為惟真的代言人，要將惟真的誓言帶給群山公主珂翠肯。但就算是在那麼早的時期，帝尊的陰謀已經開始運作。透過威儀，惟真用精技向珂翠肯保證他是一個有榮譽的男人，惟真絕對不想讓威儀的神智因此而被燒光，也和珂翠肯兄弟的遇刺毫無關係。但這樣的事情還是發生了。從那以後，威儀就像在燭芯上跳動的火苗一樣躁動無常。有些時候，他看起來是理智的；但有時候他更像是神智昏聵的老人。瞻遠王室暗中讓他離開了宮廷。我還記得，他在紅船之戰早期死在細柳林。他的亡故幾乎沒有引起什麼人的注意，因為他的神智早已離開這個世界了。

「我也是。蜚滋。我應該聽你的話。也許黠謀在拒絕我的時候是對的。那已經是許多年前的事了。當他說你也許能夠接受精技訓練的時候，嫉妒像刀子一樣地切割著我。你知道，他們曾經拒絕讓我接受訓練。而我很想掌握精技，是那麼地想。」他給了我一個虛弱的微笑，「終於……我得到了想要的。或者是它得到了我。」

一陣輕快的敲門聲響起。是治療師。我感到一陣輕鬆，但看到走進來的人，這種輕鬆的感覺又像出現時一樣迅速地消失了。我感覺到蕁麻隨身帶來的精技，如同一種氣味強烈的香水，充滿了整個房間，讓我無從退避。蕁麻沮喪地看著我。「請你不要也變成這樣。」她用哀求的口吻說道。然後，她又急促地吸了一口氣，「我能感覺到他在向精技中逸散。我已經召喚來其他人。只是我沒想到你也在這裡，在和他一同逸散。」

我盯著蕁麻，快速說道：「不，我沒事。但切德正在發著高燒。我覺得他的傷口已經感染了。他產生了幻覺。」

蕁麻帶著憐憫的神情看著我。「不，」她低聲說道，「情況還要更糟。我相信你也知道。是精技。你曾經告訴過我，精技就像一條大河，如果使用者不夠小心，就會被捲入其中，隨它一起流走。你曾經警告過我這其中的危險。」她看著我的眼睛，揚起下巴，「就在不久前，我還曾經在精技洪流中抓住過你。那時你已經遭受引誘，讓你自己分解成絲絲縷縷，融入了精技。」

蕁麻說得沒有錯。允許自己落入精技洪流之中是極為誘人的一件事。精技一直在召喚我們，引誘我們與它融合，成為它的一部分，一切痛苦和憂慮都會隨之消失。它是強大的，是正確的。我曾經被它引誘，而且不止一次。如果不是因為心中充滿恐懼，我一定會感到很慚愧。但我現在只感到異常急迫。「我們必須把他拉回來。」我對蕁麻說。我很想告訴她，為什麼這件事如此重要。但話到口邊又被我嚥了回去。我擔心如果蕁麻知道了，她反而不會讓我們進行這種嘗試。

「不，不是我們。你絕不能參與這件事，爸爸。你從細柳林回來之後，我就感覺到你也有了這樣的問題。精技洪流在同時牽扯你們兩個人。」她深吸一口氣，將一隻手放在剛剛隆起一點的肚子上。「哦，如果阿憨在這裡就好了。但即使天氣晴朗，他仍要再趕兩天的路。」然後她的注意力又轉回到我身上，「也許你最好能離開，並為自己牢牢築起精技高牆。」

我不能走。切德抓住了蓋在脖子上的毯子，正在看著蕁麻，就好像他是一個小男孩，而蕁麻的背後藏著一根鞭子。「我為他拿來了罌粟。這可以為他止痛。如果我們緩解了他的疼痛，也許他就能有更強的自制力。」

蕁麻搖搖頭。「他不可能有什麼自制力。我們都相信，現在正是疼痛把他留在了這裡，留在他的肉體之中。至少這種感覺在提醒他，他還有一具軀體。」

「他剛才說話的時候看不出有什麼問題。他的傷口很痛，但還是有理智的。我們一起商議了……」

蕁麻又在朝我搖頭。又一陣敲門聲之後，穩重走了進來。他向我點點頭，露出真誠的微笑：「蜚滋！真高興你終於能在公鹿堡重新做你自己了。」

「謝謝。」我的回答顯得格外空洞。我的目光則一直沒有離開切德。他正抬頭盯著他兄長的雕像，雙唇無聲地歙動著，彷彿在對黠謀國王說話。但穩重全部的注意力都在他的姐姐身上。他問蕁麻：「妳一定要這麼勞累嗎？妳不應該休息一下嗎？」

蕁麻向他露出疲倦的微笑：「穩重，我懷孕了，但並沒有生病。其他人在哪裡？」

穩重向我一歪頭，彷彿我們在分享一個笑話。「她認為只要一打響指，國王立刻就會跑過來。他很快就會來了，蕁麻。」

「只有你們三個？這絕對算不上一個夠規模的精技小組。你們需要我在這裡。」我竭力不讓自己的聲音顯露出心中的焦急。我向切德伸出手，認為如果能碰到他，就能與他進行精技連接。

蕁麻立刻將我的手打開了。

「不。如果我們認為需要幫助，還能叫來兩個人。紫晶和強勇沒什麼社交名望，但精技能力都很強。只是現在我認為最熟悉切德大人的人才最適於將他召喚回來，重新成為他自己。但你不行。」蕁麻回答了我的問題，並向門口一指。我張嘴想要反對，她又對我說：「你無法幫助我們。你只會讓我們分心，也會讓切德分心。而且你會讓自己變得更加脆弱，你現在已經非常脆弱了。切德正在向精技洪流中洩漏自己，而且他會竭力把你也拖走，不管你是不是有意識到。」

「我必須留下。你們得讓他恢復意識。然後，無論是否明智，他和我必須嘗試一同使用精技。」

蕁麻向我瞇起眼睛。「不，你向我提出這種事正表明了你受到了他和精技的強烈吸引。」

我與蕁麻四目相對。哦，莫莉，妳是不是也曾像妳的女兒這樣，用這種頑固的眼神看著我。

我硬起心腸。切德一直教導我，要忠於瞻遠王室，這一點比其他一切都重要，甚至更超過對切德的忠誠。而現在，我的判斷比切德的更清晰。「根本不是妳想的那樣。這和對精技的渴望毫無關係，而是因為蜜蜂。不久之前，我們進行過交談，切德告訴我，他的女兒閃耀也擁有精技。但閃耀不曾受過訓練，而且更糟糕的是，切德將她與精技隔離了，以免她受到傷害。」蕁麻表情中的憤怒變成了熊熊烈火。而更讓我感到害怕的是，切德對於我的出賣竟然毫無反應。他只是看著牆壁，就連下巴也垂了下來。「切德的精技無法觸及閃耀。但我們必須將解開她屏障的那個詞傳遞給她，這樣她才能幫助我們找到她們。切德不知道這是因為他的能力太弱，還是因為處在危險之中的閃耀豎起了她自己的精技牆。所以我們打算合併力量，找到閃耀。」

「在我叮囑過你們要遠離精技之後？」

「我忘記了。」我實話實說。

「你以為我會相信你的話？」蕁麻咬著牙，把這幾個字噴出雙唇。

「是真的！我所想的只有找到蜜蜂。」

蕁麻的目光稍稍柔和了一點。不，這根本就是我的想像。她隨後便說道：「你知道了這件事，卻沒有想到立刻來找我，來找精技女士尋求建議，做好這件事？」她緊緊地抿住嘴唇，然後，彷彿是違背了自己的意願一般向我問道：「你們對我還有一點尊重嗎？」

「我當然尊重妳！」

「你愛我，因為我是你的女兒。對此我毫不懷疑。但我懷疑你是否尊重我的學識和技能……」她突然停住話頭，一動不動地站在原地，片刻之後才鎮定地問我：「解開封鎖閃耀精技力量的那個詞是什麼？」

「他沒有告訴我。」

蕁麻嚴肅地點點頭。「很好，」然後她向門口一指，「現在，走吧。我在這裡還有事情要做。」

「我能幫忙。他信任我。我知道他的樣子，我能找到他，帶他回來。」

「不。你不能。就在此刻，你還在向精技洩露，只是你自己不知道。你和他以某種形式糾纏在一起。現在他依然緊緊拖住了你，在努力要把你一同拖走。」

我打開自己，試圖用自己的感覺確認蕁麻的話。他真的在拖曳我嗎？要將我拉入精技，還是……？

「停下！」蕁麻嘶聲對我說。我立刻豎起精技牆。

「把我拉出來。」切德低聲說道。我身上的每一根寒毛都直豎起來。

「惟真？」我悄聲問道，並在無意中向他走去，仔細端詳他綠色的眼睛，在其中尋找我曾經效忠的那位國王的深褐色眼眸。我的意識閃回到一場精技夢幻中，我疲憊的國王向一條閃耀著純粹魔法的河流俯下身去，將手臂探入燃燒的銀色湍流中，隨後便懇求我救助他，將他從那液態的魔法中拉出來。

「後退，男孩！」他提醒我。這時我的女兒站到了切德和我中間，將雙手按在我的胸膛上。

「爸爸，看著我！」她命令道。當我和她的目光交會在一起的時候，她向我承諾，「如果有必要，我會叫來衛兵，把你拉出這個房間。如果有必要，我會把精靈樹皮茶灌進你的喉嚨，直到你操縱不了一絲精技。我不要失去你。我需要你，我的妹妹需要你。」

「蜜蜂。」我低聲說道。如同一道浪濤從沙灘退去，一切對於精技的渴望都從我體內消退了。我看著切德閃爍的眼睛，感到一陣惡寒。

「救救他，」我向女兒乞求，「請一定救救他。」

然後，我轉過身，離開了他們。

（上冊畢）

中英名詞對照表

A

Alaria　奧拉利婭
Amethyst　紫晶
Antler Island Tower　鹿角島高塔
Arbuc　亞布克
Arrow, of Gantry's Coterie
羽箭，機架精技小組
Ash　灰燼

B

Baliper　巴力佩爾
banwurt　班草
Bawdy Trout　下流鮭魚
beargrease　熊油
Bells　精技使用者鈴聲
Black Prophet　黑色先知
bloodrun　血馳
Bloody Hounds　血腥獵犬
Botter's Bay　鐵塞灣
Boxter　博克斯特
Bridgemore twins　橋增雙子
Buck Guard　公鹿衛士
Buckkeep Blue Guard
公鹿堡藍衣衛隊
Buckkeep Rousters　公鹿堡鬥士
Buffeni　卜芬尼

C

Captain Perling　佩林隊長
Captain Stout　悍勇隊長
Cardomean　卡多敏
Carter Wick　卡特・維克
Caution　慎重
Celsu Cleverhands　塞爾蘇・慧手
Chancy Bridge　冒險橋
Change　改變
Chestnut　栗子
Chriddick　克里迪克
Cinch　肚帶
Collator Pierec　核校者皮瑞斯
Collators　核校者
Commander Ellik　指揮官埃里克
Confidence Mayhen　辛祕・梅亨
Corioa　寇里奧
Council of Four　四人議會
Courage　勇氣
Crafty　狡捷

D

Diligent　勤勉
Dingyton　暗巷區
Dragon Trader　巨龍商人
Drum　樂鼓

E

Ephron Khuprus
埃菲隆・庫普魯斯

F

Fente　芬提

Fillia　菲麗雅

Fishbones　魚骨頭

Fleeter　飛躍

Foxglove　狐狸手套

Furnich　弗尼克

G

Goodhand　好手

Grand　隆盛

Greeting Hall　迎賓大廳

Grey　灰白

H

Hardy　強勇

Hardy the tinker　匠人強勇

Hawthorn　山楂

Head Servant　首僕

Heastgate　海思特門

high table　主桌

Hogen　豪根

Hoofer Webling　胡佛・網琳

I

Igrot's treasure　伊格羅特的財富

Incalu　茵卡露

Instructions　明示

J

journeyman　精技助手

Judgment Chambers　政事大廳

K

Kardef　卡戴夫

karuge root　咖蘆葛根

Kase　凱斯

keeper

Kelsingra Militia　克爾辛拉民軍

Kerf　科爾夫

Kesir Riddle　凱舍爾・謎語

Killdeer　獵鹿小組

Kindrel　金德瑞

King Regal's Burden　帝尊國王的重擔

King Reyn of the Dragon Traders
巨龍貿易商的國王雷恩

Kitney Moss　基特尼・摩斯

L

Lady Lightfoot　萊特福特女士

Lady Meticulous　細緻女士

Lantern　闌登

Lark　雲雀

Last Night for Winterfest
冬季慶告別夜

Lily　百合

Lingstra Dwalia　靈思拓・德瓦利婭

Lofty　高遠

Lord Cheery　歡愉大人

Lord Derrick　德里克大人

Lord Feldspar　長石領主

Lord Riddle of Spruce Keep　雲杉堡的謎語領主
Lord Sensible　明鋭大人
lurik　蟄伏者
Lusty Buck　健壯公鹿

M
Maiden's Waist　處女纖腰
Manipulors　操縱者
Maude　瑪烏德
Motley　小丑

N
New Trader　新貿易商
Nightshade　龍葵
Nortel　諾泰爾
North Countries Gleanings　北國拾遺
Notquite Cove　不甚灣

O
Oak　橡樹
Odessa　奧黛莎
Old Rosie　老羅西
Old Traders　舊貿易商

P
Pandow　番多
Phron　菲隆

Q
Queen Adamant　剛毅王后

R
Rampion　桔梗
Rapskal　拉普斯卡
Raven Kelder　渡鴉・科爾德
Ready　齊備
Reaper　瑞珀
Reception Hall　接待廳
Red Ross　瑞德・羅斯
Redhands Roctor　紅手・洛克托
Rellik　瑞理克
Reppin　睿頻
Ringhill Keep　鈴丘堡
Ringhill Tower　鈴丘塔
Roan　花斑
Room of the Records　典籍室

S
Sacrifice　犧牲獻祭
Salter's Deep　製鹽者深灣
Satine　塞梯恩
Satrapy　沙崔甫王
Sawyer　索耶
Scribe Tattersall　書記員塔特索爾
Scurry　快腳
seapipe　海笛
Servant Cetchua　僕人寶典
Servant Imakiahen　僕人伊梅基亞漢
Servant of the 3rd line　第三代僕人
Servitors　僕工
Sharp　鋒鋭

Shaysa　夏薩
shaysim　夏思姆
Shine　閃耀
Sildwell　西德維爾
Silver Coterie　白銀小組
Sintara　辛泰拉
Skillmaster Arc　精技師傅弧光
Skillmaster Elmund　精技師傅艾蒙德
Skrim　斯克力姆
Slight　輕盈
Soar　飛翔
Soula　蘇拉
Spark　火星
Speckle　星點
Spiretop　塔峰
Spirits of wine　眾靈葡萄酒
Splintered Fid　裂木栓旅店
Springfest　春季慶
Springfoot　躍步
Spurman　司珀曼
Sweetsleep tea　甜睡茶

T

Tag　泰格
Tag the miller　磨坊主泰格
Tagson　泰格森
Tats　刺青
Tattooed　紋身者
Terubat　特魯柏特
The Assassin's Other Tool
《刺客的另一件工具》
The Charging Bucks Guard
衝鋒公鹿衛隊
Thymara　賽瑪拉
Tinder　火絨
Tower of the Map　地圖高塔
Trehaug　崔豪格
Trifton Dragon-killer's Remedies
崔夫頓屠龍者藥劑
Twelve Unfortunate Herbs
十二不良草藥

V

valerian　纈草
Verity's Tower　惟真塔
Vindcliar　文德里亞
Vital　活力

W

Weaver　織女
Welcome　迎潔
Whistle　哨兒
White Island　白島
Who Is The One　注定之人
Who May Be The One　可能之人
wolfsbane　驅狼草
Wortletree　沃特樹

Y

Yarielle, Servant　僕人亞瑞勒
Yellow Hills　黃丘

BEST嚴選 089

刺客系列〈蜚滋與弄臣〉2 弄臣遠征（上）

原著書名／The Fitz and The Fool Trilogy: Fool's Quest
作　　者／羅蘋・荷布（Robin Hobb）
譯　　者／李鐳
校　　對／金文蕙
副總編輯／王雪莉
責任編輯／楊秀真
行銷業務經理／李振東
業務主任／范光杰
行銷企劃／周丹蘋
發 行 人／何飛鵬
法律顧問／台英國際商務法律事務所　羅明通律師
出版／奇幻基地出版
城邦文化事業股份有限公司
台北市 104 民生東路二段 141 號 8 樓
電話：(02)25007008　　傳真：(02)25027676
網址：www.ffoundation.com.tw
e-mail：ffoundation@cite.com.tw
發行／英屬蓋曼群島商家庭傳媒股份有限公司城邦分公司
台北市 104 民生東路二段 141 號 11 樓
書虫客服服務專線：(02)25007718・(02)25007719
24 小時傳真服務：(02)25170999・(02)25001991
服務時間：週一至週五 09:30-12:00・13:30-17:00
郵撥帳號：19863813　　戶名：書虫股份有限公司
讀者服務信箱 E-mail：service@readingclub.com.tw
歡迎光臨城邦讀書花園　網址：www.cite.com.tw
香港發行所／城邦（香港）出版集團有限公司
香港灣仔駱克道 193 號東超商業中心 1 樓
電話：(852)25086231　　傳真：(852)25789337
e-mail : hkcite@biznetvigator.com
馬新發行所／城邦（馬新）出版集團
【Cite(M)Sdn. Bhd】
41, Jalan Radin Anum, Bandar Baru Sri Petaling,
57000 Kuala Lumpur, Malaysia.
Tel: (603) 90578822　Fax:(603) 90576622
email:cite@cite.com.my
封面設計／黃聖文
排　　版／極翔企業有限公司
印　　刷／高典有限公司
■ 2017 年（民 106）2 月 2 日初版

售價／ 550 元

國家圖書館出版品預行編目資料

刺客系列〈蜚滋與弄臣〉2 弄臣遠征（上）／羅蘋・荷布（Robin Hobb）著；李鐳譯. -- 初版. -- 臺北市：奇幻基地, 城邦文化出版：家庭傳媒城邦分公司發行, 民 106.02
面；　公分. --（BEST嚴選：089）
譯自：The Fitz and The Fool Trilogy: Fool's Quest
ISBN 978-986-94076-1-8　（平裝）

874.57　　105023878

ISBN　978-986-94076-1-8

廣　告　回　函
北區郵政管理登記證
台北廣字第000791號
郵資已付，免貼郵票

104台北市民生東路二段141號11樓
英屬蓋曼群島商家庭傳媒股份有限公司城邦分公司 收

請沿虛線對摺，謝謝

奇幻基地

每個人都有一本奇幻文學的啟蒙書

奇幻基地官網：http://www.ffoundation.com.tw
奇幻基地粉絲團：http://www.facebook.com/ffoundation

書號：1HB089　　書名：刺客系列〈蜚滋與弄臣〉2弄臣遠征（上）

15 annual

奇幻基地15周年龍來瘋慶典

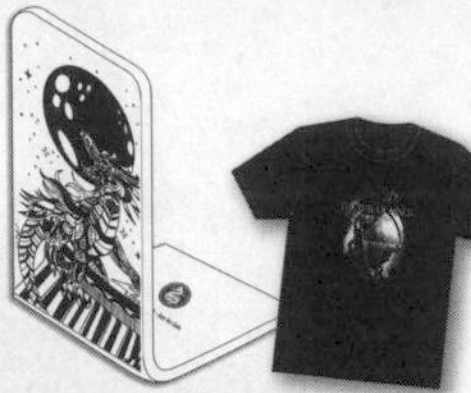

集點好禮獎不完！還可抽未來6個月新書免費看！

活動期間，購買奇幻基地作品，剪下回函卡右下角點數，集滿點數，寄回本公司即可兌換獎品&參加抽獎！

集點兌換辦法

2016年6月起至2017年12月20日前（郵戳為憑），奇幻基地出版之新書，剪下回函卡右下角點數，集滿點數貼至右邊集點處，寄回奇幻基地，即可兌換贈品（兌換完為止），並可參加抽獎。

集點兌換獎品說明

5點：「奇幻龍」書擋一個（寬8x高15cm，壓克力材質）

10點：王者之路T恤一件（可指定尺寸S、M、L）

回函卡抽獎說明

1.寄回集滿5點或10點的回函卡，皆可參加抽獎活動！回函卡可累計，每張尚未被抽中的回函卡皆可參加抽獎。寄越多，中獎機率越高！

2.開獎日：2016年12月31日（限額5人）、2017年5月31日（限額10人）、2017年12月31日（限額10人），共抽三次。

回函卡抽獎贈書說明

中獎後，未來6個月每月免費提供奇幻基地當月新書一本！

(每月1冊，共6冊。不可指定品項。)

特別說明：

1.請以正楷書寫回函卡資料，若字跡潦草無法辨識，視同棄權。

2.本活動限台澎金馬。

【集點處】

1	6
2	7
3	8
4	9
5	10

（點數與回函卡皆影印無效）

為提供訂購、行銷、客戶管理或其他合於營業登記項目或章程所定業務之目的，英屬蓋曼群島商家庭傳媒(股)公司城邦分公司，於本集團之營運期間及地區內，將以電郵、傳真、電話、簡訊、郵寄或其他公告方式利用您提供之資料（資料類別：C001、C002、C003、C011等）。利用對象除本集團外，亦可能包括相關服務的協力機構。如您有依個資法第三條或其他需服務之處，得致電本公司客服中心電話(02)25007718請求協助。相關資料如為非必要項目，不提供亦不影響您的權益。

個人資料：

姓名：＿＿＿＿＿＿＿＿＿＿＿＿ 性別：□男 □女

地址：＿＿＿＿＿＿＿＿＿＿＿＿＿＿＿＿＿＿＿＿

電話：＿＿＿＿＿＿＿＿ email：＿＿＿＿＿＿＿＿

想對奇幻基地說的話：＿＿＿＿＿＿＿＿＿＿＿＿＿＿

＿＿＿＿＿＿＿＿＿＿＿＿＿＿＿＿＿＿＿＿＿＿＿＿

請剪下右側點數，貼於集點處，集滿5點以上，即可寄回兌換抽獎

1 2017